Daphne Du Maurier · Der Mann mit meinem Gesicht

Daphne Du Maurier

Der Mann mit meinem Gesicht

Roman

Titel der Originalausgabe: «The Scapegoat»
Überarbeitete Übertragung aus dem Englischen von N. O. Scarpi
2. Auflage der revidierten Neuausgabe 1990
Titel der deutschen Erstausgabe: «Der Sündenbock»

I

Ich ließ den Wagen neben der Kathedrale stehen und ging dann die Stufen zur Place des Jacobins hinunter. Noch immer regnete es stark. Seit Tours goß es in Strömen, und alles, was ich von der Landschaft, die ich so sehr liebte, sehen konnte, war die schimmernde Oberfläche der Route Nationale rhythmisch zerhackt durch den Scheibenwischer.

Vor Le Mans war die Niedergeschlagenheit, die mich während der vergangenen vierundzwanzig Stunden immer stärker überkommen hatte, noch gewachsen. Das war in den letzten Ferientagen unvermeidlich; diesmal aber war sie noch heftiger als je zuvor. Es wurde mir bewußt, daß die Zeit zu schnell verstrichen war; nicht, weil die Tage überfüllt gewesen waren, sondern weil ich nichts Rechtes mit ihnen angefangen hatte. Die Notizen, die ich mir für die Vorlesungen des kommenden Herbstes gemacht hatte, waren auf dem neuesten Stand der Forschung, mit Daten und Fakten, die ich später auf mitreißende Art meinen unaufmerksamen Studenten vermitteln wollte. Doch selbst wenn es mir gelang, ihr Interesse eine kurze halbe Stunde wachzuhalten, so wußte ich doch, daß nichts, was ich ihnen gesagt hatte, irgendeinen Wert besaß, daß ich ihnen nur leuchtend gefärbte Geschichtsbilder vermittelt hatte. Die eigentliche Bedeutung der Geschichte aber wäre bestimmt einmal mehr unklar geblieben, weil ich den Menschen nie nahe genug gewesen bin.

Es war so einfach, sich in der Vergangenheit zu verlieren und dafür blind zu sein für die Gegenwart. In den Städten, die ich am besten kannte, in Tours, Blois, Orleans, gab ich mich meiner Phantasie hin, sah andere Mauern, ältere Straßen, und sie waren wirklicher für mich als alles, was ich eigentlich vor Augen hatte.

In Orleans zum Beispiel ritt ich in Gedanken neben der heiligen Johanna oder kniete betend neben ihr in Erwartung der Stimmen, die ich manchmal beinahe zu hören vermeinte, die aber nie wirklich kamen. Wenn ich dann aus der Kathedrale trat, wurde ich aus der Vergangenheit wieder in die Gegenwart gerissen, die heilige Johanna von Orleans war nur eine Statue und ich selbst ein mittelmäßiger Historiker – und das Frankreich, für das sie gestorben war, um ihr Land zu retten, war voller Menschen, die ich nie verstehen gelernt hatte.

Als ich gestern morgen von Tours wegfuhr, überwältigte mich die Unzufriedenheit über die Vorlesungen, die ich in London halten sollte, und die Erkenntnis, daß alles, was ich, nicht nur in Frankreich, sondern auch in England, je in meinem Leben getan hatte, nichts anderes gewesen war, als die Menschen zu beobachten, ohne je an ihrem Glück oder Schmerz teilzuhaben. Diese Einsicht überwältigte mich derart, bedrückte mich so sehr – und der Regen, der an die Wagenfenster prasselte, trug das Seine dazu bei –, daß ich in Le Mans plötzlich beschloß, haltzumachen und zu Mittag zu essen, in der Hoffnung, daß diese Änderung meiner Pläne auch meine Stimmung ändern werde.

Es war Markttag, und auf der Place des Jacobins standen Lastwagen und Karren mit grünen Plachen neben den Stufen, die ich hinunterstieg. Zwei Frauen mit schwarzen Kopftüchern verhandelten neben einem offenen Karren, eine der beiden hielt ein aufgeregt gackerndes und flatterndes Huhn bei den Füßen; da kam ein breitschultriger Mann auf sie zu. Sein Gesicht war vom Trinken in der nahen Schenke gerötet, seine Augen verschwommen, sein Gang unsicher. Er brummte vor sich hin, während er die Geldstücke in seiner offenen Hand betrachtete, es waren weniger, als er erwartet hatte, zu wenige – jetzt kam er, um mit seiner Mutter und seiner Frau zu zanken.

Ich ging an den Wagen vorüber und quer über die Place des Jacobins zu der Brasserie an der Ecke, und plötzlich glänzte eine blasse Sonne vom launischen Himmel; und die Menschen, die den Platz bevölkerten, gingen mit neuer Energie ihren Geschäften nach, während der Himmel sich teilte und den trüben Tag vergoldete.

Das Wirtshaus war überfüllt, die Luft voll von dem guten Geruch kräftiger, würziger Speisen, von vergossenem Wein, bitterem Kaffeesatz. Ich fand einen Platz im hintersten Winkel neben der Küchentüre, und während ich meine Omelette aß, deren Saft sich über den Teller breitete, wurde die Schwingtür unablässig vorwärts, rückwärts gestoßen, denn schon warteten immer wieder Tablette, auf denen sich die Speisen häuften. Zunächst war der bloße Anblick gewissermaßen ein Aperitif für meinen eigenen Hunger; nachher aber, als ich mit meiner Mahlzeit fertig war, wurde das Bild widerwärtig – zu viele gebratene Kartoffeln, zu viele Schweinskoteletts gab es. Die Frau, die neben mir saß, schob noch immer Bohnen in den Mund, während ich den Kaffee bestellte, und sie hielt ihrer Schwester lange Reden über die Lebenskosten, ohne das blasse kleine Mädchen zu beachten, das auf den Knien seines Vaters saß und auf die Toilette geführt werden wollte. Keinen Augenblick setzte die Unterhaltung aus, und beim Zuhören – denn das war meine einzige Entspannung, wenn ich mich einmal nicht mit der Weltgeschichte beschäftigte – begann meine frühere Niedergeschlagenheit wieder überhandzunehmen.

Ich war ein Fremder, ich war keiner von ihnen. Lange, von Studien erfüllte Jahre, die Gewandtheit, mit der ich ihre Sprache sprach, ihre Geschichte lehrte, ihre Kultur schilderte, hatten mich dem Volk selbst nie nahegebracht. Anderen war es gegeben, die Schranken zu durchbrechen – mir nicht. Nie würde ich ein Franzose sein, nie einer von ihnen.

Die Familie an meinem Tisch stand auf und ging, das Klappern verstummte allmählich, und nun setzte der Wirt sich mit seiner Frau hinter dem Schanktisch zum Essen. Ich zahlte, verließ das Lokal und wanderte ziellos durch die Straßen; eben diese Ziellosigkeit, dazu mein schweifender Blick, auch meine Kleidung – graue Flanellhosen und Tweedjacke, beides im Lauf der Jahre reichlich abgetragen – verrieten mich als Engländer in dieser Menge von Marktleuten. Alle würden sie am Abend nach Hause zurückkehren, ich hingegen würde einmal mehr in irgendeinem Hotel absteigen. Dabei wünschte ich mir sehnlichst, mich als einer von ihnen fühlen zu können, eine Familie zu haben, die mich kannte und verstand, deren Lachen ich teilen und deren Sorgen ich mittragen könnte.

Wieder fing es an zu regnen, und ich trat in die Kirche Notre Dame de la Couture neben der Präfektur. Sie war leer bis auf eine alte Frau, die betete, später trippelte noch ein Mädchen auf hohen Absätzen über die widerhallenden Fliesen, um vor einer blaugetünchten Statue eine Kerze anzuzünden. Dann umhüllte plötzlich eine Dunkelheit meinen Verstand, und ich spürte, daß ich mich später am Abend betrinken mußte, oder sterben. Was bedeutet ein Versagen? Nichts vielleicht für meine kleine Außenwelt, nichts für die Menschen, die mir Arbeit gaben, oder für die Studenten, die meinen Vorlesungen lauschten, nichts für die glatten, stumpfen gutmütigen Londoner Schatten, unter denen ich lebte und atmete und mein Dasein als gesetzesfürchtiges, bescheidenes, Unterricht erteilendes Individuum von achtunddreißig Jahren führte. Doch für das Ich, das erlöst werden wollte, für den Mann in mir? Wie erschien meine armselige Lebensleistung vor ihm?

Wer er war, woher er kam, welche Bedürfnisse, welche Wünsche in ihm wirken mochten, das konnte ich nicht sagen. Ich war so sehr daran gewöhnt, ihn nicht zu Wort kommen zu lassen, daß sein Wesen mir unbekannt war.

Vielleicht hätte er ein verächtliches Lachen gehabt, einen aufbrausenden Charakter und eine lose Zunge. Er lebte nicht einsam in einer Wohnung umgeben von unzähligen Büchern; er wachte nicht jeden Morgen mit der unabänderlichen Gewißheit auf, keine Familie, keine Freunde zu haben, fand nicht einzig die Beschäftigung mit der französischen Geschichte und der französischen Sprache erstrebenswert, um damit den Lebensunterhalt bestreiten zu können.

Vielleicht, hätte ich ihn nicht in mir eingeschlossen gehalten, hätte er gelacht, ein ausschweifendes Leben geführt, gefochten und gelogen. Vielleicht litt er, vielleicht haßte er, war ein grausamer Mensch. Vielleicht hätte er gestohlen, gemordet oder sich an verlorene Fälle verschwendet, die Menschheit geliebt, eine Religion angenommen, die an die Göttlichkeit von Gott und Mensch glaubte. Wie er auch geartet sein mochte, immer verweilte er hinter der unbedeutenden Fassade des farblosen Wesens, das jetzt in der Kirche Notre Dame de la Couture saß und darauf wartete, daß der Regen aufhörte, daß die Ferien zu Ende gingen, daß es Herbst wurde und die Alltagsroutine seines normalen, ereignislosen Londoner Lebens ihn wieder in den Griff nahm für ein weiteres Jahr. Die Frage war – wie öffnet man die Türe? Welcher Hebel würde das andere Ich freisetzen? Darauf gab es keine Antwort – ausgenommen natürlich das verschwommene, kurze Behagen, das mir eine

Flasche Wein in einem Café verschaffen konnte, bevor ich wieder in den Wagen stieg und nordwärts fuhr. Hier, in der leeren Kirche, gab es noch eine andere Möglichkeit – zu beten; um was aber? Um den halb und halb gefaßten Entschluß auszuführen, ins Kloster zu gehen und zu hoffen, daß ich dort erfahren könnte, wie man mit Versagen fertig wird.

Ich beobachtete, wie die alte Frau aufstand, den Rosenkranz in ihren Röcken barg und ging. Ich dachte an meine Michelinkarte, die im Wagen lag, die Karte Nr. 60, dachte an den blauen Kreis, den ich um das Kloster de la Grande-Trappe gezogen hatte. Warum hatte ich das getan? Was versprach ich mir davon, daß ich dorthin fuhr? Würde ich den Mut haben, an der Türe des Hauses die Glocke zu ziehen, wo Gäste aufgenommen wurden? Vielleicht fand ich dort meine Antwort und die Antwort für den Mann in mir.

Ich tat es der alten Frau gleich und verließ die Kirche. Es regnete nicht mehr. Rote Streifen züngelten über den Himmel, und die nassen Straßen glitzerten. Die Leute radelten von der Arbeit heim. Ziellos wanderte ich von den Geschäften und Boulevards fort, durch Straßen, die nirgendshin zu führen, sich in sich selbst zu verschlingen schienen, gesäumt von Fabrikmauern und hohen grauen Bauten, und ich wußte, daß das, was ich tat, sinnlos war. Ich sollte entweder den Wagen holen und in einem der Hotels im Zentrum übernachten oder Le Mans verlassen und durch Mortagne nach La Grande-Trappe fahren. Ich war überrascht, als ich plötzlich den Bahnhof vor mir sah, und erinnerte mich, daß mein Wagen und die Kathedrale am andern Ende der Stadt waren. Das einfachste war nun, ein Taxi zu nehmen und zurückzufahren, doch zuerst wollte ich mir am Bahnhofbuffet ein Glas genehmigen und einen Entschluß betreffend La Grande-Trappe fassen. Ich überquerte die Straße, ein Auto wich mit kreischenden Bremsen aus und hielt an. Der Fahrer beugte sich aus dem Fenster und rief mir auf französisch zu: «Hallo, Jean, wann bist du zurückgekommen?»

Der Umstand, daß ich John hieß, verwirrte mich. Sekundenlang meinte ich, es müsse jemand sein, den ich irgendwo kennengelernt hatte, und so erwiderte ich, auch auf französisch: «Ich bin nur auf der Durchreise – heute abend fahre ich zurück.» Ich wunderte mich, wer der Mann sein mochte.

«Ein vergeblicher Ausflug, nehme ich an», sagte er, «aber daheim wirst du allen Leuten vormachen, es sei ein Erfolg gewesen.»

Diese Bemerkung war kränkend. Wie kam er auf den Gedanken, daß ich meine Ferien vergeudet hatte? Und wie konnte er eine Ahnung von meinem eigenen tiefsitzenden Gefühl des Versagens haben?

Dann wurde mir klar, daß ich den Mann gar nicht kannte. Ich hatte ihn nie zuvor gesehen. Höflich verbeugte ich mich. «Verzeihung», sagte ich, «aber ich glaube, daß wir uns beide geirrt haben.»

Zu meiner Überraschung lachte er, zwinkerte überdeutlich und sagte: «Schön, nehmen wir an, daß ich dich nicht gesehen habe. Warum suchst du hier in Le Mans, was du in Paris besser haben kannst? Wenn wir uns nächsten Sonntag wiedersehen, mußt du es mir erzählen.» Er legte den Gang ein, lachte und fuhr weiter.

Ich sah seinen Wagen verschwinden und betrat das Bahnhofsbuffet. Schwatzende Reisende drängten sich neben mir am Schanktisch, Koffer stießen an mein Schienbein. Sehnsüchtig dachte ich an meinen Wagen neben der Kathedrale, wie ich dort in Frieden sitzen, meine Michelinkarte aufschlagen und eine Zigarette rauchen würde.

Jemand stieß mich an und sagte: «*Je vous demande pardon.*» Als ich zur Seite rückte, wandte er sich um und starrte mich an, und ich starrte ihn an, und mit einem seltsamen Gefühl von Schock, Angst und Übelkeit erkannte ich, daß sein Gesicht und seine Stimme mir nur allzusehr vertraut waren.

Ich schaute mich selbst an.

2

Wir redeten kein Wort; wir starrten einander unverwandt an. Ich hatte schon davon gehört, daß solche Dinge sich ereignen, daß Menschen sich zufällig treffen und es sich herausstellt, daß sie Cousins sind, oder Zwillinge, die bei der Geburt voneinander getrennt wurden. Und diese Vorstellung ist erheiternd, es kann aber auch eine Tragödie dahinterstecken.

Dies hier war weder komisch noch tragisch. Die Ähnlichkeit machte mich fast krank, erinnerte mich daran, daß ich manchmal, wenn ich an einer Auslage vorüberging, plötzlich mein Ebenbild erblickte, und der Mann im Spiegel war eine groteske Karikatur dessen gewesen, was ich selber zu sein mir eingebildet hatte. Solche Zwischenfälle bewirkten, daß ich mich gedemütigt, für meine Anmaßung bestraft fühlte, nie aber war es mir kalt über den Rücken gelaufen wie bei der jetzigen Begegnung, noch hatte ich je das Bedürfnis empfunden, kehrtzumachen und davonzulaufen.

Er war es, der zuerst das Schweigen brach. «Sie sind doch nicht etwa zufällig der Teufel?»

«Die gleiche Frage könnte ich an Sie richten», erwiderte ich.

Er nahm mich beim Arm, zog mich näher an den Schanktisch heran, und obgleich der Spiegel dahinter trüb und zum Teil von Flaschen und Gläsern verdeckt war, zeigte er uns deutlich, wie wir nebeneinander standen, gespannt, angstvoll die Spiegelfläche erforschend, als hinge unser Leben davon ab, was sie uns zu sagen hatte. Und die Antwort war keine zufällige Ähnlichkeit, keine oberflächliche Verwandtschaft des Äußern, die sehr rasch durch Verschiedenheit der Farbe von Haar und Augen, durch die Ungleichheit von Zügen, Ausdruck, Größe, Schulterbreite widerlegt wurde – es war, als stünde ein einziger Mann hier.

Er sagte – und selbst seine Stimme klang wie meine: «Ich habe mir angewöhnt, mich durch nichts im Leben überraschen zu lassen. Ich sehe keinen Grund, daß unser Fall eine Ausnahme sein sollte. Was wollen Sie trinken?»

Ich war viel zu tief erschüttert, um mir darüber Gedanken zu machen. Er bestellte zwei Cognacs, und wir rückten ans Ende des Schanktischs.

Als unsere Blicke sich vom Spiegel abgewendet hatten, sahen wir einander an wie zwei Schauspieler, die ihr Make-up prüfen. Er lächelte, und ich lächelte auch, und dann zog er die Brauen hoch, und ich ahmte ihn nach – oder vielmehr, ich ahmte mich selber nach.

«Sind Sie ein wohlhabender Mann?» fragte er.

«Nein. Warum?»

«Wir könnten eine Nummer im Zirkus einstudieren oder in einem Kabarett eine Million verdienen.» Er bestellte noch zwei Cognacs. Unsere Ähnlichkeit schien niemanden zu überraschen. «Man glaubt wohl, daß Sie mein Zwillingsbruder sind und mich hier auf dem Bahnhof getroffen haben», sagte er. «Und vielleicht sind Sie es auch. Wo kommen Sie her?»

«Aus London.»

«Haben Sie dort Geschäfte?»

«Nein, ich lebe dort. Und ich arbeite auch dort.»

«Ich meine, wo sind Sie zu Hause, aus welcher Gegend von Frankreich kommen Sie?»

Da begriff ich, daß er mich für einen Franzosen hielt, wie er selber einer war. «Ich bin Engländer», sagte ich. «Ich habe mich nur eingehend mit der Sprache Ihres Landes beschäftigt.»

Er hob die Brauen. «Mein Kompliment! Ich hätte Sie nicht für einen Ausländer gehalten. Und was machen Sie in Le Mans?»

Ich erklärte ihm, daß gerade in diesen Tagen mein Urlaub zu Ende ging; daß ich Historiker war und in England Vorlesungen über sein Land und dessen Geschichte hielt.

Er lachte amüsiert. «Und auf diese Art verdienen Sie Ihr Leben?»

«Ja.»

«Unglaublich», sagte er und bot mir eine Zigarette an.

«Oh, Ihr habt hier Historiker, die dasselbe tun», meinte ich.

«Natürlich», sagte er, «aber es sind durchwegs Franzosen, die über Frankreich sprechen. Ich verstehe gar nicht, warum Sie sich so sehr für unser Land interessieren. Sind Sie gut bezahlt?»

«Nicht besonders.»

«Verheiratet?»

«Nein. Ich habe überhaupt keine Familie. Ich lebe allein.»

«Da haben Sie Glück.» Das sagte er mit Nachdruck, und dann hob er sein Glas. «Auf Ihre beneidenswerte Freiheit! Möge sie lange währen!»

«Und wie steht es mit Ihnen?» fragte ich.

«Ich? Och, ich muß wohl sagen, daß ich Familie habe. Und gar nicht wenig. Vor langer Zeit hat es mich erwischt. Ich kann sogar sagen, daß ich dem nie entronnen bin; außer während des Krieges.»

«Sind Sie Geschäftsmann?»

«Ich habe etwas Grundbesitz. Ich wohne etwa dreißig Kilometer von hier entfernt. Kennen Sie die Sarthe?»

«Ich kenne das Land südlich der Loire besser. Auch die Sarthe würde ich gern kennenlernen, aber ich bin jetzt schon auf der Heimreise. Das werde ich mir für ein anderes Mal aufheben müssen.»

«Schade. Es hätte lustig sein können ...» Er sprach den Satz nicht zu Ende, sondern starrte in sein Glas. «Sie haben einen Wagen?»

«Ja, ich habe ihn bei der Kathedrale abgestellt. Beim Spazierengehen habe ich mich verirrt. Und so bin ich hierher zum Bahnhof gekommen.»

«Bleiben Sie über Nacht in Le Mans?»

«Ich weiß nicht. Eigentlich ...» ich hielt inne. Der Cognac hatte mich angenehm erwärmt, und nun war es mir, als käme es gar nicht darauf an, was ich diesem Mann sagte; es wäre ja, als spräche ich zu mir selber. «Eigentlich hatte ich daran gedacht, ein paar Tage in La Grande-Trappe zu verbringen.»

«In La Grande-Trappe?» sagte er. «Meinen Sie das Zisterzienserkloster bei Mortagne?»

«Ja. Es kann nicht viel mehr als achtzig Kilometer von hier sein.»

«Um Gottes willen – warum wollen Sie denn dorthin fahren?»

Seine Frage war berechtigt. Der Grund, weshalb Männer in die Grande-Trappe gingen, war, um dort die Liebe zu Gott zu finden. Das nahm ich wenigstens an.

«Ich dachte», erwiderte ich, «wenn ich hinginge und vor meiner Rückkehr nach England einige Tage dort verbrächte, könnte ich vielleicht den Mut finden, weiterzuleben.»

Er sah mich nachdenklich an, während er seinen Cognac schlürfte. «Was stimmt denn nicht?» fragte er. «Eine Weibergeschichte?»

«Nein.»

«Geld?»

«Nein.»

«Sind Sie in irgendeiner Klemme?»

«Nein.»

Er zuckte die Achseln. «Vielleicht sind Sie ein Trinker?» sagte er. «Oder ein Homosexueller. Oder Sie haben eine Vorliebe für die Unbequemlichkeit um ihrer selbst willen. Irgendwas muß ernstlich nicht stimmen, wenn Sie nach La Grande-Trappe gehen wollen.»

Abermals schaute ich über ihn hinweg in den Spiegel. Und jetzt, zum ersten Mal, konnte ich den Unterschied zwischen uns wahrnehmen. Es war nicht die Kleidung, die uns voneinander unterschied; es war seine unbefangene Lässigkeit, die im Gegensatz zu meiner Zurückhaltung stand. Er sah drein und sprach und lächelte, wie ich es nie getan hatte.

«Es ist nicht so, daß irgendwas nicht stimmen würde», sagte ich. «Nur daß ich, als Individuum, im Leben versagt habe.»

«Das haben wir alle», entgegnete er. «Sie, ich, alle Leute hier im Bahnhofbuffet. Wir haben alle versagt. Das Geheimnis des Lebens besteht darin, diese Tatsache früh zu erkennen und sich damit auszusöhnen. Dann ist sie nicht weiter wichtig.»

«Sie ist wichtig», sagte ich, «und ich habe mich nicht ausgesöhnt.»

Er leerte sein Glas und warf einen Blick nach der Uhr, die an der Wand hing.

«Es ist nicht nötig», bemerkte er, «sofort ins Kloster zu gehen. Die braven Mönche warten auf die Ewigkeit; sie können ganz gut auch noch auf Sie warten. Gehen wir doch irgendwohin, wo wir gemütlicher noch etwas trinken und vielleicht auch zu Abend essen können. Da ich Familie habe, habe ich es nicht eilig heimzukommen.»

In diesem Augenblick erinnerte ich mich an den Mann, der mich aus dem Wagen angesprochen hatte. «Heißen Sie Jean?» fragte ich.

«Ja», sagte er überrascht. «Ich heiße Jean de Gué. Warum?»

«Irgend jemand vor dem Bahnhof hat mich für Sie gehalten. Ein Mann in einem Wagen rief: ‹Hallo, Jean!› und als ich ihm sagte, er müsse sich geirrt haben, fand er das anscheinend komisch und meinte offenbar, ich – oder Sie vielmehr – wolle nicht erkannt werden.»

«Das würde mich nicht weiter überraschen. Und was haben Sie getan?»

«Nichts. Er fuhr lachend weiter und sagte noch irgendwas davon, daß wir uns ja am Sonntag sehen würden.»

«Natürlich! Die Jagd...»

Meine Worte mußten seinen Gedanken eine neue Richtung gegeben haben, denn seine blauen Augen umwölkten sich, und ich fragte mich, ob ich auch so aussah wie er, wenn ich mich um ein schwer zu lösendes Problem bemühte.

Er winkte einem Träger, der mit zwei Koffern geduldig vor der Schwingtüre stand.

«Haben Sie nicht gesagt, daß Ihr Wagen neben der Kathedrale steht?»

«Ja.»

«Also, wenn Sie nichts dagegen haben, könnten wir ihn holen und irgendwohin zum Abendessen fahren.»

«Gern. Wohin Sie wollen.»

Er zahlte den Träger, rief ein Taxi, und wir fuhren los. Es war seltsam und wie in einem Traum. Häufig war ich in meinen Träumen der Schatten und beobachtete, wie ich selber an Traumhandlungen teilnahm. Jetzt geschah es wirklich, und ich empfand denselben Mangel an Substanz, denselben Mangel an Willen.

«Er hat sich also vollkommen täuschen lassen?»

«Wer?» Seine Stimme, fast wie die Stimme des Gewissens, schreckte mich auf, denn seit wir ins Taxi gestiegen waren, hatte er kein Wort gesprochen.

«Der Mann, der Sie vor dem Bahnhof angesprochen hat.»

«Ja, ja; vollständig. Wenn er Sie trifft, wird er Ihnen wahrscheinlich einen Vorwurf machen. Jetzt erinnere ich mich – er wußte, daß Sie fortgewesen waren, denn er deutete an, daß Sie auf Ihrer Reise wohl keinen Erfolg gehabt hatten. Sagt Ihnen das etwas?»

«Nur allzuviel.»

Ich ging nicht weiter auf das Thema ein. Es war schließlich nicht meine Sache. Kurz darauf sah ich ihn halb verstohlen an und bemerkte, daß er ebenso verstohlen zu mir herüberspähte. Unsere Blicke trafen sich, und statt instinktiv zu lächeln, weil auch darin eine Ähnlichkeit zu erkennnen war, empfand ich ein unbehagliches Gefühl, wie in der Nähe einer Gefahr. Ich wandte mich von ihm ab und schaute zum Fenster hinaus, und als das Taxi vor der Kathedrale hielt, läuteten die Glocken tief und feierlich. Das war ein Eindruck, dem ich immer unterlag. Heute abend, als wir aus dem Taxi stiegen, klangen die Glocken wie eine Herausforderung, laut und zwingend. Dann sänftigte sich das Tönen zu einem Flüstern, das Flüstern zu einem Seufzer, der Seufzer zu einem Vorwurf. Ich sperrte meinen Wagen auf. Mein Gefährte wartete und musterte das Auto interessiert.

«Ein Ford Consul», sagte er. «Welcher Jahrgang?»

«Ich habe ihn vor zwei Jahren gekauft.»

«Und sind Sie zufrieden?»

«Sehr. Ich benütze ihn übrigens nicht sehr viel, vom Wochenende abgesehen.»

Während ich seine beiden Koffer unterbrachte, fragte er mich über den Wagen aus wie ein Schuljunge, der eine neue Maschine ausprobiert. Er fingerte am Schaltbrett herum, betastete die Sitze, um die Federn zu prüfen, und schließlich fragte er in jäher Begeisterung, ob er den Wagen steuern dürfe.

«Aber gewiß», sagte ich. «Sie kennen die Stadt ja besser als ich. Nur zu!»

Er machte es sich bequem, und ich setzte mich neben ihn. Als er den Wagen wendete und in die Rue Voltaire einbog, dauerte seine jungenhafte Begeisterung immer noch an. «Großartig! Hervorragend!» murmelte er und genoß sichtlich jede Sekunde von dem, was nach meinen vorsichtigen Maßstäben bald eine halsbrecherische Fahrt wurde. Als wir an einer Lichterreihe vorbeigeflitzt waren und einen großen Wagen, in dem ein wütender Amerikaner saß, gezwungen hatten, an die Straßenseite auszuweichen, begann mein Gefährte, rund um die Stadt zu fahren, um, wie er mir auseinandersetzte, alle Möglichkeiten des Autos zu erproben.

«Wissen Sie», sagte er, «es macht mir einen Riesenspaß, anderer Leute Sachen zu benützen. Das ist eine der größten Freuden des Lebens.» Ich schloß die Augen, als wir jetzt wie ein Bobsleigh um eine Ecke schossen. «Unterdessen», sagte er, «sterben Sie wahrscheinlich vor Hunger.»

«Ganz und gar nicht», murmelte ich. «Ich stehe Ihnen völlig zur Verfügung.» Beim Sprechen fiel mir auf, daß die französische Sprache zu geschliffen, zu höflich ist.

«Ich hatte vor, Sie in das einzige Restaurant zu führen, wo man wirklich vorzüglich ißt», sagte er; «aber ich habe mich anders besonnen. Ich bin dort bekannt, und ich habe das Gefühl, daß ich heute abend sozusagen ohne Identität bleiben möchte. Es passiert einem ja nicht jeden Tag, daß man sich selbst gegenübergestellt wird.»

Seine Worte weckten in mir das gleiche Unbehagen, das ich schon im Taxi verspürt hatte. Die Ähnlichkeit zwischen uns war etwas, womit keiner von uns beiden in der Öffentlichkeit großtun wollte. Es war ein seltsames Gefühl. Jetzt, als wir uns dem Zentrum der Stadt näherten, fuhr er langsamer.

«Vielleicht werde ich heute überhaupt nicht nach Hause fahren», sagte er, «sondern ein Zimmer in einem Hotel nehmen.» Es war, als dächte er laut. «Wenn wir mit dem Abendessen fertig sind, wird es schon zu spät sein, Gaston anzurufen, damit er mir den Wagen bringt. Und man erwartet mich ohnehin nicht.»

Ähnliche Ausreden fand ich für mich selber, als wollte ich den Augenblick hinausschieben, da ich etwas Unangenehmem standhalten müßte. Warum aber war er so wenig darauf bedacht, heimzukehren?

«Und Sie», sagte er und wandte sich zu mir, «werden vielleicht zu der Überzeugung gelangen, daß Sie gar nicht nach La Grande-Trappe fahren wollen. Sie könnten auch in einem Hotel übernachten.»

Seine Stimme klang eigenartig. Es war, als tastete er sich einen Weg zu einer Art Verständigung zwischen uns, zu einer Art Lösung eines Problems, das keiner von uns beiden völlig begriff.

«Vielleicht», sagte ich; «ich weiß nicht.»

Er fuhr durch das Stadtzentrum, hielt aber nicht vor einem der großen Hotels, sondern lenkte den Wagen in ein Viertel, wo die Häuser grauer, schäbiger waren, näher zu den Fabriken und Lagerhäusern.

«Hier ist es stiller», sagte er, und noch immer vermochte ich nicht zu erkennen, ob er zu mir sprach oder nur laut dachte. Er hielt vor einem unansehnlichen Haus, das zwischen andern ebenso unansehnlichen Häusern eingequetscht stand, und über dessen halbgeöffneter Tür das Wort «Hotel» in trübem, blauem elektrischen Licht Aufschluß über sein Wesen gab.

«Manchmal», sagte er, «können solche Häuser ganz nützlich sein. Man legt nicht immer besonderen Wert darauf, Freunden zu begegnen.»

Ich gab keine Antwort. Er stellte den Motor ab und öffnete die Tür.

«Kommen Sie?»

Ich hatte keinerlei Verlangen, in die Mysterien des *Tout Confort* einzudringen, den ich unter dem blauen Licht in kleinen Buchstaben angekündigt sah.

«Ich glaube nicht», sagte ich. «Gehen Sie nur hinein und nehmen Sie ein Zimmer, wenn Sie Lust haben. Ich möchte zuerst zu Abend essen und mich dann entschließen.»

Jetzt lockte mich die Straße nach Norden eigentlich mehr – die Fahrt nach Mortagne und dann über die Seitenstraße zum Kloster de la Grande-Trappe.

«Wie Sie wollen.» Er zuckte die Achseln, ich zündete mir eine Zigarette an und sah, wie er in das Hotel trat. Die Cognacs, die ich im Bahnhofbuffet getrunken hatte, begannen zu wirken. Nichts, was sich ereignete, besaß noch eine Realität, und in einem Zustand völliger Verwirrung fragte ich mich, was ich eigentlich hier, in einer wenig anziehenden Seitenstraße von Le Mans, tat, warum ich auf einen Gefährten wartete, der mir noch vor einer Stunde völlig unbekannt gewesen war, der aber, aufgrund einer zufälligen Ähnlichkeit, meinen Abend bestimmte, zum Guten oder Bösen. Ich fragte mich, ob ich nicht einfach weiterfahren und damit dem ganzen Abenteuer ein Ende machen sollte. Schon hatte ich die Hand nach dem Zündschlüssel ausgestreckt, als mein Ebenbild zurückkam.

«Das ist erledigt. Gehen wir jetzt essen. Den Wagen brauchen wir nicht. Ich kenne ein Lokal gerade um die Ecke.»

Ich fand keine Ausrede, um mich seiner zu entledigen, verwünschte meine Schwäche und folgte ihm wie ein Schatten durch die Straße.

Er führte mich zu einem Lokal, halb Restaurant, halb Kneipe. Vor dem Eingang standen jede Menge Fahrräder – es mußte wohl das Hauptquartier eines Klubs sein –, und innen drängten sich junge Burschen in farbigen Pullovern, sangen und schrien, während eine Gruppe älterer Männer, sichtlich Arbeiter, an einem Tisch ein Würfelspiel spielte. Mein Begleiter bahnte sich unbekümmert einen Weg durch das Gedränge, und wir setzten uns an einen Tisch hinter einem abgenützten Wandschirm.

Der Wirt, Kellner und Barmann in einem, schob mir eine unlesbare Menükarte in die Hand, schon stand ein Glas Wein vor mir und eine Suppe, die ich nicht bestellt hatte; denn jetzt verschmolz die Decke mit dem Boden, die Zeit verlor ihre Bedeutung, mein Gefährte beugte sich über den Tisch, hob sein Glas und sagte: «Auf Ihren Aufenthalt in La Grande-Trappe!»

Manchmal kann ein viertes Glas vorübergehend die Wirkung haben, die Wirrnis zu klären, die den drei vorangegangenen zu verdanken ist, und während ich aß und trank, wurde das Gesicht vor mir wieder deutlich, war nicht länger unheimlich und bedrohlich, sondern lächelte, wenn ich lächelte, verzog die Brauen, wenn ich die Brauen verzog. Seine Stimme, ein Widerhall meiner eigenen, drängte mich zu sprechen, zwang mich zu berichten, so daß ich schließlich merkte, wie ich von Einsamkeit, von Tod, von der leeren Schale meiner persönlichen Welt redete.

«Und so», hörte ich meine Stimme sagen, «muß es doch in La Grande-Trappe, wo Menschen im Schweigen leben, eine Antwort auf all das geben. Dort müssen sie wissen, wie man die Leere füllt, denn sie sind mit voller Überzeugung in die Dunkelheit gegangen, um das Licht zu finden – während ich...» ich hielt inne und versuchte, mir selber klarzuwerden. «Mit andern Worten», fuhr ich fort, «in La Grande-Trappe kann man mir vielleicht keine Antwort geben, aber mir sagen, wo ich sie suchen könnte; denn obgleich jeder von uns eine individuelle Antwort auf sein individuelles Problem haben muß, so wie jedes Schloß seinen eigenen Schlüssel hat, wäre es doch denkbar, daß diese Antwort allgemein gültig wäre, so wie ein Hauptschlüssel jedes Schloß öffnet.»

Seine blauen Augen waren in ihrem heiteren Glanz kein Spiegelbild meiner trunkenen Stimmung, sondern vielmehr der Zweifel, der ihr folgt, der Spott beim Erwachen.

«Nein, mein Freund», sagte er dann. «Wenn Sie von Religion so viel wüßten wie ich, würden Sie sie fliehen wie die Pest. Ich habe eine Schwester, die an nichts anderes denkt. Eines habe ich im Leben gelernt, und zwar, daß die einzige treibende Kraft in der menschlichen Natur die Gier ist. Insekten, Vierfüßler, Männer, Frauen, Kinder, wir alle leben durch die Gier allein. Das ist nicht sehr schön, aber was soll's? Da bleibt einem nichts anderes übrig, als der Gier zu dienen und den Menschen zu geben, wonach sie verlangen. Das Verdrießliche ist, daß sie nie zufrieden sind.» Er seufzte und schenkte sich sein Glas voll. «Sie klagen, daß Ihr Leben leer ist? Von meinem Standpunkt aus ist es ein Paradies. Eine Wohnung für sich allein, keine Familienbindungen, keine geschäftlichen Sorgen, ganz London als Tummelplatz, wenn Sie wollen – obgleich ich London nicht besonders amüsant fand, als ich während des Kriegs eine Zeitlang dorthin verbannt war – aber auf jeden Fall ist die Stadt weitläufig und frei. Sie hängt einem nicht wie ein Strick um den Hals.»

Seine Stimme veränderte sich, wurde hart, in seinen Augen war Groll und Erbitterung. Er beugte sich über den Tisch und sagte: «Alles Glück auf der Welt gehört Ihnen, und Sie sind nicht zufrieden. Ihre Eltern sind vor vielen Jahren gestorben, sagen Sie, und es gibt keinen Menschen, der Anspruch auf Sie erheben kann. Sie sind ein freier Mann, können allein essen, arbeiten, schlafen. Werden Sie sich Ihrer Vorteile bewußt und vergessen Sie den Unsinn mit La Grande-Trappe.»

Wie alle einsamen Menschen war ich allzu schnell redselig geworden. Jetzt kannte er bereits alle kleinen Beschwerden meines Lebens, und ich wußte nichts von seinem.

«So», sagte ich, «jetzt dürfen Sie sich in den Beichtstuhl setzen. Was haben Sie für Sorgen?»

Sekundenlang glaubte ich, er werde zu sprechen beginnen. In seinen Augen war ein unsicheres Flackern. Doch schon war es wieder vorbei, und an seine Stelle trat das geduldige Lächeln, das lässige Achselzucken.

«Ach, ich», sagte er. «Meine einzige Sorge ist, daß ich zuviel besitze, zu viele menschlichen Bindungen habe.»

Und während er seine Zigarette anzündete, war eine deutliche Ablehnung spürbar, die weitere Fragen verbot.

Wir waren mit unserer Mahlzeit fertig geworden, und ich merkte, daß seine Blicke ständig an mir hafteten. Das weckte ein seltsames Unbehagen in mir; als er jetzt erklärte, er müsse nach Hause telefonieren, aufstand und den Tisch verließ, war es mir, als könnte ich in seiner Abwesenheit freier atmen.

«Nun?» sagte ich, als er wiederkam, doch es war nicht als Frage gemeint.

Er erwiderte kurz: «Ich habe den Auftrag gegeben, daß der Wagen mich morgen holen soll.»

Er rief den Wirt, zahlte, ohne meinen leisen Einspruch zu beachten, dann packte er mich beim Arm und zog mich auf die Straße.

Es war dunkel, und der Regen hatte wieder eingesetzt. Ich murmelte etwas davon, daß ich den Wagen holen und weiterfahren wolle, und was für ein merkwürdiges Erlebnis diese Begegnung gewesen sei, doch er ließ meinen Arm nicht locker.

«Ich kann Sie nicht so fortlassen. Es ist doch zu ungewöhnlich, zu bizarr.»

Abermals erreichten wir den Eingang seines schäbigen, düsteren Hotels, ich schaute durch die Tür und sah, daß das Entrée leer war. Auch er bemerkte es, warf einen Blick über die Schulter und sagte schnell: «Kommen Sie hinauf! Trinken wir noch ein Glas, bevor Sie weiterfahren.» Seine Stimme klang drängend, als hätten wir nur wenig Zeit zu verlieren.

Ich protestierte, doch schon hatte er mich mit sanfter Gewalt die Stufen hinauf und durch einen Gang geführt. Er zog einen Schlüssel aus der Tasche, öffnete eine Türe und schaltete das Licht in einem kleinen, kümmerlichen einbettigen Zimmer ein.

«Da», sagte er, «setzen Sie sich und machen Sie sich's bequem.» Ich setzte mich auf das Bett, denn auf dem Stuhl lag sein offener

Koffer. Pyjama, Bürsten und Pantoffeln hatte er bereits ausgepackt, und jetzt griff er nach einer Flasche und goß Cognac in ein Zahnglas. Abermals verschmolzen Decke und Boden wie vorhin in dem Restaurant, und ich hatte den Eindruck, daß alles, was geschah, schicksalhaft, unentrinnbar war, daß ich ihn nie mehr loswerden könnte. Er würde mir die Treppe hinunter folgen, mit mir in den Wagen steigen, nie mehr könnte ich ihn abschütteln. Er war mein Schatten oder ich seiner, und wir waren für alle Ewigkeit aneinander gebunden.

«Was ist denn los? Ist Ihnen nicht wohl?» Seine Augen bohrten sich in meine.

Ich stand auf, von zwei Wünschen zerrissen – der eine, die Tür zu öffnen und wegzulaufen, der andere, wieder neben ihn zu treten und in den Spiegel zu schauen; hier, in diesem stillen kleinen Zimmer war die Ähnlichkeit noch unheimlicher als im überfüllten Bahnhofbuffet. Er schob mir das Zahnglas mit dem Cognac in die zitternde Hand und trank selbst gierig aus der Flasche. Dann sagte er mit einer Stimme, die so unsicher klang wie meine – oder sprach ich und er hörte zu? –: «Soll ich Ihre Kleider anziehen und Sie meine?» Ich erinnere mich, daß einer von uns beiden lachte, als ich zusammenbrach.

3

Jemand klopfte an die Türe. Das Geräusch setzte sich fort, bis es durch einen Traum ins Bewußtsein drang, bis ich erwachte und schließlich aus Gott weiß welchen Tiefen des Dunkels : «Entrez!» rief. Dann sah ich mich in dem unvertrauten Raum um, der mir nach und nach zu einer Wirklichkeit wurde. Ein Mann trat ein; er trug eine altmodische Chauffeuruniform und hielt die Kappe in der Hand. Er war von kräftiger, gedrungener Gestalt und sah mich von der Schwelle aus dunkelbraunen Augen mitleidig an.

«Ist der Herr Graf endlich aufgewacht?»

Sekundenlang musterte ich ihn unter zusammengezogenen Brauen, dann sah ich mich nochmals im Zimmer um und erblickte den offenen Koffer auf dem Stuhl, einen anderen auf dem Boden und die Kleidungsstücke meines Gefährten vom Vorabend auf dem Ende des Bettes, darin ich lag. Ich trug eine gestreifte Pyjamajacke, die ich nicht erkannte. Auf dem Waschtisch stand das Zahnglas und die Cognacflasche. Von meinen eigenen Kleidern war nichts zu sehen, aber ich konnte mich nicht entsinnen, daß ich sie ausgezogen oder weggelegt hätte. Alles, woran ich mich noch erinnern konnte, war, wie ich neben meinem Gefährten in den Spiegel geschaut hatte.

«Wer sind Sie?» fragte ich den Chauffeur. «Was wollen Sie?»

Er seufzte, warf einen verständnisvollen Blick auf die Unordnung im Zimmer und sagte: «Der Herr Graf will vielleicht noch ein Weilchen schlafen?»

«Der Herr Graf ist nicht da», sagte ich, «er muß ausgegangen sein. Wie spät ist es denn?»

Die Ereignisse des Vorabends wurden mir jetzt deutlicher bewußt, und ich erinnerte mich, wie mein Gefährte zum Telefon gegangen war, als wir beim Abendessen saßen, und den Auftrag gegeben hatte, der Wagen solle ihn am nächsten Tag abholen. Das mußte der Chauffeur sein, der eben angekommen war und mich für seinen Herrn hielt. Der Mann sah auf die Uhr. «Es ist fünf», sagte er.

«Was reden Sie da? Fünf?»

«Es ist fünf Uhr nachmittags», sagte der Chauffeur. «Der Herr Graf hat den ganzen Tag fest geschlafen. Ich warte schon seit elf.»

Seine Worte enthielten keinen Vorwurf; sie waren einfach die Feststellung einer Tatsache. Ich legte die Hand an den Kopf, der furchtbar schmerzte. Ich dachte an alles, was ich am Vorabend getrunken hatte, und an dieses letzte Zahnglas mit Cognac. Vielleicht war es gar nicht das letzte gewesen?

Ich schwang die Beine aus dem Bett und betrachtete die unvertraute Pyjamahose. Sie paßte, und doch war es nicht meine, und ich konnte mich auch nicht daran erinnern, daß ich sie angezogen hatte. Ich streckte die Hand nach den Kleidern am Ende des Bettes aus, die anderer Herkunft waren als meine.

«Was ist mit meinen Kleidern geschehen?»

Der Chauffeur trat näher, nahm den Anzug, hängte das Jackett über die Lehne des Stuhls und glättete die Hosen. «Der Herr Graf hat bestimmt an andere Dinge gedacht, als er sich auszog», bemerkte er, warf mir von der Seite einen Blick zu und lächelte.

«Nein», sagte ich. «Diese Sachen gehören nicht mir. Sie gehören Ihrem Herrn. Meine sind wahrscheinlich hier im Schrank.»

Er hob die Brauen und machte eine kleine Grimasse, als müßte er ein Kind bei guter Laune halten, trat an den Schrank und öffnete ihn. Es war nichts da. «Die Schubladen!» Er gehorchte, aber sie waren leer.

Ich trat ans Fenster und schaute auf die Straße hinunter. Vor dem Hotel stand ein Renault, mein Wagen aber war fort.

«Haben Sie meinen Ford nicht gesehen, als Sie ankamen?» fragte ich den Chauffeur.

Der Mann sah mich verdutzt an. «Hat der Herr Graf ein neues Auto gekauft?» fragte er. «Es war kein anderer Wagen da, als ich heute früh ankam.»

Diese hartnäckige Verwechslung reizte mich. «Nein», sagte ich ungeduldig. «Meinen Wagen! Meinen Ford! Ich bin nicht der Herr Graf. Der Herr Graf ist in meinen Kleidern ausgegangen. Sehen Sie doch nach, ob er nicht eine Nachricht hinterlassen hat. Er muß auch meinen Wagen genommen haben. Das ist ein Spaß, den er sich gemacht hat, aber ich kann nicht sagen, daß ich den Spaß gut finde.»

Ein neuer Ausdruck trat in die Augen des Chauffeurs, er sah besorgt aus. «Wir haben gar keine Eile», sagte er. «Wenn der Herr Graf sich noch ein wenig länger ausruhen will...» Er trat auf mich zu und legte ganz sanft die Hand auf meinen Kopf. «Soll ich Ihnen etwas aus der Apotheke holen?»

Ich mußte mich in Geduld üben. «Bitten Sie doch irgend jemand vom Hotel heraufzukommen», sagte ich.

Als ich allein war, sah ich mich abermals um, doch nirgends fand ich etwas, das ich als mein Eigentum erkennen konnte. Meine Kleider waren verschwunden und mit ihnen Brieftasche, Paß, Geld, Notizbuch, Schlüsselring, Füllfederhalter, alle persönlichen Gegenstände, die ich stets auf mir trug. Oben im Koffer lagen seine Bürsten mit den Initialen J. de. G., darunter noch ein Anzug, Schuhe, Rasiersachen und auf dem Toilettentisch eine Brieftasche, Visitenkarten, darauf «Comte de Gué» stand und in der linken Ecke «St. Gilles, Sarthe». Ich öffnete den zweiten Koffer – immer noch hoffte ich, irgend etwas zu finden, das mir gehörte, doch da war nichts. Nur seine Kleider, seine Reiseuhr, sein Scheckbuch, verschiedene Päckchen, die anscheinend Geschenke enthielten.

Ich setzte mich wieder aufs Bett, den Kopf in den Händen. Ich mußte einfach warten. Bald würde er zurückkommen. Er mußte zurückkommen. Er hatte ja meinen Wagen genommen. Und ich brauchte nur zur Polizei zu gehen, die Nummer anzugeben, auseinanderzusetzen, wie ich meine Brieftasche mit Geld, Reiseschecks und Paß verloren hatte, und man würde ihn finden. Unterdessen... unterdessen... ja, was?

Der Chauffeur kam wieder und mit ihm ein schmieriger, verlegen blickender Mann, wahrscheinlich der Geschäftsführer. Er hatte ein Blatt Papier in der Hand, das er mir reichte, es war die Rechnung, die Rechnung für ein Einzelzimmer für einen Tag und eine Nacht.

«War irgendwas nicht in Ordnung, Monsieur?»

«Wo ist der Herr, mit dem ich gestern abend zusammen war?» fragte ich. «Hat ihn jemand heute früh ausgehen sehen?»

«Sie waren allein, als Sie gestern abend das Zimmer genommen haben, Monsieur», erwiderte der Mann. «Ob Sie auch allein waren, als Sie später wiederkamen, wüßte ich nicht zu sagen, unser Haus ist sehr diskret, und wir stellen unsern Kunden keine Fragen.»

Hinter dem unterwürfigen Ton spürte ich einen Hauch von Vertraulichkeit, ja von Verachtung. Der Chauffeur schaute zu Boden. Ich sah, wie der Hotelangestellte, oder was er sonst war, einen Blick auf mein zerwühltes Bett und die Cognacflasche auf dem Waschtisch warf.

«Ich muß sofort zur Polizei», sagte ich.

Der Mann sah mich bestürzt an. «Sind Sie bestohlen worden, Monsieur?» fragte er.

Der Chauffeur schaute auf, trat, noch immer die Kappe in den Händen, näher, stellte sich neben mich, als müßte er mich beschützen.

«Es wäre vielleicht besser, Herr Graf», sagte er halblaut, «alle Schwierigkeiten zu vermeiden. Solche Sachen sind nicht sehr angenehm. In ein oder zwei Stunden werden Sie sich wieder wohler fühlen. Erlauben Sie mir, daß ich Ihnen beim Anziehen helfe, und dann fahren wir so schnell wie möglich nach Hause. In einem Haus wie diesem hier Streit anzufangen, könnte peinliche Folgen haben, das wissen Sie ja sehr gut.»

Plötzlich wurde ich wütend. Was war das für eine lächerliche Situation! Da saß ich auf dem Bett dieses armseligen kleinen Zimmers, trug einen Pyjama, der nicht mir gehörte, war das Opfer eines

Streichs, der meinen Gefährten von gestern zweifellos erheiterte, mich aber gar nicht. Gut denn. Wenn er mich zum Narren halten wollte, würde ich Gleiches mit Gleichem vergelten. Ich würde seine Kleider anziehen, seinen Wagen genauso höllisch fahren, wie er es zweifellos mit meinem tat, würde mich verhaften lassen und dann warten, bis er auftauchte und seine unsinnige Handlungsweise erklärte, so gut er konnte.

«Schön, schön. Warten Sie unten auf mich», sagte ich zum Chauffeur. Er verzog sich und der Hotelangestellte mit ihm, während ich in einer seltsamen Mischung von Zorn und Widerwillen nach Jakkett und Hosen griff und mich anzuziehen begann.

Als ich fertig war, als ich mich mit seinem Rasierzeug rasiert, mein Haar mit seiner Bürste gebürstet hatte, starrte mir mein Ebenbild aus dem Spiegel entgegen, und doch war ein schwer zu erfassender Unterschied da. Mein eigenes Ich war untergegangen. Der Mann, der jetzt vor mir stand, war tatsächlich der Mann, der sich Jean de Gué genannt hatte. Der Kleidertausch hatte auch einen Tausch der Persönlichkeit mit sich geführt; meine Schultern wirkten breiter, ich trug scheinbar den Kopf höher, selbst der Ausdruck meiner Augen war der Ausdruck seiner Augen geworden. Ich erzwang ein Lächeln, und mein Spiegelbild erwiderte das Lächeln, ein lässiges halbes Lächeln. Langsam griff ich nach seiner Brieftasche und zählte die Banknoten. Es waren ungefähr zwanzigtausend Franc, und auf dem Toilettentisch lag noch einiges Kleingeld. Sorgfältig durchsuchte ich die Brieftasche für den Fall, daß er mir ein erklärendes Wort hinterlassen hätte, eine Zeile, die sich auf den Scherz bezog, den er mit mir trieb. Doch nichts war da, kein Wort, keine Spur, aus der sich beweisen ließ, daß er je in diesem Zimmer gewesen, daß er überhaupt in das Hotel gekommen war.

Mein Ärger wuchs. Ich sah die lange Kette von Erklärungen voraus, die mir aufgezwungen wurde – die ungereimte, unzusammenhängende Geschichte bei der Polizei, die Abneigung der Beamten, mich zum Bahnhofbuffet und in das Lokal zu begleiten, wo wir am Abend zuvor gespeist hatten, und sich meine Aussage bestätigen zu lassen, daß wir, zwei einander ungemein ähnliche Männer, miteinander dort gewesen waren. Wie mußte er sich über mich lustig machen, dieser Jean de Gué, jetzt, da beinahe ein ganzer Tag vergangen war! Vielleicht saß er am Steuer meines Wagens; vielleicht saß er, in meinen Kleidern, in einem Café und las meine Notizen, den

Ausdruck lässigen Spotts auf dem Gesicht. Er war frei, er konnte sich seines Streiches erfreuen, konnte fahren, wohin er wollte, und heimkehren, sobald der Spaß seinen Reiz verloren hatte.

Als ich unten die Rechnung bezahlt hatte, der Angestellte mir mit dem Gepäck zu dem alten Renault und dem wartenden Chauffeur gefolgt war, da begriff ich, daß ich den ersten Schritt als mein eigener Doppelgänger getan hatte; indem ich nicht protestierte, nicht nach der Polizei rief, indem ich die falschen Kleider trug und mich auch nur eine halbe Stunde lang als Jean de Gué gelten ließ, hatte ich mich ins Unrecht gesetzt. Ich war jetzt der Mitschuldige des Mannes, der davongefahren war, und nicht mehr sein Ankläger.

Der Chauffeur hatte das Gepäck im Wagen verstaut und stand am offenen Schlag. «Der Herr Graf fühlt sich wieder wohl?» fragte er besorgt.

Ich hätte erwidern können: Ich bin nicht der Herr Graf. Fahren Sie mich sofort zum Polizeikommissariat! Doch das tat ich nicht. Ich tat den zweiten entscheidenden Schritt und setzte mich hinter das Steuer des Renaults, einer Marke, die mir vertraut war, denn in früheren Jahren, wenn ich nicht in meinem eigenen Wagen gekommen war, hatte ich gewöhnlich einen gemietet, um Ausflüge in die Umgebung der Stadt oder des Dorfes zu machen, wo ich gerade wohnte. Der Chauffeur saß neben mir. Ich stellte den Motor an, mich erfüllte das dringende Bedürfnis, von diesem schäbigen, schmutzigen Hotel fortzukommen, es nie wiederzusehen, und als mich der Zorn, aber auch der Widerwille gegen mich selber immer mehr überwältigte, schlug ich die erste Straße ein, die anscheinend aus Le Mans hinausführte, fort von der Stadt, fort von allem, was sich am Abend zuvor hier ereignet hatte, und auf der Route Nationale ins offene Land hinaus. Gestern abend hatte er meinen armen Ford auf Hochtouren gejagt, unbekümmert um die Folgen, weil es ja nicht sein Wagen war; jetzt konnte ich ihm diesen Leichtsinn vergelten. Ich trat aufs Gaspedal, und der alte Wagen sprang willig vorwärts; was auch immer ich mit ihm anfing, mir konnte es gleich sein, dachte ich, es war ja nicht mein Wagen. Ich trage keine Verantwortung, und ein Unfall wäre Jean de Gués Unfall. Und wenn ich den Wagen mit voller Absicht in den Graben fuhr, so war es Jean de Gué, der das tat; nicht ich.

Plötzlich lachte ich, und der Chauffeur neben mir sagte: «Jetzt ist's besser. Bevor wir von Le Mans wegfuhren, hatte ich Angst, der Herr Graf könnte krank sein, und es wäre nicht angenehm gewesen, wenn man ihn in diesem Hotel gefunden hätte. Gestern abend, als Sie mir befahlen, Sie hier abzuholen, da war ich richtig aufgeregt. Es war nur gut, daß Herr Paul nicht an meiner Stelle gekommen ist, zum Glück hatte er zuviel zu tun.»

Ich ließ meine dritte Möglichkeit ungenutzt verstreichen. Ich hätte den Wagen anhalten und zu ihm sagen können: «Jetzt hat es lange genug gedauert. Fahren Sie mich zurück nach Le Mans. Ich habe keine Ahnung, wer Herr Paul ist, und das werde ich Ihnen und der Polizei beweisen.»

Doch statt dessen fuhr ich immer schneller, überholte die Autos vor mir, von einem Gefühl der Rücksichtslosigkeit besessen, das ich nie zuvor gekannt hatte, von dem Gefühl, daß es auf mich selber nicht mehr ankam. Ich trug die Kleider eines andern Mannes, ich fuhr den Wagen eines andern Mannes, und niemand konnte von mir für irgendeine meiner Handlungen Rechenschaft verlangen. Zum ersten Mal war ich frei.

Nach ungefähr fünfundzwanzig Kilometern mußte ich vor einem Dorf das Tempo verlangsamen. Ich sah den Namen des Dorfes, beachtete ihn aber nicht weiter. Erst als wir es durchfahren hatten, sagte der Chauffeur: «Sie hätten doch einbiegen sollen, Herr Graf.»

Jetzt wußte ich, daß ich gebunden war. Zu jedem Widerruf war es zu spät. Ein Spiel des Zufalls hatte mich an diesem Tag, zu dieser Stunde an diesen Fleck auf der Landkarte geführt, in das Herz dieser unbekannten Landschaft, in ein Land, zu dem ich nicht gehörte und das ich doch seit Jahren begreifen wollte. Zum ersten Mal erkannte ich den Sinn des Streiches, die Ironie der Lage, wie Jean de Gué sie erfaßt haben mußte, als er mich schlafend in dem Hotel in Le Mans verlassen hatte.

«Die einzige treibende Kraft in der menschlichen Natur ist die Gier», hatte er zu mir gesagt. «Da bleibt nichts übrig, als der Gier zu dienen und den Menschen zu geben, was sie verlangen.» Er hatte mir gegeben, was ich verlangte, die Gelegenheit, zugehörig zu sein. Er hatte mir seinen Namen, seinen Besitz, seine Identität geliehen. Ich hatte ihm erzählt, daß mein eigenes Leben leer war; er hatte mir sein Leben gegeben. Ich hatte über mein Versagen geklagt; er hatte diese Bürde des Versagens auf sich genommen, als er meine Kleider anzog, in meinen Wagen stieg und als ich selber wegfuhr. Was ich jetzt an seiner Stelle zu tragen hatte, konnte mir nichts bedeuten, weil es ja nicht mehr mich selber betraf. So wie ein Schauspieler Altersfurchen auf sein junges Gesicht malt oder sich hinter der Rolle versteckt, die er spielen muß, so konnte das alte, bedrückte Ich, das ich nur zu gut kannte, verschwunden und vergessen sein, und das neue Ich würde ein rücksichtsloser Mensch ohne Verantwortungsgefühl sein, der sich Jean de Gué nannte; denn was auch immer dieser falsche Jean de Gué tat, welche Torheiten er anstellte, mich, den lebenden John, konnte er nicht verletzen.

Eine Ahnung dieser Dinge ging mir durch den Kopf, als ich langsamer fuhr. Ich hatte keine Zukunft, von jener abgesehen, die andere, unbekannte Menschen mir bereiteten, angefangen mit dem Chauffeur neben mir, der eben prophetisch gesagt hatte, daß ich nicht rechtzeitig abgebogen war.

«Schön», sagte ich und bremste, «den Rest des Weges können Sie fahren.»

Er sah mich forschend an, erwiderte aber nichts, und wir tauschten, ohne ein Wort zu sagen, den Platz. Er wendete den Wagen in das Dorf zurück, das wir eben durchfahren hatten, und bog von der Route Nationale ab.

Während wir in östlicher Richtung fuhren, entfaltete sich die Landschaft in ihrer ganzen Tiefe vor uns, bewaldet und still. Einsame Gehöfte lagen im Dunst, und Heuschober, die sich sonst hart und klar vom Horizont abhoben, verschmolzen mit dem Boden, wurden ein Teil von ihm, und lange Landstraßen, von Pappeln umrandet, tauchten aus dem Nichts auf und verschwanden wieder. Gespenstische Bäume umschlossen hoch und schlank die einsame Gestalt einer Bäuerin, die mit gesenktem Kopf einem unsichtbaren Ziel zustrebte.

Ein plötzlicher Impuls zwang mich, dem Chauffeur zu befehlen, er solle den Wagen anhalten, und nun stand ich minutenlang da und lauschte schweigend, während die Sonne hinter uns dunkel und rot versank und der weiße Nebel sich hob. Kein Reisender, der sich zum ersten Mal auf unbekanntes, unerforschtes Gebiet hinauswagt, konnte sich einsamer gefühlt haben als ich in diesen Minuten auf der leeren Straße. Die Stille wurzelte in dem Land. Lange Jahrhunderte hatten es geformt. Eine kurze Sekunde lang fragte ich mich, wie nahe ich einer Antwort auf meine Zweifel, mein Elend war; näher als ich es vielleicht gewesen wäre, wenn ich jenem ersten, vergessenen Drang gefolgt und den Weg zur Grande-Trappe eingeschlagen hätte.

Der Chauffeur sagte: «Der Herr Graf hat es nicht sehr eilig, nach Hause zu fahren?»

Ich schaute in sein gutes, ehrliches Gesicht; in der Tiefe dieser braunen Augen war Mitgefühl, doch auch Ironie, der milde Spott eines Mannes, der bestimmt an seinem Herrn hing, für ihn kämpfen, für ihn sterben würde, der es ihm aber auch sagen würde, wenn dieser Herr auf Abwege geriet. Ich erkannte, daß ich nie zuvor in irgendeines Menschen Augen solche Hingabe gespürt hatte. Seine Freundlichkeit entlockte mir ein Lächeln, bis ich mich entsann, daß nicht ich es war, den er liebte, sondern Jean de Gué. Ich stieg wieder in den Wagen und setzte mich neben ihn.

«Es ist nicht immer einfach», sagte ich, «mitten in einer Familie zu leben.» Ungefähr das war es, was ein anderer Mann am Abend zuvor zu mir gesagt hatte.

«Ja, ja», erwiderte der Chauffeur, zuckte die Achseln und seufzte. «In so einem Haus wie Ihrem gibt's immer eine Menge Probleme.»

Jetzt erreichten wir das Dorf St. Gilles, fuhren an einer alten Kirche vorüber und über einen kleinen Platz. Dann bogen wir über eine schmale Brücke in eine Lindenallee ein. Und da traf mich die Ungeheuerlichkeit dessen, was ich tat, was ich bereits getan hatte, wie ein heftiger Schlag. Eine Woge von Angst, ja von Schrecken wallte in mir auf, erfüllte mich vollständig. Jetzt begriff ich den ganzen Sinn des Wortes «Panik». Ich hatte nur ein Verlangen – davonzulaufen, mich zu verstecken, irgendwo in einem Graben, in einem Loch verborgen zu sein, mich nicht verhängnisvoll, unentrinnbar dem Schloß entgegenführen zu lassen, das ich jetzt, mit efeuumrankten Mauern, vor mir aufragen sah. Der Wagen holperte über eine hölzerne Brücke, die über einen Graben führte, in dem einst wohl Wasser gewesen war, jetzt aber nur Gras und Unkraut wucherten. Rasch rollten wir durch das offene Tor, über die gekieste Anfahrt und machten vor dem wartenden Schloß halt. Eine schmale Terrasse verlief unterhalb der Fenster, deren Läden bereits für die Nacht geschlossen waren und der Fassade ein verlorenes, totes Aussehen gaben. Während ich noch zögerte auszusteigen, erschien die Gestalt eines Mannes in der dunklen Tür zwischen den Fenstern und blieb auf der Terrasse stehen.

«Da ist Herr Paul», sagte der Chauffeur, «wenn er mich später fragt, werde ich ihm sagen, daß Sie in Le Mans geschäftlich zu tun hatten und daß ich Sie beim Hotel de Paris abgeholt habe.»

Er stieg aus dem Wagen, und ich folgte ihm langsam.

«Gaston», rief der Mann auf der Terrasse, «fahren Sie den Wagen nicht in die Garage. Ich brauche ihn noch. Mit dem Citroën ist irgendwas nicht in Ordnung.» Er lehnte sich über das Geländer und sah zu mir herunter. «Nun?» sagte er. «Du hast dir Zeit gelassen.» Und er lächelte nicht.

Mein eigener gezwungener Gruß erstarrte mir auf den Lippen, und wie ein erwischter Verbrecher, dem jede Deckung recht ist, zog ich mich hinter den Wagen zurück. Doch schon hatte der Chauffeur – Gaston hieß er also! – die beiden Koffer in der Hand und versperrte mir den Weg. So stieg ich denn die Stufen der Terrasse hinauf und hob die Augen, um dem ersten durchdringenden Blick, dem vertraulichen «Du» standzuhalten, einem Beweis dafür, daß dieser Mann ein Verwandter war. Ich sah, daß er kleiner, magerer, wahrscheinlich jünger war als ich selber; er wirkte verhärmt, und die Furchen um seinen Mund drückten Verdrossenheit aus. Ich stand neben ihm und wartete.

«Du hättest sehr wohl telefonieren können», sagte er. «Man hat mit dem Mittagessen gewartet. Françoise und Renée behaupteten, du müßtest einen Unfall gehabt haben; ich sagte ihnen, das sei höchst unwahrscheinlich, du hättest den Tag wahrscheinlich in der Bar des Hotels de Paris verbracht. Wir versuchten dich zu erreichen, aber man sagte uns, du seiest nicht dort gewesen. Daraufhin gab es natürlich die üblichen Klagen.»

Das Staunen darüber, daß sein prüfender Blick nichts entdeckt hatte, ließ mich verstummen. Ich war nicht sicher, was ich eigentlich erwartet hatte. Zweifel, eine nähere Besichtigung, die Erkenntnis, daß ich nicht der Mann war, den er kannte. Er musterte mich von Kopf bis Fuß, und dann lachte er, das Lachen eines Menschen, der gereizt ist, keineswegs heiter.

«Ich will dir nur ganz offen sagen, daß du erbärmlich aussiehst», erklärte er.

Als Gaston mich – es war noch gar nicht lange her – angelächelt hatte, war die überraschende Wärme gewissermaßen eine unverdiente Wohltat gewesen. Jetzt, zum ersten Mal in meinem Leben, wurde ich mir einer Gegnerschaft bewußt. Die Wirkung war seltsam. Ich ärgerte mich gewissermaßen für Jean de Gué. Was er auch getan haben mochte, um Feindseligkeiten zu verdienen – ich war auf seiner Seite.

«Vielen Dank», sagte ich, »deine Meinung interessiert mich nicht. Und ich fühle mich außerordentlich wohl.» Er drehte sich brüsk um und ging auf die Tür zu; an Gastons Lächeln erkannte ich ein wenig verblüfft, daß ich genau das gesagt hatte, was von mir erwartet wurde, und das «Du», das mir sonst ganz ungewohnt war, hatte völlig ungezwungen geklungen.

Ich folgte dem Mann, der Paul genannt wurde, ins Haus. Die Halle war klein und merkwürdig schmal, führte aber in eine andere, geräumigere, von der aus ich eine Treppe im Bogen zum oberen Stockwerk aufsteigen sah. Am Ende der geräumigen Halle stand zwischen zwei Türen ein großer Schrank, eines jener anmutigen, kannelierten Stücke, die in Museen durch eine Kordel vor dem Publikum geschützt werden, und ihm gegenüber, an einer stuckverzierten Wand, hing ein dunkles Bild des gekreuzigten Christus. Aus einer der halbgeöffneten Türen drang Stimmengemurmel.

Paul durchquerte die Halle und rief durch die erste Tür: «Jean ist endlich gekommen.» Seine Stimme verriet die Erbitterung, aus der er auch mir gegenüber kein Hehl gemacht hatte. «Ich muß fort, ich habe mich ohnehin schon verspätet», sagte er dann, und zu mir gewandt: «Ich sehe, daß du nicht in einem geeigneten Zustand bist, um mir heute abend etwas zu berichten. Wir besprechen die Angelegenheit morgen früh.» Mit diesen Worten verzog er sich wieder durch die Türe auf der Terrasse.

Gaston stieg, die beiden Koffer in den Händen, die Stufen hinauf. Eben stellte ich mir die Frage, ob ich ihm folgen sollte, als eine Frauenstimme aus dem Zimmer rief: «Bist du da, Jean?» Es war eine klagende Stimme, und abermals warf der Chauffeur mir einen mitfühlenden Blick zu. Langsam, mit schleppenden Schritten trat ich durch die offene Türe in das Zimmer. Ich gewann einen Moment lang den Eindruck von Größe, schweren Vorhängen, tapezierten Wänden. Häßliche Lampenschirme mit Perlfransen dämpften das Licht. Von der hohen Decke hing ein köstlicher Lüster, glitzerte festlich durch einen Schleier von Staub. Ein langes Fenster, dessen Läden noch nicht geschlossen waren, ließ weites Grasland sehen, das sich bis zu einer Allee erstreckte, und beinahe unter dem Fenster selbst weideten schwarzweiße Rinder, deren Gestalten im schwindenden Licht gespensterhaft wirkten.

Drei Frauen saßen in dem Zimmer. Als ich eintrat, schauten sie auf, und eine von ihnen, ebenso groß wie ich selber, mit harten, klaren Zügen und einem schmalen Mund, das Haar im Nacken zu einem Knoten zusammengefaßt, erhob sich sogleich und verließ das Zimmer. Eine zweite, mit dunklem Haar und dunklen Augen, hübsch, beinahe schön, wenn nicht ihre fahle Haut und ihr verdrossener Mund gewesen wären, beobachtete mich ausdruckslos vom Sofa her, wo sie mit einer Näharbeit oder Stickerei saß, und als die erste Frau das Zimmer verließ, rief sie ihr nach: «Wenn du schon gehen mußt, Blanche, so mach bitte die Tür zu. Ich bin anscheinend die einzige, die gegen Zugluft empfindlich ist.»

Die dritte Frau hatte verblichenes, beinahe farblos blondes Haar. Sie mochte einmal reizvoll gewesen sein und war es, mit den zarten Zügen und den blauen Augen, vielleicht immer noch, aber ihr bedrücktes, verdrießliches Aussehen schmälerten den ersten Eindruck. Sie lächelte nicht. Sie lachte kurz verbittert auf, ganz so, wie Paul gelacht hatte, dann stand sie auf und kam über den glattgewichsten Boden auf mich zu.

«Nun», sagte sie, «gibst du denn keiner von uns einen Kuß?»

4

Ich bückte mich, küßte sie auf beide Wangen, dann ging ich, noch immer ohne ein Wort zu sagen, auf die andere Frau zu und küßte sie auch. Die erste, die blonde, blauäugige – sie war es, die gerufen hatte, als ich noch in der Halle war, ich erkannte die Stimme wieder – trat jetzt auf mich zu, nahm meinen Arm und führte mich zu dem offenen Kamin, darin ein Scheit schwelte.

«Es ist nur richtig, daß du dich schämst.» Auch sie sagte «du» zu mir. «Wir haben uns die größten Sorgen gemacht, wir meinten, du könntest einen Unfall gehabt haben. Was hast du denn den ganzen Tag getan, und warum bist du nicht im Hotel de Paris gewesen? Man hat Paul am Telefon gesagt, daß kein Mensch dich dort gesehen hat. Mit der Zeit glaube ich wirklich, daß du solche Dinge tust, damit wir erschrecken und uns das Schlimmste vorstellen.»

«Und was wäre denn das Schlimmste?» fragte ich.

Meine Entgegnung, wie aus der Pistole geschossen, verlieh mir eine gewisse Sicherheit. Der Traum, oder vielmehr Alptraum, entzog sich völlig allen meinen bisherigen Erfahrungen. Ich spürte, daß es gar nicht drauf ankam, was ich sagte oder tat; wie kränkend es auch sein mochte, diese Menschen hier mußten sich damit abfinden.

«Du hast ganz genau gewußt, daß wir uns Sorgen machen.» Die Frau ließ meinen Arm sinken. «Wenn du nicht daheim bleibst, bist du zu allem fähig, und du denkst nie an einen anderen Menschen als an dich. Du redest zuviel, du trinkst zuviel, du fährst zu schnell...»

«Ich übertreibe also alles?» unterbrach ich.

«Du tust, was du nur kannst, um uns das Leben schwerzumachen», sagte sie.

«Ach, laß ihn doch», rief die andere Frau. «Es ist ja ganz klar zu sehen, daß er dir nichts erzählen wird. Du verschwendest nur deine Zeit.»

«Schönen Dank», sagte ich.

Sie sah von ihrer Arbeit auf und warf mir einen verständnisvollen Blick zu. Waren wir etwa Verbündete? Wer mochte sie sein? Sie sah Paul keineswegs ähnlich, obgleich beide dunkel waren. Die andere Frau setzte sich wieder und seufzte. Jetzt sah ich ihrer Gestalt an, daß sie ein Kind erwartete.

«Du könntest uns doch wenigstens erzählen, was sich in Paris ereignet hat», sagte sie. «Oder soll das auch ein Mysterium bleiben?»

«Ich habe keine Idee, was sich in Paris ereignet hat», erwiderte ich leichthin. «Ich leide an Gedächtnisschwund.»

«Du leidest daran, daß du zuviel trinkst», erwiderte sie. «Das rieche ich an deinem Atem. Das gescheiteste wäre, du gingest jetzt ins Bett und würdest deinen Rausch ausschlafen. Komm aber Marie-Noël nicht in die Nähe – sie hat ein wenig Fieber, und das könnte ansteckend sein. Im Dorf gibt es einen Fall von Masern, und wenn ich mich anstecken würde...» sie unterbrach sich und sah uns bedeutungsvoll an. «Du kannst dir vorstellen, was da geschehen würde.»

Noch immer stand ich mit dem Rücken zum Kamin und fragte mich, wie ich entrinnen und das richtige Zimmer finden sollte. Natürlich würde ich die Koffer wiedererkennen, wenn sie noch nicht ausgepackt waren. Doch auch dann müßte ich in einem Zimmer die Bürste mit den Initialen J. de G. finden. Das Bett war immerhin eine Zufluchtsstätte, ein Ort, wo ich nachdenken und planen konnte. Oder wollte ich gar nicht länger nachdenken und planen? Ein unbeherrschtes Lachen entrang sich mir.

«Was ist jetzt wieder los?» fragte die blonde Frau verdrossen.

«Es ist eine außerordentliche Situation», sagte ich. «Keine von euch weiß, wie außerordentlich diese Situation ist.» Daß ich imstande war, das zu sagen, wirkte wie ein Zauber auf meine Unschlüssigkeit; es war, als wäre ich unsichtbar oder besäße die Stimme eines Bauchredners.

«Ich sehe nichts besonders Spaßhaftes an einer Ansteckung», sagte die blonde Frau, «und ganz gewiß nicht in diesem Augenblick. Ich habe keineswegs den Wunsch, ein blindes oder vielleicht verkrüppeltes Kind zur Welt zu bringen, und das kann jeder Frau in meinem Zustand geschehen, wenn sie Masern bekommt. Oder meinst du, daß die Situation in Paris außerordentlich war? Im Interesse aller hoffe ich, daß du zu einer Verständigung gelangt bist, wenn ich es auch kaum glauben kann.»

Ich wandte mich von diesen fragenden, vorwurfsvollen Augen zu denen der andern Frau, doch ihr Ausdruck hatte sich verändert. Das Blut war in ihre fahlen Züge gewallt, erhöhte ihre Schönheit, in ihrem Blick aber war eine Warnung, und bevor sie die Augen wieder auf die Arbeit senkte, schüttelte sie fast unmerklich den Kopf; sie und Jean de Gué waren zweifellos Verbündete – in welcher Sache aber? Und in welcher Beziehung standen diese drei Frauen zueinander? Plötzlich beschloß ich, die Wahrheit zu sagen; das sollte eine Probe meines Mutes sein, und ich war mir auch meines eigenen geistigen Gleichgewichts nicht mehr sicher.

«In Wirklichkeit», begann ich, «bin ich gar nicht Jean de Gué. Ich bin ein anderer. Wir sind einander gestern abend in Le Mans begegnet, haben unsere Kleider getauscht, er ist in meinem Wagen, Gott weiß wohin, verschwunden, und ich bin jetzt an seiner Stelle hier. Ihr müßt doch zugeben, daß das eine außerordentliche Situation ist.»

Ich erwartete von der blonden Frau einen Wutausbruch, statt dessen seufzte sie nur und warf einen Blick auf das einzige schwelende Scheit im Kamin. Sie nahm meine Worte überhaupt nicht zur Kenntnis, gähnte und wandte sich zu der andern Frau.

«Wird Paul heute spät heimkommen? Mir hat er nichts gesagt.»

«Nach einem Freimaureressen wird er natürlich spät heimkommen», erwiderte die brünette Frau. «Hast du je gehört, daß Paul von solchen Zusammenkünften früh heimgekommen ist?»

«Er war nicht gerade in heiterer Stimmung; und daß er Jean in diesem Zustand sah, hat seine Laune auch nicht verbessert.»

Keine von beiden schenkte mir einen Blick. Meine Erklärung, die sie wohl als geschmacklosen Scherz aufgefaßt hatten, war so völlig ins Leere gefallen, daß es den Frauen nicht einmal nötig erschien, eine scharfe Antwort darauf zu geben; auf diese Art war einwandfrei erwiesen, daß kein Zweifel an der Täuschung bestehen konnte. Ich durfte mich benehmen, wie es mir beliebte, durfte alles sagen, alles tun, und sie würden mich lediglich für betrunken oder verrückt halten. Als ich den Renault steuerte, hatte ich den ersten Augenblick eines Rausches erlebt; jetzt aber, da ich die Prüfung bestanden, mit Jean de Gués Familie gesprochen, die Frauen geküßt hatte und ihnen noch immer nichts Ungewöhnliches aufgefallen war, überwältigte mich das Gefühl meiner Macht. Ich konnte, wenn mir gerade der Sinn danach stand, diesen Menschen, die ich nicht kannte, unberechenbaren Schaden zufügen, konnte sie beleidigen, ihr Leben aus den Fugen werfen, sie gegeneinander aufreizen – und das alles wäre für mich belanglos, denn sie waren Fremde, Statisten, die mit meinem Leben nichts zu schaffen hatten. War Jean de Gué, als er mich schlafend im Hotel in Le Mans ließ, sich dieser Gefahr bewußt gewesen? War seine Handlungsweise nicht einfach ein zügelloser Einfall, sondern der wohlüberlegte Wunsch, ich solle die Heimstatt zerstören, von der er, wie er sagte, besessen war?

Ich merkte, daß die Blicke der brünetten Frau jetzt nachdenklich, argwöhnisch an mir hafteten.

«Warum gehst du eigentlich nicht hinauf, wie Françoise dir geraten hat?» sagte sie. Ihr Benehmen war eigentümlich. Es war, als wollte sie mich aus dem Zimmer haben, als hätte sie Angst, ich könnte etwas Unpassendes sagen.

«Schön, ich gehe», sagte ich; und dann setzte ich hinzu: «Ihr habt beide recht. Ich habe in Le Mans zuviel getrunken. Ich habe den Tag besinnungslos in einem Hotel verbracht.»

Die Tatsache, daß diese Erklärung richtig war, steigerte die Täuschung. Beide Frauen starrten mich an, sagten aber nichts. Ich ging durch die halbgeöffnete Tür. Ich hörte die Françoise genannte

Frau, sobald ich den Raum verlassen hatte, in eine Sturzflut von Worten ausbrechen.

Die Halle war leer. Ich lauschte an der andern Tür neben dem großen Schrank und konnte ferne Küchengeräusche hören, das Rinnen von Wasser, das Klappern von Tellern. Ich beschloß, die Treppe hinaufzugehen. Der erste Absatz endete in einem langen Korridor, der nach links und rechts führte, und dann stieg die Treppe zu einem zweiten Stockwerk auf. Ich zauderte, bevor ich mich im Korridor nach links wandte. Er war dunkel, nur von einer einzigen Birne ohne Schirm erhellt. Der Boden knarrte unter meinen Füßen. Eine brüske Erregung packte mich, als ich jetzt die Hand ausstreckte und die Klinke der Türe am Ende des Ganges niederdrückte. Der Raum war dunkel. Ich tastete nach einem Schalter. Das Licht enthüllte mir ein ödes, hohes Zimmer, die Fenster hinter dunkelroten Vorhängen verborgen, ein ebenfalls rotdrapiertes Einzelbett, über dem eine große Reproduktion von Guido Renis «Ecce Homo» hing. Der Form des Zimmers nach zu schließen, lag es in einem der Türme, denn die Fensterwand war gewölbt und bildete eine Nische, die sichtlich, mit einem Gebetschemel, einem Kruzifix und einer Schale für Weihwasser, ein Ort des Gebets war. Dieser kleine Raum war bis auf die religiösen Requisiten leer, im Zimmer selbst stand ein Schreibtisch, standen Stühle und ein Tisch, ferner eine schwere Kommode und ein Kleiderschrank, was alles darauf hinwies, daß es, nicht gerade sehr behaglich, als Wohn- und Schlafzimmer benützt wurde. Dem Bett gegenüber hing ein anderes religiöses Bild, die Geißelung Christi darstellend, und an der Wand neben der Tür, wo ich stand, hing noch ein drittes Bild, Christus, der unter der Last des Kreuzes zusammenbricht. Der Raum strömte Kälte aus, als würde er nie geheizt.

Ich schaltete das Licht aus und ging. Da merkte ich, daß ich beobachtet worden war. Eine Frau war von dem oberen Stockwerk in den Gang gekommen und hatte ihre Blicke auf mich gerichtet, bevor sie ins Erdgeschoß ging. «Guten Abend, Herr Graf», sagte sie. «Wollten Sie nach Mademoiselle Blanche sehen?»

«Ja», log ich, «sie ist nicht in ihrem Zimmer.»

Ich fühlte mich verpflichtet, auf die Frau zuzugehen. Sie war klein, schmächtig, ältlich, und aus ihrer Kleidung und ihrer Sprache glaubte ich schließen zu dürfen, daß sie eine Angestellte war.

«Mademoiselle Blanche ist bei der Frau Gräfin», sagte sie, und ich fragte mich, ob sie instinktiv wußte, daß hier etwas nicht stimmte, denn in ihren Augen war Neugier, ja Verblüffung, und sie spähte über meine Schulter nach dem Zimmer, das ich eben verlassen hatte.

«Es ist nicht weiter wichtig», sagte ich. «Ich kann sie ja später sprechen.»

«Ist etwas nicht in Ordnung?» fragte sie neugierig. Ihre Stimme klang vertraulich, als gäbe es ein Geheimnis, das wir teilten.

«Nein», sagte ich. «Warum denn?»

Abermals sah sie an mir vorbei nach der geschlossenen Tür.

«Ich bitte um Verzeihung, Herr Graf; ich meinte nur, etwas müßte nicht in Ordnung sein, weil Sie in Mademoiselle Blanches Zimmer gewesen sind.»

Ihre Augen flackerten, sie sah mich nicht an. Hier fühlte ich keine Zuneigung, keine Wärme, nichts von der Vertraulichkeit, die ich bei Gaston gefunden hatte.

«Die Reise des Herrn Grafen nach Paris ist doch hoffentlich erfolgreich gewesen?» In ihrer Stimme war nicht nur Höflichkeit, es war die Ahnung, daß etwas schiefgegangen sein mochte, was nun scharfe Kritik ernten würde.

«Doch, doch», erwiderte ich und wollte an ihr vorbeigehen.

Da sagte sie: «Die Frau Gräfin weiß, daß Sie zurück sind. Ich wollte gerade in den Salon hinunter, um es Ihnen zu sagen. Am besten wäre es, Sie gingen jetzt zu ihr, sonst habe ich keinen Frieden.»

Die Frau Gräfin ... die Worte tönten verhängnisvoll. Wenn ich der Herr Graf war, wer war dann sie? Wieder erwachte der Zweifel in mir, eine leise Panik ergiff mich. «Ich werde später zu ihr gehen», sagte ich, «es eilt nicht.»

«Sie wissen doch, daß sie nicht warten will, Herr Graf», sagte die Frau, die schwarzen Augen forschend auf mich gerichtet. Da war kein Entrinnen.

«Gut denn», antwortete ich.

Die Dienerin wandte sich um, und ich stieg über eine lange gewundene Treppe hinter ihr her. Wir kamen abermals in einen Korridor, der in einen dritten abzweigte, und ich entdeckte auch eine Dienerschaftstreppe. Durch noch eine Türe gingen wir, und dann standen wir vor der letzten im Gang. Die Dienerin öffnete sie, nickte mir leicht zu, als wollte sie mir ein Zeichen geben, dann trat sie ein und sagte zu jemandem im Zimmer: «Ich habe den Herrn Grafen auf der Treppe getroffen. Er wollte gerade zu Ihnen kommen.»

Drei Personen waren in dem Zimmer, das wohl groß, aber derart mit Möbeln vollgestopft war, daß man sich zwischen Tischen und Stühlen kaum bewegen konnte. Beherrscht wurde der Raum von einem mächtigen Doppelbett mit Vorhängen. Ein Ofen wurde so stark geheizt, daß es jedem, der aus den kalten Zimmern im Erdgeschoß kam, den Atem verschlug. Zwei kleine Foxterrier mit Schleifen und Löckchen am Halsband liefen auf mich zu und bellten schrill. Ich ließ meine Blicke durch das Zimmer schweifen, um möglichst viel in mich aufzunehmen, sah die hochgewachsene, magere Frau, die bei meinem Eintreten den Salon verlassen hatte, und neben ihr einen alten, weißhaarigen Curé, dessen schwarzes Käppchen auf dem Hinterkopf saß. Hinter ihm, beinahe auf dem Ofen selber, saß in den Tiefen eines mächtigen Lehnstuhls eine massige, bejahrte Frau, deren Wangen schlaff herabhingen. Ihre Augen aber, ihre Nase, ihr Mund glichen so erstaunlich meinen eigenen, daß ich, eine tolle Sekunde lang, glaubte, Jean de Gué sei am Ende vor mir hier heraufgekommen und habe sich zu einem letzten Streich kostümiert.

Sie streckte die Arme aus, und wie von einem Magnet angezogen trat ich instinktiv näher, kniete neben ihrem Stuhl und war im Nu gefangen und umhegt, in diesem Berg von Fleisch und wollenen Hüllen verloren, einer Fliege gleich, die in einem mächtigen Spinngewebe zappelt, und doch unterlag ich gleichzeitig dem Zauber dieser Ähnlichkeit, einer andern Facette meines Ichs, aber älter, weiblich und grotesk. Ich dachte an meine eigene Mutter, die schon tot war, als ich mein zehntes Lebensjahr erreicht hatte, und sie wirkte verschwommen, verblichen, kaum noch in der Erinnerung haftend.

Ihre Hände schlossen sich um mich, wollten mich nicht freigeben und stießen mich dann doch fort. Sie flüsterte mir ins Ohr: «Nun, nun, fort mit dir, du großes Kind, du großer Flegel. Du hast dich wieder einmal amüsiert.»

Ich entzog mich ihr und schaute in ihre Augen, die zwischen den schweren Lidern und den Tränensäcken halb verborgen waren, und siehe, es waren meine eigenen Augen, vergraben und verwandelt.

«Alle regen sich wie gewöhnlich über dein Benehmen auf», sagte sie, «Françoise ist außer sich, Marie-Noël hat Fieber, Renée schmollt, Paul ist schlecht gelaunt. Uff! Sie machen mich ganz krank, alle miteinander. Ich war die einzige, die nicht besorgt war. Ich wußte, du würdest wieder auftauchen, wenn du bereit wärst heimzukommen, aber nicht früher.» Wieder zog sie mich zu sich herunter, kicherte, dann klopfte sie mir auf die Schulter und schob mich von sich. «Ich bin die einzige in diesem Haus, die noch Vertrauen hat; ist's nicht wahr?» Sie sah zum Curé auf, der ihr zulächelte und nickte, und da das Nicken sich in Abständen wiederholte, wurde mir klar, daß es ein nervöses Zucken war, eine Art Krampf, und daß es nichts mit einer Zustimmung zu tun hatte. Die Wirkung war befremdend und verwirrend, und ich schaute von ihm weg auf die magere Frau, die mich seit meinem Eintreten kein einziges Mal angesehen hatte, jetzt aber das Buch zuklappte, das sie hielt.

«Du legst vermutlich keinen Wert darauf, daß ich weiterlese, Maman», sagte sie mit ausdrucksloser Stimme. Den Worten der Dienerin hatte ich entnommen, daß dies Mademoiselle Blanche war, in deren Schlafzimmer ich mich eben aufgehalten hatte; sie war somit eine ältere Schwester meines Doppelgängers. Die Gräfin wandte sich zu dem Curé.

«Da Jean nun heimgekommen ist, Herr Curé», sagte sie, und das Lachen, das noch in meinem Ohr nachklang, wich respektvoller Höflichkeit, «werden Sie es mir hoffentlich nicht übelnehmen, wenn ich Sie bitte, mich von unserer gewohnten kleinen Andachtsstunde zu entbinden. Er hat mir gewiß sehr viel zu berichten.»

«Natürlich, Frau Gräfin», sagte der Curé, und das Lächeln und das Nicken waren so erfüllt von wohlwollender Zustimmung, daß eine Ablehnung von seinen Lippen nicht überzeugend geklungen hätte. «Ich weiß ja nur zu gut, wie sehr er Ihnen, selbst in dieser kurzen Zeit, gefehlt hat, und es ist bestimmt eine große Erleichterung für Sie, ihn wieder hier zu wissen. Hoffentlich», fuhr er, zu mir gewendet, fort, «ist in Paris alles gutgegangen. Der Verkehr dort soll ja schrecklich geworden sein, und es heißt, daß man eine Stunde braucht, um von der Concorde zu Notre Dame zu kommen. Mich lockt das ja nicht gerade, aber euch junge Leute stört es wohl kaum.»

«Das hängt davon ab», sagte ich, «ob man geschäftlich oder zu seinem Vergnügen in Paris ist.» Ihn in ein Gespräch zu verwickeln, bedeutete Sicherheit für mich. Ich fühlte mich unbehaglich bei dem Gedanken, mit der alten Frau allein zu bleiben, die doch gewiß instinktiv erkennen würde, daß irgend etwas nicht stimmte.

«Das ist richtig», sagte der Curé, «und für Sie war es vermutlich von beidem etwas. Nun, ich will Sie nicht länger aufhalten...»

Und ganz unvermutet glitt er von seinem Stuhl auf die Knie, schloß die Augen, faltete die Hände und begann, gefolgt von Mademoiselle Blanche, zu beten, während die Mutter ebenfalls die Hände faltete und ihren großen Kopf auf die Brust sinken ließ. Auch ich kniete nieder, bedeckte die Augen mit den Händen, und die beiden Foxterrier schlichen näher und schnupperten an meinen Taschen. Aus dem Augenwinkel sah ich, daß auch die Dienerin, die mich in das Zimmer geführt hatte, kniete, die Augen fest geschlossen hatte und in das Gebet des Geistlichen einstimmte.

Jetzt hatte er geendet, hob die Hände und machte über uns alle das Zeichen des Kreuzes. Dann stand er mühsam auf. «Guten Abend, Frau Gräfin, guten Abend, Herr Graf, guten Abend, Mademoiselle Blanche, guten Abend, Charlotte», sagte er, verbeugte sich, nickte jedem zu, und sein rosiges Gesicht faltete sich zu einem Lächeln. An der Tür gab es ein kleines Gedränge, als er der Tochter des Hauses und sie ihm den Vortritt lassen wollte, bis schließlich der Geistliche zuerst verschwand, hinter ihm Mademoiselle Blanche, den Kopf wie eine Jüngerin tief gesenkt.

Die Dienerin Charlotte begann in einer Ecke des Zimmers ein Getränk zu mischen, und als sie mit dem Medizinglas auf uns zutrat, fragte sie: «Will der Herr Graf hier oben zu Abend essen?»

«Natürlich, du dummes Ding», sagte die Gräfin, «und ich nehme auch nichts von dem Zeug da. Gieß es weg! Und dann hol das Abendessen. Rasch!» Ungeduldig wies sie nach der Türe, und die Falten ihres Gesichts zitterten. «Komm her! Ganz nahe», sagte sie und winkte mir, ich solle mich neben sie setzen, während die beiden Foxterrier ihr auf den Schoß sprangen. «Nun? Hast du es erledigt? Bist du mit Carvalet einig geworden?»

Das war die erste konkrete Frage, die mir seit meiner Ankunft auf dem Schloß gestellt worden war, und ich konnte nicht mit einem Scherz oder einer lässigen Bemerkung ausweichend antworten.

Ich schluckte. «Ob ich was erledigt habe?»

«Die Erneuerung des Kontrakts», sagte sie.

Jean de Gué war also geschäftlich in Paris gewesen. Ich erinnerte mich, daß die Schreibmappe in dem Koffer verschiedene Umschläge und Akten enthalten hatte. Sein Freund am Bahnhof hatte gemeint, die Reise sei vergeblich gewesen. Die Sache war offenbar wichtig, und der Ausdruck der alten Frau brachte mir die Worte Jean de Gués über die menschliche Gier in Erinnerung: «Ihr dienen ... den Menschen geben, wonach sie verlangen ...» Da das sein Credo war, würde er seiner Mutter jetzt zweifellos eine befriedigende Antwort geben.

«Mach dir keine Sorgen», sagte ich ihr, «alles ist in Ordnung.»

«Ah!» Sie war sichtlich beruhigt. «Du hast dich also schließlich doch mit ihnen geeinigt?»

«Ja.»

«Paul ist so ein Narr», sagte sie und machte es sich in ihrem Stuhl bequem. «Immer sieht er das Schlimmste voraus. Wenn man ihm zuhört, möchte man glauben, daß wir vollständig ruiniert sind und morgen schließen müssen. Hast du ihn schon gesprochen?»

«Er fuhr gerade weg, als ich ankam.»

«Du hast es ihm aber doch mitgeteilt?»

«Nein; dazu war keine Zeit mehr.»

«Ich hätte geglaubt, er würde lange genug warten, um diese Nachricht zu hören», sagte sie. «Was ist denn mit dir los? Du siehst ja elend aus.»

«Ich habe in Le Mans zuviel getrunken.»

«In Le Mans? Warum in Le Mans? Hättest du das nicht angenehmer in Paris feiern können?»

«Das habe ich in Paris auch getan.»

«Ah! Armer Junge», sagte sie. «Du hast es nicht leicht, nicht wahr? Du hättest länger bleiben und dich amüsieren sollen. Komm, gib mir einen Kuß!» Sie zog mich an sich, und abermals war ich in den wuchtigen Falten ihres Fleisches begraben. «Du hast dich hoffentlich gut amüsiert ... nicht wahr?»

«Natürlich habe ich mich amüsiert, Maman», sagte ich, und als ich mich von ihr löste, wurde mir bewußt, daß ich sie ganz unbefangen «Maman» genannt hatte. Seltsam genug – das traf mich stärker als alles, was sie selbst gesagt hatte.

«Dann hast du mir auch das kleine Geschenk mitgebracht, das du mir versprochen hast?» Ihre Augen verengten sich, ihr Körper straffte sich vor Erwartung. Plötzlich wurde die Atmosphäre gespannt. Ich wußte nicht, was ich ihr antworten sollte.

«Hab ich dir ein Geschenk versprochen?»

Ihr großer Mund senkte sich. Ihre Augen flehten mit einem Ausdruck des Schreckens, den ich noch vor einer Sekunde nicht für möglich gehalten hätte.

«Du hast es nicht vergessen?» sagte sie.

Die schwierige Antwort wurde mir erspart, denn jetzt trat Blanche ein. Wie eine Maske zog es sich über das Gesicht der Mutter. Sie beugte sich über die Hunde auf ihrem Schoß und begann sie zu streicheln. «So, so, Joujou, wirst du gleich aufhören, dich in den Schwanz zu beißen?! Laß ihm doch ein wenig Platz, Fifi; hier, geh zu deinem Onkel.» Sie schob mir den Hund gegen meinen Willen in die Hände, aber er zappelte und kämpfte, bis er sich freigemacht hatte, und dann verbarg er sich unter ihrem Stuhl. «Was ist denn mit Fifi los?» fragte sie erstaunt. «Sie ist doch noch nie vor dir davongelaufen. Ist sie verrückt geworden?»

«Laß sie nur», sagte ich. «Sie riecht wahrscheinlich die Eisenbahn.»

Das Tier ließ sich nicht täuschen. Worin mochte der physische Unterschied zwischen mir und Jean de Gué liegen? Seine Mutter war im Stuhl zurückgesunken und schaute verdrossen ihre Tochter an. Blanche stand steif da, die Hände auf einer Stuhllehne, die Augen auf die Mutter gerichtet.

«Soll das bedeuten, daß euch das Essen heraufgebracht wird?» fragte sie.

«Ja», entgegnete die Mutter scharf. «Für Jean ist es amüsanter, hier mit mir zu essen.»

«Glaubst du nicht, daß du heute schon genug Aufregung gehabt hast?»

«Ich bin nicht aufgeregt. Ich bin vollkommen ruhig, das kannst du doch selber sehen. Du sagst das nur, weil du uns das Vergnügen verderben willst.»

«Ich will nichts verderben. Ich denke nur an deine Gesundheit. Wenn du dich zu sehr aufregst, kannst du nachher nicht schlafen, und dann wirst du morgen einen deiner schlechten Tage haben.»

«Ich werde einen schlechteren Tag und eine schlechtere Nacht haben, wenn Jean jetzt nicht bei mir bleibt.»

«Schön.» Sie fand sich mit dieser Antwort ab, die Sache war erledigt. Mademoiselle Blanche machte sich daran, Bücher und Papiere im Zimmer aufzuräumen, und mir fiel die vollkommene

Tonlosigkeit, der Mangel an Empfindung in ihrer Stimme auf, und dann bemerkte ich auch, daß sie ihren Blick nie auf mich richtete. Sie mußte ungefähr dreiundvierzig Jahre alt sein. Jetzt rückte sie einen Tisch neben den Stuhl der Mutter.

«Hat Charlotte dir deine Medizin gegeben?»

«Ja.»

Die Tochter setzte sich in einige Entfernung von dem knisternden Ofen und nahm ihre Handarbeit wieder auf. Auf dem Tisch konnte ich ein Missale, in Leder gebundene Gebetbücher und eine Bibel sehen.

«Warum läßt du uns nicht allein?» Ihre Mutter war plötzlich erbost.

«Ich warte, bis Charlotte das Essen bringt», antwortete die Tochter.

Der Wortwechsel der beiden Frauen hatte die unmittelbare Wirkung, daß ich zum Anhänger der Mutter wurde. Warum, das konnte ich nicht sagen. Ihr Benehmen war unangenehm, und dennoch fand ich sie sympathisch und ihre Tochter nicht. Fühlte ich mich etwa zu der Mutter hingezogen, weil sie mir ähnlich sah?

«Marie-Noël hat wieder Visionen gehabt», sagte die Gräfin.

Marie-Noël... irgend jemand hatte unten davon gesprochen, daß Marie-Noël Fieber hatte. War sie eine zweite fromme Schwester? Ich spürte, daß eine Antwort von mir erwartet wurde.

«Das kommt wahrscheinlich vom Fieber», sagte ich.

«Sie hat gar kein Fieber. Es fehlt ihr gar nichts», sagte die Gräfin. «Sie will sich nur bemerkbar machen, das ist alles. Was hast du ihr denn vor deiner Reise nach Paris gesagt, das sie so aufgeregt hat?»

«Ich habe ihr gar nichts gesagt», erwiderte ich.

«Du mußt ihr etwas gesagt haben. Sie hat Françoise und Renée immer wieder erzählt, daß du nicht zurückkommen wirst. Und nicht du allein hast es ihr gesagt, sondern auch die Heilige Mutter, nicht wahr, Blanche?»

Ich sah zu der schweigsamen Schwester hinüber. Sie hob die Augen von den klappernden Nadeln, schaute aber ihre Mutter an und nicht mich.

«Wenn Marie-Noël Visionen hat», sagte sie, «und ich glaube daran, dann ist es an der Zeit, daß jemand im Haus diese Visionen ernst nimmt. Das habe ich schon längst gesagt. Und der Curé ist ganz meiner Ansicht.»

«Unsinn», erwiderte die Mutter. «Heute abend habe ich mit dem Curé darüber gesprochen. Er sagt, das sei nichts Ungewöhnliches, besonders unter armen Leuten. Marie-Noël hat diese Vorstellungen wahrscheinlich von Germaine übernommen. Ich will Charlotte fragen. Charlotte weiß alles.»

Blanche war keine Erregung anzumerken. «Wir müssen uns damit abfinden, daß der Curé alt wird», sagte sie. «Er wird vergeßlich, sobald allzu viele Leute gleichzeitig auf ihn einreden. Wenn diese Visionen andauern, so schreibe ich dem Bischof. Er wird wissen, was da zu tun ist, und ich zweifle nicht daran, was er raten wird.»

«Was denn?» fragte die Mutter.

«Daß Marie-Noël unter Menschen leben soll, von denen sie nicht verdorben werden kann. Und wo sie ihre Gaben zur Ehre Gottes verwendet.»

Ich erwartete eine heftige Antwort von der Gräfin, doch statt dessen streichelte sie den Hund auf ihren Knien, tastete nach einer Tüte neben sich, zog ein Bonbon heraus und stopfte es dem Hund zwischen die Zähne.

«So», sagte sie, «ist das nicht gut? Wo steckt denn Fifi? Fifi, willst du auch eines?» Der andere Terrier kroch unter dem Stuhl hervor, sprang ihr auf den Schoß und schnupperte an der Tüte. «Du bist töricht, Blanche», fuhr sie jetzt fort. «Wenn wir eine Heilige in der Familie haben sollen, dann wollen wir sie im Haus behalten. Da stecken allerlei Möglichkeiten drin. Wir könnten aus St. Gilles einen Wallfahrtsort machen. Das kann natürlich nur mit der Billigung des Bischofs und der Kirche geschehen, aber es ist doch eine Überlegung wert. Endlich gäbe es Geld, um das Kirchendach zu reparieren. Das Ministerium der Schönen Künste wird ohnehin nie etwas tun.»

«Marie-Noëls Seele ist wichtiger als das Kirchendach», sagte Blanche. «Wenn es nach mir ginge, würde sie das Schloß morgen verlassen.»

«Du bist eifersüchtig, das ist alles», sagte ihre Mutter. «Eifersüchtig auf ihr hübsches Gesicht und ihre großen Augen. Marie-Noël wird ihre Visionen bald einmal vergessen – und heiraten wollen.»

Sie stieß mir den Ellbogen in die Seite. Ich war nicht weiter überrascht, als ihre Tochter nichts darauf erwiderte. «Ist's nicht so, Jean?» drängte sie.

«Wahrscheinlich», sagte ich.

«Gebe Gott, daß ich lange genug lebe, um die Hochzeit noch zu erleben. Aber er wird reich sein müssen...»

Jetzt trat Charlotte mit einem Tablett ein, gefolgt von einem rotbackigen jungen Zimmermädchen, das bei meinem Anblick errötete, kicherte und «Guten Abend, Herr Graf» sagte. Ich erwiderte ihren Gruß, und sie richtete das Essen für mich auf einem andern Tisch an. Blanche stand auf und legte ihre Handarbeit beiseite.

«Willst du noch Françoise oder Renée sehen, bevor du zu Bett gehst?» fragte sie.

«Nein», erwiderte die Mutter. «Sie sind beide zum Tee bei mir gewesen. Jetzt, da Jean daheim ist, werde ich gut schlafen, und ich will von niemandem gestört werden; von dir zuallerletzt.»

Blanche trat auf den Stuhl zu, gab ihrer Mutter einen Kuß und wünschte ihr gute Nacht. Dann verließ sie das Zimmer, ohne ein Wort mit mir gesprochen, ohne mich auch nur einmal angeschaut zu haben. Was mochte Jean de Gué getan haben, um sie so zu kränken? Ich entdeckte auf dem Tablett die Suppenschüssel; sie roch gut, und ich war hungrig. Das kleine Zimmermädchen, das Charlotte als Germaine angesprochen hatte, folgte Blanche aus dem Zimmer, Charlotte selber aber blieb im Hintergrund und sah uns beim Essen zu.

Meine Neugier ließ mich eine Frage wagen. «Was war denn mit Blanche?»

«Nichts Besonderes», erwiderte sie. «Sie hat mich sogar weniger gereizt als gewöhnlich. Hast du bemerkt, daß sie gar nicht über mich hergefallen ist, als ich sagte, es steckten allerlei Möglichkeiten drin, wenn man eine Heilige in der Familie hätte?»

«Sie war entrüstet?»

«Entrüstet? Entzückt, meinst du. Gib nur acht – diese Idee wird ihr zu schaffen machen. Wenn Marie-Noëls Visionen einen Abglanz von Ruhm über sie und St. Gilles heraufbeschwören könnten, wäre das niemandem lieber als Blanche. Da hätte sie doch einen Lebenszweck. Sind Sie da, Charlotte? Nehmen Sie das fort; ich habe genug. Und geben Sie Herrn Jean seinen Wein. Warum erzählst du denn nicht mehr von Paris? Bis jetzt hast du überhaupt noch nichts gesagt.»

Ich forschte in meiner Phantasie. In Paris war ich seit meinen letzten Ferien nicht mehr gewesen, und was ich davon wußte, was ich daran liebte, bezog sich viel zu sehr auf Museen und historische Gebäude, als daß es sie interessieren konnte. Ich sprach vom Essen, wofür sie Verständnis hatte, von den Ausgaben, was ihr noch besser gefiel, und mit plötzlicher Eingebung erfand ich Theaterbesuche, Begegnungen mit Kriegskameraden – sie war es sogar, die mir verschiedene Namen nannte, was mir sehr zustatten kam. Als wir mit dem Essen fertig waren – wir hatten sehr gut gegessen – und die Tablette weggeräumt wurden, fühlte ich mich in ihrer Gesellschaft wohler, als ich mich je in meinem Leben in der Gesellschaft eines Menschen gefühlt hatte. Der Grund dafür war sehr einfach – sie zeigte mir gegenüber überhaupt keine Zurückhaltung. Sie ließ mich gelten, sie glaubte mir, liebte mich, vertraute mir; ich nahm eine Stellung ein, wie sie mir nie zuvor beschieden gewesen war. Wäre sie mir als Fremde begegnet, so hätten wir einander nichts zu sagen gehabt. Als ihr Sohn riskierte ich mit nichts, was ich sagte, ihre Mißbilligung. Ich lachte, scherzte und schwatzte, und diese ungewohnte Behaglichkeit bezauberte mich, bis die alte Frau plötzlich, nachdem Charlotte das Zimmer verlassen hatte, fragte: «Jean, du hast doch nicht wirklich mein kleines Geschenk vergessen? Das war doch nur ein Spaß?»

Abermals der Mund, der sich senkte, die flehenden Augen. Die Veränderung, die mit ihr vorging, war erschreckend. Nichts blieb von der guten Laune, von dem Zwinkern der Augen, dieser Mischung von Wärme und Temperament. Jetzt war sie nur noch ein klägliches, zitterndes Geschöpf, dessen Hände meine Hände umklammerten. Ich wußte nicht, was ich tun oder sagen sollte. Ich stand auf, ging zur Türe und rief: «Charlotte, sind Sie da?» Die Terrier, von meiner Stimme geweckt, sprangen von den Knien der alten Frau auf den Boden und kläfften wütend. Charlotte kam rasch aus irgendeinem benachbarten Zimmer, und ich sagte: «Die Frau Gräfin fühlt sich nicht wohl; gehen Sie doch zu ihr.»

Sie sah mich an und fragte: «Haben Sie es ihr nicht mitgebracht?»

«Mitgebracht? Was?»

Die Frau starrte mich an, ihre Augen verengten sich. «Sie wissen doch, Herr Graf, was Sie versprochen hatten.»

Ich versuchte mich an den Inhalt des Koffers zu erinnern, und da fielen mir die Pakete ein, die wie Geschenke aussahen. Was sie waren, wußte ich nicht, noch wo die Koffer ausgepackt worden waren.

Schnell flüsterte Charlotte mir zu: «Gehen Sie, holen Sie es sofort, Herr Graf! Sonst wird sie sehr unglücklich sein.»

Ich ging durch den Korridor und die Treppe hinunter, dann zögerte ich wieder, denn ich wußte nicht, wohin ich mich wenden sollte. In einem Raum zur Linken, im Gang des ersten Stocks, hörte ich Badewasser laufen, und so ging ich unsicher darauf zu, bis ich eine halbgeöffnete Tür neben dem Raum sah, der ein Badezimmer sein mußte. Ich blieb an der Schwelle stehen, doch es war anscheinend jemand drin, also ging ich an dem Badezimmer vorbei zu dem Zimmer, das auf der andern Seite lag. Die Türe stand weit offen, und das Zimmer war leer. Ich warf einen schnellen Blick hinein und merkte zu meiner Erleichterung, daß ich es diesmal getroffen hatte. Es war ein kleines Ankleidezimmer, auf dem Tisch sah ich die mir wohlbekannte Bürste, und über einem Stuhl hing ein Schlafrock. Jemand hatte für mich ausgepackt und die beiden Koffer weggeräumt, doch dort, auf dem Tisch, lagen die Pakete, die ich in einem der Koffer gesehen hatte, säuberlich aufgestapelt wie Geschenke unter einem Weihnachtsbaum. Ich erinnerte mich, daß unter den Verschnürungen bei jedem Paket ein Zettel gesteckt hatte. Jetzt wurde mir klar, was die Buchstaben darauf bedeuteten; ich las ein F, ein R, ein B, ein P, ein M-N und, Gott sei Dank, auf einem Zettel stand «Maman». Das Paket war in braunem Papier eingepackt und versiegelt. Ich nahm es und ging wieder hinauf. Auf dem Treppenabsatz erwartete mich Charlotte. «Haben Sie es?»

«Ja», sagte ich. «Soll ich es ihr geben?»

Sie sah mich an, als wäre sie entrüstet, ja empört. «Nein, nein ...» Dann nahm sie mir das Paket ab, sagte: «Gute Nacht, Herr Graf», und verzog sich rasch durch den Gang.

Diese Verabschiedung mußte wohl bedeuten, daß ich nicht länger benötigt wurde, und so ging ich langsam wieder in das Ankleidezimmer. Wie sollte ich mir dieses brüske Ende des Abends erklären? Ich fühlte mich plötzlich müde und niedergeschlagen. Ich konnte die Veränderung im Gesicht der Mutter nicht vergessen. Ich stand noch unschlüssig da, als ich eine Stimme hörte, die mich aus dem Badezimmer rief: «Hast du Maman gute Nacht gesagt?»

Ich erkannte die Stimme von Françoise, der blonden, verblühten Frau, und erst jetzt bemerkte ich, daß eine Verbindungstür in das Badezimmer führte, die durch einen breiten Schrank verstellt war. Françoise mußte gehört haben, wie ich das Ankleidezimmer betrat.

Eine neue Erkenntnis ging mir auf. Im Ankleidezimmer war kein Bett. Wo schlief eigentlich Jean de Gué?

«Bist du da, Jean?» rief die Stimme abermals. «Ich glaubte, du würdest gern noch ein Bad nehmen, und so habe ich das Wasser einlaufen lassen.» Die Stimme klang jetzt aus größerer Entfernung, als wäre Françoise in das Nebenzimmer gegangen.

Ich trat ins Badezimmer. Es wurde offenbar von zwei Personen benützt. Ich verhielt mich ganz still, weil ich fürchtete, ich könnte aus dem Nebenzimmer gehört werden. Jetzt wurde das Licht angezündet, ich hörte einen Seufzer, und dann rief die Stimme klagend: «Warum antwortest du mir nicht?» Ich wappnete mich für alles, was da kommen mochte, und ging durch die Türe. Jetzt sah ich in ein geräumiges Schlafzimmer, das ebenso groß war wie das der Schwester Blanche, doch heller, mit freundlich gemusterten Tapeten und ohne religiöse Bilder. Hier enthielt die Nische keinen Betschemel, sondern einen Toilettentisch und einen Spiegel. Der Nische gegenüber stand ein breites Doppelbett ohne Vorhänge. Die Frau, Françoise genannt, saß auf dem Bett, das Haar in Locken gesteckt, eine flaumige rosa Bettjacke um die Schultern. Sie wirkte mit einem Mal kleiner als vorher, irgendwie eingeschrumpft.

Noch immer klagend sagte sie zu mir: «Du hast natürlich den ganzen Abend oben bei Maman bleiben müssen. Denkst du denn keinen Augenblick lang an mich? Sogar Renée, die doch im allgemeinen auf deiner Seite ist, sagt, daß du ganz unmöglich wirst.»

Ich schaute von dem müden, klagenden Gesicht fort, auf das leere Kissen daneben. Auf dem Nachttisch erkannte ich die Reiseuhr und eine Schachtel Zigaretten. Sogar der gestreifte Pyjama, den ich im Hotel getragen hatte, lag sorgsam gefaltet auf der umgeschlagenen Decke.

In meiner Torheit hatte ich geglaubt, Françoise wäre mit Paul verheiratet und Jean de Gués Schwester. Jetzt erkannte ich sinkenden Mutes, daß sie seine, daß sie Jean de Gués Frau war.

5

Mein erster Instinkt war, den Pyjama vom Bett zu nehmen, und so griff ich danach und wandte mich, ohne Françoise anzusehen, wieder zum Badezimmer. Zu meiner peinlichen Überraschung begann sie zu weinen, sagte etwas davon, daß ich mich nicht um sie kümmere, daß sie unglücklich sei, daß Maman sich immer zwischen uns gestellt habe. Ich wartete im Badezimmer darauf, daß ihr Ausbruch sich legte; und bald hörte ich ein Schneuzen und jenes leise Hüsteln und Schnupfen, das den Tränen zu folgen pflegt. Jetzt versuchte sie wohl, sich wieder zu beherrschen. Der Gedanke, daß sie aufstehen und mir ins Badezimmer folgen könnte, entnervte mich, und ich schlug die Türe zu und schloß sie. Plötzlich wurde mir bewußt, daß ich meine Rolle wohl durchaus richtig spielte, so hatte auch Jean de Gué gehandelt, wenn er sich schämte oder ärgerte oder beides zugleich. Abermals wurde ich wütend wie im Hotel, als ich seine Kleider anziehen mußte. Wie würde er lachen, wenn er mich jetzt sehen könnte, eine Possenfigur, den gestreiften Pyjama über dem Arm, in einem Badezimmer versteckt, während seine, Jean de Gués Frau im Nebenzimmer im Bett lag! Das war eine Situation, die im Theater stürmische Heiterkeit erregen würde. Hatte Jean de Gué diesen Augenblick vorausgesehen, oder hatte er, wie ich selber im Auto, das mich zum Schloß führte, geglaubt, daß nach ein oder zwei Stunden das Spiel aus, der Mummenschanz vorüber sein würde? Vielleicht hatte er keinen Augenblick lang geglaubt, daß ich tun würde, was ich getan hatte. Und doch, wie unzweideutig war unser Gespräch gestern abend gewesen, meine Klage über die Leere des Lebens, über den Mangel an Bindung. Welch eine Gelegenheit für ihn, zu lachen und zu sagen: «Versuch's mit meinen!»

Wenn er wirklich beabsichtigte, sich aus dem Staub zu machen, und mich als Sündenbock verwendete, so bewies das klar, daß ihm an keinem Menschen in diesem Schloß gelegen war. Die Mutter und die Frau, die ihn liebten – ihm bedeuteten sie nichts. Ihm war es gleich, was mit ihnen oder sonst jemandem geschah; ich konnte mit ihnen nach meinem Belieben verfahren. Wenn man es kühl bedachte, so war dieses Maskenspiel bis zur Unmenschlichkeit grausam. Ich drehte den tropfenden Hahn zu und ging wieder ins Ankleidezimmer. Das Behagen, die gehobene Stimmung, die ich empfunden hatte, als ich mit der Mutter zu Abend aß, waren zu Niedergeschlagenheit geworden, als ihre Laune wechselte. Statt mich ihr zu entziehen, wie jedem andern Zwischenfall dieses phantastischen Abends, hatte ich mich bemüht, sie zu versöhnen, das ersehnte Geschenk rasch zu finden und Charlotte zu geben. Jetzt, bei der Erkenntnis, daß die klagende Françoise Jean de Gués Frau war, wollte ich auch sie versöhnen; ihre Tränen machten mich unglücklich. Unten im Salon hatten sie alle gespenstisch gewirkt, hier aber, in der Abgeschlossenheit ihrer Zimmer, waren diese Wesen schutzlos und erregten mein Mitgefühl. Die Tatsache, daß sie unbewußt Opfer eines Scherzes waren, fand ich nicht länger komisch. Zudem war ich nicht ganz so sicher, daß es sich nur um einen Scherz handelte. Auf seltsame Art war es eine Kraftprobe, eine Prüfung meiner Ausdauer, als hätte Jean de Gué zu mir gesagt: «Ich habe zugelassen, daß meine Familie mich beherrscht. Kannst du es an meiner Stelle besser machen?»

Ich trat an den Tisch und nahm das Paket mit den F. Es war in buntes Papier eingepackt, war klein und fühlte sich hart an. Sekundenlang blieb ich stehen, wog es in meiner Hand, dann öffnete ich die Schlafzimmertüre. Der Raum lag im Dunkeln.

«Bist du wach?» fragte ich.

Ich hörte ein Geräusch, dann wurde das Licht eingeschaltet, sie saß im Bett auf und sah mich an. Die Lockenwickler waren jetzt unter einer Netzhaube verborgen, die unter dem Kinn mit einer rosa Schleife festgebunden war, und die Bettjacke war gegen einen Schal vertauscht worden. Es war ein merkwürdiger Kontrast zu dem blassen, verzogenen Gesicht. Sie gähnte und blinzelte mich an.

«Was gibt's denn?»

Ich trat zu ihr. «Hör», sagte ich, «du mußt mir verzeihen, wenn ich vorhin so brüsk gewesen bin. Maman hatte sich plötzlich nicht wohl gefühlt, und ich war besorgt. Ich wünschte, ich hätte früher kommen können, aber du weißt ja, wie sie sein kann. Sieh hier – das habe ich in Paris für dich gekauft.»

Zweifelnd betrachtete sie das Päckchen, das ich ihr in die Hand gelegt hatte, sie ließ es auf die Decke fallen und seufzte. «Ich würde ja nichts sagen, wenn es einmal so wäre», meinte sie, «aber es geschieht so oft, Tag für Tag, immer. Manchmal glaube ich, daß mich Maman haßt; und nicht nur Maman, sondern ihr alle. Paul, Renée, Blanche; sogar Marie-Noël hat gar keine Gefühle für mich.»

Sie schien keine Antwort zu erwarten, und dafür war ich ihr dankbar, denn ich wußte nicht, was ich ihr sagen sollte. «Als wir heirateten, war es anders», fuhr sie fort. «Wir waren beide jünger, das Land war nach der Besetzung wieder frei, das Leben voller Hoffnung. So glücklich habe ich mich gefühlt. Dann schien mir alles nach und nach zu entgleiten. Ob es meine Schuld war oder deine, weiß ich nicht.»

Das blasse Gesicht unter der häßlichen Netzhaube sah mich hoffnungslos an.

«Früher oder später geht es jedem so», sagte ich langsam. «Eheleute gewöhnen sich aneinander, glauben, daß einer dem andern sicher ist; das ist unvermeidlich. Und das ist noch kein Grund, unglücklich zu sein.»

«Nein, so ist es nicht», erwiderte sie. «Ich weiß, daß wir in dem Glauben leben, einer sei dem andern gesichert. Das alles wäre nicht so wichtig, wenn ich dich für mich hätte. Aber hier drängen sich alle um uns. Ich muß dich mit so vielen Menschen teilen, und das Schlimmste daran ist, daß du das gar nicht merkst, daß es dir gleichgültig ist.»

Der Abend mit der Mutter war zu gemütlich gewesen. Hier war es anders. Ich wußte nicht, was ich ihr sagen sollte.

«Alles engt mich ein», fuhr sie fort, «das Schloß, die Familie, die ganze Landschaft. Es ist, als müßte ich ersticken. Längst habe ich den Versuch aufgegeben, irgendwas im Schloß zu tun, Anordnungen zu treffen, die Dinge zu ändern. Deine Familie hat keinen Zweifel daran gelassen, daß sie das als Einmischung ansehen würde. Was sich hier begibt, hat sich hier immer begeben. Ist es dir klar, daß ich in den vergangenen Monaten einzig damit beschäftigt gewesen bin, neuen Stoff für die Vorhänge im Schlafzimmer zu bestellen und die Spitzen für den Toilettentisch? Und sogar das wurde als Verschwendung angesehen.»

Sie sah zu mir auf, und ich wußte, daß eine Art Entschuldigung von mir erwartet wurde.

«Es tut mir leid», sagte ich, «aber du weißt ja, wie es eben ist. Auf dem Land verläuft das Leben in festen Bahnen. Alles ist eine Sache der Gewohnheit.»

«Gewohnheit?» wiederholte sie. «Gerade aus deinem Mund klingt das seltsam. Du gehst fort, wann du Lust hast; du hast eben geschäftlich zu tun. Es ist keine Rede davon, daß du dich festen

Gewohnheiten unterwirfst, daß du tagein, tagaus das Leben führst, das ich führen muß. Nie, kein einziges Mal hast du vorgeschlagen, mich mitzunehmen. Da heißt es immer, ‹ein anderes Mal› oder ‹nächstens›, und jetzt bin ich an deine Ausreden gewöhnt und verlange gar nichts mehr. Zur Zeit wäre es übrigens auch unmöglich – ich fühle mich nicht wohl.»

Sie betastete das Päckchen, das sie noch nicht geöffnet hatte, und ich fühlte, daß ein Gatte unter diesen Umständen irgend etwas sagen mußte, ein Wort des Trostes, des Mitgefühls, doch ich wußte zuwenig von ihrem derzeitigen Zustand.

Plötzlich sagte sie ganz einfach, ohne Klage, ohne Vorwurf: «Jean, ich habe Angst.» Darauf hatte ich keine Antwort. Ich nahm ihr das Päckchen aus der Hand und begann es zu öffnen. «Du weißt, was Dr. Lebrun sagte, als ich das letzte Kind verlor. Es ist nicht leicht für mich.»

Ich fühlte mich der Sache nicht gewachsen. Ich knüpfte die Schnur auf und zog aus dem Papier eine Schachtel, der ich ein kleines, samtenes Etui entnahm, das ich öffnete. Darin lag ein Medaillon, von Perlen gesäumt, das, als es aufsprang, ein Bild von mir oder vielmehr ein Bild von ihm sehen ließ. Es konnte als Brosche getragen werden, denn es hatte eine goldene Nadel. Es war eine außerordentlich schöne Arbeit, ein reizender Einfall, und es mußte sehr viel Geld gekostet haben.

Sie stieß einen erstaunten Ruf des Entzückens aus. «Oh, wie schön! Wie reizend! Und wie lieb von dir, daß du daran gedacht hast. Ich habe geklagt, ich habe gegrollt... und du bringst mir das! Verzeih mir!» Sie streichelte mein Gesicht, und ich zwang mich zu lächeln. «Es ist lieb, daß du zu mir zurückfindest», sagte sie, «hoffentlich dauert es nicht zu lange, und dann werde ich wieder ich selber sein. Wenn ich zu dir spreche, höre ich Worte aus meinem Mund kommen, die ich nicht wirklich meine; dann bin ich mir selber verhaßt, aber ich kann nicht anders.»

Sie schloß das Medaillon und öffnete es. Dieses Spiel wiederholte sie zwei- oder dreimal und lächelte dabei. Dann steckte sie es an ihren Schal.

«Sieh nur», sagte sie, «ich trage meinen Gatten an meinem Herzen. Wenn mich in Zukunft jemand fragt: ‹Wo ist Jean?› brauche ich nur das Medaillon zu öffnen. Es ist wirklich sehr ähnlich. Das Bild muß von der Fotografie in deiner alten Identitätskarte kopiert worden sein. Das hatte ich immer so gern. Hast du es eigens für mich in Paris anfertigen lassen?»

«Ja», sagte ich. Das war wahrscheinlich richtig, und doch klang meine Lüge mir peinlich in den Ohren.

«Paul wird es nie verwinden, wenn er das zu sehen bekommt! Aber vermutlich bedeutet es doch, daß alles in Ordnung ist und deine Reise Erfolg hatte. Wie ähnlich es dir sieht, das auf so verschwenderische Art zu feiern. Du weißt, wie hilflos ich mich fühle, wenn ich Paul davon reden höre, daß es unmöglich ist, die Fabrik weiterzuführen, und ich merke, daß er auf mein eigenes Vermögen anspielt, das so lächerlich festgelegt ist. Nun, wenn wir einen Sohn haben...» Sie legte sich in die Kissen zurück, die Hand noch immer auf dem Medaillon an ihrem Schal. «Jetzt will ich schlafen», sagte sie. «Komm bald. Du mußt müde sein, wenn du den ganzen Abend mit Maman über Geschäfte gesprochen hast.»

Sie drehte das Licht ab, ich hörte, wie sie seufzte und sich in den Kissen zurechtlegte.

Ich ging wieder in das Ankleidezimmer, riß das Fenster auf und beugte mich hinaus. Es war eine helle, klare, kalte Mondnacht. Unter mir wucherte das Gras des Grabens, standen die rauhen, efeubedeckten Steinmauern, die ihn säumten, und dahinter streckte sich, was früher einmal ein Park gewesen sein mochte, jetzt aber Weideland geworden war. Ein kleines, rundes Bauwerk erhob sich mitten im Gras einsam vor mir, und ich erkannte, daß es ein Taubenschlag sein mußte. Daneben war eine Kinderschaukel mit abgerissenem Seil. Eine undefinierbare Schwermut lastete über diesem stummen Schauspiel, als hätten hier einst Lachen und Leben geherrscht, die jetzt entschwunden waren, und als gäben die Menschen, die, wie ich, aus den Schloßfenstern blickten, sich der Verdrossenheit und Unzufriedenheit hin. Dann und wann wurde das tiefe Schweigen von einem Laut unterbrochen, als ob Wasser aus einem Brunnen in die Tiefe tropfte, und ich beugte mich aus dem Fenster und versuchte vergebens festzustellen, woher das Geräusch kam.

Die Kirchturmuhr des Dorfes hinter dem Schloß schlug elf, ein hoher, trockener Ton, der, bei all seinem Mangel an Fülle, die gleiche Warnung in sich barg wie die Angelusglocke der Kathedrale in Le Mans, und als der letzte Klang verhallt war und die Stille der Nacht mich wieder umgab, wuchs in mir erneut das Gefühl der Beklemmung, ja der Verzweiflung, und die Stimme der Vernunft schien zu sagen: «Was tust du in diesem Haus, geh fort, bevor es zu spät ist!»

Ich öffnete die Tür zum Korridor und lauschte. Alles war still; schlief die Mutter jetzt, zufrieden mit dem geheimnisvollen Geschenk, das ich Charlotte gegeben hatte, oder saß sie noch immer in ihrem Stuhl zusammengekauert? Kniete Schwester Blanche auf ihrem Betschemel oder betrachtete sie den gegeißelten Christus gegenüber ihrem Bett? Ich konnte Françoises rührende und vertrauliche Worte nicht vergessen: «Jean, ich habe Angst.» Sie galten nicht mir. Nichts in diesem Haus galt mir. Ich war ein Fremder. Ich hatte keinen Anteil am Leben dieser Menschen.

Ich lief durch den Korridor und die Treppe hinunter. Ich hatte die Klinke der Türe, die auf die Terrasse führte, niedergedrückt, als ich Schritte auf der Treppe hinter mir hörte; ich wandte mich um und sah die brünette Frau, Renée, in Morgenrock und Pantoffeln, und das Haar, das sie vorher aufgesteckt getragen hatte, hing ihr jetzt lose über die Schultern.

«Wo gehst du hin?» flüsterte sie.

«Ins Freie. Luft schnappen», log ich rasch, «ich konnte nicht schlafen.»

«Was hast du denn? Ich wußte, daß du nicht wirklich müde oder unwohl warst – das sollte nur eine Ausrede für Françoise sein. Ich hörte, wie du aus Mamans Zimmer kamst, und da ließ ich meine Tür offen und wartete auf dich. Hast du es nicht bemerkt?»

«Nein.»

Ungläubig sah sie mich an. «Du mußt doch begriffen haben, daß ich Paul drängte, zu dem Freimaureressen zu gehen, sobald ich wußte, daß du hier sein würdest. Jetzt ist der Abend verloren. Er kann jeden Augenblick zurückkommen.»

«Es tut mir leid», sagte ich. «Maman hatte mir so viel zu sagen – ich konnte unmöglich fort. Wir können sicher morgen miteinander sprechen.»

«Morgen?» wiederholte sie, und in ihrem Wesen war etwas Brüskes, Seltsames. «Ist dir nach zehn Tagen Paris morgen bald genug? Ich hätte es wissen können. Darum hast du dir auch nicht die Mühe gegeben, auf meine Briefe zu antworten.»

Sah man mir die Hilflosigkeit, die Verlorenheit an, die ich empfand, als ich hier, die Hand auf der Klinke, stand? Vorher, zu Beginn des Abends, hatte ich in dieser Frau noch eine Verbündete, eine

Freundin zu sehen geglaubt. Jetzt war sie eine Vertraute, die sich von mir abwandte, und ich hatte das Gefühl, sie sei irgendwie zutiefst erbost. Wenn ich doch nur wüßte, in welcher Beziehung sie zu der übrigen Familie stand, und was sie so dringend mit Jean besprechen wollte.

«Ich kann nur sagen, daß es mir leid tut», wiederholte ich. «Ich hatte nicht verstanden, daß du mich unbedingt sprechen wolltest. Warum hast du mir nicht eine Botschaft hinaufgeschickt, als ich bei Maman war? Ich wäre gekommen.»

«Soll das ein Hohn sein», sagte sie, «oder bist du wirklich betrunken?»

Ihr Ton brachte mich auf. Die Stimmung der Mutter hatte mich gerührt, die Stimmung der Gattin, aus einem andern Grund, auch. Für diese aber, die sich so jäh zwischen mich und die Freiheit warf, hatte ich keine Zeit. «Du wirst dich erkälten», sagte ich. «Warum gehst du nicht zu Bett?»

Sie starrte mich an, und dann stieß sie hervor: «Mein Gott, wie ich dich manchmal hasse!» Dann drehte sie sich um und eilte die Treppe hinauf.

Ich öffnete die Türe zur Terrasse und trat hinaus. Wie sauber und gut war die Luft hier nach der stickigen und doch eisigen Atmosphäre hinter den geschlossenen Läden. Der Kies knirschte unter meinen Füßen, und ich ging leise die Stufen hinunter zu der Anfahrt, wo der Wagen gehalten hatte. Ich schlug den Weg nach links ein, auf die Nebengebäude zu, die in die Mauer des Grabens eingebaut waren und Stallungen und eine Garage sein mochten. Da blitzten die Lichter eines Wagens in der Lindenallee auf, der den Hügel herunterrollte und geradewegs zu der Brücke und dem Schloßtor fuhr. Das mußte Paul sein. Ich verbarg mich unter der dunklen Zeder; hatten seine Lichter mich erwischt? In der nächsten Sekunde war er über der Brücke, durch das Tor und hatte sich nach rechts, zu den Nebengebäuden gewendet. Ich hörte ihn die Tür des Renaults zuschlagen, dann öffneten und schlossen sich die Torflügel der Garage geräuschvoll. Alsbald näherten sich seine Schritte, und er ging hart an meinem Versteck vorüber zur Terrasse, und in das Schloß. Ich wartete ein paar Minuten. Dann kam ich aus meiner Deckung hervor und ging lautlos auf die Mauer des Grabens zu. Ich war nur wenige Schritte von dem Tor entfernt, durch das Paul gekommen war, als ich ein dumpfes Knurren hörte. Da sah ich, daß neben dem Tor eine kleine Umfriedung war und darin ein großer, langhaariger Hund, der bei meinem Anblick wütend bellte. Ich sprach leise auf ihn ein, doch vergebens. Der Klang meiner Stimme machte ihn nur noch wütender, und so kehrte ich in den Schutz der Zeder zurück, wo er mich nicht sehen konnte, und wartete, bis er sich beruhigte, bevor ich weitere Entschlüsse faßte. Noch immer tönte mit Unterbrechungen das Gebell, dann wurde es zu einem Knurren, um schließlich ganz zu verstummen. Abermals wagte ich mich vor, sah mich um, schaute an den mächtigen Mauern des Schlosses empor, die fahl, bedrohlich und doch in seltsamer Schönheit im klaren Mondlicht aufragten. Eine Türe in der Mauer führte zu dem Gelände dahinter; ich weiß nicht, warum ich mich veranlaßt fühlte, durch diese Türe zu gehen, und nun schaute ich über den Graben nach der Weide, wo das Vieh gegrast hatte, nach den gespenstischen Alleen, die den Wald umsäumten, nach dem stillen Taubenschlag und der Schaukel.

Irgendwo lag jetzt der Urheber des Streichs, in den wir beide verwickelt waren, und schlief, oder er lachte vielleicht über meine Verlegenheit. Jetzt, da er meine Kleider trug, hielt er sich wohl für frei. Hier war seine Familie, die litt, und ihm bedeutete es nichts, wie verloren sie sich fühlen mochte, wie grausam sie gekränkt wurde. Wieder hörte ich das leise Aufschlagen, das mich im Ankleidezimmer gestört hatte, ich hörte es jetzt ganz in der Nähe, und da sah ich, daß es Kastanien waren, die von den Bäumen auf den Kiespfad hinter dem Graben fielen. Ich schaute zu den geschlossenen Läden des Schlosses hinauf; wo war der runde Turm, darin die Mutter schlief, und wo die Gebetsnische der Tochter? Über mir war das Ankleidezimmer, in dem ich eben noch gestanden hatte, und daneben die hohen Fenster des Schlafzimmers.

Vom Kirchturm schlug die halbe Stunde – für mich das Zeichen zum Verschwinden. Ich wagte es nicht, noch einmal an dem Hund vorüberzugehen, und beschloß deshalb, den Weg durch das Tor einzuschlagen, durch die Lindenallee auf die Landstraße zu gelangen und dann die ganze Nacht bis zur nächsten Ortschaft zu wandern.

Noch immer fielen die Kastanien neben den Graben, und plötzlich, ohne daß ein Baum in der Nähe gewesen wäre, traf mich eine auf den Kopf. Ich schaute verdutzt auf und sah, daß ein Fensterchen in einem Turm über dem Ankleidezimmer nicht länger bloß ein dunkler Spalt war, sondern eine Gestalt umrahmte, die auf dem Fenstersims kniete. Während ich hochschaute, traf mich eine weitere Kastanie an der Stirn, und dann noch eine und noch eine, von der knienden Gestalt geworfen, die aus irgendeinem Grund meine Aufmerksamkeit auf sich lenken wollte. Plötzlich erhob sie sich, stand im offenen Fenster, und da sah ich, daß es ein Kind war, etwa zehn Jahre alt, im weißen Nachthemd, und daß es bei der kleinsten ungeschickten Bewegung kopfüber in die Tiefe fallen müßte.

«Geh zurück!» rief ich sanft. «Geh ins Zimmer zurück!» Die Gestalt rührte sich nicht. Abermals traf mich eine Kastanie. «Geh zurück», rief ich wieder. «Geh zurück, sonst fällst du.»

Da sprach das Kind, und seine Stimme tönte hell und völlig gefaßt. «Wenn du nicht zu mir kommst, bevor ich bis hundert gezählt habe», sagte die Stimme, «so schwöre ich dir, daß ich mich aus dem Fenster werfe.»

Ich rührte mich nicht, und sie fuhr fort: «Du weißt, daß ich mein Wort nie breche. Jetzt fange ich an zu zählen. Und wenn du nicht bei mir bist, bevor ich bis hundert gezählt habe, so schwöre ich bei der Heiligen Jungfrau, daß ich es tun werde. Eins... zwei... drei...»

Die Erinnerung an Fieber, Heilige und Visionen brach plötzlich über mich herein. Jetzt endlich erkannte ich den Sinn der Gespräche des Abends. Ich wäre nie auf die Idee gekommen, daß die fromme, heilige Marie-Noël ein Kind sein könnte. Die Stimme zählte weiter, ich wandte mich um, eilte durch die Gartentüre zur Terrasse und durch die Türe des Schlosses, die nicht verriegelt worden war. Ich tastete mich die Treppe hinauf zum ersten Gang, suchte dann im Dunkeln eine Dienerschaftstreppe, die mich zu dem Turm über dem Ankleidezimmer führen konnte, kam an eine Schwingtüre und stieß sie auf, denn jetzt war es gleichgültig, ob man mich hörte, ob das ganze Haus erwachte; mein einziger Gedanke war, daß ich eine Katastrophe verhüten mußte.

Ich kam zu einer Wendeltreppe, die von einem schwachen blauen Licht erhellt wurde, und sprang, immer zwei Stufen auf einmal, hinauf. Die Treppe führte zu einem Absatz und einem gewundenen Gang, doch genau vor mir war eine Türe, und hinter dieser Türe konnte ich gleichmäßig «fünfundachtzig, sechsundachtzig, siebenundachtzig...» zählen hören. Ich riß die Türe auf, nahm die Gestalt vom Fenstersims in die Arme und warf sie auf das Bett neben der Wand. Mit großen Augen unter dem kurzgeschnittenen Haar starrte sie mich an, und mir wurde elend zumute, denn sie war ein Ebenbild Jean de Gués, also eines längst in der Vergangenheit begrabenen und vergessenen Ichs.

«Warum bist du nicht gekommen und hast mir gute Nacht gesagt, Papa?» fragte sie.

6

Sie ließ mir keine Zeit, eine Antwort auszudenken. Sie sprang vom Bett, warf sich an meine Brust, schlang mir die Arme um den Hals und bedeckte mich mit Küssen.

«Hör auf damit», sagte ich und versuchte mich zu befreien.

Sie fing an zu lachen und umklammerte mich noch fester, wie ein Affe, dann wandte sie sich jäh ab und war mit einem Sprung wieder im Bett. Sie setzte sich mit gekreuzten Beinen hin und sah mich an, ohne zu lächeln. Ich war wieder zu Atem gekommen, strich mir das Haar glatt, und wir musterten einander wie zwei Tiere vor dem Kampf.

«Nun?» fragte sie – das unvermeidliche «Nun», das Frage, Ausruf und Antwort in einem ist. Und ich wiederholte es, um Zeit zu gewinnen, um die ganze Bedeutung dieser neuen, unerwarteten Komplikation einer Tochter zu erfassen, und um den Boden unter den Füßen nicht ganz zu verlieren, sagte ich: «Ich dachte doch, du hättest Fieber.»

«Heute früh schon», erwiderte sie, «aber als Tante Blanche am Abend auf das Thermometer schaute, war es kaum über 37. Jetzt, weil ich am Fenster gestanden bin, ist es wahrscheinlich wieder gestiegen. Setz dich. Warum bist du nicht gleich nach deiner Ankunft zu mir gekommen?» Sie hatte eine herrische Art, als wäre sie gewohnt, Befehle zu geben. Ich antwortete nicht.

«Das war ein Spaß, nicht wahr?» Dann streckte sie die Hand aus, griff nach meiner und küßte sie. «Hast du deine Fingernägel maniküren lassen?» fragte sie.

«Nein.»

«Sie sehen anders aus, und deine Hände sind auch sauberer. Und du riechst auch anders.»

«Wie rieche ich denn?»

Sie schnupperte. «Wie ein Doktor oder ein Geistlicher, oder wie ein Fremder, der zum Tee kommt.»

«Das tut mir leid!» Verblüfft starrte ich sie an.

«Es wird schon vorbeigehen. Du hast dich bestimmt in höheren Kreisen bewegt. Habt ihr unten von mir gesprochen?»

Ein Instinkt riet mir, das Kind kurz abzufertigen. «Nein», sagte ich.

«Das ist nicht wahr. Germaine hat mir erzählt, daß beim Mittagessen von nichts anderem gesprochen wurde. Obgleich es auch viel Ärger gab, weil du so spät gekommen bist. Was hast du denn gemacht?»

Ich beschloß, so weit wie möglich die Wahrheit zu sagen. «Ich habe in einem Hotel in Le Mans geschlafen.»

«Was für eine komische Idee! Bist du denn müde gewesen?»

«Ich hatte am Abend vorher zuviel getrunken und habe mir den Kopf am Boden angeschlagen. Ich habe wohl auch irrtümlich ein Schlafmittel genommen.»

«Und wenn du kein Schlafmittel genommen hättest, wärst du dann fortgegangen?»

«Was meinst du damit?»

«Wärst du fortgegangen und nicht wiedergekommen?»

«Ich verstehe dich nicht.»

«Die Heilige Jungfrau hat mir gesagt, daß du nicht wiederkommen würdest. Darum habe ich Fieber gekriegt.» Jetzt wirkte sie nicht länger herrisch. Sie beobachtete mich scharf, ihre Blicke wichen nicht von meinem Gesicht. «Hast du vergessen, was du mir gesagt hast, bevor du nach Paris gefahren bist?»

«Was habe ich dir denn gesagt?»

«Daß du nächstens, wenn das Leben zu schwierig würde, verschwinden wolltest, um nie wieder heimzukehren.»

«Ich habe vergessen, daß ich dir das gesagt hatte.»

«Ich habe es nicht vergessen. Als Onkel Paul und die andern anfingen, von Geldschwierigkeiten zu sprechen und daß du nach Paris gefahren bist, weil du versuchen willst, die Sachen in Ordnung zu bringen, und er nur sehr wenig Hoffnung auf deinen Erfolg hatte, da dachte ich: Jetzt wird er es tun! Ich erwachte in der Nacht und war krank, und die Heilige Jungfrau kam und stand am Ende meines Bettes und sah traurig aus.»

Es war schwer, dem Blick des Kindes standzuhalten. Ich schaute zur Seite, spielte mit dem einzigen Ohr eines abgegriffenen Stoffkaninchens, das neben ihr lag.

«Und wenn ich nicht zurückgekommen wäre? Was hättest du dann getan?»

«Ich hätte mich umgebracht.»

Ich ließ das Kaninchen auf der Bettdecke tanzen. Dunkel erinnerte ich mich, daß mich das vor Jahren, als ich selber noch Spielzeuge besaß, erheitert hatte. Das Kind aber lachte nicht. Es nahm mir das Kaninchen aus der Hand und legte es unter das Kopfkissen.

«Kinder bringen sich nicht um», sagte ich.

«Warum bist du dann gerade jetzt so schnell heraufgekommen?»

«Du hättest ausrutschen können.»

«Ich hätte nicht ausrutschen können. Ich habe mich festgehalten. Ich stehe oft im Fenster. Wenn du aber nicht gekommen wärst, so wäre das etwas anderes gewesen. Ich hätte mich nicht festgehalten. Ich wäre hinuntergesprungen und gestorben. Und dann hätte ich in der Hölle brennen müssen. Aber ich will lieber in der Hölle brennen, als in dieser Welt ohne dich leben.»

Ich sah sie wieder an – das kleine, ovale Gesicht, das kurzgeschnittene Haar, die glühenden Augen. Dieses leidenschaftliche Bekenntnis war verwirrend, schockierend, ein Fanatiker mochte so etwas sagen, aber doch nicht ein Kind.

Ich dachte angestrengt nach, um jetzt das Richtige zu sagen.

«Wie alt bist du?» fragte ich.

«Du weißt ganz genau, daß ich an meinem nächsten Geburtstag elf werde.»

«Schön. Du hast das ganze Leben noch vor dir. Du hast deine Mutter, deine Tanten, deine Großmutter, all die Menschen hier im Haus, die dich liebhaben, und trotzdem schwatzt du solchen Unsinn, daß du dich zum Fenster hinauswerfen willst, wenn ich nicht da wäre.»

«Aber ich hab sie nicht lieb, Papa, nur dich hab ich lieb.»

So stand es also. Ich hatte das Bedürfnis nach einer Zigarette. Instinktiv griff ich in meine Tasche, und als das Kind das sah, sprang es auf, lief zu einem Pult am Fenster, holte Zündhölzer aus einem

Fach, war im Nu wieder bei mir und hielt mir das angezündete Streichholz hin. «Sag mir», begann sie, «ist es wahr, daß Masern für ein ungeborenes Kind schädlich sein können?»

Dieser Gedankensprung überraschte mich. «Ich weiß es nicht.»

«Maman hat mir gesagt, wenn ich Masern hätte und sie sich damit anstecken und auch meinen kleinen Bruder anstecken würde, dann müßte er blind auf die Welt kommen.»

«Das kann ich dir nicht sagen. Ich versteh nichts von diesen Dingen.»

«Wenn mein kleiner Bruder blind wäre, würdest du ihn trotzdem liebhaben?» Sie war gar nicht mehr feierlich. Sie begann durch den Raum zu tanzen, erst hüpfte sie auf einem Fuß, dann auf dem andern. Ich wußte nicht, was ich ihr antworten sollte. Während des Tanzens hielt sie den Blick ständig auf mich gerichtet.

«Es wäre sehr traurig für ein Kind, blind auf die Welt zu kommen», sagte ich hilflos.

«Müßte man es in eine Anstalt bringen?»

«Nein, man würde es hier im Haus behalten. Und übrigens kommt es ja nicht dazu.»

«Es könnte doch. Vielleicht habe ich Masern, und wenn ich sie habe, dann hat Maman sich sicher angesteckt.»

Ich spürte, daß sie sich jetzt eine Blöße gegeben hatte, und das durfte ich mir nicht entgehen lassen.

«Eben hast du doch gesagt, daß du Fieber gehabt hast, weil du Angst hattest, ich würde nicht zurückkommen», sagte ich schnell. «Von Masern kein Wort.»

«Mein Fieber kam, weil die Heilige Jungfrau mich besuchte. Das ist ein Zeichen der Gnade.»

Sie hörte auf zu tanzen, stieg ins Bett und zog die Decke übers Gesicht. Ich streifte die Zigarettenasche auf einen Puppenteller ab und sah mich in dem Raum um. Es war eine seltsame Mischung von Kinderzimmer und Zelle. Es gab noch eine zweite Öffnung in der Mauer, von dem Fenster abgesehen, von dem sie mir die Kastanien an den Kopf geworfen hatte, und unterhalb dieser Öffnung hatte sie sich aus einer Kiste und einem Stück alten Brokats einen Betschemel zurechtgemacht; darüber hing ein Kruzifix, mit einem Rosenkranz geschmückt, und zwischen zwei Kerzen auf dem Betschemel stand eine Statue der Madonna. Daneben an der Wand hingen Bilder der Heiligen Familie, der heiligen Therese von Lisieux, und in seltsamem Kontrast dazu lag schief auf einem Stuhl eine Puppe, Farbflekken auf dem nackten ausgestopften Leib, einen Federhalter durch das Herz gebohrt. Um den Hals hing ein Zettel mit den Worten «Das Martyrium des heiligen Sebastian». Anderes Spielzeug, ihrem Alter besser angepaßt als der Betschemel, lag über den Boden verstreut; und neben dem Bett stand eine Fotografie Jean de Gués in Uniform, nach dem jugendlichen Aussehen zu schließen offenbar aus der Zeit vor der Geburt des Kindes.

Ich drückte meine Zigarette aus und stand auf; die Gestalt unter der Decke rührte sich nicht.

«Marie-Noël, versprich mir etwas.»

Noch immer keine Bewegung; sie tat wahrscheinlich, als schliefe sie. Aber das war gleichgültig. «Versprich mir, daß du nie mehr auf den Fenstersims klettern wirst.»

Sie rührte sich nicht, doch dann war ein eigentümliches Kratzen zu hören, das ganz leise begann, aufhörte und nun lauter wurde. Ich merkte, daß die Kleine an der Wand kratzte, wahrscheinlich um eine Maus oder eine Ratte nachzuahmen. Darauf folgte ein Quietschen und ein Stoß unter der Decke. Vergessene Scheltworte Erwachsener kamen mir in den Sinn.

«Du bist weder klug noch witzig», sagte ich. «Wenn du mir nicht sofort antwortest, werde ich dir nicht gute Nacht sagen.» Ein lauteres Quietschen und ein heftigeres Kratzen an der Wand war die Erwiderung. «Schön», sagte ich fest und öffnete die Türe. Nur der Himmel weiß, was ich mit dieser Geste bezweckte, denn das Kind hatte alle Trümpfe in der Hand; es brauchte nur wieder zum Fenster zu gehen, um mir das zu beweisen.

Und doch hatte meine Drohung Erfolg. Sie warf die Decke zurück, setzte sich im Bett auf und streckte mir die Arme entgegen. Widerstrebend kehrte ich zu ihr zurück.

«Ich verspreche dir, wenn du mir auch etwas versprichst», sagte sie.

Das klang ganz vernünftig, aber ich spürte eine Falle; das war etwas, womit Jean de Gué umzugehen wußte, nicht aber ich. Ich verstand nichts von Kindern.

«Was muß ich dir versprechen?» fragte ich.

«Nie fortzugehen, mich nie zu verlassen, oder, wenn du fortgehst, mußt du mich mitnehmen.»

Abermals wich ich der unmittelbaren Frage in ihren Augen aus.

Die Situation war unmöglich. Ich hatte schon die Mutter versöhnt, die Gattin milder gestimmt – mußte ich jetzt auch noch der Tochter weichen?

«Hör», sagte ich, «Erwachsene können solche Versprechen nicht geben. Kein Mensch kann die Zukunft voraussagen. Vielleicht gibt es wieder Krieg.»

«Ich rede nicht von Krieg.»

In ihrer Stimme war eine eigenartige, uralte Weisheit. Ich wünschte, sie wäre älter oder jünger oder doch anders gewesen. Sie war nicht im richtigen Alter. Wäre sie erwachsen gewesen, so hätte ich vielleicht gewagt, ihr die Wahrheit zu sagen; einem Kind von zehn Jahren aber, das noch in seiner geheimen Welt lebte?

Kein Erwachsener, der eine Entscheidung über die Zukunft erwartet, hätte ruhiger, ernster sein können. Warum mochte Jean de Gué ihr gegenüber je angedeutet haben, daß er vielleicht das Heim verlassen und verschwinden werde? War das eine Drohung gewesen, um ihren Gehorsam zu erzwingen, wie ich das eben selber getan hatte? Oder hatte er es in voller Überlegung gesagt, damit sie vorbereitet wäre, wenn es dazu käme?

«Es hat keinen Zweck», sagte ich. «Dieses Versprechen kann ich dir nicht geben.»

«Ich habe auch nicht geglaubt, daß du's mir geben würdest. Das Leben ist schwer, nicht wahr? Wir müssen beide einfach das Beste hoffen – daß du daheim bleibst und ich nicht jung sterben muß.»

Der schlichte, irgendwie verhängnisschwere Ton ihrer Stimme war bedrückender als ein Gefühlsausbruch. Sie küßte mir wieder die Hand. Ich benützte die Gelegenheit. «Hör», sagte ich, «eines will ich dir versprechen; wenn ich fortgehe, werde ich es dir vorher sagen. Vielleicht keinem andern Menschen, dir aber bestimmt.»

«Das ist lieb von dir.» Sie nickte.

«Und wirst du jetzt schlafen?»

«Ja, Papa. Meine Decken sind in Unordnung. Richte sie mir, bitte.»

Die Bettücher waren lose, ich steckte sie so fest unter die Matratze, daß die Kleine sich fast nicht mehr rühren konnte. Von ihrem Kissen aus beobachtete sie mich. Jetzt sollte ich ihr wohl einen Kuß geben.

«Gute Nacht», sagte ich. «Schlaf wohl.» Und dann küßte ich sie auf die Wange.

Sie war mager und knochig, Gesicht und Hals schmal, die Augen viel zu groß.

«Du bist nicht dick genug», sagte ich. «Du müßtest mehr essen.»

«Warum siehst du so merkwürdig aus?» fragte sie.

«Ich sehe doch nicht merkwürdig aus!»

«Du siehst aus wie einer, der eine Lüge sagt.»

«Ich lüge immer.»

«Das weiß ich. Aber nicht, wenn du mit mir sprichst.»

«So, für heute ist's genug, gute Nacht.»

Ich ging hinaus und schloß die Türe. Sekundenlang lauschte ich draußen, doch es war nichts zu hören, und so ging ich die Turmtreppe hinunter durch die Tapetentüre und über den Korridor in das Ankleidezimmer.

Plötzlich fühlte ich mich sehr müde, das Haus war vollkommen still. Ich schlich ins Badezimmer, blieb in der offenen Schlafzimmertüre stehen und lauschte. Françoise rührte sich nicht. Ich trat an ihr Bett; sie atmete ruhig und schlief fest. Wieder ging ich ins Ankleidezimmer, zog mich aus und stieg ins Bad. Es war unterdessen kalt geworden, aber ich wollte die schlafende Frau nicht dadurch stören, daß ich das heiße Wasser laufen ließ. Ich trocknete mich ab und zog den Pyjama an, den ich im Hotel getragen hatte, und den Schlafrock, der über dem Stuhl lag. Ich bürstete mein Haar mit seiner Bürste, wie ich es am Morgen getan hatte, dann trat ich an den Tisch und griff nach dem Päckchen, das die Initialen M-N trug. Es schien ein Buch zu enthalten. Sorgfältig löste ich Schnur und Hülle; ja, es war ein Buch. Es hieß «Die kleine Blume», und darin lag ein Bild der heiligen Therese von Lisieux, das er außerdem für sie gekauft hatte. Auf das Vorsatzblatt hatte Jean de Gué geschrieben: «Meiner angebeteten Marie-Noël von ganzem Herzen, Papa.» Ich packte das Buch wieder ein und legte es zu den andern Päckchen auf den Tisch. Er hatte seine Geschenke mit viel Bedacht ausgewählt. Ich wußte nicht, was er seiner Mutter gebracht hatte, aber es war etwas, was sie dringend brauchte. Das Medaillon hatte die Tränen seiner Frau getrocknet und ihr geholfen, im Glauben an ihn einzuschlafen. Wenn die «Kleine Blume» aufgeschlagen in dem Turmzimmer neben Marie-Noëls Bett lag, so würde das Buch die Phantasie des Kindes nähren und auf diese Art das Gewissen des Vaters weniger belasten – wenn er ein Gewissen hatte, was ich sehr bezweifelte. Man hatte kein Recht, mit dem Leben anderer Menschen zu spielen.

Jean de Gué hatte unrecht gehandelt. Er war vor dem Leben davongelaufen, er war vor den Empfindungen geflohen, die er selber geschaffen hatte. Keiner der Menschen unter seinem Dach hätte sich so verhalten, wie sie sich heute abend verhalten hatten, wenn er ihnen nicht etwas angetan hätte. Die Mutter hätte sich nicht mit erschrockenen Augen zu mir gewendet, die Schwester nicht schweigend den Raum verlassen, Paul hätte nicht feindselig gesprochen, Renée mich nicht auf den Stufen verflucht, die Frau hätte nicht geweint, das Kind nicht gedroht, sich aus dem Fenster zu stürzen. Jean de Gué hatte gefehlt. Er hatte weit mehr versagt als ich. Und darum hatte er mich schlafend im Hotel in Le Mans gelassen und war davongelaufen. Es war kein Scherz, es war das Eingeständnis einer Niederlage. Ich wußte jetzt, daß er nicht zurückkommen würde. Er würde sich nicht einmal die Mühe nehmen festzustellen, was geschehen war. Ich konnte ganz nach meinem Gutdünken handeln, konnte in seinem Heim bleiben oder gehen. Wäre ich ihm nie begegnet, hätte sich nichts von alldem ereignet, so säße ich jetzt im Gästehaus von La Grande-Trappe und würde erfahren, wie ich mit meinem Versagen fertig werden sollte. Ich hätte die Mönche ihren Gottesdienst abhalten sehen, hätte ein erstes Gebet gesprochen. Jetzt war alles anders, und ich war allein. Oder vielmehr, ich war nicht allein – ich war ein Teil des Lebens anderer Menschen. Nie zuvor hatte ich mich mit den Gefühlen von jemand anderem als mir selber beschäftigt. Dank eines Betrugs hatte ich jetzt Gelegenheit, anders zu handeln. Ich konnte nicht mit Sicherheit wissen, ob aus einer Lüge etwas Gutes entstehen würde. Wäre ich nach La Grande-Trappe gefahren, so hätte man es mir gesagt, doch statt dessen war ich in eines andern Mannes Haus.

Ich ging ins Schlafzimmer, zog Schlafrock und Pantoffeln aus. Dann legte ich mich neben seine arme, rührende Frau, die friedlich schlief, an den Schal das Medaillon geheftet, und ich sagte: «O Gott, was soll ich tun? Soll ich dieses Haus verlassen, oder soll ich bleiben?»

7

Ich schlief einen schweren Schlaf, und als ich erwachte, war meine Partnerin nicht mehr da. Aus dem Badezimmer hörte ich Stimmen; und ich blieb still liegen, die Hände hinter dem Kopf verschränkt, und sah mich im Zimmer um. Es diente wohl auch als Boudoir, denn neben dem Kamin stand ein Schreibtisch; auch ein Teetischchen war da, eine Eckvitrine mit Porzellan und ein Büchergestell, und doch erzielte das alles nicht die Wirkung, den Raum behaglicher zu machen – im Gegenteil.

Es verlieh ihm etwas Steifes, Formelles, wie eine Zimmereinrichtung in einer Auslage, oder als umgebe sich die Bewohnerin mit Dingen, die einst in einem völlig andern Rahmen gut ausgesehen hatten, diesem Raum aber keineswegs entsprachen.

Die Stimmen verstummten, Wasserhähne wurden auf- und zugedreht, Schritte tönten auf dem Gang. Irgendwo wurde eine Türe zugeschlagen, schrillte ein Telefon, wurde ein Motor angelassen, fuhr ein Wagen davon, und dann, etwas später, fegte jemand den Korridor. Der Schlaf hatte einen seltsamen Einfluß auf mich gehabt. Die Angst, die mich am Abend zuvor überkommen hatte, war verschwunden. Die Menschen im Schloß waren wieder zu Marionetten geworden. Gestern abend hatte ich eine Tragödie gespürt und war so erfüllt von Mitgefühl mit ihnen und mir selber, daß ich den Eindruck gehabt hatte, ich sei dazu bestimmt, alles wiedergutzumachen, was in ihrem und meinem Leben schiefgegangen war. Jetzt hatten meine Bewertungen sich gewandelt. Ich empfand keine Verpflichtungen mehr. Was hatte es mit mir zu tun, wenn Jean de Gué sich von seiner Familie erdrückt fühlte und vor seiner Pflicht davongelaufen war. Das Ich, das heute morgen erwacht war, meinte, die jetzige Situation sei einfach eine Verlängerung meiner Ferien, und wenn ich ihr nicht mehr gewachsen wäre, wie das früher oder später geschehen mußte, konnte ich einfach davongehen. Die einzige Bedrohung – daß der Betrug entdeckt wurde – hätte sich gestern erfüllt, wenn überhaupt. Die Mutter, die Gattin, das Kind, alle drei hatten sich täuschen lassen. Was auch immer für Fehler ich in Zukunft beging, sie würden als Laune oder Grille ausgelegt werden, und zwar aus dem einfachen Grund, weil ich über jeden Verdacht erhaben war. Keinem Spion im Dienst seines Landes war je eine solche Maske gegönnt worden, so eine Möglichkeit, die Schwächen anderer Menschen zu prüfen... wenn es das war, was ich wollte. Was wollte ich eigentlich? Gestern abend wollte ich versöhnen; heute früh, mich amüsieren. Warum sollten diese beiden Dinge unvereinbar sein?

Über meinem Kopf sah ich eine altmodische Glockenschnur und zog daran. Das Fegen im Gang hörte auf. Schritte näherten sich der Türe, es wurde geklopft. «Herein!» rief ich, und auf der Schwelle erschien rotwangig das Zimmermädchen, das mir gestern das Abendessen gebracht hatte.

«Hat der Herr Graf gut geschlafen?»

«Sehr gut», sagte ich und bat um meinen Kaffee. Ich erkundigte mich nach der übrigen Familie und erfuhr, die Frau Gräfin sei leidend und bleibe im Bett, Mademoiselle Blanche sei in der Kirche, Herr Paul sei in die Glasfabrik gefahren, Marie-Noël stehe gerade auf, Madame Jean und Madame Paul befänden sich im Salon. Ich dankte ihr, und sie verschwand. Drei Dinge hatte ich in dieser zweiminütigen Unterhaltung erfahren. Mein Geschenk hatte der Mutter nicht genützt, Pauls Beschäftigung, das Familienunternehmen, war eine Glasfabrik, und Renée, die brünette Frau, war seine Gattin.

Ich stand auf, ging ins Badezimmer und rasierte mich.

Gaston brachte mir den Kaffee, er trug nicht länger die Uniform des Chauffeurs, sondern die gestreifte Jacke eines Kammerdieners. Ich begrüßte ihn wie einen Freund.

«Heute früh geht's also besser?» Er stellte das Tablett auf den Tisch. «Am Ende ist's doch nicht gar so schlimm, wieder daheim zu sein.»

Er erkundigte sich, was ich anziehen wolle, und ich erwiderte, mir sei es gleich; was er selber für richtig halte. Das erheiterte ihn.

«Es ist nicht der Rock, der den Morgen fröhlich macht», sagte er, «sondern der Mensch, der darin steckt. Der Herr Graf ist ja heute reinster Sonnenschein.»

Ich fragte besorgt nach dem Zustand meiner Mutter. Er verzog das Gesicht. «Sie wissen ja, wie das ist, Herr Graf. Wenn man alt wird, ist man einsam und hat Angst, wenn man nicht was Kräftiges in sich hat.» Er klopfte auf sein Herz. «Was die Gesundheit angeht, ist die Frau Gräfin stärker als sonst jemand in St. Gilles und geistig auch; aber mit dem Gemüt steht es anders.» Er ging zum Kleiderschrank, nahm einen braunen Tweedanzug heraus und begann ihn zu bürsten.

Ich beobachtete ihn, während ich meinen Kaffee trank; wie anders wäre es doch, wenn ich in einem Hotelzimmer in Tours oder Blois wäre und er ein Hausdiener. Er würde mich mit der Höflichkeit, der Gleichgültigkeit eines Hotelangestellten fragen, ob die Stadt mir gefalle, ob ich nächstes Jahr wiederkommen würde, und sobald er sein Trinkgeld erhalten hätte, das Gepäck im Wagen verstaut wäre und der anonyme Schlüssel an seinem Platz hängen würde, wäre ich vergessen. Dieser Mann war mein Freund, und ich kam mir, als ich ihn beobachtete, wie Judas selber vor.

Ich zog die Kleider an, die er mir zurechtgelegt hatte, und es war ein seltsames Gefühl, als trüge ich den Anzug eines Toten, der mir nahe gewesen war. In dem Reiseanzug, den ich gestern getragen hatte, war mir dergleichen nicht zum Bewußtsein gekommen. Diese Kleider waren persönlicher. Sie hatten einen rauhen, vertrauten Geruch an sich, keineswegs unangenehm, und ich konnte ihnen anmerken, daß sie im Wald und im Regen draußen gewesen waren, den Boden gestreift hatten.

«Geht der Herr Graf in die Fabrik?» fragte Gaston.

«Nein», sagte ich, «heute morgen noch nicht. Hat Herr Paul etwas davon gesagt?»

«Herr Paul wird wie gewöhnlich zum Mittagessen zurück sein. Vielleicht erwartet er, daß Sie nachmittags mit ihm gehen.»

«Wie spät ist es jetzt?»

«Schon halb elf, Herr Graf.»

Ich überließ ihn der Beschäftigung mit meinen Kleidern, während im Schlafzimmer das kleine Dienstmädchen das Bett machte. Ich ging die Treppe hinunter, und mich begrüßte der kühle, unpersönliche Geruch von Bodenwachs und der gigantische Gekreuzigte an der Wand.

Aus dem Salon konnte ich das Flüstern von Frauenstimmen hören. Ich schlich geräuschlos zu der offenen Türe, die nach der Terrasse führte, denn ich hatte keinerlei Verlangen, die Damen zu begrüßen; und so ging ich ins Freie und zu meinem Versteck unter der Zeder. Es war ein goldener Herbsttag, das Licht war weich und schimmernd. Das Schloß hätte in seiner Anmut und Ruhe eine Insel sein können, getrennt von der Außenwelt durch die uralten Mauern, die den Graben säumten. Eine Insel, deren Lebensform in längst vergangene Jahrhunderte reichte und keine Beziehung zu dem Briefträger hatte, den ich an der Kirche vorbei über die Brücke fahren sah. Auf dem Torweg, der zu den Außengebäuden führte, sang jemand; ich hielt mich links, um den Hund zu meiden, schaute hinunter und sah eine Frau, die neben einer Lache kniete. Das Wasser hatte sich in einem Spalt der Grabenmauer gesammelt, und der Bach sorgte für immer neue Zufuhr. Auf einem Brett rieb sie Leintücher, das Seifenwasser spritzte über den Rand des Spalts, sie blickte zu mir auf, strich sich eine Haarsträhne aus der Stirn, lächelte und sagte: «Guten Morgen, Herr Graf.»

Ich fand eine Tür in der Mauer und einen schmalen Steg über den Graben. Das Gelände war nicht gepflegt, die Weide dehnte sich zu den Wäldern, und die Pfade durch die Wälder gingen von einem einzigen Mittelpunkt aus, wie die Stunden auf dem Zifferblatt einer Sonnenuhr. Die Senkung in der Mitte wurde von einer efeuumwachsenen Statue beherrscht; die klassischen Falten waren abgebröckelt, die rechte Hand der Jägerin fehlte. Ich lief über einen dieser Pfade und blickte von der fernsten Stelle auf das Schloß zurück, das ich jetzt wie ein Bild in einem Rahmen sah; das Dach, die Türme, die hohen Schornsteine, die Sandsteinmauern; es barg keine lebenden, fühlenden Menschen mehr, es war nur noch ein Blatt, das man in einem Bilderbuch umschlug, oder etwas, das man an den Wänden einer Galerie entdeckte, vor dem man entzückt stehenblieb, um dann weiterzugehen.

Ich ging an der jagenden Artemis vorbei, den Weg zurück zum Taubenschlag, der jetzt mit Heu gefüllt war und doch noch als Nistort für gurrende Pfauentauben diente, die ihr Gefieder putzten, sich in Positur stellten, durch die engen Öffnungen ein und aus stolzierten. Dann öffneten sich die Glastüren des Salons, die Gestalten von Françoise und Renée erschienen auf der Terrasse, winkten mir zu, und zwischen ihnen sprang das Kind hervor und rief: «Papa! Papa!» Sie lief über das Gras auf mich zu, sprang so hoch, daß ich sie in der Luft auffangen mußte.

«Warum bist du nicht in die Fabrik gegangen?» Sie hing an meinem Hals und zerzauste mein Haar. «Onkel Paul hat ohne dich gehen müssen, und da war er schlecht gelaunt.»

«Du bist schuld, daß ich zu lange im Bett geblieben bin.» Ich stellte sie auf den Boden. «Und jetzt solltest du lieber zurück ins Haus gehn – ich höre, daß deine Mutter dich ruft.»

Sie lachte, nahm mich bei der Hand und zog mich zu der Schaukel neben dem Taubenschlag. «Mir fehlt heute nichts. Du bist ja hier! Und jetzt flick mir die Schaukel! Das Seil ist gerissen.»

Mit ungelenken Händen machte ich mir an der Schaukel zu schaffen, während sie mir zusah, schwatzte, Fragen stellte, die keine Antworten erforderten; und dann, als ich den Sitz festgemacht hatte, stieg sie hinauf und schaukelte übermütig.

«Komm!» sagte sie plötzlich – ich war hinter sie getreten, um sie zu stoßen, denn ich glaubte, sie wolle sich noch höher schwingen –, und wir gingen ziellos Hand in Hand weiter. Als wir zu dem Pfad kamen, bückte sie sich, hob Kastanien auf, füllte die kleine Tasche in ihrem Rock damit und warf dann die übrigen weg.

«Haben die Leute immer lieber Buben als Mädchen?» fragte sie mich ohne rechten Zusammenhang.

«Nein, ich glaube nicht. Warum denn?»

«Tante Blanche sagt, daß es so ist, aber es gibt doch mehr heilige Frauen als Männer, und im Paradies ist große Freude über sie. Willst du mich fangen?»

«Nein; ich habe keine Lust.»

Sie lief voran, hüpfend, springend, durch die Gartentür zur Terrasse, dieselbe Türe, durch die ich gestern gegangen war. Ich schaute zu dem Fensterchen in ihrem Turmzimmer hinauf und sah, wie erschreckend hoch es über dem Boden lag. Ich folgte dem Kind zu den Ställen und den Nebengebäuden. Sie war auf die Mauer längs des Grabens gesprungen und suchte sich jetzt ihren Weg durch das Efeugewirr. Dann sprang sie wieder hinunter, und der Hund, der in der Sonne geschlafen hatte, räkelte sich, wedelte mit dem Schwanz, und sie öffnete die Türe seiner Einfriedung und ließ ihn heraus. Er bellte, als er mich kommen sah, und als ich ihm zurief: «Komm doch! Was hast du denn?» hielt er sich fern, sah mich feindselig an, knurrte und blieb neben Marie-Noël stehen, als müsse er sie bewachen.

«Kusch, Caesar», sagte sie und zog an seinem Halsband. «Bist du denn blind geworden, daß du deinen Herrn nicht erkennst?»

Er wedelte wieder mit dem Schwanz, leckte ihr die Hand; kam aber nicht zu mir, und ich blieb stehen, wo ich war; ich fürchtete, wenn ich näher käme, würde er wieder anfangen zu knurren, und meine Bemühungen, mich mit ihm zu befreunden, würden seinen Argwohn eher steigern als dämpfen.

«Laß ihn in Ruhe. Reg ihn nicht auf», sagte ich.

Sie ließ den Hund frei, er sprang auf mich zu, knurrte, schnupperte, und damit war sein Interesse für mich erschöpft.

«Er hat dich gar nicht begrüßt», sagte Marie-Noël, «das ist doch merkwürdig. Vielleicht ist er nicht ganz wohl; Caesar, komm her!»

«Laß ihn nur», sagte ich. «Es fehlt ihm gar nichts.»

Ich ging auf das Haus zu, doch der Hund folgte mir nicht, zögernd blieb er stehen und beobachtete das Kind, das auf ihn zulief, seine breiten Flanken streichelte und seine Schnauze betastete.

Ich blickte über das Gelände des Schlosses nach der Brücke und dem Dorf, und da sah ich eine Frau, die von der Kirche her den Hügel heraufkam und auf das Tor zwischen den Türmen zuging. Sie war schwarz gekleidet, trug eine altmodische Haube und hatte ein Gebetbuch in den Händen. Es war Blanche. Sie schaute weder nach rechts noch links, nahm ihre Umgebung anscheinend nicht zur Kenntnis, sondern schritt steif über den Kies zu den Stufen der Terrasse. Selbst als Marie-Noël ihr entgegenlief, tauten ihre starren Züge keinen Augenblick auf, blieb ihr harter Ausdruck unverändert. «Caesar hat Papa angeknurrt», rief das Kind. «Er hat sich gar nicht gefreut, ihn zu sehen. Das ist noch nie geschehen. Glaubst du, daß er krank ist?»

Blanche warf dem Hund, der jetzt schwanzwedelnd auf sie zukam, einen Blick zu. «Wenn niemand mit ihm spazierengeht, sollte er lieber bei seiner Hütte bleiben», sagte sie und stieg die Stufen hinauf, ohne sich offenbar Gedanken über das Verhalten des Hundes zu machen.

«Und wenn du gesund genug bist, um dich draußen herumzutreiben, dann bist du auch gesund genug, um nach dem Essen zu mir zum Unterricht zu kommen.»

«Ich brauch doch heut keinen Unterricht, Papa, nicht wahr?» wehrte sich das Kind.

«Ich weiß nicht, warum eigentlich nicht.» Mir war daran gelegen, mich bei Blanche einzuschmeicheln. «Solche Dinge solltest du lieber deine Mutter fragen.»

Blanche sagte kein Wort. Sie ging an mir vorbei ins Haus, als ob ich nicht vorhanden wäre. Marie-Noël nahm meine Hand und schüttelte sie kräftig.

«Warum bist du heute so schlecht gelaunt?»

«Ich bin nicht schlecht gelaunt.»

«Doch, doch! Du willst nicht mit mir spielen, und es hat gar nichts mit Maman zu tun, ob ich heute nachmittag Unterricht habe oder nicht. Das weißt du ganz genau.»

«Soll ich hier Befehle geben?»

Sie starrte mich aus großen, runden Augen an. «Das tust du doch immer!»

«Schön», sagte ich fest. «Es wird dir gar nichts schaden, deine Stunden zu nehmen, wenn Tante Blanche Zeit für dich hat. Und jetzt komm hinauf – ich habe etwas für dich.» Plötzlich kam mir in den Sinn, daß es doch viel einfacher wäre, die Geschenke zu verteilen, während wir alle bei Tisch saßen, als jedem sein Geschenk einzeln zu geben. Das Kind aber mochte sein Geschenk schon jetzt bekommen, gewissermaßen zur Sühne, weil ich mich mit meiner Entscheidung bei ihm unbeliebt gemacht hatte.

Sie folgte mir ins Arbeitszimmer, ich trat an den Tisch und gab ihr das eingepackte Buch. Sie riß die Hülle auf, und als sie das Buch sah, stieß sie einen Ruf des Entzückens aus und preßte es an sich.

«Genau, was ich mir gewünscht hatte! O Papa, lieber, süßer Papa, daß du immer das Richtige findest!»

In ihrer Begeisterung warf sie sich an meine Brust, und ich mußte mir wieder gefallen lassen, daß sie die Arme um meinen Hals schlang, ihre Wange an meine drückte, mich mit Küssen bedeckte. Diesmal war ich darauf gefaßt, und als ich sie in meinen Armen schwenkte, war es, als spielte ich mit einem jungen Löwen oder einem langbeinigen Welpen oder irgendeinem Tier, dessen Jugend und Anmut einen bezaubert. Statt mich ihr gegenüber weiter unbeholfen zu fühlen, ging ich auf ihre Art ein. Ich zog sie am Haar, kitzelte sie im Nacken, wir lachten beide, und gerade ihre Natürlichkeit bewirkte, daß ich jede Scheu verlor, daß ich meiner und ihrer sicher war. Es war erregend, sich zu sagen, daß dieses reizvolle Geschöpf nur erfahren mußte, daß ich ein Fremder war, um verängstigt und abgestoßen zu sein und sich auf der Stelle von mir zurückzuziehen.

«Muß ich zum Unterricht?» Sie spürte meinen jähen Stimmungsumschwung instinktiv und suchte sich ihn zunutze zu machen.

«Ich weiß nicht», sagte ich; «das können wir später entscheiden.»

Ich setzte sie nieder, trat wieder an den Tisch und musterte die andern Päckchen.

«Ich will dir was sagen», begann ich, «ich habe von Paris für jeden ein Geschenk mitgebracht. Deiner Mutter habe ich ihres schon gestern gegeben, deiner Großmutter auch. Die andern Pakete wollen wir ins Eßzimmer mitnehmen, und beim Mittagessen, wenn wir alle da sind, können sie sie dann aufmachen.»

«Für Onkel Paul und Tante Renée?» fragte sie. «Aber sie haben doch heute nicht Geburtstag.»

«Nein, aber es ist nett, wenn man jemandem etwas schenkt. Das zeigt, daß man ihn gern hat. Auch für Tante Blanche habe ich eines.»

«Für Tante Blanche?» Entgeistert sah sie mich an.

«Ja; warum denn nicht?»

«Aber du schenkst ihr doch nie etwas! Nicht einmal zu Weihnachten.»

«Nun, diesmal habe ich ihr etwas mitgebracht. Vielleicht wird sie dann besser gelaunt sein.»

Noch immer sah mich das Kind an; es begann an seinen Fingernägeln zu beißen. «Ich glaube nicht, daß es eine gute Idee ist, die Geschenke auf den Tisch zu legen», sagte sie dann beunruhigt. «Es sieht zu sehr nach einer Feier aus. Heute ist doch nichts los, was du mir nicht gesagt hast?»

«Was meinst du damit?»

«Kommt vielleicht mein kleiner Bruder heute auf die Welt?»

«Nein, natürlich nicht. Das hat nichts mit dir zu tun.»

«Die weisen Männer aus dem Osten brachten Gaben; ich weiß, was du Maman geschenkt hast, weil sie es trägt. Sie hat Tante Renée gesagt, es müsse schrecklich viel Geld gekostet haben, und es sei sehr schlimm von dir, aber es habe ihr doch gezeigt, wie gern du sie hast.»

«Was habe ich dir gesagt? Es ist immer nett, dann und wann Geschenke zu machen.»

«Ja, aber nicht vor allen Leuten, wenn es etwas Besonderes ist. Ich bin froh, daß du meine ‹Kleine Blume› nicht ins Eßzimmer gebracht hast. Und was hast du denn für die andern?»

«Das werden wir später sehen.»

Sie öffnete ihr Buch, kauerte auf den Knien, das Buch auf den Boden des Ankleidezimmers gelegt, und dunkel erinnerte ich mich, daß man als Kind nie die Haltung der Erwachsenen einnimmt, sondern lieber auf dem Boden ausgestreckt liegt, stehend zeichnet und auch beim Essen lieber geht, als daß man sich hinsetzt. Es kam mir in den Sinn, daß ich hinaufgehen und mich nach meiner Mutter erkundigen müßte, und so sagte ich zu Marie-Noël: «Komm, wir wollen sehen, ob es Großmutter bessergeht.»

Aber sie las weiter, hob die Augen nicht von ihrem Buch und sagte nur: «Sie will nicht gestört werden. Das hat mir Charlotte gesagt.»

Nichtsdestoweniger ging ich hinauf; bei allem, was ich tat, erfüllte mich jetzt ein eigenartiges Selbstvertrauen.

Mühelos fand ich den Weg zum zweiten Stock, in den dritten Gang, zu dem Zimmer am Ende. Ich klopfte an die Tür, erhielt aber keine Antwort, nicht einmal die Terrier bellten. Behutsam öffnete ich die Tür und fand den Raum in tiefster Dunkelheit, die Läden geschlossen, die Vorhänge zugezogen. Ich konnte die Gestalt unter der Bettdecke erkennen, trat näher und betrachtete sie. Das Gesicht hatte ein schmutziges, fahles Grau, sie lag auf dem Rücken, die Decke bis zum Kinn gezogen, und atmete schwer. Ein schaler Geruch schwebte durch das Zimmer. Ich fragte mich, ob sie am Ende schwer krank war, und fand es nicht richtig, daß Charlotte sie einfach allein im Zimmer ließ. Ob sie wirklich schlief oder nur mit geschlossenen Augen dalag, konnte ich nicht sagen. «Brauchst du etwas?» flüsterte ich; doch sie antwortete nicht. Das schwere Atmen klang rauh und schmerzhaft. Ich verließ das Zimmer, schloß die Tür lautlos hinter mir, und am Ende des Ganges stieß ich auf Charlotte.

«Wie geht es ihr?» fragte ich. «Ich war gerade bei ihr, aber sie hat mich nicht gehört.»

In den kleinen, schwarzen Augen der Dienerin blitzte es erstaunt auf.

«Vor Nachmittag wird sie nicht wach, Herr Graf», flüsterte sie.

«War der Doktor da?»

«Der Doktor?» wiederholte sie. «Nein! Natürlich nicht.»

«Wenn sie aber krank ist?! Wäre es da nicht doch richtiger, ihn kommen zu lassen?»

Die Frau starrte mich an. «Wer hat Ihnen denn gesagt, daß sie krank ist? Es ist nichts Besonderes los.»

«Ich glaube doch, von Gaston...»

«Ich hab nur, wie gewöhnlich, in der Küche gesagt, daß die Frau Gräfin nicht gestört werden darf.»

Das alles klang, als würde ich ihr einer Sache wegen, die sie nicht begangen hatte, einen Vorwurf machen, und es wurde mir klar, daß ich selber einen Fehler gemacht hatte, als ich hinaufging, um nach ihrer Patientin zu sehen, die offenbar gar keine Patientin war, sondern einfach schlief.

«Da muß ich ihn falsch verstanden haben», sagte ich kurz. «Ich glaubte, sie sei krank.»

Damit ging ich die Treppe hinunter und zurück ins Ankleidezimmer, um die Geschenke zu holen, die ich meinen nichtsahnenden Verwandten bescheren wollte. Das Kind war immer noch da, in sein Buch vertieft, und erst als ich sie mit dem Fuß anstieß, bemerkte sie meine Anwesenheit.

«Weißt du, Papa, sie war genau so ein Kind wie ich. Als sie klein war, hat niemand was Besonderes an ihr gesehen. Manchmal konnte sie schwierig sein und ihren Eltern Kummer bereiten. Und dann erwählte Gott sie zu seinem Werkzeug, damit sie Hunderten und Tausenden Trost brachte.»

Ich nahm die Päckchen vom Tisch. «Solche Dinge geschehen nicht häufig», sagte ich. «Heilige sind sehr selten.»

«Sie ist in Alençon auf die Welt gekommen, Papa, und das ist gar nicht weit von hier. Kann etwas in der Luft liegen, was einen Menschen zum Heiligen macht, oder muß man etwas Bestimmtes tun?»

«Das mußt du deine Tante fragen.»

«Ich hab sie schon gefragt. Und sie hat gesagt, daß Fasten und Gebet allein nichts nützen, daß aber Gottes Gnade sich plötzlich herabsenken kann, wenn man wirklich demütig genug und reinen Herzens ist. Bin ich reinen Herzens?»

«Daran zweifle ich.»

Ich hörte ein Auto vor dem Schloß vorfahren, und Marie-Noël lief ans Fenster und schaute hinaus.

«Onkel Paul ist da», sagte sie. «Sein Geschenk ist das kleinste von allen, ich möchte nicht an seiner Stelle sein. Aber weil er ein Mann ist, kann er seine Gefühle verbergen.»

Wie Verschwörer gingen wir hinunter und in das Eßzimmer, das ich noch nie gesehen hatte – ein langer schmaler Raum, der auf die Terrasse ging, unmittelbar links vom Eingang – und mit verschmitztem Lächeln sagte ich der Kleinen, sie solle jedes der Geschenke an seinen Platz legen, was sie sichtlich mit Vergnügen tat; ihre früheren Einwände hatten sich verflüchtigt. Überrascht stellte ich fest, daß

Blanche an dem einen Ende des Tisches saß und nicht Françoise, wie ich vermutet hatte. Das Kopfende des Tisches war wahrscheinlich mein eigener Platz, denn dorthin legte sie kein Geschenk; daneben legte sie Renées Päckchen, Pauls Päckchen neben Blanches Platz und ihr eigenes Buch von der «Kleinen Blume» an meine andere Seite.

Françoise saß also zwischen Paul und dem Kind. Ich betrachtete die seltsame Sitzordnung, bis Gaston eintrat, der jetzt einen dunklen Rock trug; ihm folgte die rotbackige Germaine und ein anderes Mädchen, das ich bis jetzt noch nicht gesehen hatte.

«Was sagen Sie dazu, Gaston?» fragte Marie-Noël. «Papa hat jedem ein Geschenk mitgebracht, sogar Tante Blanche. Und es ist nicht zur Feier von irgendwas, es ist einfach ein Zeichen, daß er sie gern hat.»

Ich sah, wie Gaston mir einen raschen Blick zuwarf, und fragte mich, was denn daran so ungewöhnlich sein mochte, daß man bei seiner Rückkehr Geschenke mitbrachte. Glaubte er etwa, ich hätte wieder getrunken? Wenige Sekunden später hatte er die Doppeltür am Ende des Zimmers, die offenbar in eine Bibliothek führte, geöffnet und meldete: *«Madame la Comtesse est servie.»*

Die kleine Gruppe, die im Nebenzimmer beisammen war, wirkte wie eine Gesellschaftsszene, von einem Maler des achtzehnten Jahrhunderts ziemlich steif dargestellt. Françoise und Renée saßen in einiger Entfernung voneinander auf harten Stühlen, die eine las, die andere nähte, Paul lehnte sich an den Stuhl seiner Frau, und die hohe, schmale Gestalt Blanches zeichnete sich gegen die andere Tür ab. Sie schauten auf, als jetzt das Kind und ich eintraten.

«Papa hat eine Überraschung für euch alle», sagte Marie-Noël. «Aber ich werde nichts ausplaudern.»

Wenn es Jean de Gué selber gewesen wäre, der eintrat, hätte er sie gesehen, wie ich sie damals sah, oder hätte, weil es nun einmal seine eigene Familie war und er zu ihr gehörte, die Vertrautheit seine klare Erkenntnis herabgemindert? Als Fremder war ich ein Zuschauer bei einem Theaterstück, doch in gewissem Sinn war ich auch Regisseur; die Umstände zwangen diese Menschen, sich meiner Leitung zu fügen, und von meinen Handlungen waren ihre Handlungen abhängig. Ich war Merlin, ich war Prospero, und das Kind, eine Art Ariel, hatte meinem Geheiß zu folgen und bildete den Vermittler zwischen zwei getrennten Welten. In diesem Augenblick sah ich Besorgnis auf den Gesichtern von Françoise und Renée, doch in verschiedenem Ausmaß und bestimmt aus verschiedenen Gründen; bei der einen war es Zweifel, Angst vor einer Kränkung; die andere, vorsichtiger, mehr auf der Hut, schien Böses zu ahnen. Paul, in offener Feindseligkeit, warf mir einen Blick voller Argwohn und Mißfallen zu. Und Blanche, an der Tür, verriet keinerlei Interesse. Doch ich sah, wie ihre Gestalt sich straffte, und ihre Blicke waren nur auf das Kind gerichtet, nicht auf mich.

«Was gibt's denn, Jean?» Françoise stand auf.

«Nichts», erwiderte ich. «Ich habe einfach jedem eine Kleinigkeit mitgebracht, und wir haben die Geschenke auf den Tisch im Eßzimmer gelegt.»

Die Spannung wich. Renée atmete auf, Paul zuckte die Achseln, und Françoise betastete lächelnd das Medaillon, das sie an ihrem Pullover angesteckt hatte.

«Ich fürchte, du hast in Paris zuviel Geld ausgegeben», sagte sie. «Wenn du mir noch mehr solche Geschenke machst wie das hier, dann wird überhaupt nichts übrigbleiben.»

Sie ging ins Eßzimmer, und wir folgten ihr. Ich tat, als müßte ich mir den Schuh zubinden, damit die andern ihre Plätze einnehmen konnten und ich sicher war, daß mir der Platz am Kopfende des Tisches gebührte. Meine Vermutung war richtig, und ich setzte mich. Sekundenlang war es still, während Blanche das Tischgebet sprach, und wir senkten die Köpfe über unsere Teller. Ich bemerkte, mit welcher Verzückung Marie-Noël ihre Tante beobachtete, und als ich nach dem Ende des Tisches blickte, sah ich, daß Blanches Augen auf das Päckchen neben ihrer Serviette gerichtet waren. Ihre gewohnte frostige Reglosigkeit war der Überraschung, der Ungläubigkeit gewichen. Wäre das Päckchen eine lebende Schlange gewesen, Blanche hätte keinen größeren Abscheu auszudrücken vermocht. Dann preßten sich ihre Lippen zusammen, sie hatte ihre Haltung wiedergewonnen, nahm das Päckchen nicht zur Kenntnis, entfaltete die Serviette und legte sie auf ihren Schoß.

«Machst du es nicht auf?» fragte das Kind.

Blanche antwortete nicht. Sie brach das Brot neben ihrem Teller, und da bemerkte ich, daß die andern mich neugierig musterten, als hätte sich noch nie Dagewesenes ereignet. Ich fragte mich, ob meine Art, mich zu setzen, ob meine Haltung, ob irgendeine instinktive Geste mich schließlich verraten hatten und ich als Betrüger durchschaut war.

«Nun?» fragte ich. «Was ist denn los? Warum starrt ihr mich alle an?»

Das Kind, mein vertrauter Geist, gab mir die Antwort. «Alle sind erstaunt darüber, daß du Tante Blanche ein Geschenk mitgebracht hast.»

Das war es also. Ich war meiner Rolle nicht treu geblieben. Doch entdeckt hatte man den Betrug noch nicht. «Ich war in Geberlaune», erklärte ich, und dann erinnerte ich mich der Worte Jean de Gués in dem Restaurant in Le Mans, dachte daran, wie sorgfältig er seine Geschenke jedem Empfänger entsprechend ausgewählt hatte, und fügte hinzu: «Hoffentlich habe ich jedem mitgebracht, was er am dringendsten braucht.»

«Seht nur», sagte Marie-Noël. «Papa hat mir das Leben der ‹Kleinen Blume› geschenkt. Das habe ich mir gewiß am meisten gewünscht. Er kann Tante Blanche nicht das Leben der heiligen Theresa von Avila geschenkt haben, es hat nicht das richtige Format. Ich hab's nur anfassen müssen, um das zu wissen.»

«Wie wär's, wenn du jetzt schweigen würdest», sagte ich, «und ruhig essen? Sie können ihre Geschenke später öffnen.»

«Es gibt nur ein einziges Geschenk, das ich mir wünsche», sagte Paul, «und das ist die Erneuerung des Kontrakts mit Carvalet und, wenn möglich, einen Scheck über zehn Millionen Franc. Diesen Gefallen hast du mir nicht tun können?»

«Ich glaube fast, daß dein Geschenk auch nicht das richtige Format hat, und beim Essen rede ich nicht gern von Geschäften. Aber ich bin gern bereit, heute nachmittag mit dir in die Fabrik zu fahren.»

Mein Machtgefühl war grenzenlos. Ich wußte nichts von dem Kontrakt, nichts von der Fabrik, aber ich spürte, daß mein Bluff großartig war. Und er mußte auch gewirkt haben, denn nun wandten sich alle ihren Tellern zu. Meine Selbstsicherheit stieg von Sekunde zu Sekunde, ich ließ mir von Gaston ein Glas Wein eingießen, ich erinnerte mich an meinen Erfolg vom Vorabend bei der Mutter und begann, dieselben Geschichten zu erzählen, vom Theaterbesuch in Paris, von der Begegnung mit alten Freunden. Im Verlauf der Mahlzeit erfuhr ich, daß Jean de Gué während des Krieges in der Widerstandsbewegung gewesen war, daß Jean de Gué und Françoise einander bald nach der Befreiung kennengelernt und geheiratet hatten. Kleine Fetzen der Familiengeschichte flogen mir zu, bevor sich die Unterhaltung einem völlig anderen Thema zuwandte. Was ich geerntet hatte, mußte nun in Muße gesichtet und geordnet werden, und doch durchschaute ich noch nicht mit voller Gewißheit die Beziehung zwischen Jean de Gué, Paul und Renée, wußte nur, daß die beiden miteinander verheiratet waren und daß Paul das Familienunternehmen leitete oder doch bei der Leitung half. Die Ähnlichkeit, die ein Band zwischen Jean de Gué, seiner Mutter und seinem Kind bildete, war in den Zügen der Schwester Blanche nicht zu erkennen, während Paul und Renée, beide von dunklem Haar und dunkler Haut, Blutsverwandte hätten sein können – wenn ich nicht das Gegenteil gewußt hätte.

Blanche nahm an dem Gespräch wenig teil, und nicht ein einziges Mal richtete sie ein Wort an mich; Françoise dagegen erwies sich zu meiner Überraschung als ausgiebigste Quelle der Hilfe und Information. Der klagende Ton war aus ihrer Stimme verschwunden, sie schien glücklich, ja heiter zu sein, und ich durfte vermuten, daß das Medaillon, das sie immer wieder betastete, der Grund dafür war. Renée, von der ich erwartet hatte, daß sie es sein würde, die das Gespräch beherrschte, war stumm, ja verdrossen, und als Blanche sich nach ihrer Migräne erkundigte, sagte sie, die Migräne sei schlimm wie immer.

«Aber warum nimmst du nichts dagegen?» fragte Paul gereizt. «Ich dachte, Doktor Lebrun hätte dir doch irgendwelche Pulver gegeben.»

«Du weißt sehr gut, daß sie nicht wirken», erwiderte sie. «Ich will mich nachher hinlegen und versuchen zu schlafen. Ich hatte eine miserable Nacht.»

«Vielleicht kriegt Tante Renée auch die Masern», sagte Marie-Noël. «Es heißt doch, daß sie mit Kopfschmerzen anfangen. Ihr würde es aber nichts ausmachen, weil Tante Renée ja kein Baby erwartet.»

Diese Bemerkung war nicht sehr glücklich. Renée wurde rot und schoß einen giftigen Blick nach ihrer Nichte, während Françoise die Unterhaltung beinahe allzu geschickt ablenkte und sich bei Paul nach einem Arbeiter in der Fabrik erkundigte, der sich den Arm verbrannt hatte; gleichzeitig sah sie das Kind unter gerunzelten Brauen an.

«Wenn das, was wir an Unterstützungen und für Krankheiten auszahlen, ins Geschäft fließen könnte», sagte Paul, «wären wir eher in der Lage, der Zukunft standzuhalten. So aber ergreifen die Leute jeden Vorwand, um zu faulenzen, weil sie ja wissen, daß das auf unsere Kosten geht. Zu meines Vaters Zeiten war es ganz anders.»

«Unser Vater war eben intelligent und anständig», sagte Blanche überraschend. «Seine Söhne sind leider weder das eine noch das andere.»

Gar nicht schlecht, dachte ich und sah sie erstaunt an. Paul aber stieß das Kinn vor und wurde ebenso rot wie seine Frau: «Meinst du damit, daß ich unanständig bin?»

«Nein», sagte Blanche, «irregeleitet.»

«Ach, bitte», sagte Françoise müde, «muß das bei Tisch erörtert werden? Ich glaubte doch, daß wir ausnahmsweise die Familienangelegenheiten ruhen lassen würden.»

«Meine liebe Françoise», sagte Paul, «wenn Jean sich entschließen könnte, ein Viertel von dem, was er für lächerliche Spielereien ausgibt wie die Brosche, die du trägst, ins Geschäft zu stecken, dann wäre es nicht nötig, Familienangelegenheiten zu erörtern. Kein Mensch würde sich beklagen. Ich am wenigsten.»

«Du weißt sehr wohl, daß es das erste Geschenk ist, das er mir seit Monaten gemacht hat.»

«Möglich. Vielleicht haben aber andere Leute mehr Glück gehabt.»

«Wer zum Beispiel?»

«Frag mich nicht. Jean ist es ja, der reist. Ich bleibe daheim. Das ist das Privileg des jüngeren Bruders.»

Ein verdrossener Hinweis, aber doch ein Hinweis. Er war also der jüngere de Gué. Und aus seinem Verhalten ließ sich schließen, daß seine Stellung ihm nicht behagte. Das Zusammenspiel machte Fortschritte, aber ich war nicht sicher, ob Renée eine bequeme Schwägerin war.

«Wenn du damit andeuten willst», sagte Françoise, «daß Jean Geld für andere Frauen ausgibt...»

«Das tut er doch», fiel ihr das Kind ins Wort. «Papa hat auch Tante Renée und Tante Blanche etwas mitgebracht, und ich wüßte gern, was in den Päckchen ist.»

«Willst du still sein!» fuhr Françoise sie an. «Oder soll ich dich vom Tisch wegschicken?»

Die Hammelkeule war verzehrt, die Schüsseln abgeräumt worden, wir hatten auch Gemüse gegessen und langten jetzt bei Käse und Obst an. Ich spürte, daß es an der Zeit war, die Spannung zu lockern.

«Wie wär's, wenn man jetzt die Geschenke ansehen würde?» sagte ich heiter. «Ich bin mit Françoise einer Meinung. Lassen wir die Familienangelegenheiten ruhen! Los, Renée, ein Geschenk, um die Migräne zu bekämpfen.»

Marie-Noël bat um Erlaubnis, aufzustehen, und dann lief sie um den Tisch und stellte sich neben ihre Tante. Widerstrebend, das bemerkte ich, begann Renée das Band zu lösen. Zwischen dem Seidenpapier erspähte ich Spitzen, und Renée hielt inne und sagte hastig: «Ich will es oben aufmachen. Hier könnte etwas darauf vergossen werden.»

«Was ist es denn?» fragte Françoise. «Eine Bluse?»

Das Kind schob die schützende Hand ihrer Tante beiseite und zog aus dem Seidenpapier das duftigste aller Nachthemden.

«Wie hübsch», sagte Françoise tonlos. Renée hatte Marie-Noël das fragwürdige Geschenk aus den Händen genommen und umhüllte es wieder mit dem Seidenpapier. Sie bedankte sich nicht bei mir; jetzt erst wurde mir klar, daß ich einen Fauxpas begangen hatte. Das Geschenk war nicht dazu bestimmt gewesen, öffentlich zur Schau gestellt zu werden. Das Kind hatte recht gehabt, als es mir sagte, Geschenke seien etwas Persönliches, und es wäre den Leuten lieber, sie allein zu öffnen. Nun war es zu spät, das wiedergutzumachen. Paul sah mißmutig zu seiner Frau hinüber, und Françoise lächelte das falsche, strahlende Lächeln des Menschen, der versucht, so zu tun, als wäre alles in bester Ordnung. Auf Blanches Gesicht war nichts als Verachtung zu lesen. Nur Marie-Noël war entzückt.

«Das mußt du aber für Feiertage aufheben, Tante Renée», sagte sie. «Wie schade, daß nur Onkel Paul dich darin zu sehen kriegt!» Sie schaute nach der andern Seite des Tisches. «Jetzt bin ich aber neugierig, was Papa dir mitgebracht hat.» Paul zuckte die Achseln. Das Geschenk für seine Frau hatte seine eigene Erwartung herabgestimmt. «Ich habe keine Ahnung. Mach's nur auf!»

Aufgeregt schnitt sie die Schnur mit dem Messer durch, während ich Ausflüchte für Jean de Gué zu ersinnen versuchte. Ich erinnerte mich an den vergangenen Abend und an meine Begegnung am Fuß der Treppe, und jetzt glaubte ich zu wissen, was von mir erwartet worden war. Bei einem Tête-à-tête in Pauls Abwesenheit wäre das frivole Geschenk willkommen gewesen. Der Mißgriff konnte vielleicht dadurch ausgeglichen werden, daß Jean de Gué auch seinem Bruder etwas mitgebracht hatte. Doch darin irrte ich mich. Es sollte noch schlimmer kommen. Verdutzt zog das Kind ein Fläschchen aus dem Papier.

«Es ist eine Medizin», sagte die Kleine. «Es heißt Elixier.» Sie entfaltete die gedruckte Gebrauchsanweisung und las laut: «‹Zur Belebung der Organe, ein Hormonpräparat gegen die Impotenz...› Was ist das, Impotenz, Papa?»

Paul riß dem Kind die Flasche aus der Hand, bevor es weiterlesen konnte. «Gib das Ding her und halt den Mund.» Er stopfte die Flasche in die Tasche und wandte sich wütend zu mir: «Wenn das, deinem Geschmack nach, ein Witz sein soll, so kann ich nicht folgen.»

Er stand auf und verließ das Zimmer. Das Schweigen lastete, und diesmal fand ich keine Entschuldigung für Jeans ungeheuerliche Grausamkeit.

«Wie traurig», sagte Marie-Noël vorwurfsvoll. «Onkel Paul war enttäuscht, und ich finde, daß er recht hat.»

Ich spürte Gastons Blick vom Serviertisch her auf mir und schaute auf den Teller hinunter. Feindseligkeit schloß sich von allen Seiten um mich. Ich wagte nicht, Renée anzusehen, und Françoises mißbilligendes Hüsteln verriet mir, daß ich auch von ihr kein Verständnis zu erwarten hatte. Jean de Gué in allem Glanz seiner Streiche hätte keinen größeren Bock schießen können, als ich es getan hatte.

«Der Herr möge unser Herz mit ehrlichem Dank für alles erfüllen, was wir empfangen haben», sagte Blanche und stand auf. Auch Françoise und Renée erhoben sich; nur ich blieb noch sitzen.

«Tante Blanche», rief das Kind, «du hast ja dein Geschenk nicht genommen.» Sie lief hinter den Frauen her und schwenkte das Päckchen.

Gaston trat zu mir und sagte: «Wenn der Herr Graf in die Fabrik fahren will, der Wagen steht draußen.»

Ich schaute auf und sah den Vorwurf in seinen Augen. Und das ging mir nahe, denn seine Ergebenheit hatte mir Selbstvertrauen eingeflößt.

«Was eben geschehen ist», sagte ich, «war nicht meine Absicht.»

«Nein, Herr Graf.»

«Ja, es war einfach ein Versehen. Ich hatte vergessen, was in den Paketen war.»

«Gewiß, Herr Graf.»

Mehr war nicht zu sagen.

8

Ein Entrinnen gab es nicht. Für diese Situation war ich verantwortlich. Was Jean de Gué vielleicht verstohlen und heimlich zu tun beabsichtigt hatte, das hatte ich mit roher Faust und falscher Gemütlichkeit zunichte gemacht. «Schön, setz dich ans Steuer», sagte ich kurz, und während ich neben Paul Platz nahm, wurde mir klar, daß ich, der ich die Persönlichkeit Jeans angenommen hatte, auch die Schuld an den Fehlern tragen mußte, die ich in seinem Namen beging. Auf seltsame Art war das für mich gewissermaßen eine Ehrensache.

«Ich bedaure, was sich da ereignet hat», sagte ich. «Die ganze Sache war ein Irrtum. In meinem Koffer war alles durcheinandergeraten.»

Er antwortete nicht sogleich, und während wir nach links den Dorfhügel hinauf und an der Kirche vorbeifuhren, bemerkte ich an dem schmalen Mund mit den fallenden Winkeln zum erstenmal eine Ähnlichkeit mit Blanche.

«Ich glaube dir nicht», sagte er. «Wenn je eine Geste wohlüberlegt war, so war es deine; du wolltest mich vor allen, sogar vor den Dienstleuten, lächerlich machen. Kannst du dir denn nicht vorstellen, wie sie sich jetzt in der Küche vor Lachen schütteln? Ich, an ihrer Stelle, täte es wenigstens.»

«Unsinn», sagte ich. «Keiner hat es auch nur bemerkt. Und ich habe dir doch schon gesagt, daß es ein Versehen war. Denk nicht mehr daran.»

Jetzt hatten wir das Dorf hinter uns, fuhren an einem Friedhof vorbei und auf einer geraden Straße auf den Waldrand zu.

«Ich habe mir mein ganzes Leben lang deine Späße gefallen

lassen», sagte er, «aber es gibt doch gewisse Grenzen. Was in einem Klub oder unter uns belustigend sein mag, ist nicht dasselbe wie offener Hohn vor unsern Frauen, die du obendrein gekränkt hast. Ich hätte wirklich nicht geglaubt, daß du ein solches Ausmaß an schlechtem Geschmack aufbringen könntest.»

«Schön», sagte ich, «ich habe mich entschuldigt. Mehr kann ich nicht tun. Wenn du nicht glauben willst, daß die Sache ein Versehen war, so habe ich weiter nichts zu sagen.»

Der Wald umschloß uns, doch nicht mit bedrohlichem Dunkel, sondern mit goldenem Grün, ein Gewirr von Eichen, Buchen, Kastanien. «Und noch etwas», sagte Paul. «Findest du nicht, es wäre an der Zeit, daß du aufhörst, Renée zu behandeln wie eine zweite Marie-Noël? Wenn du aus deiner eigenen Tochter ein Spielzeug machen willst, so ist das deine Sache, nicht meine; aber ich wehre mich dagegen, daß meine Frau, nur deines Drangs nach Beliebtheit wegen, zur Puppe gemacht wird.»

Die Verteidigung fiel mir nicht leicht. «Alle Frauen wollen verwöhnt werden», sagte ich. «Hast du denn nicht gesehen, was ich Françoise geschenkt habe? Natürlich habe ich auch für Renée etwas Nettes gekauft. Hast du denn geglaubt, daß ich ihr eine Heiligenbiographie schenken würde wie dem Kind?»

Paul bog nach rechts ab, der Wald wurde weniger dicht, und vor uns lag eine Lichtung.

«Deine Auswahl war ordinär, und der Zeitpunkt, den du dir ausgesucht hast, gehässig», sagte Paul. «Ich habe nicht nur Renée beobachtet, sondern auch Françoise. Und wenn du das nächste Mal die Absicht hast, meiner Frau ein Geschenk zu machen, so besprich das erst mit mir.»

Die Straße wurde schmäler, und ich sah, daß sie hier endete. Vor uns lagen in langer Reihe die Häuschen der Arbeiter, und zu unserer Rechten erhob sich ein großes Gebäude mit schiefem Dach und hohen Schornsteinen, umgeben von anderen Baulichkeiten, das Ganze eingezäunt und von Straße und Arbeiterhäuschen abgesondert. Arbeiter gingen in den Gebäuden mit Karren ein und aus, und auf einem Gleis lief ein Wagen zu einem kegelförmigen Schutthaufen. Aus den Schornsteinen drang ein eigentümliches, keuchendes Geräusch von Rauch, den ein Hochofen ausstieß. Paul fuhr durch das offene Tor, machte vor dem kleinen Pförtnerhaus, das unmittelbar daneben stand, halt, stieg aus, ohne ein Wort zu mir zu sagen, und ging quer über das Gelände zu einem zweiten Gebäude, das hinter dem Haus mit den hohen Schornsteinen stand.

Ich folgte ihm, und als ich zwischen den Schienen hindurchlief, bemerkte ich an dem knirschenden Geräusch unter meinen Füßen, daß der Boden mit winzigen Glassplitterchen, fein wie der Sand an einem Strand, bedeckt war. Überall lagen sie, gehörten zu dem Boden, und die Abfallhaufen, blau, grün, bernsteinfarben, waren ebenfalls Glas. Arbeiter mit Karren blieben stehen, um uns vorbeizulassen, und ich bemerkte, daß sie Paul wohl zunickten, mir aber zulächelten; nicht mit Unterwürfigkeit oder Respekt, sondern mit einer gewissen Kameradschaftlichkeit und Wärme, als wären sie aufrichtig erfreut, mich zu sehen. Diese Begrüßung schmeichelte mir, stärkte mein Selbstvertrauen, und ich hatte eine diebische, niederträchtige Freude daran, daß die Achtung, oder was es sonst sein mochte, mir galt und nicht Paul.

Er schritt geradewegs auf ein langes, einstöckiges Haus aus dem achtzehnten Jahrhundert zu; das Dach war mit roten Schindeln belegt und von Moos überwuchert. Paul öffnete die Tür und ging in einen quadratischen Raum voran, dessen Wände getäfelt und dessen Boden mit Fliesen belegt war. In der Mitte stand ein Tisch mit Büchern und Akten und allerlei Papieren, und in einer Ecke ein großer Schreibtisch. Ein kahlköpfiger Mann mit Brille und hohlen Wangen, in einen dunklen Anzug gekleidet, stand von seinem Platz am Tisch auf.

«Guten Tag, Herr Graf», sagte er zu mir, «fühlen Sie sich wieder wohler?»

Ich begriff, daß Paul ihm etwas von einer Krankheit oder einem Katzenjammer oder von beidem erzählt haben mußte, und ich bemerkte, daß sein Lächeln nervös und flackernd war, nicht warm und freundlich wie das der Arbeiter, und hinter der Brille funkelten besorgte Augen.

«Es war nichts Besonderes mit mir los», sagte ich. «Ich war nur faul.»

Paul lachte – kein heiteres Lächeln, sondern das verächtliche Lächeln eines Menschen, der etwas gar nicht komisch findet. «Es muß angenehm sein, am Morgen im Bett zu liegen», sagte er. «Das ist etwas, das ich mir schon sehr lange nicht mehr leisten konnte, und Jacques übrigens auch nicht.»

Der Mann machte eine abwehrende Geste, sah vom einen zum

andern, wollte sichtlich keinen von uns verletzen, dann sagte er schnell: «Wollen die Herren vielleicht eine Frage allein besprechen?»

«Nein», sagte Paul. «Die Zukunft der Fabrik geht Sie ebenso an wie uns. Wie Sie, wüßte ich gern, was in Paris ausgehandelt wurde.»

Sie sahen mich an, und ich erwiderte ihren Blick. Dann ging ich zu dem Stuhl vor dem Schreibtisch und nahm aus einem Paket eine Zigarette.

«Was wollt ihr eigentlich wissen?» fragte ich und beugte mich vor, um die Zigarette anzuzünden; auf diese Art konnte ich mein Gesicht verbergen, dessen Ausdruck am Ende meine Unsicherheit verraten hätte.

«Ach, mein Gott...» sagte Paul erbittert, als ob meine behutsame, zurückhaltende Frage der letzte Tropfen gewesen wäre, der endgültige Stoß für eine allzulange geübte Duldsamkeit. «Da gibt es doch nur ein einziges Problem! Müssen wir schließen oder nicht?»

Irgend jemand – war es die Mutter gewesen? – hatte etwas von einem Kontrakt gesagt. Der Besuch in Paris stand in Zusammenhang mit einem Kontrakt mit Carvalet. Von Jean de Gué war erwartet worden, daß er den Kontrakt mitbrachte. Gut denn, sie sollten ihn haben!

«Wenn ihr meint, ob es mir gelungen ist, Carvalet zur Erneuerung des Kontrakts zu bewegen, so kann ich mit ‹ja› antworten.»

Die beiden Männer starrten mich an. Jacques rief: «Bravo!»

Paul unterbrach ihn: «Zu welchen Bedingungen? Mit welchen Klauseln?»

«Zu unseren Bedingungen», sagte ich, «und es wurden keine Klauseln verlangt.»

«Du wirst doch nicht behaupten, daß sie bereit sind, unsere Ware zu denselben Bedingungen wie vorher zu übernehmen, wenn sie doch von andern Firmen niedrigere Angebote erhalten?»

«Ich habe sie dazu überredet.»

«Wie oft hast du mit ihnen verhandelt?»

«Mehrmals.»

«Aber wie soll man sich das erklären? Warum dann all diese Briefe? Haben sie geblufft? Haben sie versucht, eine Preissenkung von uns zu erzwingen?»

«Das kann ich dir nicht sagen.»

«Dann ist also alles befriedigend verlaufen, und wir können mit einer weiteren Periode von sechs Monaten rechnen?»

«So ungefähr steht es.»

«Ich kann das nicht begreifen. Da hast du etwas erreicht, das ich, offengestanden, für unmöglich gehalten hatte. Meinen Glückwunsch.»

Er nahm die Zigaretten vom Schreibtisch, zündete sich eine an und schob das Paket Jacques zu. Sie begannen jetzt allerlei Fragen zu besprechen, ohne sich um mich zu kümmern, und ich drehte meinen Stuhl, sah aus dem Fenster und fragte mich, wovon ich eigentlich geredet hatte. In wenigen Minuten würden sie vielleicht wieder Fragen aufwerfen, die mir völlig fremd waren, und meine ungeheuerliche Ahnungslosigkeit würde mich verraten... in der Zwischenzeit aber... ja, was denn? Ich schaute hinaus und sah einen ungepflegten Obstgarten, golden glänzend in der Sonne, mit schwerbeladenen Apfelbäumen. Eine Frau mit schwarzer Schürze, einem grauen Schultertuch und Holzpantinen an den Füßen, jätete zwischen dem Gemüse, und hinter ihr pickten Hühner. Die Szene war, vom Fensterrahmen umschlossen, einem friedlichen, besänftigenden Stich gleich, und ich wünschte nur, es könnte so dauern und ich ein Zuschauer bleiben, unbeteiligt an den Dingen, ein Reisender, der im Zug sitzt und die Welt vorübergleiten sieht. Und doch war es ja genau das, worüber ich mich in meinem früheren Leben beklagt hatte – das Unbeteiligtsein, der Mangel an Kontakt mit anderen Menschen.

«Hast du den Vertrag mitgebracht?» fragte Paul.

«Nein; er wird nachgeschickt.»

Die Frau im Gemüsebeet hob den Kopf und schaute nach dem Fenster. Sie war groß, bejahrt, breithüftig, hatte ein gefurchtes braunes Bauerngesicht, und der erste Blick nach dem Fenster war wachsam, argwöhnisch; doch als sie mich sah, da lächelte sie, ließ die Hacke liegen und kam auf das Haus zugestapft.

«Es wäre wohl richtig, jedermann zu sagen, daß jetzt keine Rede mehr von einer Schließung ist, Herr Paul», sagte Jacques. «Bisher habe ich natürlich nichts verraten, aber Sie wissen ja, wie Gerüchte sich verbreiten. Die ganze letzte Woche haben die Arbeiter hier darüber geredet.»

«Das weiß ich nur zu gut», sagte Paul. «Die Atmosphäre war unerträglich. Ja, sagen Sie es ihnen, so schnell Sie können.»

Die Frau stand jetzt unmittelbar vor dem Fenster, und Paul, der sie vorher nicht bemerkt hatte, sagte: «Da ist ja Julie! Die Ohren gespitzt wie immer! Will die erste sein, die gute oder schlechte

Nachrichten weiterträgt.» Er beugte sich aus dem Fenster. «Herr Jean hat in Paris Erfolg gehabt. Tun Sie nicht, als ob Sie nicht wüßten, was ich meine.»

Auf dem Gesicht der Frau breitete sich ein strahlendes Lächeln aus. Sie streckte die Hand aus, pflückte Trauben, die von den Reben an der Mauer neben ihr herunterhingen, und bot sie mir mit der Geste einer Königin an.

«Da, nehmen Sie», sagte sie. «Eigens für Sie gezogen, Herr Graf. Essen Sie sie gleich, solange sie noch den Flaum haben. So ist also am Ende alles gutgegangen?»

«Ja, alles steht gut», erwiderte Paul, mit einem Mal umgänglich, gemütlich.

«Das hatte ich mir schon gedacht», sagte die Frau. «Es braucht einen mit Grütze, damit er die Leute dorthin trifft, wo sie's am meisten spüren. Und wer sind denn diese Leute? Das möcht' ich gern wissen! Glauben, weil sie in Paris einen großen Namen haben, können sie uns hier diktieren!» Sie hatte Gastons innere Gefestigtheit und seine Kraft, und in ihren Augen leuchtete die gleiche Flamme der Treue und Zuneigung, doch sie hätte auch ohne Zögern Kritik geübt, wenn die Menschen, denen sie ihre Treue schenkte, versagten. Ich sah von ihrem warmen, verrunzelten Gesicht zu den Apfelbäumen mit den tiefhängenden Zweigen hinüber. «So wird also der Hochofen weiter brennen, und die Schornsteine werden rauchen, und das Glas wird den Boden meines Hauses mit schmutzigem Staub bedecken, und sechs Monate lang wird sich kein Mensch mehr um die Zukunft Sorgen machen», sagte sie. «Sie denken doch daran, nachher ein Wort mit André zu reden, Herr Graf? Sie haben sicher schon von seinem Unfall gehört?»

Ich erinnerte mich, daß von einem verwundeten Arbeiter die Rede gewesen war.

«Ja», sagte ich; «später komme ich zu ihm.» Ich vermied den Blick dieser treuen und doch neugierigen Augen. Und sie ging wieder zu ihrem Gemüse, scheuchte die Hühner auf, die sie umflatterten, und als ich mich umwandte, sah ich, daß Paul seinen Rock aufhängte und den Overall anzog. «Es hat während deiner Abwesenheit nicht viel Korrespondenz gegeben», sagte er. «Alles liegt auf dem Schreibtisch. Jacques wird es dir zeigen.»

Er öffnete die Tür, durch die wir eingetreten waren, und ging hinaus. Ich blieb allein mit Jacques und einem kleinen Stoß von

Briefen und Papieren. Ich öffnete einen nach dem andern, zumeist waren es Rechnungen, barsche Zahlungsforderungen für Waren, die andere Firmen geliefert hatten, eine Anfrage von einem Spediteur, eine Mitteilung der Eisenbahn. Als ich das alles durchsah, da wußte ich, daß ich nichts, nicht das geringste von dem verstand, was ich zu tun, zu sagen, zu diktieren, zu schreiben hatte; und ich fühlte mich ebenso hilflos wie ein Kind, das plötzlich in die Welt der Erwachsenen gerät.

Seltsam – der einzige Ausweg war, die Wahrheit zu sagen. Ich schob den Stoß beiseite und sagte: «Was soll das alles? Was soll ich damit anfangen?»

Seltsam – Jacques lächelte; anscheinend war es ihm nun, da Paul fort war, behaglicher zumute. «Jetzt, da der Kontrakt verlängert wurde, ist es überhaupt nicht nötig, irgend etwas anzufangen, Herr Graf», sagte er. «Das ist nichts als der alltägliche Einlauf, und ich kann ihn schon erledigen.»

Ich stand vom Schreibtisch auf, ging zur Tür, öffnete sie, blieb auf der Schwelle stehen, sah die Reihen der Gebäude, sah die Arbeiter hin und her gehen, einen Waggon, der durch das Tor gerollt wurde, sah einen Bauernhof nur etwa fünfzig Meter von der Fabrik entfernt. Gänse watschelten durch den Hof, eine Frau breitete Wäsche zum Trocknen über eine Hecke, und das Gebrüll der Rinder mischte sich mit dem metallischen Dröhnen in der Fabrik. Der Rauch entquoll den Schornsteinen, die alte Glocke auf dem geflickten Wellblechdach schimmerte in einem jähen Sonnenstrahl auf, und die beiden Gipsstatuen am Eingang, eine die Madonna mit Kind, die andere der heilige Joseph, standen mit gehobenen Händen da, um die kleine Gemeinschaft und alle, die hier arbeiteten und wohnten, zu segnen. Instinktiv merkte ich dem Alter der Gebäude, merkte ich der ganzen Atmosphäre an, daß sich hier alles seit zwei oder drei Jahrhunderten auf die gleiche Art abspielte und daß weder der Krieg noch die Revolution etwas daran geändert hatten. Die kleine Glasfabrik gehörte zu dem Lebensraum ihrer winzigen Welt wie das Bauernhaus und die Felder und der alte Apfelbaum und der Wald, und das alles zu zerstören, hieße, die Wurzeln von etwas Lebendigem aus dem Boden zu reißen.

Über die Schulter sah ich Jacques an, der am Tisch saß. «Wie lange kann so eine Quetsche wie diese da mit großen Firmen konkurrieren, die modern ausgerüstet sind und hohe Löhne zahlen?»

Er hob den Kopf von den Rechnungen und Briefen, die ich nicht verstanden hatte, und hinter den Brillengläsern blinzelten seine Augen nervös.

«Das hängt von Ihnen ab, Herr Graf. Wir wissen sehr wohl, daß es nicht viel länger weitergehen kann. Es ist das Steckenpferd eines reichen Mannes und hat sich aus einer Einnahmequelle zu einer Belastung entwickelt. Wenn Sie nichts dagegen haben, Ihr Geld zuzusetzen, ist das Ihre Sache. Nur...»

«Nur... was?»

«Sie würden heute nicht ganz so viel verlieren, wenn man sich in der Vergangenheit ein wenig mehr Mühe gegeben hätte, über Ihren Besitz zu wachen. Verzeihen Sie, wenn ich offen spreche. Ich habe eigentlich kein Recht, so zu reden. Wie könnte ich es Ihnen klarmachen, Herr Graf? Ein Unternehmen ist wie ein Heim; es muß einen Kopf, einen Mittelpunkt haben, und von diesem Mittelpunkt hängt es ab, ob es gedeiht oder auseinanderfällt. Wie Sie wissen, habe ich nie für Ihren Vater gearbeitet; das war noch vor meiner Zeit. Aber er war sehr geachtet, er war gerecht und gütig, und Herr Duval war nicht anders als er. Wäre er am Leben geblieben, so hätte er hier im Haus sein Heim aufgeschlagen und das Gefühl der Dauer wäre erhalten geblieben. Er verstand die Arbeiter, er hätte sich auch den wechselnden Bedingungen anzupassen gewußt, doch wie es nun einmal steht...»

Er sah mich gewissermaßen um Verzeihung bittend an und war nicht imstande, seinen Satz zu beenden.

«Geben Sie mir die Schuld daran oder meinem Bruder?»

«Herr Graf, ich beschuldige niemanden. Die Umstände waren gegen uns. Herr Paul hat sehr viel Pflichtgefühl, und seit dem Krieg hat er sich diesem kleinen Unternehmen mit aller Kraft gewidmet, aber er kämpft am Ende eine verlorene Schlacht gegen Kosten und Löhne, und Sie wissen so gut wie ich, daß er mit den Arbeitern nicht umzugehen weiß; und das macht die Lage oft schwierig.»

Wie wenig beneidenswert war doch die Stellung dieses Mannes, dachte ich, des Puffers, des Vermittlers, wahrscheinlich von Arbeitgeber und Arbeitnehmer verwünscht, und doch auf seinen Schultern die wahre Last des Unternehmens tragend, wie er Aufträge kontrollierte, Gläubiger besänftigte, Überstunden machte, ein Gleichgewicht zu erhalten versuchte, der letzte Pfeiler eines wakkelnden Baus.

«Und wie steht es mit mir?» fragte ich. «Nur heraus, sprechen Sie offen. Wollen Sie nicht andeuten, daß die Schuld bei mir liegt?»

Er lächelte, und sein duldsames Achselzucken ließ auch ohne Worte eine Welt von Gefühlen ahnen.

«Herr Graf», begann er, «jeder hat Sie gern – kein Mensch sagt ein Wort gegen Sie. Aber Sie haben kein rechtes Interesse daran, das ist alles. Wenn es nach Ihnen ginge, könnte die Fabrik morgen zusammenfallen. Das wenigstens glaubte ich, bis Sie uns heute nachmittag die gute Nachricht brachten. Wir alle hatten uns vorgestellt, daß Sie nur nach Paris fuhren, um sich zu amüsieren, und statt dessen haben Sie, wie Herr Paul sagte, das Unmögliche fertiggebracht.»

Ich sah von ihm weg und erblickte Julie, die über das Gelände vor dem Schuppen zu dem kleinen Pförtnerhaus beim Tor ging.

«Was ich gesagt habe, Herr Graf, hat Sie doch nicht verletzt?» fragte Jacques mit rührender Demut.

«Nein», erwiderte ich. «Nein, ich bin Ihnen dankbar.»

Ich ging hinaus und zu dem größten Fabrikgebäude hinüber. Drinnen, neben dem Hochofen, arbeiteten die Männer der Hitze wegen halbnackt. Um mich herum waren Tröge und Kufen, Stangen und Röhren, es herrschte ein Dröhnen und ein seltsamer, scharfer Geruch, der nicht unangenehm war. Als ich näher trat, wichen die Männer lächelnd zur Seite, es war das gleiche begrüßende Lächeln, das ich vorher schon bemerkt hatte, halb vertraulich, halb duldsam, das Lächeln, mit dem Erwachsene manchmal ein Kind betrachten.

Jetzt trat ich wieder in die kühle Luft hinaus, ging zu den andern Gebäuden, wo Männer in Overalls mit verschiedenen Werkzeugen, mit Formen und Mischungen arbeiteten, und in meinen Händen drehte ich das Blau, das Grün, die Bernsteinfarbe von Glasabfällen, die meinen Laienaugen vollendet erschienen, Flaschen von jeder Form und Größe.

«Amüsieren Sie sich, Herr Jean?»

Ich sah von dem Glas auf, das ich in der Hand hielt, und vor mir war das lächelnde Gesicht Julies, der Frau aus dem Pförtnerhaus.

«Sie können es auch so ausdrücken, wenn Sie gerne wollen.»

«Überlassen Sie nur die richtige Arbeit Herrn Paul», sagte sie. «So ist's immer gewesen. Wollen Sie jetzt mit mir zu André gehen?»

Julie ging mir voran durch das Tor und führte mich zu ihrem Häuschen.

«So», sagte sie, «da kommt der Herr Graf dich besuchen, André. Setz dich auf und zeig, daß du wenigstens noch am Leben bist.»

Der Mann lächelte, die Wangen waren hohl und blaß, und ich sah, daß der ganze Arm von der Schulter an verbunden war.

«Wie geht's?» fragte ich. «Was ist denn geschehen?»

Julie schalt den Knaben, der nicht aufgestanden war, als ich den Raum betrat.

«Was geschehen ist?» sagte sie. «Er hat sich beinahe die ganze rechte Seite verbrannt. So geht's mit euren modernen Maschinen! Ich schenk sie Ihnen. Setzen Sie sich, Herr Jean, setzen Sie sich.» Sie scheuchte eine Katze von dem einzigen Stuhl fort und staubte ihn ab. «Hast du denn gar nichts zu sagen?» fragte sie den Mann, der zu jämmerlich aussah, um ein Wort hervorzubringen. «Da ist der Herr Graf, kommt vom lustigen Leben in Paris zurück, und du kannst nicht einmal lächeln? Da wird er gleich wieder wegfahren. Warte, ich will Kaffee kochen.» Sie beugte sich über den Herd und stocherte in der Glut.

«Wie lange werden Sie liegen müssen?» fragte ich den Mann.

«Das sagt man mir nicht, Herr Graf», erwiderte er und sah ängstlich zur Frau hinüber. «Aber ich fürchte, es kann noch lange gehen, bis ich wieder arbeitsfähig bin.»

«Schon gut, schon gut», sagte Julie. «Herr Jean versteht das. Da brauchst du gar keine Geschichten zu machen. Und jetzt trinken Sie Ihren Kaffee, Herr Jean. Sie haben ihn gern mit viel Zucker, ich weiß; das war immer so.» Von einem Büfett holte sie einen Karton mit Würfelzucker.

André in seinem Bett war es, der den Kaffee benötigte, nicht ich, doch ihm bot sie keinen an, und als ich mich im Zimmer umsah, bemerkte ich, daß der Gips von den Wänden bröckelte und daß auf der Decke ein großer Feuchtigkeitsfleck war, der sich beim nächsten Regen noch weiter ausbreiten würde.

Julies scharfen braunen Augen entging mein Blick nicht. «Was soll man machen?» fragte sie. «Ich muß das nächstens irgendwie in Ordnung bringen. Es ist lange her, daß eines von diesen Häuschen repariert worden ist; was hat's aber für einen Sinn, Ihnen mit unseren Beschwerden zu kommen? Wir wissen ja, daß Sie selber knapp mit Geld sind wie wir andern auch, und Sie haben schon genug auf sich. In ein, zwei Jahren vielleicht... Wie geht's auf dem Schloß? Ist die Frau Gräfin wohl?»

«Nicht besonders.»

«Ja, das ist es! Wir werden alle älter. Ich will wieder einmal zu ihr hinübergehn, wenn ich mich hier frei machen kann. Und Madame Jean – wann erwartet sie das Kind?»

«Ich weiß nicht genau. Lange kann's nicht mehr dauern.»

«Wenn Sie einen schönen Jungen haben, dann wird vieles anders werden. Wäre ich noch jünger, so würde ich kommen und ihn pflegen. Das würde mich an meine frühere Zeit erinnern. Es war eine gute Zeit, wissen Sie, Herr Jean. Heutzutage sind die Leute ganz anders, keiner will richtig arbeiten. Wenn ich nicht arbeiten würde, müßt ich sterben. Wissen Sie, was mit der Frau Gräfin los ist? Sie hat nicht genug zu tun. Trinken Sie Ihren Kaffee! Noch Zucker? Da haben Sie noch ein Stück.»

Ich sah, wie André mich beobachtete, während ich trank; seine müden Augen waren auf meine Tasse gerichtet. Aber es war nicht genug für alle vorhanden, weil sie kein Geld hatten, um Kaffee oder Zucker zu kaufen. André verdiente nicht genug in der Fabrik, und die Fabrik gehörte Jean de Gué, dem es gleichgültig war, ob sie morgen geschlossen wurde. Ich stellte Tasse und Untertasse wieder auf den Herd.

«Vielen Dank, Julie», sagte ich, «das hat mir gutgetan.»

Ich stand auf, und da der pflichtschuldige Besuch auf geziemende Art erledigt war, begleitete sie mich ohne Protest vor die Tür.

«Er wird nicht wieder arbeiten», sagte sie draußen zu mir. «Das haben Sie natürlich gemerkt. Es hat keinen Zweck, mit ihm darüber zu reden, es würde ihn nur kränken. Na ja, so ist's im Leben. Zum Glück bin ich da und kann mich um ihn kümmern. Ich laß die Frau Gräfin schön grüßen. Ich will ihr ein paar Trauben abschneiden; früher hat ihr das Spaß gemacht. Nach Ihnen, Herr Graf.»

Doch ich ließ sie allein in die Fabrik zurückgehen; ich sagte ihr, ich müsse noch etwas aus dem Wagen holen, und dann beobachtete ich, wie sie über das unebene Gelände ging, an den Haufen von Glasabfall vorbei, die verstreuten Splitter mit ihren Holzschuhen zertretend. Als sie in dem ungepflegten Garten hinter dem alten Haus verschwunden war, stieg ich in den Renault und fuhr, zu beiden Seiten den Wald, auf der Straße zurück, die wir gekommen waren. Nach etwa vier Kilometern in westlicher Richtung, bevor die Straße sich senkte, hielt ich den Wagen am Straßenrand an, zündete eine Zigarette an und schaute auf das Land hinunter.

Die kleine Gemeinschaft der Glasfabrik war jetzt in ihrer Lichtung im Wald hinter mir verschwunden, und unter mir lagen Wiesen und Felder mit verstreuten Gehöften und fernen Dörfern, und hinter ihnen dehnten sich abermals Wiesen und Felder und Wälder; unmittelbar unter mir lag das Dorf St. Gilles, und ich konnte den Kirchturm sehen, das Schloß aber war hinter den dichtstehenden Bäumen verborgen. Nur die Wirtschaftsgebäude zeigten sich im milden Licht der Herbstsonne, und die Mauern des Gutshofs, eine graue Linie gegen die dunklen Baumreihen.

Ich wünschte, ich könnte mich davon distanzieren, meine morgendliche Stimmung war irgendwie verdorben. Jetzt fehlte mir die gute Laune, die schuljungenhafte Freude an einem Streich; und das Gefühl der Macht, des Triumphs darüber, daß ich diese nichtsahnenden Menschen zum Narren hielt, hatte sich in Scham verwandelt. Und ich wünschte mir auch, Jean de Gué wäre ein ganz anderer Mensch gewesen. Ich wollte nicht bei jedem Schritt entdecken, wie wertlos er war. Es hätte mich begeistern können, die Rolle eines edlen Mannes zu spielen – die Verwandlung hätte mich zu größeren Leistungen angespornt. Statt dessen hatte ich mein eigenes unerhebliches Ich mit dem eines nichtsnutzigen Menschen vertauscht. Er hatte mir gegenüber den ungeheuren Vorteil, daß ihm alles gleichgültig war. Oder doch nicht? War das etwa der Grund, weshalb er verschwunden war?

Noch immer blickte ich auf das stille, abgeschlossene Dorf hinunter, da hörte ich hinter mir eine Stimme. Als ich mich umwandte, erblickte ich das lächelnde Gesicht des alten Geistlichen, der – ausgerechnet! – auf einem Dreirad daherkam.

«Schön ist's hier in der Sonne», rief er.

Plötzlich drängte es mich, ihm zu beichten, ich trat an das Dreirad, legte die Hände auf die Lenkstange und sagte: «Vater, ich bin in Not. Ich habe in den letzten vierundzwanzig Stunden in der Lüge gelebt.»

«Wann sind Sie zum letzten Mal zur Beichte gegangen?» fragte er, und ich erinnerte mich an meine Schulzeit, wenn die Hausmutter mir eine ähnliche Frage gestellt hatte und dann ein Abführmittel bereithielt.

«Ich weiß nicht. Ich kann mich nicht erinnern.»

«Mein Sohn, kommen Sie doch im späteren Verlauf des Abends zu mir.»

Er hatte mir die Antwort gegeben, die ich verdiente, doch sie nützte mir nichts. Später hätte keinen Zweck mehr. Jetzt, hier wollte ich wissen, ob ich wegfahren und die Menschen im Schloß ihr Leben weiterleben lassen sollte, so gut sie es eben vermochten.

«Was würden Sie von mir halten», fragte ich, «wenn ich St. Gilles verließe, verschwände und nie wiederkäme?»

Das Lächeln kehrte auf das rosige alte Kindergesicht zurück, und er klopfte mir auf die Schultern. «Das würden Sie nie tun», sagte er. «Zu viele Menschen hängen von Ihnen ab. Sie glauben, ich würde Sie verdammen? Nein, das wäre nicht meine Aufgabe. Ich würde für Sie beten, wie ich es immer getan habe. Und jetzt genug mit dem Unsinn! Wenn Sie bedrückt und niedergeschlagen sind, so denken Sie daran, daß das ein gutes Zeichen ist. Es zeigt, daß der liebe Gott nicht fern ist. Rauchen Sie Ihre Zigarette hier in der Sonne zu Ende und wenden Sie Ihm Ihren Geist zu.»

Er winkte, fuhr weiter, seine Soutane verfing sich im Pedal, und ich sah, wie er vergnüglich den Hügel hinunterrollte. Ich sah, wie er in das Dorf einbog, der Rinderherde auswich, vor den Stufen der Kirche abstieg, sein Rad an die Mauer stellte und verschwand. Ich rauchte meine Zigarette zu Ende, stieg in den Wagen und fuhr ihm nach durch das Dorf, über die Brücke zum Schloßtor. Ich sah Gaston auf dem Pfad zu den Nebengebäuden und rief ihm zu, er solle den Wagen in die Fabrik zurückfahren. Dann trat ich ins Haus, ging ins Ankleidezimmer, und auf dem Tisch fand ich das Bündel Briefe, die, wie ich mich entsann, in der Seitentasche des Koffers gewesen waren.

Darunter war einer mit Name und Adresse der Firma Carvalet auf der Rückseite. Ich las ihn; es war, was ich befürchtet hatte. Man bedauere in Anbetracht der langjährigen Geschäftsverbindung und insbesondere nach der letzten Begegnung mit mir den ungünstigen Entschluß, doch bei eingehender Erwägung sei man nicht in der Lage, den Kontrakt zu erneuern.

9

Ich dachte nicht als erstes an Jacques oder jemanden von der Familie hier im Schloß; vermutlich waren sie auf das Schlimmste gefaßt gewesen, und nun erstaunt und erleichtert, weil sie jetzt an eine günstige Lösung glauben durften. Sie könnten von den Einnahmen des Gutes und von ihrem ererbten Einkommen leben, das Schloß würde verfallen, der Boden immer schlechter bestellt werden, sie selber würden alt und immer verdrossener werden und der Außenwelt die Schuld an allem zuschreiben, was geschehen war. Mich beschäftigte im Augenblick die Sorge um die Arbeiter, die ich heute nachmittag halbnackt und schwitzend neben dem Hochofen gesehen hatte, und vor allem um André, mit seinem verbrannten, verbundenen Arm, in seinem Bett in dem winzigen Häuschen, und um Julie, die mir von ihrem geringen Vorrat und Zucker aufgetischt hatte. Mich quälte es, daß der Ausdruck ihrer Augen wechseln würde, daß sie, sobald ich in die Fabrik zurückkehrte, entdecken mußten, daß die guten Nachrichten gar keine guten, sondern schlechte Nachrichten waren; ich hatte sie belogen, der Kontrakt mit Carvalet war nicht erneuert worden. Statt mir ein freundliches, nachsichtiges Willkommlächeln zu schenken, würden sie zur Seite schauen, mich nicht beachten, mich nicht einmal ihre Verachtung merken lassen. Und wenn Jacques ihnen erklärte, die ganze Sache sei ein Mißverständnis gewesen, und, wie es nun einmal stehe, könne der Herr Graf es sich nicht leisten, das Unternehmen weiterzuführen, da würden ihre Gesichter – nicht in gleichem Maße, weil sie ja keine Schmerzen hatten – den gleichen leeren Blick haben wie das Gesicht des verbrannten André. Irgend etwas hätte sie zugrunde gerichtet, etwas, das zu verhüten nicht in ihrer Macht stand, das der Herr Graf aber hätte voraussehen, hätte abwenden müssen, wenn er sich nur die Mühe gegeben hätte. Sie würden zusehen, wie Paul und ich ins Schloß zurückfuhren, und dann, wenn die Maschinen stillstanden, der Hochofen erlosch, Haufen um Haufen kleiner Flaschen vergebens darauf warteten, verpackt zu werden, würden sie in ihre Häuschen zurückkehren, wo der Gips von den Wänden fiel und die Feuchtigkeit durch die Decke drang, und würden einer zum andern sagen: «Ihm liegt nichts daran. Aber wie steht's mit uns? Was soll jetzt aus uns werden?» Am meisten verwirrte mich die

Tatsache, daß ich mir um all das Sorgen machte. Die Redlichkeit in Julies Augen, die geduldige Ergebenheit in Andrés Augen, der rasche Wechsel von Feindseligkeit zu etwas, das an Bewunderung grenzte, in Pauls Augen und noch mehr bei Jacques, die Kameradschaftlichkeit in den Augen der Arbeiter, das alles hatte nicht mir gegolten, sondern Jean de Gué. Die Verachtung, die Enttäuschung, die folgen mußten, würden sich an ihn heften und konnten meinem unantastbaren Ich nichts anhaben. Diese Person, die eines andern Kleidung trug, seine Züge, seine Hautfarbe, seine Manieren zur Schau stellte, war schuldlos, war nur eine Hülle, vom Original so weit entfernt wie ein Geigenkasten von dem Instrument, das er birgt. Gefühle sollten dabei keine Rolle spielen. Nie, keinen Augenblick lang war ich so verblendet gewesen, mir einzubilden, daß die Zuneigung, die diese Leute mir etwa zeigten, meinen eigenen Eigenschaften galt, die plötzlich an die Oberfläche traten und eine Reaktion weckten. Nein, ihm und nur ihm allein galt das alles. Und trotzdem, ich wollte Jean de Gué vor einer Demütigung bewahren. Dieser Mann, der seine Rettung nicht verdiente, sollte doch geschont werden. Warum? Weil er mein Ebenbild war?

Ich saß im Ankleidezimmer, betrachtete den höflichen, aber entschiedenen Brief von Carvalet und fragte mich, was Jean de Gué im Sinn gehabt hatte, als er ihn in die Seitentasche seines Koffers steckte. Ich wußte, daß ich zu einem Entschluß kommen mußte – entweder Paul, sobald er ins Schloß kam, sagen, daß ich gelogen hatte, oder ihn weiter im Glauben lassen, daß der Kontrakt verlängert worden sei. Das eine würde Vorwürfe, Verachtung mit sich bringen, man müßte der Arbeiterschaft die Wahrheit sagen und die Fabrik unverzüglich stillegen – dazu wäre es gekommen, wenn Jean de Gué zurückgekehrt wäre. Das andere hätte ein noch größeres Chaos zur Folge: Verpakkung und Versand nach Paris von Waren, die nicht bestellt worden waren, und wenn die erste Sendung bei Carvalet ankam, ein erstaunter Telefonanruf, der eine Aufklärung verlangte.

Der jetzige Vertrag würde noch einige Tage oder Wochen in Kraft sein, ich wußte es nicht. Also, fragte ich mich, wie müßte der Besitzer einer Glasfabrik vorgehen, wenn er sich mit der Firma in Verbindung setzen wollte, die ihm seine Ware abkaufen sollte? Kein Zweifel, wenn die Angelegenheit dringend war, griff man im Büro zum Telefon. Ich war in keinem Büro. Ich war im Ankleidezimmer eines Schlosses, weit draußen auf dem Land, und ich wußte nicht einmal, wo es hier ein Telefon gab. Ich steckte den Brief der Firma Carvalet ein und ging die Treppe hinunter. Es war beinahe vier Uhr. Weit und breit war niemand zu sehen, und über dem ganzen Haus lag Siestastimmung. Ich schlich zu der halboffenen Salontür, lauschte kurz, und als ich nichts hörte, trat ich auf die Schwelle und sah, daß der Raum leer war. Nur auf dem Sofa lag Françoise schlafend. Geräuschlos entfernte ich mich wieder und ging in die Halle. Da entdeckte ich das Telefon. Es hätte nicht schlechter untergebracht sein können, halb versteckt von Mänteln im Dunkeln, ein altmodischer Apparat. Über ihm, so daß das Auge unvermeidlich daran haften mußte, waren zwei weitere Beweise von Blanches Sorge um die Seelen ihrer Mitmenschen – zwei heilige Märtyrer, denen man die Köpfe abgeschlagen hatte; heißhungrige Hunde leckten das verspritzte Blut.

Ich nahm den Hörer ab und wartete, und nach wenigen Sekunden hörte ich ein Summen und eine näselnde Stimme, die sich meldete. Ich verlangte Paris und die Nummer, die ich auf dem Brief gefunden hatte, und wartete, in die dunkle Nische gedrückt, scheinbar eine Ewigkeit. Als ich schließlich erfuhr, daß ich mit der Firma Carvalet verbunden war, packte mich die Angst, ich glaubte Schritte auf der Treppe zu hören und ließ Brief und Telefon fallen. Das Amt wiederholte seine Meldung, aus dem herunterbaumelnden Hörer tönte der Singsang einer Stimme, ich hob schnell den Brief der Firma Carvalet auf, um die verschnörkelte Unterschrift zu entziffern, und flüsterte, daß ich Herrn Mercier zu sprechen wünschte. Wer am Telefon sei, wurde gefragt. Graf de Gué, erwiderte ich. Und mit einem Male empfand ich jetzt, da ich nicht gesehen werden konnte, die Ungeheuerlichkeit meines Betrugs stärker denn je. Ich möge mich einen Augenblick gedulden, hieß es, und wenig später meldete sich Herr Mercier.

«Herr Mercier», sagte ich, »ich bitte Sie tausendmal um Entschuldigung, wenn ich Sie so unvermutet störe; auch dafür, daß ich so unhöflich war, den Empfang Ihres Briefes nicht zu bestätigen. Eines Krankheitsfalls in meiner Familie wegen war ich genötigt, plötzlich heimzufahren, sonst hätte ich Sie noch einmal aufgesucht, um ein oder zwei Punkte zu erörtern, die noch nicht ganz klar waren. Seither habe ich die fraglichen Punkte mit meinem Bruder besprochen, und wir sind bereit, unsere Preise herabzusetzen, um Ihnen entgegenzukommen.»

Am anderen Ende des Drahtes war es still, und dann erwiderte eine höfliche, aber außerordentlich überraschte Stimme: «Ja aber, Herr Graf, wir haben doch die ganze Angelegenheit in der vergangenen Woche sehr gründlich diskutiert. Sie haben uns Ihre Auffassung mit einer Klarheit dargelegt, die wir zu schätzen wußten. Soll das heißen, daß Sie jetzt die Verhandlungen mit unserer Firma wieder aufnehmen wollen?»

«Jawohl; genau das soll es heißen. Mein Bruder und ich sind bereit, jedes persönliche Opfer zu bringen, um die Fabrik in Gang zu halten und den Arbeitern auch weiterhin Beschäftigung zu geben.»

Abermals ein Schweigen. Dann: «Verzeihung, Herr Graf, das steht aber vollkommen im Widerspruch zu dem, was Sie selber uns auseinandergesetzt haben.»

«Ich weiß; aber, offen gestanden, habe ich gehandelt, ohne das Problem ausführlich mit meiner Familie durchgesprochen zu haben. Es ist ja, wie Sie wissen, ein Familienunternehmen.»

«Natürlich, Herr Graf, das haben wir auch immer in Betracht gezogen. Wir haben aufrichtig bedauert, daß eine Revision des Kontraktes sich als notwendig erwies, und vor allem, daß Sie die Fabrik schließen müßten, wenn wir nicht zu einer Einigung gelangten; und das war leider der Fall. Ich erinnere mich, daß Sie erklärten, Ihre persönlichen Gefühle seien dadurch keineswegs betroffen und die Fabrik sei zu einer Last geworden, die Sie nicht länger tragen wollten.»

Die glatte, kühle Stimme plätscherte weiter, und ich sah den Sprecher und Jean de Gué auf Lederfauteuils einander gegenübersitzen, Achselzucken und Zigaretten austauschen, und sobald die Unterredung zu Ende war, hatten sie die Angelegenheit fallenlassen. Hier stand ich, ein Fremder, machte mich in einer verlorenen Sache lächerlich, weil ich nicht wollte, daß eine Handvoll Arbeiter, eine Bauernfrau und ihr schwerverwundeter Verwandter ihren Brotherrn verachten sollten, der gar nichts davon wußte, und dem es auch gleichgültig wäre.

«Alles, was Sie da sagen, ist durchaus richtig. Aber ich möchte Ihnen verständlich machen, daß ich es mir überlegt habe. Ich will auf jede Bedingung eingehen, wenn ich dadurch die Fabrik in Gang halten kann. Unsere Produktionskosten sind meine Sache. Ich ersuche Sie, den Vertrag zu Ihren Bedingungen zu erneuern.»

Das Schweigen dauerte diesmal länger. Dann tönte es geläufig:

«Natürlich war es uns, Herr Graf, unserer langjährigen Verbindung mit Ihnen und Ihrer Familie wegen, sehr schmerzlich, unsern Kontrakt nicht zu erneuern, aber eine andere Lösung schien nicht möglich zu sein. Immerhin, wenn Sie jetzt bereit sind, uns entgegenzukommen – das läßt sich natürlich nicht telefonisch erledigen –, so muß ich mich mit meinen Direktionskollegen ins Einvernehmen setzen. Und warum sollten wir schließlich nicht zu einem Resultat gelangen, das beide Teile befriedigt?»

Die Frage in seiner Stimme fand bei mir sogleich eindeutige Bejahung. Briefe mußten geschrieben und der Kontrakt konnte unter veränderten Bedingungen erneuert werden. Wir verabschiedeten uns höflich voneinander, und dann hörte ich, wie er den Hörer auflegte. Ich griff nach meinem Taschentuch – oder vielmehr nach Jean de Gués Taschentuch – und wischte mir den Schweiß von der Stirn, denn nicht nur war es heiß in dem engen Raum zwischen den Mänteln, sondern die Anstrengung hatte mich geistig erschöpft. Ich hatte mich zu etwas verpflichtet, ohne auch nur die leiseste Ahnung zu haben, wie sich das bewerkstelligen ließe. Wenn der Preis, den Carvalet für die Flaschen zahlte, die Produktionskosten nicht deckte – und so war es bestimmt, sonst wäre ja diese Krise gar nicht eingetreten –, würde das Geld aus einer andern Quelle strömen müssen. In diesem Augenblick geschah es, daß ich jemanden durch den Hörer, den ich gedankenverloren noch immer am Ohr hielt, atmen hörte; es war unverkennbar das Atmen eines Menschen, der an einer andern Leitung lauschte und jetzt auf weitere Erklärungen wartete. Ich tat nichts dergleichen. Auch ich wartete und hielt den Hörer ans Ohr. Jetzt mischte die Zentrale sich ein, fragte, ob mein Gespräch mit Paris beendet sei, und als ich «ja» sagte, wurde die Verbindung unterbrochen. Abermals hörte ich das Atmen, dann ein leises Klicken, das mir anzeigte, daß der andere Zuhörer im Schloß aufgehängt hatte. Ich war mir nicht ganz sicher, konnte aber kaum daran zweifeln, daß mein Gespräch mit Paris abgehört worden war. Von wem wohl? Wo war der zweite Anschluß? Ich hängte den Hörer auf und trat in die Halle; die Schritte, die ich auf der Treppe zu hören geglaubt hatte, als meine Verbindung mit Paris kam, mochten einer Mischung von Angst und Phantasie entstammen. Jedenfalls war niemand heruntergekommen, und alles war still. Das Atmen im Telefon aber war keine Phantasievorstellung gewesen. Ich ging auf die Terrasse hinaus, denn jetzt war es gleichgültig, ob ich gesehen würde oder nicht, schaute an der Schloßmauer hinauf, konnte aber nur den einen Telefondraht erblicken, der an einer Stelle zwischen Turm und Mauer in das Dach geleitet war. Die hohen Schornsteine, die Türmchen, selbst die Köpfe der Wasserspeier verbargen alle andern Zuführungen von Licht und Telefon, die noch vorhanden sein mochten, und ich kannte mich in diesen Dingen nicht genügend aus, um zu erraten, wohin etwa weitere Leitungen führten.

Das Ausfindigmachen des andern Anschlusses und des Lauschers mußte eben verschoben werden. Es war jetzt dringender, etwas über Jean de Gués persönliche Finanzlage in Erfahrung zu bringen. Das halbverbrauchte Scheckbuch, das ich im Ankleidezimmer oben holen ging, ließ nur geheimnisvolle Ziffern und Initialen sehen, nicht aber den Kontostand. Und die einzige Feststellung war der Name der Bank und die Adresse der Filiale in einem nahen Ort. Im Ankleidezimmer gab es keinen Schreibtisch. Irgendwo im Schloß aber mußte doch ein Zimmer vorhanden sein, wo der Besitzer seine Briefe schrieb und persönliche Dinge aufbewahrte. Die Bibliothek kam mir in den Sinn, wo die Familie sich vor dem Mittagessen versammelt hatte. Ich ging wieder in die Halle hinunter und durch das Eßzimmer in die Bibliothek, und da erblickte ich, wonach ich Ausschau gehalten hatte – einen Schreibtisch in einer Ecke. Er war geschlossen. Der Schlüsselbund, der zu Jean de Gués persönlichen Habseligkeiten gehörte wie sein Kleingeld, seine Brieftasche, sein Scheckbuch, sein Führerschein – lauter Dinge, die ich bisher noch nicht benützt hatte –, war in meiner Tasche, seit ich seine Kleider trug. Jetzt probierte ich die Schlüssel aus, und einer paßte. Es störte mich nicht weiter, daß ich zum Einbrecher wurde; ich spielte den Spion, und keinem Menschen wurde dadurch ein Schaden zugefügt.

Der geöffnete Schreibtisch offenbarte überfüllte Fächer; Umschläge ließen ihren Inhalt hervorquellen, Rechnungen, Quittungen, alles war in größtem Durcheinander. In den Schubladen, mit denen ich es jetzt versuchte, sah es nicht besser aus. Ich konnte sie nicht richtig öffnen, alles stemmte sich dagegen, Bücher, Dokumente, Akten und Fotografien, bestimmt die Lebensgeschichte von Jean de Gué und seiner ganzen Familie seit Generationen. Daß all das nicht aus den staubigen Schubladen wich, machte mich rücksichtslos. Ich wollte Kontoauszüge entdecken und konnte keine finden, nur die Reste von längst verbrauchten Scheckbüchern, die noch immer aufbewahrt wurden. Ich hielt im Suchen inne wie ein Dieb, der die Perlenkette nicht finden kann, nach der er aus ist; ich war entschlossen, irgend etwas herauszugreifen, um meine bisher enttäuschte Neugier zu befriedigen. Endlich fiel mein Blick auf eine rote Ledermappe, die ein Kontobuch enthalten mochte; ich zog und zerrte sie aus der widerspenstigen Schublade heraus, und siehe, es war nur ein Jagdbuch mit langen Listen von Fasanen, Rebhühnern, Hasen, die lange vor dem Krieg geschossen worden waren. Die Lücke, die auf solche Art entstanden war, erlaubte meinen Händen, auf weitere Entdeckungen auszuziehen, sie schoben einen Revolver beiseite und fanden einen weitern umfangreichen Band, der nach Moder roch und sich als ein Album mit Fotografien erwies, die zumeist verblichen waren und fest in altmodischen Schlitzen steckten.

Ich dachte nicht mehr an die Kontoauszüge. Diesem Blick in die Vergangenheit konnte ich nicht widerstehen. Auf der ersten Seite trug das Album ein Wappen, einen Hundskopf und einen Baum, und darunter stand in flüssiger, schräger Schrift «Marie de Gué». Als ich umblätterte, sah ich unverkennbar die Mutter vor mir, eine junge Frau Mitte Zwanzig. Es hätte meine eigene Fotografie in Frauenkleidung sein können. Daneben stand das Datum 1914. Und nun folgte ein Bild nach dem andern: Jean de Gué, der Vater, an Paul erinnernd, aber mit einem Schnurrbart, die Augen hell, das Ganze vor einem unmöglichen Atelierhintergrund von drapierten Vorhängen und falschen Blumen. Hier schauten die beiden mit zärtlichem Elternstolz auf etwas hinab, das eine verhätschelte, mit Bändern geschmückte Blanche gewesen sein mußte; und nun kamen Freunde und Verwandte einer älteren Generation, dies ein Onkel, das eine Tante, hier ein uralter Großvater im Rollstuhl. Nicht immer waren die Daten angegeben, und häufig mußte ich selber erraten, welcher Sommer es war, da ein kleiner Knabe und ein Mädchen auf einem Pony ritten, oder welcher Winter, wenn der Taubenschlag in Schnee gehüllt und dasselbe Paar mit Fausthandschuhen dargestellt war, jedes den Arm um die Schultern des andern gelegt. Nur selten waren die Eheleute einzeln zu sehen. Wo immer der eine stand, Angelrute oder Gewehr in der Hand, war auch der andere zu erblicken; und mit jäher Überraschung, ja seltsam genug, mit Widerwillen sah ich, daß diese zweite Gestalt, Blanche, als Kind fast ein Ebenbild der Marie-Noël von heute war, mit den gleichen langen Beinen, dem schmächtigen Körper, mit dem kurzgeschnittenen Haar. Erst später, als sie ungefähr fünfzehn sein mußte, setzte die Veränderung ein, das ovale Gesicht verlängerte sich, der Ausdruck der Augen wurde wachsamer, feierlicher; und doch konnte ich in diesem ernsten und sympathischen Gesicht nicht die alte Jungfer von heute mit ihren zusammengepreßten Lippen erkennen.

Der junge Jean wirkte niemals feierlich. Jede Aufnahme zeigte ihn lachend oder in einer komischen Stellung oder die Kamera verspottend, die ihn gerade erwischte, und da dachte ich daran, wie verschieden, trotz unserer außerordentlichen Ähnlichkeit, diese Bilder von jenen waren, die mich selber als Knaben mit aufgerissenen, ängstlichen Augen zeigten. Paul war nicht oft in dem Album zu finden. Und wenn, so war er nicht im Mittelpunkt, war die undeutlichste Gestalt einer Gruppe oder bückte sich gerade in der Sekunde der Aufnahme, um seine Schuhe zuzubinden. Selbst die deutlichste Fotografie von allen drei Kindern in jugendlichem Alter, die lose im Album lag, zeigte ihn von Jeans robuster Schulter halb verdeckt.

Einzelne Gestalten erkannte ich da und dort in Gruppen: den Geistlichen, schlanker, jünger und dennoch schon mit dem engelhaften Ausdruck, und als ich die Seiten zu den Kindertagen zurückblätterte, sah ich Julie aus der Glasfabrik, die Paul hütete. Häufig erschien auch auf den späteren Seiten des Albums ein Mann namens Maurice. Er war in den Gruppenaufnahmen in der Fabrik und auf dem Schloß, und einmal stand er mit Jean vor der Artemisstatue im Park. Dann war es plötzlich vorbei mit den Fotografien. Drei oder vier leere Seiten blieben übrig, warteten darauf, gefüllt zu werden. Ob der ältere Jean de Gué gestorben war, ob der Krieg begonnen hatte, ob die Mutter plötzlich aufgehört hatte, Aufnahmen zu machen, das ließ sich nicht feststellen. Eine Epoche war vorüber, ein Kreis hatte sich geschlossen.

Mit einem seltsam nostalgischen Gefühl schlug ich das Album zu. Sosehr ich auch daran gewöhnt war, in der Vergangenheit zu forschen, so vertraut ich mit alten Briefen, mit Dokumenten und Berichten aus früheren Jahrhunderten war, bewegte mich doch dieser flüchtige Blick auf ein Familienleben meiner eigenen Generation tief. Es tat mir leid – nicht daß die schöne Gräfin von den ersten Seiten des Albums alt, das blonde Haar grau geworden war, doch daß sie *so* altern mußte, daß diese gebieterischen selbstsicheren Augen unruhig, forschend, der stolze Mund gierig geworden waren, der runde Hals, die wohlgeformten Schultern von unnützem Fett quollen. Es tat mir leid, daß Blanche, als Kind so geschmeidig, so reizvoll, dann als heranwachsendes Mädchen so ernst, so zurückhaltend, jetzt bis zur Unkenntlichkeit verzerrt, geradezu wie eine Karikatur wirkte. Selbst Paul, auf den Bildern so verwischt, von dem lachenden Jean in den Schatten gedrängt, hatte als Kind etwas Rührendes an sich gehabt, wenn er am Rand einer Gruppe auf einem Bein stand und ihm stets eine Locke in die Augen fiel. Und doch war er heute unsympathisch, schwerfällig, und er war nur aus seiner Rolle gefallen, als ich eine heimliche Wunde berührt und – ohne die leiseste Absicht – eine Schwäche verspottet hatte, deren er sich schämte.

Diese Vergangenheit, da alles anscheinend in schönster Ordnung gewesen war, wurde jetzt durch das Eindringen der Gegenwart verscheucht. Ich hörte, wie jemand sich an der Doppeltüre zum Eßzimmer zu schaffen machte, schob das Album wieder in den Schreibtisch, drehte mich um, und da stand Renée, die auf den verblichenen Fotografien ebensowenig zu sehen gewesen war wie Françoise, die beide zu der trüben Nachkriegszeit gehörten, als St. Gilles seinen Reiz verloren hatte. Sie schloß die Tür hinter sich und sah mich an.

«Ich hatte den Wagen gehört», begann sie, «und da glaubte ich, Paul sei mit dir gekommen. Doch im Gang stieß ich auf Charlotte, die mir sagte, daß du allein bist. Françoise schläft immer noch im Salon, und so vermutete ich, daß du hier sein würdest. Nun? Wirst du dich nicht wegen deines Benehmens beim Mittagessen entschuldigen?»

Die unselige Bescherung sollte mir abermals vorgeworfen werden. Kein Zweifel, in ihren Augen verdiente ich den Tadel. Ich seufzte und zuckte die Achseln.

«Ich habe mich schon bei Paul entschuldigt», sagte ich, «genügt das nicht?»

Gestaute Erregung verriet sich in dem straffen Körper, in den nervösen Händen, und sie sah mich mit einem halb verstörten, halb verblüfften Ausdruck an, der mich gleichzeitig verwirrte und reizte, so daß ich plötzlich Mitleid mit Paul empfand, der zweifellos den Ansturm all ihrer Launen ertragen mußte.

«Warum hast du das getan?» fragte sie. «Ist die Situation nicht schon schwierig genug, auch ohne daß du die andern noch mißtrauisch machst und Paul kränkst? Oder hattest du es mit voller Absicht darauf angelegt, auch mich lächerlich zu machen?»

«Hör», sagte ich, «ich habe in Le Mans so viel getrunken, daß ich mich gar nicht daran erinnerte, was in den Paketen war.»

«Und du erwartest, daß ich das glauben soll? Bei dem, was du Françoise geschenkt hast, war kein Versehen, nicht wahr? Und was hat es gekostet? Oder hast du es nicht bezahlt?»

Hier offenbarte sich die schlimmste Art von weiblichem Haß; der Groll wegen eines Geschenks, das ein Mann seiner Frau brachte. Ich war nun froh, daß Françoise das Medaillon mit dem Bild erhalten hatte, und nicht Renée. «Ich habe Françoise etwas gegeben, von dem ich wußte, daß es ihr gefallen würde. Wenn du von meinem Geschenk enttäuscht bist, so tut es mir leid. Gib's Germaine. Mir ist's vollkommen gleichgültig, was du damit tust.»

Ein Schlag ins Gesicht hätte sie nicht stärker treffen können. Sie starrte mich an, das Blut strömte ihr in die Wangen, langsam kam sie von der Türe zum Schreibtisch, den ich jetzt wieder zugesperrt, dessen Schlüssel ich eingesteckt hatte. Bevor ich noch begriff, worauf sie aus war, hatte sie die Arme um mich geschlungen, ihr Gesicht an mein Gesicht gepreßt, und ich stand steif und hölzern da wie ein Schmierenschauspieler auf einer Provinzbühne. «Was hast du denn?» fragte sie. «Was ist denn mit dir geschehen? Warum bist du so verändert? Fürchtest du dich denn, mich zu umarmen?»

So stand es also. Vielleicht hätte ich es ahnen sollen, und doch wirkten ihre Worte wie ein Schock, und ich war zutiefst bestürzt. Ich wollte sie nicht küssen. Ich befreite mich von den klammernden Armen, und der suchende, allzu eifrige Mund fand keine Erwiderung. Was immer Jean de Gué in seinen Mußestunden getan haben mochte, auf diesem Weg sollte sein Doppelgänger ihm jetzt nicht folgen!

«Renée», sagte ich, «es könnte jemand kommen...» – eine schwächliche, nichtssagende Ausrede, jedes feigen Liebhabers würdig. Und ungalant entzog ich mich dieser unerwarteten, peinlichen Nähe. Doch selbst jetzt, halb über den Schreibtisch gebückt, wie ich war, mußte ich mich wehren; sie drängte sich an mich, ihre Hände wollten mich streicheln, mich halten, und ich dachte daran, wie sehr es dem angegriffenen Männchen an Anmut und Würde fehlt. Wenn eine Frau von einem Rüpel angegriffen wird, ist es doch wenigstens die weibliche Schwäche, die ihr Charme verleiht.

Meine Versuche, sie zu besänftigen, waren nicht überzeugend; daß ich ihr unbeholfen auf die Schulter klopfte, einen flüchtigen Kuß auf ihr Haar drückte, mußte in ihren Augen ein armseliger Ersatz sein, und so versuchte ich sie mit einer Flut von Worten abzuwehren.

«Wir müssen vorsichtig sein und nicht den Kopf verlieren. Ich glaube, daß Paul mein Geschenk für dich nicht weiter übelgenommen hat. Ich habe die Sache als Nichtigkeit abgetan, und das kann ich auch Françoise gegenüber tun. Aber wir dürfen uns nicht so treffen wie bisher. Die Dienstleute könnten uns sehen, und haben sie einmal Verdacht geschöpft, gibt es endlose Komplikationen.»

Während ich meiner eigenen Stimme lauschte, die ihr einen Sturzbach von Ausreden ins Ohr flüsterte, erkannte ich hoffnungslos, daß ich mich gerade jetzt noch tiefer verstrickte. Ich nahm diese Beziehung als selbstverständlich hin und ließ mir auf die feigste Art die segensreiche Gelegenheit entgehen, die mir jetzt gegeben war, ganz offen und brutal zu sagen: «Ich liebe dich nicht, und ich will nichts mit dir zu tun haben. Und das ist endgültig.»

«Du meinst», sagte Renée, «daß wir uns an einem andern Ort treffen müssen? Aber wie? Wohin sollen wir denn gehen?»

Sie vergoß keine Tränen, es war nicht Liebe, was sie verlangte. Nur eines, ein einziges hatte sie im Sinn. Was Jean de Gué zweifellos als Spielerei begonnen hatte, war zu einer Last geworden. Wie weit mochte er sich eingelassen haben, und wie sehr mochte er, nach den ersten Stürmen, der Sache überdrüssig geworden sein?

«Ich will es mir durch den Kopf gehen lassen», sagte ich; «aber denk daran, daß wir vorsichtig sein müssen. Wir können unser späteres Glück nicht durch irgendeine Torheit gefährden.»

Jean de Gué selber hätte nicht zweideutiger sprechen können. Wie einfach war es doch am Ende, ein Lump zu sein! Meine Worte hatten sie beruhigt, und der Kontakt, so kurz er auch gewesen war, mußte die Spannung behoben und ihr eine gewisse Erleichterung gebracht haben. Dann hörte ich zum Glück die Stimme des Kindes in dem Zimmer dahinter. Renée zuckte die Achseln und zog sich von mir zurück.

«Papa, wo bist du?»

«Hier! Willst du etwas von mir?»

Sie stürzte ins Zimmer, instinktiv öffnete ich die Arme, und als sie auf mich zusprang, fragte ich mich, ob ich sie von nun an gewissermaßen als Puffer gegen Ansprüche der Erwachsenen benützen könnte.

«Großmama ist wach», sagte sie. «Ich bin bei ihr gewesen. Sie will, daß wir beide zu ihr kommen und mit ihr Tee trinken. Ich habe ihr von den Geschenken erzählt und wie enttäuscht Onkel Paul über seines gewesen war. Und weißt du, Papa, auch mit dem Geschenk für Tante Blanche hast du dich geirrt. Sie hat es nicht auspacken wollen, und so haben Maman und ich das für sie getan, und drin war ein Zettel: ‹Für meine schöne Béla, von Jean›, gar nichts von Blanche, und es war eine riesige Flasche Parfüm, Femme heißt es, in einer reizenden Schachtel, und auch der Preis war noch dran – zehntausend Franc.»

10

Als wir Hand in Hand hinaufgingen, sagte Marie-Noël zu mir: «Es ist komisch, aber wegen dieser Geschenke sind anscheinend alle Leute schlecht gelaunt. Maman hat sich heute früh über ihres so sehr gefreut, und dann, nach dem Mittagessen, hat sie's abgenommen und in ihre Schmuckschatulle gelegt. Und Tante Renée hat ihres kaum angeschaut, und jetzt, als ich ihr von dem Irrtum mit Tante Blanches Geschenk erzählte, da glaubte ich, sie würde uns beide verprügeln. Wer ist Béla, Papa?»

Ich war dankbar dafür, daß ich es nicht wußte; das ersparte mir weitere Schwierigkeiten. Jean de Gué aber hätte immerhin vorsichtig genug sein mögen, mehr als den Buchstaben «B» auf den Zettel zu setzen.

«Jemand», sagte ich, «der Freude an kostspieligem Parfüm hat.»

«Kennt Maman sie?»

«Ich glaube nicht.»

«Das Schlimme ist nur, daß dein Gedächtnis schlechter wird. Es ist doch merkwürdig, daß du so ein Durcheinander anstellst und das Parfürm Tante Blanche gegeben hast. Ich wußte gleich, daß irgendwas nicht gestimmt hat. Du hast ihr ja, seit ich mich erinnern kann, nie etwas gegeben. Ich kann nicht recht verstehen, warum die

Erwachsenen sich so komisch benehmen. Aber sogar ich merke ganz gut, daß es nicht viel Sinn hat, Tante Blanche ein Geschenk mitzubringen, wenn sie doch seit fünfzehn Jahren kein Wort zu dir gesprochen hat.»

Fünfzehn Jahre ... so leichthin wurde das gesagt, aber ich mußte mitten auf der Treppe stehenbleiben, starrte das Kind an, vergaß meine Rolle, bis Marie-Noël mich ungeduldig zupfte. «Komm doch», sagte sie. Wortlos, tief erschüttert, folgte ich ihr. Was ich für eine zeitweilige Mißbilligung gehalten hatte, war so tief verwurzelt, daß es die Beziehungen der ganzen Familie treffen mußte. Das belanglose Abenteuer mit Renée, wenn man es so nennen konnte, war nichts im Vergleich dazu. Kein Wunder, daß ein Geschenk von mir ganz und gar nicht zu meiner Rolle paßte. Diese Enthüllung war aufrüttelnd, ja unheimlich, zumal wenn ich mich an die Momentaufnahmen der beiden Kinder erinnerte, die ihre Arme umeinander gelegt hatten. Etwas Persönliches, sehr Bitteres mußte zwischen Blanche und Jean de Gué getreten sein – und doch fanden alle, sogar das Kind, sich damit ab.

«Da sind wir», sagte Marie-Noël und stieß die Türe des geräumigen Schlafzimmers auf; und abermals, wie am Abend zuvor, umflutete mich vom Ofen her eine Welle von Hitze. Die kleinen Terrier, die vorher nicht dagewesen waren, saßen jetzt auf dem Bett ihrer Herrin, sprangen herunter, kläfften aus Leibeskräften und wollten sich von dem Kind weder mit Scheltworten noch mit Streicheln besänftigen lassen.

«Das ist doch unglaublich», sagte Marie-Noël. «Alle Hunde im Haus haben den Kopf verloren. Heute früh war's genauso mit Caesar; er hat Papa angebellt.»

«Charlotte», sagte die Gräfin, «sind Sie mit Joujou und Fifi draußen gewesen, oder haben Sie den ganzen Nachmittag unten geschwatzt?»

«Natürlich bin ich mit ihnen spazierengegangen, Frau Gräfin», sagte Charlotte gereizt; «fast eine Stunde lang sind sie mit mir im Park gewesen. Habe ich sie je vernachlässigt?»

Sie warf mir einen Blick zu, als wäre ich es gewesen, der sie angeklagt hatte, und ich dachte, wie unvorteilhaft sie sich von der redlichen Julie in der Fabrik unterschied.

«Hinaus!» befahl die Gräfin ärgerlich. «Die Kleine wird sich schon um uns kümmern.»

Aus ihren Kissen schaute sie zu mir auf, das Gesicht noch immer grau und eingefallen, mit tiefen Schatten unter den Augen. Sie streckte die Hand aus und zog mich neben sich. Als ich die welke Wange küßte, dachte ich, wie seltsam es doch war, daß diese Umarmung eines Sohnes, die mir doch im Grunde widerwärtig sein mußte, irgendwie tröstlich wirkte, während mir die Nähe der schönen Renée peinlich, abstoßend gewesen war.

«Mein Gott», flüsterte sie, «wie die Kleine mich zum Lachen gebracht hat!» Dann schob sie mich von sich und sagte laut: «Setz dich und trink deinen Tee. Was hast du den ganzen Tag getrieben, außer daß du deine Geschenke verwechselt hast?»

Wieder fühlte ich mich wohl bei ihr; ich konnte reden, ich konnte lachen, sie weckte eine Heiterkeit in mir, deren Vorhandensein ich nie geahnt hatte. Wir drei, wir bildeten ein glückliches Trio, die Gräfin, das Kind und ich.

Ich berichtete von meinem Besuch in der Fabrik, sprach jetzt, da mein geheimer Anruf in Paris eine zeitweilige Lösung erreicht hatte oder doch erreichen konnte, mit größerer Sicherheit, und die Gräfin erzählte in aller Gemütlichkeit, wie das die Art alter Leute ist, vom Glanz füherer Zeiten. Für mich war das von großem Interesse, und das Kind war begeistert. Sie erzählte von den Tagen, da das Glas noch von den Arbeitern geblasen wurde – wie gut erinnerte sie sich daran! – und wie vorher, lange vor ihrer Zeit, der Hochofen mit dem Holz aus dem nahen Wald geheizt wurde. Aus diesem Grund seien alle Glasbläsereien in waldigen Gebieten errichtet worden. Und wie noch früher, vor hundert Jahren, etwa hundertsechzig Pferde mithelfen mußten, und die Frauen und Kinder der Arbeiter auch. Die Namen der Arbeiter und ihrer Familien waren alle irgendwo in einem Buch eingetragen, vielleicht in der Bibliothek – sie erinnerte sich nicht mehr so genau.

«Ja, ja», schloß sie, «das alles ist vorbei. Reden wir nicht mehr davon. Die alten Zeiten kommen nie wieder.»

Das ließ mich an Julie denken, die sich ebenfalls mit dem Wandel der Zeiten abgefunden hatte; doch als ich der Gräfin von meinem Besuch in dem Häuschen erzählte und von dem armen André, der verbrannt im Bett lag, da zuckte sie die Achseln und war plötzlich wieder hart.

«Ach, diese Leute», sagte sie. «Sie quetschen einem den letzten Franc aus der Tasche, wenn sie können. Was mag Julie nur aus mir herausgeholt haben, als sie hier bei uns war? Und ihr Sohn – nun, der war immer ein Taugenichts.»

«Das Haus ist aber in einem kläglichen Zustand», sagte ich.

«Rühr nur nicht daran», erwiderte sie. «Sobald du einmal anfängst, werden sie gleich wieder etwas anderes haben wollen. Wir sind schon genug heruntergekommen, auch ohne daß wir uns um sie kümmern. Und so wird's wahrscheinlich bleiben, wenn Françoise keinen Sohn kriegt oder ...» Sie hielt inne, und obgleich ich ihre Worte nicht verstand, war doch der Ton in ihrer Stimme, der Seitenblick, den sie mir zuwarf, recht verwirrend. Nach kurzer Pause fuhr sie fort: «Heutzutage müssen die Menschen sich selber verteidigen. Und worüber beklagen sie sich denn eigentlich? Sie brauchen ja keine Miete zu bezahlen.»

«Julie hat sich nicht beklagt», sagte ich. «Sie hat nichts verlangt.»

«Das möchte ich auch hoffen. Sie hat ganz bestimmt irgendwo einen schönen Betrag versteckt. Ich wollte, ich hätte soviel!»

Ihre Einstellung gab mir zu denken. Ich spürte eine Enttäuschung. Julie, die so redlich, so offenherzig gewirkt hatte, wurde jetzt als geizig und habgierig dargestellt, und die Gräfin, eben noch heiter und großzügig, war mit einem Mal herzlos und ließ es an jeglichem Verständnis fehlen. Die Welle des Mitgefühls, das ich instinktiv für beide aufrichtig empfunden hatte, verebbte, und während Marie-Noël mir eine zweite Tasse Tee eingoß, begriff ich, daß es nicht die Gräfin war, die es an Verständnis fehlen ließ, sondern ich selber. Ich war sentimental. Ich wollte die Menschen gütiger, großherziger sehen, als sie es in Wirklichkeit waren. Das war ein Fehler von mir gewesen, ich sah es nun ein.

«Weißt du», sagte Marie-Noël, die sich plötzlich in unser Gespräch mischte, «es war sehr merkwürdig, als Maman und ich das Geschenk vor Tante Blanche aufmachten. Maman sagte: ‹Sei doch nicht so verstockt, Blanche, es kann dich ja nicht umbringen; und wenn Jean dir ein Geschenk mitgebracht hat, so bedeutet das eben, daß er noch immer etwas für dich empfindet und es dir auf diese Art mitteilen will.› Und Tante Blanche hat zu Boden geschaut, und dann, nach langer Zeit, hat sie gesagt: ‹Dann mögt ihr es öffnen. Ich habe nichts dagegen – für mich bedeutet es nichts.› Aber ich weiß bestimmt, daß sie doch neugierig war, weil sie die Lippen vorgeschoben hat, wie sie das manchmal tut. Und so haben wir das Paket aufgemacht, und als Maman die große Flasche Parfüm sah, da sagte sie: ‹Mein Gott, warum gerade das?› Und Tante Blanche mußte auch hinsehen, und weißt du, daß sie totenblaß geworden und auf der Stelle aus dem Zimmer gegangen ist? Ich sagte zu Maman: ‹Es ist doch keine Medizin wie für Onkel Paul! Was kann sie dagegen haben?› Und Maman sagte in so merkwürdigem Ton: ‹Ich fürchte, daß es doch ein Scherz war und noch dazu ein sehr grausamer.› Dann haben wir aber den Zettel gefunden, darauf Béla stand, und da sagte Maman: ‹Nein, es ist kein Scherz; es ist ein Irrtum. Das ist für jemand anderes.› Aber ich weiß noch immer nicht, warum sie alle beide gemeint haben, daß es grausam war.»

Ihre Worte schienen ein Loch in das Schweigen zu bohren. Auf seltsame Art waren das Kind und ich verbunden. Meine Ahnungslosigkeit und ihre Unschuld vereinten uns. Die Mutter starrte mich an, und in ihren Augen war etwas, das ich nicht ergründen konnte. Es war weder Verdammung noch Vorwurf, doch es war wie ein Raten; gewissermaßen ein staunendes Suchen, das eine Saite anschlug und merken ließ, obgleich es natürlich unmöglich war, daß ein innerer Sinn mein wirkliches Ich gespürt, ihr mein Geheimnis enthüllt, mich als Betrüger entlarvt hatte. Doch als sie sprach, waren ihre Worte an das Kind gerichtet.

«Weißt du, Kleine», sagte sie, «die Frauen sind manchmal sehr geheimnisvoll, besonders wenn eine so fromm ist wie deine Tante. Denk daran und werde nicht zu einer Fanatikerin wie sie.»

Plötzlich sah sie müde und alt aus. Alle Heiterkeit war aufgebraucht. Die Geste, mit der sie die Terrier vom Bett scheuchte, war verdrossen.

«Vorwärts», sagte ich zu Marie-Noël, «wir wollen den Teetisch aus dem Weg räumen.»

Wir rückten ihn an die Wand neben den Toilettentisch, auf dem ich eine große Farbfotografie von Jean de Gué zwischen den silbernen Bürsten erblickte. Eine eigentümliche Eingebung veranlaßte mich, nach dem Bett zu schauen, und da bemerkte ich, daß auch die Blicke der Mutter sich auf die Fotografie richteten, und in ihren Zügen war ein seltsam sinnender Ausdruck. Als unsere Blicke sich trafen, senkten wir gleichzeitig die Augen. Und gerade jetzt erschien Charlotte, gefolgt von dem Curé. Das Kind ging auf ihn zu und machte ihm einen Knicks.

«Guten Abend, Herr Curé», sagte sie. «Papa hat mir das Leben der ‹Kleinen Blume› geschenkt. Wollen Sie es sehen?»

Der alte Mann strich ihr über das Haar. «Später, mein Kind», sagte er. «Wenn ich nachher hinunterkomme, dann mußt du es mir zeigen.» Er trat ans Bettende und schaute auf das graue, erschöpfte Gesicht der Gräfin hinunter.

«Nun?» sagte er. «Geht's uns heute nicht gar so glänzend? Zuviel Aufregung gestern wahrscheinlich, dann eine schlechte Nacht und böse Träume. Der heilige Augustinus hat einiges darüber gesagt; er hat das auch gekannt.»

Er zog aus den Falten seiner Soutane ein Buch, und ich sah, wie die Gräfin mit äußerster Anstrengung ihre Aufmerksamkeit für seine Worte sammelte. Sie wies auf den Stuhl, von dem ich eben aufgestanden war, und der Curé legte seine Soutane zurecht und setzte sich.

«Darf ich bleiben?» flüsterte Marie-Noël, und ihre Augen funkelten erregt, als bäte sie um die Erlaubnis, einer Theateraufführung beizuwohnen. Ich wußte nicht, was von mir erwartet wurde, aber ich nickte, und da holte sie den Stuhl vom Toilettentisch und schob ihn neben den Geistlichen.

Ich verließ das Zimmer, ging hinunter, hinaus in den Park, wanderte über die Pfade, an der steinernen Artemis vorbei, die jetzt im schwindenden Licht grau und feierlich dastand. Das Schloß, von der Sonne bestrahlt ein Juwel, wirkte jetzt, da die Dämmerung nahte, düster, abschreckend. Dach und Türmchen, die sich mit dem Blau verschmolzen hatten, zeichneten sich vom abendlichen Himmel scharf ab. Was mußte das für ein Bollwerk gewesen sein, als noch Wasser den Graben gefüllt hatte! Welche trinkfesten, prahlenden Edelleute von Anjou mußten über die Zugbrücke getrabt sein, um zu jagen, zu kämpfen, zu töten? Glühende nächtliche Umarmungen, lange, schmerzliche Geburten, jäher Tod, das war es, was diese Mauern umschlossen hatten. Und jetzt, in einer andern Zeit, wieviel von all dem wiederholte sich, auf andere Art, mit verdrängten Gefühlen und dunklerer Gier?

Irgend jemand machte einen Rundgang um das Schloß, zog die Läden zu, die Glastüren, eine nach der andern, und daß auf diese Art der Abend ausgesperrt wurde, war gleichsam ein Symbol dafür, daß man sich in die Abgeschiedenheit des Hauses zurückzog. Was darin geschah, war tot, war zu Ende, nur das Vieh lebte noch, das neben mir weidete, und die Dohlen, die zu ihren Ruheplätzen flogen, und ein Hund, der im Dorf hinter der Kirche bellte.

Dieser zweite Abend meines Maskenspiels nahm Form und Inhalt an wie ein zweiter Schultag. Jetzt war ich mit meiner Umgebung bereits vertraut. Das Staunen hatte sich verflüchtigt. Meine Kühnheit, gestern noch ein berauschendes Gift, schien mir jetzt natürlich, und wenn ich eine Türe öffnete oder in ein Zimmer trat oder einem Mitglied der Familie gegenüberstand, empfand ich es nicht länger als Schock. Ich erkannte Geräusche, Gerüche, Stimmen, wußte, welcher Stuhl wem gehörte, lauschte den Glocken, ohne innerlich zu erschrecken, wusch meine Hände und fand das ganz selbstverständlich. Essen, trinken, nach einem Papier greifen, waren mit einem Mal Handlungen, die mich an und für sich interessierten, weil sie nicht meine, sondern Jean de Gués Handlungen waren. Die Seltsamkeit eines Traums ist dem Träumenden immer selbstverständlich, und ich begann, mich zwischen meinen Phantomen völlig unbefangen zu bewegen, die zu mir sprachen, mir zulächelten, mich übersahen. Der Ritus war bereits festgelegt; das Rad, das sich immer gedreht hatte, drehte sich weiter, und ich ließ mich ohne Protest von ihm tragen, wurde ein Teil des Ganzen.

Das Abendessen verlief schweigend. Wir waren nur vier bei Tisch. Marie-Noël hatte, wie ich erfuhr, schon um sieben ihre Suppe und ein Stück Kuchen bekommen und gesellte sich nicht zu uns, während Blanche, wie Gaston berichtete, zu fasten wünschte. Die Unterhaltung schleppte sich hin. Françoise, beim Mittagessen noch die Stütze des Gesprächs, sah müde aus und sprach nur ab und zu, mit geringem Interesse, von Alltagsthemen, damit das Schweigen nicht allzu drückend wurde: von Krankheiten im Dorf, vom Abendbesuch des Geistlichen, von einem Brief eines Cousins in Orléans, von Unruhen in Algier, von einem Eisenbahnunglück nördlich von Lyon. Die Gleichförmigkeit wirkte besänftigend auf mich. Françoises Stimme war hell und angenehm, wenn sie nicht klagte. Renée trug eine hochgeschlossene Bluse, die ihr gut stand, hatte das Haar zurückgestrichen, um ihre Ohren sehen zu lassen, und auf jede Wange ein wenig Rot aufgelegt; ob sie mich mit ihren Reizen bestricken oder mit ihrem Witz treffen oder mich gar eifersüchtig machen wollte, wenn sie plötzlich heiter auf Paul einredete, das wußte ich nicht. Der Plan, wenn ein Plan dahintersteckte, schlug fehl. Ich blieb ungerührt, und Paul merkte gar nicht, worauf sie aus war. Er war mit seinem Teller beschäftigt, aß geräuschvoll, grunzte aus vollem Mund eine Antwort, hob nur selten die Augen. Und kaum war die Mahlzeit beendet, schob er sich bereits einen Stuhl unter das beste Licht im Salon, zündete eine Zigarre an und verschwand hinter den Blättern des «Figaro» und des «L'Ouest-France». Marie-Noël kam im Schlafrock herunter, und sie, Françoise und ich – Renée saß auf dem Sofa mit einem Buch, dessen Seiten sie nie umblätterte – spielten Dame und Domino – ein friedliches Familientrio, das Abend um Abend, unzählige Male das Gleiche getan haben mußte, bis die Uhr neun schlug und Françoise gähnend erklärte: «So, Liebling, jetzt ist es Zeit zum Schlafengehen.»

Ohne sich zu zieren, stand das Kind auf, räumte die Spiele in eine Schublade, gab Onkel, Tante und Mutter einen Kuß, nahm meine Hand und sagte: «Komm, Papa.»

Das mochte der übliche Verlauf sein, meinte ich, und wir gingen die Treppe hinauf in das Kinderzimmer im Turm. Die Puppe war nicht länger vom Federhalter durchbohrt, sie war vom Martyrium erlöst worden und mußte jetzt die Rolle eines Büßers spielen, kniete vor einer umgedrehten Konservenbüchse, die als Beichtstuhl diente, während ein großer, windschiefer Donald Duck, dem ein Bein fehlte, die Rolle des Priesters spielte; der Matrosenhut war mit schwarzem Stoff überzogen, um der Kopfbedeckung des katholischen Geistlichen zu gleichen.

«Setz dich», befahl das Kind, dann zog es den Schlafrock aus, zauderte sekundenlang, bevor es, wie ich glaubte, an seinen improvisierten Betschemel treten würde, um seine Gebete zu verrichten.

«Willst du zusehen, wie ich mich kasteie?»

«Was meinst du damit?»

«Ich habe gesündigt, weißt du, als ich gestern abend sagte, ich würde mich umbringen. Ich habe das Tante Blanche erzählt, und sie hat gesagt, das sei sehr schlecht gewesen. Es ist noch zu früh, um zur Beichte zu gehen, und so habe ich beschlossen, mir selber eine Buße aufzuerlegen, die meiner Sünde angemessen ist.» Sie schlüpfte aus dem Nachthemd und stand mager und knochig vor mir. «Der Geist ist willig, aber das Fleisch ist schwach», sagte sie. Dann trat sie zum Büchergestell, kramte darin und zog eine kleine lederne Hundepeitsche mit verknotetem Ende hervor. Sie schloß die Augen, und dann, ehe ich noch begriffen hatte, was sie beabsichtigte, schlug sie sich über Rücken und Schultern. Es war keine Komödie. Instinktiv sprang sie in die Höhe und hielt vor Schmerz den Atem an.

«Laß das», sagte ich, stand auf und riß ihr die Peitsche aus der Hand.

«Dann tu du es», erwiderte sie. «Schlag du mich!»

Mit funkelnden Augen beobachtete sie mich; ich hob das Nachthemd auf, das sie auf den Boden geworfen hatte. «Zieh das an», sagte ich kurz, «und dann sag dein Gebet und geh ins Bett.»

Sie gehorchte, und die eifrige Bereitwilligkeit, mit der sie tat, was ich ihr befohlen hatte, war irgendwie noch schlimmer, als wenn sie trotzig gewesen wäre. Hinter der oberflächlichen Nachgiebigkeit war sie erregt, und wenn ich auch nichts von Kindern und ihren Spielen wußte, so schien mir diese Erregung doch unnatürlich.

Die Gebete vor der Kiste, die ihr einen Betschemel ersetzte, wollten kein Ende nehmen. Sie betete aber nicht laut, und so konnte ich nicht beurteilen, ob die übertriebene Andacht eine Vorspiegelung war oder nicht. Jetzt bekreuzigte sie sich, stand auf und kletterte demütig in ihr schmales Bett.

«Gute Nacht», sagte ich und bückte mich zu ihr, doch ob das ablehnende Gesicht, das sich mir zuwandte, eine weitere Buße für mich oder für sie bedeuten sollte, war unmöglich zu erkennen. Ich verließ das Zimmer, schloß die Türe hinter mir, betrachtete die abgenützte, verknotete Peitsche, wandte mich nach links und ging dann, einem plötzlichen Impuls folgend, zum Turmzimmer am äußersten Ende des ersten Korridors. Ich klopfte.

«Wer ist da?» fragte Blanche.

Ich antwortete nicht. Als ich noch einmal klopfte, hörte ich Schritte und das Geräusch eines Schlüssels, der sich im Schloß drehte; dann öffnete sich die Tür, und Blanche stand im Schlafrock vor mir, das Haar fiel ihr auf die Schultern und verlieh ihr das gleiche kindliche Aussehen wie Marie-Noël in ihrem Kinderzimmer. Der Ausdruck in ihren Augen – Verblüffung, Unruhe – vereitelte mein Vorhaben. Die Fehde zwischen ihr und ihrem Bruder ging mich nichts an. Des Kindes wegen aber konnte ich sie wenigstens warnen. Ich gab ihr die Peitsche und sagte: «Behalt das oder wirf es weg. Marie-Noël hat sie an sich selber versucht. Du solltest ihr sagen, daß das Geißeln den Teufel hineintreibt und nicht hinaus.»

Der Ausdruck in ihren Augen wurde zu so heftigem Haß, daß ich vor der jähen Wildheit in diesen blassen, beherrschten Zügen gefesselt, beinahe hypnotisiert dastand. Und dann, bevor ich noch ein Wort sagen konnte, hatte sie die Türe zugeschlagen und abgesperrt und ließ mich draußen auf dem Gang stehen. Ich hatte nichts Nützliches erreicht, sie vielleicht noch mehr gereizt. Langsam ging ich durch den Korridor, gequält, entsetzt bei dem Gedanken an diese Augen, die so giftig, so ohne Vergebung blickten und bestimmt einmal von Vertrauen erfüllt gewesen waren.

Als ich zum Treppenabsatz kam und mich fragte, welchen Weg ich jetzt einzuschlagen hatte, welches Benehmen jetzt von mir erwartet wurde, begegnete ich den dreien, die hintereinander die Treppe heraufkamen: Françoise, schwerfällig, mit bleiernen Augen und blaß, Renée, deren Wangen noch immer glühten und deren hochgeschlossene Bluse ihre neue Frisur zur Geltung brachte, und Paul, die Hand auf dem Lichtschalter, gähnend, eine Zeitung unter dem Arm. Sie schauten zu mir auf, und weil ich nicht, wie sie glaubten, einer von ihnen war, sondern ein Außenstehender, ein Fremder, der auf ihre Welt hinunterspähte, war es, als ob die drei nackt und ohne Maske vor mir stünden. Ich spürte die Angst in Françoise, die sich einen Atemzug lang glücklich gefühlt hatte, um gleich wieder in die Enttäuschung zurückgeworfen zu werden, und die sich nur durch ihre Zähigkeit nach diesem einen zauberhaften Augenblick aufrecht erhielt; Renée triumphierte, weil sie ihren Körper für schön hielt, Verlangen ausströmte, damit es ihr erwidert werde, immer neu aufflammte, immer unerfüllt blieb; während Paul sich verwirrt, müde, neidisch fragte, ob nicht ein Wunder geschehen könnte.

Wir sagten einander gute Nacht und trennten uns wie Paare bei der Quadrille. Während ich Françoise durch den Korridor folgte, legte ich mir leidenschaftslos die Frage vor, wie ich mich verhalten hätte, wenn nicht Françoise, sondern Renée Jean de Gués Frau gewesen wäre. Waren Anziehung und Abstoßung einander so verwandt, daß eine erzwungene Nähe den Abgrund zwischen ihnen überbrücken und sie vereinen könnte? Die Frage länger zu erwägen, blieb mir erspart, denn ich stellte fest, daß im Ankleidezimmer eine Veränderung vorgenommen worden war. Es stand jetzt ein Bett im Zimmer, ein Feldbett mit Kissen, Leintüchern, Decke. Eigenartig – mein erstes Gefühl war nicht Erleichterung, sondern Schuld. Was war geschehen? Was war da der Grund? Dann, als ich an die Kommode trat, sah ich dort die große Parfümflasche mit dem leuchtenden Etikett *Femme*. Sie war unberührt. Sekundenlang überlegte ich, dann ging ich durch das Badezimmer ins Schlafzimmer. Françoise saß am Toilettentisch und steckte ihr Haar auf.

«Willst du, daß ich im Ankleidezimmer schlafe?»

«Wäre es dir nicht lieber?»

«Mir ist es so oder so recht.»

«Das dachte ich.»

Sie setzte ihre Tätigkeit fort. Das, meinte ich, ist einer jener Zwischenfälle im Eheleben, die für eine Versöhnung, für Tränen, für endlosen Zank geschaffen sind, und es wäre nicht dazu gekommen, wenn ich nicht die Flasche *Femme* mitgebracht hätte, auf der so nachlässig ein B notiert gewesen war. Wir beide hatten die Sache verpfuscht, ihr Mann und ich, und da ich annahm, er hätte geschwiegen, so tat ich es auch.

«Schön», sagte ich, «dann schlafe ich eben im Ankleidezimmer.»

Ich kehrte ins Badezimmer zurück, ließ das Wasser laufen, und als ich mir die Zähne putzte und genau aufpaßte, welches meine Zahnbürste, welches mein Glas war, da war mir wieder zumute wie an einem jener halbvergessenen und doch seltsam vertrauten zweiten Abende in der Schule. Jetzt war mir die Einrichtung des Badezimmers nicht mehr fremd, das Wasser lief mit einem Geräusch, das nicht das heimatliche Geräusch war und doch zu einer festgelegten Lebensform gehörte, und als Françoise an mir vorbeiging, um ihre Gesichtscreme zu holen, ohne daß einer von uns ein Wort sagte, hätte sie ein Schlafkamerad aus einer vergangenen Zeit sein können, dem ich mich in der Zwischenzeit entfremdet hatte; ich fand es weder unangemessen noch auffallend, daß ich in Weste und Hosen war, während sie einen Schlafrock angezogen hatte. Ich gehörte jetzt zu der Atmosphäre des Badezimmers, und sie auch. Nur das Schweigen paßte nicht dazu, und als ich nachher in Pyjama und Schlafrock ins Schlafzimmer kam, um ihr gute Nacht zu sagen, und sie mir eine blasse, gleichgültige Wange bot, ohne eine Spur der Angst und der Tränen von gestern abend, da spürte ich nicht so sehr Erleichterung, als Schuld, die Schuld, weil die Sünden Jean de Gués sich durch seinen Sündenbock verzehnfacht hatten.

Wieder ging ich ins Ankleidezimmer und öffnete das Fenster. Heute regten sich die Kastanien nicht, keine Sterne glänzten, und im Turmzimmer wurde keine einsame Gestalt sichtbar. Als ich mich auf das Feldbett legte, eine Zigarette anzündete und daran dachte, daß dies meine zweite Nacht unter dem Dach des Schlosses war und daß achtundvierzig Stunden oder mehr vergangen waren, seit ich St. Gilles zum ersten Mal erblickt hatte, da wußte ich, daß alles, was ich gesagt oder getan hatte, mich immer weiter trieb, immer tiefer einbezog, immer enger an jenen Mann band, dessen Körper nicht mein Körper war, dessen Gedanken und Handlungen eine Welt für sich waren und dessen inneres Wesen dennoch ein Teil meines Wesens, ein Teil meines geheimen Ichs war.

11

Als ich am nächsten Morgen erwachte, wußte ich, daß ich etwas Bestimmtes zu tun hatte. Etwas Dringendes. Und da erinnerte ich mich an das Telefongespräch mit der Firma Carvalet und wie ich mich oder vielmehr die Glasfabrik in St. Gilles verpflichtet hatte, mit der Produktion zu den Bedingungen der Pariser fortzufahren, ohne auch nur die leiseste Ahnung von den Vermögensverhältnissen der Familie zu haben; alles, was ich besaß, war Jean de Gués Scheckbuch und der Name und die Adresse seiner Bank in Villars. Irgendwie mußte ich die Bank aufsuchen und mit dem Direktor reden, eine Ausrede für meine Unkenntnis erfinden. Er wäre bestimmt imstande, mir beiläufig nötige Auskünfte über die finanzielle Lage zu geben.

Ich stand auf und zog mich an, während Françoise noch immer in ihrem Zimmer das Frühstück einnahm; dann trank ich meinen Kaffee im Ankleidezimmer und versuchte mir vor meinem geistigen Auge die Michelinkarte und die Straße vorzustellen, über die wir von Le Mans hierhergekommen waren. Irgendwo an dieser Straße, bestimmt nicht mehr als fünfzehn Kilometer von St. Gilles entfernt, war Villars. Ich erinnerte mich, daß ich den Namen gesehen hatte, als ich mir die Fahrt von Le Mans nach Mortagne und La Grande-Trappe zurechtlegte. Jetzt hatte ich die Karte nicht mehr bei mir, doch der Ort sollte unschwer zu finden sein. Als Gaston ins Ankleidezimmer kam, um meine Kleider zu bürsten, sagte ich ihm, daß ich nach Villars zur Bank fahren wolle und den Wagen brauche.

«Um welche Zeit wünscht der Herr Graf nach Villars zu fahren?» fragte Gaston.

«Das ist mir gleichgültig. Gegen halb elf.»

«Dann werde ich den Renault um zehn bereithalten», sagte er, «und Herr Paul kann den Citroën nehmen.»

Ich hatte vergessen, daß noch ein zweiter Wagen zur Hand war. Das vereinfachte die Sache. Paul würde mir keine Fragen stellen, würde nicht vorschlagen, mich zur Bank zu begleiten, wie ich schon befürchtet hatte; dennoch hatte ich nicht mit den andern Bedürfnissen der Familie gerechnet. Gaston hatte wohl, wie das ja auch natürlich war, etwas von meiner Absicht verlauten lassen, denn als ich Kleingeld in die Tasche steckte und hinuntergehen wollte, klopfte das Stubenmädchen an die Tür.

«Verzeihung, Herr Graf», sagte sie, «aber Madame Paul läßt fragen, ob sie nach Villars mitfahren kann. Sie muß zum Friseur.»

Wenn doch Madame Paul nur wieder einen Anfall von Migräne hätte! «Weiß Madame Paul, daß ich um zehn Uhr fahre?»

«Ja, Herr Graf, sie hat ihre Verabredung auf halb elf angesetzt.»

War das nun ein wohlüberlegter Plan, um mit mir zusammen zu sein? Ich sagte Germaine, daß ich Madame Paul selbstverständlich zum Friseur bringen würde, und dann, einer plötzlichen Eingebung folgend, ging ich durch das Badezimmer ins Schlafzimmer, wo Françoise noch immer im Bett saß.

«Ich fahre nach Villars», sagte ich; «willst du mitkommen?»

Dann erinnerte ich mich daran, daß bestimmt jeder Ehemann seiner Frau am Morgen einen Kuß gibt, auch wenn er in der Nacht von ihrer Seite verbannt worden war, und so trat ich ans Bett, küßte sie und fragte, wie sie geschlafen habe.

«Ich hatte keine Ruhe», sagte sie. «Es war gut für dich, daß du das Feldbett daneben hattest. Nein, ich kann nicht nach Villars fahren. Ich bleibe im Bett. Irgendwann im Lauf des Vormittags kommt Doktor Lebrun. Warum mußt du denn fahren? Ich hatte gehofft, du würdest mit ihm reden.»

«Ich muß zur Bank», sagte ich.

«Das könnte doch Gaston für dich besorgen, wenn du Geld brauchst.»

«Darum geht es nicht. Ich muß etwas Geschäftliches besprechen.»

«Soviel ich weiß, ist Péguy immer noch krank», sagte sie. «Ich weiß nicht, wer ihn vertritt. Der Buchhalter wahrscheinlich. Er wird dir nicht viel nützen können.»

«Darauf kommt es nicht an.»

«Wir sollten uns doch endlich entschließen, ob ich zur Entbindung nach Le Mans fahre oder nicht.» Wieder war der klagende Ton in ihrer Stimme, der gekränkte Ton der Frau, die sich vernachlässigt fühlt.

«Und was wäre dir lieber?»

Resigniert zuckte sie die Achseln. «Ich möchte, daß du den Entschluß faßt», sagte sie. «Ich wünschte, dieser ganze Druck wäre von mir genommen, und ich müßte mir keine Sorgen mehr machen.»

Ich wandte meinen Blick von den anklagend auf mich gerichteten Augen ab.

Das war vermutlich die Stunde für Probleme, für Vertraulichkeit, für die Erörterung der zahlreichen kleinen Schwierigkeiten des Alltags, die ein Ehemann mit seiner Frau teilen muß. Doch da es nicht meine Probleme waren und ich die Stunde nicht gewählt hatte, störte es mich, daß sie das alles gerade jetzt zur Sprache brachte, da ich nichts anderes vor mir sah als die Notwendigkeit, zur Bank zu fahren.

«Doktor Lebrun ist gewiß der richtige Mann, wir werden uns ganz nach seinem Rat richten.»

Schon während ich sprach, wußte ich, daß ich mich falsch verhielt. Nicht das war es, was sie gemeint hatte. Sie bedurfte einer Beruhigung, sie fühlte sich einsam. Verzweifelt drängte es mich, ihr zu sagen: «Sieh, ich bin nicht dein Gatte, ich kann dir nicht sagen, was du tun sollst...»

Damit wäre die Bürde der Schuld von mir genommen worden. Statt dessen warf ich ihr gewissermaßen einen Bissen hin, versuchte mein Gewissen zu beschwichtigen und sagte: «Ich werde nicht lange fortbleiben. Wahrscheinlich bin ich wieder hier, bevor er gegangen ist.»

Darauf erwiderte sie nichts. Germaine kam, um das Frühstückstablett zu holen, und hinter ihr Marie-Noël, die uns guten Morgen wünschte, jedem einen Kuß gab und sogleich erklärte, sie wolle auch nach Villars mitfahren. Damit waren Renées Absichten vollkommen durchkreuzt. Wieso war ich nicht selber darauf gekommen?! Als ich sagte, ja, sie könne mitfahren, da sah das Kind mich mit funkelnden Augen an und zappelte, während seine Mutter ihr das Haar bürstete.

«Heute ist Markttag», sagte Françoise. «Du darfst nicht ins Gedränge gehn, sonst kannst du dir etwas holen. Flöhe, wenn nicht noch Schlimmeres. Jean, laß nicht zu, daß sie sich auf dem Markt herumtreibt.»

«Ich werde mich schon um sie kümmern», sagte ich. «Und am Ende ist ja auch Renée da.»

«Renée? Warum?»

«Tante Renée hat eine Verabredung beim Friseur», sagte Marie-Noël. «Kaum hat sie gehört, daß Papa nach Villars fährt, da ist sie auch schon in Tante Blanches Zimmer gegangen und hat angerufen.»

Ich vernahm noch, wie das Kind etwas davon sagte, daß Tante Renée «für die Jagd» gut aussehen wolle, doch ich hörte nicht mehr zu. Meine Gedanken hafteten daran, daß der zweite Telefonanschluß offenbar in Blanches Zimmer war. Blanche also hatte den Hörer abgehoben, hatte zugehört, während ich mit Paris telefonierte. Wieviel hatte sie gehört?

«Ich will versuchen, Doktor Lebrun festzuhalten, bis du wieder hier bist», sagte Françoise, «aber du weißt, er kann nie sehr lange bleiben.»

«Warum kommt er denn?» fragte Marie-Noël. «Was will er hier machen?»

«Er kommt, um die Herztöne deines Brüderchens zu hören», sagte Françoise.

«Und wenn er nichts hört – heißt das, daß mein Brüderchen tot ist?»

«Nein, natürlich nicht! Sei doch nicht so töricht! Und jetzt mach, daß du weiterkommst!»

Die Kleine schaute ängstlich von einem zum andern, und dann machte sie plötzlich, ohne ersichtlichen Grund, einen Handstand.

«Gaston sagt, daß ich sehr kräftig bin», erklärte sie. «Er sagt, die meisten Mädchen können überhaupt nicht auf den Händen stehn.»

«Gib acht...» warnte Françoise, doch es war zu spät. Die hochgereckten Füße verloren das Gleichgewicht, schlugen auf das Tischchen neben dem Kamin, warfen eine Katze und einen Hund aus Porzellan zu Boden und zerschmetterten sie endgültig. Sekundenlang war es still. Das Kind richtete sich auf, die Wangen dunkelrot, und sah die Mutter an, die im Bett saß und entsetzt die Katastrophe betrachtete.

«Meine Katze und mein Hund», sagte sie, «meine liebsten

Stücke! Meine Mutter hat sie mir geschenkt, ich habe sie von daheim mitgebracht.»

Einen Augenblick lang dachte ich, der Schreck über den unglückseligen Zwischenfall würde zu groß sein, als daß sie darüber erbost sein könnte, doch der Ansturm der Gefühle mußte sie überwältigt, mußte alle Dämme gesprengt haben, und die Bitterkeit von Monaten, vielleicht von Jahren brach aus ihr hervor.

«Du abscheuliches Kind», rief sie, «mit deinen schrecklichen, plumpen Füßen! Jetzt hast du die einzigen Dinge zerbrochen, die ich in diesem Haus besitze, an denen ich hänge! Warum lehrt dein Vater dich nicht Zucht und Manieren, statt dir den Kopf mit all dem Unsinn von Heiligen und Visionen vollzustopfen?! Warte nur, bis du einen Bruder hast, dann wird er der Liebling sein und verzogen werden, und du kommst an die zweite Stelle; das wird dir und allen andern nur guttun. Und jetzt geht! Alle beide! Ich will euch nicht mehr sehen! Um Himmels willen, laßt mich jetzt allein...»

Das Kind war aschfahl geworden und lief aus dem Zimmer. Ich trat ans Bett.

«Françoise...» begann ich, doch sie schob mich von sich.

«Nein», stieß sie hervor. «Nein... nein... nein...!» Sie warf sich in die Kissen, begrub ihr Gesicht darin, und in meiner wenig ersprießlichen Bemühung, mich nützlich zu machen, irgend etwas Vernünftiges zu tun – mochte es auch zu spät sein –, hob ich die Bruchstücke der Porzellantiere auf und trug sie ins Ankleidezimmer, damit Françoises Blick, wenn sie wieder aufschaute, nicht auf sie fiel, denn das hätte sie nur aufs neue aufgeregt.

Mechanisch packte ich sie in das Papier der großen Parfümflasche, die noch immer auf der Kommode stand. Von Marie-Noël war nichts zu sehen; ich erinnerte mich an den gestrigen Abend, an die Peitsche, und – schlimmer noch – an die Drohung am offenen Fenster. Da eilte ich in jäher Angst über die Hintertreppe zum Turmzimmer hinauf. Doch als ich eintrat, bemerkte ich mit Erleichterung, daß das Fenster geschlossen war und daß sie sich auszog und ihre Kleider, säuberlich gefaltet, auf einen Stuhl legte.

«Was machst du denn?»

«Ich bin schlimm gewesen», sagte sie. «Muß ich nicht ins Bett gehen?»

Plötzlich sah ich die Welt der Erwachsenen durch die Augen des Kindes, sah die Macht dieser Welt, den Mangel an Logik und

Verständnis. «Ich glaube nicht», sagte ich. «Ich glaube nicht, daß das viel Zweck hat. Und schließlich bist du nicht schlimm gewesen; es war einfach Pech.»

«Aber nach Villars darf ich nicht mitfahren?»

«Warum nicht?»

Sie sah mich ungläubig an. «Das ist doch ein Vergnügen! Und man darf doch kein Vergnügen haben, wenn man etwas Wertvolles zerbrochen hat.»

«Du hast die Tiere nicht mit Absicht zerbrochen», erklärte ich ihr. «Das ist ein Unterschied. Jetzt müssen wir versuchen, sie wieder kleben zu lassen. Vielleicht finden wir in Villars ein Geschäft.»

Zweifelnd schüttelte sie den Kopf. «Ich glaube nicht, daß es eines gibt.»

«Wir wollen sehen.»

«Ich hätte nicht das Gleichgewicht verloren», sagte sie; «meine Hände sind schuld. Sie waren zu nahe beim Tisch, und da haben meine Gelenke nachgegeben. Draußen im Park hab ich das schon hundertmal gemacht.»

«Du hast dir eben nicht den richtigen Ort ausgesucht; das ist alles.»

«Ja. Darf ich mich wieder anziehen?»

«Ja. Und dann komm herunter, es ist beinahe zehn.» Ich ging ins Ankleidezimmer und holte die Scherben in ihrer Verpackung. Vor der Türe stand der Wagen, und in der Halle war Renée.

«Ich habe dich hoffentlich nicht warten lassen», sagte sie. Erwartung und Zuversicht lagen in ihrer Stimme, als sie jetzt an mir vorüber auf die Terrasse und die Stufen hinunterging. Die Art, wie sie ging, wie sie Gaston, der neben dem Wagen stand, guten Morgen sagte, verriet Erregung, Spannung. Der Vorhang ging auf, dieser Tag sollte ihr gehören! Dann aber kam Marie-Noël uns über die Terrasse nachgelaufen. Sie hatte weiße Baumwollhandschuhe an, und vom Handgelenk hing an einer Kette ein Handtäschchen aus Plastik. «Ich komm mit, Tante Renée», sagte sie. «Aber nicht zum Vergnügen. Ich muß dringende Besorgungen machen.» Noch nie hatte ich gesehen, daß ein Ausdruck sich so schnell von Freude in Bestürzung verwandelte.

«Wer hat denn gesagt, daß du mitkommen sollst?» rief Renée. «Warum bleibst du nicht bei deinen Aufgaben?»

Ich bemerkte Gastons Blick, und das Verständnis, das ich darin entdeckte, die richtige Erfassung der Situation, waren so ergötzlich, daß ich ihm gern die Hand gedrückt hätte.

«Tante Blanche ist es lieber, wenn wir am Nachmittag lernen», sagte Marie-Noël. «Und Papa freut sich, wenn ich mitfahre, nicht wahr, Papa? Darf ich vorn sitzen? Hinten wird mir übel.»

Eine Sekunde lang glaubte ich, Renée würde ins Schloß zurückkehren, so vollständig war ihre Enttäuschung; dann aber raffte sie sich auf und stieg, ohne mir einen Blick zu gönnen, in den Wagen.

Um die Straße nach Villars brauchte ich mir keine Sorgen zu machen. Die Wahrheit erwies sich wie gewöhnlich als einfachster Weg aus der Schwierigkeit.

«Wir wollen so tun», sagte ich zu Marie-Noël, «als ob ich ein Fremder wäre und den Weg nicht kenne, und du mußt mich führen.»

«Ja, ja!» sagte sie. «Das ist wunderbar!»

So bequem war das. Während wir durch St. Gilles fuhren und über Seitenstraßen durch die Landschaft, die grüngolden unter dem Oktoberhimmel schimmerte, dachte ich, wie leicht und gern Kinder sich in eine Welt der Phantasie einfügen und daß das Leben für sie nur durch diese Fähigkeit zur Selbsttäuschung erträglich ist; dadurch, daß sie die Dinge anders sehen, als sie wirklich sind. Hätte ich Marie-Noël die Wahrheit über mich verraten können, ohne ihren Glauben an Jean de Gué zu erschüttern, mit welcher Leidenschaft wäre sie zur Mitschuldigen geworden, was wäre sie einem Zauberer für eine Helferin geworden. In halbem Singsang verkündete das Kind jede Biegung, die ich nehmen mußte, während unser Passagier hinter uns sich still verhielt; nur einmal, als ich brüsk bremsen mußte, wurde sie ein wenig nach vorn geworfen, und ein erbittertes «Ach» verriet ihre Stimmung.

«Wir wollen Tante Renée beim Friseur absetzen und nachher den Wagen auf die Place de la République stellen», sagte Marie-Noël.

Ich machte vor dem kleinen Laden halt, in dessen Auslage ein Frauenkopf aus Wachs zu sehen war, gekräuselt und gelockt wie ein Schaf vor der Schur. Renée stieg aus, ohne ein Wort zu sagen.

«Wann bist du ungefähr fertig?» fragte ich. Doch sie gab keine Antwort und eilte fort, ohne sich auch nur umzusehen.

«Mir scheint, sie ist schlecht gelaunt», sagte Marie-Noël. «Warum eigentlich?»

«Kümmere dich nicht um sie! Du mußt mich führen! Vergiß nicht, daß ich hier fremd bin.»

Jetzt, da Renée fort war, fühlten wir uns von allem Zwang befreit, und meine und des Kindes Stimmung hob sich. Neben einer Reihe von Marktwagen fanden wir einen Parkplatz, und dann, allen Warnungen vor Flöhen zum Trotz, stürzten wir uns in das Gewimmel auf dem Platz neben der Kirche. Wir gingen von Bude zu Bude, von Stand zu Stand, und ich, in der warmen Sonne träge geworden, vergaß, weshalb ich nach Villars gekommen war, bis die Kirchenglocke halb zwölf schlug und mir zu meiner Bestürzung einfiel, daß die Bank ja um zwölf Uhr schloß und ich noch nichts erledigt hatte.

«Komm schnell», sagte ich und versuchte mich an den Namen der Bank zu erinnern.

«Papa», sagte das Kind, «wir haben uns noch nicht um Mamas zerbrochene Tiere gekümmert.»

Ich sah sie an und merkte, daß alle Fröhlichkeit aus ihrem Blick verschwunden war.

«Ja, das ist wahr», entgegnete ich. «Wir wollen das später besorgen. Die Bank ist wichtiger.»

«Aber die Geschäfte werden zu sein.»

«Da kann man nichts machen, das müssen wir eben riskieren.»

«Ob sie vielleicht in dem Geschäft bei dem Stadttor Porzellan kitten? Weißt du – dort, wo man Kerzenhalter verkauft.»

«Ich habe keine Ahnung», erwiderte ich. «Ich glaube nicht. Willst du jetzt im Wagen auf mich warten? In der Bank wird's sehr langweilig sein.»

«Das macht nichts. Ich komm lieber mit.»

Ich war nicht ganz sicher, ob es mir paßte, daß sie mit ihren scharfen Ohren alles hörte, was ich sagte.

«Weißt du», sagte ich, «es kann eine Weile dauern. Und es wird sehr viel geredet werden. Es wäre schon besser, wenn du hierbleiben würdest; du kannst aber auch zu Tante Renée gehen und bei ihr warten.»

«O nein», rief sie, «das ist noch schlimmer als die Bank. Ach, Papa, könnte ich nicht zu dem Geschäft gehen und fragen, ob sie das Porzellan kitten wollen? Und dann komme ich zu dir in die Bank.»

Erwartungsvoll schaute sie zu mir auf. Ich zögerte.

«Wo ist das denn? Ich habe es vergessen. Und wie ist's mit dem Verkehr?»

«Gerade beim Stadttor», erklärte sie ungeduldig. «Dort gibt's nie Verkehr; du weißt doch – neben dem Geschäft mit den Regenschirmen, und dann komme ich an der Kirche vorüber zur Bank, das sind nicht einmal fünf Minuten.»

Ich sah die Straße hinauf und hinunter, wo unser Wagen stand. Der prachtvolle gotische Turm der großen Kirche überragte die Bäume. Wohin die Kleine auch gehen mochte, sehr weit konnte es nicht sein.

«Schön», sagte ich, «da hast du das Paket. Gib jetzt aber acht.»

Ich sah ihr nach, und dann wandte ich mich nach links zu dem Gebäude an der Ecke, das offenbar die Bank war. Ich trat durch die Tür und fragte, stolz auf mein gutes Gedächtnis, nach Herrn Péguy.

«Ich bedauere, Herr Graf», sagte der Beamte, «aber Herr Péguy ist noch fort. Kann ich Ihnen mit etwas behilflich sein?»

«Ja», sagte ich. «Ich möchte meinen Kontostand sehen.»

«Welchen, Herr Graf?»

«Alle.»

Eine Frau, die hinter dem Schalter an einer Schreibmaschine saß, schaute auf und starrte mich an.

«Verzeihen Sie, Herr Graf», sagte der Beamte, «wollen Sie bloß den Stand sehen oder die Konten?»

«Ich möchte alles sehen», wiederholte ich.

Er verschwand, ich zündete eine Zigarette an, lehnte mich an den Schalter und lauschte dem Klicken der Schreibmaschine und dem langsameren Ticktack der Uhr an der Wand. Es war der vertraute, dumpfige Geruch aller Banken, und ich dachte an die vielen ähnlichen Filialen, wo ich, überall in Frankreich, kleine Reiseschecks eingelöst hatte; und jetzt versuchte ich wie ein Gangster die Geheimnisse eines andern Menschen auszuschnüffeln. Der Beamte kam mit einem Stoß Papieren in der Hand zurück.

«Vielleicht ist es Ihnen angenehm, im Büro Platz zu nehmen, Herr Graf», sagte er und führte mich in ein Zimmer mit einer Glastüre.

Er ließ mich mit den Papieren allein, und als ich Blatt um Blatt überflog, wurde mir bewußt, daß ich mit diesen Zahlenreihen ebenso wenig anfangen konnte wie mit den Rechnungen und Aufstellungen in der Fabrik. Dann erschien der Beamte wieder, um sich zu erkundigen, ob ich weitere Informationen wünschte.

«Ist das alles?» fragte ich. «Andere Papiere von mir haben Sie nicht?»

Er sah mich ein wenig verdutzt an. «Nein, Herr Graf; es sei denn, Sie möchten einen Blick in Ihren Safe werfen.»

«Hätte ich noch Zeit, einen Blick hineinzuwerfen, bevor Sie schließen?» fragte ich.

«Ja, gewiß.» Er verschwand abermals und kam mit einem Schlüsselbund zurück, und ich folgte ihm über eine lange Treppe in den Keller. Mit einem der Schlüssel öffnete er eine Tür, und jetzt waren wir in einem weiten, niedrigen Raum, an dessen Wänden sich die Safes reihten, jedes mit einer Nummer bezeichnet. Vor der Nummer siebzehn blieb er stehn, nahm einen andern Schlüssel von seinem Bund, steckte ihn in das Schloß und drehte ihn. Ich wartete, daß die Türe sich öffnete, doch statt dessen zog er den Schlüssel wieder heraus, trat zur Seite und sah mich fragend an. Da ich mich nicht rührte, sagte er erstaunt: «Hat der Herr Graf seine Schlüssel nicht mit?»

Verwünscht! Jetzt hatte ich mich lächerlich gemacht, weil ich nicht wußte, was von mir erwartet wurde! Ich griff in die Tasche und zog Jean de Gués Schlüsselbund heraus. Einer der Schlüssel – länger und größer als die andern – schien mir der richtige zu sein. Mit einer Sicherheit, die in den Augen des Beamten gewiß ebenso falsch wirken mußte wie in meinen eigenen, trat ich an den Safe, steckte den Schlüssel in das Schloß und, Gott sei Dank, er drehte sich, und die Safetür ging auf.

Der Beamte sagte etwas davon, daß er es dem Herrn Grafen überlassen wolle, die gewünschten Papiere herauszunehmen, und verzog sich. Im Safe lagen nur Bündel von Papieren, jedes mit einer Schnur umwickelt. Seltsam enttäuscht nahm ich sie heraus. Ein Dokument erregte meine Aufmerksamkeit; «Ehekontrakt von Françoise Bruyère» stand darauf, und ich begann gerade die Schnur aufzubinden, als der Beamte wiederkam.

«Ihr kleines Mädchen ist draußen», meldete er, «ich soll Ihnen sagen, daß mit dem Porzellan alles erledigt sei, und ob sie mit Madame Yves im Wagen zurückfahren dürfe.»

«Was?» fragte ich ungeduldig, denn meine Gedanken waren bei den Papieren in meiner Hand.

Er wiederholte die Botschaft, aber ich verstand sie nicht und wollte nicht fragen, von was für einem Wagen er sprach oder wer Madame Yves sein mochte, denn das hätte ich ja offenbar wissen müssen.

«Schön, schön», erwiderte ich, «sagen Sie ihr, daß ich gleich komme.»

Jetzt hatte ich die Schnur gelöst, das Dokument entfaltet, und im Nu vergaß ich, daß ich mich im Gewölbe einer Bank aufhielt, denn hier fühlte ich mich, trotz der juristischen Wendungen, auf vertrautem Boden. Es war, als stöberte ich in den Archiven in Tours oder säße im Lesesaal des British Museum. «Ausschluß der ehelichen Gütergemeinschaft... Majorat... Nutznießung...» Hier waren sie alle, die Schwierigkeiten der französischen Ehegesetzgebung, jene Dinge, die ich so fesselnd und gleichzeitig so unverständlich fand; und ohne an die Zeit zu denken, setzte ich mich hin und fing an zu lesen.

Françoises Vater, ein Robert Bruyère, war offensichtlich ein reicher Mann gewesen mit wenig Vertrauen in die Solidität von Jean de Gué und weit entfernt von dem Wunsch, die unsichere Finanzlage der Familie in St. Gilles zu festigen. Ihre Mitgift, die beträchtlich war, wurde darum für den männlichen Erben angelegt, doch das Einkommen aus diesem Vermögen konnte während der Minderjährigkeit des besagten Erben von Gatte und Gattin gemeinsam verwendet werden. Sollte Françoise mit fünfzig keinen Sohn haben, so würde das angelegte Vermögen zwischen ihr und etwa vorhandenen Töchtern aus ihrer Ehe geteilt werden oder, wenn sie, vor Erreichung des fünfzigsten Lebensjahres, früher starb als ihr Gatte, zwischen diesem und den vorhandenen Töchtern. Das Wesentliche war, daß das Einkommen aus diesem ansehnlichen Vermögen von den Eltern erst nach Geburt eines männlichen Erben verwendet werden durfte, und wenn kein Sohn geboren wurde, so hatte niemand das Recht, auch nur einen Sou von diesem Geld anzurühren, bevor Françoise ein Alter von fünfzig Jahren erreichte – es sei denn, daß sie vorher starb. Am Tag der Eheschließung war dem Gatten eine beträchtliche Summe zum freien Gebrauch zugesprochen worden, doch sie betrug weniger als den vierten Teil der gesamten Mitgift.

Mehr als ein dutzendmal las ich das schwierige Dokument, und jetzt endlich begriff ich die Anspielungen, die Françoise und die andern auf die Vorteile gemacht hatten, wenn das nächste Kind ein Knabe sein sollte. Ich fragte mich, welche Laune ihren Vater veranlaßt hatte, sein Vermögen auf diese Art festzulegen, und ob Jean de Gué bei seiner Heirat einfach seinen Anteil genommen und sich darauf verlassen hatte, daß er einen Sohn haben werde. Arme Marie-Noël! Wenn ein Bruder auf die Welt kam, war nichts für sie da. Jean de Gué jedoch würde nur dann über die Hälfte des Kapitals verfügen, wenn es keinen Sohn gab und Françoise starb, bevor sie fünfzig geworden war...

«Entschuldigen Sie, Herr Graf, möchten Sie noch lange bleiben? Wir schließen um zwölf, wie dem Herrn Grafen gewiß bekannt ist, und es ist schon zwanzig nach zwölf.»

Mühsam fand ich in die Wirklichkeit zurück. Sekundenlang war es gewesen, als säße ich in dem großen Schlafzimmer im Turm und hörte die Stimme der Gräfin: «Wir sind verarmt... und so wird es bleiben, wenn Françoise keinen Sohn kriegt oder...» Jetzt verstand ich die Worte, obgleich der verborgene Sinn des Tonfalls, der verstohlene Blick mir noch immer ein Rätsel waren. Nur dunkel spürte ich, daß es zwischen uns ein starkes, unzerreißbares Band gab, eine geheime Welt von Mutter und Sohn, in die kein Außenstehender eindringen konnte; und der Doppelgänger, der ich selber war, zauderte an der Schwelle einer Entdeckung, suchte und hatte doch Angst vor dem, was er finden mochte.

«Ich komme», sagte ich. «Ich hatte gar nicht gemerkt, daß es schon so spät geworden ist.»

Ich legte die Dokumente wieder in den Safe, dabei fiel ein Papier heraus, das nicht im Bündel mit den andern, sondern anscheinend nur hastig hineingeschoben worden war, ich warf einen Blick darauf und sah, daß es sich um einen Brief handelte, den ein Anwalt namens Talbert vor zwei oder drei Wochen geschrieben hatte. Einzelne Wörter fielen mir auf: «Glasfabrik... Renten... Anlagen... Dividenden...» und da ich spürte, daß dies vielleicht der Schlüssel zu dem ganzen finanziellen Wirrwarr sein könnte, schob ich den Brief in die Tasche. Der Safe wurde nach dem üblichen Ritual geschlossen, und dann folgte ich dem Beamten aus dem Gewölbe die Treppe hinauf und in das kleine Büro.

Noch immer in Gedanken versunken, sah ich mich um; doch plötzlich erinnerte ich mich und fragte: «Wo ist denn das Kind?»

«Die Kleine ist doch schon vor längerer Zeit fort», war die Antwort.

«Fort? Wohin?»

«Sie haben doch gesagt, Herr Graf, ich solle ihr bestellen, sie könne mit der Frau im Wagen fahren.»

«Ich habe nichts dergleichen gesagt!»

Das sagte ich scharf. Ich war wütend über mich und über ihn, und er wiederholte gekränkt die Worte, die ich gebraucht hatte, und gab ihnen eine Auslegung, die mir nie in den Sinn gekommen war. Ich merkte, daß meine Ungeduld an allem schuld war – ich hatte schnell, gedankenlos geantwortet, weil es mich drängte, das Dokument zu lesen.

«Wer war diese Frau, von der Sie gesprochen haben? Wohin ist sie gegangen?» fragte ich. Meine ganze Verantwortung wurde mir bewußt, und schon sah ich Zigeuner, Kidnapper, kleine Mädchen im Wald ermordet vor mir. «Ich glaube doch, daß es einer Ihrer eigenen Wagen aus der Fabrik war, Herr Graf. Einige Arbeiter waren am Bahnhof gewesen, das Kind schien das als ganz selbstverständlich anzusehen. Es kletterte auf den Vordersitz neben die Frau.»

Da war nichts zu machen. Entweder würde Marie-Noël sicher im Schloß abgeliefert oder im Wald ermordet werden. Wenn etwas schiefging, traf mich die Schuld.

Der Beamte öffnete mir die Tür und verschloß sie hinter mir. Ich wandte mich nach links, ging über den Platz auf die Kirche zu, denn am Ende mußte ich doch feststellen, was mit den zerbrochenen Porzellantieren geschehen war. Marie-Noël hatte etwas vom Stadttor gesagt. Wo aber war das Stadttor? Ich ging in die Richtung, die sie eingeschlagen hatte, am Auto vorbei, und obgleich ich verwirrt und besorgt war, erschloß sich mir dennoch die Schönheit des Städtchens, der eigenartige Reiz der Kanäle, die sich friedlich an den alten Häusern vorüberschlängelten, der kleinen Brücken, die über das Wasser zu Hintergärten führten. Ich kam schließlich zum Stadttor selbst, dem alten Tor der einst befestigten Stadt, wo eine steinerne Brücke die frühere Zugbrücke ersetzte. Unter dem Bogen ging ich hindurch und kam zu der Straße, die offenbar die wichtigste Geschäftsstraße des Ortes war, und sogleich sah ich zu meiner Rechten das Haus, von dem das Kind gesprochen haben mußte, ein Antiquitätengeschäft mit Porzellan und Silber in der Auslage. Die Tür aber war zugesperrt, und ein Zettel belehrte mich, daß das Geschäft von zwölf bis drei Uhr geschlossen blieb.

Ich wandte mich ab, und da sah ich, daß ein Mann mich von einem Laden gegenüber beobachtete.

«Guten Tag, Herr Graf», sagte er. «Suchen Sie Madame?» Ich war also bekannt; aber ich wollte mich auf nichts einlassen.

«Es ist nicht weiter wichtig», sagte ich.

Ein leises Lächeln huschte über sein Gesicht. Er war unleugbar erheitert. «Ich möchte nicht indiskret sein», sagte er, «aber Madame kann die Glocke nicht hören, wenn die Türe zu ist. Sie sollten den Garteneingang benützen.»

Noch immer lächelte er, freute sich offenbar, daß er mir gefällig sein konnte, aber ich hatte nicht die Absicht, durch irgendeinen Hintergarten zu gehen und die alte Antiquitätenhändlerin zur geheiligten Siestastunde zu stören. Ich bedankte mich bei ihm, ging wieder durch das Stadttor, und als ich aus bloßer Neugier nach links schaute, sah ich, wie die Läden und Häuser der engen Hauptstraße mit der Hinterfront am Kanal lagen und daß das Haus, das zum Antiquitätenladen gehörte, in Wirklichkeit ein kleines Haus aus dem achtzehnten Jahrhundert war, mit Balkon und einem Gartenstreifen am Kanal gelegen wie ein Miniaturpalazzo in Venedig. Die Fenster standen weit offen, und auf dem Balkon war ein Käfig mit Wellensittichen. Eine schmale Holzbrücke führte von der Straße in den Garten. Während ich stehenblieb, um mir eine Zigarette anzuzünden, trat jemand auf den Balkon, um die Vögel zu füttern.

Ich trat an die Brücke und kam mir außerordentlich verwegen vor. «Entschuldigen Sie, Madame», rief ich, «ist meine Tochter etwa heute früh bei Ihnen im Geschäft gewesen?»

Die Frau drehte sich um, und dann brach sie zu meiner Überraschung in ein lautes Gelächter aus.

«Du Idiot», sagte sie. «Ich dachte, du wärst nach Hause gefahren. Was lungerst du denn an der Straßenecke herum und machst dich lächerlich?»

Die Vertraulichkeit, der unverhoffte Gebrauch des «Du» brachten mich aus dem Gleichgewicht. Ich konnte sie nur anstarren und mich fragen, welche Antwort jetzt meiner Rolle entspräche. Sie sah nach rechts am Stadttor vorbei; die Straßen waren leer.

«Kein Mensch in der Nähe», sagte sie. «Komm nur herein!»

Jean de Gué hatte in Villars offenbar einen eigentümlichen Ruf. Ich zögerte, dann aber führte ein Blick auf den Platz die Entscheidung herbei. Ich entdeckte Renée, die ich vollkommen vergessen hatte. Sie war natürlich längst beim Friseur fertig und durchstreifte auf der Suche nach mir den Ort. Plötzlich kam mir in den Sinn, daß ich jetzt, da Marie-Noël mit einem Wagen verschwunden war, mit Renée allein nach St. Gilles zurückfahren müßte. Ich saß in der Falle. Die Frau in der blauen Jacke war meinen Blicken gefolgt und erkannte das Dilemma. «Rasch», sagte sie, «sie hat dich noch nicht gesehen.»

Ich eilte über die kleine Brücke, und noch immer lachend ließ sie mich gleich darauf eintreten.

«Glück gehabt», sagte sie. «Eine Sekunde später hätte sie uns erwischt.»

Sie schloß die Glastür und wandte sich lächelnd zu mir. «Dein Kind ist ganz entzückend», sagte sie, «aber es war doch nicht recht von dir, daß du die Kleine zu mir geschickt hast. Und warum, um Himmels willen, hast du die zerbrochenen Figuren in Papier gewikkelt und eine Karte für mich beigelegt? Ich werde mich um dein zerbrochenes Porzellan kümmern und um alles, was du mir aus St. Gilles zu schicken geruhst, aber verwende bitte nicht dein Kind oder deine Frau oder deine Schwester als Botin; damit machst du sie lächerlich, und ich habe doch zuviel Respekt vor deiner Familie!»

Sie steckte die Hand in die Tasche und holte eine zerdrückte Karte heraus. Darauf stand geschrieben: «Für meine schöne Béla von Jean.» Hund und Katze aus Porzellan lagen in Scherben auf dem Tisch. Das einzige Stück, das fehlte, war die Riesenflasche «Femme».

12

Auf einem Tisch stand eine Obstschale, an der Wand ein Büchergestell, und über dem Kamin hing eine Zeichnung von Marie Laurencin. Bequeme Lehnstühle standen überall umher, und auf einem putzte eine Perserkatze sich die Pfoten. Neben der Balkontür stand ein niedriger Tisch mit Malutensilien darauf, kleine Pinsel und ein besonderes Papier. Es roch im Zimmer nach Aprikosen.

«Was machst du denn mitten am Tag in Villars?» fragte sie.

«Ich war in der Bank», erwiderte ich, «und habe nicht auf die Uhr geschaut. Ich sollte ein Mitglied der Familie beim Friseur abholen.»

«Damit hat's dir nicht sehr geeilt. Bummelt sie so gerne durch die Straßen?» Sie trat an ein Büfett und kam mit einer Flasche Dubonnet und zwei Gläsern zurück. «Und wo ist die Kleine?»

«Ich weiß nicht. Sie ist mit ein paar Arbeitern in einem Wagen verschwunden.»

«Das spricht für guten Geschmack. Du hast sie nicht schlecht erzogen. Willst du mit mir zu Mittag essen? Es ist alles da – Schinken, Salat, Käse, Obst und Kaffee.»

«Wie kann ich das? Wenn doch meine Schwägerin draußen auf mich wartet!»

Sie trat an die Balkontür, öffnete sie und schaute hinaus. «Sie ist nicht mehr da. Wenn sie halbwegs vernünftig ist, setzt sie sich in den Wagen, und wenn sie das Warten satt hat, fährt sie nach St. Gilles zurück.»

Konnte Renée überhaupt Auto fahren? Mir war es gleichgültig. Ich setzte mich in einen der Lehnstühle und schlürfte den Dubonnet. Mit einem Mal fühlte ich die ganze Verantwortung von mir abfallen und war es zufrieden, die Dinge ihren Lauf nehmen zu lassen. Zu viele Frauen gab es in Jean de Gués Leben.

«Du kannst dir vorstellen, wie mir zumute war», sagte sie, «als Vincent heute früh zu mir kam und berichtete, deine kleine Tochter sei im Laden gewesen und habe gefragt, ob wir etwas sehr Wertvolles, das ihrer Mutter gehört, reparieren könnten. Ich konnte mir gar nicht ausdenken, was da geschehen sein mochte. Eine Sekunde lang glaubte ich, deine Frau könnte entdeckt haben, daß ich die Miniatur gemalt habe. Wie steht's übrigens mit der Miniatur? Hast du sie ihr gegeben? Und hat sie ihr gefallen?»

Ich überlegte meine Worte gut und versuchte mir über die Reihenfolge der Ereignisse klarzuwerden.

«Ja», sagte ich. «Ja, ich hatte großen Erfolg damit. Sie war ganz entzückt.»

«Und wie hast du die Fassung bekommen, von der ich dir erzählt habe? Nach meinem Anruf hat man das Medaillon für dich reserviert?»

«Ja, ja; alles hat tadellos geklappt.»

«Ich bin so froh darüber. Es war eine großartige Idee von dir, und sie muß dir in einem deiner lichteren Augenblicke gekommen sein. Das Kind hat nichts davon gesagt, und so habe ich natürlich auch geschwiegen. Sie sagte, ihre Mutter habe sich heute früh sehr aufgeregt, weil die beiden Porzellantiere in Scherben gingen, es müssen also sehr wertvolle Stücke sein. Reparieren lassen sie sich natürlich nicht, aber ich kann aus Paris die gleichen Stücke kommen lassen. Es ist Kopenhagen – das hast du doch wohl gemerkt, nicht? Komm, essen wir, ich bin hungrig.»

Sie deckte den Tisch, zog ihn zu meinem Stuhl, und ich fand, dies sei die angenehmste, zwangloseste Stunde, seit ich meine Rolle übernommen hatte. Man konnte das als Geschenk des Schicksals ansehen, das bisher seine Huld nicht gerade an mich verschwendet hatte. Der einzige Haken war die Geschichte mit Renée, die jetzt durch die Straßen von Villars streifte und von Sekunde zu Sekunde wütender wurde.

Jean de Gués Béla muß meine Gedanken geahnt haben, denn sie sagte: «Gleich nach dem Mittagessen wird Vincent zurück sein. Dann soll er nachsehen, ob sie im Wagen sitzt. Hast du ihn auf der Place de la République abgestellt?»

«Ja.» Aber ich war mir dessen nicht so sicher.

«Mach dir keine Sorgen. Sie wird schon heimfahren. Das wenigstens würde ich an ihrer Stelle tun. Und dann kann Gaston den Wagen wieder herbringen. War das nur ein Scherz, als du gesagt hast, die Kleine sei mit einem Wagen davongefahren?»

«Nein, es ist wahr. Man hat es mir in die Bank gemeldet.»

«Du hast es jedenfalls mit großer Ruhe aufgenommen.»

«Es war wohl ein Wagen aus der Fabrik. Und was hätte ich tun sollen? Als ich aus dem Keller kam, war sie samt dem Wagen verschwunden.»

«Was hast du im Keller getan?»

«Ich habe in meinen Safe geschaut.»

«Das muß ja ein Schlag für dich gewesen sein!»

«Ja, das war's.»

Ich aß den Schinken, ich aß Salat, ich brach Brot und dachte bei mir, wieviel angenehmer doch das Mittagessen heute, mit dieser Frau mir gegenüber, war als gestern im Eßzimmer des Schlosses. Und das brachte mich auf das eine noch nicht übergebene Geschenk.

«Auf der Kommode im Ankleidezimmer in St. Gilles steht eine Flasche Parfüm für dich», sagte ich.

«Schönen Dank. Soll ich es vielleicht holen gehen?»

Ich erzählte ihr ohne Umschweife von dem Versehen wegen des Buchstabens «B». Und jetzt konnte ich schon darüber lachen.

Sie sah bestürzt drein. «Ich verstehe gar nicht, wie das geschehen konnte, da du doch kein Wort mit deiner Schwester sprichst. Oder hattest du ihr wirklich etwas mitgebracht, um sie zu versöhnen?»

«Nein», erwiderte ich. «Mein Hirn hat einfach nicht richtig funktioniert. Ich hatte am Tag vorher in Le Mans zuviel getrunken.»

«Du mußt verrückt und stockbesoffen gewesen sein, um so eine Dummheit anzurichten.»

«Ich war beides.»

Sie hob die Brauen.

«Die Reise nach Paris ist erfolglos gewesen?»

«Vollkommen erfolglos.»

«Die Carvalets wollen nicht mitmachen?»

«Sie wollten den Kontrakt nicht zu unseren Bedingungen verlängern. Ich kam zurück und erzählte meinem Bruder Paul, sie hätten es doch getan. Meine Familie und die Arbeiter in der Fabrik, alle glauben, daß ich es durchgesetzt habe. Gestern habe ich telefonisch die Verhandlungen wieder aufgenommen, und das Ergebnis ist eine Verlängerung des Kontraktes zu ihren Bedingungen. Das weiß kein Mensch außer mir. Und darum bin ich heute früh in die Bank gegangen – ich wollte wissen, ob ich den Verlust verkraften kann. Die Antwort kenne ich noch nicht.» Ich schaute vom Teller auf und sah die großen blauen Augen auf mich gerichtet.

«Was meinst du damit, daß du die Antwort nicht kennst?» fragte sie. «Natürlich kennst du sie! Bevor du nach Paris gefahren bist, hast du mir doch gesagt, daß die Fabrik mit Verlust arbeitet und daß ihr schließen würdet, wenn die Carvalets nicht auf eure Bedingungen eingehen.»

«Ich will aber nicht schließen», sagte ich, «es wäre nicht fair den Arbeitern gegenüber.»

«Seit wann kümmerst du dich um die Arbeiter?»

«Seit ich in Le Mans zuviel getrunken habe.»

An einer Tür, in einiger Entfernung, hörte man ein Geräusch. Sie stand auf und ging zur Vorzimmertür. «Sind Sie's, Vincent?»

«Ja, Madame.»

«Gehen Sie und sehen Sie doch nach, ob der Wagen des Grafen de Gué auf der Place de la République ist und ob eine Dame drin sitzt.»

«Sofort, Madame.»

Sie brachte mir die Obstschale und den Käse und schenkte mir noch ein Glas Wein ein.

«Du hast anscheinend seit deiner Rückkehr ein schreckliches Durcheinander angerichtet. Wie willst du das jetzt wieder in Ordnung bringen?»

«Ich habe keine Ahnung. Ich lebe von einem Tag zum andern.»

«Das hast du jetzt schon ziemlich lange getan.»

«Und jetzt tu ich es noch mehr. Genaugenommen von einer Minute zur andern.»

Sie schnitt eine Scheibe Käse ab und reichte sie mir.

«Weißt du, es ist gar nicht schlecht, von Zeit zu Zeit eine Bilanz seines Lebens zu ziehen. Festzustellen, wo man's falsch gemacht hat. Manchmal frage ich mich, warum ich immer noch hier in Villars bleibe. Der Laden ernährt mich kaum, und ich lebe hauptsächlich von dem, was Georges mir hinterlassen hat, und das ist heutzutage sehr wenig.»

War Georges vielleicht der Gatte? Ich mußte wohl irgendeine Bemerkung dazu machen.

«Warum bleibst du hier?» fragte ich.

Sie zuckte die Achseln. «Vermutlich aus Gewohnheit, ich fühle mich hier wohl. Und ich habe das kleine Haus gern. Wenn du glaubst, ich bliebe deiner gelegentlichen Besuche wegen, so schmeichelst du dir.»

Sie lächelte, und ich fragte mich, ob sich Jean de Gué wirklich nur schmeichelte. Wie dem auch sein mochte, das Ergebnis war nicht unangenehm.

«Glaubst du nicht, daß deine plötzliche Sentimentalität für die Fabrik daher kommt, daß sie schließlich zweihundertfünfzig Jahre alt ist und du vielleicht doch einen Sohn bekommst?»

«Nein», sagte ich.

«Bist du ganz sicher?»

«Unbedingt. Mein Gefühl für die Fabrik kommt daher, daß ich sie gestern mit neuen Augen betrachtet habe. Zum ersten Mal habe ich die Männer bei der Arbeit beobachtet. Es ist mir klargeworden, daß sie einen gewissen Stolz darein setzen und auch für den Eigentümer etwas empfinden. Wenn die Fabrik schließt, werden sie, abgesehen davon, daß sie ihre Arbeit verlieren, auch noch das Gefühl haben, daß er sie enttäuscht hat.»

«Es ist also Stolz?»

«Vermutlich; eine Art Stolz.»

Sie begann eine Birne zu schälen und reichte mir ein Viertel nach dem andern. «Es war ein Fehler, daß du so viel von der Verwaltung deinem Bruder überlassen hast. Wenn du nicht so höllisch faul wärst, würdest du es selber tun.»

«Daran habe ich auch gedacht.»

«Und ist es jetzt zu spät, um damit anzufangen?»

«Viel zu spät, ich könnte es ja gar nicht.»

«Unsinn. Du bist doch damit aufgewachsen. Auch wenn du nicht das geringste Interesse daran hattest, müßtest du doch etwas aufgeschnappt haben. Manchmal frage ich mich ...» Sie hielt inne und begann einen Apfel zu schälen.

«Was fragst du dich?»

«Nein ... das hieße dich aushorchen, und das tue ich nie.»

«Nur zu», sagte ich. «Ich bin neugierig. Ich möchte ausgehorcht werden.»

«Ich frage mich nur manchmal, ob dein Mangel an Gefühl für die Fabrik nicht daher kommt, daß du nicht zu tief in die Dinge eindringen willst. Du willst nicht daran erinnert werden, was mit Maurice Duval geschehen ist.»

Ich schwieg. Jetzt war ich einer Enthüllung auf der Spur. Dieser Jacques in der Fabrik hatte von Maurice Duval gesprochen – er war der Mann, der im Fotoalbum neben Jean de Gué stand.

«Das könnte sein», sagte ich nach kurzer Pause langsam.

«Siehst du?» fragte sie halblaut. «Du willst gar nicht, daß ich dich aushorche.»

Es war, im Gegenteil, von höchster Wichtigkeit für mich, möglichst viel von Jean de Gué in Erfahrung zu bringen. Aber nicht auf die Gefahr hin, einen neuen Schnitzer zu machen.

«Nein», sagte ich, «das ist nicht richtig. Sprich ruhig weiter davon.»

Zum ersten Mal wandte sie ihre Blicke von mir ab und schaute über mich hinweg in die Ferne.

«Die Besetzung liegt jetzt fünfzehn Jahre zurück, sein Teil daran», sagte sie. «Doch die Leute erinnern sich noch immer an ihn – was für ein prächtiger Mensch er war, und wie er starb. Da können die daran Beteiligten kaum ihren Seelenfrieden finden.»

Es wurde an die Tür geklopft, und ein magerer kleiner Mann mit Baskenmütze schaute ins Zimmer. Als er mich sah, lächelte er.

«Guten Tag, Herr Graf», sagte er. «Freut mich, Sie zu sehen, wie geht es Ihnen?»

«Sehr gut, danke.»

«Im Wagen war keine Dame. Aber auf dem Sitz habe ich diese Nachricht gefunden.»

Er reichte mir mit einer Verbeugung ein Blatt Papier. Es waren nur wenige, aber ganz eindeutige Worte: «Fast eine Stunde habe ich Dich und Marie-Noël gesucht. Jetzt nehme ich einen Wagen, der mich nach St. Gilles zurückbringt. R.»

Ich reichte meiner Gastgeberin das Blatt.

«Jetzt hast du Zeit», sagte sie. «Vincent, seien Sie nett und bringen Sie die Sachen hier in die Küche, ja?»

«Gern, Madame.»

«Wie lange haben wir jetzt Ruhe? Ich bis drei. Und du, solange du bleiben magst. Willst du noch ein Kissen?»

«Nein, nein, so ist es sehr gut.»

Sie räumte den Tisch ab und holte Zigaretten und Kaffee. «Mir ist's eigentlich lieb, daß du so plötzlich dein Herz für die Fabrik entdeckt hast; es zeigt, daß du doch mehr Gefühl hast, als du zugeben willst. Aber wie kannst du es dir leisten, die Fabrik weiterzuführen, wenn du doch dabei Geld verlierst und einen noch ungünstigeren Kontrakt gemacht hast als vorher?»

«Das weiß ich auch noch nicht», sagte ich.

«Wie steht's mit dem Freund, der zu dir zur Jagd kommt? Er berät dich doch, nicht? Mit ihm solltest du sprechen.» Sie hatte die blaue Jacke abgelegt und zeigte sich in einem dünnen Wollkleid von einem unbestimmbaren Grau. Es war erholsam, sie anzusehen, zu wissen, daß in diesem Zimmer nichts von mir erwartet wurde. Wie oft mochte Jean de Gué von seinem Schloß hierher gekommen sein, den Kopf an ein Kissen gelehnt haben, wie ich es jetzt tat? Ihre unbefangene Freundlichkeit war entwaffnend und barg doch auch eine Verlockung in sich. Ich hob die Katze auf und streichelte sie. Wie lieb wäre es mir, dachte ich, wenn das der ganze Mummenschanz wäre, den man von mir verlangte; wenn ich, anstatt Besitzer des Schlosses von St. Gilles zu sein, endlos hierbleiben könnte, im Sonnenschein sitzen mit der Katze auf dem Schoß und mit Béla von Villars zusammen Obst essen.

«Kannst du nicht irgendwelche Wertpapiere verkaufen? Oder ein Stück Land? Und wie steht's mit deiner Frau? Ihr Vermögen ist festgelegt, nicht wahr?»

«Ja.»

«Wenn du nicht einen Sohn hast. Jetzt erinnere ich mich.» Sie schenkte mir noch eine Tasse Kaffee ein. «Wie geht's deiner Frau? Sie ist nicht sehr kräftig, nicht wahr? Wer behandelt sie denn?»

Sekundenlang dachte ich nach. «Doktor Lebrun.»

«Er wird langsam alt. Ich hätte doch darauf bestanden, daß ein Spezialist zugezogen wird. Du bist die ganze Zeit über so seltsam gleichgültig gewesen. Hoffentlich zeigst du daheim etwas mehr Mitgefühl.»

Ich drückte meine Zigarette aus. Sie war der einzige Mensch, den die Wahrheit nicht tief verletzen würde, und doch, seltsam genug, wäre es mir zuwider gewesen, wenn sie etwas gewußt hätte. Ich konnte mir vorstellen, wie sie die Brauen höbe, ihr belustigtes Lachen, die vernünftige Erwägung dessen, was zu geschehen hatte, gefolgt von rascher, unvermeidlicher Distanzierung und der Höflichkeit gegenüber einem Fremden.

«Ich bin wirklich nicht gleichgültig», sagte ich. «Nur weiß ich im Grunde nicht genug von Françoise.»

Nachdenklich musterte sie mich. Der offene Blick ihrer Augen war verwirrend.

«Worum geht's denn?» fragte sie. «Es ist nicht nur die Geldfrage, nicht wahr? Es reicht tiefer. Was ist dir in Le Mans denn nun wirklich zugestoßen?»

Ich dachte an das alte Kinderspiel, wenn man den Fingerhut versteckt. Ich spielte es immer mit einer alten Tante. Für die Erwachsenen war es ein leichtes, nicht anstrengendes Spiel, denn sie brauchten sich nicht zu bewegen, mußten nur die Augen schließen, während ich, das Kind, auf den Fußspitzen durch ein mit Möbeln überfülltes Wohnzimmer schlich und den Fingerhut hinter einer Uhr versteckte. Dann öffnete die Tante die Augen, und das Fragen begann. Wenn ihre Blicke die Uhr trafen, so wäre es meine Pflicht gewesen, «warm» zu sagen, obgleich ich natürlich nicht wollte, daß der kleine goldene Fingerhut in seinem Versteck entdeckt wurde. Diesmal schloß ich die Augen und streichelte die Katze auf meinen Knien. In der Ausflucht war nicht weniger Sicherheit als in der Wahrheit.

«Du hast vorhin etwas davon gesagt, daß man die Bilanz seines Lebens ziehen muß», begann ich. «Vielleicht ist es gerade das, was ich längere Zeit hindurch getan habe, und an jenem Abend in Le Mans kam es zu einem Resultat. Das Ich, das ich kannte, hatte versagt. Der einzige Weg, sich der Verantwortung für dieses Versagen zu entziehen, war, ein anderer zu werden. Mochte doch ein anderes Ich die Aufgabe übernehmen!»

Sie sprach kein Wort. Wahrscheinlich dachte sie nach. Ich konnte es nicht feststellen, weil ich die Augen geschlossen hielt.

«Der andere Jean de Gué», sagte sie, «jener, der solange hinter einer Oberfläche von heiterer Unbekümmertheit verborgen war – oft habe ich mich gefragt, ob es ihn wirklich gibt. Wenn er auftauchen will, so sollte er es jetzt tun. Die Zeit verstreicht.»

Instinktiv, beiläufig hatte sie etwas von meinen Gedanken begriffen, nicht aber den wahren Sinn. Der Fingerhut hinter der Uhr war in Sicherheit, ich konnte «kalt» sagen. Wie behaglich saß ich in meinem Lehnstuhl! Ich hatte gar keine Lust, mich zu rühren.

«Du hast nicht wirklich erfaßt, was ich dir zu erklären versucht habe», sagte ich.

«Doch, doch», erwiderte sie. «Du bist nicht der einzige mit einer gespaltenen Persönlichkeit. Wir alle haben unser vielfältiges Ich. Keiner aber entgeht auf diese Art der Verantwortung. Man muß sich dennoch mit den Problemen auseinandersetzen.»

Immer kälter! Die Suchende schaute nach dem entgegengesetzten Ende des Zimmers.

«Nein», sagte ich; «das Wesentliche ist dir entgangen. Probleme und Verantwortung sind neu, weil der Mann, der sich mit ihnen befaßt, ein anderer ist.»

«Und wie siehst du ihn, diesen Mann?»

«Manchmal sehe ich ihn ohne jede Empfindung», sagte ich, «und manchmal mit zu viel. Eben noch erwägt er, die ihm am nächsten Stehenden zu morden, und gleich darauf gibt er einem Fremden zuliebe sein Leben auf. Er glaubt, so sagt er, das einzige Motiv, das die Menschen bewegt, sei die Gier, und indem er dieser Gier dient, kann er selber am Leben bleiben; er hat verschrobene Ideen, glaube ich, aber es ist der Wahrheit furchtbar nahe.»

Ich hörte, wie sie aufstand und meine Kaffeetasse auf ein Tablett stellte. Dann kam sie zurück und setzte sich auf die Armlehne meines Stuhls. Es war seltsam, aber ich war gekränkt; nicht durch die Hingabe, die an sich belanglos und natürlich war, sondern weil sie meinem andern Ich erwiesen wurde, jenem Jean, für den sie mich hielt. Auch der Gedanke an das Geschenk auf der Kommode im Schloß war mir peinlich.

«Der Mann, der die Verantwortung trägt», sagte ich, «warum kauft er dir ‹*Femme*›?»

«Weil er den Geruch gern hat, und ich auch.»

«Bedeutet das, der Gier dienen?»
«Das hängt von der Größe der Flasche ab.»
«Es ist eine sehr große Flasche.»
«Dann nenne ich es Voraussicht.»
Ich war nicht sicher, daß ich den Duft von *Femme* kannte. Ich hatte nie einem Menschen eine Flasche geschenkt, und parfümierten Frauen ging ich aus dem Weg; sie waren mir zuwider. Doch die Frau hier war nicht parfümiert, sie duftete nach Aprikosen.

«Es ist im Grunde gar keine Gier», sagte ich, «es ist Hunger. Das ist es, worin er sich irrt. Und wenn es Hunger ist, wie steht es da um die verschiedenen, widerstreitenden Ansprüche? Mutter, Frau, Kind, Bruder, Schwägerin, sogar die Arbeiter – ich kann sie nicht alle befriedigen. Ich weiß, offen gestanden, nicht, wo ich anfangen, was ich tun soll.»

Sie antwortete nicht, aber ich spürte eine besänftigende Hand auf meinem Kopf. Die Anonymität umschloß mich. Ich war auf einem Meer zwischen zwei Welten. Ich streckte die Hände aus und tastete nach ihrem Gesicht. «Ich will nicht nachdenken müssen», sagte ich.

Sie lachte, und hauchzart küßte sie meine geschlossenen Augen.

«Darum kommst du doch her», sagte sie. «Nicht wahr?»

13

Als ich das Haus verließ, hatte die Sonne des späten Nachmittags die moosfarbenen Hausdächer vergoldet. Das Licht des vergehenden Tages spendete Wärme und Farbe; es war ein freundliches Städtchen, wo die Leute einem zulächelten. Der Renault, der auf der Place de la République wartete, war mir plötzlich nicht weniger vertraut als mein eigener Wagen, und Marie-Noëls weißes Handtäschchen, das auf dem Rücksitz lag, war kein beliebiger Gegenstand im Auto eines Fremden, sondern von Sinn und Bedeutung erfüllt; ich sah es von dem schmalen Handgelenk oberhalb des kurzen, weißen Baumwollhandschuhs herunterbaumeln. Selbst die Bank an der Ecke hatte in dieser Umgebung ihren Platz, ihren Zweck. Villars war eine Festung, eine Freistatt; und während ich jetzt heimfuhr, fragte ich mich, warum die Hingabe der Geliebten eines andern Mannes ein so starkes Mittel gegen den Zwang sein sollte, unter dem man lebte. Jetzt hatte ich den Eindruck, daß nichts mir mehr etwas anhaben könnte, weder Françoises Tränen noch Renées Launen. Die Mutter ließ sich mit Zärtlichkeit beschwatzen, dem Kind konnte man bis zu einem gewissem Grad mit Vernunft beikommen, den Bruder besänftigen, die Schwester friedlich stimmen – keiner von ihnen schien mir jetzt ein Problem zu sein, wie sie es während der ersten achtundvierzig Stunden unter dem Dach des Schlosses gewesen waren.

Der Grund war nicht leicht zu finden. Physische Befriedigung allein genügte nicht; in der Vergangenheit hatte ich sie als wertlos erfahren. Konnte der Wechsel der Identität den Puls des Körpers verändern, etwas im Geist befreien, das bisher durch Vorurteile gehemmt war? Die Welt war voll von tragischen Phantomen, die fehl am Ort waren und in heimlichen Umarmungen einen Ausweg suchten. Zu ihnen gehörte ich nicht. Béla von Villars vervollständigte ein Bild, ein Bild, das Mutter, Gattin und Kind umfaßte. Die Wärme der einen, die Abhängigkeit der anderen, das Lachen der dritten nahmen Gestalt an, um aus ihr die vierte im Bund zu machen, und indem ich das entdeckte, verlor ich mich in allen. Hier lag ein Teil der Lösung, doch nicht die ganze.

Jetzt erinnerte ich mich genau, wo die Straße nach St. Gilles abzweigte, und als ich durch die Lindenallee fuhr, über die Brücke, durch das Tor, zu der Anfahrt und an dem Graben vorbei zu den Nebengebäuden, die ich nur aus der Entfernung gesehen hatte, erklomm mein Selbstvertrauen den Gipfel. Jetzt konnte mich nichts einschüchtern. Als ich aus dem Wagen stieg und die Tür zuschlug, tauchte eine alte Frau im Eingang auf, und ich hörte, wie sie jemandem über die Schulter etwas zurief. Ich hörte die Worte «der Herr Graf», und ein Mann in blauem Overall kam hinter ihr aus dem Stall. Sie lächelten, näherten sich mir, und der Mann fragte, ob er den Wagen waschen solle. «Ja», sagte ich, denn so war es wohl üblich, und abermals öffnete die Frau den Mund zu einem Schwall unverständlicher Worte; ich lächelte und nickte, ich hatte etwas von «gutem Wetter» und «Jagd» aufgeschnappt, doch der Rest war mir entgangen.

Ich kehrte zu dem Torweg zurück, und der Hund sprang bellend in seinem Zwinger herum. Ich blieb stehen, rief ihn freundlich beim

Namen, doch er war nicht überzeugt, bellte noch immer und wedelte gleichzeitig mit dem Schwanz; ich trat näher und ließ ihn an meinen Kleidern riechen. Er schnupperte, war aber nicht befriedigt, und ich sah, wie der Mann im Overall ihn vom Hof her beobachtete.

«Was hat er denn?» sagte er.

«Nichts», erwiderte ich. «Ich muß ihn erschreckt haben, das ist alles.»

«Komisch», sagte der Mann. «Sonst ist er ganz außer sich, wenn er Sie sieht. Hoffentlich wird er nicht toll.»

«Nein, nein, es fehlt ihm nichts; nicht wahr, Caesar?» Ich streckte die Hand durch das Gitter, streichelte den Kopf des Hundes, der sich durch Ton und Liebkosungen beruhigen ließ, doch stumm blieb und mich noch immer beschnüffelte. Aber als ich mich zurückzog, begann er wieder zu knurren.

«Wenn er sich am Sonntag so aufführt, werden Sie nicht viel von ihm haben», sagte der Mann. «Soll ich ihm nach dem Fressen etwas Öl geben?»

«Nein», meinte ich, «lassen Sie ihn nur in Ruhe. Er wird sich schon erholen.»

Was wurde am Sonntag von dem Hund erwartet? Vielleicht, wenn ich mich mehr mit ihm abgab, würde er mich schließlich kennen und das argwöhnische Bellen könnte sich in stürmische Begrüßung verwandeln. Andernfalls würden die Leute darauf aufmerksam werden, sein Verhalten würde Anlaß zu Verdacht geben, man würde das arme Tier der Untreue an seinem Herrn beschuldigen, während es doch in Wirklichkeit das einzige Geschöpf in St. Gilles war, dessen Instinkt sich nicht betrügen ließ.

Ich ging die Stufen zur Terrasse hinauf, und als ich in die Halle trat, kam Paul aus der kleinen Garderobe rechts von der Treppe.

«Wo, zum Teufel, hast du den ganzen Tag gesteckt?» fragte er. «Seit ein Uhr haben wir versucht, dich zu erreichen. Renée hat dich nicht finden können, ist in einem Mietauto zurückgekommen, und dann tauchte zu unserm größten Erstaunen Marie-Noël ganz allein auf, als wir gerade mit dem Mittagessen fertig waren, und erklärte seelenruhig, ein Wagen aus der Fabrik habe sie mitgenommen. Lebrun hat bis zwei gewartet, dann mußte er fort.»

«Was ist denn los?»

«Was los ist?» wiederholte er. «Nur, daß Françoise gar nicht wohl ist und Lebrun ihr verboten hat aufzustehen. Wenn sie nicht sehr vorsichtig ist, kommt's zu einer Frühgeburt, das Kind ist verloren und sie selber höchstwahrscheinlich in einem kritischen Zustand. Das ist alles, was los ist.»

Die Verachtung in seiner Stimme war unverkennbar, und ich mußte mich damit abfinden. Diesmal war es nicht Jean de Gués Schuld, sondern meine. Ich hatte versprochen, rechtzeitig zurück zu sein, um mit dem Doktor zu reden. Ich hatte mein Versprechen nicht gehalten. Ich hatte mich nicht einmal daran erinnert.

«Wie ist seine Nummer? Ich will ihn gleich anrufen.»

«Hat keinen Zweck», sagte Paul. «Er ist wieder irgendwohin gerufen worden. Ich sagte ihm, er solle später am Abend versuchen, dich zu erreichen.»

Er machte kehrt und verschwand durch das Eßzimmer in die Bibliothek. Weitere Fragen würde er mir nicht stellen, und ich war ihm dankbar dafür. Ich wußte, was ich zu tun hatte. Ich ging die Treppe hinauf und durch den Gang ins Schlafzimmer. Die Vorhänge waren halb zugezogen, im Kamin brannte ein Feuer, und am Fuß des Bettes stand ein Wandschirm, um das Licht zu dämpfen. Françoise lag mit geschlossenen Augen in den Kissen. Als ich eintrat, schaute sie auf.

«Ach, du bist es endlich», sagte sie, «ich hatte die Hoffnung längst aufgegeben. Ich sagte, du hättest wahrscheinlich den Zug nach Paris genommen.»

Die Stimme war matt, ausdruckslos. Ich trat ans Bett und nahm ihre Hand.

«Ich hätte anrufen sollen. Ich bin in Villars aufgehalten worden und habe es tatsächlich vergessen. Das ist alles. Ich kann dich nicht einmal bitten, mir zu verzeihen. Wie geht's dir denn? Paul sagt, daß Lebrun dir befohlen hat, im Bett zu bleiben.»

Die Hand in der meinen war schlaff und kalt. Sie entzog sie mir nicht.

«Wenn ich es nicht tue, so verliere ich das Kind», sagte sie. «Und davor habe ich die ganze Zeit Angst gehabt. Ich habe immer gewußt, daß irgend etwas passieren wird.»

«Es wird gar nichts passieren, wenn du achtgibst. Die Frage ist nur, ob Lebrun der richtige Mann ist. Soll ich nicht einen Spezialisten kommen lassen?»

«Nein», sagte sie. «Ich möchte nicht, daß sich jetzt ein Fremder einmischt und mich und Lebrun verärgert. Mir wird's gutgehen, solange ich mich ruhig verhalte und niemand mich aufregt. Was ist denn das für eine Geschichte, daß Marie-Noël mit den Arbeitern heimgekommen ist und Renée ein Auto mieten mußte, weil du verschwunden warst? Ich bin ganz verrückt gewesen vor Angst. Und dann, mitten am Nachmittag, kam ich zur Überzeugung, daß ich mich damit abfinden müsse, daß du nicht zurückkommen würdest – daß du dich der beiden mit voller Absicht entledigt hast und nach Paris gefahren bist.»

Die müden Augen forschten in meinem Gesicht, und ich wußte, daß die einzige Antwort war, sich so eng wie möglich an die Wahrheit zu halten.

«Ich hatte lange in der Bank zu tun», sagte ich. «Dir kann ich es ja sagen, aber ich möchte nicht, daß die andern es erfahren. Ich habe nämlich in der Vertragsangelegenheit nicht die Wahrheit gesagt. Als ich in Paris war, hatte ich keinen Erfolg und konnte keine Verlängerung erreichen; nachher erst habe ich die Dinge telefonisch und heute durch die Bank in Ordnung gebracht. Carvalets haben mir eine Verlängerung des Kontrakts zugestanden, doch nur zu ihren Bedingungen. Das bedeutet, daß die Fabrik mit noch größeren Verlusten arbeiten wird als bisher; dagegen läßt sich nichts machen. Irgendwie muß ich das Geld finden.»

Sie sah bestürzt aus, und ich blieb bei ihr stehen und hielt ihre Hand.

«Was hat es für einen Zweck gehabt, nicht die Wahrheit zu sagen?» fragte sie. «Das verstehe ich nicht.»

«Vielleicht war es Stolz», erwiderte ich. «Ich wollte sie im Glauben lassen, daß ich Erfolg gehabt hatte. Nun, vielleicht habe ich auch für eine gewisse Zeit Erfolg gehabt. Ich habe die genauen Zahlen noch nicht alle geprüft. Aber ich möchte, daß du das für dich behältst. Ich habe nicht die Absicht, Maman oder Paul oder sonst wem etwas davon zu sagen, wenn der Verlauf der Angelegenheit es nicht unbedingt notwendig macht.»

Zum ersten Mal lächelte sie mir zu, und als sie sich halb aus den Kissen hob, merkte ich, daß sie einen Kuß erwartete. Nun, ich küßte sie, und dann ließ ich ihre Hand los.

«Ich werde es keinem Menschen sagen», erklärte sie. «Ich bin nur froh, daß du mich dieses eine Mal ins Vertrauen gezogen hast. Aber es ist merkwürdig, daß dir die Fabrik solche Sorgen gemacht hat.

Der Gedanke, sie zu schließen, schien dir doch nie so nahezugehen wie Paul und Blanche.»

«Das kann sein. Aber gestern begann es an mir zu nagen, als ich nachmittags hinausgefahren war.»

Sie ließ sich von mir Kamm und Spiegel reichen, setzte sich aufrecht und kämmte das schlichte blonde Haar aus dem Gesicht. Kaum zwei Stunden vorher hatte ich die gleiche Geste beobachtet, und weil die beiden in Persönlichkeit und Gemütsverfassung so total verschieden waren, die eine sorglos und heiter, die andere so erschöpft, so lebensmatt, und doch, wenn möglich, noch immer vertrauter, fühlte ich mich seltsam gerührt; ich wünschte, das Gleichgewicht könnte wiederhergestellt werden, Françoise auch so kräftig und glücklich sein.

«Warum hast du mir das nicht gleich am ersten Abend erzählt?» fragte sie.

«Ich war noch nicht mit mir im reinen. Ich wußte noch nicht genau, was ich tun sollte.»

«Paul muß es schließlich entdecken», meinte sie. «Du kannst es vor ihm unmöglich geheimhalten. Und was liegt denn daran, wenn er es erfährt, da du den Kontrakt ja doch verlängert hast? Nun, in jedem Fall werden all diese Probleme gelöst sein, wenn einmal der Junge auf der Welt ist.» Sie legte den Spiegel wieder auf den Tisch neben dem Bett. «Marie-Noël sagt, daß du unten beim Safe gewesen bist. Ich wußte nicht, daß du noch etwas im Safe hast.»

«Verschiedene Papiere», sagte ich. «Urkunden, Dokumente.»

«Ist auch unser Ehekontrakt dort?»

«Ja.»

«Hast du ihn angesehen?»

«Gerade nur einen Blick darauf geworfen.»

«Wenn wir wieder eine Tochter haben, so ist nichts zu machen, nicht wahr?»

«Nein; offenbar nicht.»

«Und was geschieht, wenn ich sterbe? Du bekommst alles?»

«Du wirst nicht sterben. Jetzt will ich die Läden schließen, die Vorhänge zuziehen und das Licht anzünden. Hast du etwas zu lesen?»

Sie schwieg. Sie hatte sich in die Kissen zurückgelegt. Dann sagte sie: «Du könntest mir das Medaillon geben, das du mir aus Paris mitgebracht hast. Ich glaube, es ist hier, neben mir, auf dem Tisch.»

Ich trat an den Toilettentisch in der Nische, holte die kleine Schmuckschatulle und reichte sie ihr. Sie hob den Deckel, betrachtete das Medaillon und ließ es aufspringen, wie sie es schon vorher getan hatte.

«Wo hast du's gekauft?» fragte sie.

«In einem Geschäft in Paris, das ich kenne; an den Namen kann ich mich nicht erinnern.»

«Renée sagt, daß die Frau, die in Villars einen Antiquitätenladen hat, auch manchmal Miniaturen malt.»

«Ja? Vielleicht. Ich weiß es nicht.»

«Wenn sie's tut, so könnte sie einmal eine von Marie-Noël machen; und vom Baby. Das wäre gewiß billiger als in Paris.»

«Ja, wahrscheinlich.»

Sie legte das Medaillon geöffnet auf den Nachttisch. «Jetzt solltest du hinuntergehen und dich mit Renée versöhnen. Ich fühlte mich nicht wohl genug, um mich mit ihr auseinanderzusetzen, als sie zurückkam; du weißt ja, wie unmöglich sie sein kann, wenn sie in Wut gerät, und ich möchte jetzt keinen Streit im Haus haben.»

«Sie wird sich schon beruhigen.»

Ich schloß die Läden, und dann legte ich noch ein Scheit auf das Feuer.

«Marie-Noël ist wahrscheinlich bei Blanche oder oben bei Maman. Ich war nicht wohl genug, um sie zu mir zu lassen. Sag ihr, daß meine Worte heute früh nicht so gemeint waren, daß ich krank war und mich aufgeregt hatte.»

«Das dürfte sie verstanden haben.»

«Was hast du mit den Scherben gemacht?»

«Mach dir keine Sorgen. Ich habe mich schon darum gekümmert. Brauchst du sonst noch etwas?»

«Nein, nein; ich werde einfach ruhig liegenbleiben.»

Ich ging durchs Badezimmer in das Ankleidezimmer und wechselte Schuhe und Jackett, wie ich das auch am Abend vorher getan hatte. Die Flasche mit *Femme* stand noch immer auf der Kommode. Sie war nicht länger unpersönlich, etwas, das man in einer Auslage sieht, sondern der ganze Sinn meines eigenen intimen Lebens haftete an ihr. Ich legte sie in eine Schublade, und weil die Schublade einen Schlüssel hatte, fühlte ich mich irgendwie veranlaßt, den Schlüssel umzudrehen und in die Tasche zu stecken. Ich trat auf den Korridor hinaus, und am Fuß der Treppe sah ich mich Charlotte gegenüber.

«Der Herr Curé ist eben fortgegangen», sagte sie. «Die Frau Gräfin hat nach Ihnen gefragt.»

«Ich komme.»

Abermals ging sie mir auf der Treppe voran wie am ersten Abend. Und in diesem Augenblick erschien mir die Zeit vor achtundvierzig Stunden wie etwas längst Vergangenes; der Maskenträger von jenem Abend war ebenso verschieden von dem Mann, der jetzt die Stufen hinaufstieg, wie er sich von jenem Ich unterschieden hatte, das im Hotelzimmer in Le Mans erwacht war. Die Haut, die mich bedeckte, schien gleichsam ein Harnisch zu sein. Damals war mein Mut falsch gewesen, jetzt war er unüberwindlich.

«Der Herr Graf ist sehr lange in Villars zurückgehalten worden?» fragte Charlotte.

Ich wußte, daß ich recht hatte, ihr zu mißtrauen und sie unsympathisch zu finden, und daß jedes Wort, das sie sprach, verlogen war.

«Ja», sagte ich.

«Madame Paul hat heute mit der Frau Gräfin Tee getrunken», fuhr sie fort. «Sie war sehr aufgeregt, weil sie einen Wagen nehmen mußte, um zurückzukommen, und sie erzählte der Frau Gräfin die ganze Geschichte.»

«Es gab überhaupt keine Geschichte», sagte ich. «Ich bin einfach aufgehalten worden, das ist alles.»

Jetzt waren wir im Korridor des oberen Stockwerks, und ich ging an ihr vorbei auf das Zimmer zu. Ich trat ein, wurde von dem üblichen Gekläff der Hunde begrüßt, doch jetzt war mir das gleichgültig, ich schob sie aus dem Weg und ging gleich zu dem Stuhl am Kamin, wo die Mutter saß, die breiten Schultern von einem violetten Tuch umhüllt. Ich bückte mich, küßte sie und bemerkte erleichtert, daß Blanche nicht da war, sondern sie mich allein erwartete.

«Guten Morgen und guten Abend», sagte ich. «Es tut mir leid, daß ich heute früh nicht zu dir gekommen bin. Aber ich bin sehr zeitig weggefahren; du hast ja ohnehin schon alles gehört. Ich freue mich zu sehen, daß du aufgestanden bist. Hast du einen guten Tag gehabt?»

Die spöttischen, fragenden Augen begegneten den meinen, sie brummte etwas und wies auf einen Stuhl.

«Setz dich», sagte sie. «Hierher, wo du das Licht im Gesicht hast, damit ich dich sehen kann. Gehen Sie, Charlotte. Und horchen Sie nicht an der Tür. Gehen Sie in die Küche und bestellen Sie das

Abendessen für uns beide. Schnell, schnell! Aber zuerst räumen Sie das da weg.» Sie schob das Meßbuch und die Gebetbücher auf dem Tisch beiseite. Die Terrier machten es sich auf ihrem Schoß bequem, und sie schwieg, bis die Dienerin das Zimmer verlassen hatte. Ich zündete mir eine Zigarette an; noch immer spürte ich ihren Blick auf mir.

«Nun? Wo warst du?»

Alles, was Renée und Marie-Noël von diesem Morgen wußten, war vermutlich schon berichtet worden; die Fahrt nach Villars, die Expedition auf dem Markt, der Besuch auf der Bank und – möglicherweise durch einen Telefonanruf bei dem Beamten – der genaue Zeitpunkt, wann ich die Bank verlassen hatte. Daß sie mich fragte, wo ich gewesen war, bewies, daß sie nichts von dem Haus am Kanal wußte. Das also war etwas, das Jean de Gué auch vor seiner Mutter geheimhielt.

«Ich hatte zu tun.»

«Du bist vor halb eins aus der Bank gekommen», sagte sie, «und jetzt ist es halb sieben.»

«Vielleicht bin ich nach Le Mans gefahren.»

«Nicht mit dem Renault. Er war den ganzen Nachmittag auf der Place de la République. Der Mann, der Renée heimbrachte, hat erzählt, daß er den Wagen gesehen hat, als er wieder nach Villars kam. Ich riet Renée, anzurufen und ihn zu fragen.»

Ich lächelte. Eine kindische Neugier quälte sie.

«Wenn du denn die Wahrheit wissen willst – ich habe versucht, Renée aus dem Weg zu gehen, und das ist mir gelungen. Mehr habe ich dir nicht zu sagen. Du kannst mich bis Mitternacht ausfragen und wirst doch nichts anderes aus mir herauskriegen.»

Sie lachte, und ich merkte, daß mein Instinkt, nicht zu lügen, sich wieder einmal als hilfreich erwiesen hatte. «Daraus mache ich dir keinen Vorwurf», sagte sie. «Du darfst ihr nicht zuviel nachgeben, sonst wird sie unersättlich.»

«Sie hat nicht genug zu tun», sagte ich. «Keine von euch Frauen hier hat genug zu tun.»

«Früher einmal hatte ich sehr viel zu tun, als dein Vater noch lebte, in der Zeit vor dem Krieg, als du noch nicht verheiratet warst. Damals sind keine Frauen müßig herumgesessen. Dumme Frauenzimmer wie Françoise und Renée waren noch Backfische. Ich hatte noch ein Ziel im Leben und Blanche auch.»

Die jähe Schärfe in ihrer Stimme überraschte mich. Ich sah auf; der Mund war schmal, hart wie der Mund ihrer Tochter, und die Augen, die eben noch spöttisch geblitzt hatten, waren hinter den schweren Lidern verborgen.

«Was meinst du damit?»

«Du weißt sehr gut, was ich meine.» Und dann ebenso schnell, wie er gekommen war, veränderte ihr Ausdruck sich wieder – die Lippen lockerten sich, und sie zuckte die Achseln. «Ich bin alt und krank, das ist das Schlimme, und es verdrießt mich, wie es dich auch verdrießen wird, wenn deine Zeit kommt. Wir sind einander zu ähnlich. Wir wollen von unseren eigenen Leiden ebensowenig belästigt werden wie von den Leiden der andern. Wie geht es denn Françoise?»

Ich spürte, daß ich dem innersten Kern irgendeiner Enthüllung nahe gewesen war, die mich, hätte ich sie auch nur sekundenlang festhalten können, über das aufgeklärt hätte, was unter diesem faltigen Fleisch vorging. Doch die neue Frage kam aus einer völlig andern Region, der gelassene, betont gleichgültige Klang der Stimme verriet einen Menschen ohne Herz oder Gefühl.

«Wie du weißt», sagte ich, «habe ich Lebrun verpaßt. Er wird mich später anrufen. Sie muß im Bett bleiben, sie fühlt sich gar nicht wohl.»

Ich beobachtete ihre Finger, die auf die Armlehne des Stuhls trommelten. Das Trommeln wurde zu einem ganz bestimmten Rhythmus – drei, zwei, drei; ich sah sie an und bemerkte, daß sie sich dessen gar nicht bewußt war. Sie hatte keine Ahnung davon, daß ihre Finger sich bewegten. Das Trommeln hielt Schritt mit einem noch nicht klar formulierten Gedanken, dem sie vielleicht Ausdruck geben wollte – oder auch nicht. «Ich habe selber mit Lebrun gesprochen», sagte sie. «Er wird dir nicht mehr sagen, als er mir gesagt hat. Er ist ein Stümper; sie wird mit diesem Kind die gleichen Schwierigkeiten haben wie mit dem letzten – das habe ich die ganze Zeit gewußt. Der einzige Unterschied ist, daß sie es diesmal länger behalten konnte.» Das Trommeln hörte nicht auf. Seltsam gefesselt beobachtete ich es.

«Françoise will keinen Spezialisten haben», sagte ich. «Gerade jetzt habe ich es ihr vorgeschlagen.»

«Du hast es vorgeschlagen? Warum?»

«Nun ... wenn es Schwierigkeiten geben sollte ...» Ein schwer zu erklärendes Unbehagen ergriff mich, als unsere Blicke einander begegneten. Ich erinnerte mich an die Bedingungen des Ehekontrakts, und daß, falls Françoise sterben sollte, ohne einem Sohn das Leben zu schenken, die ganze beträchtliche Mitgift zwischen Jean de Gué und Marie-Noël aufgeteilt wurde.

Die Luft im Zimmer, schon bisher stickig, wurde mit einem Mal unerträglich. Ich stand auf und spürte ihre Blicke auf meinem Rücken, als ich ans Fenster trat. Ich öffnete es, schlug die Läden zurück, beugte mich hinaus und atmete tief durch. Die Dämmerung hatte sich herabgesenkt und mit ihr der Nebel. Die Wege verschwammen, die Göttin der Jagd war verhüllt, und sogar den Taubenschlag am Rand des Rasens konnte man kaum noch sehen.

Ich schloß das Fenster wieder. Noch immer beobachtete sie mich, aber ihre Finger trommelten nicht mehr auf die Armlehne. «Was ist denn mit dir los?» fragte sie. «Du bist nervös, nicht wahr?»

«Nein, ich habe einfach frische Luft gebraucht. Das Zimmer ist zu warm.»

«Nicht zuletzt deinetwegen», erwiderte sie. «Du sagst ja immer, daß das Schloß zu kalt ist; komm zu mir.»

Widerwillig, langsam ging ich zu ihr. Ihre Augen, so sehr die Augen ihres Sohnes, so sehr meine eigenen Augen wie in einem Spiegel, mußten den Mummenschanz ahnen. Sie griff nach meinen Händen und hielt sie fest.

«Entwickelt sich am Ende gar bei dir ein Gewissen?» fragte sie.

Man sagt, daß die Berührung der Hände das Ich enthüllt. Ein Kind legt seine Hand in die Hand eines Erwachsenen und weiß instinktiv, ob es ihm trauen darf oder mißtrauen muß. Vor zwei Nächten hatten diese Hände sich an mich geklammert, hatten gefleht, angstvoll, verloren, und jetzt heute waren sie stärker als meine, der Griff war fest, der Druck rücksichtslos, sie verschoben die Sicherheit, die ich fühlte, auf eine andere Ebene. Ihr Glaube an ihren Sohn war so stark, daß es, auch wenn sie seine Geheimnisse nicht kannte oder nur einen kleinen Anteil an seinem Leben hatte, genauso war, als wäre er noch in ihr, innig verbunden und blind, wie er es vor der Geburt gewesen war, und als könnte sie ihn nie verlieren.

«Wir wollen nicht sentimental werden», sagte sie, «und uns darüber Sorgen machen, was das Schicksal uns bereithält. Es ist zu spät; für dich und für mich. Das Leben ist nicht so kurz, wie alle

Leute gern behaupten; es ist lang, viel zu lang. Wir beide werden noch jahrelang nicht sterben. So wollen wir's uns doch um Gottes willen bequem machen, wenn wir können.»

Ein leises Klopfen an der Tür, und Charlotte trat mit einem Tablett ein, gefolgt von Germaine mit einem zweiten; und sogleich begann wieder der Ritus der Mahlzeit, der mir jetzt vertraut war. Am ersten Abend hatte die Gräfin die Speisen kaum berührt, heute aber brockte sie sich Brot in die Suppe und aß sie gierig; das Kinn berührte fast den Teller. Ich dachte an Schinken, Käse und Obst in dem Haus in Villars und an meine Gefährtin und fragte mich, wie Béla diesen Abend verleben mochte; ob sie allein war und wie es bei ihr hinter geschlossenen Läden aussehen mochte. Die Mutter wandte sich zu mir, nahm ein Stück Fleisch aus dem Mund und gab es den Hunden. «Warum bist du denn so schweigsam? Woran denkst du?» fragte sie.

«An eine Frau», erwiderte ich. «Du kennst sie nicht.»

«Sagt sie dir zu?»

«Ja.»

«Das ist das wichtigste. Dein Vater hatte eine Zeitlang eine Mätresse in Le Mans. Einmal habe ich sie gesehen; sie war rothaarig, eine wahre Schönheit. Jeden Freitag ist er zu ihr gefahren. Dann war er zum Wochenende in besserer Laune. Schließlich hat sie einen reichen Metzger geheiratet und ist nach Tours übersiedelt. Mir hat's leid getan, als sie ging; für ihn war sie gut.»

Charlotte brachte uns eine Caramelcreme, und die Hunde hoben erwartungsvoll die Pfoten. «Du hast also Marie-Noël mit Julie und ihrem Enkel von Villars heimfahren lassen.» Ihre Gedanken schlugen wieder einen andern Weg ein. «Sie kam ganz erfüllt davon zu mir; es sei ihr lieber gewesen als der Renault. Wer chauffiert hat, habe ich sie gefragt. Einer von den Arbeitern, sagte sie, der junge mit dem Kraushaar. Sie sagt, daß sein Geruch ihr gefallen hat. Erzähl das deiner Tante Blanche, sagte ich. Und paß auf, was sie dir darauf antworten wird.»

Madame Yves war also Julie! Das war eine Erleichterung. Als ich Françoise krank im Bett fand, hatte ich das Kind und den Wagen ganz vergessen.

«Alle Kinder fahren gern in Camions», sagte ich. «Wahrscheinlich war's bei mir nicht anders.»

«Du?» Sie lachte. «Wir wollen lieber nicht daran denken, was du in ihrem Alter alles angestellt hast. Hast du die kleine Cécile vergessen, die zum Tee kam? Du hast sie in den Taubenschlag geführt und die Tür zugemacht. Ihre Mutter hat sie nie wieder mitgebracht. Arme Cécile... paß nur auf Marie-Noël auf; sie wächst schnell.»

«Es ist nicht sehr lustig, ein Einzelkind zu sein.»

«Unsinn, das ist ihr nur recht. Sie braucht keine anderen Kinder. Erst wenn sie älter wird. Ich weiß das, ich war in ihrem Alter genauso. Ich habe mich in alle meine erwachsenen Cousins verliebt. Marie-Noël hat keine Cousins. Sie wird sich statt dessen in die Arbeiter in der Fabrik verlieben.»

Es klopfte. «Wer ist da?» rief sie. «Herein! Ich mag die Leute nicht, die an die Türe klopfen.»

Germaine stand auf der Schwelle. «Doktor Lebrun ist am Telefon; für den Herrn Grafen«, sagte sie.

«Danke.» Ich stand auf und legte meine Serviette auf das Tablett.

«Du kannst mir schon jetzt gute Nacht sagen. Nachher werde ich müde sein. Sag dem alten Narren, daß er den Leuten keinen Schrekken einjagen soll. Françoise soll nur die Füße hochlegen, und vielleicht kriegt sie diesmal einen Jungen. Gib mir einen Kuß.» Wieder griffen ihre Hände nach meinen, hielt ihr Blick meinen Blick fest. «Und nichts von diesem Unsinn mit Spezialisten. Sie sind viel zu teuer.»

Ich verließ das Zimmer, eilte die Treppe hinunter und zu dem Telefon in der Garderobe. Marie-Noël wartete im Schlafrock auf mich. Ängstlich, mit blassem Gesicht, sah sie mich an. «Darf ich in Tante Blanches Zimmer zuhören?»

«Was fällt dir ein! Doktor Lebrun will doch mit mir reden.»

«Wirst du mir nachher erzählen, was er gesagt hat?»

«Ich weiß noch nicht.»

Ich schob sie aus dem Weg, nahm den Hörer und sagte «Ja». Die Stimme des Arztes antwortete, eine hohe Greisenstimme. «Guten Abend, Herr Graf; es hat sich unglücklich gefügt, daß wir einander heute verfehlt haben. Nachmittags war ich in Villars und hätte Sie treffen können, wenn ich gewußt hätte, wo Sie zu finden waren. Nun, ich habe bei der Frau Gräfin einen Zustand starker nervöser Erregung festgestellt, sie leidet unter heftigen Angstgefühlen, und jede Aufregung könnte gerade jetzt den natürlichen Ablauf der Dinge überstürzen, und wenn man die Schwierigkeiten in Betracht zieht, unter denen sie früher gelitten hat, ihre Blutarmut und so weiter, so müßte man wohl mit ernsten Störungen rechnen. Tatsächlich ist es von größter Wichtigkeit, daß sie in den nächsten Tagen völlige Ruhe hat; dieser Zustand während des siebten Monats kann kritisch werden, das verstehen Sie doch. Ich möchte Sie natürlich nicht alarmieren.»

Er machte eine Pause von zwei Sekunden, um Atem zu holen, und ich fragte ihn, ob er eine Konsultation bei einem Spezialisten für wünschenswert hielte. «Im Augenblick nicht», sagte er. «Wenn Ihre Frau sich ruhig verhält und keine weiteren Symptome auftreten, sollte alles gut verlaufen. Für die Geburt selbst würde ich vorschlagen, daß Ihre Frau nach Le Mans in die Klinik geht, doch darüber können wir uns in einigen Wochen unterhalten. Jedenfalls bin ich immer zu erreichen und werde Sie morgen auch noch einmal anrufen. Sie erwarten mich doch übrigens Sonntag, nicht?» Vielleicht war es üblich, daß er am Sonntag im Schloß zu Mittag aß oder eine zeremonielle Visite machte und keinen Krankenbesuch.

«Natürlich», sagte ich, «es wird uns ein Vergnügen sein, Sie zu sehen.»

«Zum Glück liegt Ihr Schlafzimmer an der Vorderseite des Hauses. Da wird Ihre Frau nicht gestört werden. Schön, auf Wiedersehen also am Sonntag!»

«Auf Wiedersehen, Doktor.»

Ich hängte das Telefon ein. Da wird Ihre Frau nicht gestört werden... War denn das Mittagessen am Sonntag ein derartiges Gelage, daß der Lärm im Salon widerhallte und bis zu den Dachsparren drang? Das war unwahrscheinlich... was mochte er nur meinen? Ich verließ die Garderobe, und Marie-Noël wartete noch immer vor der Türe.

«Nun?» fragte sie schnell. «Was hat er gesagt?»

«Er sagt, daß Maman im Bett bleiben soll.»

«Kommt das Baby schon?»

«Nein.»

«Warum sagen dann alle, daß es schon soweit ist, und wenn es käme, würde es tot geboren werden?»

«Wer sagt das?»

«Germaine, Charlotte, alle. Ich hab sie in der Küche reden hören.»

«Leute, die an der Tür horchen, hören immer nur Lügen.»

Im Eßzimmer sprach Paul mit Renée. Sie waren noch nicht mit dem Essen fertig. Ich ging in den Salon, und die Kleine folgte mir.

«Papa», sagte sie, und es war gerade nur ein Flüstern, «ist Maman krank, weil ich das Porzellan zerbrochen habe und sie sich darüber so sehr geärgert hat?»

«Nein. Das hat gar nichts damit zu tun.»

Ich setzte mich auf die Armlehne und zog Marie-Noël auf mein Knie.

«Was hast du denn?» fragte ich. «Warum bist du so nervös?»

Ihre Blicke schweiften durch das Zimmer, blieben an allem haften, nur nicht an mir.

«Ich weiß gar nicht, warum du es haben willst», sagte sie schließlich. «Ich weiß nicht, warum du dieses Baby haben willst. Maman findet, daß es nur lästig ist. Schon vor langer Zeit hat sie zu Tante Renée gesagt, sie wünschte, sie müßte es nicht haben.»

Ihre angstvolle Frage war ganz logisch. Warum mußte ihre Mutter ein Kind austragen, das sie sich nicht wünschte? Das sollte sie Jean de Gué fragen. Ich war nur ein kläglicher Stellvertreter. Unter diesen Umständen hielt ich es für das einfachste, die Wahrheit zu sagen, wie ich sie sah.

«Es ist sonderbar», sagte ich, «und nur eine Sache kühler Überlegung. Dein Großvater Bruyère hatte eine Menge Geld. Nun hat er es so angelegt, daß dein Vater und deine Mutter nicht daran rühren dürfen, wenn sie keinen Sohn haben. Und selbst wenn sie mit ihrer Tochter ganz glücklich und zufrieden sind, würde das Leben für alle doch viel bequemer sein, wenn sie einen Sohn hätten.»

Sie sah so erleichtert aus, als hätte sie ein Medikament gegen einen Schmerz genommen.

«Das ist alles?» sagte sie. «Nur des Geldes wegen?!»

«Ja», sagte ich. «Das ist geldsüchtig, nicht wahr?»

«Gar nicht», erwiderte sie. «Ich finde das sehr vernünftig. Heißt das – je mehr Söhne ihr habt, desto mehr Geld werdet ihr haben?»

«Kaum! Das bezieht sich nur auf den ersten.»

Sie fühlte sich dermaßen erleichtert, daß sie von meinem Knie hinunterglitt und einen Purzelbaum schlug. Schlafrock und Nachthemd flogen ihr über den Kopf und enthüllten das kleine, rundliche Hinterteil. Sie schüttelte sich vor Lachen, hatte den Kopf umhüllt, und so tänzelte sie halbnackt zu der Türe, durch die gerade Blanche, Renée und Paul eintraten.

Blanche blieb stehen und sagte rasch: «Was fällt dir denn ein?»

Marie-Noël drehte sich um, reckte die Arme, der Schlafrock fiel wieder an ihr herab, und als sie ihr erwachsenes Publikum bemerkte, lächelte sie.

«Es ist alles in Ordnung, Tante Blanche», sagte sie. «Papa und Maman tun es nur des Geldes wegen, nicht weil sie Kinder haben wollen.» Sie lief auf mich zu, griff nach meiner Hand und sah ihre Verwandten mit glücklicher Besitzermiene an. «Weißt du, Papa», sagte sie, «Tante Blanche hat mir erzählt, daß sie ein kleines Mädchen war, als du auf die Welt gekommen bist, und da hat kein Mensch sie mehr liebgehabt, kein Mensch hat sich mehr um sie gekümmert. Und das war eine der Lehren der Demut, die sie empfangen hat und die sie zu Gott geführt haben. Wenn aber mein kleiner Bruder auf die Welt kommt, wird alles sein wie vorher. Du wirst mich genauso liebhaben wie immer, und vielleicht lehrt die Heilige Jungfrau mich die Demut auf andere Art; nicht so, wie sie sie Tante Blanche gelehrt hat.»

Es mußte ihr aufgefallen sein, daß die erstarrten Gesichter von Onkel und Tanten ihre eigene Genugtuung nicht widerspiegelten. Unsicher sah sie mich an und dann wieder die beiden Schwägerinnen. Die eine der beiden Frauen, Renée, war sichtlich noch gereizter, noch empörter. Das Kind spürte das und lächelte ihr huldvoll zu.

«Schließlich gibt es auch andere Tugenden als die Demut», meinte sie. «Ich könnte lernen, Geduld zu haben wie Tante Renée. Nicht jeder kann ein Baby kriegen. Seit drei Jahren ist sie mit Onkel Paul verheiratet, und sie hat immer noch keines.»

14

Ich hatte allen Grund, Françoise zu segnen; dank ihres kritischen Zustandes konnte ich mich meistens im oberen Stockwerk aufhalten. Es war viel einfacher, bei ihr im Schlafzimmer zu sitzen, als unten im Salon mit Paul und Renée. Ich ging hinauf, brachte das Kind zu Bett, und als sie geborgen unter ihren Decken lag, bemühte ich mich um Françoise. Ich holte ihr heißes Wasser aus dem Badezimmer, Seife, Schwamm und Handtuch; dann die Zahnbürste,

Puder, Haarnadeln und Creme. Ich erinnerte mich an die Kriegszeit, als ich in jenen Nächten des Fiebers Ambulanzwagen fuhr oder tat, was gerade nötig war. Die plötzliche Vertraulichkeit mit Fremden, meist Frauen und Mädchen, viele von ihnen verschüchtert und elend, hatte damals die gleiche Demut, das gleiche Mitgefühl in mir geweckt, das mich jetzt überkam, als ich Françoise dabei half, sich für die Nacht zurechtzumachen. Ihre Dankbarkeit war nicht weniger groß als die Dankbarkeit meiner Schutzbefohlenen damals. Immer wieder betonte sie erstaunt, wie gütig ich sei.

«Das ist doch nicht der Rede wert», erwiderte ich. «Was hättest du denn sonst erwartet?»

«Ich bin nicht daran gewöhnt. Im allgemeinen bist du nicht so rücksichtsvoll. Ich bin doch häufig früh ins Bett gegangen, und du bist immer unten geblieben und hast dich mit Paul und Renée unterhalten. Vielleicht gehst du ihnen heute aus dem Weg, damit sie dich nicht fragen, was du in Villars gemacht hast.»

Auf ihre Art war sie ebenso hellsichtig wie das Kind, und als ich ihr einen Kuß gab und das Licht löschte, fragte ich mich, ob sie instinktiv wußte, daß ich ihr nur einen Teil dessen enthüllt hatte, was sich während des Tages ereignet hatte.

Als ich ins Ankleidezimmer zurückkehrte, las ich als erstes den Brief des Advokaten Talbert. Darin wenigstens war nichts unklar. Die Fabrik, hieß es, arbeite mit ständigem Verlust – das hatte ich immerhin bereits gewußt – und der Bankrott war nur zu vermeiden, wenn andere Mittel flüssig wurden, durch den Verkauf von Papieren oder Grundstücken zum Beispiel, wie das Béla vorgeschlagen hatte. Der Anwalt schrieb, er wäre gern bereit, nach St. Gilles zu kommen und die Frage mit mir zu erörtern, und da die Sache dringend sei, sollte ich so schnell wie möglich ein Datum für unsere Begegnung festsetzen. Vermutlich hatte dieser Brief Jean veranlaßt, die Firma Carvalet in Paris aufzusuchen, um sie zu günstigeren Vertragsbedingungen zu überreden.

Der nächste Tag war ein Samstag, und ich beschloß, schon am frühen Morgen in die Fabrik zu fahren, noch bevor Paul angezogen war und gefrühstückt hatte; ich wollte wissen, ob ein Brief von Carvalet gekommen war. Ich eilte in die Garage und holte den Wagen, bevor Gaston meine Kleider gebürstet und das Frühstück geholt hatte. Diesmal ließ Caesar mich ohne Gebell an sich vorüber, und als ich die Hand durchs Gitter streckte und ihn streichelte, wedelte er sogar mit dem Schwanz, und ich spürte, daß ich einen Triumph errungen hatte. Ich fuhr den Hügel hinauf zu der geraden Straße durch den Wald, und nichts von dem, was ich tat, schien mir fremd zu sein. Es gehörte bereits zu meinem Leben, mehr als irgend etwas in früheren Zeiten dazu gehört hatte, diese Fahrt über die glatte Straße zwischen Eichen und Kastanien hindurch. Und dieses Gefühl blieb auch lebendig, als ich den Wagen neben dem Tor der Fabrik anhielt, ausstieg, die Türe zuschlug und die Männer begrüßte, die bereits an der Arbeit waren. Als ich das Gelände hinter dem großen Fabriksgebäude überquerte und zu dem Bürohaus ging, begegnete ich dem Briefträger, und da wußte ich, daß mein Instinkt, früh zu kommen, mich nicht betrogen hatte. Rasch ging ich ins Büro, und da saß bereits Jacques an seinem Platz am Schreibtisch und ordnete die eingegangenen Briefe. Er drehte sich um und sah mich erstaunt an.

«Guten Morgen, Herr Graf. Ich hatte nicht geglaubt, daß Sie heute kommen würden. Herr Paul sagte, keiner von Ihnen würde heute in die Fabrik kommen.»

Warum hatte Paul ihm das gesagt? War heute ein Feiertag?

«Mir kam plötzlich in den Sinn, daß heute ein Brief von Carvalet eintreffen könnte. Ich erwarte einen persönlichen Brief von einem der Direktoren.»

Er starrte mich immer noch an.

«Es ist doch hoffentlich nichts schiefgegangen?» fragte er besorgt.

«Das hoffe ich auch. Haben Sie die Post da?»

Er betrachtete den kleinen Stoß von Briefen in seiner Hand, der zweite von oben war ein langer Umschlag mit der gedruckten Absenderadresse von Carvalet.

«Das ist er», sagte ich. «Vielen Dank, Jacques.»

Ich nahm ihm den Brief aus der Hand, und er verzog sich diskret zu dem Tisch in der Mitte des Zimmers, während ich, den Rücken zum Fenster, den Brief las. Ja, es war in Ordnung. Man bestätigte das Telefongespräch, der Vertrag mit den neuen Bedingungen lag bei, um weitere sechs Monate verlängert. Man sprach seine Genugtuung darüber aus, daß die beiden Firmen schließlich doch zu einem Einvernehmen gelangt waren.

«Jacques», sagte ich, «haben Sie unsern Kontrakt zur Hand? Den alten, meine ich.»

«Sie haben ihn doch selbst, Herr Graf», erwiderte er. «Im Briefordner auf Ihrem Schreibtisch.»

«Bringen Sie ihn mir bitte», sagte ich. «Unterdessen sehe ich die übrige Post durch.»

Er stellte keine weiteren Fragen, doch sein Gesicht drückte maßloses Erstaunen aus. Dann reichte er mir wortlos den Vertrag, ich setzte mich an den Schreibtisch und verglich die beiden. Der Wortlaut war derselbe, bis auf die entscheidenden Preisbestimmungen – in Zukunft würde Carvalet für die Produktion der Fabrik einen geringeren Preis zahlen.

Ich zog Talberts Brief aus der Tasche und legte ihn neben die beiden Kontrakte vor mich hin.

«Ich möchte einmal die genauen Zahlen sehen», sagte ich zu Jacques. «Löhne, Produktionskosten, alles.»

Wieder sah er mich verblüfft an. «Das haben Sie doch erst vor kurzem geprüft», sagte er. «Sie und Herr Paul. Und ich habe jede Einzelheit kontrolliert, bevor Sie nach Paris fuhren.»

«Ich möchte es trotzdem noch einmal tun.»

Anderthalb Stunden verbrachten wir damit. Es war mühselig, unverständlich und doch fesselnd, und als wir fertig waren und er in die Küche ging, um uns eine Tasse Kaffee zu kochen, da konnte ich Vergleiche anstellen. Ich kam zu dem Ergebnis, daß mit dem neuen Vertrag etwa fünf Millionen Franc vom persönlichen Konto Jean de Gués für die Fabrik aufgebracht werden mußten. Jetzt begriff ich, warum er schließen wollte. Er konnte gar nichts anderes tun, wenn er nicht Grundstücke oder Papiere verkaufen wollte. Die Fabrik hatte schon unter dem alten Kontrakt nicht rentiert; unter dem neuen hörte sie auf, als Geschäftsunternehmen zu bestehen. Sie wurde ein kostspieliger Luxus. Meine Großtuerei, meine Gefühlsduselei kam die Besitzer teuer zu stehen.

Ich nahm den neuen Vertrag, steckte ihn mit den beiden Briefen in die Tasche und ging in die Küche zu Jacques.

«Hier, Herr Graf, eine kleine Erfrischung nach der großen Arbeit!» Er reichte mir eine Tasse heißen Kaffee. «Ich staune noch immer über Ihren Erfolg in Paris. Sie sind ja ohne jede Hoffnung hingefahren; Ihre Reise war kaum mehr als eine Formalität. Aber das beweist doch wieder den Wert von persönlichen Kontakten.»

«Keiner verliert seine Arbeit», sagte ich. «Darauf kommt es an.»

Er hob die Brauen. «Hatten Sie sich wirklich solche Sorgen um die Arbeiter gemacht? Das war mir nicht bewußt gewesen. Na ja, nach dem ersten Schock hätten sie bald wieder Beschäftigung gefunden. Auf die Schließung waren sie seit langem vorbereitet.»

Enttäuscht trank ich meinen Kaffee. Vielleicht hatte ich mich ganz zwecklos eingemischt. Jemand klopfte an die Außentüre, und Jacques bat um Entschuldigung und verzog sich ins Büro. Ich schaute mich um und merkte, daß ich in einer geräumigen Küche saß, die früher einmal den Bedürfnissen einer Familie gedient haben mußte. Eine Türe führte ins Innere des Hauses. Neugierig öffnete ich sie und sah einen breiten, mit Fliesen belegten Gang und eine Treppe, die zum oberen Stockwerk führte. Ich warf einen Blick in die Zimmer. Sie waren leer, unmöbliert, der Anstrich war verschossen und bröckelte ab, auf den Böden lag eine dicke Staubschicht. Im letzten Zimmer, einem schönen, quadratischen Raum mit getäfelten Wänden, waren große Möbelstücke an einer Wand aufgestapelt, die Stühle standen einer über dem andern, daneben Kisten mit Geschirr, und alles wirkte vernachlässigt, als hätte der Besitzer es fortgeräumt und vergessen. An der Wand hing ein alter Kalender aus dem Jahre 1941, und daneben stand eine Kiste mit Büchern. Ich bückte mich und schlug eines auf. Auf der ersten Seite las ich den Namen Maurice Duval.

Jetzt hörte ich Schritte von der Küche her. Jacques stand auf der Schwelle und sah mich an. Er zögerte, dann trat er näher und wartete unsicher in der Mitte des Zimmers.

«Suchen Sie etwas, Herr Graf?»

Er wirkte mißtrauisch, verlegen. War er verantwortlich für diese Zimmer?

«Warum behalten wir das alles?» Ich wies auf die Möbel. Er starrte mich an, dann sah er zur Seite. «Darüber haben Sie zu entscheiden, Herr Graf.»

Auch ich wandte den Blick ab, betrachtete wieder die Möbel. Sie hatten etwas Bedrückendes an sich, unbenützt, vergessen an die Wand gerückt, und doch mußte der Raum einmal bewohnt worden sein, war ein Salon, ein Eßzimmer gewesen.

«Es ist doch eine Vergeudung», sagte ich.

«Ja, allerdings.»

Durfte ich eine Frage wagen, eine Frage, die Jean de Gué nie gestellt hätte, weil er die Antwort kennen mußte? «Finden Sie nicht, daß wir diese Zimmer benützen sollten, statt daß sie leer stehn?»

Er antwortete nicht gleich, es war ihm sichtlich unbehaglich zumute. Er sah sich im Zimmer um, betrachtete die Möbel, nur auf mich richtete er den Blick nicht. Dann sagte er: «An wen denken Sie?»

Das war keine Antwort, war nur eine neue Frage, und ich entnahm ihr nicht, wie ich weiter vorgehen sollte. Ich trat ans Fenster und schaute hinaus. Die Fabrikgebäude lagen zur Linken, zur Rechten waren die Baulichkeiten der Farm. Beide waren von dem Haus und seinem Garten durch Zäune getrennt. Früher einmal hatte ein gepflasterter Weg von der Straße zum Haus geführt, und daneben stand ein ausgetrockneter, nicht mehr benützter Brunnen. «Warum wohnen Sie nicht selber hier?» fragte ich. Sein Unbehagen verstärkte sich noch, und seinem Ausdruck entnahm ich, daß er meine Worte als Herausforderung betrachtete.

«Meine Frau und ich sind in Lauray sehr zufrieden», sagte er. «Schließlich ist es nicht weit von hier, nicht weiter als St. Gilles. Meine Frau wohnt gern dort. Hier wäre es für sie gar zu einsam, und überdies ...» Verlegen brach er ab.

«Überdies?»

«Man würde es doch ein wenig seltsam finden», fuhr er fort. «Jetzt hat schon so lange niemand mehr hier gewohnt, und dann ... Sie müssen verzeihen, Herr Graf, aber an dem Haus haften, seit es zuletzt bewohnt wurde, nicht gerade sehr glückliche Erinnerungen. Ich wüßte nicht viele Leute, die hier wohnen möchten.»

Abermals zögerte er, dann aber hatte er anscheinend Mut gefaßt, redete weiter, und seine Worte sprudelten aus ihm heraus, einem Drang folgend, der stärker war als aller Respekt. «Herr Graf», fuhr er fort, «hätte auf dem Gelände der Fabrik ein Kampf zwischen Soldaten stattgefunden, ja, das ist etwas, womit man sich abfindet. Aber der letzte Mensch, der hier gelebt hatte, der Fabrikleiter Maurice Duval, wurde mitten in der Nacht aus dem Bett gerissen, die Treppe hinuntergeschleppt, von seinen eigenen Landsleuten erschossen, sein Körper von dem Glas, das er selber angefertigt hatte, in Stücke geschnitten und in den Brunnen geworfen. Gewiß, es ist schon lange her, und wir alle wollen es lieber vergessen, und doch ist niemand sehr begierig darauf, hier zu wohnen und zu leben, wo sich das ereignet hat.»

«Nein», sagte ich langsam. «Sie haben natürlich recht.» Ich verließ das Zimmer, ging durch den Korridor in die Küche und in das Büro zurück, das mit seiner Einrichtung, seinem schalen Zigarettenrauch, den Briefordnern und Aktenmappen unpersönlich wirkte. Sekundenlang stand ich am Schreibtisch, schaute auf die Rechnungen und Empfangsbestätigungen und Briefe hinunter, aber ich konnte hier nichts mehr tun. Jetzt kannte ich die Zahlen – wahrscheinlich so gut, wie ich sie überhaupt je kennen würde. Die Fabrik würde weiterarbeiten, bis eines Tages jemand entdeckte, daß kein Geld mehr vorhanden war, um Löhne und Rechnungen zu zahlen.

«Wenn Sie mir einen Umschlag, adressiert an Direktor Mercier von Carvalet, mitgeben», sagte ich zu Jacques, der mir gefolgt war, «so kann ich den Kontrakt auf dem Rückweg auf die Post geben. Das Duplikat behalte ich.»

Doch seine Kameradschaftlichkeit war verschwunden. Unsere Gedanken, seine und meine, kreisten noch um den leeren Teil des Hauses.

«Ich bin nur wegen der Berechnungen hergekommen», sagte ich. «Sie brauchen Herrn Paul gegenüber nichts davon zu erwähnen.»

«Nein, Herr Graf.» Er nahm einen Umschlag, schrieb die Adresse und frankierte ihn. Als er ihn mir reichte, klang seine Stimme wieder freundlicher.

«Sie erwarten mich also morgen? Es wird gewiß schön werden. Die Wetterprognose ist gut. Um halb elf also, im Schloß.»

Er öffnete mir die Türe, und ich sagte: «Dann bis morgen!» Nachdenklich ging ich in den Hof. Morgen war Sonntag. Vielleicht kam er mit seiner Frau zur Messe nach St. Gilles, und nachher versammelte man sich im Schloß. Dr. Lebrun hatte sich ja auch angesagt.

Irgendwie fühlte ich mich veranlaßt, vor dem Haus nach links abzubiegen und durch die kleine Türe in den vernachlässigten Obstgarten zu treten, wo Julie am ersten Nachmittag die Gemüsebeete gejätet hatte. Von dieser Seite her betrachtet, hätte das Haus ein friedlicher Herrensitz aus dem späten siebzehnten Jahrhundert sein können, mitten in grünen Wiesen und Wäldern. Was ich vor kaum fünf Minuten gesehen hatte, der ausgetrocknete Brunnen mit der rostigen Kette, umwachsen von Brennesseln, sollte wohl derselben fernen friedlichen Zeit angehören, aus reiner Quelle tief in der Erde den Menschen in Haus und Fabrik Leben spenden, nicht aber Tod und Zerstörung in sich bergen. Die Kette, die das Wasser aus der

Tiefe geholt hatte, war jetzt zerbrochen, es gab kein Wasser mehr; vielleicht war die Quelle vertrocknet, hatte ihren Lauf verändert, hatte nur Staub und Schutt und Scherben zurückgelassen. Die Bande, die das Haus des Direktors und die Fabrik mit dem Schloß in St. Gilles verknüpft hatten, waren auch zerbrochen, die Einheit war verschwunden, keines konnte mehr aus dem andern Kraft schöpfen. Warum eigentlich beschäftigte mich das, warum sollte der ermordete Maurice Duval, der einst hier der Leiter gewesen war, in meinen Gedanken die Verkörperung der Dauer sein, ein Sinnbild dafür, wie die Besten einer Generation ihr Werk der nächsten Generation vererben? Und warum sollte die Art seines Todes, der grausame, symbolische Haß der Menschen eines Stammes, gegeneinander aufgehetzt, plötzlich scheinbar mir zur Last fallen? Warum sollte die Erinnerung an etwas Unsichtbares schwären dürfen, statt ans Tageslicht gebracht, gereinigt zu werden?

Ich verließ den Obstgarten, ging an den Fabrikgebäuden vorbei zum Fabrikeingang, und dort, vor dem kleinen Pförtnerhaus, stand Julie, die Arme voll mit Gemüse. Ich rief ihr einen Gruß zu, und abermals war ich von der Redlichkeit ihrer Züge beeindruckt, von der Wärme und Klugheit der braunen Augen, der Standfestigkeit und Kraft ihres Körpers. Ich wußte, daß es kein bloßes Gefühl war, das mich veranlaßte, Zutrauen zu ihr zu haben, sondern ein tiefer Instinkt in meinem Innern bewirkte, daß ich mich zu ihr ebenso hingezogen fühlte wie zu Béla in Villars.

«Sie sind aber ein Frühaufsteher, Herr Graf», sagte sie. «Wir sehen Sie nur selten an einem Samstagmorgen in der Fabrik. Wie geht's Ihnen denn? Und was macht die junge Gräfin? Gestern ist's ihr nicht gar so gut gegangen, heißt es.»

Im kleinen Kreis sprach sich alles rasch herum. Dann erinnerte ich mich, daß sie ja Marie-Noël gestern aus Villars ins Schloß gebracht und zweifellos nachher mit den Dienstleuten geredet hatte.

«Sie braucht absolute Ruhe», sagte ich. «Gestern abend, als ich heimkam, ging es ihr wieder besser. Ich muß mich noch bei Ihnen entschuldigen, Julie. Die Kleine hat Sie gestern in Villars belästigt, nicht wahr? Ich hatte nicht verstanden, wo sie war und was sie eigentlich vorhatte – sie hat mir irgendwas in die Bank ausrichten lassen.»

Sie lachte und hob die Hände. «Da brauchen Sie sich nicht zu entschuldigen, Herr Graf! Ich habe Ihnen zu danken. Wir kamen gerade vom Bahnhof, und da war sie, ist aus dem Stadttor gesprungen wie Quecksilber. Natürlich habe ich Gustave gesagt, er solle den Wagen anhalten. Ich konnte nicht recht begreifen, wie es kam, daß die Kleine allein war, und da erzählte sie mir, daß der Papa in der Bank war, und sie wollte mit uns fahren, sonst wäre sie nicht zufrieden gewesen. Wir haben uns ja so mit ihr gefreut – ein richtiger Sonnenschein war sie in dem dunklen Camion. Von Villars bis St. Gilles hat sie keinen Augenblick aufgehört zu schwatzen.»

Ich sah ihr zu, wie sie ihre Kaninchen fütterte. Und da dachte ich an die Gräfin im Schloß, die ihren Terriern Zucker gab. Plötzlich hatte ich den Eindruck, als wären die beiden Frauen in ihrer Kraft, Männlichkeit, Zärtlichkeit einander gleich; und doch war die eine von ihnen verschroben und in gewissem Sinn verkrüppelt, und das, weil etwas in ihr nie aufgeblüht war.

«Julie», begann ich, und ich wußte, daß ihr meine Frage in diesem Augenblick seltsam erscheinen mußte, denn was ich fragen wollte, hätte Jean de Gué bestimmt gewußt, «Julie, wie war es hier in St. Gilles während der Besetzung?»

Doch sonderbar, die Frage schien sie nicht zu überraschen. Vielleicht hätte also auch Jean de Gué sie ihr gestellt.

«Sie müssen verstehen, Monsieur Jean», sagte sie nach kurzer Pause, «daß für jemand wie Sie, der fort war und in der Résistance kämpfte, der Krieg etwas ist, das mit dem Verstand geplant und durchgeführt wird. Es ist ein wenig wie ein Spiel, bei dem man Erfolg hat oder nicht. Aber für die Leute, die daheim geblieben sind, sieht das ganz anders aus. Es ist, als ob man in einem Gefängnis ohne Gitter lebte, und keiner weiß, wer der Verbrecher und wer der Kerkermeister ist, wer lügt und wer wen verraten hat. Die Leute haben kein Vertrauen mehr. Wenn etwas, das man für stark gehalten hat, sich als schwach herausstellt, dann schämt man sich und fragt sich, wer schuld ist. Ist es meine Schwäche, fragt man, ist es deine, aber niemand weiß die Antwort, und niemand will die Schuld auf sich nehmen.»

«Sie aber», drängte ich, «was haben Sie getan, Julie? Was haben Sie gedacht?»

«Ich? Was hätte ich anderes tun sollen, als hier weiter zu leben, wie ich es viele Jahre getan hatte, meinen Gemüsegarten bestellen, meine Hühner füttern, mich um meinen armen Mann kümmern und mir sagen: Das ist früher auch schon geschehen, das wird immer wieder geschehen, man muß es eben aushalten.»

Sie hielt kurz inne und fuhr dann fort:

«Ich hab keine hohe Meinung von den Menschen. Es schadet gar nichts, daß wir dann und wann Kriege haben, damit die Menschen wissen, was es heißt, Schmerzen zu leiden. Eines Tages werden sie einander ausrotten, wie sie die Kaninchen ausgerottet haben. Je mehr, desto besser. Die Welt wird wieder friedlich sein, und nichts wird bleiben als der Wald drüben und der Boden.»

Sie lächelte mir zu. «Kommen Sie ins Haus, Monsieur Jean, ich werde Ihnen etwas zeigen.»

Ich folgte ihr in das Häuschen, das kaum größer war als der Taubenschlag auf dem Rasen des Schlosses. In einer Ecke stand ein Ofen, dessen Rohr zum Dach aufstieg. In der Mitte ein Tisch, ein Stuhl, und die volle Länge der Wand nahm ein Büfett ein. Eine Henne saß aufgeplustert vor dem Ofen; Julie verscheuchte sie mit dem Fuß, und laut gackernd lief die Henne zur Türe.

«Wenn sie glaubt, daß sie sich hier hinlegen kann, dann irrt sie sich», sagte Julie. «Sie ist sehr schlau; weil sie alt ist, glaubt sie, daß sie mich übertölpeln kann. Und jetzt warten Sie einen Augenblick nur, ich will Ihnen eine Fotografie zeigen.»

«Da», sagte sie bald darauf. «Sie haben sich nach der Besetzung erkundigt. Dieses Burschen wegen hat man behauptet, ich hätte den Deutschen geholfen.»

Es war das Bild eines jungen Soldaten in deutscher Uniform. Man bemerkte nichts Auffallendes an ihm, er posierte nicht, er lächelte nicht, er war einfach jung.

«Was hat er gemacht?»

«Gemacht?» sagte sie. «Gar nichts hat er gemacht. Er war ein paar Monate hier, mit vielen andern. Eines Tages war er sehr aufgeregt. Es wurde eine Inspektion erwartet, und er hatte sich seine Uniform mit irgendwelcher Farbe schmutzig gemacht. Er kam zu mir und fragte mich in seiner Zeichensprache und mit den paar Worten, die er gelernt hatte, ob ich sie ihm nicht putzen könnte; sonst würde er bestraft. Herr Jean, ich dachte an meine eigenen zwei Söhne, André, der Kriegsgefangener war, und Albert, der gefallen war, und da stand dieser Bursche, der so alt war wie sie, fern von seiner Heimat, und bat mich, die ich seine Mutter sein könnte, ich solle ihm seine Jacke putzen. Natürlich habe ich es getan. Und nachher kam er wieder, bedankte sich bei mir und gab mir diese Fotografie. Für mich war's gleich, ob er Deutscher oder Japaner oder vom Mond gefallen war. Später ist er bestimmt umgekommen wie so viele andere – sie waren alle geboren worden, um zu sterben, diese Burschen, und unsere auch. Aber weil ich ihm den Rock geputzt hatte, wollte der Bürgermeister von St. Gilles kein Wort mehr mit mir reden, und viele andere auch nicht. Zwei Jahre ist das so gegangen. Und so, sehen Sie, wenn der Krieg zu einem ins eigene Dorf kommt, auf die eigene Schwelle, dann ist er nicht mehr tragisch und unpersönlich. Er ist einfach eine Ausrede, um privatem Haß Luft zu machen. Und darum bin ich keine große Patriotin, Herr Jean, und darum mach ich mir nichts daraus, von der Besetzungszeit in St. Gilles zu reden.»

Ich gab ihr das Bild zurück, und sie legte es zu den Briefen und Papieren und Büchern ins Büfett. Dann wandte sie sich zu mir, das gefurchte, verwitterte Gesicht ruhig und undurchdringlich.

«So», sagte sie, «mit der Zeit vergißt man alles; so ist das Leben. Wenn ich Ihnen das Bild aber vor ein paar Jahren gezeigt hätte, Herr Graf, dann wäre ich jetzt nicht hier. Ein Strick um den Hals für die alte Julie und Schluß.»

Ich sagte nichts, weil ich nichts zu sagen hatte. Der Krieg hatte mein Land nie so berührt wie ihres. Haß, Grausamkeit, Terror, das waren Gefühle, die ich nie gekannt hatte. Nur an mir selber hatte ich Versagen erlebt. Ich konnte jenen Jean de Gué verstehen, der vor seiner Verantwortung davongelaufen war und sie mir überlassen hatte. Jean de Gué, Offizier in der Widerstandsbewegung, entzog sich mir. Hatte er damals geglaubt, daß er, wenn er am Leben bleiben sollte, der Gier dienen müsse? Welcher innere Konflikt hatte den heiteren jungen Mann im Album zu einem gleichgültigen Zyniker gemacht? Ich legte ihr die Hand auf ihre Schulter und zusammen gingen wir zum Wagen, sie öffnete die Türe und blieb, die Arme unter dem Schal gekreuzt, lächelnd stehen.

Ich winkte ihr zu und dachte, daß das Leben bestimmt jederzeit herrlich und frei von Leid wäre, wenn man es in der Gesellschaft von Julie aus der Glasfabrik, von Béla aus Villars und vielleicht noch, als Zugabe, von Gaston verbringen könnte. Doch als ich sie mir alle drei zusammen im selben Haus vorstellte, wie sie sich alle um mich kümmerten, da wurde mir klar, daß jeder von ihnen zu selbstbewußt, zu eigenbrötlerisch war, um an den andern Gefallen zu finden, und innerhalb vierundzwanzig Stunden würden ihre Zänkereien das harmonische Bild zerstört haben, das meiner Sentimentalität vorgeschwebt hatte. Und das bedeutet, dachte ich, als ich wieder über die Waldstraße fuhr, daß die Beziehungen zwischen den Menschen in weitem Ausmaß wertlos sind, weil jene, zu denen wir uns hingezogen fühlen, einander nie leiden mögen, so daß die Kette zerreißt, die Botschaft verlorengeht. Mein Mitleid mit Françoise, die im Schloß in ihrem Bett liegt, kann der Mutter nicht helfen, die ebenso allein in ihrem Turmzimmer über der Vergangenheit brütet. Noch kann meine Liebe für Marie-Noël mit ihrer Anmut, ihrer Jugend, ihrer Schönheit sich auf den harten, verbitterten Schatten erstrecken, der Blanche ist. Warum sollte Béla von Villars sich selber als Gabe darbringen und nichts verlangen und Renée von St. Gilles Greifarme um den Geliebten schlingen wie ein Polyp? Wann ist die erste Saat der Vernichtung gesät worden?

Drei Dinge hatte ich an diesem Morgen erfahren. Erstens hatte ich das Unternehmen auf einen Weg gelenkt, der nur zum Ruin führen konnte; zweitens hatte ich erfahren, daß der letzte, allgemein beliebte Leiter der Fabrik auf seiner eigenen Schwelle ermordet und seine Leiche in den Brunnen geworfen worden war; und drittens, daß die Leute von St. Gilles, wie jedermann auf der Welt, die Niederlage als Vorwand benützt hatten, um sich gegen ihre Freunde zu wenden.

Bevor ich das Dorf erreichte, machte ich halt und suchte in meinen Taschen nach dem Kontrakt und Jean de Gués Brieftasche. Ich fand darin seinen Führerschein und betrachtete ihn. Die Unterschrift war, wie ich erwartet hatte, typisch französisch; dergleichen hatte ich auf meinen Reisen, bei meinen Studien auf Hunderten von französischen Dokumenten gesehen. Ein Dutzend Versuche, sie nachzuahmen, genügten, um mir eine gewisse Sicherheit zu geben. Als ich dann den Vertrag entfaltete und seinen Namen mit einem Schnörkel unten an die Seite setzte, hätte Jean de Gué selber kaum gewagt, diese Unterschrift als Fälschung zu bezeichnen. Nachher fuhr ich den Hügel hinunter ins Dorf und durch das Tor zum Schloß; nur ein einziges Mal hielt ich an, und das war, um den Brief mit dem Kontrakt aufzugeben.

Die Türe stand weit offen, und in der Halle herrschte Großbetrieb. Vier Angestellte schoben ein schweres Büfett ins Eßzimmer. Sobald

Gaston mich erblickte, und während ich mich noch fragte, wie ich, ohne meine Ahnungslosigkeit zu verraten, feststellen sollte, was das alles zu bedeuten hatte, rief er mir über die Schulter zu: «Herr Paul hat Sie den ganzen Morgen gesucht, Herr Graf. Er sagt, Sie hätten Robert noch keine Befehle erteilt. Germaine, geh in die Küche und sieh nach, ob Robert noch da ist.» Dann wandte er sich wieder seiner Arbeit zu und sagte zu dem Mann, den ich nicht kannte, der aber dem Aussehen nach ein Gärtner sein mochte: «Los, Joseph, heb das Bein vom Büfett. Eins, zwei, drei!»

Germaine verzog sich in die Küche; ich wartete verlegen in der Halle. Wer war Robert, und welche Befehle sollte ich ihm geben?

Im nächsten Augenblick war das Dienstmädchen wieder da, gefolgt von einem kleinen, gedrungenen Mann mit ergrauendem Haar und einer Narbe auf der Wange; er trug Reithosen und Gamaschen. «Da ist Robert, Herr Graf», sagte sie.

«Guten Morgen, Robert.» Ich streckte ihm die Hand hin; er schüttelte sie und lächelte. «Nun, was wollen Sie wissen?»

Er sah mich verdutzt an, und dann brach er in ein unsicheres Lachen aus, als hätte ich auf seine Kosten einen Scherz gemacht.

«Es ist wegen morgen, Herr Graf», sagte er. «Ich meinte, Sie würden mich schon gestern kommen lassen, damit wir alles besprechen, aber Gaston sagte, Sie seien den ganzen Tag fortgewesen, und weil doch die Frau Gräfin nicht ganz wohl ist, wollte ich Sie am Abend nicht stören.»

Ich sah ihn an. «Morgen», wiederholte ich, «ja, natürlich. Es scheint, daß eine ganze Menge Leute kommen. Haben Sie sich am Ende darüber Sorgen gemacht, was wir essen werden?»

Er zuckte zusammen, als wäre der Scherz nun doch zu weit gegangen. «Aber, Herr Graf, Sie wissen doch ganz genau, daß ich nichts damit zu tun habe, was Sie essen werden. Ich muß das Programm für den Tag kennen. Herr Paul sagt, Sie hätten mit ihm noch kein Wort darüber gesprochen.»

«Glauben Sie nicht», begann ich vorsichtig, «daß wir ausnahmsweise Herrn Paul die Sache überlassen könnten?»

Der Mann starrte mich fassungslos an. «Ja, aber, Herr Graf», rief er, «das haben Sie doch Ihr ganzes Leben lang nicht getan. In all meinen Jahren in St. Gilles haben Sie das noch nie vorgeschlagen. Seit der Herr Graf, Ihr seliger Herr Vater, tot ist, sind doch immer Sie es gewesen, der die große Jagd organisiert hat.»

Diesmal mußte ich ein Gesicht gemacht haben, als hätte er einen mäßig geschmackvollen Scherz zum besten gegeben. Die große Jagd! Oh, ich Idiot! Zwei Tage lang war dauernd darauf angespielt worden, und keine dieser Anspielungen hatte den geringsten Eindruck auf mich gemacht. Morgen, Sonntag, fand die große alljährliche Jagd des Distrikts statt, ihr Mittelpunkt war das Gut St. Gilles, und geplant und organisiert wurde sie von dem Schloßherrn Jean de Gué.

Besorgt musterte mich Robert. «Sind Sie auch ganz wohl, Herr Graf?»

«Hören Sie, Robert», sagte ich, «seit meiner Rückkehr aus Paris hatte ich eine Menge zu tun, und, offen gestanden, mit dem Programm für morgen konnte ich mich noch nicht beschäftigen. Wir sprechen später darüber.»

Er war verstört, enttäuscht. «Ganz wie Sie wollen, Herr Graf, aber es bleibt uns nicht mehr viel Zeit, und es gibt noch sehr viel zu tun. Soll ich um zwei Uhr wiederkommen?»

«Um zwei», sagte ich, und um ihn loszuwerden, ging ich in die Garderobe, als wollte ich telefonieren, und wartete dort, bis ich hörte, daß er durch die Küchentür verschwunden war. Dann durchquerte ich die Halle, ging auf die Terrasse hinaus und zu der Zeder hinunter, die am ersten Abend mein Zufluchtsort gewesen war. Zwei Uhr oder Mitternacht, das machte keinen Unterschied – ich würde unter keinen Umständen einen Plan oder ein Programm haben. Meine Vorlesungen über französische Geschichte hatten mich nicht auf die Jagd vorbereitet; ich konnte nicht einmal schießen.

15

Ich mußte hinaus ins Freie, um die neue Situation zu überdenken. Ich kam zu dem Pfad unter den Kastanienbäumen, der in den Wald hineinführte. Wohin ich ging und wie weit, war gleichgültig; ich wußte nur, daß ich außer Rufweite sein und mich zu irgend etwas entschließen mußte. Das Nächstliegende war, sich krank zu stellen

– ein plötzlicher Schwächeanfall zum Beispiel, oder schreckliche Gliederschmerzen. Doch das würde sogleich Dr. Lebruns Aufmerksamkeit wecken, und er würde bestimmt mühelos feststellen, daß mir nichts fehlte. Eine Erkältung oder irgendein Unwohlsein würde als Vorwand nicht ausreichen. Der Schloßherr von St. Gilles würde sich am Tag der großen Jagd nicht wegen Bauchschmerzen ins Bett legen! Zudem war es nicht nur der morgige Tag, der wie ein Alpdruck auf mir lastete! Heute, um zwei Uhr, kam Robert noch einmal, um meine Anweisungen entgegenzunehmen. Konnte ich Françoises Befinden zum Vorwand nehmen? Nein, das entsprach durchaus nicht meiner Rolle. Wie krank seine Frau auch sein mochte, Jean de Gué würde das nicht stören! Natürlich konnte ich den Wagen nehmen und verschwinden; und auf diese Art dem ganzen Mummenschanz ein Ende bereiten! Nichts hinderte mich daran; jede Stunde des Tages und der Nacht konnte ich das tun. Vielleicht war jetzt der richtige Augenblick gekommen. Ich hatte mich bis jetzt halten können, weil nichts Entscheidendes an mich herangetreten war. Die Beziehungen innerhalb der Familie hatten mich nicht entlarvt, ebensowenig die Beziehungen außerhalb der Familie, noch die Tücken der Sprache, die Zufälle des ungewohnten Alltags, die Ahnungslosigkeit in allen Dingen des Finanzlebens und des Unternehmens. Ich hatte mich in diese unbekannte Welt gewagt wie ein bedenkenloser Wanderer in einen Sumpf; jeder Schritt führt ihn tiefer hinein, je mehr er sich abzappelt, desto unentrinnbarer hat es ihn gepackt. Doch mir ging es besser als so einem Mann, denn wenn es mich packte und in die Tiefe ziehen wollte, brauchte ich mich nur rückwärts zu werfen, um frei zu sein, in die Vergangenheit zurückzukehren und wieder in das in Le Mans abgelegte Ich zu schlüpfen.

Langsam ging ich auf einem der Wege zu der Statue, blieb neben ihr stehen und schaute zum Schloß hinüber. Der Himmel war bewölkt. Das Schloß selber wirkte grau und kalt, wie es vom Graben umsäumt dalag, und wenn auch die Glastüren des Salons offenstanden, so hatten sie doch nichts Einladendes an sich, denn aus dem Innern strömte nur Dunkelheit. Die schwarzweißen Rinder weideten auf den Wiesen bei dem Taubenschlag, und etwas abseits schwelte ein Feuer; dann und wann züngelte eine Flamme durch eine Säule von blaugrauem Rauch.

Immer stärker erfüllte mich der Widerwille gegen mich selber.

Das Gefühl der Macht, der Zuversicht war verschwunden, und meine Ähnlichkeit mit Jean de Gué war nichts als die Maske eines Hanswursts, eine groteske Maske von Schminke und Puder, die bereits schmolz, sich von mir löste und mich mir selber unverändert zeigte, jenes nutzlose menschliche Wesen, das ich immer gewesen war. Eine lebenslängliche Unfähigkeit, mit Waffen umzugehen, wirkungsvoll nach irgend etwas zu zielen, das sollte jetzt die Katastrophe besiegeln.

Ich stellte mir Jean de Gués Lachen vor, das Lachen von allen, denen man meine plötzliche Verlegenheit schilderte. Demütigung ist nicht leicht zu ertragen, zumal wenn sie einen aus dem Behagen des Erfolgs reißt. Gestern war ich meiner selbst sehr sicher gewesen, als ich von Villars wegfuhr, das Bild Bélas im Geist, wie sie auf dem Balkon ihre Vögel fütterte. Auch heute früh, noch vor einer Stunde war meine Zuversicht ungebrochen gewesen, als ich die Fabrik verließ mit dem Vertrag in der Tasche. Jetzt aber war ich erledigt, die Blase meines Stolzes geplatzt.

Als wäre sie ein Symbol, berufen mich zu höhnen, fiel Jean de Gués Armbanduhr, die ich am linken Handgelenk trug, plötzlich auf die Erde, und das Glas zerbrach. Ich bückte mich und hob sie auf. Der Riemen war gerissen – ich hätte bemerken sollen, wie abgenützt er war. Durch dieses neue Ungemach verwirrt, ging ich langsam weiter, und ich sah, daß die entblößten Zeiger jetzt auf halb eins standen. Es war bald Zeit zum Mittagessen, zu Häupten des Tisches im Eßzimmer zu sitzen, meine Befehle für die Jagd zu geben. Ich kam zu dem Taubenschlag, dessen runde Mauern mich versteckten, so daß ich von den Schloßfenstern aus nicht gesehen werden konnte. Marie-Noël mußte hier gespielt haben, denn ihr Pullover lag auf der Schaukel. Ich stand neben dem Feuer, schürte es mit dem Fuß, bis der beißende Rauch aufstieg, mich in die Augen stach, und plötzlich erinnerte ich mich an den Brunnen vor dem Direktorshaus in der Fabrik. Auch hier waren Brennesseln, und Marie-Noëls Schaukel sah ebenso alt und vernachlässigt aus wie der Brunnen vor dem Haus. Wieder war das Seil gerissen und lag auf dem Boden, unbrauchbar wie die Glieder der Brunnenkette; und während ich darauf schaute, sah ich vor meinem inneren Auge die Brunnenkette um den schlaffen Leib eines Mannes gewickelt, sah, wie der Körper in das tiefe, schwarze Loch des Brunnens ins Wasser geworfen wurde. Ich sah die Gruppe von Männern, die hinunterschauten, und wie sie dann plötzlich, von Angst und Grauen gepackt, eine Handvoll Glassplitter nach der andern von den Abfallhaufen hinter der Fabrik nahmen und mit dem Körper ins dunkle Wasser warfen, bis er davon bedeckt war, versank und nichts übrigblieb, als ein Stück Nachthimmel, das sich im Wasser spiegelte.

Abermals trieb eine Rauchwolke von dem schwelenden Feuer in die Höhe, wurde vom Wind verjagt, und ebenso brüsk, wie der Körper des toten Mannes vor mir erschienen war, wußte ich, was ich zu tun hatte. Ich wartete, bis der Rauch sich verzogen hatte, dann warf ich die Uhr, die ich in der Hand hielt, ins Feuer. Ich sah, wie sie in einen Haufen glühenden Reisig fiel. Dann kniete ich nieder, stieß die Hand hinein, bis ich die Uhr wieder hatte. Der heftige Schmerz ließ mich laut aufschreien, ich brach im Gras zusammen, griff nach Blättern, Halmen, allem, was ich erreichen konnte, um das versengte Fleisch zu bedecken, während die Uhr vergessen neben mir lag.

So blieb ich liegen, wartete, daß der Schwächeanfall sich legte, das Stöhnen, das ich nicht unterdrücken konnte, und dann, weil der Schmerz gar zu heftig war, stand ich auf und begann auf das Schloß zuzulaufen. Ich erinnere mich, daß ich über die Schwelle stolperte, auf das Sofa fiel, sah die erschrockenen Augen Renées, hörte ihren Schrei; und dann umhüllte mich die Dunkelheit, nach der ich mich gesehnt hatte, doch der Schmerz dauerte an. Ich hörte, wie Renée Paul rief, dann rief Paul Gaston, und ich war von fragenden, entsetzten Gesichtern umringt, man versuchte die Hand freizumachen, die ich noch immer unter meinem Rock hielt. Doch ich konnte mich nur gerade hin und her wiegen, den Kopf schütteln, ihnen sagen, sie sollten gehen, mich in Ruhe lassen, denn nur eines war da, überwältigte mich – der Schmerz.

Gaston sagte: «Wir müssen Mademoiselle Blanche holen», und Renée lief aus dem Zimmer und schrie nach Blanche. Ich hörte Paul sagen, er wolle Dr. Lebrun telefonieren, und ich dachte vage, wenn ich doch nur ohnmächtig werden könnte, dann wäre es mit dem Schmerz vorbei. Gaston kniete neben mir. «Haben Sie sich geschnitten, Herr Graf?»

Ich erwiderte: «Nein, verbrannt, du Idiot», wandte mich ab und meinte, wenn ich jetzt in gutem Englisch fluchen dürfte, würde mir das in meinem Elend bestimmt guttun.

Dann kamen die anderen zurück, drängten sich wieder um mich, dieselben Worte gingen automatisch von einem zum andern: «Er hat sich verbrannt ... die Hand ist's ... er hat sich verbrannt ... aber wo ... aber wie?» Dann wichen die Gesichter zurück, und Blanche war da, kniete, wo Gaston gekniet hatte. Sie streckte die Hand aus, um meine Hand zu ergreifen, aber ich rief: «Nein, es tut zu weh!»

Sie sagte zu Paul und Gaston: «Haltet ihn fest», und die beiden packten mich bei den Schultern und drückten mich in die Kissen. Blanche ergriff meine Hand und bedeckte sie mit etwas Kühlem, preßte den Inhalt einer Tube auf den verbrannten Handrücken. Dann legte sie einen Verband an, den sie nur locker befestigte, und sagte zu den andern, der Schmerz werde sich bald legen. Ich schloß die Augen und hörte das halblaute Gemurmel der Stimmen, die einander immer dasselbe fragten: Wie konnte das geschehen? Und dann, langsam, sehr langsam begann der Schmerz zu etwas zu werden, das sich ertragen ließ, was der Leidende schließlich erklären konnte, denn nun bestand er nicht mehr nur aus Schmerz, er hatte auch einen Körper, eine andere Hand, Beine, Augen, die sich öffneten und zu den Leuten aufblickten, die sich um ihn gesammelt hatten.

«Ist's jetzt besser?» fragte Paul, und ich wartete kurz und sagte dann: «Ja, ich glaube schon», noch unsicher, denn die Erlösung von dem jähen Schmerz war noch zu neu. Ich sah, daß Marie-Noël sich zu den andern gesellt hatte und ihre Augen mich riesengroß aus dem blassen Gesicht anstarrten.

«Was hast du denn eigentlich gemacht? Was ist denn geschehen?» fragte Renée, und hinter ihr stand Gaston verstört, unglücklich mit einem Glas Cognac, das ich nicht haben wollte.

«Meine Armbanduhr ist mir ins Feuer gefallen», sagte ich. «In das Feuer beim Taubenhaus. Ich wollte sie nicht verlieren, und so habe ich mich gebückt, wollte sie aufheben, und dabei habe ich mich eben verbrannt. Nur meine Schuld. Etwas vollkommen Albernes, Vertrotteltes!»

«Hast du denn gar nicht überlegt, was du getan hast?» fragte Renée.

«Nein; ich hatte nicht daran gedacht, daß das Feuer so heiß sein könnte.»

«Du mußt ja vollständig verrückt gewesen sein», meinte Paul. «Du hättest die Uhr doch mit einem Stock herausholen können! Mit jedem beliebigen Stück Holz. Man greift doch nicht mit der Hand ins Feuer!»

«Ich hatte nicht daran gedacht.»

«Du mußt aber sehr nahe beim Feuer gewesen sein, damit dir die Uhr mitten hineinfallen konnte», sagte Renée.

«Ja, das war ich. Der Rauch hat mich in die Augen gebissen. Ich konnte nicht recht sehen – das kam noch dazu.»

«Ich habe Lebrun angerufen», sagte Paul. «Er kommt gleich. Das erste war, daß er mich gefragt hat, ob Françoise etwas davon weiß. Nein, sagte ich. Und da erklärte er, man dürfe ihr nichts sagen. Solche Dinge würden sie nur aufregen.»

«Es wird ja bald wieder gut sein», sagte ich. «Jetzt tut es nicht mehr weh. Blanche hat ein wahres Wunder vollbracht.» Ich sah mich nach ihr um, doch sie war verschwunden. Sie hatte den Schmerz gestillt und war gegangen.

«Eines ist sicher», meinte Paul. «Morgen wirst du nicht schießen können.»

«Ja, ich weiß.»

Mitleidig schauten sie mich an. Gaston ließ einen Laut des Bedauerns hören. «Und das ist doch für den Herrn Grafen die höchste Freude!»

Ich zuckte die Achseln. «Da ist nichts zu machen. Ihr andern sollt nicht um euer Vergnügen kommen. Nun, die Uhr habe ich gerettet. Sie muß irgendwie draußen in der Asche liegen.»

«All das wegen einer Uhr!» sagte Renée. «So etwas Dummes, Überflüssiges ist mir noch nie vorgekommen.»

«Und es ist nicht einmal die goldene, Madame», sagte Gaston. «Die goldene ist immer noch in Le Mans beim Uhrmacher. Der Herr Graf hat die alte stählerne getragen, die Herr Duval ihm zum einundzwanzigsten Geburtstag geschenkt hat.»

«Darum wollte ich sie nicht verlieren», sagte ich. «Reine Sentimentalität.»

Ein eigentümliches Schweigen folgte. Kein Mensch sprach ein Wort. Gaston stellte das Glas Cognac auf den Tisch, und einige Sekunden später reichte Paul mir eine Zigarette.

«Immerhin ein Glück, daß es nicht noch schlimmer ausgefallen ist. Nur den Handrücken hat's erwischt; nicht einmal der Ärmel ist versengt.»

Marie-Noël hatte noch nicht den Mund aufgetan. Hatte ich sie erschreckt? «Schau nicht so ernst drein», lächelte ich. «Jetzt geht's mir wieder gut. In einer Minute kann ich aufstehn.»

«Da ist deine Uhr», sagte sie.

Sie hatte die Hände auf dem Rücken gehalten; jetzt trat sie vor und hielt mir die vom Feuer geschwärzte Uhr hin. Ich hatte nicht bemerkt, daß sie fortgewesen war, um sie zu holen.

«Wo hast du sie gefunden?» fragte Renée.

«In der Asche.»

Ich streckte die linke Hand nach der Uhr aus und steckte sie in die Tasche.

«So, und jetzt wollen wir nicht mehr daran denken», sagte ich. «Für einen einzigen Morgen habe ich euch schon genug Aufregung verursacht. Warum fangt ihr nicht mit dem Mittagessen an? Es muß doch schon eins vorüber sein.» Ich überlegte. «Françoise wird sich wundern, warum ich nicht zu ihr gekommen bin. Sagt ihr lieber, daß ich mit Robert ausgegangen und noch nicht zurück bin. Und jemand sollte Charlotte davon abhalten, Maman alles zu erzählen. Und jetzt geht, laßt mich allein. Ich will nicht zu Mittag essen. Wenn Lebrun kommt, werde ich ihn hier empfangen.»

Ich war jetzt müde und fühlte mich innerlich elend. Meine Hand tat auf andere Art weh, nicht so sehr physisch als in meinem Geist, den der Gedanke an das rohe Fleisch heftig bedrückte. Ich schloß wieder die Augen, und die andern verzogen sich. Bald darauf läutete die Glocke, und ein oder zwei Minuten später zeigte sich das ältliche, bärtige Gesicht Doktor Lebruns, den Kneifer auf der breiten Nase, und neben ihm war, undurchdringlich, Blanche.

«Was haben Sie denn mit sich angestellt? Sie sollen ja mit dem Feuer gespielt haben, wie ein törichtes Kind.»

Ich hatte mich jetzt schon damit abgefunden und erzählte die ganze Geschichte noch einmal, und zu meiner Rechtfertigung zog ich die geschwärzte Uhr aus der Tasche.

«Ja, ja», sagte Lebrun, «dann und wann machen wir alle Dummheiten. Und jetzt wollen wir uns einmal den Schaden ansehen. Mademoiselle Blanche, nehmen Sie doch den Verband ab.» Kühl und gelassen nahm Blanche meine Hand zwischen ihre, und die beiden betrachteten sie. Der Doktor strich eine Salbe auf, die er mitgebracht hatte, legte abermals einen Verband an, aber zu meiner großen Erleichterung hatten sie mir nicht weh getan. Der Schmerz war wohl da, aber nicht mehr so heftig.

«So», sagte der Doktor, «jetzt werden Sie sich wohler fühlen. Es ist nicht weiter ernsthaft, das kann ich Ihnen versichern, und in einigen Tagen wird man keine Spur mehr davon sehen. Der Verband sollte am Abend und am Morgen erneuert werden, Mademoiselle Blanche, dann sollte es keine Komplikationen geben. Was mich am meisten kränkt, ist, daß Sie morgen nicht schießen können.»

«Darum machen Sie sich keine Sorgen», sagte ich. «Es wird ohne mich ebensogut gehen.»

«Das doch nicht!» Er lächelte. «Sie sind sozusagen wie die Hauptfeder in dieser Uhr da. Wenn sie versagt, taugt das ganze Werk nichts.»

Ich sah, wie Blanche nach der Uhr schaute und von der Uhr auf mich. Unsere Blicke trafen sich, und in ihrem Ausdruck war etwas Fragendes, Forschendes, das eine Sekunde lang die Furcht in mir weckte, sie könnte die Wahrheit wissen, und darum sei sie auch gekommen, um meine Hand zu verbinden und mich von meinen Schmerzen zu befreien – weil sie es für einen Fremden tat. Schuldbewußt senkte ich die Augen, sie aber wandte sich zum Arzt und forderte ihn auf, mit ihr ins Eßzimmer zu gehen und eine Kleinigkeit zu sich zu nehmen. Er dankte; ja, er würde ihr sofort nachkommen.

Sie ließ uns allein, und nun begann er, von Françoise zu reden, und wiederholte, was er mir schon am Telefon gesagt hatte. Ich versuchte, seine Worte in mich aufzunehmen, doch während er sprach und die wichtigsten Punkte mit dem Kneifer betonte, den er durch die Luft schwang, dachte ich immer noch an Blanche und den Ausdruck ihrer Augen. Wie und wo konnte sie meine Verkleidung durchschaut haben? Oder bildete ich mir das alles nur ein?

Gaston erschien mit einem Tablett, doch ich winkte ab. «Heute abend werden Sie schon wieder Lust haben zu essen», sagte der Doktor und gab mir einige Pillen. Er prägte mir ein, alle zwei Stunden eine zu nehmen und, wenn meine Hand mich schmerzte, zwei. Dann verzog er sich ins Eßzimmer.

Gaston legte mir eine Decke auf die Beine, brachte noch ein Kissen, und ich dachte daran, wie seine Ergebenheit, seine Fürsorge in Bestürzung, dann in Unbehagen und schließlich in Verachtung umschlagen würde, wenn er die Wahrheit erführe – daß ich ein Schatten war, der seinen Herrn nachäffte, und daß ich mich, aus Angst vor der Entdeckung, absichtlich verletzt hatte. Das würde sein Begriffsvermögen und das aller Bewohner von St. Gilles bei weitem übersteigen. So etwas machen Menschen doch nicht. Und welchen Zweck hatte der Betrug, wenn er dem Betrüger so viele Verdrießlichkeiten bereitete? Welchen Nutzen konnte er davon haben? Das allerdings war das Entscheidende. Welchen Nutzen hatte ich davon? Ich legte mich auf dem Sofa zurück, betrachtete meine verbundene Hand, und plötzlich begann ich zu lachen.

«Jetzt geht's Ihnen schon besser?» sagte Gaston, sein freundliches Gesicht wurde breit, das Lachen war eine Erlösung für uns beide.

«Besser? Wieso?»

«Nun, mit Ihrer verbrannten Hand, Herr Graf; sie tut nicht mehr so weh wie vorher?»

«Auf andere Art; als ob nicht ich es wäre, der sich die Hand verbrannt hat, sondern ein anderer.»

«So kann's mit den Schmerzen gehen», sagte er. «Oder man kann sie an einer anderen Stelle spüren. Erinnern Sie sich an meinen Bruder, der im Krieg ein Bein verloren hat? Er sagte immer, er spüre den Schmerz im Arm. Meine Großmutter war Bretonin. Damals hat man die Tiere verwünscht, damit sie Schmerzen und Krankheit auf sich nahmen. Wenn jemand die Blattern hatte, so nahm man ein Huhn und hängte es lebendig im Zimmer auf, und sogleich hatte die Krankheit von ihrem menschlichen Opfer abgelassen und ging auf das Huhn über; und vierundzwanzig Stunden später war es tot, und dem Kranken ging es besser. Vielleicht wäre es gar nicht schlecht, wenn ich ein Huhn holen und es neben dem Herrn Grafen aufhängen würde.»

«Ich bin nicht so sicher», sagte ich. «Es könnte auch umgekehrt gehen. Das Huhn könnte krank sein und seine Krankheit auf mich übertragen – wenn nicht die Blattern, so etwas anderes Unangenehmes.»

Die Frage war, wer von uns beiden sich gerettet hatte, Jean de Gué oder ich.

Als die Familie mit ihrem Mittagessen fertig war, füllte das Zimmer sich wieder, man kam, sich nach meinem Befinden zu erkundigen, und nun mußte ich den zweiten Teil meines Plans durchziehen. »Paul», sagte ich, «du kannst mit Robert alles für morgen bestimmen. Jetzt, da ich ohnehin nicht mittun kann, ist es mir lieber, dir die Sache ganz zu übergeben.»

«Unsinn!» rief Paul. «In einer Stunde wirst du dich schon viel wohler fühlen. Du weißt doch, daß du es immer getan hast. Wenn

Robert und ich die Sache übernehmen, dann wirst du nur an allem etwas auszusetzen haben und sagen, daß durch unsere Schuld alles schiefgegangen ist.»

«Nein, nein! Mach es nur! Wenn ich nicht schießen kann, interessiert es mich auch nicht.»

Ich stand auf, erklärte, ich wolle mich allein in die Bibliothek zurückziehen, und ihren Gesichtern sah ich an, daß alle glaubten, mein Entschluß sei von der tiefen Enttäuschung diktiert und vielleicht auch davon, daß ich noch immer Schmerzen litt. Ich sah, wie Renée den Doktor beiseite zog und etwas fragte, aber er schüttelte den Kopf: «Nein, nein, ich versichere Ihnen, es fehlt ihm nichts. Es war vor allem der Schock. Und so eine Verbrennung ist natürlich sehr schmerzhaft...»

Du hast recht, dachte ich, zumal wenn man sie sich selber zugefügt hat und sie völlig überflüssig ist. Denn nachdem mein erster panischer Schrecken vor der Jagd überwunden war, wußte ich, daß ich nichts weiter zu tun gehabt hätte, als zu erklären, ich wolle nicht mitmachen. Sie hätten es schlucken müssen, sie hätten alles geschluckt, weil sie keine Sekunde lang auf den Gedanken kamen, daß ich nicht der Mann war, für den sie mich hielten.

Ich ging in die Bibliothek, und die Langeweile des Nachmittags senkte sich schwer über das Schloß. Meine Kasteiung hatte zur Folge, daß mir die Vorbereitungen für die Jagd erspart blieben, aber dafür war ich zu völliger Untätigkeit verdammt, und wenn ich mich «ausgeruht» hätte, würde ich wieder allen Fragen ausgesetzt sein, die ich vermeiden wollte. Um die Zeit totzuschlagen, zog ich mir einen Stuhl an den Schreibtisch, meine freie Hand kämpfte mit der Schublade und brachte abermals das Fotoalbum zum Vorschein. Diesmal wurde ich nicht unterbrochen. Ich konnte mir Zeit lassen, und nachdem ich die ersten Bilder noch einmal betrachtet hatte, blätterte ich gemächlich weiter und verweilte bei den Bildern der Erwachsenen. Da bemerkte ich Dinge, die mir beim ersten Mal entgangen waren. Sehr früh schon erschien Maurice Duval in den Gruppen in der Fabrik. Er stand in zweiter Reihe, ein junger Mann, und daneben war die Jahreszahl 1925 verzeichnet; und dann, wie bei Klassenaufnahmen, rückte er von Jahr zu Jahr in eine sichtbarere Stellung vor, bis er am Ende des Albums auf einem Stuhl neben dem Grafen de Gué saß, zuversichtlich, selbstbewußt dreinblickend, der Leiter der Fabrik neben ihrem Besitzer. Sein Gesicht gefiel mir. Es war kräftig, klug, zuverlässig, ein Gesicht, dessen Ausdruck zweifellos Neigung und Respekt weckte.

Ich mußte im Stuhl eingeschlafen sein, denn plötzlich war es sechs, und nicht Paul oder Renée oder das Kind waren gekommen, um mich zu wecken, sondern der Geistliche. Er hatte das Licht neben dem Schreibtisch eingeschaltet, sah mich an, und sein alter Kopf nickte besorgt.

«Schade! Jetzt habe ich Sie geweckt. Das war nicht meine Absicht. Ich wollte nur wissen, ob Sie noch Schmerzen haben.»

Ich erwiderte, daß ich mich wohl fühlte, der Schlaf habe mir gutgetan.

«Madame Jean hat auch geschlafen», sagte er, «und Ihre Mutter auch. Alle Invaliden im Schloß haben sich ausgeruht. Und Sie brauchen sich keine Sorgen zu machen. Ich habe es auf mich genommen, Ihren kleinen Unfall zu erklären, und ich hielt es für das beste, nicht viel Aufhebens davon zu machen. Sie nehmen es mir doch nicht übel, daß ich das getan habe?»

«Ganz im Gegenteil. Ich bin Ihnen sehr dankbar.»

«Schön, schön. Die Damen sind soweit beruhigt, es tut ihnen nur leid, daß Sie morgen um das Vergnügen der Jagd kommen.»

«Das ist nicht weiter wichtig. Damit habe ich mich abgefunden.»

«Das ist wahrhaftig tapfer! Ich weiß ja, was es für Sie bedeuten muß.»

«Ich bin nicht tapfer, ganz im Gegenteil. Um offen zu sprechen – ein physischer und moralischer Feigling.»

Er lächelte mir zu. «Nun, nun, so schlimm wird es schon nicht sein. Manchmal ist es eine Art Nachsicht mit uns selber, wenn wir das Schlimmste von uns denken. Wir sagen: Jetzt habe ich den Boden des Abgrunds erreicht; tiefer kann ich nicht fallen. Und beinahe ist es ein Vergnügen, durch das Dunkel zu wandeln. Verdrießlich daran ist nur, daß es nicht stimmt. Es gibt des Bösen kein Ende in uns, wie es auch kein Ende des Guten gibt. Es ist eine Frage der Wahl. Wir kämpfen, um aufzusteigen, oder wir kämpfen, um zu fallen. Wir müssen nur entdecken, welchen Weg wir gehen.»

«Es ist leichter, zu fallen», sagte ich, «die Gesetze der Schwerkraft beweisen es.»

«Vielleicht», sagte er. «Ich weiß nicht. Gottes Liebe haftet nicht immer an den Gesetzen der Schwerkraft, obgleich beides Wunder sind. Und jetzt dürfen wir wohl dafür Dank sagen, daß das Feuer Ihnen keinen ernsteren Schaden zugefügt hat.»

Er kniete nieder. Das fiel ihm nicht leicht, denn er war ein großer, schwerer Mann. Er faltete die Hände, senkte den Kopf, begann zu beten und dankte Gott dafür, daß er mich vor Harm bewahrt, meinen Schmerz gelindert hatte, und fügte schließlich hinzu, daß Gott in seiner Güte, weil ich doch die Jagd so sehr liebte und der Verzicht darauf einen so großen Kummer bedeutete, mir seine Gnade als Trost senden werde, so daß ich den Unfall nicht als bittere Enttäuschung anzusehen hätte, sondern als Segen.

Während er mühsam aufstand, dachte ich an sein Bild von dem Abgrund, fragte mich, wieviel tiefer ich noch fallen müßte, und ob die Scham, die mich überwältigte, auch nichts anderes war als ein Wandeln durch das Dunkel, wie er es ausgelegt hatte. Ich stand auf, begleitete ihn in die Halle und sah ihn über die Terrasse und die Stufen zur Anfahrt hinunter verschwinden.

Lange genug hatte ich den Feigling gespielt; jetzt konnte ich endlich den andern zeigen, daß ich keine Schmerzen hatte. Françoise saß in ihrem Bett und las Marie-Noël die «Kleine Blume» vor. Der Geistliche hatte sich seiner Sendung erfolgreich entledigt. Françoise hatte Mitleid, zeigte aber keine Besorgnis. Sie glaubte anscheinend, ich hätte mir die Finger versengt, sonst nichts, bedauerte mich, weil ich doch so enttäuscht darüber sein mußte, daß ich nicht an der Jagd teilnehmen konnte, war andererseits zufrieden, daß sie keine Schuld an der Sache trug und nicht ihr Gesundheitszustand es war, der die Störung verursacht hatte.

Marie-Noël war eigentümlich still und schweigsam. Sie beteiligte sich nicht am Gespräch, sondern nahm, als ihre Mutter zu sprechen begann, das Buch, setzte sich in eine Ecke und las. Mein Unfall mußte sie aus der Fassung gebracht haben, und das hatte sie noch nicht überwunden. Ich ging zum Abendessen hinunter. Charlotte hatte mir melden lassen, die Frau Gräfin sei früh zu Bett gegangen und wolle nicht gestört werden – dafür war ich dankbar, denn es wäre mir nicht leichtgefallen, ihren Fragen standzuhalten.

Paul und Renée waren voll beschäftigt mit den Anordnungen für den Jagdtag; wann die Gäste ankommen würden, wurde diskutiert, auch einige Namen wurden genannt, man sah das Mittagessen in einem Bauernhaus vor, wenn es zu feucht sein sollte. Es war, als ob meine lächerliche Handlungsweise ihnen auf höchst glückliche Art

Daseinszweck und Autorität verliehen hätte. Paul genoß sichtlich seine Rolle als Organisator, und da Françoise ausgeschaltet war, fühlte Renée sich durch Pauls Beförderung plötzlich als Hausfrau. Sie sprach davon, daß man die Gäste, ob schön, ob Regen, auf der Terrasse empfangen sollte; dauernd fragte sie Paul, ob er sich an dies erinnerte, jenes vergessen habe, wußte zu berichten, daß im Vorjahr irgend etwas versäumt worden war. Und es war etwas Rührendes an ihrem Eifer, ihrer Begeisterung, als ob Schauspieler der zweiten Besetzung plötzlich für die Stars einspringen könnten.

Nach ihrem raschen Eingreifen mittags war Blanche wieder in Schweigen versunken. Sie zeigte nur geringes Interesse an den Anordnungen für den morgigen Tag, erinnerte uns, als sie vom Tisch aufstand, nur daran, daß die Messe, wie üblich, um neun gelesen würde, ob die Gäste sich nun um halb elf auf der Terrasse versammelten oder nicht. Hatte sie vergessen, daß Doktor Lebrun ihr aufgetragen hatte, sich um meinen Verband zu kümmern? Der gleiche Gedanke mußte auch Renée gekommen sein, denn als wir in den Salon gingen, sagte sie: «Wenn du früh hinaufgehen willst, Blanche, dann kann ich ja Jeans Verband wechseln.»

«Ich tue es jetzt gleich», erwiderte Blanche kurz und war alsbald mit dem Verbandszeug zur Stelle, das der Doktor ihr gegeben hatte, streckte ihre Hand nach meiner aus, ohne aber ein Wort an mich zu richten.

Als sie fertig war, sagte sie allen gute Nacht, nur mir nicht, und Renée, die es sich auf dem Sofa bequem gemacht hatte, bemerkte: «Kommt denn Marie-Noël nicht zum Domino herunter?»

«Heute nicht», sagte Blanche. «Ich werde ihr oben vorlesen.»

Sie verließ das Zimmer, und nach kurzer Pause meinte Renée: «Es ist doch ungewöhnlich, daß das Kind auf sein Domino verzichtet.»

«Die Kleine hat sich über Jean aufgeregt», sagte Paul und griff nach einer Zeitung.

«Das habe ich gemerkt; du solltest besser achtgeben, sonst fängt sie wieder mit ihren Visionen an. Ich glaube nicht, daß es sehr vernünftig war, ihr die Lebensgeschichte der heiligen Therese von Lisieux zu schenken.»

Der Abend schleppte sich hin, die Zeitungen waren unsere einzige Zerstreuung, und dann und wann warf Renée mir einen Blick zu und lächelte, ein Lächeln von Mitgefühl, von heimlichem Einverständnis formte ihre Lippen zu der stummen Frage: «Tut's weh? Ist es schon besser?» Damit wollte sie mir vermutlich zeigen, daß sie mir um meines Unfalls willen den Streich vom gestrigen Tag verziehen hatte. Ich war des Kindes wegen beunruhigt. Die Kleine war sehr wohl imstande, irgendeine neue Form des Märtyrertums auf sich genommen zu haben, würgte sich mit einem eisernen Kragen oder lag auf Nägeln, und so sagte ich um halb zehn Paul und Renée gute Nacht und ging hinauf. Ich öffnete die Tür des kleinen Turmzimmers. Es lag in tiefer Dunkelheit; ich tastete nach dem Schalter und machte Licht. Marie-Noël kniete an ihrem Betschemel, hielt einen Rosenkranz umklammert, und ich hatte offenbar eine Meditation unterbrochen.

«Tut mir leid», sagte ich, «ich komme später, wenn du fertig bist.»

Sie wandte mir ausdruckslose Augen zu, hob die Hand, gewissermaßen, um mir Schweigen zu gebieten, und ich wartete. Wenige Sekunden später bekreuzigte sie sich, legte ihren Rosenkranz zu Füßen der Madonna nieder, dann stand sie auf und stieg ins Bett.

«Ich habe meine Kreuzwegandacht gebetet», sagte sie. «Dann bin ich morgen für die Messe in der richtigen Stimmung. Es hilft immer, die Kreuzwegandacht zu beten, sagt Tante Blanche, wenn man an etwas anderes denkt.»

«Und woran hast du denn gedacht?»

«Heute früh habe ich an die Jagd gedacht, und was das für ein Spaß sein wird; und das war gewiß eine Sünde. Den übrigen Tag aber habe ich an dich gedacht.»

Ihre Augen wirkten mehr verstört als besorgt. Das war mir eine Erleichterung. Es wäre mir sehr unlieb gewesen, wenn ich sie erschreckt hätte. «Um mich brauchst du dir keine Sorgen zu machen», sagte ich und wickelte sie mit meiner unverwundeten Hand in ihre Decken. «Meiner Hand geht's heute abend viel besser, und Doktor Lebrun sagt, daß in wenigen Tagen alles wieder in Ordnung sein wird. Es war eine dumme Geschichte, daß mir die Uhr hinuntergefallen ist – ich hätte daran denken sollen, daß der Riemen nichts mehr wert war.»

«Sie ist dir doch nicht heruntergefallen», sagte Marie-Noël.

«Was meinst du damit?»

Sie schaute zu mir auf, wurde rot und zupfte verlegen an der Decke.

«Ich war im Taubenschlag», sagte sie, «Ich war bis hinauf geklettert und schaute durch den kleinen Spalt neben dem Loch, wo die Tauben ein und aus gehen. Ich hab dich kommen sehen, ich hab gesehen, wie du die Uhr geschwenkt hast. Ich wollte dich rufen, aber du hast so ernst dreingeschaut, daß ich's nicht getan hab. Dann bist du neben dem Feuer stehengeblieben, und plötzlich hast du die Uhr mitten hineingeworfen. Es gab gar keinen Rauch, der dir in die Augen gestiegen ist; gar nichts. Du hast es absichtlich getan. Warum?»

16

Ich setzte mich auf den Stuhl neben dem Bett. So war ich gewissermaßen auf gleicher Stufe mit ihr, kein Erwachsener, der zu einem Kind spricht. Ich begriff, daß sie meine Handlung als einen bewußten Versuch ausgelegt hatte, mich der Uhr zu entledigen; dann hatte ich es bereut und mir die Hand verbrannt, als ich die Uhr aus der Glut holte. Es als selbstauferlegten Schmerz zu deuten, war ihr nicht in den Sinn gekommen, und doch wäre das etwas, das sie bereitwillig verstehen würde.

«Die Uhr war tatsächlich eine Ausrede», sagte ich. «Ich wollte morgen nicht auf die Jagd. Ich wußte nicht, wie ich das anstellen sollte, und da, als ich am Feuer stand, kam mir der Gedanke, mir die Hand zu verbrennen. Es war einfach, aber dumm. Ich habe es gar zu gründlich getan, und darum hat's auch mehr weh getan, als ich geglaubt hatte.»

Sie lauschte ruhig. Dann hob sie meine verbundene Hand und betrachtete sie.

«Warum hast du nicht gesagt, daß du krank bist?»

«Das hätte man mir nicht abgenommen. Die Leute hätten gemerkt, daß mir nichts fehlt. Eine verbrannte Hand – das ist doch was Glaubhaftes.»

«Ja», sagte sie, «es ist nie angenehm, erwischt zu werden. Jetzt hast du deine Strafe, und jetzt weißt du's. Kann ich die Uhr noch einmal sehen?» Ich griff in die Tasche und gab ihr die Uhr. «Armes Ding», sagte sie. «Es ist ganz schwarz und hat kein Glas mehr. Bei

Tisch haben alle sich gewundert, daß du dich so bemüht hast, sie aus dem Feuer zu ziehen. Ich hab mein Geheimnis bei mir behalten. Es ist doch eigentlich häßlich, die Uhr leiden zu lassen. Hast du daran nicht gedacht?»

«Im Grunde genommen wohl nicht», erwiderte ich. «In meinem Kopf ist es ein wenig wirr zugegangen. Ich dachte an jemanden, der erschossen, ermordet worden war; vor langer Zeit. Und da habe ich ganz plötzlich die Uhr ins Feuer geworfen und mir die Hand verbrannt, als ich sie herauszog. So schnell geschah es.»

Sie nickte. «Du hast wohl an Herrn Duval gedacht, nicht?»

Verblüfft sah ich sie an. «Ja – das ist richtig.»

«Sehr natürlich! Weil er dir doch die Uhr geschenkt hat und erschossen worden ist. Das hat sich eben vermischt.»

«Was weißt du denn von Herrn Duval?»

«Er war Direktor in der Fabrik, und, soviel ich von Germaine weiß, sagen die einen, daß er ein Patriot war, und die andern halten ihn für einen Verräter. Aber er ist auf schreckliche Art umgekommen, und ich darf nicht darüber reden. Besonders nicht zu dir und zu Tante Blanche; und so tu ich's auch nie.» Sie gab mir die Uhr zurück.

«Wer hat dir verboten, darüber zu reden?»

«Großmama.»

«Wann?»

«Das weiß ich nicht. Es ist schon sehr lange her. damals, als Germaine mir die Geschichte erzählte. Ich hab's Großmama gesagt, und da wurde sie böse: ‹Schweig still! Du darfst nie Dienstbotenklatsch weitererzählen. Das sind ja lauter Lügen.› Sie war sehr zornig, und seither hat sie auch nie mehr davon geredet. Sag mir, Papa, warum willst du morgen nicht schießen?»

Das war die schwierige Frage, und ich wußte nicht, was ich darauf erwidern sollte.

«Ich will einfach nicht», sagte ich. «Einen besonderen Grund habe ich nicht.»

«Du mußt aber einen Grund haben», beharrte sie. «Das ist doch dein größtes Vergnügen.»

«Nein», erklärte ich. «Nicht mehr. Ich will nicht schießen.»

Sie betrachtete mich ernst, und ihre Augen glichen plötzlich und recht erschreckend den Augen der kleinen Blanche in dem Familienalbum.

«Vielleicht darum, weil du nicht töten willst? Hältst du es auf einmal für eine Sünde, einem Geschöpf das Leben zu nehmen? Wenn's auch nur ein Vogel ist?»

Darauf hätte ich ihr sofort «nein» sagen sollen; ich wollte nicht schießen, weil ich Angst hatte, schlecht zu schießen. Ich suchte einen Ausweg, und mein Zögern wurde als Zustimmung angesehen. Dem Aufleuchten ihrer Augen konnte ich anmerken, daß sie in ihrem Geist ein phantastisches Gespinst wob; von ihrem Vater, der plötzlich alles Bluts, alles Schlachtens überdrüssig war, der sich die Hand verbrannt hatte, um nicht in Versuchung zu geraten, wieder zu töten.

«Vielleicht», sagte ich.

Sobald ich das gesagt hatte, wurde mir mein Fehler bewußt. Bisher hatte ich sie nie absichtlich belogen. Und jetzt tat ich es. Ich malte ihr ein falsches Bild von Jean de Gué, gab ihr, wonach sie verlangte, um mir die Wahrheit zu ersparen.

Sie kniete im Bett und legte behutsam, um meine verbundene Hand zu schonen, die Arme um den Hals. «Ich finde, daß du großen Mut bewiesen hast», sagte sie. «Das ist ganz, wie es bei Matthäus steht: ‹Ärgert dich deine rechte Hand, so haue sie ab und wirf sie von dir; es ist besser, daß eins deiner Glieder verderbe und nicht der ganze Leib in die Hölle geworfen werde. Ärgert dich aber dein rechtes Auge, so reiß es aus und wirf's von dir ...› Ich bin froh, daß es nicht dein Auge war; das wäre doch noch viel schlimmer gewesen. Deine Hand wird schließlich wieder heilen, aber auf die Absicht kommt es an, das sagt auch Tante Blanche immer. Schade, daß wir's ihr nicht erzählen können, aber es ist mir doch lieber, daß es unser Geheimnis bleibt.»

«Hör einmal», sagte ich, «gar so ein Geheimnis muß man nicht aus der Sache machen. Ich habe mir die Hand verbrannt. Ich kann nicht schießen, ich will nicht schießen, und damit ist's erledigt. Und jetzt denk nicht mehr daran.» Sie lächelte, bückte sich und küßte meine verbundene Hand. «Ich versprech dir, daß ich kein Wort davon sagen werde, aber du kannst mir nicht verbieten, daran zu denken. Wenn du merkst, daß ich dich morgen auf ganz besondere Art ansehe, so wird das bedeuten, daß ich an deine große Tat der Selbsterniedrigung denke.»

«Es war keine große Tat. Es war einfach töricht.»

«In Gottes Augen sind Toren Weise. Hast du schon von der heiligen Rosa von Lima gehört?»

«Hat sie auch die Hand ins Feuer gesteckt?»

«Nein, sie trug einen schweren eisernen Gürtel und hat ihn nie abgenommen, und der hat so tief eingeschnitten, daß alles Fleisch davon verfaulte. Sie hat ihn jahrelang getragen, und sie ist zur Heiligkeit gelangt. Papa, Tante Blanche will, daß ich Nonne werde. Sie sagt, daß ich in dieser Welt nie das wahre Glück finden werde, und ich glaube, sie hat recht. Jetzt, wenn ich von der ‹Kleinen Blume› lese, glaube ich noch mehr daran. Was hältst du davon?»

Ich sah sie an. Sie war aufgestanden, schmächtig und ernst in ihrem weißen Nachthemd, die Hände gekreuzt.

«Ich weiß nicht», sagte ich. «Du bist doch noch ein wenig zu jung, um dich zu entscheiden. Daß Tante Blanche in dieser Welt kein Glück gefunden hat, heißt doch nicht, daß du es auch nicht finden wirst. Es hängt alles davon ab, was du unter Glück verstehst. Es ist kein Topf voll Gold, den man am Fuß eines Baumes findet. Frag unsern Pfarrer, nicht mich.»

«Das hab ich schon getan. Er sagt, wenn ich innig genug bete, dann wird Gott mir eines Tages die Antwort geben. Aber Tante Blanche hört überhaupt nicht auf zu beten, und sie ist viele Jahre älter als ich und hat ihre Antwort doch noch nicht bekommen.»

Von der Kirche schlug es zehn. Ich war müde und wollte mich jetzt nicht über die Seele von Blanche, von Marie-Noël oder von mir selber unterhalten.

«Nun», sagte ich, «vielleicht hast du mehr Glück als sie und erfährst deine Antwort früher.»

Sie seufzte und streckte sich im Bett aus. «Das Leben ist eine schwere Sache», sagte sie.

«Da bin ich ganz deiner Meinung.»

«Glaubst du, es wäre leichter, wenn man ein anderer Mensch wäre?»

«Das wüßte ich auch gern.»

«Ich hätte nichts dagegen, ein anderes Kind zu sein, wenn ich nur sicher wüßte, daß ich immer noch dich dann zum Vater hätte.»

«Da hast du unrecht», sagte ich, «das alles ist nur Einbildung. Gute Nacht.»

Eigentümlich – ihre Zärtlichkeit bedrückte mich. Ich schaltete das Licht aus und ging hinunter ins Ankleidezimmer und zu meinem Feldbett. Es war nicht meine verbrannte Hand, die mich nicht schlafen ließ – sie tat nicht mehr weh –, es war die Erkenntnis, daß die Fassade alles war; das Äußere, die Ähnlichkeit mit Jean de Gué war alles, was man verlangte. Caesar, der den Fremden in mir gespürt hatte, war der einzige gewesen, und doch hatte er sich versöhnen lassen – heute früh durfte ich ihn streicheln, und er wedelte mit dem Schwanz.

Unruhig schlief ich wenige Stunden und wurde von Gaston geweckt, der die Läden zurückschlug, und draußen war ein grauer, feuchter Morgen mit einem dünnen Nieselregen. Im Nu sah ich den ganzen Tag vor mir – die Jagd, die Gäste, das Ritual der kommenden Stunden, alles mir so fremd wie das Fest eines Negerstamms – und ich hielt es für ungeheuer wichtig, daß ich keinen von der Familie im Stich ließ, daß ich weder den Namen de Gué noch das Schloß von St. Gilles entehrte, nicht etwa, weil ich irgendwelche Achtung für den abwesenden Schloßherrn empfand, sondern weil in mir ein Gefühl für Tradition lebendig war. Ich hörte Schritte auf dem Korridor und Stimmen auf der Treppe, und die Kirchenglocke begann zur Messe zu läuten. Ich war froh, daß ich mich schon rasiert hatte und nur mühsam den dunklen Anzug anziehen mußte, der für mich bereitgelegt worden war. Da klopfte es an der Tür, und Marie-Noël trat ein und konnte mir behilflich sein. Wir gingen anschließend zusammen ins Schlafzimmer, um Françoise guten Morgen zu wünschen, dann die Treppe hinunter und auf die Terrasse. Da waren sie schon, die Mitglieder der Familie; Paul und Renée und Blanche, und an Blanches Arm eine große, breite, gebeugte dunkle Gestalt, die ich nicht sogleich erkannte. Ich wollte schon das Kind fragen, da ging mir plötzlich auf, daß das die Gräfin selber war, die ich bisher nur sitzend oder im Bett gesehen hatte.

Wir holten sie ein, und ich reichte der Mutter meinen andern Arm, so daß sie sich auf Blanche und mich stützen konnte. Ich sah, daß sie noch größer war, als ich erwartet hatte; wir waren gleich groß, doch durch ihre breiten Schultern wirkte sie noch größer.

«Was ist denn das für eine Geschichte mit deiner verbrannten Hand?» fragte sie. «Mir sagt kein Mensch die Wahrheit.» Wir hatten das Holzportal der Kirche erreicht, als ich mit meiner Geschichte fertig war, und jetzt hörte auch die Glocke auf zu läuten. «Ich glaube das nicht», sagte sie. «So etwas kann doch nur ein Schwachsinniger tun! Oder bist du plötzlich schwachsinnig geworden?»

Eine kleine Gruppe von Dorfbewohnern stand im Portal und wich zurück, als wir eintraten und zu unseren Plätzen gingen; noch immer stützte die Gräfin sich auf Blanche und mich, und ich überlegte, wie widersinnig es war, daß die Familie de Gué hierher kam und um Vergebung ihrer Sünden betete, während zwei Mitglieder der Familie seit fünfzehn Jahren nicht mehr miteinander sprachen.

Ich hatte geglaubt, in der Kirche und während der Messe könnte ich den Mummenschanz vergessen und tatsächlich der Schloßherr von St. Gilles werden. Doch statt dessen plagte mich das geheime Schuldgefühl und verwirrte mich. Mehr denn je wurde mir der Betrug bewußt, wurde mir bewußt, daß ich nicht nur die Familie betrog, neben der ich kniete, die mir bereits vertraut war, deren Fehler ich kannte und in gewissem Sinn teilte, sondern auch die Dörfler in der Kirche, von denen ich gar nichts wußte. Nie war mir eine Messe so lang vorgekommen, so voll von innerer Bedeutung. Als es vorüber war und wir wieder durch die Kirche gingen, die Gräfin schwer auf meinen Arm gestützt, da waren die ersten Worte, die sie murmelte: «Diese alberne Renée wird sich vermutlich aufputzen wie ein Papagei, weil Françoise im Bett bleiben muß. Ich hätte nicht übel Lust, unten zu bleiben und ihr den Spaß zu verderben.» Im Portal trat Blanche zu uns, nahm den andern Arm der Gräfin, und so gingen wir zu dritt langsam den Hügel hinunter und zurück zum Schloß. So betraten wir unser Gelände, Bruder und Schwester stumm neben der Mutter, die kein Hehl daraus machte, daß sie sich über den Regen freute; auf diese Art würde der Tag verunglückt sein, die Gäste bis auf die Haut durchnäßt, Renée in ihrem bunten Putz kläglich zugerichtet, wenn sie nur den Kopf zur Tür hinausstreckte, während Paul sich als Organisator der Jagd lächerlich machen würde. «Und so», sagte sie und preßte meinen Arm, «wirst du es sein, der zuletzt lacht!»

Um halb elf waren wir auf der Terrasse, standen in dem tröpfelnden Regen, während die ersten Wagen durch das Tor fuhren. Die arme Renée, deren unschuldiger Plan fehlgeschlagen war, blieb hinter der breiten Gestalt ihrer Schwiegermutter verborgen, die, auf einen Stock gestützt, ein graues Tuch um die Schultern, den Ehrenplatz beim Eingang eingenommen hatte und jedem Gast einen huldvollen Willkommensgruß schenkte. Ihre Anwesenheit war so unerwartet, daß selbst die verbrannte Hand des Schloßherrn nur als unglücklicher Zufall gewertet und das Fehlen von Françoise überhaupt nicht bemerkt wurde. Die Frau Gräfin «empfing». Alles andere war unwichtig.

Es war eine unglaubliche Verwandlung. Ich konnte kaum glauben, daß die Frau, die hier stand und hofhielt, dieselbe sein sollte, die ich oben in ihrem Stuhl zusammengekauert oder grau und erschöpft in dem großen Doppelbett gesehen hatte. Jede Bemerkung, die sie machte, enthielt einen leisen Stachel. Ich stand daneben, wollte keinen Anteil an ihrer Bosheit haben, doch mein Schweigen wurde falsch gedeutet; man nahm an, daß ich meines Unfalls wegen verärgert war. Daß ich beständig wiederholte: «Fragen Sie mich gar nichts – fragen Sie Paul», wurde sichtlich als Spott über seine Bemühungen angesehen, und ich merkte sehr wohl, wie sich der Eindruck verbreitete, daß der Tag allerlei Zufällen ausgesetzt sein werde, da im Grunde niemand das Heft in der Hand hatte und somit die ganze Veranstaltung leicht lächerlich wirkte. Paul war nervös und gereizt, schaute auf seine Uhr und wäre gern aufgebrochen. Da spürte ich, wie jemand mich am Ellbogen berührte. Es war der Mann im Overall, der in dem Häuschen bei der Garage wohnte, und er hatte Caesar neben sich.

«Da ist Caesar, Herr Graf», sagte er. «Sie haben ihn vergessen.»

«Ich schieße heute nicht», sagte ich. «Bringen Sie ihn Herrn Paul.»

Der Hund brannte darauf, freigelassen zu werden, witterte das Vergnügen, das ihn erwartete, und so strich er auf der Suche nach seinem Herrn umher und beachtete Pauls Rufe nicht. In seiner Verwirrung griff er einen Nebenbuhler an, einen wohldressierten Apportierhund, der gemächlich neben seinem Herrn saß, und im Nu entstand ein Aufruhr, wurde ein wütendes Kläffen und Bellen laut, der bejahrte Besitzer des Apportierhundes brüllte aus Leibeskräften, und Paul schrie mir, blaß vor Wut, zu: «Kannst du deinen Hund nicht bei dir behalten?» Der Gärtner Joseph und ich stürzten uns auf den unglücklichen Caesar, aber mit der einen freien Hand konnte ich nicht viel erreichen. Irgendwie wurden wir schließlich doch mit dem Hund fertig, legten ihn an die Leine, und alle Welt amüsierte sich über den komischen Zwischenfall – bis auf den Besitzer des Hundes und Paul selber, der auf mich zutrat und flüsterte: «Wieder einer von deinen Späßen, was? Du findest es lustig, deinen halbdressierten Hund loszulassen und den ganzen Tag damit zu verderben.»

Ich konnte gar nichts tun. Daß Caesar mich überhaupt nicht beachtete, wurde ihm nicht als Unfolgsamkeit ausgelegt, sondern meiner zynischen Gleichgültigkeit zugeschrieben.

«Werden Sie sich nicht einmal die Mühe nehmen, uns zu begleiten?» wurde ich gefragt. – «Nicht gleich. Ich komme nach», erwiderte ich, und die Gesellschaft begann, sich in lockeren Gruppen auf den Weg zu machen, man lachte, jemand zuckte die Achseln, schaute zu den schweren Regenwolken hinauf und zog eine Grimasse, als wollte er sagen: Die ganze Geschichte ist ein Reinfall. Wir könnten ebensogut heimgehen.

Nachdem sie verschwunden waren, wandte ich mich zu der Gräfin. «Schön. Du hattest es darauf abgesehen, Paul und Renée den Tag zu verderben, und das ist dir gelungen. Hoffentlich bist du jetzt zufrieden.»

Verständnislos starrte sie mich aus leeren Augen an. «Was meinst du damit? Ich verstehe dich gar nicht.»

«Du verstehst mich sehr gut. Heute hatte sich eine Gelegenheit für Paul und Renée geboten, eine gewisse Autorität zu zeigen, und du bist ihnen absichtlich in den Weg getreten und hast dich über die ganze Sache lustig gemacht. Kein Mensch hat auch nur ein Wort mit Renée gesprochen. Paul wurde geflissentlich übersehen, und für die beiden ist der Tag so gut wie erledigt.»

Ihr Gesicht wurde plötzlich grau, ob aus Erregung oder aus Ärger, wußte ich nicht. Ich hatte geglaubt, wir wären allein, doch Charlotte hatte in der Halle auf sie gewartet, trat jetzt hinzu, nahm ihren Arm, und die beiden begannen ohne ein Wort, die Treppe hinaufzugehen. Von Renée war nichts zu sehen, ebensowenig von Blanche; nur das Kind war als zweiter Zeuge der Szene geblieben, und es schaute verlegen zur Seite, errötete und tat, als hätte es nichts gehört.

Ich hatte in der Rolle eines andern Mannes die Selbstbeherrschung verloren, und das war etwas, das jenem andern Mann nie zugestoßen wäre. Er hätte die Belustigung seiner Mutter geteilt, hätte sie noch ermuntert, wenn er an meiner Stelle gewesen wäre. Was mich in Wahrheit verbittert hatte, war die Tatsache, daß diese Situation sich nie ergeben hätte, wenn Jean de Gué dageblieben wäre. Auch wenn ein Unfall ihn daran verhindert hätte, selber mitzumachen, so hätte er dennoch die Jagd geleitet. Es war nicht die Schuld seiner Mutter, daß der Tag verdorben war, sondern meine.

Marie-Noël trat von einem Fuß auf den andern. Sie hatte ihren Regenmantel an und hatte zweifellos gehofft, wir würden den andern folgen und wenigstens zusehen.

«Tut dir die Hand noch weh?»

«Nein.»

«Ich glaube aber doch, daß du Schmerzen hast und daß du dich deshalb nicht um die Gäste kümmern wolltest. Und jetzt tut's dir leid, daß du nicht mitmachen kannst.»

«Es tut mir nicht leid. Es kränkt mich nur, daß alles jetzt verdorben ist.»

«Großmama wird krank sein. Sie wird wieder einen ihrer Anfälle haben. Warum bist du denn so grob mit ihr gewesen? Sie hat es ja nur deinetwegen getan.»

Es war zwecklos. Alle unsere Beweggründe waren falsch. Ich hatte versucht, das Richtige auf falsche Art zu tun oder – das Falsche auf die richtige Art – so genau wußte ich das nicht. Mein Plan war fehlgeschlagen und der Plan der Mutter auch. Selbst der Hund war in Ungnade gefallen, weil er keine Weisungen erhalten hatte.

«Wo ist denn Tante Renée?»

«Sie ist hinaufgegangen. Ihre Frisur war in Unordnung, und sie hat ausgesehen, als wollte sie weinen.»

«Sag ihr, daß Gaston uns mit dem Wagen zu den andern fahren wird.»

Ihr Gesicht hellte sich auf, und sie verschwand eilig.

Ich bat Gaston, den Wagen zu holen, und sah zu meiner Erleichterung, daß er eine Kiste Wein im Gepäckraum verstaute. Dann sah ich Renée und das Kind auf mich zukommen und mit ihnen Caesar, der mit dem Schweif wedelte als Zeichen, daß er gern mitgenommen werden wollte.

«Den Hund brauchen wir nicht», rief ich ihnen zu.

Sie blieben stehen, sahen mich erstaunt an. «Du wirst Caesar doch für die Vögel brauchen, Papa», meinte Marie-Noël.

«Nein», sagte ich. «Da ich selber nicht schieße, brauchen wir ihn auch nicht mitzunehmen. Mit einer Hand kann ich ihn ohnehin nicht halten.»

«Das ist doch gar nicht nötig», sagte das Kind. «Dir folgt er doch aufs Wort. Heute früh hat er dir nicht gehorcht, weil du es ihm nicht befohlen hast. Komm, Caesar!»

«Hat er denn keine Leine?» fragte Renée. «Wo ist denn seine Leine?»

Ich gab nach. Ich konnte mich auf keine Auseinandersetzung einlassen; der Tag war meiner Gewalt entglitten. Ich setzte mich auf den Rücksitz des Renaults, auf der einen Seite das Kind, auf der anderen den Hund, vorn saß Renée neben Gaston. Während wir über einen Karrenweg in den Wald holperten und ich gegen Caesar geworfen wurde, entrang sich seiner Kehle ein Grollen, Vorzeichen bösartigen Geknurrs; wie lange würde seine natürliche Würde ihn davon abhalten, unhöflich zu werden?

«Was ist denn mit Caesar los?» fragte Renée über die Schulter. «Warum knurrt er denn beständig?»

«Papa neckt ihn», sagte das Kind, «nicht wahr, Papa?»

«Nein, bei Gott, das tu ich nicht.»

«Halbdressierte Hunde können so aufgeregt sein», sagte Renée. «Vergiß nicht, daß er erst drei Jahre alt ist.»

«Was sollen wir anfangen, wenn er toll wird?» fragte Marie-Noël.

«Er wird nicht toll», sagte ich, «er muß an der Leine bleiben.»

Plötzlich hielt der Wagen, und wir waren in nächster Nähe der Jäger. Wir stiegen aus, und sogleich war mir klar, daß ich einen Fehler begangen hatte; ich hätte nicht hierherkommen dürfen, denn ich hatte ja keine Ahnung, was ich als nächstes tun sollte. Schlimmer noch, ich bemerkte, daß man meinen Befehl nicht befolgt hatte. Caesar war nicht an der Leine, sondern streifte dahin und dorthin und suchte seinen Herrn.

«Komm her, Caesar», rief ich. Doch der Hund beachtete mich nicht. Er lief die Schützenkette entlang, und seine Streifzüge wurden von verärgerten Rufen begleitet: «Ruft doch den Hund zurück!» Caesar wußte sich keinen Rat, weil er ja nicht von seinem Herrn gerufen wurde, und Renée schnalzte mißbilligend. «Wirklich, Jean, du solltest den Hund doch besser in der Hand haben!»

Plötzlich war die Luft vom Geknall der Schüsse erfüllt, und die getroffenen Vögel schossen herab. Instinktiv duckte ich mich, schloß die Augen, ein Städter, seiner gewohnten Umgebung entrissen, nicht an den Tod im freien Feld gewöhnt.

«Was hast du denn? Eine Ohnmacht?» fragte Renée, doch während ich mich aufraffte, hatte Caesar bereits alles vergessen, was ihm je gelehrt worden war, sprang ungebeten vor, um den nächsten Vogel zu apportieren, der doch bestimmt – das mußte sein Hundehirn ihm eingegeben haben – seines Herrn Beute war. Bei dieser Gelegenheit rannte er in seinen Feind, den Hund von der Terrasse, hinein, den wohldressierten Apportierhund des Mannes zu meiner

Rechten, dem der Vogel wahrscheinlich gehörte, und bevor ich noch den halberstickten Ruf «Caesar!» ausstoßen konnte, war die Schlacht zwischen den beiden wieder entbrannt. Der Besitzer des Hundes, ein kleiner alter Mann in verschlissenem Rock und aus der Form gegangenem Tweedhut, schrie mir, violett im Gesicht, zu: «Rufen Sie doch Ihren Hund!» Und wir drei, Renée, Marie-Noël und ich, warfen uns zwischen die wütenden Tiere, in deren Kampf sich noch ein drittes eingemischt hatte. Der Jäger war jetzt derart außer sich, daß er uns stehen ließ und auf ein Nachzüglerpaar schoß, das jetzt über uns dahinflog, doch in seiner Aufregung verfehlte er sie, und sie konnten unversehrt eine sichere Deckung erreichen.

Jetzt wandte er sich totenblaß und beinahe sprachlos vor Zorn an uns. «Wozu sind wir eigentlich eingeladen?!» brüllte er. «Damit man sich über uns lustig macht? Das ist schon das zweite Mal, daß Sie Ihren Hund auf meinen loslassen. Ich geh nach Hause!»

Caesar hatten wir endlich an der Leine, da kamen die andern Jäger, durch das Gebell der Hunde und das Geschrei ihrer Nachbarn angelockt, und wollten sehen, was sich eigentlich ereignet hatte. Paul selber erschien plötzlich vom Ende der Reihe her, aufgeregt, besorgt, gerade noch zur rechten Zeit, um zu sehen, wie sein Gast mit dunkelrotem Gesicht, die Flinte unterm Arm, den Hund hinter sich her, abmarschierte.

«Was hat denn der Marquis?» rief Paul. «Ich habe ihn doch absichtlich hierher gestellt. Das ist der Platz, den er am liebsten hat. War er nicht zufrieden?»

In dem Meer von Gesichtern sah ich plötzlich eines, das ich wiedererkannte. Es war der Mann, den ich in Le Mans in der Nähe des Bahnhofs in seinem Wagen gesehen, er, der erste, der mich für den Grafen gehalten hatte! Jetzt grinste er. Der klägliche Verlauf der Jagd erheiterte ihn anscheinend.

«Jean war's, der sich einen Spaß gemacht hat», sagte er. «Ich hab genau gesehen, wie die Vögel aufgeflogen sind. Da hat er sich geduckt, hat herumgefuchtelt, um Ihre Frau zu amüsieren, und dann hat er Caesar losgelassen, damit das Vieh den Vogel des alten Marquis apportiert und sich mit dem alten Justin balgt. Mit dem Marquis habt ihr es endgültig verscherzt.»

Paul wandte sich zu mir; er war kreideweiß. «Was soll das heißen? Weil du selber nicht mitmachen kannst, willst du allen andern den Tag verderben?!»

Renée wollte mich in Schutz nehmen. «Sei nicht so ungerecht», schrie sie. «Jean hat sich natürlich keinen Spaß gemacht. Seine Hand hat ihm weh getan – er ist beinahe ohnmächtig geworden. Und der Hund wollte ihm absolut nicht gehorchen. Irgendwas ist mit ihm nicht in Ordnung – er ist verwildert.»

«Dann sollte man ihn erschießen», sagte Paul. «Und wenn Jean sich nicht wohl fühlt – warum ist er dann überhaupt hergekommen?»

Die Gäste verkrümelten sich diskret. Keiner wollte Zeuge eines Familienstreits sein. Der Mann aus Le Mans zwinkerte mir zu und zuckte die Achseln. Ich sah, wie Dr. Lebrun eiligst auf uns zukam.

«Was ist denn geschehen?» fragte er besorgt. «Ist es wahr, daß der Marquis de Plessis-Braye sich in den Fuß geschossen hat?»

Paul stieß einen lauten Ruf aus, und dann eilte er dem gekränkten Gast nach, dessen kurze Gestalt unaufhaltsam über das Feld stapfte.

«Wir sollten auch lieber heimgehen», sagte ich zu Renée.

«Wir haben erst bei einem Mal zugesehen», sagte Renée. «Du wirst doch nicht auf Paul hören!»

«Ihr beide könnt bleiben», erwiderte ich. «Mir genügt's. Gib mir die Leine.»

Ich nahm die Leine des armen Caesar, und der Hund, seiner Ungnade bewußt, doch Gott weiß welchen Geruch eines verwundeten Tieres witternd, das sich in den Wald geschleppt hatte, sprang jäh vorwärts, riß mir beinahe den Arm aus der Schulter, und wir beide stürmten vorwärts in ein Dickicht, so schwarz und unzugänglich wie die Höhle einer Hexe. Ich glaubte, einen Warnruf von Paul zu hören, doch da war nichts zu machen. Mein Schicksal haftete an Caesars Schicksal und seines an meinem, es ging durch dick und dünn, bis wir schließlich atemlos und erschöpft auf einem Haufen Tannenzapfen zusammenbrachen. Er beobachtete mich, wie mir schien, mit boshaftem Grinsen, der Speichel tropfte von seinen Lefzen, und dann, als er merkte, daß er weder beschimpft noch geschlagen wurde, drehte er mir den Rücken zu und begann die Wunden zu lecken, die er in der Schlacht davongetragen hatte. Mit einem Seufzer zündete ich mir eine Zigarette an, lehnte mich an einen Baum und fragte mich, wie weit es noch bis St. Gilles sein mochte. Jetzt begann es in meiner verbundenen Hand zu pochen, ich raffte mich auf, schlug mich abermals durch die Büsche, den Höllenhund hinter mir her.

Dann sah ich unweit vor mir, daß der Wald sich endlich lichtete. Wir kamen abermals zu einem der breiten Wege, die den Wald durchquerten. Das hatte ich gehofft. Blätter und Schlamm klebten an uns, als wir aus dem Dunkel hervorstolperten. Keine zwanzig Meter von mir entfernt standen Paul und Robert und starrten mich an.

17

Wie aus dem Nichts war plötzlich Gaston mit dem Wagen da. Er hatte auch die Flasche bei sich, die ich zuletzt im Hotelzimmer in Le Mans gesehen hatte und die jetzt wieder mit Cognac gefüllt war. Gierig trank ich, während ich mich auf den Rücksitz des Renault fallen ließ. Gaston musterte mich besorgt und schlug vor, Dr. Lebrun kommen zu lassen. Aber meine Hand schmerzte nicht, und ich hatte auch kein Fieber. Der Cognac war der Trost, dessen ich bedurfte. Ich leerte die Flasche, dann holperten wir wieder über Löcher und Furchen. Ich erinnere mich noch an ein niedriges Bauernhaus, vor dem bereits Autos in großer Zahl parkten, und beim Eingang wartete der Pächter, ein breitschultriger Riese mit rotem Gesicht, und neben ihm eine kleine, aufgeregt schwatzende Frau, um mich willkommen zu heißen. Sie führten mich in eine Scheune, und kaum hatte ich in der hintersten Ecke Platz genommen, als auch schon die Jäger herbeiströmten, durstig, müde, durchnäßt, und mit ihrem Geschrei die Scheune in einen Turm von Babel verwandelten, bis die Sparren widerhallten. Die Dienerschaft vom Schloß schenkte den Wein ein, den Gaston mitgebracht hatte. Ich entsinne mich, daß Renée links und der Mann aus Le Mans rechts von mir saß und daß Renée ihm mit großer Ausführlichkeit die Geschichte meines Unfalls erzählte; seither sei ich beständig in einem Zustand, der an Delirium grenze, und kein Mensch wolle das begreifen – außer ihr natürlich. Kaum war sie verstummt, da begann der Mann aus Le Mans von Geschäften zu schwatzen, von gelungenen Börsencoups, von erfolgreichen Transaktionen. In meinem Kopf wirbelte es. Das war der Mann, der mir vielleicht helfen konnte – bestimmt war er es, von dem Béla gesprochen hatte – und ich kannte nicht einmal seinen Namen.

«Ich fliege heute abend nach London», sagte er. «Meine allmonatliche Reise. Wenn ich dort etwas für dich erledigen kann, so weißt du ja, wo du mich finden kannst.»

In meinem Alkoholnebel glaubte ich einen tollen Augenblick lang, er habe mein Geheimnis durchschaut. Ich starrte ihn aufgeregt an und sagte: «Worauf willst du hinaus? Was meinst du damit?»

«Pfunde wechseln», erwiderte er kurz. «Wenn du Freunde drüben hast – ich weiß, wie man das machen kann. Kinderleicht!»

«Freunde?» wiederholte ich. «Gewiß habe ich Freunde drüben!» Ich lachte, jetzt fühlte ich mich wieder in Sicherheit. Er hatte natürlich nichts geahnt, hatte natürlich nicht begriffen, was ich gesagt hatte. «Ich habe in London einen sehr guten Freund, der neben dem Britischen Museum wohnt», sagte ich. «Er wäre jederzeit bereit, Pfunde in Francs zu wechseln, wenn er sie kriegen könnte.» Und da ich ja von dem Menschen sprach, der neben ihm saß, und ich den Spaß geradezu köstlich fand, setzte ich hinzu: «Gib mir ein Stück Papier und etwas zum Schreiben.»

Er reichte mir sein Notizbuch und einen Kugelschreiber, und sorgfältig malte ich meinen Namen und meine Adresse in Blockbuchstaben hinein. Dann gab ich ihm mit der feierlichen Würde des Betrunkenen das Buch zurück. «Was du für den Mann tun kannst, tust du für mich. Wir stehen einander näher als Brüder.» Und damit brach ich in ein schallendes Gelächter aus; wie dumm war er doch, daß er den Witz der Sache nicht merkte! Dann spürte ich, daß jemand meinen Ellbogen berührte. Es war Marie-Noël, und sie sagte: «Onkel Paul möchte wissen, ob du ein paar Worte sprechen wirst, oder ob er es tun soll.» Bevor ich noch antworten konnte, hatte der Finanzmann bereits angefangen zu applaudieren, und mit einem Mal stampfte und schrie die ganze Runde, und der Finanzmann klopfte mir auf die Schulter und sagte: «Los, Jean, eine Rede!» In meinem Rausch, von einem Meer von Gesichtern umringt, glaubte ich, jetzt sei der Augenblick gekommen, da ich mich in meiner Würde als Schloßherr von St. Gilles zeigen konnte. Mochte ich ihnen auch am Vormittag die Jagd verdorben haben – jetzt war ich in Form!

«Meine Damen und Herren», begann ich, «abermals ist es eine Stunde des Stolzes und der Freude für mich, Sie bei diesem angenehmen Anlaß willkommen heißen zu dürfen, und wenn mich selber auch ein Unglücksfall leider daran verhindert hat, an Ihrem Vergnügen tätigen Anteil zu nehmen, so tröste ich mich doch damit, daß mein Bruder Paul mich so gut vertreten hat. Es ist nicht ganz einfach, die Stelle eines andern Menschen einzunehmen, das ist mir vollkommen bewußt. Die Wahrheit dieser Erkenntnis ging mir auf, als ich gestern früh in der Fabrik war und die Berechnungen prüfte.» Ich riß mich zusammen. Was, zum Teufel, schwafelte ich da?! Meine beiden Ich verschmolzen. «Wie dem auch sein mag», stotterte ich, «es ist hier nicht meine Aufgabe, von der Fabrik zu sprechen, sondern von der Jagd...»

Ich spürte, wie jemand mich am Ellbogen zupfte, es war der Finanzmann; er war dunkelrot geworden, machte mir Zeichen, ich solle doch endlich schweigen, flüsterte mir zu: «Bist du denn verrückt geworden, du Idiot?» Vor mir sah ich andere Gesichter, verdutzte, verstörte, und nun dämmerte es mir, daß meine Rede wohl nicht gerade brillant gewesen war und ich schnellstmöglich mit irgendeiner spaßhaften Bemerkung schließen würde.

«So will ich denn nur noch das eine hinzufügen», sagte ich und hob mein Glas, «daß meine verbrannte Hand bestimmt manches Unheil verhütet hat. Der Marquis war klug, als er heimging. Denn wenn ich eine Flinte in der Hand gehabt hätte...» hier machte ich eine Pause, um dann mit größerem Nachdruck fortzufahren: «...dann wäre so mancher von Ihnen jetzt nicht mehr an Leben.»

Ich hielt inne, es war eine seltsame Erleichterung für mich, daß ich doch die Wahrheit zu sagen gewagt hatte, aber ich konnte nicht begreifen, warum kein Mensch applaudierte. Wie schwach mein Witz auch gewesen sein mochte, so hätte die Höflichkeit doch in jedem Fall geboten, mir Beifall zu klatschen. Statt dessen gab es ein Scharren und Stampfen, alle Gäste standen auf und drängten hinaus, als wäre es in der Scheune plötzlich unerträglich heiß geworden. Meine Rede war gewiß kläglich gewesen, doch ich fand nicht, daß sie irgend jemanden verletzt haben konnte.

Schon war Renée wieder neben mir, auch Doktor Lebrun tauchte plötzlich auf. «Sie müssen einen Fieberanfall haben, glaube ich», sagte er. «Am klügsten wäre es doch, so rasch wie möglich ins Schloß zurückzufahren.»

«Unsinn! Meine Hand schmerzt mich gar nicht.»

«Trotzdem; Sie sollten sich lieber hinlegen.»

Einer Diskussion fühlte ich mich nicht gewachsen. Ich ließ mich von Gaston zum Wagen führen, und als der Renault aus dem Hof hinausrollte, konnte ich die Jäger sehen, die sich für die nächste Runde bereitmachten. Es regnete immer noch, und ich beneidete sie nicht.

«Meine Rede scheint nicht richtig eingeschlagen zu haben», sagte ich zu dem schweigenden Gaston neben mir, teils um mich zu entschuldigen, teils in dem Versuch, die Sache zwischen uns ins Lächerliche zu ziehen.

Zunächst antwortete er nicht. Dann zuckte sein Mundwinkel. «Hören Sie, Herr Graf», sagte er, und in seiner Stimme war Verständnis und Vergebung. «Sie haben ein wenig zuviel getrunken. Das war alles.»

«Hat man das so deutlich gemerkt?»

Sein Achselzucken fühlte ich mehr, als ich es sah. «Die Leute sind empfindlich; besonders wenn sich's um die Vergangenheit handelt. Es ist nicht gut, Krieg und Frieden zu vermengen und Witze darüber zu machen.»

«Das habe ich doch nicht getan! Ich habe von etwas ganz anderem geredet», sagte ich.

«Verzeihung, Herr Graf», erwiderte er. «Dann habe ich Sie falsch verstanden, und die andern auch.»

Schweigend legten wir die wenigen Kilometer zurück. Als ich aus dem Wagen stieg und er auf weitere Befehle wartete, kam mir plötzlich in den Sinn, daß vielleicht nicht alle Gäste später zu einer Erfrischung ins Schloß kommen würden. Vielleicht würden einige von ihnen Ausflüchte machen und heimkehren. Ich ließ Gaston gegenüber eine diesbezügliche Bemerkung fallen.

«Das sind so Dinge, Herr Graf», sagte er, «die man dem Belieben der Herren überlassen muß. Wenn nur wenige im Eßzimmer sein sollten, so kann ich Ihnen doch versprechen, daß es in der Küche hoch hergehen wird.»

Ich ging ganz leise hinauf ins Ankleidezimmer, um Françoise nicht zu stören. Ich warf mich auf das Bett und war im Nu eingeschlafen. Eine Stimme, die mir etwas ins Ohr flüsterte, riß mich aus dem Schlaf. Zuerst vermischte das Flüstern sich mit meinem Traum. Dann aber wurde es lauter, ich öffnete die Augen und sah, daß es draußen immer noch dunkel war und regnete. An meinem Bett stand jemand. Es war Germaine, das kleine Zimmermädchen.

«Kommen Sie schnell, Herr Graf», sagte sie. «Die Frau Gräfin ist nicht wohl, sie verlangt nach Ihnen.»

Sofort hatte ich mich aufgesetzt, das Licht eingeschaltet. Germaine war sichtlich erschrocken, und ich begriff nicht, warum sie eigentlich zu mir gekommen war.

«Wo ist Charlotte?» fragte ich.

«Charlotte ist unten, Herr Graf, in der Küche sind schrecklich viele Leute und essen und trinken; alle, die heute auf der Jagd waren; und da hat Charlotte mir aufgetragen, bei der Frau Gräfin zu bleiben, weil sie auch unten dabeisein wollte. Es kommt nicht oft vor, hat sie gesagt, daß Gesellschaft im Schloß ist, und das eine Mal könnte ich doch oben bleiben und aufpassen. Die Frau Gräfin würde bestimmt schlafen, und ich hätte nichts mit ihr zu tun.»

Schon war ich aufgestanden und zog mühsam meinen Rock an. «Wie spät ist es denn?»

«Acht vorüber, Herr Graf, es sind auch noch Gäste im Eßzimmer mit Herrn Paul und Madame Renée und Mademoiselle Blanche, aber nicht so viele, wie man erwartet hatte. Gaston hat uns erzählt, daß viele heimgegangen sind, weil sie durchnäßt waren, und auch, weil Sie, Herr Graf, nicht wohl waren.»

Ich richtete meine Krawatte und strich mir vor dem Spiegel das Haar glatt. Jetzt endlich war ich wieder nüchtern. «Was hat denn die Frau Gräfin?»

«Ich weiß nicht», erwiderte sie und sah mich aus verschüchterten Augen an. «Sie hat geschlafen, und dann begann sie zu stöhnen und hat nach Charlotte gefragt, aber Charlotte hatte mir aufgetragen, ich dürfe sie nicht holen, und so ging ich ans Bett und fragte, ob ich etwas für sie tun könnte. Ich habe gelogen, ich habe gesagt, ich wüßte nicht, wo Charlotte sei. Und da verlangte sie nach Ihnen, Herr Graf, nicht nach Mademoiselle Blanche oder nach dem Doktor. Und Sie sollten sofort kommen, ganz gleich, wo Sie wären und was Sie täten. Ich hatte Angst – sie hat so schlecht ausgesehen.»

Sie folgte mir aus dem Ankleidezimmer und die Treppe hinauf. Von der Küche her konnte ich Musik, Gelächter, Gläserklirren und Tellerklappern hören, ein Lärm, der in seltsamem Gegensatz zur gewohnten Stille des Schlosses stand. Durch die Schwingtüre kamen wir in den dritten Korridor, und sofort waren Musik und Gelächter verstummt. Dieser Teil des Schlosses hatte nichts mit der Fröhlichkeit unten zu tun.

Vor der Schlafzimmertüre blieb ich stehen, mein Instinkt sagte mir, daß ich allein eintreten mußte. Ich bat Germaine, im Korridor zu warten. Der Raum war dunkel. Nur ein schwaches Glühen vom Ofen her ermöglichte mir, die Umrisse der Möbel, des Bettes zu unterscheiden, und weil ich das Licht nicht einschalten wollte, um die Gräfin nicht zu stören, trat ich ans Fenster und schob den Laden auf, damit ein bißchen Licht wenigstens auf den Teppich fiel und das Schwarz in Grau verwandelte. Als ich den Laden zurückschob, hörte ich den Regen ohne Unterlaß durch die Rinnen plätschern.

Schwach und seltsam heiser drang aus den Tiefen des breiten Bettes ihre Stimme zu mir. «Wer ist da?»

«Ich bin's, Jean.»

Ich trat vom Fenster weg und ging zu ihr. «Ich fühle mich elend», sagte sie. «Warum bist du nicht schon früher gekommen?»

«Was kann ich für dich tun?»

Unruhig rückte sie hin und her, und ich kniete neben dem Bett und nahm ihre Hand.

«Du weißt ganz genau, was du für mich tun kannst», sagte sie.

Auf dem Nachttisch lagen verschiedene Medikamente, und ich warf einen Blick darauf, aber sie schüttelte ungeduldig den Kopf, warf sich von einer Seite zur andern und stöhnte. «Charlotte hat's im Nebenzimmer», sagte sie. «Im Ankleidezimmer in der Schublade des Kästchens. Du erinnerst dich doch bestimmt, wo es ist!»

Ich stand auf, ging ins Nebenzimmer und schaltete das Licht ein. Es war nur ein Kästchen da, und das hatte nur eine einzige Schublade; ich öffnete sie. Zwei Schachteln waren darin, eine noch halb in ein Papier gehüllt, das ich wiedererkannte. Es war das Papier meines Geschenkes, das ich an meinem ersten Abend im Schloß Charlotte gegeben hatte. Jetzt öffnete ich die Schachtel. Sie war voll mit kleinen Ampullen, die in Watte neben- und übereinanderlagen. Sie enthielten eine Flüssigkeit, und auf dem Etikett stand «Morphin». Ich öffnete die andere Schachtel. Sie enthielt eine Injektionsspritze. Sonst war nichts in der Schublade. Ich stand da und starrte die Schachtel an.

«Warum kommst du denn nicht, Jean?» hörte ich sie aus dem Schlafzimmer rufen.

Langsam nahm ich die Spritze aus ihrer Schachtel, nahm auch eine der Ampullen und legte sie auf einen Tisch. Auf dem Tisch war Watte und eine Flasche Alkohol, doch während des Krieges, als diese Dinge mir vertraut gewesen waren, wenn ich neben einem Arzt auf dem Boden eines Luftschutzkellers kniete, hatte ich nie den Widerwillen empfunden, der mich jetzt packte. Dort taten wir es aus Barmherzigkeit, um einen Schmerz zu lindern. Dies hier aber war etwas anderes. Jetzt endlich begriff ich, was es war, das Jean de Gué seiner Mutter aus Paris mitgebracht hatte! Doch seine Mutter war nicht krank, lag nicht im Sterben, und sie litt auch keine Schmerzen.

Ich kehrte ins Schlafzimmer zurück und drehte eine Lampe an, die ich unter den Bettvorhängen verborgen fand. Die Frau, die hier lag, war nicht dieselbe, die noch heute früh auf der Terrasse majestätisch, gebieterisch neben mir gestanden war, sondern eine andere; sie war grau, alt, verängstigt, die Hände wanderten ruhelos, der Kopf rückte auf dem Kissen hin und her.

«Worauf wartest du denn?» fragte sie. «Wo bist du so lange geblieben?»

Ich kniete neben ihr. Meine Verbrennung schmerzte nicht mehr, ich legte ihr beide Hände hinter den Kopf und hielt sie so, daß sie ruhig bleiben und mich anschauen mußte.

«Ich möchte es dir nicht geben», sagte ich.

«Warum nicht?»

Ihre Blicke suchten die meinen und das massige, graue, eingefallene Gesicht verzerrte sich wie die Papiermaske auf einer halbzerschlagenen Puppe, die schreiende Kinder durch eine neblige Londoner Straße zerren. Als ich sie jetzt ansah, war es mir, als wäre ihre Haut ebenso leblos, als wären ihre Augen nichts als Höhlen, ihr Mund ein Reif, das wirre Haar Pferdehaar, und die ganze Gestalt, die ich hielt, eine leblose Schale. Doch irgendwo in der Schale gab es ein winziges Partikelchen Licht, das schwächer flackerte als der letzte Funke eines Brandes. Es war mir verborgen, und doch war es da, und ich wollte nicht, daß es starb.

«Warum nicht?»

Abermals sprach sie zu mir, diesmal hörbar in Qualen, sie richtete sich im Bett auf, klammerte sich an mich. Die Maske wurde zu einem Gesicht, und das Gesicht war Marie-Noëls, war mein Gesicht. Wir drei waren beisammen, schauten mich aus ihren Augen an, und die Stimme war nicht länger tief und heiser, sondern die Stimme des Kindes, als es am ersten Abend zu mir gesprochen, mich gefragt hatte:

«Papa, warum bist du nicht gekommen, um mir gute Nacht zu sagen?»

Ich stand auf und ging ins Badezimmer; ich brach die Ampulle auf, füllte die Spritze, ging wieder zu ihr, rieb ihr den Arm mit Alkohol ein, wie wir das im Krieg gelernt hatten. Dann stieß ich ihr die Nadel ins Fleisch, drückte und wartete, und sie lehnte sich in ihren Kissen zurück und wartete auch. Ihre Lider zuckten sekundenlang, und bevor sie sie schloß, sah sie mich an und lächelte. Ich brachte die Spritze ins Ankleidezimmer, reinigte sie, legte sie in die Schachtel zurück und steckte die leere Ampulle in die Tasche. Dann schloß ich die Tür und trat wieder ans Bett der alten Frau. Die Angst war aus ihren Zügen gewichen und die Ähnlichkeit auch. Ich trat ans Fenster. Der Regen prasselte in die Rinnen, schwoll aus dem Maul des Wasserspeiers und fiel in den leeren Graben. Ich betrachtete meine verbundene Hand, die ich mir gestern verbrannt hatte, weil ich feige war und mich schämte, weil sie nicht vollbringen konnte, was verlangt wurde, und jetzt war es mir, als wäre das, was ich eben getan hatte, noch feiger, noch schändlicher. Wie sehr ich mir auch einzureden versuchte, dies sei eine Tat des Mitleids, der Barmherzigkeit gewesen, wußte ich doch, daß es nicht wahr war. Ich hatte einfach getan, was Sohn und Mutter schon vor meiner Zeit getan hatten – ich hatte den Weg des geringsten Widerstands gewählt.

Ich ging in den Korridor, wo Germaine immer noch wartete. «Es ist alles in Ordnung», sagte ich zu ihr. «Die Frau Gräfin schläft jetzt. Ich habe das Licht brennen lassen; sie wird's nicht bemerken. Sie können sich an den Ofen setzen, bis Charlotte kommt.»

Ich ging durch den Korridor, durch die Schwingtür, zum nächsten Treppenabsatz, und aus den Wirtschaftsräumen des Schlosses drang wieder Musik und Lachen zu mir. Auch vom Salon her hörte ich Stimmen – die Gäste waren offenbar noch nicht fort –, und als ich zur Terrasse kam, öffnete sich die Salontüre, und Marie-Noël kam auf mich zu. «Wo gehst du hin?» fragte sie.

Sie hatte ein blaues Seidenkleid, weiße Socken und Lackschuhe angezogen. Um den Hals trug sie ein kleines goldenes Kreuz, und ihr Haar wurde von einem blauen Samtband zusammengehalten. Ihre Wangen waren vor Aufregung gerötet. Das war ihr großer Abend, sie half, die Gäste zu bewirten. Ich dachte an das Versprechen, das ich ihr an meinem ersten Abend gegeben hatte.

«Ich weiß nicht», sagte ich. «Vielleicht komme ich nicht zurück.»

Sofort begriff sie, was ich meinte, die Farbe wich aus ihrem Gesicht, und sie machte eine Geste, als wolle sie sich auf mich stürzen und meine Hände halten. Dann erinnerte sie sich an meine verbundene Hand und blieb stehen.

«Wegen dem, was bei der Jagd geschehen ist?» fragte sie.

Die Dummheiten vom Morgen hatte ich vergessen; vergessen, wie lächerlich ich den Jägern ihr Vergnügen verdorben, wie ich zuviel Cognac und Wein getrunken und ein höchst unpassendes Gewäsch vom Stapel gelassen hatte.

«Nein», sagte ich, «mit der Jagd hat es nichts zu tun.» Noch immer sah sie mich an, faltete die Hände und sagte: «Nimm mich mit!»

«Wie kann ich das?» fragte ich. «Ich weiß nicht, wohin ich gehe!»

«Wirst du zu Fuß gehn?» fragte sie. «Mit deiner Hand kannst du doch nicht fahren.»

Die Einfachheit dieser Bemerkung brachte mir erst voll zum Bewußtsein, daß ich ja nichts durchdacht, nichts geplant hatte. Ja, wie sollte ich von hier fort? Ich war blindlings aus dem Zimmer im oberen Stockwerk hinunter in die Halle geeilt und hatte nur eine Idee im Kopf – weg von dem Schloß, so schnell wie möglich! Statt dessen machte jetzt die alberne Farce mit meiner verbrannten Hand mich zum Gefangenen!

«Siehst du», sagte sie. «Es ist gar nicht so leicht.»

Nichts war leicht; es war nicht leicht, Ich zu sein, und es war nicht leicht, Jean de Gué zu sein. Ich war nicht geboren, um der Sohn der Frau dort oben oder der Vater des Kindes vor mir zu sein. Sie gingen mich nichts an. Sie waren nicht meine Familie. Ich hatte keine Familie. Daß ich in einem kunstvoll ausgeheckten Streich der Mitschuldige war, bedeutete doch nicht, daß ich gleichzeitig auch das Opfer des Streichs sein mußte. Nein, das mußte entschieden umgekehrt sein, und es war an ihnen, die Zeche zu bezahlen, nicht an mir. Ich war auf keine Art an sie gebunden.

Aus dem Salon tönten die Stimmen lauter. Marie-Noël schaute über die Schulter. «Jetzt fangen sie an, Abschied zu nehmen. Du wirst dich entschließen müssen.» Plötzlich war sie irgendwie kein Kind mehr, sie wirkte alt und klug wie ein Mensch, den ich in einem anderen Alter, zu einer anderen Zeit gekannt hatte. Ich wollte aber nicht, daß sie so sein sollte, denn das tat weh. Ich wollte, daß auch sie eine Fremde sein sollte. «Die Zeit, mich zu verlassen, ist noch nicht gekommen», sagte sie. «Warte, bis ich älter bin. Das dauert nicht mehr lange.»

In der Halle wurden Schritte vernehmbar, jemand näherte sich und blieb in der Türe stehen. Es war Blanche. Das Licht, das durch das Fächerfenster über der Türe eindrang, fiel auf ihr Haar, und ich sah, wie der Regen schräg gegen das Licht sprühte und dann in die Dunkelheit auf den Stufen versank.

«Du wirst dich erkälten», sagte Blanche. «Komm.» Mich sah sie nicht, sie sah nur das Kind, und es wurde mir klar, daß sie jetzt, wo sie sich mit Marie-Noël allein glaubte, mit einer Stimme sprach, die ich noch nie gehört hatte. Es war eine freundliche, zärtliche Stimme, daraus alle Härte verschwunden war. Die Stimme hätte einem anderen Menschen gehören können. «Gleich werden die Leute weggehen», sagte sie. «Du brauchst nur noch ein paar Minuten lang höflich zu sein. Und dann komm ich zu dir hinauf und lese dir vor, wenn Papa noch schläft.» Sie machte kehrt und verschwand.

Das Kind sah mich an. «Geh nur hinein», sagte ich. «Tu, was sie verlangt hat. Ich gehe nicht von dir fort.» Sie lächelte. Seltsam – dieses Lächeln erinnerte mich an etwas. Und jetzt wußte ich es; das erlöste mich von einem quälenden Gefühl. Dasselbe Lächeln hatte ich vor noch nicht zehn Minuten im Zimmer oben gesehen. Marie-Noël lief ins Schloß, ihrer Tante nach.

Ich hörte das Geräusch eines Wagens, der vom Dorf kam und durch das Tor fuhr. Als er wendete, mußten die Scheinwerfer mich gestreift haben, denn der Wagen hielt, und Gaston stieg aus. Es war der Renault, und Gaston kam auf mich zu. Er wurde rot und war ein wenig verlegen.

«Ich wußte gar nicht, daß der Herr Graf unten ist», sagte er. «Ich bitte um Verzeihung, aber es hat so stark geregnet, und da habe ich Madame Yves und ein oder zwei andere ältere Leute aus der Fabrik heimgefahren, die hier bei uns mitgefeiert haben. Ich hatte nicht um Erlaubnis gefragt, weil ich Sie nicht stören wollte.»

«Schon gut, schon gut», sagte ich. «Mir ist's sehr recht, daß Sie sie heimgebracht haben.»

Er kam näher und sah mich an. «Der Herr Graf ist noch immer aufgeregt? Ist irgendwas nicht in Ordnung?»

«Nein, nein... es ist gerade nur... ein Zusammentreffen von allerlei Umständen.» Ich wies mit der Hand auf das Schloß. Mir war es gleich, was er denken mochte. Ich wußte ja nicht einmal genau, was ich selber dachte.

«Verzeihung», sagte er schüchtern und doch liebenswürdig, drängend. «Ich möchte ja nicht indiskret sein, aber vielleicht wäre es dem Herrn Grafen recht, wenn ich ihn nach Villars fahre...»

Ich schwieg, verstand nicht, was er meinte, erwartete von seinen nächsten Worten die Erklärung.

«Sie haben einen schweren Tag hinter sich, Herr Graf», fuhr er fort. «Im Schloß glauben alle, daß Sie schon zu Bett sind. Wenn ich Sie jetzt nach Villars fahre, könnten Sie dort ein paar Stunden gemütlich zubringen, ohne alle Sorgen, und früh am Morgen würde ich Sie wieder holen. Ich schlage das nur vor, weil der Herr Graf jetzt ja nicht selber fahren kann.»

Er sah taktvoll an mir vorbei, und ich wußte, sein Vorschlag war so zutiefst die richtige Antwort auf die Wirrnis in meiner Seele, meinem Geist, meinem Körper, daß keine weitere Bemerkung, keine Zustimmung erforderlich war. Er lief zum Wagen, wendete ihn und fuhr wieder vor der Terrasse vor. Er öffnete mir die Türe, und ich stieg ein, und während er über die stockdunklen Straßen nach Villars fuhr und der Regen gegen die Scheibe prasselte, sprach keiner von uns ein Wort, aber ich hatte den Eindruck, daß jetzt nichts mehr von jenem früheren Ich übrig war, das im Hotelzimmer von Le Mans seine Identität vertauscht hatte. Alle meine Handlungen, Schwächen, Instinkte hatten sich mit denen von Jean de Gué verschmolzen.

18

Einen Augenblick lang glaubte ich, es sei der Regen, der aus dem Maul des Wasserspeiers ströme, Moder und Schutt der Jahre fortschwemmend; ich glaubte, der Wasserspeier mit seinen flachen, bösartigen Ohren zerbreche, die Steine zerbröckelten, so daß auch er in der Flut zerfallen, fortgeschwemmt werden müßte. Dann verblich das Grauen des Traumes, es war Tag, und das Geräusch war das Plätschern des Wassers in Bélas Badezimmer. Die Dunkelheit war verschwunden und der Regen mit ihr; die ersten Sonnenstrahlen vergoldeten die Giebel. Ich lehnte mich zurück, die Hand hinter dem Kopf. Durch das offene Fenster konnte ich die Dächer betrachten, die moosbewachsenen Schindeln, die gewundenen Kamine, die Dachfenster, und hinter und über allem den Turm der Kathedrale. Von der Straße her wurden die ersten Anzeichen des erwachenden Tages bemerkbar, Läden wurden zurückgeschlagen, das Pflaster wurde gekehrt, ein Bursche pfiff laut – eine neue Woche in diesem kleinen, behaglichen Marktort nahm ihren Anfang. Das Geräusch des rinnenden Badewassers mischte sich angenehm mit dem Straßengeräusch, und eine friedliche Trägheit erfüllte mich. Ich spürte Bélas Nähe und wußte, daß ich nur die Stimme zu erheben brauchte, und Béla würde das Wasser abdrehen, würde zu mir kommen, würde keine Fragen stellen. Sie akzeptierte mich als einen Bestandteil ihres Lebens und fand sich damit ab, daß ich nur von Zeit zu Zeit ihr Leben teilte, je nach Laune und Zeit – meiner Laune, meiner Zeit, nicht ihrer – so wie eine Erwachsene die Arbeit liegen läßt, um sich dem geliebten Kinde zuzuwenden. Meine Hand, die tags zuvor niemand angerührt hatte, war wieder frisch verbunden. Und das Erlebnis, daß jemand sich meiner annahm, sich um mich kümmerte, ohne etwas von mir zu verlangen, ohne Besitzansprüche zu stellen, war für das alte Ich ebenso ungewohnt wie für das neue. Es war etwas, dem ich nur widerstrebend entsagte; ich wünschte, diese köstliche Erfahrung so lange wie möglich zu genießen.

Ich hörte, wie sie die Läden in dem Zimmer auf der andern Seite des Ganges öffnete, wie sie zu den Wellensittichen sprach, den Käfig auf den Balkon trug. Jetzt rief ich sie, und sie kam sogleich aus dem andern Zimmer, in Schlafrock und Pantoffeln, beugte sich über mich, küßte mich mit der ruhigen Gelassenheit eines Menschen, dessen Herz und Seele frei von Verdruß sind.

«Hast du gut geschlafen?»

«Ja», sagte ich, und es war reinstes Entzücken, ihre Arme und ihre Schultern unter den losen Ärmeln zu spüren, eine Haut zu sehen, die nach Aprikosen duftete, zu erfahren, daß bei ihr sein gleichsam bedeutete, in eine dritte Dimension einzutreten, die nichts mit der ersten und nichts mit der zweiten Welt zu tun hatte, irgendwie aber dennoch beide in sich barg, wie die Schachtel eines chinesischen Zusammensetzspiels.

«Ich mach dir gleich einen Kaffee», sagte sie, «und sobald Vincent kommt, muß er vom Bäcker nebenan Croissants holen. Die Hand tut nicht mehr weh, nicht wahr? Gut; bevor du wegfährst, wechsle ich noch einmal den Verband.»

Dann war sie wieder verschwunden, und ich gab mich abermals meiner Trägheit, meinem Frieden hin.

Es gehörte zu ihrem Wesen, daß sie sich von nichts überraschen ließ. Gestern abend, als Gaston mich vor dem Stadttor abgesetzt hatte und ich über den Steg gegangen war und an die Fensterläden pochte, da hatte sie im Nu aufgemacht, war nicht erschrocken, hatte keine Fragen gestellt. Sie bemerkte sogleich meine verbundene Hand, sah mir an, daß ich müde und abgespannt war, wies auf den Lehnstuhl, darin ich schon einmal gesessen hatte, und holte mir etwas zu trinken. Auch jetzt stellte sie keine Fragen, und ich war es, der das Schweigen brach, als ich die aufgebrochene Ampulle aus der Tasche zog und in den Papierkorb neben dem Stuhl warf.

«Habe ich dir je gesagt, daß meine Mutter Morphium nimmt?»

«Nein, aber ich habe es vermutet.»

«Wieso?»

Sie zögerte. «Es gab so kleine Andeutungen, die du hin und wieder fallengelassen hast. Aber es war ja nicht meine Sache, mich einzumischen.»

Ihre Stimme war sachlich und kühl, gab mir zu verstehen, daß Béla ohne Lob oder Tadel anhörte, was Jean de Gué ihr zu erzählen für gut befand, und daß sie ihre Meinung für sich behielt.

«Widert es dich an», fragte ich, «wenn du erfährst, daß ich sie mit Morphium versorge, daß ich es ihr aus Paris als Geschenk mitbringe, wie ich für dich die Flasche *Femme* mitgebracht habe?»

«Nichts widert mich an, Jean. Ich kenne dich zu gut, um jetzt noch von etwas abgestoßen zu werden, was immer du auch tun magst.»

Sie sah mich ruhig an. Ich beugte mich vor und nahm aus der Schachtel auf dem Tisch neben mir eine Zigarette. «Gestern früh kam sie herunter und ging mit uns allen in die Messe», erzählte ich, «und dann empfing sie im Regen auf der Schloßterrasse ungefähr fünfzig Gäste. Sie sah großartig aus. Natürlich hat sie das alles aus Trotz getan, um Renée den Tag zu verderben, die gern die Gastgeberin spielen wollte, da Françoise nicht wohl war und im Bett blieb. Am Abend rief mich Germaine, das kleine Zimmermädchen, zu ihr – ihre eigene Dienerin, Charlotte, war unten –, und ich ging hinauf und fand sie ...»

Ich brach ab, denn zu lebhaft war mit einem Mal wieder vor mir das dunkle, geschlossene Schlafzimmer, das Ankleidezimmer, das Schränkchen über dem Waschbecken. «Nun – sie wollte, daß ich ihr das hier geben sollte.» Ich warf einen Blick in den Papierkorb, in den ich die aufgebrochene Ampulle geworfen hatte.

«Und du hast es getan?»

«Ja.»

Sie sagte nichts. Immer noch sah sie mich an.

«Darum bin ich zu dir gekommen», sagte ich, «aus Mitleid mit mir, aus Ekel vor mir.»

«Das sind Dinge, mit denen du auf deine Art fertig werden mußt. Ich kann nicht dein Beichtvater sein und dich lossprechen.»

«Du hast es doch schon früher getan», sagte ich.

«Ja?»

Vielleicht war es nur Einbildung? Oder war ihr Verhalten härter, brüsker als an dem Nachmittag vor zwei Tagen? Oder interessierte sie sich nicht dafür, ging es sie nichts an?

«Ich frage mich, wie oft ich eigentlich schon in dieses Haus, zu dir gekommen bin, weil ich vergessen wollte, was daheim im Schloß geschah, und ich konnte vergessen wegen dem, was ich hier fand.»

Ich stellte mir Jean de Gué vor, wie er den Wagen vor dem Stadttor abstellte, über den Steg ging, ans Fenster pochte, wie ich es heute nacht getan hatte, alle Schuld, alle Sorgen von sich warf, sobald er die Schwelle überschritten hatte, sich aller Wirrnisse entledigte, wie ich es jetzt zu tun wünschte.

«Wenn du dich nicht daran erinnerst», sagte sie, «so laß es eben. Es hilft der Gegenwart doch nichts. Am Freitag hast du mir übrigens gesagt, deine Schwierigkeiten, deine Probleme würden in Zukunft einfacher sein, du würdest sie auf andere Art lösen. Ist denn der neue Jean de Gué schließlich ganz erfolglos geblieben?»

Jetzt lächelte sie, und der leise Spott in ihrer Stimme ließ mich erkennen, daß sie nicht an ihn glaubte, nie an ihn glauben würde und daß das, was ich ihr am Freitag davon erzählt hatte, daß ich die Fabrik retten, die Arbeiter schützen wollte, in ihren Augen nichts als die müßige Laune eines Augenblicks, einer trunkenen Stimmung gewesen war.

«Er hat versagt», erwiderte ich, «und zwar genau so, wie er schon vorher versagt hatte. Er gibt seiner Familie, was sie verlangt, er gibt es ihr aus Feigheit, um sie loszuwerden, nicht nur seiner Mutter, nein, auch seiner Tochter. Der einzige Unterschied ist, daß es früher heiter und vielleicht sogar charmant geschah. Jetzt geschieht es mit Widerwillen und Abscheu.»

«Das könnte ein Fortschritt sein.» Und dann verschwanden Lächeln und Spott, sie trat zu mir, nahm meine Hand und sagte: «Du hast also gestern nicht geschossen. Kann ich dir da irgendwie helfen? Ich hörte, daß du dir selber die Hand verbrannt hast.»

«Wer hat dir das gesagt?»

«Einer von den Jägern, der sich nicht so gut unterhalten hatte wie gewöhnlich und nach dem Mittagessen im Bauernhaus nach Villars zurückkam.» Während sie sprach, löste sie meinen Verband. «Das tut wohl nicht mehr weh, aber der Verband muß trotzdem erneuert werden. Das kann ich für dich tun, wenn ich dich schon nicht von deinen Sünden lossprechen kann.»

Sie verließ das Zimmer, und ich fragte mich, um wieviel mehr Jean de Gué von ihr wußte als ich, ob ihre Beziehung schon Monate oder Jahre dauerte und ob die Fotografie des Mannes in Uniform auf dem Kamin, mit der Unterschrift «Georges», einen verstorbenen Gatten darstellte. Vor allem aber fragte ich mich, in welchem Ausmaß, ob für Geld oder aus Liebe, sie an dem Mann hing, der ich nicht war, ob sie ihn verachtete, ihn für sich beanspruchte oder nur duldete.

Sie kam mit dem neuen Verband, war auf ihre Art ebenso sachkundig wie Blanche; als sie neben mir kniete und meine Hand verband, sagte ich: «Ich habe mich absichtlich verbrannt. Ich wollte nicht schießen.» Das wenigstens müßte doch einen erstaunten Blick in diese unbefangenen Augen locken, und jener Jean de Gué, den sie so gut kannte, dessen Charakter, dessen Fehler sie nicht abzustoßen vermochten, würde in einem neuen Licht vor ihr stehen, würde endlich einen völlig unvermuteten Zug aufweisen.

«Warum?» fragte sie. «Hast du Angst gehabt, du könntest schlecht schießen?»

Die Wahrheit, aus ihrem Mund, war so ein Schlag, daß ich nicht antwortete. Ich wartete, bis sie mit dem Verband fertig war, und dann entzog ich ihr verwirrt meine Hand.

«Schon einmal», fuhr sie fort, «warst du nach so einem Gelage wie dem letzten in Le Mans deines Auges und deiner Hand nicht sicher gewesen. Damals hast du Ausflüchte gemacht – welche, weiß ich nicht –, um nicht zu schießen. Das war drüben in Montdoubleau, nicht in St. Gilles. Sich die Hand zu verbrennen ist ein recht drastisches Mittel. Vielleicht war es als Buße gemeint.» Wieder war der ironische Klang in ihrer Stimme, und als sie jetzt aufstand, klopfte sie mir mit halb spöttischer, halb zärtlicher Geste auf die Schulter. «Nur zu», sagte sie, «lehn dich in deinem Stuhl zurück und rauch deine Zigarette zu Ende. Zu Mittag hast du anscheinend mehr zu trinken als zu essen gehabt, und so wird dir jetzt eine Omelette ganz gut schmecken.»

Sie mußte also von meiner Rede gehört haben und daß die Gäste sich verzogen hatten. Wer mochte ihre Quelle sein? Vom Finanzmann bis zu dem gekränkten Marquis de Plessis-Braye kam jeder in Frage. Das spielte jetzt keine Rolle mehr. Die peinliche Geschichte war in aller Munde, und der Schloßherr von St. Gilles hatte an diesem Tag keinen Ruhm geerntet.

Ich folgte ihr in die kleine Küche und sah zu, wie sie die Omelette zubereitete. «Jedenfalls», sagte ich, «habe ich gegen meine eigene Regel gehandelt und habe der Gier meiner Gäste nicht gedient – bei dieser Gelegenheit der Gier nach Schmeicheleien und den Gemeinplätzen, die man eben bei Jagdessen zu sagen pflegt. Ich hatte nur versucht, aufrichtig zu sein. Daß sie das so aufregen würde, hatte ich nicht geahnt.»

«Die Wahrheit ist immer peinlich», meinte sie. «Gerade du hättest das unterdessen wissen müssen. Und bei so einem Anlaß ist sie sowieso fehl am Platz.»

«Ich kann ja nichts dafür, wenn meine Wahrheit zufällig auch ihre Wahrheit ist. Ich sagte nur, wenn ich ein Gewehr in der Hand gehabt hätte, wären einige von ihnen am Ende des Tages nicht mehr am Leben gewesen.»

Sie war damit beschäftigt, die Eier mit einer Gabel zu schlagen. «Aus dem Mund eines einstigen Führers der Widerstandsbewegung zu einer Gruppe wohlbekannter Kollaborateure muß das immerhin seltsam geklungen haben.»

Jetzt starrte ich sie verständnislos an. Mein Geheimnis war es doch, das ich im Bauernhaus beinahe ausgeplaudert hätte, nicht die Vergangenheit Jean de Gués!

«Das ist's doch gar nicht, was ich meinte», sagte ich und sah jetzt durch Dunst und Rauch hindurch wieder die unbehaglichen Gesichter vor mir. «Nein, das ist's nicht, was ich gemeint hatte!»

«Das aber war es, was sie verstanden haben», sagte sie, und das Lachen in ihren Augen erinnerte mich an das Zucken in Gastons Mundwinkeln. Sie zollte mir keinen Beifall, noch verurteilte sie mich; was gesagt war, war gesagt. «Frag mich nicht, bis zu welchem Ausmaß sie ihren Rippenstoß verdient haben – ob er nun beabsichtigt war oder nicht. Ich weiß nicht, was sich zu jener Zeit hier abgespielt hat. Damals versuchte ich gerade aus Ungarn hinauszukommen.»

Aus Ungarn? Das half immerhin zur Erklärung des Namens Béla, wenn ich auch keine Ahnung hatte, warum sie einen Männernamen trug.

Sie gab die Eier in eine Pfanne, und, die leere Schale und die Gabel in der Hand, sah sie mich an. «Wenn dein neuerwachtes Verantwortungsgefühl danach verlangt, die Dinge in Ordnung gebracht zu sehen», sagte sie, «so gibt's bestimmt nur einen einzigen Menschen, der das für dich tun kann – deine Schwester Blanche.»

Ich war für die Gegenwart verantwortlich, nicht für die Vergangenheit.

«Wie lange kannst du bleiben?» fragte sie.

«Bis zum Morgen.»

«Und keine Fragen werden laut? Keine entrüstete Gattin? Keine neugierige Mutter?»

«Nein; dafür sorgt Gaston.»

Jetzt schob sie die Omelette auf einen Teller, stellte den Teller auf ein Tablett und das Tablett auf den Tisch neben dem Stuhl im kleinen Salon. Und schon war auch der Wein entkorkt und eingeschenkt.

«Dieser neue Jean», sagte sie, «ist also nicht mehr seiner Familie untertan.»

«Er war es nie.»

«Da irrst du dich. So ein Band ist nicht leicht zerbrochen. Warte nur bis morgen.»

Doch das Morgen war bereits da. Die Wellensittiche zwitscherten in ihrem Käfig auf dem Balkon, von der Kathedrale schlug es die halbe Stunde, und das Idyll, das ich Jean de Gué gestohlen hatte, war zu Ende.

Als ich den Kaffee trank, mich anzog und auf den Balkon trat, der über den Kanal schaute, sah ich, daß Gaston, seinem Wort getreu, vor dem Stadttor im Wagen saß. Und dieser Augenblick war gewissermaßen ein Traum im Traum, denn ich gehörte weder ihrer Welt an noch jener, die auf mich wartete. Der Geliebte, der Béla nachts in den Armen gehalten hatte, war ein Schatten, den es gar nicht gab, und der Schloßherr, auf den Gaston wartete, war ein Geist, nur in Gastons Phantasie vorhanden, und an dem er liebte, was dieser Geist einst gewesen war.

Die Fahrt nach St. Gilles verlief so schweigend, wie die Fahrt nach Villars verlaufen war, nur, daß er mich mit einem kurzen Wort beruhigte. Im Schloß glaubten alle, ich sei in meinem Zimmer. «Ich habe gemeldet, daß der Herr Graf nicht gestört werden will. Ich habe mir sogar die Freiheit genommen, die beiden Türen des Ankleidezimmers zuzusperren.» Er reichte mir die Schlüssel.

«Ich danke Ihnen, Gaston.»

Jetzt ließen wir die Baumreihe hinter uns und näherten uns dem Tal. «Wie oft, Gaston», fragte ich, «haben Sie mich schon aus einer Verlegenheit gerettet, in die ich mich selber hineinmanövriert habe?»

Er bog jetzt in die Lindenallee ein, und am Ende der Allee erhob sich das Schloß.

«Das habe ich nie gezählt, Herr Graf. Ich habe es immer als einen Teil meines Dienstes angesehen, meiner Pflicht gegenüber dem Herrn Grafen und seiner Familie.»

Er fuhr nicht durch das Tor, sondern um die Mauer des Grabens und über eine seitliche Anfahrt zu der Garage. Als ich an Caesars Einfriedung vorüberging, ohne ihn zu stören, hatte ich den Eindruck, als hätte das Schloß noch nie so friedlich gewirkt.

Unter den geschlossenen Fensterläden ging ich über die Terrasse und trat in die dunkle, kalte Halle. In gewissem Sinn schien mein Eindringen in das schlafende Schloß den Zauber von Frieden und Stille zu brechen, der darüber lag. Ich war mir eines unheimlichen Vorgefühls bewußt, als sollte dieses Haus nicht zum klaren Tageslicht erwachen, sondern zu einer schweren Sorge, die bereits hämisch im Schatten der Treppe lauerte. Ich schlich in den ersten Stock hinauf, durch den Korridor zum Ankleidezimmer und drehte den Schlüssel im Schloß. Als ich die Tür öffnete, trat ich auf ein Blatt Papier, das daruntergeschoben worden war. Es war rosa, in einer Ecke mit Blumen geschmückt, Briefpapier, wie man es Kindern zu Geburtstagen oder zu Weihnachten schenkt. Daran erinnerte ich mich dunkel. Und auf dem Papier war in runden, ungelenken Buchstaben geschrieben: «Papa, Du hast mir gesagt, daß Du nicht fortgehen wirst, und ich habe Dir geglaubt. Aber Du bist nicht gekommen, um mir gute Nacht zu sagen, und Deine Tür ist versperrt. Die Heilige Jungfrau sagt mir, daß Du unglücklich bist und jetzt für das Unrecht leidest, das Du in der Vergangenheit getan hast; und so werde ich beten, daß all Deine Sünden an mir heimgesucht werden sollen, weil ich jung und stark bin und sie besser tragen kann. Schlaf wohl und hab Vertrauen zu Marie-Noël, die Dich innig liebt.»

Ich steckte das Papier in die Tasche und setzte mich am offenen Fenster in einen Lehnstuhl. Das Gefühl der Niedergeschlagenheit wurde immer stärker. Nun war eine Kraft entfesselt worden, die sich meiner Kontrolle entzog. Hätte ich doch nur das Schloß nie verlassen, mir nie diese Stunden der Entspannung in Villars gegönnt! Dort war der Ort bald nach fünf erwacht, hier aber, während es von der Dorfkirche sieben schlug, dauerte die Stille noch immer an, und die einzigen Lebewesen waren die schwarzweißen Rinder, die wie Gespenster aus der Umfriedung der Mauern in den Park zogen.

Ich blieb am Fenster sitzen und wartete, bis Gaston mir zur gewohnten Zeit das Frühstück bringen würde. Es muß kurz vor acht gewesen sein, als ich hastige Schritte auf dem Gang hörte, es wurde an der Schlafzimmertüre geklopft – an Françoises Türe, nicht an meiner –, dann tönte ein Durcheinander von Stimmen, Rufen, Schreien. Und schließlich ein lautes Klopfen an der Badezimmertüre, die ich noch nicht aufgesperrt hatte, an der Klinke wurde heftig gerüttelt, und nun war es Françoises Stimme, die angstvoll, drängend, schrill klang: «Jean, Jean, bist du wach?»

Ich sprang von meinem Stuhl am Fenster auf, nahm den Schlüssel aus der Tasche und öffnete die Türe. Da stand sie in ihrem Nachthemd, blaß und kläglich, hinter ihr Germaine, und dahinter, im Schlafzimmer, hager, anklagend die Gestalt Blanches, die mich stumm beobachtete. Ich streckte die Hand aus, um Françoise zu beruhigen. «Schon gut», sagte ich. «Du brauchst mir nichts weiter zu sagen. Es handelt sich um Maman, nicht wahr?»

Verständnislos sah sie mich an, blickte über meine Schulter hinweg in das Ankleidezimmer. «Maman?», sagte sie. «Warum sollte etwas mit Maman nicht in Ordnung sein? Um das Kind geht's! Das Kind ist verschwunden. Germaine wollte sie eben wecken, aber das

Bett war nicht angerührt. Sie hat sich nicht einmal ausgezogen. Wenn sie nicht bei dir ist, so ist sie nirgends im Schloß – sie ist fort, verschwunden!»

19

Ihre Gesichter waren mir zugewendet. Ich konnte auch Paul sehen, der halb angezogen neben Renée in der Schlafzimmertüre stand; auch sie waren aufgerüttelt worden. Als Haupt der Familie war ich verantwortlich; Entscheidungen, Pläne – ich mußte sie fassen. Meine erste Sorge galt Françoise, die in ihrem Nachthemd zitterte.

«Leg dich bitte wieder hin», sagte ich. «Wir werden sie bald gefunden haben. Du kannst hier doch nichts tun.»

Blanche führte die Widerstrebende ins Schlafzimmer zurück.

«Wahrscheinlich ist sie im Park oder im Wald», meinte ich. «So außerordentlich ist es nicht, daß ein Kind früh aufsteht. Müssen wir denn alle gleich den Verstand verlieren?»

«Aber ihr Bett ist unberührt, sag ich dir», rief Françoise. «Germaine wollte sie rufen, und das Nachthemd war noch zusammengefaltet, die Decke zurückgeschlagen; das Kind ist gar nicht zu Bett gegangen!»

Auch Germaine war in Tränen aufgelöst, die über ihre runden roten Backen tropften; ihre Augen waren verschwollen. «Das Bett war, wie ich es gestern abend hergerichtet hatte, Herr Graf», klagte sie. «Das Kind hat sich gar nicht ausgezogen. Sie hat ihr bestes Kleid an und die dünnen Schuhe. Sie wird sich den Tod holen.»

«Wer hat sie zuletzt gesehen?» fragte ich. «Um welche Zeit ist sie in ihr Zimmer gegangen?»

«Sie war bei Blanche», sagte Françoise. «Blanche hat ihr vorgelesen, nicht wahr, Blanche? Um halb zehn hat sie sie in ihr Zimmer geschickt. Aber sie war unruhig und reizbar.»

Ich warf einen Blick auf Blanche. Ihr Gesicht war gespannt, verzogen. Sie sah mich nicht an. «Es ist immer dasselbe», sagte sie. «Ihr Vater reizt sie, peitscht ihre Gefühle auf, und nachher ist sie zu jeder Torheit imstande.»

«Marie-Noël hat Jean ja den ganzen Abend nicht gesehen», unterbrach Renée. «Jean hat hier im Zimmer geschlafen. Der Fehler, den alle begehen, ist, daß das Kind bei jeder Gelegenheit dabeisein und sich unter die Erwachsenen mischen darf. Gestern hat sie den ganzen Tag versucht, im Mittelpunkt zu stehen. Das habe ich ganz besonders bemerkt. Natürlich ist sie dann überreizt gewesen.»

«Ich hatte den Eindruck, daß sie stiller war als gewöhnlich», sagte Paul, «zurückhaltender; jedenfalls am Abend. Und das ist auch nach dem, was sich tagsüber ereignet hat, nicht weiter verwunderlich. Ich kann mir vorstellen, daß wir heute Grund zur Erheiterung für die ganze Gegend sind; von Villars bis Le Mans. Du hast nichts versäumt», sagte er zu Françoise. «Du bist verschont geblieben.»

Françoise wandte sich mit schwimmenden Augen von ihm zu mir. «Hast du so viel getrunken?» fragte sie. «Was werden die Leute denken?!»

Mit runden Augen beobachtete Germaine uns aus einiger Entfernung.

«Gehen Sie, sagen Sie Gaston, man soll das Gelände absuchen», befahl ich ihr. «Er soll auch Joseph mitnehmen und wer sonst in der Nähe ist. Herr Paul und ich kommen sofort.»

«Wenn ihr wissen wollt, was ich denke», erklärte Paul, «so will ich's euch sagen. Die Kleine ist weggelaufen, weil Jean sich gestern in aller Öffentlichkeit derart zur Schau gestellt hat. Sie hat sich geschämt. Und wir alle auch.»

«Marie-Noël hat sich nicht geschämt», sagte Renée. «Ich hörte, wie sie zu allen sagte, Jean sei der mutigste Mann auf der Welt, und nur sie allein wisse, warum. Der Himmel mag wissen, was man von dem frühreifen Kind gedacht haben mag. Ich habe mich dabei sehr unbehaglich gefühlt.»

»Mutig? Was hat sie darunter verstanden?» fragte Françoise.

«Es hat schon ein gewisser Mut dazu gehört», sagte Paul, «jenen Leuten den Tag zu verderben, die sich so große Mühe gegeben hatten, etwas Gelungenes daraus zu machen. Es war jedenfalls seltsam, daß von den fünfzig Eingeladenen nur etwa zwanzig nach der Jagd noch herkamen. An meinem persönlichen Mißerfolg liegt mir nichts, aber es trifft die ganze Familie.»

«Das Wetter war schuld», widersprach Renée. «Alle waren vollkommen durchnäßt.»

Der Streit wurde durch ein Klopfen an der Türe unterbrochen, und wir wandten uns alle hoffnungsvoll um, doch es war nur Charlotte, Selbstgefühl auf dem mageren, boshaften Gesicht.

«Verzeihung, Herr Graf, Verzeihung, Frau Gräfin», sagte sie. «Ich habe gerade gehört, was mit dem Kind geschehen ist. Ich glaube, daß ich es war, die sie zuletzt gesehen hat. Als ich gestern abend hinaufging, habe ich zufällig einen Blick in den Gang geworfen, und da kniete sie vor der Türe des Ankleidezimmers. Sie wollte ihrem Papa gute Nacht sagen. Aber Sie haben sie nicht gehört, Herr Graf.»

«Das ist nicht weiter erstaunlich», meinte Paul.

«Warum ist sie dann nicht zu mir gekommen?» fragte Françoise.

«Das war meine Schuld, Frau Gräfin», sagte Charlotte. «Ich schärfte dem Kind ein, den Papa um keinen Preis zu stören und Sie auch nicht, Frau Gräfin, weil Sie jetzt, da Sie den Kleinen erwarten, Ihren Schlaf so dringend brauchen. Ein kleiner Spielkamerad, sagte ich ihr, würde ihr aus dem Paradies geschickt, und sie müsse lernen, ihn liebzuhaben.»

Die kleinen Knopfaugen richteten sich flackernd auf mich, senkten sich, und dann sah sie mit ihrem halben Lächeln auf den zusammengepreßten bläulichen Lippen, unterwürfig, kriecherisch von einem zum andern.

«Nun?» fragte ich. «Und was geschah dann?»

«Sie war anscheinend ein wenig aufgeregt, Herr Graf. Ich war ganz betroffen. Sie sagte: ‹Mein Papa braucht mich und sonst niemand. Einen Jungen will er nur haben, damit Geld in die Familie kommt.› Das waren ihre Worte. Ich sagte ihr, so solle sie nicht reden, dem Herrn Pfarrer würde das nicht gefallen und auch sonst niemandem in St. Gilles. Wenn das Baby kommt, würden wir alle es liebhaben, sagte ich, von ihrem Papa bis zu Caesar, weil wir doch alle so lange auf den Jungen gewartet haben. Und dann ging sie mit mir bis zur Tür zur Dienerschaftstreppe und von dort zu ihrem Zimmer hinauf, und ich ging zur Frau Gräfin, die friedlich wie ein Engel schlief.» Die in Wirklichkeit dank dem, was ich ihr eingegeben hatte, bewußtlos dalag! Vielleicht kam das auf dasselbe heraus. Jedenfalls war es jetzt nicht wichtig. Wichtig war nur, daß Marie-Noël vermißt wurde, und sie wurde vermißt, weil ich nach Villars gefahren war, statt im Schloß zu bleiben.

«Es ist doch möglich, Mademoiselle», meinte Charlotte, zu Blanche gewandt, «daß die Kleine in die Kirche gelaufen ist. Schließlich» – sie zögerte, beobachtete mich eine Sekunde lang, und der unterwürfige Ausdruck auf ihren Zügen trat noch stärker hervor – «wenn sie etwas auf der Seele hat, dessen sie sich schämt, würde sie bestimmt zum Herrn Pfarrer gehen und es ihm beichten.»

«Nein», sagte Blanche, «zuerst würde sie zu mir kommen.»

Paul zuckte die Achseln. «Es wäre vielleicht vernünftiger, wenn wir uns zunächst einmal anziehen würden, nicht? Blanche kann dann zum Curé gehen, während Jean und ich mit Gaston das Gelände absuchen, das heißt», fügte er hinzu und musterte mich, «wenn du dich von den Ereignissen des gestrigen Tages erholt hast.»

Wortlos drehte ich mich um, ging ins Ankleidezimmer, trat ans Fenster und schaute in den Graben hinunter. Dort war nichts als wucherndes Gras, Efeu und Unkraut. Nur in meiner Phantasie sah ich den kleinen Körper im blauen Kleid zerschmettert in der Tiefe liegen.

Nun kam Gaston und meldete mir, daß auch der Hund verschwunden sei. Joseph hatte ihn füttern wollen, aber sein Zwinger war leer gewesen. Diese Nachricht ließ mich aufatmen. Wenn Marie-Noël Caesar mitgenommen hatte, würde er sie wenigstens vor den Gefahren der Welt schützen. Auch würde ein Kind, das an Selbstmord dachte, kaum einen Hund mitnehmen.

Draußen vor dem Schloß teilten Paul und ich und die übrigen Männer das Gebiet unter uns auf, das wir durchforschen wollten, und auf diese Art gelangte ich zum Schauplatz der gestrigen Jagd. Der Wald war vom Regen durchtränkt, und während ich die Wege abschritt, durch die Gräben im schwarzen Wald kletterte, wußte ich, daß sie nicht hier war. Dies war nicht mehr als ein Spaziergang, den ich unternahm, weil ich sonst nirgends suchen konnte und weil Rufe und Geschrei der andern, die näher beim Schloß suchten, mich hier nicht erreichen konnten. Das alles war ebenso müßig, wie es sinnlos war, einen Heuhaufen mit einer Mistgabel zu durchsuchen; denn das hatte Joseph in allem Ernst unternommen. Wollte das Kind gefunden werden, so würde man es finden – nicht hier, nicht an einer Stelle, wo man es normalerweise vermuten konnte, sondern verborgen, vor seinem eigenen symbolischen Altar wartend.

Als ich endlich aus dem Wald auftauchte und wieder zu den Wiesen kam, sah ich, daß mein Spaziergang mich in einem Halbkreis geführt hatte, und die strahlende Helle des Morgens zeigte, was gestern der Nebel verhüllt hatte; da, nur etwa zwei Felder entfernt, waren die Gebäude der Fabrik. Ich kletterte unter dem Stacheldraht durch, der den Wald umschloß, überquerte die Felder, öffnete eine kleine Türe, eingebettet in Heidekraut und Brennesseln, und war wieder einmal im Obstgarten hinter dem Direktorhaus. Die Fenster nach der Westseite waren trüb und blind, doch der ungepflegte Garten glitzerte wie die Regentropfen im Wald, ein hauchdünner Schleier von Tau lag über den Früchten. Das Haus schlief, wirkte aber nicht verlassen. Wilde Reben beschützten Fenster und Mauern, und der von Fruchtbarkeit strotzende Garten, Gemüse und Obst in Fülle spendend, die nie geerntet wurden, war wie ein Widerhall, wie eine Verheißung einer noch unerfüllten Vergangenheit – einer Vergangenheit, die sich plötzlich mit der Gegenwart mischte, denn ein Fenster neben der abgesplitterten Türe stand offen, ein Fenster, das bei meinem Besuch vor nur drei Tagen fest geschlossen und eingerostet gewesen war.

Während ich hinschaute, sah ich, wie jemand an das Fenster trat und zu mir herüberblickte, und ich schritt über die feuchte Erde. Jetzt stand ich neben dem Fenster und erkannte Julie, sie hatte den Finger mahnend an die Lippen gelegt.

«Sie sind aber schnell hier», flüsterte sie. «Erst vor zehn Minuten habe ich doch eine Botschaft ins Schloß geschickt. Am Telefon konnte ich keine Antwort bekommen.»

Ich verstand ihre Worte nicht, und doch war ich erschrocken. Die braunen Augen, sonst so warm und voller Leben, blickten verstört. Die Ahnung, der ich gelernt hatte, nie zu mißtrauen, wurde zur Angst.

«Ich habe keine Botschaft erhalten», sagte ich. «Ich bin zufällig hier.»

Ich stieg durch das Fenster ins Zimmer. Es war der Raum mit den aufgestapelten Möbeln. Die Fenster schauten nach zwei Seiten; das eine, wo Julie stand, nach dem Garten, das andere nach dem Brunnen. Ein Sonnenstrahl fiel auf das Kind, das blaß und still unter einem Haufen Decken lag, fiel auf den Hund, der sich, die Schnauze zwischen den Pfoten, zu ihren Füßen hingelegt hatte. Das war es, was meine Phantasie heraufbeschworen hatte, und doch, seltsam genug, noch ergreifender. Nicht triefend aus einem Teich gezogen, nicht zerfetzt, nicht zerschmettert, aber allein, ein einsames, isoliertes Wesen.

«Einer der Arbeiter hat sie gefunden; weil Caesar dabei war», sagte Julie. «Der Hund hielt neben dem Brunnen Wache. Sie muß auf der Leiter hinuntergeklettert sein und ist dort, auf Schutt und Splittern, die ganze Nacht gelegen. Sie schlief fest, als er sie heraufbrachte, und sie schlief auch noch, als er sie hier ins Haus hineintrug und mich holen kam.»

Sie schlief. Und ich hatte sie für tot gehalten. Ich wandte mich zu Julie, doch ihr verwittertes Gesicht war verstört und eingeschüchtert. Sie nahm mich beim Arm und flüsterte mir zu: «Die Frau Gräfin war früher einmal Nachtwandlerin. Vielleicht hat die Kleine das geerbt, Herr Jean. Ganz bestimmt – sie hat etwas auf der Seele gehabt.»

Ich tastete in meiner Tasche nach dem Blatt Papier. Es gehörte Jean de Gué, doch es gehörte auch mir. Mir gehörte auch das Bild der Frau im Morphiumrausch in ihren Kissen. Jean de Gués Mutter hatte gelächelt, als ich sie von ihrer Qual erlöste; doch ich hatte nicht viel erreicht. Statt dessen litt jetzt das Kind.

«Armes kleines Ding», sagte Julie, «immer setzen sie sich in diesem Alter irgendwas in den Kopf. Bei mir war's ein Junge aus dem Dorf. Überallhin bin ich ihm nachgelaufen. Meine Schwester hatte sich in ihren Lehrer verliebt. Und sie hat's mit der Frömmigkeit, ganz wie Mademoiselle Blanche. Das wird schon vorübergehn, wenn sie größer wird.»

Sie strich die Decke glatt, ihre Hand war braun und kräftig und verwittert wie ihr Gesicht. Der Brief in meiner Tasche, eben noch kostbar, ein Schlüssel zu einer verschlossenen Tür, wurde mit einem Mal zu einem sinnlosen Fetzen Papier. In einer Vision sah ich, wie man ihn, viele Jahre später, in einer vergessenen Schublade fand, eine Frau war es, die ihn fand, eine Frau, völlig eine zweite Blanche, die sich, bevor sie ihn in den Papierkorb warf, fragte, wann sie das geschrieben haben mochte, und nichts mehr von dem Leid wußte, das sie mit sich in den Brunnen genommen hatte. «Sie wissen ja, wie das ist», sagte Julie. «In einem Haus, voll mit Frauen wie Ihrem, ist's an der Zeit, daß jemand sie darauf vorbereitet, was kommen wird. Sie wächst schnell. In diesem Zustand sind sie wie junge Pflanzen; sie schießen rasch in die Höhe. Ernest, der hier neben mir wohnt, der sie gefunden und hierhergebracht hat, ist selber Vater von drei Töchtern. Zuerst hat er mich nach ihrem Alter gefragt. Noch nicht elf, hab ich ihm gesagt. Das will gar nichts heißen, hat er erklärt.

Seine Jüngste war zehn, als sie reif wurde. Es kann ein Kind furchtbar erschrecken, wissen Sie, Herr Jean, wenn es ein junges Mädchen wird und noch gar nichts weiß. Mich würd's nicht überraschen, wenn es bald soweit wäre.»

Wenn ich doch nur Julies gesunden Menschenverstand, ihre Güte, ihre Auffassungsgabe besäße! Wenn ich doch nur soviel wüßte wie Ernest, der im Nebenhaus wohnte und drei Töchter hatte! Vorlesungen über die Jungfrau von Orleans zu halten, war keine Vorbereitung für einen Familienvater, und ich war ja gar kein Familienvater. Ich war ein Komödiant, der eine Maske trug und eine Rolle spielte.

«Ich weiß nicht, was ich ihr sagen soll», erwiderte ich. «Ich kenne mich nicht aus.»

Julie musterte mich mitleidig. «Für uns hier sind solche Dinge nie besonders schwierig», sagte sie. «Aber für euch Leute auf dem Schloß ist das Leben sehr kompliziert. Manchmal frage ich mich, wie ihr überhaupt lebt. Nichts ist natürlich.»

Das Kind rührte sich im Schlaf, wachte aber nicht auf. Die rauhen Decken streiften ihr Kinn. Es wäre am Ende einfacher, wenn sie hier bleiben, rechtzeitig ihr Gleichgewicht finden könnte, ohne die Wirrnis der kommenden Jahre. Für Julie war sie ein Sämling, der Sonne brauchte; für mich ein Stück meines eigenen verlorenen Ichs. Und beides wurde im Dunkel zu einem einzigen stechenden Leid.

«Seltsam», sagte ich zu Julie, «als ich im Schloß hörte, das Kind sei verschwunden, da stellte ich mir vor, es müsse ertrunken sein.»

«Ertrunken?» wiederholte sie verdutzt. «Hier kann man doch nirgends ertrinken.» Sie hielt inne und schaute über meine Schulter hinweg nach dem Fenster. «Sie wissen doch, daß seit fünfzehn Jahren kein Wasser mehr im Brunnen ist.»

Sie wandte sich zu mir, sah mir in die Augen, und mit einem Mal fühlte ich, daß ich die Wahrheit nicht länger verschweigen konnte. «Ich habe es nicht gewußt. Ich weiß gar nichts. Ich bin hier ein Fremder.»

Sie mußte das doch erkannt haben! Ihre Redlichkeit ließ sich nicht täuschen; sie mußte wissen, wer ich war, ein Eindringling, ein Betrüger!

«Der Herr Graf ist in der Fabrik immer ein Fremder gewesen», sagte sie. «Das war ja die Schwierigkeit, nicht? Sie haben Ihr Erbteil und Ihre Familie vernachlässigt und einem andern Mann erlaubt, Ihren Platz und Ihre Verantwortung zu übernehmen.»

Sie klopfte mir auf die Schulter, und ich wußte, daß sie von der Vergangenheit sprach und ich von der Gegenwart. Wir waren Menschen in zwei verschiedenen Welten. «Sagen Sie mir doch, wie ich leben soll», bat ich. «Sie sind so klug, so praktisch.»

Ihre Augen verzogen sich zu einem Lächeln. «Sie würden doch nicht auf mich hören, Herr Jean. Sie haben's nie getan, nicht einmal, als Sie noch ein kleiner Junge waren und ich Sie übers Knie gelegt und versohlt habe. Sie haben immer allein Ihre Entschlüsse gefaßt. Wenn das Leben jetzt nicht gut zu Ihnen ist, so kommt das daher, daß Sie allem nachgegangen sind, was aufregend war, was unterhaltend war, was neu war – nie dem, was Halt hatte, was dauerte. Ist das nicht die reine Wahrheit? Seit Sie so groß waren! Und jetzt sind Sie beinahe vierzig, und nun ist's zu spät, um sich zu ändern. Sie können Ihre Jugendjahre nicht wieder zurückholen, ebensowenig wie Sie den armen Herrn Duval wieder lebendig machen können, dessen einziges Verbrechen es war, die Fabrik zu erhalten, während Sie fort waren; und deswegen haben Sie und Ihre kleine Schar von Patrioten ihn einen Kollaborateur genannt und ihn erschossen und hier im Brunnen sterben lassen.»

Mitleidig sah sie mich an, wie sie es schon vorher getan hatte, und ich begriff, daß ihre Worte weder Anklage noch Verdammung bedeuteten. Sie wußte, ihre Familie wußte, die ganze Gegend wußte, daß Jean de Gué Maurice Duval getötet hatte. Nur ich, sein Platzhalter, war dessen nicht sicher gewesen.

«Julie», sagte ich, «wo waren Sie in der Nacht, als er erschossen wurde?»

«In meinem Häuschen am Tor. Ich habe nichts gesehen; ich habe alles gehört. Es war damals nicht meine Sache und ist's auch heute nicht. Es ist erledigt, es geht Ihr Gewissen an, nicht meines.»

Noch war ihre Hand auf meiner Schulter, als wir einen Wagen durch das Tor einfahren hörten.

«Julie», wiederholte ich, «haben Sie Maurice Duval gern gehabt?»

«Wir haben ihn alle gern gehabt. Man konnte gar nicht anders. Er besaß all die Eigenschaften, die Ihnen fehlten. Und darum hat ja der Herr Graf, Ihr Vater, ihn hier zum Direktor gemacht. Mir tut's leid, Herr Jean, aber was wahr ist, ist wahr.»

Jetzt hörte ich Schritte auf das Haus zukommen, hörte auch Stimmen. Julie wandte den Kopf. «Auf dem Schloß hat man meine Botschaft gekriegt», sagte sie. «Da ist schon jemand. Vielleicht können Sie das Kind zum Wagen und in ihr Bett tragen, und dann wird sie nie erfahren, daß sie schlafwandelnd hierher, in die Fabrik gekommen ist.»

«Sie ist nicht schlafwandelnd hierhergekommen», sagte ich. «Sie kam mit vollem Bewußtsein. Sie wollte in den Brunnen hinuntersteigen. Alles was Sie gesagt haben, beweist mir das.»

Was ich Marie-Noël von meiner verbrannten Hand vorgelogen hatte, mein Benehmen während der Jagd, meine Flucht gestern abend, das alles hatte sie zur Überzeugung gebracht, daß ihr Vater bereute. Sie hatte auf ihre Art für seine Missetat gebüßt, indem sie selber die Rolle des Opfers spielte. Nur dadurch konnte sie ihm Vergebung erwirken. Ich griff nach dem Brief in meiner Tasche und las ihn noch einmal. Es war doch kein bloßer Fetzen Papier. Es war ein Glaubensbekenntnis.

Jetzt betrat jemand das Haus. Schritte durchquerten die Küche und das kleine Vorzimmer, kamen in den Nebenraum. Julie ging an die Türe, hob die Finger an die Lippen.

«Pst!» flüsterte sie. «Das Kind schläft immer noch tief.»

Ich dachte, es werde Gaston sein oder Paul. Doch es war Blanche.

«Mademoiselle!» rief Julie, und das Staunen in ihrer Stimme, der rasche Blick, den sie auf mich, auf die Möbel an der Wand warf, verrieten eine jähe Aufwallung, die sie bisher noch nicht gezeigt hatte.

«Sie hätten nicht kommen müssen, Mademoiselle», sagte sie. «Ich habe Ernest aufgetragen zu melden, daß das Kind wohlauf ist. Ich habe bei ihr gewacht, und der Herr Graf ist vor zehn Minuten gekommen.»

Blanche sagte nichts. Sie ging auf Marie-Noël zu, kniete neben ihr nieder, schlug behutsam die Decke zurück, und ich merkte, daß das Kind über dem blauen Kleid einen Mantel trug, überdies dicke Strümpfe und dazu Schuhe, die sie am Abend vorher nicht getragen hatte. Die Kleider waren verstaubt und verschmutzt und an mehreren Stellen zerrissen, und jetzt sah ich mit voller Klarheit jede Geste des Vorabends vor mir; wie sie den Hund losgebunden hatte, durch den Regen gewandert war, bis das dunkle Gebäude der Fabrik vor ihr auftauchte, sah das schwarze Loch des leeren Brunnens, sah, wie sie Schritt für Schritt langsam die Leiter hinunterstieg, wie ihr Mantel die grünlichen Kalkwände streifte. Und dann sah ich sie tief unten, auf dem Grunde zwischen Schutt und Scherben, hoch über ihr der kleine dunkle Fleck der Nacht.

Blanche kniete noch immer bei ihr. Jetzt wandte sie sich zu Julie. «Wo haben Sie sie gefunden?» fragte sie, und ihre Stimme war so leise, daß ich die Worte kaum verstehen konnte.

Zum ersten Mal war Julie verlegen, fühlte sich in die Enge getrieben und warf mir einen fragenden Blick zu; sie wußte nicht, was sie antworten sollte.

«Ernest war's, der sie gefunden hat, Mademoiselle», sagte sie. «Hier, im Haus. Hat er's Ihnen nicht erzählt?»

«In einem von den Fabrikgebäuden, sagte er», war die Antwort. «Die sind aber in der Nacht immer zugesperrt. Sie muß auf zerbrochenem Glas und Kalk gelegen haben.» Im Haus, in der Fabrik – beides war gelogen. Warum log Ernest, warum log Julie? Mir gegenüber hatte sie nicht gelogen. Blanche beobachtete Julie scharf, und Julie, die bisher offen und aufrichtig gewesen war, veränderte sich schlagartig, war ein anderer Mensch, wirr, verloren, schwatzte etwas davon, daß sie Ernest wohl nicht recht verstanden habe, sie sei hinter ihrem Häuschen gewesen, habe gerade die Hühner hinausgelassen, als er gekommen war und erzählt hatte, er habe die Kleine im Direktorhaus schlafend gefunden.

«Ihre Taschen sind ja voll mit Glas», sagte Blanche. «Haben Sie das gewußt?»

Julie antwortete nicht. Abermals sah sie mich hilfeflehend an; Blanche aber untersuchte die Taschen des Kindes und zog eine Handvoll kleiner Gegenstände heraus, ein Krüglein, nicht größer als ein Fingerhut, eine Vase, ein Fläschchen, alles winzig, aber tadellos geformt, darunter auch in Glas eine Nachbildung des Schlosses von St. Gilles, nicht zu verkennen, obgleich die beiden Türme abgebrochen waren.

«Das ist ja seit der Vorkriegszeit nicht mehr hergestellt worden», sagte Blanche. «Ich weiß das, ich habe selber bei den Zeichnungen mitgeholfen.»

Zum ersten Mal sah sie sich im Zimmer um, wandte den Blick vom Kind ab – betrachtete die Tische, die Stühle, die Bücherregale, die Koffer, alles an der Wand aufgestapelt, unberührt, unbenützt. Und plötzlich wurde mir klar, daß alles, was sie da betrachtete, einst zu ihrem Leben gehört hatte. Dieser leere Raum war ihr so vertraut wie das kühle Schlafzimmer im Schloß, doch dies hier hatte sie gekannt, als es belebt, heiter gewesen war, nicht tot wie jetzt. Dieser verstaubte Salon im Direktorhaus war dazu bestimmt gewesen, zwei Menschen zu beherbergen, die einander liebten, die in eine Zukunft blickten, die, wenn einmal der Krieg vorbei war, gesichert und dauerhaft sein mochte. Irgend etwas aber war fehlgeschlagen, der Kummer hatte sich in ihr Inneres gebohrt, alle Schaffenskraft war erlahmt, das Kruzifix, vor dem sie in ihrem Schlafzimmer kniete – nicht ihr Erlöser war daran gekreuzigt, sondern ihre eigene Hoffnung.

Ich konnte nicht anders, ich mußte den Brief aus der Tasche nehmen und ihn ihr reichen. Und während sie ihn las, während ihre Lippen sich bewegten, den Worten folgten, da wußte ich, daß, was sich hier, vor fast fünfzehn Jahren, in einer dunklen Nacht ereignet hatte, kein Zufall gewesen war, sondern geplant und mit voller Absicht ausgeführt von einem Mann ohne Herz, ohne Gefühl, der vielleicht den andern Mann um dessen höhere Gaben beneidete, diesen andern Mann, der, wie Julie eben erst erzählt hatte, all jene Eigenschaften besaß, die dem Grafen fehlten.

«Die Kleine hat Blut an den Händen, sie hat sich verletzt», sagte Julie plötzlich. «Als ich sie zudeckte, habe ich das nicht bemerkt.»

Wortlos gab Blanche mir den Brief zurück, und wir knieten nebeneinander neben dem Kind. Blanche öffnete eine der beiden kleinen Fäuste, ich die andere. In der Handfläche war die rote Spur einer frischen Schnittwunde, doch der Schnitt blutete nicht mehr. Die Hände waren sauber – es war kein Staub daran, keine Splitter. Ich sagte nichts, Blanche auch nicht. Dann hob sie langsam den Blick.

«Julie», sagte sie, «sagen Sie Jacques, er solle doch den Herrn Pfarrer anrufen und ihn bitten, sofort hierherzukommen. Dann sehen Sie im Telefonbuch die Nummer des Klosters Sacré-Cœur in Lauray nach und fragen Sie, ob die Mutter Oberin bereit wäre, mit Mademoiselle de Gué zu reden.»

Julie sah bestürzt von Blanche zu mir.

«Nein», sagte ich. «Nein...»

Das Drängen in meiner Stimme weckte Caesar; er erhob sich, bereit, das Kind zu verteidigen.

«Bist du verrückt?» sagte ich zu Blanche. «Begreifst du denn nicht, daß sie es absichtlich getan hat? Für mich – weil ich mir die Hand verbrannt habe?!»

«Julie», wiederholte Blanche, «tun Sie, was ich Ihnen gesagt habe.»

Ich trat zur Türe und stellte mich mit dem Rücken dagegen; Julie schaute unglücklich vom einen zum andern. «Wir brauchen den Herrn Pfarrer nicht», sagte sie. «Dem Kind ist nichts zugestoßen. Sie hat sich einfach an einem Glassplitter geschnitten. Unten im Brunnen ist ja alles voll Glas.»

«Im Brunnen?» fragte Blanche. «Ist sie in den Brunnen gestiegen?»

Zu spät erkannte Julie ihren Fehler. Doch die Worte waren nun einmal gesprochen. «Ja, ja, Mademoiselle», sagte sie. «Und wenn sie in den Brunnen gestiegen und die ganze Nacht unten gelegen hat? Seit fünfzehn Jahren ist er trocken. Und wenn sie, wach oder schlafwandelnd, in die Fabrik gekommen ist? Um Ihrer beider willen? Oder auch nur ihrer selbst wegen, die arme Kleine, weil sie zuviel Phantasie hat? Was ändert das an dem, was vorbei und geschehen ist? Warum kümmert sich niemand im Schloß richtig um sie und liebt sie um ihrer selbst willen? Nicht an die Wunden an ihren Händen sollten Sie denken! Wichtiger wär's, an das zu denken, was bald an ihrem Leib geschehen wird!»

Blanche wurde totenblaß. Lange beherrschte Empfindungen wollten sich freikämpfen. «Wie können Sie es wagen, so zu lästern!» Ihre Stimme klang leidenschaftlich, gereizt. «Ich habe über dem Kind gewacht, seit es auf der Welt ist. Ich habe es geliebt, habe es unterrichtet, habe es großgezogen, als ob es mein eigenes Kind wäre, weil ihre Mutter eine Närrin ist und ihr Vater ein Teufel. Ich werde sie nicht in dieser Welt leiden lassen, wie ich selber gelitten habe. Sie ist für eine andere Welt, für ein anderes Leben geschaffen. Diese Male an den Händen beweisen es. Gott selber spricht durch sie zu uns!»

Alle Zärtlichkeit war gewichen, alles Mitgefühl verschwunden. Diese Blanche, die hierher, in das Direktorhaus gekommen war, wo zahllose Erinnerungen lebten, diese Blanche, die das verlorene Kind suchte, war eine andere Frau, war fanatisch, erbittert, wollte opfern, was sie retten wollte.

«So handelt der Herr nicht, Mademoiselle», sagte Julie. «Wenn Er das Kind zu sich rufen will, dann wird Er es tun, wenn es Ihm beliebt, und nicht weil der Herr Graf den Mann getötet hat, den Sie geliebt haben. Die Kleine wird in dieser Welt nur um dessentwillen leiden, was Sie ihr antun; ja, Sie und ihr Vater und ihre Großmutter und alle drüben im Schloß. Ihr seid verbraucht, abgenützt, zu nichts mehr gut, ihr alle miteinander. Die Leute haben schon recht, die sagen, es wäre Zeit, daß wir wieder eine Revolution im Land hätten, und wär's nur, damit wir die Eifersucht, den Haß loswerden könnten, den ihr hier verbreitet habt. Da, sehen Sie ... jetzt haben Sie sie geweckt ... das Unglück ist schon geschehen.»

Doch es war Julie selber gewesen, deren Stimme sich so laut, so empört erhoben hatte, daß Caesar zu bellen begann und das Bellen die Kleine weckte. Marie-Noël schlug plötzlich die Augen auf und starrte uns unter ihren Decken neugierig an. Dann setzte sie sich auf, war vollkommen wach und schaute von einem zum andern.

«Ich hatte einen schrecklichen Traum», sagte sie.

Blanche beugte sich über sie, schlang schützend die Arme um das Kind.

«Schon gut, schon gut, Liebling. Du bist in Sicherheit, du bist bei mir. Ich bringe dich dorthin, wo man dich verstehen, wo man sich um dich kümmern wird. Das Grauen, den Schrecken im Brunnen wirst du nie wieder erleben müssen.»

Marie-Noël sah sie ruhig an.

«Es war gar nicht so furchtbar, und ich hatte auch keine Angst», erwiderte sie. «Germaine hat gesagt, es sei unten verhext, aber ich hab kein Gespenst gesehen. In der Fabrik ist's schön; aber im Schloß ist's voll von Gespenstern.»

Der Klang ihrer Stimme übte auf Caesar eine beruhigende Wirkung aus, und er legte sich wieder zu ihren Füßen nieder. Marie-Noël streichelte ihm den Kopf. «Er hat sicher Hunger und ich auch. Kann ich nicht zu Madame Yves hinübergehen und ein Stück Brot kriegen?»

Vom Büro am Ende des Hauses schrillte das Telefon. Der jähe Laut rief uns in die Wirklichkeit zurück. Julie ging an die Tür, ich gab den Weg frei, und Blanche stand langsam auf. Vor der lebendigen Gegenwart handelten wir alle mehr oder weniger instinktiv. Nur das Kind schaute verstört um sich.

«Hoffentlich ist das nicht der Anfang», sagte sie.

«Der Anfang wovon?» fragte ich.

«Von meinem schrecklichen Traum.» Sie schob die Decken zurück, stand auf, strich den Staub von ihrem Mantel und legte ihre Hand in meine. «Die Heilige Jungfrau ist um uns alle besorgt», sagte sie. «Sie erzählte mir, Großmama wolle, daß Mama sterben solle. Im Traum wollte ich es auch, und du auch. Wir waren alle schuldig. Es war furchtbar. Kannst du nicht irgendwas tun, damit es nicht so kommt?»

Jacques mußte wohl zum Telefon gegangen sein, denn es hörte auf zu läuten, und durch die offene Tür, durch die leeren Zimmer hörte ich ihn leise sprechen. Ohne ein Wort ging Julie an mir vorbei in die Küche, und gleich darauf verstummte Jacques' Stimme, dann hörten wir die beiden miteinander sprechen, und gleich darauf erschien Julie in der Küchentür. Reglos blieb sie stehen, dann winkte sie. Ich trat zu ihr.

«Es war Charlotte, die Herrn Paul sprechen wollte», sagte sie. «Ich sagte ihr, daß Sie mit Mademoiselle Blanche hier seien. Und da sagte sie, Sie sollten beide gleich ins Schloß zurückkommen. Ein Unglück ist geschehen. Sie sagte, man solle das Kind nicht mitbringen...»

Diesmal hatte die Eingebung nicht gelogen. Julie schlug die Augen nieder. Ich schaute über die Schulter in das Zimmer zurück. Marie-Noël kniete, zog die kleinen Glasfläschchen aus der Tasche und reihte sie auf dem staubigen Fußboden auf. Als sie das Schloß mit den zerbrochenen Türmen aufstellte, betrachtete sie ihre Hände, drehte die Flächen nach oben und rief Blanche.

«Ich muß mich geschnitten haben», sagte sie. «Ich kann mich nicht erinnern, wie. Werden die Wunden heilen und keine Spuren hinterlassen, oder wirst du mich verbinden müssen wie Papa?»

20

Der Ruf, der Bruder und Schwester geeint haben sollte, trennte uns nur noch mehr. Blanche und ich wechselten kein Wort miteinander, während der Arbeiter, der Ernest genannt wurde, uns im Camion zurückfuhr. Das Böse, das uns umhüllte, war wie eine Wolke, die sich nicht durchdringen ließ.

Das Schloß lag verlassen da. Alle waren draußen, immer noch auf der Suche nach dem Kind. Nur Charlotte war geblieben und überfiel uns mit ihrer Redeflut, die Frau, welche die Kühe molk, schrie auf uns ein, und dann war noch die Köchin da, die ich bisher nicht gesehen hatte, die aber, wie ich wußte, Gastons Frau war. Als wir ins Schloß traten, kam sie aus den Wirtschaftsräumen auf uns zu, die Augen weit aufgerissen, das Haar lose hängend, und sagte: «Der Krankenwagen aus Villars ist gekommen. Ich wußte nicht, wo ich sonst anrufen sollte.» Erst jetzt wurde es mir klar, daß Ernest, den Julie mit dem Camion nach St. Gilles geschickt hatte, weil sie das Schloß telefonisch nicht erreichen konnte, Blanche begegnet war, die aus der Kirche kam, und sie war sofort mit ihm in die Fabrik gefahren, ohne vorher ins Schloß zu gehen.

Jedes Zeitgefühl war mir abhanden gekommen. Ich wußte nicht, wie lange ich durch den Wald gewandert war. Der Tag, von jenem Augenblick an aus den Fugen geraten, da Françoise an die Tür des Ankleidezimmers geklopft hatte, um mir mitzuteilen, daß das Kind nicht da sei, dieser Tag hatte keine Minuten, keine Stunden gehabt; und jetzt, als ich zu dem weit geöffneten Schlafzimmerfenster hinauf- und auf das zerstampfte Gras im Graben hinunterschaute, hätte es Mittag oder Nachmittag sein können. Marie-Noël, unter ihren Decken schlafend, gehörte einer längst vergangenen Zeit an. Nichts war gewiß, außer daß das Verhängnis, jäh und brüsk, über das Schloß hereingebrochen war, als es praktisch leerstand.

Die gekrümmten Finger der Frau, welche die Kühe molk, wiesen auf den Grasfleck, während sie sich zuerst zu mir und dann zu Blanche wandte, und ihre Stimme wiederholte, unverständlich und schrill, immer wieder die einzigen Worte, die ich begriff: «Ich hab sie fallen gesehen... ich hab sie fallen gesehen...» Der ausgestreckte Finger, die aufwärts gerichteten Augen, das plötzliche Schwenken des Armes, womit sie den Sturz des Körpers plastisch zeigen wollte, das alles war furchtbar. Und Charlotte, die an Blanches Ärmel zupfte und plärrte: «Sie hat noch geatmet, Mademoiselle, ich habe ihr einen Spiegel vor die Lippen gehalten», wurde zur Partnerin in dieser entsetzlichen Szene.

Abermals begann die gespenstische Fahrt. Durch das Tor, über die Allee, auf die Straße nach Villars, hinter dem Krankenwagen her, der höchstens fünfundzwanzig Minuten vor uns abgefahren sein konnte. Und dennoch, trotz der Ahnung, die jetzt zur Gewißheit geworden war, bildete Ernest, der uns mit dem Camion fuhr, das einzige Bindeglied zwischen uns.

«Ich war in der Kirche», sagte Blanche, «ich war in der Kirche und habe gebetet, als es geschah.»

«Ich hab keinen Krankenwagen gesehen, Mademoiselle», sagte Ernest. «Sie müssen aus der Kirche gekommen sein und mich getroffen haben, bevor der Wagen kam.»

«Ich hätte ins Schloß gehen sollen», sagte Blanche. «Ich hätte zuerst ins Schloß gehen und ihr sagen sollen, daß das Kind in Sicherheit ist. Vielleicht wäre ich noch rechtzeitig gekommen.»

Und wenige Minuten später, wie immer nach einem Unglücksfall, kam die hoffnungslose Aufzählung der Ereignisse, um festzustellen, wie das Drama zu vermeiden gewesen wäre. «Es war ja nicht nötig, daß sich alle auf die Suche machten. Einige hätten doch bleiben können. Wäre nur einer von uns geblieben, so hätte es nicht geschehen können.»

Und schließlich: «Das Spital in Villars ist vielleicht für solche Notfälle gar nicht vorbereitet. Man hätte sie nach Le Mans bringen müssen.»

Jetzt rechts, dann links, dann wieder rechts, jetzt geradeaus – die Straße, die nach Villars führte, gehörte so sehr zu meinem Leben, daß es mir war, als kennte ich jede Biegung. Dies war die Stelle, wo Gaston gestern abend ins Schleudern geraten war. Dort war die Pfütze, die heute früh golden geschimmert hatte. Villars, um sechs Uhr frisch gewaschen und strahlend, war jetzt voll von Staub und Lärm. Eine Straße wurde aufgegraben, Wagen parkten einer hinter dem andern, und das Spital, das ich gar nicht bemerkt hatte, als Marie-Noël und ich über den Markt geschlendert waren, erhob sich jetzt, um meiner eigenen Befürchtungen willen, breit, vordringlich, häßlich. Blanche war es, die zuerst eintrat, sie sprach schnell mit einer jungen Krankenschwester und schob mich in ein kahles, unpersönliches Wartezimmer, während sie selbst durch eine andere Tür verschwand. Die Schwester, die mit ihr zurückkam, war ruhig, gelassen. «Über das Ausmaß der Verletzungen kann ich Ihnen nichts sagen. Der Doktor ist gerade bei der Untersuchung», erklärte sie mir, während sie uns aus dem Wartezimmer in ein kleineres Privatzimmer führte. Blanche setzte sich nicht, obgleich die Schwester ihr einen Stuhl hinschob. Sie trat ans Fenster mit dem Rücken zu mir. Ich glaube, sie betete. Sie hatte den Kopf gesenkt, die Hände vor der Brust gefaltet. Ich betrachtete eine Landkarte, die eingerahmt an der Wand hing, und sah, daß Villars zwanzig Kilometer von Mortagne entfernt war, und daß von Mortagne eine Nebenstraße unmittelbar zu La Grande-Trappe führte. Auf dem Schreibtisch lag ein Kalender. Morgen war es eine Woche her, daß ich nach Le Mans gekommen war... eine Woche... alles, was ich gesagt, alles, was ich getan, hatte diese Familie dem Schmerz, dem Unheil nähergebracht. Mein war die Verantwortung, mein die Schuld. Jean de Gué, der in den Spiegel im Hotelzimmer lachte, hatte es mir überlassen, seine Probleme nach meinem Gutdünken zu lösen. Jeder Schritt, den ich in diesen wenigen Tagen getan hatte, schien jetzt, im Rückblick, Leiden und Not verursacht zu haben. Torheit, Ahnungslosigkeit, Bluff und blinde Anmaßung hatten die Stunde herbeigeführt, die jetzt verging.

«Herr Graf?» Der Mann, der jetzt eintrat, breitschultrig, untersetzt, hätte einem wartenden Verwandten gewiß Vertrauen eingeflößt; ich aber hatte im Krieg zu vielen Ärzten ins Gesicht gesehen, um das endgültige Urteil nicht zu erraten. «Ich bin Doktor Moutier. Ich möchte Ihnen versichern, daß alles geschehen ist, was in unseren Kräften stand. Die Verletzungen sind sehr schwer, und es wäre unrecht von mir, wenn ich Ihnen allzu große Hoffnungen machen würde. Die Gräfin ist natürlich bewußtlos. Soviel ich weiß, war keiner von Ihnen anwesend, als sich das Unglück ereignete.»

Abermals war es Blanche, die sprach, und die ganze überflüssige Geschichte wiederholte sich.

«Die Fenster sind groß», sagte Blanche, «sie hat sich nicht wohl gefühlt. Sie muß ans Fenster getreten sein, war wohl einer Ohnmacht nahe, hat es zu weit geöffnet, sich hinausgebeugt...» Sie beendete den Satz nicht.

Des Doktors kurzes «gewiß, gewiß» war mechanisch, dann setzte er hinzu: «Die Gräfin war angezogen. Sie war nicht im Nachthemd. Wahrscheinlich wollte sie sich an der Suche nach dem Kind beteiligen.»

Ich warf einen Blick auf Blanche, sie aber sah nur den Doktor an. «Als wir das Schloß verließen, war sie nicht angezogen. Sie war im Bett. Keiner von uns hätte auch nur im Traum daran gedacht, daß sie aufstehen würde.»

«Mademoiselle, es ist immer das Unvorhergesehene, das solche Unglücksfälle herbeiführt. Verzeihung.» Er wandte sich zu der

Schwester vor der Tür. Die raschen halblauten Worte blieben uns im Zimmer unverständlich, doch ich glaubte etwas von «Bluttransfusion» und «Le Mans» gehört zu haben, und Blanches Ausdruck entnahm ich, daß sie das auch gehört hatte.

«Sie bekommt eine Bluttransfusion», sagte Blanche. «Ich habe gehört, wie er sagte, daß das Blut von Le Mans geschickt wird.»

Sie beobachtete die Tür, und ich fragte mich, ob ihr bewußt war, daß dies die ersten Worte waren, die sie seit fünfzehn Jahren an ihren Bruder gerichtet hatte. Sie kamen zu spät. Sie waren zwecklos. Er war nicht da, um sie zu hören.

Jetzt wandte der Doktor sich wieder uns zu. «Sie werden mich entschuldigen, Herr Graf, und Sie, Mademoiselle – warten Sie bitte hier – sobald sich etwas Definitives sagen läßt, werde ich es Ihnen mitteilen.»

Blanche hielt ihn am Ärmel fest. «Verzeihung, Doktor, ich habe ein paar Worte von dem gehört, was Sie vorhin sagten. Sie haben aus Le Mans Blut für eine Transfusion kommen lassen?»

«Ja, Mademoiselle.»

«Würde nicht Zeit gespart werden, wenn mein Bruder das Blut spenden könnte? Er und mein Bruder Paul gehören zur Blutgruppe Null, die, soviel ich weiß, in jedem Fall gefahrlos übertragen werden kann.» Einen Augenblick zögerte der Arzt und sah mich an. Ich war entsetzt bei dem Gedanken, was da geschehen sollte – eine unvermeidliche Beschleunigung der Katastrophe. Rasch rief ich: «Ich wollte, es wäre so! Aber ich gehöre nicht zur Blutgruppe Null...»

Blanche sah mich entgeistert an. «Das ist nicht wahr. Du und Paul, ihr gehört der Gruppe Null an. Noch vor wenigen Monaten hat Paul es mir gesagt.»

Ich schüttelte den Kopf. «Nein», sagte ich. «Du irrst dich. Paul vielleicht, ich nicht. Ich gehöre der Gruppe A an.»

Der Doktor hob die Hand. «Machen Sie sich darum keine Sorgen. Das Blut, das unmittelbar aus dem Laboratorium kommt, ist vorzuziehen. Der Aufschub ist sehr gering. Alles Nötige ist jetzt bereits von Le Mans auf dem Weg hierher.» Er hielt inne, ein neugieriger Blick wanderte von mir zu Blanche, dann verließ er das Zimmer.

Blanche sagte zunächst kein Wort. Dann vollzog sich eine seltsame, furchtbare Veränderung in ihren Zügen. Sie weiß es, dachte ich. Endlich weiß sie es. Ich habe mich verraten. – Doch ich irrte mich.

Langsam, als könnte sie ihren eigenen Worten nicht glauben, sagte sie: «Du willst sie nicht retten. Du hoffst, daß sie stirbt!»

Ich starrte sie an. Da wandte sie mir den Rücken zu, trat ans Fenster und blieb dort stehen. Es gab nichts mehr, was ich sagen, was ich tun konnte.

Wir warteten. Manchmal waren Stimmen im Gang zu hören, manchmal Schritte. Doch niemand kam ins Zimmer. Wieder betrachtete ich die Landkarte und sah, daß es von Le Mans nach Villars fünfundvierzig Kilometer waren. Das konnte man in vierzig Minuten zurücklegen. Sollten wirklich vierzig Minunten den Unterschied zwischen Leben und Tod bedeuten? Ich wußte es nicht; dazu fehlten mir die medizinischen Kenntnisse. Alles, was ich wußte, war, daß Jean de Gué und ich verschiedenen Blutgruppen angehörten, daß wir in dem einzigen, worauf es jetzt ankam, ungleich waren. Er hätte seine Frau retten können; ich konnte es nicht. Größe, Schulterbreite, Hautfarbe, Züge, Stimme, alles hatten wir gemeinsam – bis auf das eine. Diese Entdeckung war gleichsam symbolisch dafür, daß alles schiefgegangen war. Er war die menschliche Realität, ich war der Schatten. Ich konnte den Lebenden nicht ersetzen.

Als ich da vor der Karte stand und den Lauf der Route Nationale verfolgte, schien sie ein winziger Strich zwischen zwei Punkten zu sein; doch jede Kurve bedeutete, daß der Wagen langsamer fahren mußte. Es konnte allerlei Hindernisse geben, Straßenarbeiten, Verkehrsstockungen, einen Zusammenstoß. Ich würde nicht einmal wissen, wann der Wagen kam. Er würde sehr wahrscheinlich vor einem andern Tor halten. Ich ging auf den Gang hinaus und hoffte, irgend jemand würde kommen. Doch der Gang war leer bis auf eine Frau, die den Boden fegte.

Um eins erschienen Paul und Renée an der Spitaltür. Ich zeigte auf das Zimmer, wo Blanche wartete; reden wollte ich nicht mit ihnen, sie konnte ihnen alles sagen, was wir wußten. Renée ging hinein, aber Paul trat nach kurzem Zögern auf mich zu.

«Ernest ist mit dem Camion draußen. Soll ich ihm sagen, daß er warten soll?»

«Ich werde es ihm schon sagen», erwiderte ich.

Er blieb stehen. «Wie geht es ihr?»

Ich schüttelte den Kopf, und dann ging ich auf die Straße hinaus und sagte Ernest, er solle in die Fabrik zurückfahren. Als er auf den

Führersitz stieg und der Wagen davonrollte, war es, als ob das letzte Band, das mich mit einer sicheren, gefestigten Umwelt verknüpfte, zerrissen wäre. Wie bei Gaston, wie bei Julie spürte ich Mitgefühl in seinen Augen, seiner Stimme, und ich erinnerte mich daran, daß Julie von ihm gesagt hatte, er habe drei Töchter. Hätte ich ihn doch nur nicht fortgeschickt! Warum hatte ich mich nicht neben ihn gesetzt, ihn nach seiner Frau, seinen Kindern gefragt? Vielleicht hätte er mir Kraft und Mut gegeben, denn in dem stillen Spitalzimmer fand ich nur Mißverständnis, Schweigen, ja sogar Anklage.

Ich blieb draußen, wollte mit meinen Gedanken allein sein. Da stand plötzlich Paul in der Tür. «Wir haben dich gesucht», sagte er.

Da wußte ich, daß es geschehen war. Mit einer eigentümlichen, halb beschützenden Geste nahm er mich beim Arm. Und wir gingen zusammen durch den Gang in das kleine Zimmer. Doktor Moutier war da, Blanche und Renée und die Schwester, die uns empfangen hatte. Sogleich trat er auf mich zu, und diesmal klang seine Stimme anders, nicht mehr sachlich, berufsmäßig, mit der Autorität eines Mannes, der sein Handwerk kennt, sondern es war die Stimme eines, der vielleicht selber Gatte und Vater war.

«Alles ist vorüber», sagte er. «Es tut mir furchtbar leid.» Alle sahen mich an bis auf Blanche, die sich abgewendet hatte, und als ich nicht antwortete, fügte Doktor Moutier hinzu: «Sie ist überhaupt nicht zu Bewußtsein gekommen. Sie hat nicht gelitten. Das kann ich Ihnen versichern.»

«Und die Bluttransfusion?» fragte ich. «Hat sie nichts gebracht?»

«Nein. Es war gerade nur eine leise Möglichkeit, aber... der Zustand war von Anfang an hoffnungslos...» er hob die Hände.

«Kam es zu spät?»

«Zu spät?» Verdutzt wiederholte er die Worte.

«Das Blut, meine ich. Das Blut aus Le Mans!»

«O nein! Es war nach einer halben Stunde da. Wir haben sofort die Transfusion gemacht; alles, was sich überhaupt tun ließ, ist getan worden. Sie können versichert sein, Herr Graf, daß nichts versäumt wurde. Bis zum letzten Augenblick. Doch leider waren alle unsere Bemühungen vergeblich. Wir konnten Ihre Frau nicht retten.»

«Sie werden sie wohl sehen wollen», sagte die Schwester, und das war eine Feststellung, keine Frage; sie führte mich durch den Gang in ein kleines Zimmer. Wir standen nebeneinander am Bett und sahen auf Françoise de Gué hinunter. Kein Zeichen einer Verletzung war zu erkennen; sie war wie eine Schlafende, wirkte durchaus nicht wie eine Tote.

«Ich habe immer den Eindruck», sagte die Schwester, «daß die wahre Persönlichkeit eines Menschen in der ersten Stunde nach dem Tod erkennbar wird. Manchmal ist es ein Trost, wenn man daran glauben kann.»

Dessen war ich nicht sicher. Jene Françoise, die tot hier lag, war friedlich, sah jünger, glücklicher aus als die Françoise, die heute früh an die Tür des Ankleidezimmers gepocht hate. Die Françoise dieses Morgens war verängstigt, verstört, streitsüchtig gewesen. Wenn diese hier, die Tote, die wahre Françoise und die andere die falsche war, dann war das Leben sinnlos gewesen, eine Zeitvergeudung.

«Es ist sehr schwer für Sie, daß Sie alle beide verloren haben», sagte die Schwester.

Beide? Ich glaubte sekundenlang, daß sie von Marie-Noël sprach, daß sie die Geschichte von dem verlorenen Kind gehört hatte. Dann aber erinnerte ich mich.

«Es gibt noch eine Tochter», sagte ich. «Sie ist elf Jahre alt.»

«Dr. Moutier sagte mir, Sie hätten diesmal einen Sohn gehabt.»

Sie zog sich zur Tür zurück, blieb dort stehen, hatte die Augen gesenkt, glaubte wahrscheinlich, ich wolle allein sein, wolle beten, doch ich versuchte nur, mich zu entsinnen, ob ich im Verlauf dieser Woche zu Françoise irgend etwas gesagt hatte, was bewußt unfreundlich gewesen war. Nein, mir fiel nichts ein. So viel schien sich ereignet zu haben. Ich war froh, daß ich ihr an meinem ersten Abend die Miniatur gegeben hatte. Damals war sie entzückt, war sie glücklich gewesen. Sonst gab es nichts, abgesehen davon, daß ich mich am Freitag abend um sie gekümmert hatte. Es waren keine sehr eindrucksvollen Erinnerungen. Ich wollte, ich hätte mehr getan! Ich wandte mich um und ging zu den andern.

«Du solltest jetzt nach St. Gilles zurückfahren», sagte Paul zu mir. «Ich habe Gaston angerufen, er kommt mit dem Citroën. Blanche und ich bleiben hier, um die nötigen Anordnungen zu treffen, und Gaston kann Renée und dich mit dem Renault heimfahren.»

Ihren Gesichtern konnte ich anmerken, daß sie erörtert hatten, was nun getan werden mußte. Es gab eine gewisse verhaltene Formalität in Ton und Geste, typisch für die Stunde nach einem Todesfall. Man wandte sich mit nichts unmittelbar an mich. Es ist ein

Fehler, daß man die Trauernden mit ihrer Trauer allein läßt. Es wäre leichter gewesen, wenn ich etwas hätte besprechen, unterzeichnen, anordnen können. Statt dessen sah ich ihnen nur zu, war selber schweigsam, überflüssig.

Als Gaston kam, fühlte ich mich erleichtert. Man wollte mich aus dem Weg haben. Renée schob mich wortlos auf den Vordersitz, sie selber setzte sich auf den Rücksitz, und so fuhren wir zum Schloß zurück.

Gastons Zügen war noch der Schreck anzusehen. Er hatte nichts zu mir gesagt, als ich eingestiegen war, doch freundlich, still hatte er mir eine Decke über die Knie gezogen; es war ein rührendes Zeichen seines Mitgefühls. Als er jetzt die vertraute Straße einschlug, dachte er da wie ich an die Fahrt von heute früh, an die Fahrt von gestern abend? So fern waren diese Stunden jetzt, als hätte es sie nie gegeben!

Die geschlossenen Läden des Schlosses waren das erste Zeichen der Trauer; wahrscheinlich hatte Gaston nach Pauls Anruf aus dem Spital das Nötige veranlaßt. Und doch konnte man das Leben nicht völlig verdrängen. Lange Sonnenstrahlen stahlen sich durch die Spalten, zeichneten ein Muster auf den Fußboden im Salon, und diese Form der Trauer um Françoise, die still und friedlich in dem kleinen Spitalzimmer lag, wirkte irgendwie sinnlos und falsch. Sonne und Tageswärme hatten ihr nie ein Leid getan; wir waren es, die nichts vorausgesehen, uns um nichts gekümmert, keinen Hauch von Verständnis aufgebracht hatten.

Auch für eine Mahlzeit hatte Gaston gesorgt, die im Eßzimmer aufgetragen wurde, denn keiner von uns hatte bisher etwas zu sich genommen. Mehr seinetwegen als unseretwegen setzten wir uns und aßen mechanisch. Renée war sanft, zurückhaltend und ließ solcherart eine andere Facette ihres Wesens erkennen; sie erzählte mir, wie sie und Paul am Morgen zu jedem Gehöft im Umkreis von zehn Kilometern gefahren waren, um die Kleine zu finden; erst um halb eins waren sie nach St. Gilles zurückgekehrt.

Seltsam, dachte ich, wie ein jäher Tod, ähnlich wie der Krieg, im Nu eine freundliche Beziehung herstellen kann. Die herausfordernde, sinnliche Renée der vergangenen Woche war jetzt unbefangen, gütig, hilfsbereit, schlug vor, Marie-Noël in Blanches Zimmer zu betten, damit das Kind nicht allein wäre; oder daß Paul übersiedeln und sie selber das Kind zu sich nehmen würde. Sie anerbot sich, die Kleine in der Fabrik abzuholen, alles zu tun, um Marie-Noël über den plötzlichen Verlust hinwegzuhelfen, ihn erträglicher zu machen.

«Ich glaube nicht, daß sie das so empfinden wird», sagte ich. «Ich glaube – warum, kann ich nicht erklären –, daß sie darauf vorbereitet war.»

Renée, die noch wenige Stunden vorher sofort erklärt hätte, alles, was Marie-Noël getan hatte, sei aufreizend, exhibitionistisch gewesen und sie habe eine harte Strafe verdient, erwiderte jetzt nichts, sondern sagte nur, schlafwandelnde Kinder dürften nie allein in einem Zimmer schlafen.

Dann ging sie ins obere Stockwerk, und ich blieb nachdenklich im Eßzimmer sitzen. Nach einer Weile rief ich Gaston und ersuchte ihn, mit einer Nachricht für Julie in die Fabrik zu fahren. Er solle Julie mitteilen, was geschehen war, und ich ließe sie bitten, es auch Marie-Noël beizubringen.

«Der Herr Curé ist oben bei der Frau Gräfin», sagte er nach kurzem Zögern. «Wünscht der Herr Graf, ihn jetzt oder später zu sprechen?»

«Seit wann ist er schon hier?»

«Sobald Charlotte der Frau Gräfin den Unglücksfall gemeldet hatte, ließ sie ihn rufen.»

«Wann war das?»

«Ich weiß nicht, Herr Graf. Herr Paul und ich konnten kein vernünftiges Wort aus den Frauen herauskriegen, als wir zurückkamen und hörten, was geschehen war. Sie waren alle viel zu aufgeregt, um uns irgendwas zu erklären.»

«Ich will gleich mit dem Herrn Curé sprechen», sagte ich. «Schikken Sie mir unterdessen Germaine.»

«Sehr wohl, Herr Graf.»

Germaine war schon in Tränen aufgelöst, als sie eintrat, und bei meinem Anblick überwältigte der Kummer sie vollständig. Einige Sekunden vergingen, bevor sie sich beherrschen konnte.

«Schon gut», sagte ich. «Sie machen es für uns alle nur noch schlimmer, wenn Sie sich gehenlassen. Ich wollte Sie etwas fragen. Haben Sie gewußt, daß meine Frau heute früh aufgestanden war und sich angekleidet hatte?»

«Nein, Herr Graf. Ich brachte ihr um neun das Frühstück, und da war sie noch im Bett. Von Aufstehn hat sie kein Wort zu mir gesagt.

Mademoiselle Blanche hat mich ins Dorf geschickt, ich solle dort fragen, ob niemand die Kleine gesehen hätte, und als ich zurückkam, bin ich gleich in die Küche gegangen. Ich habe die gnädige Frau nicht mehr gesehen.»

Ich ließ sie gehen und bat sie, mir Charlotte zu schicken.

Nach einer Weile erschien Charlotte, und auf den ersten Blick merkte ich, daß die Aufregung des Vormittags sich verflüchtigt hatte. Jetzt war sie vorsichtig, beherrscht, und die kleinen Kugelaugen blickten mich beinahe trotzig an. Ich vergeudete keine Zeit. «Als wir alle heute früh fortgingen», begann ich sofort, «um das Kind zu suchen, sind Sie noch einmal bei meiner Frau gewesen?»

Sie antwortete langsam: «Ja, Herr Graf, ich bin zu ihr gegangen, um sie ein wenig zu trösten, während sie frühstückte.»

«Und was haben Sie ihr gesagt?»

«Da war nicht viel zu sagen, Herr Graf. Ich bat sie, sich keine Sorgen zu machen. Das Kind werde bald gefunden werden.»

«War sie sehr verängstigt?»

«Sie grämte sich mehr um das Gemüt der Kleinen als darum, daß sie gerade verschwunden war. Sie hängt zu sehr an ihrem Vater und an Mademoiselle Blanche, sagte sie. Sie fürchtete, das Kind könnte ihr abspenstig gemacht werden. Es komme nicht zu seiner Mutter, wie es doch sollte. Das waren ihre eigenen Worte.»

«Und was haben Sie darauf geantwortet?»

«Ich habe ihr die Wahrheit gesagt, Herr Graf. Ich sagte, wenn ein Vater sein Kind vergöttert, wie der Herr Graf Marie-Noël vergöttert, so ist es immer schwierig für die Mutter. Ich hatte eine Tante, die das auch erlebt hat. Es wurde noch schlimmer, als die Tochter heranwuchs; sie und der Vater waren unzertrennlich, und meine Tante hat deswegen einen Nervenzusammenbruch erlitten.»

«Haben Sie ihr das zum Trost gesagt?»

«Ich habe es ihr erzählt, weil ich Mitleid hatte, Herr Graf. Ich wußte, daß die gnädige Frau sich hier oft einsam fühlt.»

Was mochte Charlotte jetzt und in der Vergangenheit hier im Schloß von St. Gilles für Schaden angerichtet haben!

«Wußten Sie, daß meine Frau vorhatte aufzustehen?»

«Sie sagte nur, sie wolle nicht allein bleiben, ohne zu wissen, was vorging. Sie fragte mich, ob die Frau Gräfin schon wach sei. Noch nicht, sagte ich; sie sei sehr spät eingeschlafen. Das war das letzte Mal, daß ich die gnädige Frau gesehen habe.» Langsam schüttelte sie bei diesen Worten den Kopf, seufzte und faltete die Hände, doch all ihr Getue wirkte nicht so echt wie Germaines Tränen.

«Wann ist die Frau Gräfin aufgewacht?» fragte ich.

Charlotte dachte nach. «Ganz sicher weiß ich es nicht, Herr Graf. Es mag kurz vor zehn gewesen sein. Sie hat nach mir geläutet, aber sie wollte nichts essen. Ich erzählte ihr von dem Kind. Sie zuckte die Achseln; es interessierte sie nicht. Sie saß in ihrem Stuhl, ich machte ihr das Bett, und dann, als ich sah, daß sie mich nicht brauchte, bin ich wieder hinuntergangen. Ich war noch unten im Nähzimmer, als das Unglück geschah. Ich hörte Berthe laut aufschreien, wir liefen hinaus... aber das wissen Sie ja schon, Herr Graf.»

Sie senkte die Augen, ihre Stimme wurde immer leiser. Ich sagte ihr kurz, sie könne nun gehen, doch als sie an der Tür war, fragte ich: «Als Sie der Frau Gräfin die Nachricht von dem Unglücksfall brachten – was sagte sie da?»

Charlotte blieb, die Hand auf der Klinke, stehen, dann drehte sie sich um und sah mich an. «Sie war entsetzt, Herr Graf, außer sich. Deswegen habe ich auch gleich den Herrn Pfarrer kommen lassen. Ich konnte ihr nichts geben; das wäre unklug gewesen. Sie verstehen doch?»

«Ja, ich verstehe.»

Nachdem sie fort war, ging ich ins Ankleidezimmer hinauf und durch das Badezimmer ins Schlafzimmer. Irgend jemand hatte hier wie überall die Läden geschlossen und das Fenster auch. Das Bett war noch nicht gemacht worden, nur die Decken zurückgeschlagen. Ich trat ans Fenster, öffnete es und die Läden auch. Der Fenstersims reichte mir an die Hüfte. Es war möglich, daß man sich darauf setzte, sich hinausbeugte, zu weit hinausbeugte. Möglich, aber nicht wahrscheinlich. Und doch war es geschehen... ich schloß das Fenster und die Läden wieder. Ich sah mich im Schlafzimmer um, aber nichts verriet, warum die Tragödie sich ereignet hatte. Und so ging ich denn und schloß die Tür hinter mir. Ich lief durch den Korridor, die Treppe hinauf, durch die Tür zum andern Korridor und gelangte so zu dem abgelegenen Turmzimmer.

21

Ich klopfte nicht. Ich öffnete die Tür und trat ein. Die Läden waren geschlossen wie überall, die Fenster auch, hier waren überdies noch die Vorhänge zugezogen. Eine Lampe brannte neben dem Bett, eine zweite auf dem Tisch vor dem Ofen. Das einzige Geräusch war das leise Gemurmel des betenden Geistlichen, er kniete mit gesenktem Kopf, die Mutter saß zusammengekauert in ihrem Stuhl, die Schultern hochgezogen, und das Kinn berührte die Brust. Keiner von beiden rührte sich, als ich eintrat, doch ich sah, daß die Hand der Mutter sich eine Sekunde lang fester um den Rosenkranz schloß. Ich lauschte und wartete. Das Gemurmel des Geistlichen rieselte weiter, eintönig, besänftigend, das Denken ausschaltend, und ich hatte den Eindruck, daß das bestimmt seine Absicht sein mußte, ob er nun für die Lebenden oder für die Toten betete. Der Geist von Françoise, die im Spitalzimmer lag, wollte nicht daran gemahnt sein, was ihr in der Welt widerfahren war, die sie verlassen hatte, und die Seele der Mutter hier sollte nicht plötzlich mit einer Frage geweckt werden. Der gleichmäßige, halblaute Singsang und meine überreizten Sinne, meine zum Zerreißen gespannten Nerven stumpften nach und nach ab, fügten sich in Atmosphäre und Tempo dieses Zimmers ohne Leben ein. Nachdem das letzte Gloria, das letzte Amen gesagt worden waren, gab es eine Pause, bevor die Welt wieder in ihr Recht trat. Dann richtete sich der Geistliche auf, trat zu mir und nahm meine Hand.

«Mein Sohn», begann er, «wir haben innig für Sie gebetet, Ihre Mutter und ich, wir haben gebetet, auf daß Sie in dieser furchtbaren Stunde der Prüfung Mut und Stütze finden mögen.»

Ich dankte ihm, und er blieb bei mir stehen, hielt meine Hand, streichelte sie, und sein Gesicht war wohl um meinetwillen verdüstert, wirkte aber dennoch abgeklärt. Ich beneidete ihn um seine Herzenseinfalt, um seinen Glauben, daß wir alle verirrte Kinder oder verlorene Lämmer waren, die der Gute Hirte in Seine Arme schließen würde, wie groß unsere Sünden auch sein mochten.

«Das Kind», sagte er, «wollen Sie, daß ich mit ihm rede?»

Ich lehnte ab, sagte ihm, ich hätte Julie ersucht, mit Marie-Noël zu sprechen, doch Paul und Blanche würden bald da sein, und vielleicht könnte er mit ihnen schon einiges besprechen.

«Sie wissen», sagte er, «daß ich jetzt, morgen und immer zu Ihrer Verfügung stehe, daß ich bereit bin, alles, was ich zu tun vermag, für Sie, für die Frau Gräfin, für das Kind und für jeden zu tun.»

Er segnete uns beide, nahm seine Bücher und verließ das Zimmer. Wir waren allein. Ich sagte nichts. Auch sie schwieg. Ich sah sie nicht an. Dann, plötzlich, wie unter einem Zwang, durchquerte ich den Raum, trat ans Fenster und schob die schweren Vorhänge zur Seite. Ich riß das Fenster weit auf, öffnete die Läden, und Luft und Licht strömten herein. Ich trat an ihren Stuhl, und die Spätnachmittagssonne bestrahlte sie, so daß nichts verborgen blieb, nicht das fahle Grau des Gesichts, die massigen Kiefer, und als sie jetzt die Hand hob, um die Augen vor der Sonne zu schützen, sank der Ärmel ihres schwarzen Wollkleids herab und ließ die Spuren der Einstiche zwischen Gelenk und Vorderarm sehen.

«Was machst du denn? Willst du mich blenden?» Sie beugte sich in ihrem Stuhl vor, versuchte, dem Licht zu entfliehen. Ihr Rosenkranz fiel zu Boden, ihr Gebetbuch auch, ich hob beide auf, gab sie ihr wieder, und dann stellte ich mich zwischen sie und die Sonne.

«Was ist geschehen?» fragte ich.

«Geschehen?» Sie wiederholte die Frage, hob den Kopf, sah mich an, konnte aber nicht in meinen Augen lesen, weil ich im Schatten stand. «Woher soll ich wissen, was geschehen ist? Ich bin doch hier eingekerkert, nutzlos, und kein Mensch kümmert sich darum, wenn ich läute. Ich glaubte, daß du gekommen bist, um mir zu berichten, was geschehen ist; nicht ich dir.» Sie hielt inne, und dann setzte sie hinzu: «Schließ die Läden, zieh die Vorhänge zu! Du weißt doch, wie zuwider mir das Licht ist.»

«Nein», sagte ich.

Sie schnitt eine Grimasse und zuckte die Achseln. «Wie du willst. Aber es ist nicht der richtige Augenblick, die Fenster aufzureißen, das ist alles. Ich habe Gaston befohlen, alle Läden zu schließen, und das hat er wahrscheinlich getan.»

Sie machte es sich in ihrem Stuhl bequem, steckte den Rosenkranz gewissermaßen als Lesezeichen zwischen die Blätter des Gebetbuchs und legte es auf den Tisch neben sich. Sie lockerte die Kissen hinter dem Rücken und rückte sich den Schemel zurecht.

«Jetzt, da der Curé fort ist», sagte sie, «könnte ich Charlotte läuten, damit sie die Hunde bringt. Wenn er da ist, sind sie immer so lästig. Warum bleibst du denn stehen? Warum nimmst du dir nicht einen Stuhl und setzest dich?» Aber ich setzte mich nicht. Ich kniete neben ihrem Stuhl und legte die Hand auf die Armlehne. Sie beobachtete mich; ihr Gesicht war eine Maske.

«Was hast du zu ihr gesagt?» fragte ich.

«Zu wem? Zu Charlotte?»

«Zu Françoise.»

Nichts ereignete sich, nur daß sie noch regloser dasaß. Ihre linke Hand hörte auf, mit den Fransen ihres Tuches zu spielen.

«Wann?» fragte sie. «Ich habe sie nicht mehr gesehen, seit sie krank wurde und sich ins Bett gelegt hat. Seit mehreren Tagen habe ich sie nicht mehr gesehen.»

«Du lügst. Du hast sie heute früh gesehen.» Auf meine brüske Antwort war sie nicht gefaßt gewesen. Ich sah, wie ihr ganzer Körper sich im Stuhl straffte.

«Wer sagt das? Wer hat geschwatzt?»

«Ich sage es, und niemand hat geschwatzt.»

Mit voller Absicht sprach ich halblaut und ganz ruhig. Weder in meiner Stimme noch in meinen Worten war eine Anklage.

«Ist sie zu Bewußtsein gekommen? Hat sie irgend etwas im Spital zu dir gesagt, bevor sie starb?»

Der Ton ihrer Frage war scharf.

«Nein. Sie hat weder zu mir noch zu sonst jemandem gesprochen.»

«Was soll's dann? Warum willst du es wissen? Nehmen wir an, daß sie heute früh hier war. Was nützt das jetzt?»

«Ich will wissen, wann und warum sie starb.»

Sie hob die Hand. «Was hat das für einen Zweck? Keiner von uns kann es wissen. Sie hatte einen Schwindelanfall und stürzte hinunter. Berthe hat es doch mit angesehen, als sie mit den Kühen in den Park ging. Das wenigstens hat Charlotte mir erzählt. Hat man dir nicht dieselbe Geschichte erzählt?»

«Ja», sagte ich. «Man hat mir dieselbe Geschichte erzählt und Blanche auch. Und wahrscheinlich auch Paul und Renée. Und den Leuten im Spital auch. Ich glaube es aber nicht; das ist alles.»

«Was glaubst du denn?»

Ich beobachtete dieses Gesicht, das mir nichts verriet. «Ich glaube, daß sie Selbstmord verübt hat. Und du glaubst es auch.»

Ich erwartete Widerspruch, einen Ausbruch, eine Anklage – oder vielleicht, daß die Verteidigung zusammenbrach, vielleicht eine

Bitte um Verständnis. Doch statt dessen – so unglaublich es war – zuckte sie die Achseln, lächelte und sagte völlig kühl: «Und wenn sie es getan hat ...»

Diese Antwort, die in ihrer unmenschlichen Kälte einen jähen Tod so unbefangen hinnahm, war eine Bestätigung all dessen, was ich am meisten befürchtet hatte. Die Gleichgültigkeit gegenüber Françoise hatte ich von Anfang an gespürt, aber auch noch etwas anderes, das nie ausgesprochen wurde – den Wunsch der Mutter, daß die Schwiegertochter sterben möge. Was immer der Grund sein mochte – Besitzgier, Bosheit, Habsucht –, die Gräfin hatte Françoise aus dem Weg räumen wollen, und in ihrem innersten Herzen hatte sie geglaubt, das sei auch der Wunsch ihres Sohnes. Eine Krankheit während der Schwangerschaft hätte das Ende herbeiführen können; die Katastrophe von heute war ein rascheres Mittel. Kein Erbarmen regte sich in ihr darüber, daß sich Françoise, unglücklich, vernachlässigt, ohne jeden Lebenswillen, selber aufgegeben hatte. Der Tod oder die Geburt eines Erben – beides bedeutete Befreiung von der Armut; und Jeans Mutter empfand nur Erleichterung darüber, daß diese Probleme jetzt gelöst waren.

«Was auch immer geschehen sein mag», sagte sie, «dir kann niemand einen Vorwurf machen. Du bist nicht hier gewesen. Denk gar nicht mehr daran. Spiel deine Rolle und traure.» Sie beugte sich im Stuhl vor und nahm mein Gesicht zwischen die Hände. «Es ist zu spät, um ein Gewissen zu entwickeln», fuhr sie fort. «Das habe ich dir unlängst gesagt. Und wenn du geglaubt hattest, Françoise werde die Geburt des Kindes überleben, warum hast du dann auf ihren Tod gesetzt?»

«Was meinst du damit?» fragte ich.

«Am Tag nach deiner Rückkehr aus Paris hast du mit den Carvalets telefoniert», sagte sie. «Charlotte hat es mir erzählt – sie hat bei dem Anschluß in Blanches Zimmer mitgehört, wie sie das immer tut, wenn unten irgend etwas gesprochen wird, das mich interessieren könnte, und dann meldete sie es mir – und als ich vernahm, was du den Leuten gesagt, daß du ihren wahnsinnigen Bedingungen zugestimmt hast, da wußte ich gleich, daß das ein Spiel war. Du hast mit dem Glücksfall gerechnet, der eintreten könnte. Ohne neues Kapital hättest du ja dich selber zugrunde gerichtet. Kein Wunder, daß du am nächsten Tag Gewissensbisse hattest, in die Bank gefahren bist und dir den Ehekontrakt näher angesehen hast. Diese Mühe hättest du dir ersparen können. In der Bibliothek gibt es Kopien von allem, wenn du dir die Mühe genommen hättest, sie zu suchen. Aber es war amüsanter, nach Villars zu fahren, nicht wahr? Du hast ja ein Frauenzimmer dort. Das hast du mir am Abend, als du wiederkamst, selbst erzählt.»

Die Folgerichtigkeit der Ereignisse war klar und ließ sich nicht in Abrede stellen. Meine eigenen Beweggründe, verdreht und falsch interpretiert, spielten jetzt keine Rolle mehr.

«Françoise wußte von dem Kontrakt mit Carvalet», sagte ich. «Ich habe ihr gegenüber kein Geheimnis daraus gemacht. Ich habe ihr die Wahrheit gesagt.»

«Die Wahrheit?» In den Augen, die sich in meine bohrten, blitzte es zynisch und hart. Das Elend, die Angst des gestrigen Abends waren verflogen. Es war, als hätte sie nie gelitten, nie um Hilfe gefleht.

«Wir alle sagen die Wahrheit, wenn sie uns zufällig genehm ist», fuhr sie fort. «Heute früh sagte Françoise, als sie hierherkam, mir die Wahrheit. O ja, du hast recht. Ich habe sie gesehen. Ich bin wahrscheinlich der letzte Mensch, der sie gesehen hat. Sie kam herein, vollkommen angezogen, wollte bei der Suche nach dem Kind mithelfen. ‹Was hat Marie-Noël so aufgeregt?› fragte sie. ‹Warum mag sie nur fortgelaufen sein?› – ‹Was sie aufgeregt hat?› erwiderte ich. ‹Sie hat Angst, daß sie verdrängt wird; das ist alles. Keiner von uns läßt sich gern entthronen. Sie möchte dich aus dem Weg haben und das Baby auch.› Da fuhr sie auf. Sie sei hier nie glücklich gewesen, sagte sie, immer habe sie Heimweh gehabt, habe sich einsam, verloren gefühlt, und ich sei daran schuld, weil ich von Anfang an gegen sie gewesen sei. ‹Jean hat mich nie geliebt›, sagte sie. Und darin habe ich ihr recht gegeben. ‹Selbst jetzt will er nur das Geld›, fuhr sie fort. ‹Natürlich›, sagte ich. – ‹Will er, daß ich sterben soll?› fragte sie schließlich, ‹damit er eine andere heiraten kann?› Ich gab ihr zur Antwort, das wisse ich nicht. ‹Jean hält's mit jeder, die er haben kann. Er hat ein Verhältnis mit Renée, hier im Schloß, und dann hat er noch eine Mätresse in Villars›, sagte ich. Das habe sie vermutet, erwiderte sie; beides, und deine Güte gegen sie in diesen letzten Tagen sei nur eine Komödie gewesen, um sie abzulenken. ‹Das Kind ist also nicht der einzige Mensch, der mich aus dem Weg haben will›, sagte sie. ‹Jean auch, du auch, Renée auch und die Frau in Villars auch noch.› Darauf antwortete ich ihr nicht. Ich sagte ihr, sie solle nicht so überspannt sein und wieder hinuntergehn. Das war alles. Weiter wurde kein Wort gesprochen. Sie wollte die Wahrheit erfahren, und ich habe sie ihr gesagt. Wenn sie nicht tapfer genug war, der Wahrheit standzuhalten, so war das ihre Angelegenheit, nicht meine. Ob sie sich zum Fenster hinausgestürzt hat oder hinuntergefallen ist, weil der Schwindel sie packte, das gehört nicht zur Sache, und wir werden es nie beweisen können. Das Resultat ist das gleiche. Du hast jetzt, was du wolltest, nicht?»

«Nein», schrie ich. «Nein!»

Ich drückte sie in ihren Lehnstuhl zurück, und ihr Ausdruck veränderte sich. Sie sah verblüfft, erschrocken aus, und dieser plötzliche Wechsel von Zynismus zu Angst beim Klang meiner Stimme, die sich im Zorn erhob, und zwar, wie sie glaubte, im Zorn gegen sie, nicht gegen mich, ließ mich erkennen, wie hoffnungslos und nutzlos es war, ihr die Sache zu erklären. Was sie auch zu Françoise gesagt haben mochte, sie hatte es im Interesse ihres Sohnes gesagt. Ich konnte sie nicht anklagen.

Ich stand auf, trat ans Fenster und blickte über den Park zu den Bäumen hinüber. Großer Gott, dachte ich, es muß doch auch darauf eine Antwort geben, einen Ausweg – nicht für mich, den Betrüger, nein, für sie alle, für die Mutter, für das Kind, für Blanche, für Paul und Renée. Wenn in Jean de Gué Eifersucht geschwelt hatte, Gegnerschaft, Groll, so konnte er das mit der Vergangenheit begründen. Solche Ausflüchte hatte ich nicht. Ich war ihm gefolgt, weil ich mich verbergen, weil ich mein Ich verlieren wollte.

Der Regen der Nacht hatte allen Schutt aus den Rinnen fortgespült. Auf der Zunge des Wasserspeiers glitzerte eine winzige Lache. Etwas anderes noch glänzte in der Rinne. Es war eine Morphiumampulle, leer, von Charlotte weggeworfen, und nun sichtbar geworden, weil die Blätter sie nicht mehr verdeckten. Ich sah die Ampulle und fragte mich: Wenn ich ihr gestern abend die Spritze nicht gegeben und dafür hier im Zimmer geblieben wäre, was hätte dann vielleicht alles erreicht werden können; Hoffnung, Verständnis ... Ich wäre nicht nach Villars gefahren, das Kind nicht zu dem Brunnen gegangen. Das Drama wäre abgewendet worden. Françoise wäre noch am Leben. Ich wandte mich vom Fenster ab, sah die Frau im Stuhl an und sagte: «Du mußt mir helfen.»

«Ich dir helfen? Wie? Wie kann ich dir helfen?!»

Ich kniete neben dem Stuhl und nahm ihre Hand. Was auch in

diesen Jahren an Unrecht begangen worden sein mochte – ein Fremder konnte das nicht wieder ins Gleichgewicht bringen. Nur die Gegenwart konnte ich aufbauen. Aber nicht allein.

«Du hast mir eben gesagt, ich hätte nun, was ich wollte», begann ich. «Meinst du damit das Geld? Für die Fabrik, für uns alle, für St. Gilles?»

«Was sonst? Du bist ein reicher Mann, du kannst tun, was du willst, und du bist frei. Das ist es doch, das einzige, was dir wichtig ist?!»

«Nein; du bist es, die ich brauche», sagte ich. «Ich will, daß du die erste Stellung in meinem Haus einnimmst, so wie es früher war. Und das kannst du nicht, solange du Morphium nimmst.»

Etwas zerfiel; Schicht um Schicht, die jedes Individuum gegen einen Angriff schützt, so daß keine Herausforderung vernommen, kein Zeichen gesehen wird; der innerste Kern, den nichts in seiner Vereinsamung berührt hat, zerbröckelte einen kurzen Augenblick lang, während ich sprach, und in der Hand, die sich um meine straffte, spürte ich die Einsamkeit von Jahren, die stumpf gewordenen Gefühle, den Spott, das leere Herz. Es war, als ob durch die Berührung diese Dinge auf mich übergehen, mein eigen werden müßten, und die Last wurde unerträglich. Dann zog sie ihre Hand zurück, abermals schloß sich der Panzer um sie, sie wurde wieder zu dem Menschen, der seine Lebensform gewählt hat, weil ihm kein anderer Weg offenstand, und der Mann, der neben ihr kniete, den sie für ihren Sohn hielt, wollte ihr jetzt den einzigen Trost rauben, das einzige Mittel, um zu vergessen.

«Ich bin müde und alt und nutzlos», sagte sie. «Warum willst du mir etwas mißgönnen, das mich vergessen läßt?»

«Du bist nicht müde, nicht alt, nicht nutzlos», sagte ich. «Für dich selber vielleicht, aber nicht für mich. Gestern bist du hinuntergekommen, hast auf der Terrasse die Gäste empfangen. Du wolltest neben mir stehen, wie du neben meinem Vater gestanden hast, du wolltest die Frau sein, die du früher, vor langer Zeit, gewesen bist. Doch es war nicht nur so, daß du dich an die Vergangenheit geklammert hast; es war nicht nur Stolz. Nein, du wolltest dir auch selber beweisen, daß es möglich war, daß du von der Schachtel mit den Ampullen, von der Spritze, von Charlotte unabhängig bist. Du konntest dich von all dem befreien, und du hast dich befreit. Und du hättest durchhalten können, wenn ich nicht gewesen wäre.»

Sie schaute zu mir auf – wachsam, beherrscht. «Was meinst du damit?»

«Woran hast du gestern gedacht», fragte ich, «als die andern fort waren?»

«Ich habe an dich gedacht; an die Vergangenheit. Ich habe auf die Jahre zurückgeschaut. Ist es nicht ganz unwichtig, woran ich gedacht habe? Ich begann zu leiden, das ist alles. Und wenn ich leide, muß ich Morphium haben.»

«Wegen mir hast du gelitten», sagte ich. «Ich war die Ursache.»

«Und wenn?» sagte sie. «Alle Mütter leiden um ihrer Söhne willen. Das gehört zum Leben. Wir legen es euch nicht zur Last.»

«Es gehört nicht zum Leben eines Sohnes», sagte ich. «Wir können keinen Schmerz ertragen. Ich bin ein Feigling und war es immer. Darum brauche ich deine Hilfe, jetzt und in der Zukunft – mehr noch als in der Vergangenheit.»

Ich erhob mich und ging ins Ankleidezimmer. Die Schachtel mit den Ampullen war noch immer in dem Kästchen über dem Waschbecken, ich nahm sie, brachte sie ins Schlafzimmer, zeigte sie ihr.

«Jetzt nehme ich das weg», sagte ich. «Vielleicht ist es gefährlich, was ich da tue – ich weiß es nicht. Du hast mir gesagt, ich hätte ein Spiel gewagt, als ich den neuen Vertrag mit den Carvalets abschloß. Und dies hier ist auch so ein Spiel – wenn auch von anderer Art.»

Ich sah, wie ihre Hände sich um die Armlehnen spannten, und sekundenlang trat ein entsetzter, verzweifelter Blick in ihre Augen.

«Ich kann's nicht, Jean», sagte sie. «Du verstehst das nicht. Ich kann nicht so plötzlich davon ablassen. Ich bin zu alt, zu müde. Später vielleicht, aber nicht jetzt. Wenn du wolltest, daß ich damit aufhören soll, warum hast du mir das nicht früher gesagt? Jetzt ist es zu spät.»

«Es ist nicht zu spät.» Ich stellte die Schachtel auf den Tisch. «Gib mir deine Hände.»

Sie legte ihre Hände in meine, und ich zog die alte Frau aus dem Stuhl. Als sie neben mir stand, wollte sie sich aufrecht halten, umklammerte meine verbundene Hand, und der Schmerz zuckte heftig von den Fingern in den Ellbogen hinauf. Noch immer klammerte sie sich an mich, und ich wußte, wenn ich ihr jetzt meine Hand entzog, würde ihr etwas verlorengehen, Kraft, Selbstvertrauen, all das, was in diesen Sekunden in ihr war und ihr Mut verlieh.

«Und jetzt komm hinunter», sagte ich.

Sie stand zwischen mir und dem Fenster, massig, breit, eine Mauer gegen das einströmende Licht; sie schwankte kurz, bevor sie ihr Gleichgewicht fand, und das Ebenholzkreuz an ihrer Brust baumelte hin und her wie ein Pendel.

«Hinunter? Wozu?»

«Weil ich dich brauche. Und in Zukunft kommst du jeden Tag hinunter!»

Lange hielt sie sich an mir fest, ließ meine Hand nicht los. Dann aber gab sie mich frei und schritt langsam, majestätisch zur Tür. Im Korridor nahm sie meinen Arm nicht, sondern ging mir voran und öffnete die Türe eines andern Zimmers. Sogleich stürmten die Terrier auf sie zu, bellten, sprangen in die Höhe, um ihr die Hände zu lecken.

Triumphierend wandte sie sich zu mir. «Genau wie ich gedacht hatte», sagte sie. «Die Hunde sind nicht ins Freie geführt worden. Charlotte belügt mich. Charlotte sollte jeden Nachmittag mit den Hunden in den Park gehen. Aber es herrscht eben keine Ordnung im Schloß; es ist niemand da, der die Aufsicht führt.»

Die Hunde liefen zur Treppe, und als wir ihnen folgten, sagte sie zu mir: «Hast du dem Curé gesagt, daß Blanche und Paul die Vorbereitungen für das Begräbnis übernehmen?»

«Ja.»

«Davon verstehen sie nichts. Seit dem Tod deines Vaters hat es im Schloß kein Begräbnis mehr gegeben. Das alles muß nach Schick und Brauch vor sich gehen. Françoise war schließlich eine Frau von Rang; sie muß die Ehren erhalten, die ihr gebühren. Sie war deine Gattin, sie war die Gräfin de Gué.»

Sie wartete auf dem Treppenabsatz, während ich die Schachteln im Ankleidezimmer versorgte. Als wir in den Salon traten, hörten wir Stimmen. Die andern waren zurückgekehrt. Paul stand am Kamin, der Geistliche hinter ihm. Renée saß wie gewöhnlich auf dem Sofa, Blanche auf einem Stuhl. Verblüfft schauten sie auf, und selbst der Geistliche mußte sich erst fassen, bevor er uns entgegeneilte, um behilflich zu sein. Doch die alte Frau winkte ab und ging aufrecht zu dem Stuhl am Feuer, zu dem Stuhl, auf dem Françoise gesessen hatte. Sofort stand Blanche auf und trat zu ihr.

«Du solltest im Bett sein», sagte sie. «Charlotte hat mir berichtet, daß du ganz erschöpft bist.»

«Charlotte ist eine Lügnerin», war die Antwort, «und du kannst dich um deine eigenen Angelegenheiten kümmern.» Sie tastete nach der Brille, die an einer Kette auf ihrer Brust neben dem Kreuz hing. Sie setzte die Brille auf und musterte uns, einen nach dem andern. «Das ist ein Trauerhaus, kein Erholungsheim. Meine Schwiegertochter ist gestorben. Ich lege Wert darauf, daß ihr jede Ehre zuteil wird, auf die sie Anspruch hat. Paul, gib mir einen Bleistift und Papier. Blanche, im Schreibtisch in meinem Zimmer, in der obersten Schublade, findest du eine Mappe mit der Liste aller Leute, die zum Begräbnis deines Vaters gekommen sind. Die meisten sind wahrscheinlich gestorben, aber sie haben Verwandte. Renée, hol mir das Telefonbuch aus der Garderobe. Herr Pfarrer, ich wäre Ihnen sehr verbunden, wenn Sie sich neben mich setzen würden; wegen verschiedener Einzelheiten, die sich auf die Bestattung beziehen, werde ich mich an Sie wenden müssen. Jean ...», sie sah auf und hielt inne. «Von dir erwarte ich im Augenblick keine Hilfe. Du solltest ein wenig an die frische Luft. Führ die Hunde ins Freie, da Charlotte es versäumt hat. Doch bevor du gehst», setzte sie hinzu, «zieh einen dunklen Anzug an. Der Graf de Gué kann nicht in einer Sportjacke herumlaufen, wenn seine Frau gestorben ist.»

22

Ich ging hinauf und zog mich um. Dann beauftragte ich Gaston, den Wagen zu holen.

«Fahren Sie mich in die Fabrik», sagte ich. «Ich will die Kleine holen.»

«Sehr wohl, Herr Graf.»

Während wir aus dem Dorf und den Hügel hinauf zum Wald fuhren, sagte er: «Meine Frau und ich, Herr Graf, und alle im Schloß möchten Ihnen unser tiefstes Mitgefühl an Ihrer Trauer aussprechen.»

«Ich danke Ihnen, Gaston.»

«Wenn irgendeiner von uns etwas tun kann, so brauchen Sie es nur zu sagen, Herr Graf.»

Ich dankte ihm noch einmal. Doch da war kein Mensch, der etwas tun konnte, um die Lage zu erleichtern; nur ich selber; und ich hatte damit begonnen, indem ich einer Morphinistin ihr Gift entzogen hatte. Das konnte zu einer Tragödie führen, schlimmer als die erste. Ich wußte es nicht. Ich wußte nur, daß ich ein Spieler geworden war, ein Spieler wie Jean de Gué.

Gaston ließ den Wagen vor dem Tor der Fabrik halten. Kein Mensch mehr zu sehen, die Leute mußten der Trauer um Françoise wegen die Arbeit eingestellt haben.

Ich stieg aus und ging über das verlassene Gelände. Julie war nicht in ihrem Haus. Sie mußte im Häuschen ihres Sohnes sein und Marie-Noël mit ihr. Ich gab Gaston den Auftrag zu warten und ging auf das Direktorhaus zu, doch die Türe war verschlossen. Da lief ich über das ausgetretene Pflaster zum Brunnen und schaute hinein. Die Leiter war halb zerbrochen, da und dort fehlten die Sprossen. Die Wände des Brunnens waren grün vor Moder. Tief unten auf dem Grunde konnte ich zerbrochenes Glas, Sand, Schlamm sehen. Daß ein zehnjähriges Kind nachts furchtlos hinunterklettern konnte, ohne Schaden zu nehmen, war unglaublich. Und doch war es so.

Ich ging um das Haus zum Obstgarten, aber das Fenster, durch das ich am Morgen gestiegen war, hatte man geschlossen. Der Riegel saß jedoch nicht fest – Julie mußte in großer Eile gewesen sein, nachdem Blanche und ich weggefahren waren, und hatte Marie-Noël wahrscheinlich schnell in ihr Pförtnerhaus oder zu ihrem Sohn gebracht.

Wieder riß ich das Fenster auf und stieg ins Haus. Dann trat ich abermals neben die Decken und stand dort, wo ich am Morgen gestanden war, und aus der Leere beschwor ich das kleine, stille Gesicht des Kindes herauf, das hier geschlafen hatte, für Grauen und Schmerz anscheinend unzugänglich, doch hinter der zarten Maske die drückende Last eines grausamen Traums. Ich zog das Blatt Papier aus der Tasche und las die letzten Zeilen noch einmal: «Die Heilige Jungfrau sagt mir, daß Du unglücklich bist und jetzt für das Unrecht leidest, das Du in der Vergangenheit getan hast; und so werde ich beten, daß all Deine Sünden an mir heimgesucht werden sollen, weil ich jung und stark bin und sie besser tragen kann. Schlaf wohl und hab Vertrauen zu Marie-Noël, die Dich innig liebt.» Ich steckte das Blatt wieder in die Tasche.

Ich stieg wieder durch das Fenster hinaus, lief den Weg zurück, den ich gekommen war, und mein Blick streifte die alten, fruchtschweren Bäume, die geknickten Sonnenblumen, die Reben, die sich am Haus emporrankten. Dann gelangte ich zu den Fabrikgebäuden. Gaston mußte gemeldet haben, daß ich hier war, denn Marie-Noël kam auf mich zu.

Plötzlich wußte ich nicht, was ich ihr sagen sollte. Ich hatte erwartet, daß ich zuerst Julie sprechen würde. Von Julie hätte ich dann erfahren, wie die Kleine die Nachricht aufgenommen hatte.

«Lach nicht!» rief sie mir zu.

Lachen? Nie im Leben war das Lachen mir ferner gewesen. Verblüfft blieb ich stehen, wußte nicht, was sie meinte.

«Ich habe Pierres Kleider an», sagte sie. «Madame Yves hat mir das blaue Kleid ausgezogen, weil es naß war.»

Jetzt merkte ich, daß sie tatsächlich Sachen trug, die ihr zu klein waren. Sie waren zu kurz, ließen ihre Beine noch länger und dünner wirken, dazu hatte sie Holzschuhe an, die viel zu groß waren, so daß sie schlurfen mußte, damit die Schuhe ihr nicht von den Füßen fielen.

«Sieh nur», sagte sie. «Ich bin größer als Pierre, und er ist doch schon zwölf.»

Sie zeigte, daß die Ärmel des Overalls ihr nicht bis zu den Gelenken reichten, und streckte sich, um noch größer auszusehen.

«Ja, ja», sagte ich. «Ich sehe.»

Unbeholfen stand ich da und schaute auf sie hinunter. Es muß doch etwas geben, dachte ich, was ein Vater in so einer Stunde zu sagen oder zu tun hat. Er kann ja nicht einfach dastehen wie ich und über Kleider reden.

«Ich konnte dich nicht früher holen ...», begann ich, aber sie ließ mich nicht zu Ende reden.

Sie nahm mich bei der Hand und sagte: «Ich bin froh darüber. Komm und sieh, was Pierre und ich gemacht haben.» Und sie führte mich zu einem Haufen von Glasabfall. «Das ist das Schloß», sagte sie und wies auf das kleine Modell, das sie am Morgen in der Tasche gehabt hatte, «und diese anderen Stücke sind die Häuser von St. Gilles. Das große da ist die Kirche. Sieh nur, Pierre hat die Steine weggeschaufelt, um Straßen zu machen. Diese Reihe von Kieseln ist der Bach, und der Ast ist die Brücke. Den ganzen Nachmittag haben wir damit gespielt.»

Julie konnte ihr noch nichts gesagt haben. Sie wußte nichts. Ich sah mich nach Julie oder Gaston um, konnte aber keinen von beiden entdecken.

«Wo ist Madame Yves?» fragte ich.

«Im Haus; sie spricht mit Gaston und André. Pierre ist Milch holen gegangen. Ich hab heute früh all ihre Milch ausgetrunken; es war nur sehr wenig in einem Krug. Und rate, was wir zu Mittag gegessen haben! Huhn! Madame Yves hat einen armen, alten Hahn gefangen, der sich immer mit den andern gerauft hat. Sie sagte, nun sei es für ihn an der Zeit, zur Ruhe zu gehen, und das hat er getan. Meinem Besuch zu Ehren.»

Sie sah zu mir auf, merkte, daß ich erstaunt war. Ich sagte gar nichts. Ich versuchte, mir zurechtzulegen, wie ich ihr die Nachricht beibringen sollte.

«Weißt du», sie senkte die Stimme, «es ist sehr traurig, aber Pierres Mutter wohnt nicht mehr bei ihnen. Sie ist vor ein paar Wochen nach Le Mans davongelaufen, und darum kommt Madame Yves und kocht für André und Pierre. Es ist doch schrecklich für einen Jungen, wenn er keine Mutter hat, und für einen Mann, wenn seine Frau nicht da ist.»

Ich hatte Julie nicht genug Zeit gelassen, das war es. Gaston hatte sie vor weniger als einer Stunde erst benachrichtigt. Und Julie hatte noch keinen günstigen Augenblick gefunden, um mit dem Kind zu reden.

Doch ich irrte mich.

«Wir sind ja in einer sehr ähnlichen Lage», sagte sie, «du hast dich verbrannt wie André, aber bei ihm wird's das ganze Leben dauern, bei dir nur ein paar Tage, und dann haben wir doch den Trost, zu wissen, daß Maman gut aufgehoben ist. Am Ende ist es doch, wie Madame Yves erklärt hat, besser, bei Jesus Christus im Paradies zu sein, als bei einem Mechaniker in Le Mans.» Sie stand auf und strich sich den Sand von den Fingern. «Als Ernest mit dem Wagen kam und erzählte, daß Maman ins Spital gebracht worden war, da wußte ich, was geschehen würde. Es kommt immer so heraus, wie ich's träume. Aber es war wenigstens ein Unglücksfall. In meinem Traum haben wir absichtlich versucht, sie zu töten. Wie ist es denn dazu gekommen, daß Maman aus dem Fenster gefallen ist?»

«Ich weiß nicht. Niemand weiß es.»

«Ich werde es schon herausfinden», sagte sie. «Es wird Maman im Paradies trösten, wenn wir es wissen.»

Dann nahm sie das gläserne Schloß, steckte es in die Tasche, und Hand in Hand gingen wir zu dem Pförtnerhaus. Julie kam mit Gaston zum Tor. Sie trug die Sachen des Kindes über dem Arm.

«Deine Kleider sind jetzt trocken», sagte sie, «du solltest dich schnell umziehen.» Sie schob Marie-Noël mit den Kleidern ins Haus und wandte sich zu mir. «Sie ist sehr tapfer gewesen», sagte sie leise, «Sie können stolz auf sie sein.»

«Es ist zu plötzlich geschehen», sagte ich, «sie hat es noch nicht begriffen.»

Julie sah mich mitleidig an, wie sie mich am Morgen angesehen hatte, als wir neben dem schlafenden Kind standen.

«Wissen Sie so wenig von Kindern, Herr Jean, daß Sie sich einbilden, weil sie nicht weinen, würden sie nichts empfinden? Da sind Sie sehr im Irrtum.» Sie redete schnell, als hätte sie das Kind gegen eine Anklage in Schutz zu nehmen. Dann beherrschte sie sich. «Sie müssen verzeihen, wenn ich so offen spreche. Die Wahrheit ist, daß das Kind heute alle unsere Herzen erobert hat. Und mein Beileid, Herr Graf.»

Nun war die Beziehung wieder, wie sie sein sollte. Die Türhüterin der Glasfabrik sprach zu dem Schloßherrn von St. Gilles. Ich neigte den Kopf und dankte ihr. Dann aber war sie wieder eine Freundin.

«Sie haben heute viel für uns getan, Julie. Ich fand es besser, daß Sie dem Kind die Nachricht beibrachten als sonst jemand. Und ich hatte recht.»

«Man mußte es ihr gar nicht sagen», erwiderte Julie. «Sie war es, die es uns gesagt hat. Der Traum habe sie gewarnt, erzählte sie. Ich für mein Teil habe nie an Träume geglaubt, Herr Jean. Nur, daß die Kinder, wie die Tiere, Gott näher sind.» Sie blickte über das Gelände nach dem Direktorhaus und dem Brunnen. «Es wird wohl eine polizeiliche Untersuchung geben, nicht? Sie werden die arme Frau Gräfin bestimmt erst zurückbringen, wenn das vorüber ist.»

«Eine Untersuchung?»

«Das müssen die Ärzte in die Wege leiten», sagte sie und nickte. «Hoffentlich geht es schnell vorüber. Solche Dinge sind immer unangenehm.»

Im Spital war ich zu benommen, zu unglücklich gewesen, um an eine Untersuchung zu denken. Aber Julie hatte natürlich recht. Das war eine der Fragen, die Paul und Blanche im Spital erörtert hatten, nachdem ich fortgefahren war. «Ich weiß nicht, was da verfügt worden ist, Julie», sagte ich. «Ich habe das alles Herrn Paul und Mademoiselle Blanche überlassen.»

Marie-Noël kam aus dem Pförtnerhaus; jetzt trug sie wieder ihr Kleid und ihren Mantel. Sie küßte Julie, wir verabschiedeten uns, und Gaston fuhr uns nach St. Gilles zurück. Als wir durch das Tor fuhren, sahen wir vier andere Wagen vor der Terrasse stehen.

«Das ist Dr. Lebruns Wagen», sagte Marie-Noël. «Und Herrn Talberts. Die andern kenn' ich nicht.» Talbert – das war der Anwalt, der den Brief geschrieben hatte! Den Brief im Safe! Ja, gewiß, er besorgte die Geschäfte der Familie.

«Das ist der Wagen des Polizeikommissärs», sagte Gaston halblaut. «Er muß mit Herrn Talbert und den Ärzten aus Villars gekommen sein.»

«Warum kommen sie denn alle her?» fragte Marie-Noël. «Sie wollen doch niemanden einsperren?!»

«Sie kommen immer, wenn es einen Unglücksfall gegeben hat», erklärte ich ihr. «Ich werde mit ihnen reden müssen. Geh doch zu Germaine und bitte sie, daß sie dir vorliest.»

«Germaine liest schlecht. Mach dir nur keine Sorgen um mich. Ich verspreche dir für immer, daß ich nichts mehr anstellen werde, was dir Kummer bereiten könnte.»

Sie war schon auf der Terrasse und durch die Türe verschwunden; ich wandte mich zu Gaston.

«Der Kommissär wird wahrscheinlich auch Ihre Frau verhören», sagte ich. «Sie war zur Zeit des Unglücksfalls hier.»

«Ja, Herr Graf.»

Er sah besorgt aus. Ich war auch besorgt. Noch war der Alpdruck des Tages nicht vorbei. Ich trat ins Schloß und hörte aus dem Salon Stimmen; sie verstummten, als ich die Türe öffnete, und alle drehten sich nach mir um. Ich erkannte Dr. Lebrun und Dr. Moutier, den Arzt aus dem Spital. Der dritte war ein kleiner, rundlicher Mann mit ergrauendem Haar. Das war vermutlich der Anwalt Talbert. Der vierte, mit der Amtsmiene, mußte der Polizeikommissär sein.

Mein erster Gedanke galt der Gräfin. Ich schaute durch das Zimmer und sah, daß sie noch immer im Stuhl neben dem Kamin saß, ungebeugt, herrschgewaltig. Sie ließ kein Zeichen von Ermüdung merken, und ihre Gegenwart erfüllte den Raum und ließ den andern nur wenig Platz übrig.

«Da ist mein Sohn, Herr Kommissär», sagte sie. Und dann zu mir gewandt: «Herr Lemotte war so freundlich, selber aus Villars herüberzukommen, um die nötigen Auskünfte einzuholen.»

Die drei Männer traten auf mich zu, waren eifrig darauf bedacht, mir ihr Beileid auszusprechen. «Mit aufrichtigem Bedauern dringe ich in dieser Stunde bei Ihnen ein, Herr Graf», sagte der Polizeikommissär, und «ich bin zutiefst erschüttert, Herr Graf; gestatten Sie, daß ich Ihnen meine aufrichtigste Teilnahme...» fiel der Anwalt ein, und «das hat mich so schwer getroffen, mein lieber de Gué, daß ich gar keine Worte finde», erklärte Doktor Lebrun. Der herkömmliche Dank, das Händeschütteln verlieh der Szene eine gewisse ungezwungene Würde, die die peinlichen Minuten vor Beginn des Verhörs überbrücken halfen. Dann, als die Formalitäten erledigt waren, wandte der Kommissär sich zu mir.

«Doktor Lebrun und Doktor Moutier haben mich davon unterrichtet, daß die Frau Gräfin in wenigen Wochen ein Kind erwartete; und ich habe den Mitteilungen der Ärzte entnommen, daß eine gewisse gesteigerte Reizbarkeit vorhanden war. Können Sie das bestätigen?»

«Ja», erwiderte ich, «das ist durchaus richtig.»

«Sie hatte wohl eine übertriebene Angst vor der Geburt?»

«Das glaube ich auch.»

«Verzeihung, Herr Kommissär», unterbrach der Anwalt Talbert. «Der Herr Graf wird mir diese Einmischung vergeben, doch die Geburt wurde von beiden, von ihm und der Frau Gräfin, sehnlichst erwartet. Sie hofften auf einen Sohn.»

«Natürlich», sagte der Kommissär. «Alle Eltern sind da gleich.»

«In diesem Fall aber war es besonders wichtig», fuhr der Anwalt fort, «denn nach den Bedingungen des Ehekontrakts hätte die Geburt eines Sohnes eine unmittelbare Steigerung des Einkommens bedeutet – zumal für den Herrn Grafen. Nach dem, was die Frau Gräfin mir sagte, weiß ich, daß sie ihren Mann, ja die ganze Familie zu enttäuschen fürchtete. Das könnte wohl die Ursache einer erhöhten Reizbarkeit gewesen sein.»

«Fürchten ist bestimmt ein sehr starkes Wort, Maître Talbert.» Alle wandten sich zu der Sprecherin im Lehnstuhl vor dem Kamin. «Meine Schwiegertochter brauchte keinen von uns zu fürchten. So abhängig von den Klauseln des Ehekontraktes sind wir nicht, daß wir nicht auch ohne seine Hilfe existieren könnten. Die Familie meines verstorbenen Mannes ist seit dreihundert Jahren im Besitz dieses Gutes.»

Der Anwalt wurde rot. «Ich wollte damit nicht behaupten, Frau Gräfin, daß die junge Gräfin sich irgendwie durch ihre Lage eingeschüchtert gefühlt hat. Es verhielt sich nur so, daß ihre Stellung heikel war und eine gewisse Verantwortung mit sich brachte. Die Geburt eines Sohnes hätte alle finanziellen Schwierigkeiten beträchtlich erleichtert, und das war ihr bekannt.»

Der Kommissär sah Doktor Lebrun an, der zögerte, einen Blick auf die Gräfin und dann auf mich richtete. «Der jungen Gräfin», sagte er, «war gewiß sehr daran gelegen, einen Sohn zu haben. Ja, als ich sie vorige Woche besuchte, hat sie das wieder betont. Kein Zweifel, daß diese Besorgnis ihre Nervosität erhöht hat.»

«Kurz», sagte der Kommissär, «die Frau Gräfin neigte offenbar zu einer gewissen Hysterie. Verzeihung, Herr Graf, aber ich möchte nur feststellen, daß die Frau Gräfin zur Zeit des Unglücksfalls in einem Zustand besonderer Reizbarkeit war und ein Schwindelanfall sich daraus sehr wohl erklären läßt. Ist das auch Ihre Ansicht, Doktor?»

«Natürlich, natürlich.»

«Und Sie, Herr Graf?»

«Das mag wohl sein», erwiderte ich. «Zudem machte sie sich Sorgen um ihre kleine Tochter; man hat Ihnen wohl berichtet, was geschehen war?»

«Herr Paul de Gué und Mademoiselle Blanche haben es mir erzählt und auch ein Zimmermädchen. Ich freue mich, daß die Kleine schließlich gefunden wurde. Sie haben die Frau Gräfin also zum letzten Mal gesehen, als Sie sich heute früh auf die Suche nach dem Kind machten?»

«Ja.»

«War sie sehr aufgeregt?»

«Nicht mehr, glaube ich, als wir alle.»

«Sie sagte nichts davon, daß sie aufstehen und sich an der Suche nach dem Kind beteiligen wollte?»

«Nein.»

«Als Sie sie verließen, war sie im Bett und sollte wohl darauf warten, bis Sie mit Nachrichten von dem Kind wiederkämen?»

«Ja.»

«Anscheinend sind also alle Hausbewohner auf die Suche gegangen – mit Ausnahme von zwei Zimmermädchen, Germaine, die der jungen Frau Gräfin das Frühstück brachte und dann von Mademoiselle Blanche ins Dorf geschickt wurde, und Charlotte; ferner war die Köchin in den Wirtschaftsräumen, und natürlich war auch die Frau Gräfin in ihrem Zimmer oben. Ich habe die Stelle besichtigt, wo die junge Frau Gräfin abgestürzt ist. Und jetzt würde ich vorschlagen, das Schlafzimmer zu besichtigen – wenn Sie nichts dagegen haben.»

«Natürlich nicht», erwiderte ich.

«Berthe, die Frau, die die Kühe hütet, habe ich schon befragt. Sie hat gesehen, wie die Frau Gräfin sich aus dem Fenster beugte, als wollte sie nach etwas greifen – so schilderte sie den Vorgang –, und dann stürzte sie. Berthe hat um Hilfe gerufen, ihre Rufe wurden von der Köchin und von Charlotte gehört, die sogleich herbeieilten. Ich möchte gern wissen, ob niemand das Schlafzimmer betreten hat, nachdem Germaine, das junge Stubenmädchen, mit dem Frühstück oben gewesen war.»

«Charlotte vielleicht», meinte Renée.

«Wollen Sie sie bitte kommen lassen, Herr Graf?»

«Charlotte ist mein persönliches Dienstmädchen. Ich werde ihr läuten», fiel die Gräfin ein. Eine Hand streckte sich aus dem Lehnstuhl nach einer Glockenschnur. «Charlotte war es, die mir die Nachricht von dem Unglück brachte. Sie war natürlich ganz fassungslos; und die andern wahrscheinlich auch. Bei Katastrophen verlieren Dienstleute immer den Kopf.»

Als Gaston erschien, sagte sie ihm, der Kommissär wünsche mit Charlotte zu sprechen.

«Ich verstehe nicht recht», meinte Paul, «warum es von Belang ist, was Charlotte oder Germaine meiner Schwägerin gesagt haben. Das hat doch nichts damit zu tun, daß sie einen Schwindelanfall erlitt und aus dem Fenster stürzte.»

«Ich bedaure, Herr de Gué», erwiderte der Kommissär. «Und ich begreife sehr wohl, wie schwer dieses Unglück die ganze Familie trifft. Aber ich muß, den gesetzlichen Vorschriften entsprechend, einwandfrei feststellen, daß ein Zufall die Ursache der Katastrophe war. Wenn jemand aus einem Fenster stürzt, so trifft das leider nicht immer zu.»

Renée fuhr auf, wurde totenblaß. «Was meinen Sie damit?»

«Madame», erklärte der Kommissär höflich, «wenn ein Mensch

überreizt ist, so kann ihn das manchmal dazu verleiten, gefährliche Dinge zu tun. Ich behaupte nicht, daß das bei diesem Unglück der Fall war. Wie ich schon betonte, dürfte die Ursache wahrscheinlich ein plötzlicher Schwindel gewesen sein, der die junge Frau Gräfin erfaßte. Aber das muß ich immerhin völlig sicherstellen.»

«Meinen Sie», fragte Blanche, «daß meine Schwägerin sich selber aus dem Fenster gestürzt hat?»

«Das ist möglich; wenn auch nicht wahrscheinlich.»

Plötzlich lastete ein Schweigen über dem Raum, ein Schweigen, das – so schien es mir wenigstens, als ich einem nach dem andern ins verstörte Gesicht schaute – von brüsker, unausgesprochener Abweisung erfüllt war, hinter der sich ein Schuldgefühl verbarg; denn jedem von ihnen wurde es bewußt, daß auch er vielleicht seinen Anteil an dem unglücklichen Ausgang hatte. Blanche, die mit so großem Erfolg Marie-Noëls Liebe erobert hatte, eine Liebe, die sonst das Vorrecht der Mutter gewesen wäre, Paul mit seinen endlosen Klagen über die Klauseln des Ehevertrags, die es Françoise verwehrten, das Familienunternehmen zu stützen; Renée, der es sehr gleichgültig gewesen war, daß ihr Abenteuer mit Jean Françoise unglücklich machen mußte, wenn sie davon erfuhr; und die Gräfin, deren hemmungslose mütterliche Besitzgier Françoise nicht nur der Zärtlichkeit ihres Mannes beraubt hatte, sondern auch der Stellung im Hause, die ihr zukam – nein, keiner war frei von einem bestimmten Maß an Verantwortlichkeit für den Seelenzustand, darin Françoise vielleicht den Tod gesucht hatte. Die Spannung ließ etwas nach, als jetzt Charlotte, mißtrauisch und gekränkt, ins Zimmer trat.

«Sie haben mich rufen lassen, Frau Gräfin?»

«Der Herr Kommissär will einige Fragen an Sie richten», sagte die Gräfin.

«Ich möchte wissen», begann der Kommissär, «ob Sie heute früh, vor dem Unglücksfall, noch mit der jungen Frau Gräfin gesprochen haben.»

Charlotte warf mir einen ärgerlichen Blick zu, und ihrem Ausdruck entnahm ich, daß sie glaubte, er stelle ihr diese Frage, weil ich irgendeine Bemerkung gemacht hätte. Sie meinte, ich habe ihm bereits von ihrem Besuch im Schlafzimmer erzählt, und man würde ihr jetzt daraus einen Vorwurf machen.

«Ich habe Madame Jean nur einige Minuten gesprochen», sagte

sie. «Ich habe keinen Klatsch weitergegeben, keinen Schaden angerichtet. Wenn der Herr Graf glaubt, ich hätte geschwätzt, so irrt er sich. Ich habe Madame Jean nichts von dem Telefongespräch erzählt.»

«Telefongespräch?» fragte der Kommissär. «Von was für einem Telefongespräch?»

Charlotte mußte gemerkt haben, daß sie einen Fehler begangen hatte. Sie warf mir und ihrer Herrin vorwurfsvolle Blicke zu. In dem Bestreben, sich zu decken, hatte sie sich verraten. «Verzeihung», sagte sie. «Ich glaubte, der Herr Graf hätte etwas gegen mich vorgebracht. Zufällig hatte ich ein Telefongespräch abgehört, das er mit Paris führte; davon habe ich aber Madame Jean kein Wort gesagt. Ich weiß, was mir zukommt. Es war nicht meine Sache, sie noch mehr aufzuregen.»

Alle wandten sich jetzt mir zu, und der Ausdruck der Gesichter machte deutlich, welche Schlüsse die andern aus Charlottes gehässigen Worten zogen. Die Gräfin war es, die zuerst das Schweigen brach.

«Das Telefongespräch meines Sohnes war rein geschäftlicher Natur», sagte sie. «Mit der jetzigen Lage kann es unmöglich in Zusammenhang stehen.»

Der Kommissär hüstelte etwas verlegen. «Ich habe durchaus nicht die Absicht, mich in die geschäftlichen Angelegenheiten des Herrn Grafen einzumischen», sagte er, «aber alles, was die nervöse Reizbarkeit der jungen Gräfin steigern konnte, ist von Wichtigkeit.» Er wandte sich zu mir: «Hat die Frau Gräfin von diesem Telefongespräch gewußt?»

«Ja», erwiderte ich.

«Und es enthielt nichts, was einen ungünstigen Einfluß auf ihre Stimmung haben konnte?»

«Nicht das geringste. Es bezog sich auf einen Kontrakt, über den ich in Paris verhandelt hatte.»

Der Kommissär richtete seine nächste Frage an Charlotte. «Warum glauben Sie, daß das Telefongespräch für die junge Frau Gräfin eine besondere Aufregung bedeutet hätte?» fragte er.

Charlotte sah darin abermals einen Vorwurf. Und sie sah mich wieder trotzig an. «Drauf muß der Herr Graf antworten, nicht ich.»

Paul griff ein. «Das alles ist lächerlich. Mein Bruder hat den Kontrakt mit der Firma Carvalet in Paris verlängert, die einen großen Teil unserer Produktion übernimmt. Wir waren glücklich darüber, daß er das getan hatte. Ein Fehlschlag der Verhandlungen hätte die Schließung der Fabrik zur Folge gehabt. So aber haben wir den Kontrakt zu Bedingungen verlängert, die uns erlauben, die Produktion mindestens sechs Monate fortzusetzen. Meine Schwägerin war darüber ebenso erfreut wie wir alle.»

Da trat der Anwalt Talbert vor; er sah verdutzt aus. «Ich möchte Ihnen nicht widersprechen», sagte er zu Paul, «aber Ihre Angaben decken sich nicht mit den Tatsachen. Carvalets haben mir gerade heute eine Kopie des neuen Vertrags geschickt. Und er unterscheidet sich sehr wesentlich von dem bisherigen. Die Bedingungen sind entschieden nachteilig für Sie. Ich war ganz bestürzt, als ich ihn las. Infolge der traurigen Ereignisse des heutigen Tages hatte ich nicht mehr daran gedacht; aber jetzt, da ohnehin davon gesprochen wird...», er warf mir einen Blick zu. «Vielleicht war die junge Frau Gräfin wirklich ein wenig aufgeregt darüber. Sie muß doch erkannt haben, daß die Geburt eines Erben wichtiger war denn je.»

Paul starrte ihn an. «Was meinen Sie damit? Wieso waren die Bedingungen nachteilig? Im Gegenteil – sie sind doch sehr günstig!»

«Nein», sagte ich.

Ich sah, wie der Kommissär verstohlen einen Blick auf die Uhr warf. Die verwickelte Finanzlage der Familie de Gué interessierte ihn nicht.

«Ich kann meinem Bruder die Vertragsangelegenheit später erklären», sagte ich rasch. «Jedenfalls versichere ich Ihnen, daß meine Frau sich nicht die geringsten Sorgen darum gemacht hat. Ich habe sie ins Vertrauen gezogen, und sie wußte das sehr zu schätzen. Mehr kann ich jetzt nicht sagen. Wollen wir hinaufgehen und einen Blick in ihr Zimmer werfen?»

«Vielen Dank, Herr Graf.» Noch eine letzte Frage richtete er an Charlotte. «War die junge Frau Gräfin, von der natürlichen Sorge um ihre Tochter abgesehen, Ihrer Ansicht nach nicht anders als sonst?»

Charlotte zuckte die Achseln. «Wahrscheinlich nicht», sagte sie verdrossen. «Ich weiß nicht. Madame Jean war schnell entmutigt und bedrückt. Sie sagte mir, sie habe sich sehr darüber aufgeregt, daß zwei Porzellantiere, an denen sie sehr hing, zerbrochen worden waren. Es waren ihre Lieblingsstücke, sie staubte sie selber ab, und kein Mensch durfte daran rühren. ‹Die wenigstens gehören mir›, sagte sie. ‹Sie gehören nicht zu St. Gilles.›»

Dieser vergiftete Pfeil galt uns allen. Das Schloß stand verurteilt da. Sah der Kommissär Françoise, wie ich sie sah, einsam, nur dem wenigen verbunden, das sie aus ihrem Elternhaus mitgebracht hatte, vernachlässigt, ausschließlich ihres Vermögens wegen geschätzt?

Er fragte mich, ob er das Schlafzimmer sehen dürfe, und ich führte ihn hinauf, während die andern im Salon blieben. Während wir durch den Korridor gingen, sagte er: «Ich muß Sie noch einmal um Entschuldigung bitten, Herr Graf, daß ich Ihnen all diese Unannehmlichkeiten bereite; und das noch dazu unter so traurigen Umständen.»

«Sie brauchen sich nicht zu entschuldigen; Sie sind wirklich außerordentlich rücksichtsvoll gewesen.»

«Es ist seltsam», meinte er dann, «aber ganz allgemein haben bei solchen Dramen gerade die Nächststehenden das Gefühl, als ob sie auf der Anklagebank säßen. Sie fragen sich, ob es ihre Schuld war und wie es möglich gewesen wäre, das Unglück abzuwenden. In diesem Fall ist die Antwort einfach – es gab nichts. Alle, auf die es ankam, hatten das Schloß verlassen, das war ein unglückseliges Zusammentreffen, aber kein Mensch trägt eine Schuld daran. Die einzige, die ein Vorwurf treffen mag, war Ihre kleine Tochter, doch das wird sie nie wissen.»

Ich öffnete die Türe des Schlafzimmers, und als wir eintraten, sah ich, daß die Läden nicht mehr geschlossen waren, wie ich sie gelassen hatte, sondern weit aufgerissen, und auch die Fenster standen offen. Der Körper des Kindes lag quer über der Brüstung, eine Hand klammerte sich an den Fensterrahmen, die andere, samt Kopf und Schultern, war unsichtbar. Ich merkte, wie der Kommissär den Atem anhielt. Ich legte ihm die Hand auf den Arm. Unser erster Impuls war, ans Fenster zu stürzen, doch damit hätten wir sie vielleicht erschreckt, und sie hätte ihren Halt verloren. Reglos warteten wir eine Ewigkeit von etwa zehn Sekunden. Dann griff die Hand des Kindes nach der Brüstung, der Körper schob sich über den Sims zurück, ließ sich auf den Boden gleiten und sah uns an; ihr Haar war in Unordnung geraten, aber ihre Augen glänzten, als sie nun voll Eifer auf uns zueilte.

«Ich hab's», sagte sie. «Es hatte sich am Rand verfangen.» Der

Kommissär fand seine Stimme früher wieder als ich. Ich brachte kein Wort hervor. Ich konnte nur Marie-Noël ansehen, die in Sicherheit und sich keiner Gefahr bewußt war. Sie hielt etwas in der Hand, was wie ein Staubwedel aussah.

«Was hast du, mein Kind?» fragte er freundlich.

«Mamans Medaillon. Das Medaillon, das Papa ihr vorige Woche aus Paris gebracht hat. Sie muß ihren Staubwedel aus dem Fenster hinausgeschüttelt haben, wie sie das immer getan hat, und da hat sich das Medaillon darin verfangen. Sie lagen beide unter dem Fenster auf dem Vorsprung.» Sie kam auf uns zu. «Sehen Sie nur! Die Nadel des Medaillons steckt im Staubwedel. Wenn ich nicht so weit hinausgeklettert wäre, hätte ich sie nicht erreichen können. Warum hat Maman nicht geläutet? Gaston oder sonst jemand hätte es ihr doch geholt. Aber sie war ungeduldig. Sie glaubte, sie könnte es selber tun.» Sie sah den Kommissär an. «Sind Sie fromm?»

«Ich glaube schon, Mademoiselle», entgegnete er betroffen.

«Papa nicht; er glaubt an nichts. Daß ich aber das Medaillon und den Staubwedel gefunden habe, war eine Antwort auf ein Gebet. Ich sagte zu der Heiligen Jungfrau: ‹Ich habe so wenig für Maman getan, solange sie am Leben war. Laß mich jetzt etwas für sie tun, da sie tot ist.› Und die Heilige Jungfrau sagte mir, ich solle mich aus dem Fenster beugen. Ich wollte es nicht tun. Es war unangenehm. Aber ich hab das Medaillon gefunden. Ich weiß noch immer nicht, was das Maman helfen soll; aber vielleicht ist es ihr im Paradies doch lieber, daß ihre Tochter das Medaillon trägt, als daß es verrostet und vergessen auf einem Mauervorsprung liegenbleibt.»

23

Bevor der Kommissär sich verabschiedete, versicherte er mir, er sei nun vollkommen davon überzeugt, daß es sich um einen Unglücksfall gehandelt hatte; er ersuchte mich, am folgenden Tag um elf bei ihm vorzusprechen. Es sei ihm bekannt, daß mein Bruder die Überführung der Leiche ins Schloß veranlaßt hatte. Noch einmal drückte er mir sein Beileid aus, noch einmal dankte ich ihm. Dann ging er, gefolgt von den beiden Ärzten. Der Anwalt bat um Entschuldigung.

«Ich bin nur noch geblieben, Herr Graf», sagte er, «weil ich meiner Unterhaltung mit Ihrem Bruder entnommen habe, daß er über die Bedingungen des neuen Kontraktes nicht unterrichtet ist. Ich meinte, daß einige Worte vielleicht genügen würden, um die Lage zu klären.»

«Um die Lage zu klären», erwiderte ich, «braucht mein Bruder den Vertrag nur zu lesen; ich habe ihn oben in meinem Ankleidezimmer.»

Paul zögerte. «Ich bedaure, daß ich so hartnäckig bin, zumal in dieser Stunde. Aber du kannst mir das nicht übelnehmen. Soweit Maître Talbert mich unterrichtet hat, weicht der neue Kontrakt in den entscheidenden Punkten vom alten ab. Bedeutet das, daß alles, was du nach deiner Rückkehr aus Paris Jacques und mir erzählt hast, unwahr gewesen ist?»

«Ja», sagte ich.

«Was geht das dich an?» fiel seine Mutter ein. «Die Fabrik gehört Jean, nicht dir. Er ist vollkommen frei, nach seinem Gutdünken Vereinbarungen zu treffen.»

«Aber ich versuche doch, die Fabrik zu leiten, nicht?» erwiderte Paul. «Gott weiß, daß es immer eine undankbare Aufgabe gewesen ist. Ich habe mich nie dazu gedrängt. Es war nur sonst niemand da. Aber ich möchte doch wissen, warum Jean die Unwahrheit gesagt hat. Was für einen Sinn hatte es, uns alle zum Narren zu halten!»

«Ich wollte euch nicht zum Narren halten», sagte ich. «Ich meinte aber, es sei der einzige Weg, um die Fabrik zu retten. Als ich von Paris kam, habe ich mir die Sache anders überlegt. Frag mich nicht, warum. Du würdest es doch nicht verstehen.»

«Und wie wolltest du denn das nötige Kapital aufbringen?» fragte Paul. «Talbert sagt, daß die Fabrik unter den neuen Bedingungen nur noch mit Verlust arbeiten kann.»

«Ich weiß nicht. Ich hatte nicht darüber nachgedacht.»

«Der Herr Graf hat auf einen Erben gehofft», meinte der Anwalt. «Kein Zweifel, deshalb hat er auch alles der Gräfin mitgeteilt. Natürlich, wie die Dinge jetzt stehen ...»

Er unterbrach sich. Er wollte um keinen Preis indiskret erscheinen. Doch die Gräfin musterte ihn von ihrem Lehnstuhl aus.

«Nun? Reden Sie doch zu Ende, Maître. Wie die Dinge jetzt stehen ...?»

Der Anwalt wandte sich zu mir, als wollte er mich um Verzeihung bitten. «Es ist bestimmt für kein Mitglied der Familie ein Geheimnis, Herr Graf, daß Sie, den Klauseln des Ehekontraktes entsprechend, durch den Tod Ihrer Gattin in den Besitz eines beträchtlichen Vermögens gelangen.»

«Nein, es ist kein Geheimnis.»

«Infolgedessen», fuhr der Anwalt fort, «ist es nicht so wichtig, ob die Bedingungen mit der Firma Carvalet günstig oder ungünstig sind. Der Zuwachs an Kapital wird den Verlust leicht decken.»

Anscheinend hatte niemand bemerkt oder beachtet, daß Marie-Noël neben ihrer Großmutter saß und dem Gespräch aufmerksam lauschte.

«Meint Herr Talbert, daß Papa doch Geld bekommt?» fragte sie. «Ich glaubte, er würde nur Geld bekommen, wenn ich ein Brüderchen hätte.»

«Sei still!» gebot ihre Großmutter.

«Ja», sagte Paul. «Das haben wir wohl gewußt; doch es gehört zu den Dingen, die man in einer Familie nicht erörtert. Natürlich haben wir alle gehofft, meine Schwägerin werde einen Sohn gebären.»

Der Anwalt sagte nichts. Da war auch weiter nichts zu sagen.

«Verzeihung», sagte Paul zu mir, «aber wenn du nichts dagegen hast, finde ich doch, daß es nur recht wäre, wenn ich den Vertrag lesen könnte.»

Marie-Noël sprang auf. «Soll ich ihn holen, Papa?»

Ich reichte ihr meinen Schlüsselbund und sagte: «Er ist im Koffer in der Garderobe.» Sie eilte sogleich nach oben.

«Wirklich, Paul», sagte Renée, «du benimmst dich nicht gerade taktvoll. Die Situation hat sich, wie Maître Talbert sagt, durch den Tod der armen Françoise verändert, und ich habe nicht den Eindruck, daß dies der richtige Augenblick ist, um von Geschäften zu reden. Mir ist es höchst unangenehm, und für Jean muß es peinlich sein.»

«Es ist für die ganze Familie peinlich», entgegnete Paul. «Ich will nicht, daß die Fabrik aus Françoises Tod Nutzen zieht. Und vor allem ist es mir zuwider, zum Narren gehalten zu werden. Das ist alles.»

Maître Talbert rückte unbehaglich auf seinem Stuhl. «Ich bitte um Verzeihung. Ich hätte die Frage nicht zur Sprache gebracht, wenn ich gewußt hätte, daß über die Bedingungen dieses unglückselige Mißverständnis zwischen Ihnen vorliegt. Natürlich stehe ich Ihnen zur Verfügung, Herr Graf», er wandte sich zu mir, «um diese und andere Fragen nach dem Begräbnis mit Ihnen zu erörtern, wann immer es Ihnen genehm ist.»

«Das Begräbnis findet am Freitag statt», sagte die Gräfin. «Das habe ich bereits mit dem Herrn Pfarrer abgemacht. Übermorgen wird meine Schwiegertochter hierhergebracht und im Schloß aufgebahrt werden, damit unsere Freunde und jedermann in der Gegend Zeit hat, ihr die letzte Ehre zu erweisen. Ich werde natürlich alle Besucher empfangen.» Der Anwalt verbeugte sich. «Wollen Sie die Güte haben, Maître, dafür zu sorgen, daß die Todesanzeige noch heute den Zeitungen zugestellt wird, damit sie in der Morgenausgabe erscheinen kann? Ich habe die Anzeige selber aufgesetzt.» Sie reichte ihm einige Blätter, die auf ihrem Schoß lagen. «Der Herr Pfarrer wird sich mit der Mutter Oberin des Klosters in Lauray in Verbindung setzen, und sie wird Schwestern ins Schloß schicken, damit sie in den Nächten von Mittwoch und Donnerstag Wache halten.» Sie hielt inne, überlegte, trommelte auf die Armlehne. «Zu Sargträgern werden wir unsere eigenen Leute vom Gut bestellen. Hoffentlich hält sich das Wetter. Mein Mann starb im Winter, als Schnee lag, und der Boden war sehr glatt, als die Männer den Sarg über die Brücke trugen.»

Jetzt wurden durch die offene Türe Marie-Noëls Schritte hörbar, die die Treppe hinunter und in die Halle hasteten.

«Nicht so laut, Kind», sagte die Gräfin, als Marie-Noël ins Zimmer stürmte. «In einem Trauerhaus muß man sich ruhig verhalten.»

Marie-Noël ging auf Paul zu und reichte ihm das Dokument.

«Du gestattest?» fragte er mich.

«Natürlich.»

Eine Weile lang hörte man nur das Rascheln von Papier. Dann wandte er sich zu mir.

«Es ist dir doch klar», sagte er, und seine Stimme blieb ausdruckslos und verriet nichts von dem, was er empfinden mußte, «daß dieser Kontrakt allem zuwiderläuft, worüber wir uns vor deiner Reise nach Paris geeinigt hatten?»

«Ja.»

«Du hast das Duplikat unterzeichnet und nach Paris geschickt?»

«Ich habe es am Samstag im Büro unterschrieben und auf dem Heimweg aufgegeben.»

«Dann läßt sich nichts mehr machen. Wie Maman sagt – das Unternehmen gehört dir, und du kannst nach deinem Gutdünken handeln. Das bedeutet aber, daß es mir unmöglich ist, die Fabrik weiter für dich zu leiten.»

Er stand auf und reichte mir den Vertrag. Die Enttäuschung, der Ärger ließen ihn plötzlich alt und müde aussehen. «Gott weiß, daß ich mir nicht anmaße, besonders intelligent zu sein. Wäre ich aber nach Paris gefahren, hätte ich doch mehr erreicht. Nur ein Mensch mit einem riesigen Kapital im Rücken konnte es sich leisten, seine Unterschrift unter solche Bedingungen zu setzen. Aus all dem kann ich nur schließen, daß du während deines ganzen Aufenthalts in Paris ganz außerordentlich bedenkenlos gehandelt hast.»

Sekundenlang blieb es im Zimmer still. Dann streckte die Gräfin den Arm nach der Glockenschnur aus. «Ich glaube, daß wir Maître Talbert jetzt nicht länger in Anspruch nehmen dürfen. Eine ausführliche Diskussion über die Zukunft der Fabrik ist in diesem Augenblick gewiß nicht am Platz, und ich bin überzeugt, daß er in Villars ebensoviel zu tun hat wie hier im Schloß.»

Der Anwalt schüttelte jedem von uns die Hand und folgte dann Gaston aus dem Zimmer.

«Du siehst müde aus, Jean», sagte die alte Frau zu mir. «Du hast einen langen, anstrengenden Tag hinter dir. Willst du dich nicht ausruhen? Gerade jetzt hättest du eine Stunde Zeit, bevor wir in die Kirche zur Messe gehen, die der Curé für Françoise angesetzt hat. Und nachher fahren wir alle nach Villars in die Spitalskapelle.»

Ich ging ins Freie und blieb neben dem Graben stehen. Die Kühe waren auf die Weide geführt worden, und die Sonne hatte sich hinter die Bäume gesenkt.

Paul kam mir nach und blieb neben mir stehen. Eine Weile lang rauchte er schweigend eine Zigarette, dann warf er sie nervös fort und sagte brüsk: «Was ich vorhin gesagt habe, war ernst gemeint.»

«Was hast du gesagt?» fragte ich.

«Daß ich die Fabrik nicht länger für dich leiten kann.»

«Hast du das gesagt? Verzeih; ich hatte es vergessen.»

Ich wandte mich um und sah ihn an, und sein müdes, verhärmtes Gesicht verschmolz mit dem Gesicht seiner Schwester Blanche, wie sie mich, vor gar nicht langer Zeit, als wir im Spital warteten, gespannt und aufmerksam beobachtet hatte. Ich wußte, daß sein jäher Zweifel an mir, seine Abneigung nicht bloß Gefühlen entsprangen, die bis in die Knabenzeit reichten, nicht kindischem Streit und Eifersucht, daraus später Mißtrauen und Neid werden sollten; nein, auch meine eigenen Torheiten, die ich im Namen seines Bruders begangen hatte, meine eigenen Fehlschläge, meine eigenen Schwächen, die sich nicht erklären ließen. Ich hätte den Versuch machen sollen, ihn als Gefährten, als Freund zu gewinnen. Statt dessen hatte ich als sein Gegner gehandelt, hatte noch mehr Zwietracht und Abneigung gesät, und sein Verhalten von heute gehörte zu dem Schaden, den ich angerichtet hatte; ganz wie Françoises lebloses Gesicht auf dem Spitalbett.

«Und aus welchem Grund?»

«Aus welchem Grund?» Er schaute in den Graben hinunter. «Wir sind nie miteinander ausgekommen, das weißt du. Du hattest alle Vorteile für dich und ich alle Nachteile. Daran bin ich mein ganzes Leben lang gewöhnt gewesen. Du hast mich ersucht, die Fabrik zu leiten, nachdem Maurice erschossen worden war, weil niemand anderer es übernehmen wollte und du selber zu faul dazu warst. Der Familie wegen habe ich es getan, nicht deinetwegen. Bis jetzt habe ich immerhin dein Urteil in Geschäften geachtet, wenn schon sonst nichts. Und von jetzt an kann ich nicht einmal das.»

Seine Stimme klang bitter, grollend, als hätte er nicht nur zu seiner Tätigkeit alles Vertrauen verloren, sondern auch zu sich selber; als wäre alles, was er die langen Jahre hindurch angestrebt hatte, wertlos, sinnlos geworden. Der törichte Kontrakt, den er gelesen, den ein Fremder binnen fünf Minuten in einem telefonischen Gespräch abgeschlossen hatte, mochte darauf abgezielt sein, ihn zu verhöhnen, alles in Fetzen zu reißen, was er geduldig aufzubauen bemüht gewesen war.

«Nehmen wir an», sagte ich langsam, «daß ich mich in Zukunft auf dein geschäftliches Urteil verlasse, nicht du dich auf meines?»

«Was soll das heißen?» Soviel Zweifel, soviel Argwohn war in seinem Blick, daß er mich an die Momentaufnahmen in dem Album erinnerte, wo er immer am Rand einer Gruppe stand, weil die Gestalt in der Mitte alle Aufmerksamkeit für sich beanspruchte und er in seiner Unsicherheit irgendwie nicht in das Bild passen wollte.

«Im Salon hast du gesagt», fuhr ich fort, «du seist nicht besonders intelligent, hättest in Paris aber doch mehr erreicht als ich. Du hast recht. Du hättest mehr erreicht. Wie wär's, wenn du in Zukunft diesen Teil des Geschäfts übernehmen würdest – reisen, Aufträge heimbringen, nach Paris, nach London fahren, wohin du willst, neue Verträge aushandeln, mit Menschen zusammenkommen, während ich hierbleibe?»

Er straffte sich und sah mich verwirrt, ungläubig an.

«Sprichst du im Ernst?»

«Ja.» Und dann, weil er mich noch immer zweifelnd ansah: «Hast du denn keine Lust zu reisen? Möchtest du denn nicht einmal von hier fort?»

«Nicht fort?» Sein Lachen war kurz, bitter. «Natürlich möchte ich fort. Das hatte ich mir immer gewünscht. Aber es war nie Geld dazu da, nie die richtige Gelegenheit. Und du hast es mir auch nie ermöglicht.»

«Jetzt kann ich es dir ermöglichen.»

Das Mißtrauen, das sekundenlang verschwunden gewesen war, wollte sich wieder zwischen uns drängen. Er sah an mir vorbei. «Weil du jetzt zu Vermögen gekommen bist, willst du den Wohltäter spielen, was?»

«So hatte ich es nicht aufgefaßt. Es war mir nur plötzlich in den Sinn gekommen, daß du kein leichtes Leben gehabt hast. Und das tut mir leid.»

«Es ist ziemlich spät für dieses Bedauern; nach all den Jahren!»

«Vielleicht. Ich weiß nicht. Aber du hast mir auf meine Frage keine Antwort gegeben.»

«Du meinst also, daß du mir freie Hand geben würdest, in Europa oder sogar in Amerika zu reisen, andere Fabriken zu besichtigen, kleine Unternehmen wie unseres? Festzustellen, wie es möglich wäre, sich unter den gleichen Bedingungen zu behaupten, in dem man modernere Methoden anwendet, so daß wir sie nach sechs Monaten etwa, wenn ich zurückkomme, auch hier in St. Gilles einführen würden? Auf diese Weise könnte man die Fabrik wieder rentabel machen.»

Die Stimme, die mit Groll und Bitterkeit beladen gewesen war, klang mit einem Mal interessiert, eifrig; und ich, der ich an all diese Dinge nicht gedacht, sondern nur zutiefst darüber bekümmert war, daß ich in sein Leben eingegriffen hatte, erkannte, daß ich unversehens über einen Gedanken gestolpert war, der seinem Dasein neuen Sinn zu geben vermochte. Anstatt immer nur der jüngere Bruder zu sein, den man mit Arbeit überhäuft, ohne ihm je Dank zu wissen, wäre mit einem Schlage er es, der Entscheidungen traf, dem überalterten, sterbenden Unternehmen frisches Blut zuführte und auf solche Art beides rettete, die Tradition und sich selber.

«Ich glaube, du könntest das alles und noch mehr tun», sagte ich. «Sprich mit Renée, hör, was sie dazu meint. Ich möchte dich ja zu nichts zwingen.»

«Renée ...» Er verzog die Brauen, überlegte, und dann sagte er unbeholfen, fast schüchtern: «Das könnte eine Lösung für uns beide sein. Wir sind nicht sehr glücklich gewesen – das weißt du ja. Könnte ich sie einmal von hier fortbringen, so würde vielleicht alles anders werden. Sie fühlt sich hier in St. Gilles verloren; würden wir aber reisen, mit Menschen zusammenkommen, und sie hätte eine Beschäftigung, so wäre es vorbei mit der Langeweile, sie würde sich nicht unbefriedigt fühlen, und auch ich wäre ein besserer Partner und in ihren Augen nicht mehr der grobschlächtige Bauer, der ich jetzt bin.»

Er schaute gebannt vor sich hin, sah, wie sein neues Bild Gestalt und Wesen annahm, und, seltsam genug, nicht ohne eine gewisse Rührung sah ich dieses Bild auch – jenen Paul, der er werden wollte, der elegantere Anzüge, buntere Krawatten trug, auf einem Überseedampfer Bordspiele spielte, in einer Bar mit Renée einen Martini trank. Und gewissermaßen mit seinen Augen sah ich Renée, schlank und elegant, ihm zulächeln, alle beide in das Wölkchen ihres Erfolgs gehüllt, der bewirkte, daß sie gütiger zueinander wären.

«Darf ich noch heute abend das alles mit Renée besprechen?» fragte er rasch. «Bevor du deinen Entschluß ändern kannst?»

«Ich werde meinen Entschluß nicht ändern. Viel Glück, Paul!» Und, recht abgeschmackt, wie eine altmodische Gestalt in einem Salonlustspiel reichte ich ihm die Hand, und er schüttelte sie, steif, ungelenk, als gälte es, einen Pakt zu besiegeln. Vergab er mir meine eigenen Dummheiten, oder war darin auch jene Vergangenheit eingeschlossen, mit der ich nichts zu tun hatte?

Er wandte sich um und ging ins Schloß, ich aber blieb stehen, beobachtete die schwarzweißen Kühe, die sich gegen die dunklen Bäume abzeichneten, spürte, wie aus dem Gras die erste Kühle des Abends zu mir aufstieg. Niemand gesellte sich zu mir, niemand störte mich, und ich versuchte, mir mein eigenes Gebet für Françoise zurechtzulegen, die durch Torheit und Vernachlässigung gestorben war, ein Gebet, das ich weder bei der Messe für sie noch in der Kapelle des Spitals sagen konnte, weil ich dort die Rolle ihres Gatten spielen mußte und ein Betrüger war.

Als die Kirchenglocke feierlich läutete und die Stille durchbrach, ging ich zu den andern in die Halle; und da merkte ich, daß wir nicht einfach durch das Dorf gehen sollten, wie wir es am Sonntag getan hatten, sondern zeremoniell die Wagen benützen würden. Beide Wagen waren vor der Terrasse vorgefahren, am Steuer des einen saß Gaston, in Uniform, am Steuer des andern Paul. Und die drei Frauen, schon in tiefstem Schwarz, gefolgt von Marie-Noël in einem dunklen Wintermantel, stiegen in einer bestimmten, vorher festgesetzten Rangordnung, die Gräfin mit mir und dem Kind, in den Renault, während Paul seine Schwester und seine Frau mitnahm.

Sobald die Messe vorüber war, fuhren wir nach Villars und verweilten einige Minuten in der Kapelle. Das war – seltsam genug – nicht so bedrückend und unheimlich, wie ich erwartet hatte. Die wachsgleiche und jetzt so unendlich entrückte Gestalt Françoises, die wir alle betrogen hatten, war gleichsam eine Mumie, nach Jahrhunderten in einem ägyptischen Grab entdeckt. Ich beobachtete Marie-Noël, war auf Tränen, auf Entsetzen gefaßt, doch sie ließ sich keines von beidem anmerken. Mit großem Interesse musterte sie die zwei Nonnen, die Kerzen, die Blumen.

Renée war die einzige, die weinte. Ich sah, wie sie vor der Kapelle ihr Taschentuch suchte, und Marie-Noël wurde rot, wandte den Kopf ab, empfand es als peinlich, einen Erwachsenen weinen zu sehen.

Beinahe halb neun war es, als wir ins Schloß zurückkehrten; der Curé aß mit uns zu Abend. Die Gräfin, die ich bisher noch nie im Eßzimmer gesehen hatte, nahm ihren Platz mir gegenüber am Ende des Tisches ein, und ihre Gegenwart verlieh, dem tragischen Anlaß zum Trotz, dem Raum ganz plötzlich eine gewisse Wärme und Vornehmheit. Wir wirkten nicht wie eine trauernde Familie, wir hätten ebensogut zur Feier eines neuen Jahres versammelt sein mögen. Die Stimmen, die erst leise und gedämpft waren, hoben sich im Verlauf der Mahlzeit, und als wir aufstanden und der Kaffee im Salon serviert wurde, wohin wir der Gräfin folgten, da war es beinahe, als könnten wir jetzt, da die Dienstleute sich verzogen hatten, Papiermützen aufsetzen, Pfänderspiele spielen oder Kastanien braten. Jedoch als der Geistliche sich verabschiedet hatte, ließ die Gräfin zum ersten Mal Zeichen von Erschöpfung erkennen. Ich sah, daß sie plötzlich grau wurde. Schweißtropfen traten ihr auf die Stirne, perlten über die Wangen, und ihre Augen flackerten unruhig. Paul und Blanche hatten den Geistlichen begleitet, Renée und das Kind blätterten in einem Buch und bemerkten nichts.

Ganz ruhig sagte ich: «Jetzt werde ich mit dir hinaufgehen.»

Sie starrte mich an, als verstünde sie nicht, doch dann, als ich ihr den Arm reichte, stützte sie sich zitternd darauf. Und ich sagte so laut, daß die andern es hören mußten: «Es ist sicher viel besser, wenn wir die Listen miteinander in deinem Zimmer durchsehen.»

Sie straffte sich, nahm meinen Arm, und während wir auf die Türe zugingen, sagte sie unbefangen, mühelos: «Gute Nacht, gute Nacht! Laßt euch nicht stören. Jean und ich haben noch einiges miteinander zu besprechen.»

Alle erhoben sich, und Blanche trat hinzu. «Du hättest überhaupt nicht herunterkommen sollen, Maman. Es war bestimmt zuviel für dich.»

Ihre Worte hatten just jenen Stachel in sich, der eine Reaktion wecken mußte. Sofort wandte ihre Mutter sich zu ihr, ließ meinen Arm los und sagte: «Wenn ich deinen Rat brauche, werde ich dich darum bitten. Bis morgen abend müssen vierhundert Adressen geschrieben werden. Ich meine, ihr könntet schon jetzt beginnen; und das Kind wird euch helfen.»

Wir verließen das Zimmer und stiegen die Stufen bis zum ersten Treppenabsatz hinauf. Als sie dort haltmachte, um wieder zu Atem zu kommen, sagte sie: «Warum habe ich das gesagt? Wofür sind die Einladungen bestimmt?»

«Für das Begräbnis», erwiderte ich. «Für das Begräbnis am Freitag.»

«Wessen Begräbnis?»

«Françoises», sagte ich. «Françoise ist heute gestorben.»

«Richtig! Das hatte ich eine Sekunde lang vergessen. Ich dachte an die Zeit, als wir die Liste für Blanches Hochzeit aufstellten. Wir hatten die Einladungen drucken lassen, und nachher wurde keine von ihnen benützt.»

Wieder nahm sie meinen Arm, wir setzten unsern Weg fort, und als wir durch den Korridor zu ihrem Zimmer im Turm gingen, schienen die Schatten sich um uns zu schließen, die Stille wurde immer tiefer, und es war, als kehrten wir in eine Vergangenheit zurück, die noch immer dauerte.

Charlotte öffnete uns die Tür, und ich sah ihrem Gesichtsausdruck sogleich an, daß sie verängstigt war. Sie warf mir einen Blick zu, einen furchtsamen, argwöhnischen Blick, und als die Gräfin eingetreten war, flüsterte Charlotte mir zu: «Die Schachteln sind aus dem Ankleidezimmer verschwunden!»

«Ich weiß; ich habe sie selber weggenommen.»

«Warum? Ich werde sie heute abend brauchen.»

«Nein!»

Ich ging an ihr vorüber, folgte der Gräfin ins Zimmer und sagte: «Zieh dich aus und leg dich ins Bett, Maman. Du wirst schlafen oder nicht. Das ist gar nicht so wichtig. Jedenfalls bleibe ich heute bei dir.»

Ihr Schatten, an die Decke geworfen, übermächtig, ungeheuerlich, wie die Gestalt einer Hexe, schien sich mit den schweren Vorhängen zu vereinigen, doch als sie sich umwandte und mich ansah, wurde der Schatten durch ihre Bewegung jäh verkleinert, und das Lächeln gehörte der Frau, die unten im Eßzimmer hofgehalten, aus einer Trauerfeier ein Fest gemacht, sich mit ihrem Geist, ihrem Stolz gegen das Drama aufgelehnt hatte.

«Die Rollen sind vertauscht», sagte sie. «Es ist lange her, daß einer von uns im Bett gelegen und der andere bei ihm gewacht hat. Einmal, als du zwölf Jahre alt warst, hattest du hohes Fieber. Ich bin in deinem Zimmer neben dir gesessen und habe dein Gesicht befeuchtet. Ist es das, was du heute für mich tun willst?»

Sie lachte, rief Charlotte, und ich verließ das Zimmer, ging in den Salon hinunter, wo die andern schon dabei waren, die Lichter auszulöschen, um sich zurückzuziehen; Hand in Hand mit Blanche ging Marie-Noël zur Treppe. Jetzt, da der Tag zu Ende ging, war ihr kleines Gesicht fahl vor Müdigkeit.

«Du kommst noch, mir gute Nacht sagen, Papa?»

«Ja», versprach ich und ging ins Eßzimmer, um noch eine Zigarette zu rauchen. Als ich wieder in die Halle kam, stand Renée da und wartete auf mich. Ihr Anblick erinnerte mich an jenen ersten Abend, als ich, die Hand auf der Klinke der Türe zur Terrasse, plötzlich Schritte hinter mir gehört hatte und sie im Schlafrock, das Haar gelöst, auf mich zugekommen war. Jetzt war nichts mehr von Zorn, von Verzweiflung, von Leidenschaft geblieben, sondern sie war irgendwie klüger geworden und schämte sich wohl ein wenig, als wäre ihr bewußt, daß das Drama dieses Tages endgültig eine Schranke zwischen uns errichtet hatte.

«Du willst uns also loswerden, Paul und mich? Hast du das schon seit deiner Rückkehr aus Paris geplant?»

Ich schüttelte den Kopf. «Von einem Plan ist gar keine Rede. Heute abend auf der Terrasse ist mir der Gedanke gekommen. Und wenn er dir nicht gefällt, so reden wir nicht mehr darüber.»

Eine Weile lang sagte sie gar nichts. Sie schien nachzudenken, und dann sagte sie langsam: «Du bist anders geworden, Jean; ich meine nicht durch den heutigen Tag und den schrecklichen Schicksalsschlag; ich meine schon seit einiger Zeit. Du bist nicht mehr derselbe.»

«In welcher Beziehung sollte ich mich verändert haben?»

Sie zuckte die Achseln. «Ich will damit nicht sagen, daß du dich mir gegenüber verändert hast. Jetzt wird es mir klar, daß du dich in den letzten Monaten einfach amüsieren wolltest. Du hattest dich gelangweilt, es gab nichts anderes, und zufällig war ich eben da. Aber du hast dich irgendwie in dir selber verändert, bist härter, introvertierter geworden.»

«Härter? Ich hätte das Gegenteil geglaubt. Weicher, in jeder Beziehung schwächer.»

«O nein.» Sie musterte mich nachdenklich. «Und ich bin es nicht allein, die das bemerkt hat. Erst gestern oder vorgestern, als du dir die Hand verbrannt hast, hat Paul es auch gesagt. Du bist distanzierter gewesen, und das nicht nur mir gegenüber, sondern ganz allgemein. Und darum waren wir beide überrascht, als du den Vorschlag gemacht hast, daß wir auf Reisen gehen sollten und nicht du. Dein Benehmen in der letzten Woche ließ uns vermuten, daß du nur einen einzigen Wunsch auf dieser Welt hattest – von hier wegzukommen.»

Verdutzt sah ich sie an. «Diesen Eindruck habe ich euch gemacht?»

«Offen gestanden – ja.»

«Das ist aber nicht richtig. Tag und Nacht habe ich nicht aufgehört, mir über euch Gedanken zu machen. Das Schloß, die Fabrik, Maman, das Kind, die ganze Familie – ununterbrochen habe ich mich mit euch beschäftigt. Das letzte, was ich mir wünschte, war, von hier wegzugehen.»

Ungläubig sah sie mich an. «Dann verstehe ich dich nicht. Und wahrscheinlich habe ich dich nie verstanden. Es war töricht von mir, zu glauben, ich hätte dich je verstanden. Nicht eine Minute lang hast du mich geliebt; nicht wahr?»

«Jetzt liebe ich dich nicht, Renée. Wie es in der Vergangenheit war, weiß ich nicht; vielleicht auch nicht anders.»

«Siehst du? Du bist härter geworden. Du kannst nicht einmal mehr Komödie spielen.» Sie hielt inne, und dann setzte sie langsam, widerstrebend hinzu: «Paul hat es wohl nicht gesagt, aber er glaubt es bestimmt, und auch ich fange an, es zu glauben. Hast du den Vertrag kaltblütig, mit voller Überlegung abgeschlossen ... auf die Möglichkeit hin, daß das, was heute geschah, jedenfalls geschehen könnte?»

Sie sprach leise, und doch spürte ich in ihrer Stimme etwas Drängendes, ein Gemisch von Staunen und Grauen darüber, daß der Mann, in den sie sich verliebt hatte, so gehandelt haben konnte und sie bei seinem Vorgehen irgendwie in seine Pläne miteinbezogen hatte.

«Wenn du glaubst, daß ich den Vertrag in der Annahme unterzeichnet habe, Françoise werde sterben, so kann ich dir darauf mit gutem Gewissen ‹nein› sagen, Renée.»

Sie atmete tief. «Ich bin froh! Heute abend in der Kapelle war ich plötzlich von allem, was geschehen war, überwältigt. Noch vor einer Woche hätte ich St. Gilles nicht verlassen können, jetzt aber ...» Sie wandte sich ab und ging langsam die Treppe hinauf, «... jetzt aber weiß ich, daß ich nicht länger hier bleiben kann. Ich muß fort – das ist die einzige Hoffnung, die wir für die Zukunft haben – Paul und ich.»

Ich sah ihr nach, sah, wie sie verschwand; war es wirklich Françoises Tod, der ein Gefühl der Scham in ihr geweckt hatte, oder war es meine Zurückhaltung, meine Gleichgültigkeit ihr als Frau gegenüber, wodurch ihr eigenes Verlangen abgetötet worden war?

Als ich das Licht ausschaltete und im Dunkeln die Treppe hinaufging, schien es mir, als wäre das, was ich für diese beiden, Paul und Renée, getan hatte, nicht meine eigene Tat, die Handlungsweise des einsamen Ichs aus meinem früheren Leben, doch auch nicht Jean de Gués, zu dessen Schatten ich geworden war, sondern das Werk eines Dritten, eines, der weder er noch ich war, sondern eine Verschmelzung von uns beiden, der keine körperliche Existenz besaß, der nicht aus dem Gedanken, sondern aus der Eingebung gezeugt war und uns beiden Erleichterung gebracht hatte. Marie-Noël hatte mich gebeten, ihr gute Nacht zu sagen, und so ging ich jetzt zu ihrer Turmtreppe, öffnete die Tür, ich hatte erwartet, sie noch angezogen oder vor ihrem Betschemel zu finden. Doch der lange Tag hatte sich endlich um sie geschlossen, sie lag im Bett und schlief. Das Bild der Kapelle war, wie ich vermutet hatte, nicht ohne Eindruck auf sie geblieben. Zwei brennende Kerzen standen am Fuß des Bettes, und die Puppe kniete betend zwischen ihnen. Eine kleine Puppe aus Zelluloid mit zerbeultem Kopf lag in ihren Armen, auf ihrer Brust, und auf einem Blatt Papier, das am Kopfende des Bettes befestigt war, standen die Worte geschrieben: «Hier ruhen die sterblichen Überreste von Marie-Noël de Gué, die im Jahre des Herrn 1956 aus dem Leben schied und deren Glaube an die Heilige Jungfrau dem demütigen Dorf St. Gilles Friede und Sühne brachte.»

Ich blies die Kerzen aus, ließ das Fenster offen, schloß aber die Läden. Dann stieg ich die Turmtreppe hinunter und ging in den andern Flügel des Schlosses, in jenes andere Turmzimmer. Hier brannten keine Kerzen, nur eine Lampe neben dem Bett, und die Frau auf den Kissen war nicht eingeschlafen wie das Kind, sondern wach und gespannt. Die Augen in dem grauen, erschöpften Gesicht blickten zu mir auf.

«Ich glaubte schon, du würdest nicht kommen.»

Ich zog den Stuhl vom Kamin neben das Bett, setzte mich und streckte ihr die Hand hin. Sie hielt sie in festem Griff. «Ich habe Charlotte fortgeschickt. Ich sagte ihr: ‹Heute wird der Herr Graf sich um mich kümmern, ich brauche Sie nicht.› Das war es doch, was du gemeint hast, nicht?»

«Ja, Maman», sagte ich.

Immer fester hielt mich ihre Hand, und ich wußte, so würde es die ganze Nacht hindurch bleiben, als Schutz gegen die Finsternis, und ich dürfte mich nicht rühren, ihr meine Hand nicht entziehen, denn wenn ich es tat, würde das Band sich lockern, der Sinn verloren sein.

«Ich habe es mir überlegt», sagte sie. «In ein paar Tagen, wenn alles vorüber ist, verlasse ich dieses Zimmer und übersiedle wieder hinunter in mein altes. Das ist praktischer, und ich kann alles besser überwachen.»

«Ganz wie du willst.»

«Wenn ich hier liege, merke ich, daß mein Gedächtnis nachläßt.

Ich weiß nicht mehr, ob ich in der Gegenwart oder in der Vergangenheit bin. Und ich habe schlechte Träume.»

Die vergoldete Uhr neben ihrem Bett tickte laut, und das Pendel, unter der Glashaube sichtbar, bewegte sich hin und her, und Geräusche und Bewegung vereinigten sich, um die Minuten langsam verrinnen zu lassen.

«Letzte Nacht träumte ich, du wärst nicht im Schloß; du warst bei der Widerstandsbewegung, und ich las die Botschaft, die du mir am Abend, als Maurice Duval erschossen wurde, ins Schloß geschmuggelt hast. Ich las sie immer wieder, bis ich glaubte, der Kopf müsse mir zerspringen. Dann, als du mir das Morphium gabst, habe ich nicht mehr geträumt.»

«Wenn du heute träumst», sagte ich, «bin ich bei dir. Es wird dich nicht bedrücken.»

Ich beugte mich vor, drehte mit meiner verbrannten Hand das Licht ab, und im Nu schien die Dunkelheit auf mir zu lasten, mich zu umhüllen. Das Gefühl der Verzweiflung, das ich in den Schatten spürte, drang in mich ein, die alte Frau begann im Halbschlaf zu murren, zu schwatzen, und ich durfte nicht einschlafen, sondern mußte beim Ticken der Uhr zuhören. Manchmal rief sie laut, fluchte, manchmal betete sie, einmal brach sie in ein unbeherrschtes Gelächter aus; doch nie, während Fetzen von Gedanken, von Bildern ihr zusetzten, verlangte sie nach einer Erleichterung oder ließ meine Hand locker. Als sie kurz nach fünf Uhr einschlief und ich mich vorbeugte und sie betrachtete, da wirkte ihr Gesicht nicht länger wie eine Maske, die verzerrt, verängstigt die Qualen von Monaten und Jahren verbarg, sondern friedlich, gelöst, von seltsamer Schönheit, und nicht einmal alt.

24

Ich wußte jetzt, daß sie weiterschlafen würde und ich mich entfernen konnte. Ich stand auf, verließ das Zimmer, ging durch das schweigende Haus in den Salon, öffnete die Läden und trat auf die Terrasse hinaus. Ich überquerte den Graben, ging unter den Kastanienbäumen und über die Waldwege zu der steinernen Jägerin in ihrer Mitte. Die Luft hatte jene kalte Klarheit, die vor dem Morgengrauen eintritt, und die Sterne wurden fahler, entrückter, die kleine Gruppe der Plejaden senkte sich im Westen, stand gerade noch über den dunklen Bäumen. Hier, auf dem erhöhten Platz neben dem Standbild der Göttin, konnte ich auf das Schloß und das Dorf hinunterblicken, die Gruppe der Häuser neben der Kirche wirkte wie eine einzige Heimstatt, und mit dem Land, das gegen Osten anstieg, und dem umsäumenden Wald wurde aus St. Gilles eine einzige Einheit von Schloß, Kirche und Dorf. Ich saß auf dem Sockel der Statue und erwartete den Tag. Ein feiner Nebel umhüllte die Bäume, um sich bald zu verflüchtigen, sie in ihrem goldigen Rot zurückzulassen, und, wie durch ein Wunder, als die Sonne auf das Plateau hinter dem Dorf strahlte, wurde das Dorf selber wach. Schon im nächsten Augenblick stieg Rauch aus einem Schornstein auf, bellte ein Hund, brüllte das Vieh. Und ich war nicht länger ein einsamer Beobachter, von Müdigkeit abgestumpft, sondern einer unter vielen, ein Stück von St. Gilles. Ich dachte an den Geistlichen, der jetzt erwachte, dessen gelassene Züge sich umwölkten, als er des Dramas im Schloß gedachte, und wie er bestimmt sogleich für alle Leidenden betete. Und ich dachte auch an die Leute im Dorf, die mir unbekannt waren, die aus Achtung vor Françoise gestern abend zur Messe gekommen waren, die Köpfe gebeugt, die Augen abgewandt. Ernest, der den Camion lenkte, war dagewesen, und auch Julie mit Pierre, ihrem Enkel. Plötzlich wurde mir voll und ganz bewußt, daß es nicht die Neugier eines Fremden war, die mich zu ihnen zog, kein sentimentaler Hang zum Pittoresken, sondern etwas Tieferes, Vertrauteres; ich wünschte ihnen aus tiefstem Herzen eine gute Zukunft.

Dieses Gefühl vertiefte sich, schien mein ganzes Wesen zu durchdringen, so wie vor drei Tagen die Verbrennung jede Fiber meines Körpers berührt hatte. Während ich auf dem Sockel der Statue saß, ging die Sonne auf, und der Morgennebel löste sich auf. Jetzt stand das Schloß klar umrissen, aber immer noch schlafend da, bis sich plötzlich die Läden eines Zimmers im westlichen Turm öffneten. Scharf drang das Geräusch durch den Park bis zu mir, und ich sah eine Minute lang eine Gestalt am Fenster stehen, die aber nicht in meine Richtung schaute, sondern hinauf zum Himmel, eine seltsam entrückte Gestalt, irgendwie verloren in der Weite, ein Mensch, der glaubte, er allein sähe den Tag dämmern. Es war Blanche; und daß sie so brüsk die Läden ihres Zimmers aufgerissen hatte, machte mich stutzig; hatte auch sie die ganze Nacht gewacht? Hatte sie jetzt endlich, nach Schlaf hungernd, der nicht kommen wollte, die Hoffnung um zwölf Stunden verschoben, ihr kaltes Zimmer von Licht und Luft durchfluten lassen und widerstrebend den Tag willkommen geheißen?

Ich stand auf, ging durch den Park auf das Schloß zu, und erst nachdem ich den Graben überquert hatte und unter ihrem Fenster stand, bemerkte sie mich. Ich sah, wie sie die Hand ausstreckte, um das Fenster wieder zu schließen, doch rasch rief ich hinauf: «Meine Hand tut mir weh. Würdest du sie mir frisch verbinden?»

Sie antwortete nicht, sondern zog sich ins Zimmer zurück, ließ aber das Fenster offen, und daraus schloß ich, daß ihr Schweigen, wie immer, bedeutete, daß meine Gegenwart ihr völlig gleichgültig war, daß sie sich aber nicht weigerte, mir zu helfen. Ich ging hinauf, klopfte, und als ich nichts hörte, öffnete ich und trat ein. Sie stand an einem Tisch und entrollte einen frischen Verband. Ihre Züge waren verschlossen, ausdruckslos. Sie hatte einen dunkelbraunen Schlafrock an, und das Haar war zu einem Knoten gesteckt, wie sie es auch tagsüber trug. Das Bett war bereits gemacht, die Decken darübergezogen.

Blanche sah mich nicht an, streckte einfach die Hand aus, nahm die meine und entfernte den Verband, den Béla am Sonntag abend angelegt hatte. Sie mußte merken, daß es nicht mehr der Verband war, den sie mir am Samstag gemacht hatte, doch sie zeigte keine Überraschung. Sie sagte kein Wort, blieb völlig unberührt, und ihre Handlungen hatten etwas von einem Automaten.

«Wenn du ein Gelübde des Schweigens abgelegt hast», sagte ich, «so hast du es gestern im Spital gebrochen. Jetzt gilt es nicht mehr.» Sie gab keine Antwort. «Vor fünfzehn Jahren», fuhr ich fort, «trat der Tod eines Menschen zwischen uns. Es bedurfte gestern abermals des Todes eines Menschen, um deine Zunge zu lösen. Wäre es nicht einfacher für uns beide und für die Familie auch, wenn wir diesem Schweigen ein Ende bereiten würden?»

«Es wäre einfacher für dich», sagte sie, ohne die Augen zu heben, «so wie es einfacher für dich war, Françoise sterben zu lassen. Es hat dir das Leben einfacher gemacht. Sie steht dir nicht mehr im Weg.»

«Ich habe sie nicht sterben lassen!»

«Du hast gelogen, als es um das Blut ging, du hast gelogen, als es um den Vertrag ging. Immer und überall hast du diese ganzen Jahre hindurch gelogen. Ich will nicht mit dir reden, weder jetzt noch in Zukunft. Wir haben einander nichts zu sagen.»

Sie war mit dem Verband fertig und ließ meine Hand los. In ihrer Geste war etwas Unwiderrufliches, Endgültiges. «Das stimmt nicht», sagte ich. «Ich habe dir sehr viel zu sagen. Wenn du mich als Oberhaupt der Familie anerkennst, so mußt du auf mich hören, auch wenn du es nicht zugeben willst.»

Sie warf mir einen kurzen Blick zu, dann versorgte sie das Verbandzeug in der Schublade einer Kommode. «Daß du zu Vermögen gekommen bist, mag in dir ein Machtgefühl geweckt haben, es gibt dir aber keinen Anspruch auf Achtung. Ich sehe in dir nicht das Oberhaupt der Familie und die andern auch nicht. Du hast nie etwas getan, um diese Bezeichnung zu verdienen.»

Ich sah mich um, sah die Strenge, die Kälte, die qualvollen Bilder des gegeißelten Christus, des gekreuzigten Christus, die von den kahlen, unpersönlichen Wänden auf sie herabschauen mußten, wenn sie in ihrem hohen, schmalen Bett lag; und ich sagte zu ihr: «Hängst du darum diese Bilder hier auf? Um dir ständig in Erinnerung zu rufen, daß du nicht vergessen kannst?»

Sie drehte sich um und sah mich bitter, mit zusammengepreßtem Mund an.

«Verhöhne meinen Gott nicht», sagte sie. «Alles in meinem Leben hast du vernichtet. Ihn mußt du mir lassen.»

«Hättest du die Bilder auch im Direktorhaus aufgehängt? Wären sie Teil deiner Mitgift für Maurice Duval gewesen?»

Jetzt endlich hatte ich eine Bresche geschlagen. Alle Qualen der vergangenen Jahre brachen aus ihr hervor.

«Wie kannst du es wagen, von ihm zu sprechen? Wie kannst du es wagen, seinen Namen zu nennen? Glaubst du denn, daß ich auch nur eine Sekunde des Tages oder der Nacht vergesse, was du ihm angetan hast?!»

«Nein, du hast nicht vergessen. Und ich auch nicht. Du kannst mir nicht verzeihen – vielleicht kann ich mir selber nicht verzeihen. Warum waren wir aber gestern so erschüttert, als wir entdeckten, daß Marie-Noël zu dem Brunnen gegangen war?»

Was ich erhofft und gleichzeitig befürchtet hatte, geschah jetzt. Tränen traten ihr in die Augen, rannen die Wangen hinunter; nicht der Schmerz über einen jähen Verlust, sondern die Qual von Jahren war durch die Unschuld des Kindes gelöst worden. Sie trat ans Fenster, schaute hinaus, und ihre Haltung verriet, was in ihr vorging. Wieviel von ihrem Leben mochte hier eingekerkert, vergeudet worden sein? Welch bittere Gedanken mußten, wie die Flut, in ihr aufgestiegen sein, ob sie nun saß oder lag, oder las oder betete! Jetzt wandte sie sich um, gefaßt, mit trockenen Augen, und dennoch verwundbarer, weil sie mir erlaubt hatte, ihren Gram zu sehen.

«Das muß dir Spaß gemacht haben», sagte sie; «schon als Kind hat es dich amüsiert, wenn du mich weinen sahst.»

«Damals vielleicht», sagte ich. «Jetzt nicht mehr.»

«Worauf wartest du denn? Warum bist du noch hier? »

Ich konnte nicht um Vergebung für etwas bitten, das ich nicht getan hatte. Als Sündenbock konnte ich nur die Schuld auf mich nehmen.

«Letzte Woche habe ich mir das Album angesehen. Da habe ich unsere alten Kinderfotos gefunden. Und spätere auch. Gruppenbilder in der Fabrik, auf denen auch Maurice Duval zu sehen war.»

«Nun?»

«Weiter nichts», erwiderte ich. «Nur daß ich wünschte, was vor fünfzehn Jahren geschah, hätte sich nie ereignet.»

Vielleicht weil ich mit meinen Worten aus der Rolle fiel, sah sie zu mir auf, war aus der Fassung gebracht, und dann, als sie merkte, daß ich aufrichtig sprach, ohne Zynismus, ohne Spott, fragte sie ruhig: «Warum?»

Meine eigene Wahrheit war alles, was ich ihr geben konnte. Wenn sie sie nicht glauben wollte, so hatte ich nichts mehr zu sagen. «Mir gefiel sein Gesicht», sagte ich, «ich hatte mir diese Bilder früher nie angesehen. Als ich in dem Album blätterte, wurde mir klar, daß er gut war und daß die Arbeiter ihn geliebt und geachtet haben mußten. Es kam mir in den Sinn, daß er aus Eifersucht umgebracht worden war; der Mann, der ihn erschoß oder erschießen ließ, tat das nicht aus mißverstandenem Patriotismus, sondern weil er ihn beneidete, weil Maurice Duval aus besserem Stoff war als er selber.»

Ungläubig starrte sie mich an; was ich ihr da sagte, war vermutlich so weit entfernt von allem, was ihr Bruder gesagt hätte, daß sie es nicht akzeptieren konnte.

«Du glaubst, daß ich lüge», sagte ich. «Ich lüge nicht. Es ist wahr.»

«Wenn du beichten willst», sagte sie, «so komm nicht zu mir. Dafür ist es fünfzehn Jahre zu spät.» Sie ging im Zimmer auf und ab, ordnete, was bereits in Ordnung war, schützte Beschäftigung vor, um ihre Erregung zu verbergen. «Welchen Zweck hat es jetzt für einen von uns beiden», fragte sie, «daß du herkommst und dich selber beschuldigst? Die Vergangenheit kannst du nicht wieder lebendig machen. Maurice kannst du nicht zurückbringen. Du hattest nicht einmal den Mut, ihn selber zu erschießen, du bist in jener Nacht in die Fabrik gegangen, hast getan, als ob du allein wärst, hast ihn gebeten, dich zu verstecken; und er kam hinunter, öffnete die Tür, um dich einzulassen, und da warst du mit deiner kleinen Mörderbande. Gott möge dir vergeben, Jean; ich kann es nicht.»

Wieder trat sie ans Fenster, kühl und frisch wehte die Luft ins Zimmer. Doch als ich ihr folgte, als ich neben ihr stand, da rührte sie sich nicht, blieb stehen, und schon das schien in meinen Augen die Vergebung zu sein.

«Von Anfang an bist du gegen Maurice gewesen», sagte sie. «Du und Maman. Selbst in der ersten Zeit, als er in der Fabrik zu arbeiten begann und du und ich heranwuchsen, warst du schon eifersüchtig, weil Papa so viel von ihm hielt. Und dabei hast du ja nicht das geringste Interesse an der Fabrik bekundet, bist kaum je hingegangen. Dann, später, als Papa ihn zum Leiter der Fabrik machte, da hast du begonnen, ihn zu hassen. Ich sehe dich noch vor mir, dich und Maman, wie ihr euch im Salon lustig gemacht habt und Maman sagte: ‹Sollte es möglich sein, daß Blanche, die wählerische Mademoiselle de Gué sich schließlich verliebt hat?›»

Sie sah mich nicht an, sie schaute in den Park hinaus, und jetzt war ihr Profil wieder das Profil des Mädchens im Album – schon verdüstert, schon zurückhaltend, schon im Besitz eines Geheimnisses, das sie nicht zu enthüllen wünschte.

«Immer war die Lächerlichkeit eure Waffe, Mamans und deine», fuhr sie fort. «Weil Maurice aus dem Volk stammte, hast du getan, als würdest du ihn verachten. Papa war nie so, er hatte Verständnis. Er hätte nicht versucht, unsere Heirat zu verhindern, wie du es unternommen hast. Als der Waffenstillstand und die Besetzung kam, da hast du eine Möglichkeit gehabt. So leicht war es, nicht wahr, einen Mord in eine Heldentat umzufälschen!»

Sie hob die Hände. Mit einem Mal war es vorüber. Die Vergangenheit war Vergangenheit. Sie wandte sich um und schaute in die Nische in der Turmmauer, kahl und schlicht wie eine Klosterzelle, den Betschemel in der Ecke, das Kruzifix darüber.

«Jetzt habe ich das», sagte sie, «anstelle des Direktorhauses. Und wenn ich mich gestern morgen aufgeregt habe, so weißt du, warum.»

«Ich möchte, daß du ins Direktorhaus ziehst und es zu deinem Heim machst», sagte ich. «Ich möchte, daß du es zu neuem Leben erweckst, daß es wieder so wird, wie es zu Maurices Zeit gewesen ist, daß du an seiner Stelle dort wohnst.» Ganz verwirrt sah sie mich an, fand keine Antwort, starrte nur immer ungläubig auf mich, und ich fuhr rasch fort, damit sie mich nicht unterbrechen konnte. «Ich habe Paul gesagt, daß er auf Reisen gehen kann. Seit dem Krieg hat er die Fabrik nur aus Pflichtgefühl geleitet – das weißt du. Sein Herz ist nicht dabei. Sie sollten fortgehen, reisen, er und Renée. Das ist die einzige Möglichkeit, die sie haben, um ihre Ehe wieder aufzubauen. Er hatte nie Gelegenheit, zu zeigen, was er kann, ist nie außerhalb von St. Gilles mit Menschen zusammengekommen. Es ist höchste Zeit, daß er es tut.»

Vielleicht machte der Ernst in meiner Stimme den stärksten Eindruck auf sie, denn da war kein Hauch von Zynismus zu spüren. Sie setzte sich, wohl ohne recht zu wissen, daß sie es tat, hielt sich an den Armlehnen des Stuhls und sah mich an.

«Jemand von der Familie muß die Leitung übernehmen», sagte ich, «und ich kann's nicht. Ich verstehe nichts davon und habe auch gar kein Verlangen, es zu erlernen. Wie du selber sagtest – mich hat das alles nie im geringsten interessiert. Hättest du Maurice geheiratet, so hättet ihr die Fabrik miteinander geleitet, hättet etwas daraus gemacht, statt sie verfallen zu lassen. Wenn Marie-Noël erwachsen ist, wird die Fabrik ihr gehören. Wenn sie heiratet, kann die Fabrik ihre Mitgift sein. Ich möchte, daß du unsere Bevollmächtigte wirst und die Verantwortung übernimmst; um Maurices, um Marie-Noëls willen.»

Noch immer sagte sie nichts. Hätte ich sie ins Gesicht geschlagen, sie hätte kaum verblüffter sein können. «Das Haus wartet auf dich», sagte ich. «Fünfzehn Jahre hat es auf dich gewartet. Bilder, Porzellan, Tische, Stühle, sogar seine Bücher, all die Dinge, die ihr gemeinsam benützt hättet. Hier ist dein Leben eine Vergeudung –

begreifst du das denn nicht? Dich um die Wirtschaft kümmern, Gaston und den andern, die ohnehin wissen, was sie zu tun haben, Anweisungen geben, das Kind unterrichten, was jede halbwegs tüchtige Gouvernante erledigen könnte ... Du gehörst in die Fabrik, du gehörst in jenes Haus; du könntest wieder Entwürfe zeichnen, wie du es früher getan hast, du könntest so zarte, köstliche Dinge schaffen wie das Schloß, das Marie-Noël im Brunnen gefunden hat; und dann, statt einer Firma wie Carvalet Flaschen für Parfümerien und Apotheken zu liefern, die sie besser in Massenproduktion kaufen können, würdest du dir deinen Markt selber wählen, den Markt, den Paul dir finden wird, wo man künstlerisch wertvolle Arbeit zu schätzen weiß – das, was St. Gilles vor vielen Jahren zu produzieren imstande war und wieder produzieren könnte.»

Ich hielt inne; ich war erschöpft, alle Energie, alle Überzeugungskraft hatte mich jäh verlassen. Aber meine Worte blieben nicht ohne Wirkung. Blanches Blick ruhte auf mir, ihre Augen verloren die Bitterkeit, wurden nachdenklich, versonnen, ja sogar gütig, erhellten ihr Inneres, heilten ihren Kummer, doch die Einsamkeit, die auf ihr gelastet hatte, wurde jetzt zu meiner Einsamkeit, zu meinem Gram, der mich mit einem Dunkel umfing, das ich ertragen mußte.

«Ich bin müde», sagte ich. «Ich habe nicht geschlafen.»

«Ich auch nicht. Und ich merkte, daß ich nicht beten konnte.»

«Dann sind wir quitt. Wir sind beide in der Tiefe gewesen. Doch das Kind ging uns voran und hatte keine Angst. Wenn du in die Fabrik gehst, Blanche, so gibt es etwas, das du tun könntest. Laß die Arbeiter den Schutt wegräumen; sieh zu, daß sie die Quelle wiederfinden. Es sollte unbedingt wieder Wasser im Brunnen sein.»

Ich überließ sie ihren Gedanken und ging die Treppe hinunter in das Ankleidezimmer. Ich warf mich auf das Feldbett, schloß die Augen und schlief traumlos bis zehn, als Gaston mich wachrüttelte; ich müsse doch um elf Uhr in Villars beim Kommissär sein, erinnerte er mich.

Ich stand auf, rasierte mich, zog mich an und fuhr mit ihm in die Stadt. Gastons Frau und Berthe hatten gefragt, ob sie mitkommen dürften, weil sie auch in die Kapelle gehen wollten. Sie blieben im Wagen, während ich beim Kommissär war, der mich die Protokolle lesen und bestätigen ließ, die er gestern abgefaßt hatte. Als ich aus dem Haus trat, meldete mir ein Beamter, beim Wagen warte jemand, der mich sprechen wolle. Es war Vincent, Bélas Helfer in dem kleinen Antiquitätenladen, und in den Händen hatte er ein Päckchen.

«Verzeihung, Herr Graf», sagte er. «Madame konnte sich nicht anders mit Ihnen in Verbindung setzen. Das Päckchen ist gestern aus Paris gekommen. Sie weiß, daß es zu spät gekommen ist, und es tut ihr furchtbar leid. Aber sie trug mir auf, ich solle es Ihnen doch geben; für das kleine Mädchen.»

Ich nahm das Päckchen. «Was ist es denn?»

«Es waren im Schloß irgendwelche Porzellanfiguren zerbrochen. Die Kleine, Ihre Tochter, fragte Madame, ob sie sie zusammenleimen könne. Doch das war unmöglich; Madame hat Ihnen das wohl gesagt. Statt dessen hat sie in Paris die gleichen Stücke bestellt. Sie möchten dem kleinen Mädchen aber nicht sagen, daß es Ersatzstücke sind. Madame glaubt, das Kind wäre glücklicher, wenn es das nicht wüßte, sondern glauben könnte, daß es die früheren Stücke sind, die repariert werden konnten. So würde sie sie als Andenken an ihre Mutter aufheben.»

Ich dankte ihm und fragte dann zögernd: «Hat Madame Ihnen sonst keine Nachricht für mich mitgegeben?»

«Nein, Herr Graf. Nur das und ihr herzlichstes Beileid.»

Ich stieg in den Wagen, die andern, Gaston, seine Frau und Berthe, warteten geduldig, und jetzt fuhren wir zu viert zu der Spitalskapelle, von der aus Françoise am nächsten Tag ins Schloß überführt werden sollte. In den wenigen Stunden seit gestern abend war sie irgendwie noch entrückter, noch unnahbarer geworden, war in die Zeit eingegangen. Gastons Frau sagte unter Tränen zu mir: «Der Tod ist schön. Madame Jean könnte ein Engel im Himmel sein.» Das war nicht meine Meinung. Der Tod war ein Henker, der eine Pflanze hinraffte, bevor sie geblüht hatte. Der Himmel hatte Engel genug, die Erde nicht.

Als wir nach St. Gilles kamen, sah ich Marie-Noël, die auf der Terrasse wartete. Sie lief mir entgegen, warf sich mir in die Arme, und dann, nachdem die andern mit dem Wagen verschwunden waren, sagte sie: «Großmama ist schon vor elf Uhr unten gewesen. Jetzt ist sie im Salon und richtet ihn für Maman her. Morgen soll Maman den ganzen Tag dort liegen, damit die Besucher kommen und sie noch einmal sehen können.» Sie war aufgeregt und sichtlich tief beeindruckt. Ich bemerkte, daß sie das Medaillon an ihrem dunklen Kleid angesteckt trug. «Madame Yves hilft Großmama», fuhr sie fort. «Großmama hat sie kommen lassen; sie sagt, Madame Yves sei der einzige Mensch, der sich noch daran erinnert, wie alles war, als der Großpapa starb. Jetzt sprechen sie darüber, wie der Tisch aufgestellt werden soll.»

Sie nahm mich bei der Hand und führte mich in den Salon. Ich sah, daß die Läden zwar noch geschlossen waren, die Lichter aber brannten, und daß Sofa und Stühle um die Mitte des Raumes gruppiert worden waren. Ein langer Tisch, mit einem Tuch aus Spitzen bedeckt, stand zwischen Fenstern und Türe. Die Gräfin saß auf einem Stuhl neben dem Tisch, und Julie, ein anderes weißes Tischtuch über dem Arm, stand vor ihr.

«Ich versichere Ihnen, Frau Gräfin, daß der Tisch mehr in der Mitte war, und wir haben damals auch nicht das Tischtuch aus Spitzen genommen, sondern eines aus Damast – das hier, das ich selber in der Wäschekammer gefunden habe. Man sieht ihm an, daß es weggeräumt und nie berührt worden ist, seit wir es für den Herrn Grafen verwendet haben.»

«Unsinn», sagte die Gräfin. «Wir haben das Tischtuch aus Spitzen verwendet. Es hat meiner Mutter gehört, es war hundert Jahre in der Familie meiner Mutter.»

«Schon möglich, Frau Gräfin», versetzte Julie, «darüber streite ich gar nicht. Ich erinnere mich ganz genau an das Tischtuch. Sie haben es verwendet, als die Kinder getauft wurden, und unter dem Kuchen hat es sehr schön ausgesehen. Aber bei einer Trauerfeier ist's was anderes. Da ist der weiße Damast für Madame Jean viel besser am Platz, genau wie 1938 für den Herrn Grafen.»

«Das Tischtuch aus Spitzen fällt besser», sagte die Gräfin. «Kein Mensch würde merken, daß es kein Altartuch ist. Sogar den Herrn Pfarrer wird es täuschen.»

«Den Herrn Pfarrer vielleicht», meinte Julie. «Er ist kurzsichtig. Den Bischof aber nicht. Der hat Augen wie ein Habicht.»

«Daran liegt mir nichts», erklärte die Gräfin. «Mir ist das aus Spitzen lieber. Es wirkt etwas prunkvoller als der Damast. Ich will, daß meine Schwiegertochter das Beste haben soll.»

«Dann ist weiter nichts darüber zu sagen. Das Damasttischtuch mag in die Wäschekammer kommen und wieder zwanzig Jahre vergessen bleiben. Wer kümmert sich heute im Schloß noch um diese Dinge? Zu meiner Zeit war's anders.»

Sie seufzte und legte das Damasttischtuch zur Seite.

«Was erwarten Sie denn?» fragte die Gräfin. «Mit den Dienstboten, wie man sie heute hat! Sie setzen gar keinen Stolz mehr in ihre Arbeit.»

«Dann ist die Hausfrau daran schuld», erwiderte Julie. «Eine gute Hausfrau – gute Dienstboten. Ich erinnere mich noch, wenn Sie in die Küche gekommen sind, da hat nachher eine halbe Stunde lang keiner von uns den Mund aufgemacht, solche Angst hatten wir. Oft konnten wir nicht einmal essen. Und so sollte es sein. Aber heutzutage...» Sie schüttelte den Kopf. «...jetzt ist's anders. Heute früh, wie ich komme, sitzt doch die kleine Germaine am Radio! Gewiß, gewiß, es wurde eine Messe aus einer Kirche übertragen, aber trotzdem...» Sie hob die Hände und ließ den Satz unbeendet.

«Ich bin krank gewesen», sagte die Gräfin, «da habe ich den Haushalt nicht führen können. Aber jetzt soll's anders werden.»

«Hoffentlich», seufzte Julie. «Zeit wär's schon!»

«Das sagen Sie nur, weil Sie eifersüchtig sind», fuhr die Gräfin sie an. «Sie sind immer gern hergekommen und haben die Nase in Dinge gesteckt, die Sie nichts angingen.»

«Es geht mich an! Alles, was hier im Schloß geschieht; ob's Sie betrifft, Frau Gräfin, oder sonst jemanden von der Familie. Ich bin in St. Gilles auf die Welt gekommen. Das Schloß, die Fabrik, das Dorf, das ist mein Leben.»

«Sie sind herrschsüchtig», sagte die Gräfin. «Ich habe gehört, daß Ihre Schwiegertochter mit einem Mechaniker davongelaufen ist, weil Sie ihr das Leben unmöglich gemacht haben. Jetzt haben Sie André und Ihren Enkel für sich allein; da sind Sie wohl zufrieden.»

«Ich herrschsüchtig!? Ich bin doch die geduldigste Frau auf der Welt, Frau Gräfin. Meine Schwiegertochter ist's gewesen, die von früh bis spät genörgelt hat. Für meinen André ist's nur gut, daß sie fort ist. Jetzt haben wir endlich Frieden.»

«Sie haben nicht genug zu tun», erwiderte die Gräfin. «Das ist das schlimme. Mit ein paar Hühnern zu spielen! In Zukunft können Sie zweimal die Woche ins Schloß kommen und mir helfen, Ordnung zu schaffen. Aber mit dem Tischtuch aus Spitzen habe ich doch recht gehabt.»

«Ganz wie Sie meinen, Frau Gräfin; ich werde nicht mit Ihnen streiten. Aber wenn's das letzte Wort ist, das ich sagen soll, so bleibe ich dabei, daß es das Damasttischtuch war, das wir beim Begräbnis des Herrn Grafen verwendet haben.»

In vollkommenem Einverständnis sahen sie einander über den Tisch hinweg an. Dann wurde die Gräfin sich meiner Anwesenheit bewußt und begrüßte mich. «Alles gut gegangen?»

«Ja, Maman.»

«Der Kommissär hat nichts Neues zu sagen gehabt?»

«Nein.»

«Dann können wir ja alles vorbereiten, wie wir's vorgesehen hatten. Jean, du solltest Renée beim Adressenschreiben helfen. Blanche ist verschwunden. Den ganzen Morgen habe ich sie noch nicht gesehen; sie wird wohl wie immer in der Kirche sein. So, und jetzt geht; Julie und ich haben noch eine Menge zu tun.»

In der Halle stießen wir auf Gaston. Er hatte das Päckchen in der Hand, das im Wagen liegengeblieben war.

«Da ist Ihr Paket, Herr Graf.»

Ich nahm es, ging damit ins Schlafzimmer hinauf, und das Kind folgte mir.

«Was ist da drin?» fragte Marie-Noël. «Hast du was gekauft?»

Ich antwortete nicht. Ich löste die Schnur und öffnete das Paket. Da lagen Katze und Hund aus Kopenhagener Porzellan, sie sahen genau gleich aus wie die zerbrochenen. Ich stellte sie auf den Tisch, und dann sah ich Marie-Noël an. Sie hatte die Hände gefaltet und lächelte.

«Man würde es nicht glauben», sagte sie. «Nie würde ein Mensch glauben, daß ihnen irgendwas geschehen ist. Sie sind ja wie neu, als wären sie nie zerbrochen worden. Jetzt habe ich das Gefühl, daß mir verziehen worden ist.»

«Wie meinst du das?»

«Ich habe dummes Zeug gemacht, bin nachlässig gewesen, und so sind sie zerbrochen. Und weil sie zerbrochen sind, ist Maman krank geworden. Ich wünschte, wir könnten sie morgen in den Salon stellen; neben die Kerzen.»

«Ich glaube nicht, daß wir das können. Es würde doch sonderbar aussehen. Wenn wir sie hierlassen, bei Mamans andern Sachen, bedeutet das ebensoviel.»

Wir gingen in die Bibliothek hinunter, und dort, auf dem Schreibtisch, warteten die Adreßlisten auf uns; doch niemand war da, um die Adressen zu schreiben, weder Paul noch Renée, noch Blanche.

«Wo sind sie denn?» fragte ich das Kind. «Wo sind denn alle hingegangen?»

Schon hatte sie nach einem Umschlag gegriffen und schrieb mit sorgfältiger, schräger Schrift den ersten Namen der Liste darauf.

«Ich sollte es nicht sagen», erwiderte sie, «weil Großmama es nicht weiß. Tante Renée ist in ihrem Schlafzimmer und sieht ihre Wintersachen durch. Sie hat mir ein Geheimnis erzählt, daß sie und Onkel Paul gleich nach dem Begräbnis wegfahren. Sie gehen auf Reisen, und später werden sie vielleicht sogar eine kleine Wohnung in Paris haben. Sie sagte, sie werde mich einladen, wenn du und Großmama nichts dagegen haben.»

«Ist Onkel Paul auch oben bei seinen Wintersachen?»

«Nein, nein! Er ist in die Fabrik gefahren. Und Tante Blanche ist nicht in der Kirche; sie ist mit ihm gefahren, aber das ist auch ein Geheimnis. Sie hatten Angst, wenn Großmama etwas davon hören würde, könnte sie's verbieten. Tante Blanche will die Möbel besichtigen, die im Direktorhaus stehen. Sie hat mir gesagt, daß sie gestern zum ersten Mal seit fünfzehn Jahren wieder im Haus gewesen ist. Es sei doch eine Verschwendung, daß niemand dort wohnt.»

«Das hat Tante Blanche gesagt?»

«Ja, heute früh hat sie mir das gesagt. Und sie will da etwas tun. Deswegen ist sie auch mit Onkel Paul hinausgefahren.»

Einige Minuten lang schrieb sie schweigend Adressen, dann hob sie den Kopf, kaute am Ende ihres Federhalters und sagte: «Gerade jetzt ist mir ein schrecklicher Gedanke gekommen. Ich weiß gar nicht, ob ich es dir sagen soll oder nicht.»

«Nur zu!»

«Es ist mir eingefallen, daß jetzt, seit Maman tot ist, alle bekommen, was sie wollen. Großmama, die es gern hat, daß alle Leute Respekt vor ihr haben, kommt jetzt herunter. Onkel Paul und Tante Renée gehen auf Reisen, und das macht ihnen großen Spaß. Tante Blanche ist ins Direktorhaus gegangen, wo sie eigentlich, lange bevor ich auf der Welt war, wohnen sollte; das hat sie mir einmal anvertraut. Madame Yves kann sogar die Wäsche aufräumen, und da kommt sie sich schrecklich wichtig vor. Du hast das Geld gekriegt, das du haben wolltest, und kannst es jetzt ausgeben, wie du willst. Und ich ...» sie zögerte, und ihre Augen blickten ein wenig traurig, «und ich muß mich nicht mit einem Brüderchen plagen, sondern hab dich mein ganzes Leben für mich allein.»

Ich sah sie an; ein vergessener oder verdrängter Satz brach in mein Denken ein. Etwas von Hunger, etwas von Gier. Durch die halbgeöffnete Doppeltüre, die ins Eßzimmer führte, hörte ich das Telefon. Das jähe Schrillen war aufreizend, störte meine Gedanken, denn was das Kind eben gesagt hatte, schien mir plötzlich wichtig, verlangte die richtige Antwort.

«Wäre denn das alles auch geschehen, wenn Maman nicht gestorben wäre?»

Ihre Frage war entsetzlich aufrüttelnd. «Ja», sagte ich rasch. «Das alles wäre geschehen, weil es geschehen mußte. Das hat mit Mamans Tod nichts zu tun. Wenn sie am Leben geblieben wäre, hätte es genauso kommen müssen.»

Sie sah mich noch immer zweifelnd an. «Wenn der liebe Gott die Dinge ordnet, dann ist es mit allem wohlbestellt», sagte sie; «manchmal aber führt uns ein verkleideter Teufel in Versuchung.»

Das Telefon hatte aufgehört zu läuten. Gaston hatte sich in der Garderobe gemeldet. Gleich darauf waren Schritte im Eßzimmer vernehmbar, die sich uns näherten.

«Wichtig ist, daß man weiß, mit wem man's zu tun hat», sagte Marie-Noël. «Wer uns die Dinge gibt, die wir uns wünschen, Gott oder der Teufel. Einer von beiden muß es sein; woher soll man's aber wissen?»

Gaston erschien in der Türe. «Der Herr Graf wird am Telefon verlangt.»

Ich stand auf, ging durch die Halle, griff nach dem altmodischen Hörer und meldete mich.

Eine Stimme sagte: «Bleiben Sie am Telefon», dann summte es, wurde verschwommen, als käme der Anruf von weit her. Und endlich, nach etwa einer Minute, tönte eine andere Stimme, die Stimme eines Mannes: «Ist dort der Graf de Gué?»

«Ja», erwiderte ich.

Eine Pause folgte. Der Sprecher am andern Ende des Drahtes schien zu überlegen, wußte nicht recht, was er sagen sollte.

«Mit wem spreche ich denn?» fragte ich. «Was wünschen Sie?»

Fast im Flüsterton erwiderte die Stimme: «Ich bin's; Jean de Gué. Ich habe gerade die Zeitung von heute gelesen. Ich komme zurück.»

25

Alles in mir lehnte ihn ab. Seele, Körper und Geist empörten sich vereint gegen ihn. Er war nicht länger vorhanden. Er war nicht wirklich. Das Flüstern am andern Ende der Leitung war nichts als Einbildung, von meiner Müdigkeit heraufbeschworen. Ich wartete, gab keine Antwort. Dann begann er von neuem.

«Sind Sie da? Der Platzhalter?»

Vermutlich, weil ich Schritte in der Halle hörte – Gastons Schritte vielleicht, das war jetzt gleichgültig –, wurde ich vorsichtig, und das Alltagsgeschöpf, das Befehle erteilte, Befehle hinnahm, Pläne faßte, Anordnungen traf, sprach jetzt für mich ins Telefon.

«Ja», sagte ich, «ich bin hier.»

«Ich rufe von Deauville an. Ich habe Ihren Wagen mit. Im spätern Verlauf des Tages will ich nach St. Gilles fahren. Es hat keinen Zweck, vor der Dämmerung anzukommen – ich könnte gesehen werden. Wie wär's, wenn wir uns um sieben treffen?»

Die kühle Sicherheit, die Bestimmtheit, mit der er sprach, mit der er voraussetzte, daß ich mich seinen Anordnungen fügen würde, bewirkte, daß ich ihn nur noch mehr haßte.

«Wo?» fragte ich.

Sekundenlang war es still, während er überlegte. Dann sagte er leise: «Sie kennen doch das Direktorhaus in der Fabrik?»

Ich hatte angenommen, er würde mir das Hotel in Le Mans vorschlagen, wo er mir seinen ersten und einzigen Streich gespielt hatte. Das wäre ein neutraler Boden gewesen. Das Direktorhaus vorzuschlagen, bedeutete eine Herausforderung.

«Ja», sagte ich.

«Ich werde den Wagen auf einem Seitenweg im Wald abstellen», sagte er, «und komme durch den Obstgarten. Warten Sie im Haus auf mich und lassen Sie mich herein. Sobald ich kann, jedenfalls kurz nach sieben, bin ich bei Ihnen.»

Kein Wort des Abschieds. Das Telefon klickte, als er auflegte, das war alles. Ich ging in die Halle. Gaston und Germaine kamen aus der Küche, um den Tisch zu decken. Von draußen her konnte ich den Citroën hören. Das mochten Blanche und Paul sein, die aus der Fabrik kamen. Bald würden wir alle bei Tisch versammelt sein.

Obgleich die Erregung, die mich jetzt erfüllte, heftig, ja überwältigend war, blieb ich dennoch äußerlich ruhig und besonnen. Jetzt war ich der Besitzer, er der Eindringling. Das Schloß war mein Schloß, die Leute waren meine Leute. Die Familie, die in wenigen Minuten mit mir um den Tisch sitzen würde, war meine Familie, mein Fleisch und Blut. Diese Menschen gehörten zu mir und ich zu ihnen. Er konnte nicht kommen und sie sich wieder zu eigen machen.

Ich trat in den Salon; die Gräfin war immer noch da, sah sich im Zimmer um, dessen Möbel wieder umgestellt worden waren. Julie war fort und hatte das Damasttischtuch mitgenommen. Die Gräfin war allein.

«Wer hat angerufen?»

«Ganz unwichtig», erwiderte ich. «Jemand, der die Zeitung gelesen hatte.»

«Früher hätte in solchen Tagen kein Mensch telefoniert. Das beweist einen Mangel an Takt. Die Höflichkeit hätte einen Kondolenzbrief und ein paar Blumen für mich verlangt. Ja, ja, mit den guten Manieren ist es vorbei.» Ich trat auf sie zu, ergriff ihre Hand. «Ich möchte wissen, wie du dich fühlst. Vorhin, vor Julie, konnte ich dich nicht fragen.»

Sie sah zu mir auf und lächelte. «Wir haben Nachtwache gehalten, nicht? Du hast in deinem Stuhl geschlafen. Ich konnte kein Auge zutun. Wenn du glaubst, daß das ein Kinderspiel sein wird, so irrst du dich.»

«Ich habe nie gesagt, daß es leicht sein wird», erwiderte ich. «Es wird das Schwerste sein, was du je getan hast.»

«Deinetwegen muß ich mir Frieden und angenehme Träume versagen. Darauf kommt's doch heraus, nicht? Nur weil du mich hier unten haben willst. Woher soll ich wissen, daß du deinen Entschluß nicht ändern und mich wieder hinauf verbannen wirst?»

«Nein», sagte ich. «Nein ... nein ...»

Meine plötzliche Heftigkeit amüsierte sie. Sie hob die Hand und streichelte mir die Wange. «Du bist verwöhnt», sagte sie. «Das ist das Schlimme mit dir. Darüber waren Julie und ich heute früh einer Meinung. Wir alle opfern uns deinetwegen auf. Wenn ich krank werde, und dazu wird es sehr wahrscheinlich kommen, ist es deine Schuld.» Sie hielt inne und sah sich zufrieden um. «Weißt du, Françoise hat mir in der Kapelle einen ausgezeichneten Eindruck gemacht. Zum ersten Mal hat sie Rasse gehabt. Wenn die Leute morgen kommen, um von ihr Abschied zu nehmen, werde ich stolz sein. Es ist ein großer Trost, daß man sich seiner Schwiegertochter nicht schämen muß, wenn sie tot ist.»

Gaston erschien und meldete, daß das Mittagessen aufgetragen sei; seine neue gedämpfte Stimme entsprach der Atmosphäre eines Trauerhauses. Als wir durch die Halle gingen, sagte die Gräfin: «Es wird ganz anders aussehen, wenn der Salon voll mit Blumen ist, vor allem Lilien, was sie auch kosten mögen. Schließlich ist's ja Françoise, die bezahlt; ihr verdanken wir alles.»

Die andern waren bereits im Eßzimmer, und als ich einen Blick auf Paul und Blanche warf, merkte ich, daß sie wie Verschwörer aussahen – nicht verstohlen, nicht heimlich, sondern wie Kinder, die ein Geheimnis teilen, das gut für sie ausgegangen ist. Als Blanche, wie immer, das Tischgebet gesagt hatte und mich nachher ansah, nicht lächelnd, aber doch irgendwie vertraulich, da wußte ich, daß an diesem Morgen doch etwas vollbracht worden war.

Als die Mutter ihren Platz mir gegenüber einnahm, sagte ich: «Jetzt bist du wieder da, wo du hingehörst; und ich habe noch andere Veränderungen vor. Mit Blanche und Paul und Renée habe ich bereits gesprochen. Paul wird die Fabrik nicht länger leiten. Er wird reisen, und Renée wird ihn begleiten.»

Meine Nachricht ließ sie kalt. Sie spießte ein Stück Niere auf die Gabel und fütterte die Terrier damit, die neben ihr kauerten. «Eine ausgezeichnete Idee», sagte sie. «Sie hätten schon früher reisen sollen. Aber das konnte keiner von uns sich leisten. Und wer wird seine Stelle einnehmen? Doch nicht Jacques? Er hat nicht die nötige Autorität.»

«Blanche», erwiderte ich. «Sie versteht von der Fabrik mehr als wir alle. In Zukunft wird sie im Direktorhaus wohnen.»

Selbst das machte ihr keinen Eindruck. Ich weiß nicht, was ich erwartet hatte. Schmähungen gegen Blanche vielleicht, Spott, jedenfalls eine Sturzflut von Worten. Doch statt dessen sagte sie ganz friedlich: «Ich habe immer gesagt, daß Blanche einen guten Kopf für die Geschäfte hat. Woher, weiß ich nicht – bestimmt nicht von mir. Und dein Vater war auch nicht gerade ein glänzender Geschäftsmann. Er hat die Glasfabrik als Familientradition betrachtet, nicht als Geschäftsunternehmen. Blanche aber ...» sie hob den Kopf und blickte über den Tisch hinüber auf ihre Tochter. «Im Nu wird sie die Touristen hierhergelockt haben. Eine Verkaufsstelle auf dem Fabrikgelände, wo man Schloß und Kirche in Glas haben kann, im Pförtnerhaus verkauft Julie Eiscreme ... dazu wäre es schon längst gekommen, wenn nicht der Krieg gewesen wäre.»

Sie aß gelassen weiter. Paul warf mir einen Blick zu und sagte: «Du hast also nichts dagegen? Gegen beide Pläne hast du nichts einzuwenden?»

«Einzuwenden?» wiederholte sie. «Warum sollte ich etwas einzuwenden haben? Mir sind beide Vorschläge recht. Was sollte Blanche mit sich anfangen, wenn ich mich entschließe, jeden Tag herunterzukommen?» Sie zerbröckelte ein Stück Brot. «Übrigens auch Renée.» Sie sah ihre Schwiegertochter an. «Nur wenn Frauen nichts zu tun haben, geht's schlecht aus. Sie werden fromm oder nehmen sich einen Liebhaber.»

Zu einer Diskussion kam es also nicht! Das Kind hatte recht. Jeder bekam, wonach er begehrte. Alle Gesichter zeigten Erleichterung, und während ich sie beobachtete, erschien plötzlich vor meinem geistigen Auge eine Vision der Zukunft. Paul und Renée würden sich im neuen Wagen, den ich ihnen kaufte, auf die Reise machen, würden sich bei ihrer Ankunft in Paris ein wenig fremd, ein wenig als Provinzler fühlen, doch das würde sich bald geben, denn es war ja die Freiheit, die ihnen winkte; Blanche dagegen würde im Direktorhaus die Möbel ordnen, die Bücher durchsehen, vielleicht auf eine vergessene Zeitung, eine Skizze stoßen; und so fände sie Erlösung von der Bitterkeit der vergangenen Jahre.

Ich merkte, daß Marie-Noël mich beobachtete, während ich diesen Gedanken nachhing. «Nun?» fragte ich. «Was ist los?»

«Ich wollte nur eines sagen», erwiderte sie. «Für alle hast du Pläne gemacht, nur für dich nicht. Was wirst du denn tun, wenn alle fort sind?»

Ihre Frage erregte auch bei den andern einige Aufmerksamkeit. Neugierig sahen sie mich an. Selbst Blanche hob den Kopf und musterte mich.

«Ich bleibe hier im Schloß», sagte ich. «Ich habe nicht die Absicht fortzugehn. Ich werde immer hierbleiben.»

Während ich sprach, wußte ich plötzlich, was ich tun würde. Ich hatte mich an den Dienstrevolver erinnert, der in der Schublade des Schreibtischs in der Bibliothek lag. Samstag hatte ich mir die Hand verbrannt, um mich vor Demütigung, vor Entdeckung zu retten, weil ich nicht mit Schußwaffen umzugehen verstand. Heute war es anders. Jetzt gäbe es keine Beobachter. Auch der unbeholfenste Mensch auf Erden konnte nicht ein Ziel verfehlen, das dicht vor ihm war. Ich würde weder Gewissensbisse noch Reue empfinden. Er empfing nur den Lohn, den er verdiente. Selbst der Ort, den er für unsere Begegnung gewählt hatte, das Direktorhaus, war der richtige Rahmen für die Tat. Nur daß ich meinen Wagen verbrennen mußte, tat mir leid. Nicht daß ich noch das Gefühl hatte, der Wagen sei mein Besitz. Schließlich gehörte auch das Auto einer Vergangenheit an, die ich ohnehin vergessen hatte. Der Plan, in Blitzesschnelle geboren, nahm Gestalt an, wurde klar. Auch ich würde durch den Wald zum Direktorhaus gehen, den Obstgarten durchqueren, durch das Fenster steigen, wie ich das schon zweimal getan hatte. Es gäbe keine Zeugen bei dieser Begegnung. Ich starrte vor mich hin, sah nichts als die dunklen Bäume des Waldes, die feuchte Erde, doch dann, als ich den Kopf hob, merkte ich, daß alle mich verdutzt, seltsam gespannt anschauten. Meine letzten Worte hatten vielleicht zu heftig, zu brüsk gewirkt, und Marie-Noël, die als einzige keine Verlegenheit kannte, rief: «Wenn's plötzlich still wird und kein Mensch was sagt, so bedeutet das, daß ein Engel durch's Zimmer geht; das hat Germaine mir gesagt. Aber ich weiß nicht, ob's stimmt. Es könnte doch auch ein Teufel sein.»

Gaston erschien mit dem Gemüse. Der Augenblick war vorübergegangen, alle sprachen gleichzeitig – nur ich nicht. Die Mutter hatte ihre Blicke auf mich geheftet, ihre Lippen formten die unausgesprochene Frage: «Was ist denn mit dir los?» Ich schüttelte den Kopf. «Nichts!» Ich sah ihn, wie er in Deauville in den Wagen stieg, seine Reise antrat, zuversichtlich, sorglos, selbstsicher in die kleine Welt zurückkehrte, die ihn erwartete, die Welt, die mit einem Schlage wohnlicher geworden war, denn alle Probleme waren gelöst, das Vermögen, das er immer ersehnt hatte, lag in seiner Reichweite. Und ich fragte mich, ob er beabsichtigte, mich mit einem Händedruck und einem Lächeln zu entlassen und dann das Leben wieder aufzunehmen, das er so leichten Herzens von sich geworfen hatte. Verhielt es sich so, dann würden seine Pläne fehlschlagen. Ich selber war jetzt die Substanz und er nur der Schatten. Und der Schatten war unerwünscht, der Schatten konnte verschwinden.

Nach dem Mittagessen bot sich mir die Möglichkeit. Blanche und das Kind gingen hinauf; Marie-Noël mußte arbeiten. Die Mutter rief die übrige Familie, um ihr zu zeigen ,wie sie den Salon hergerichtet hatte. Ich ging in die Bibliothek, trat an den Schreibtisch, zog die Schublade auf. Neben dem Fotoalbum sah ich den Revolver. Ich nahm ihn heraus und öffnete ihn; er war geladen. Zu welchem Zweck hatte er ihn hier aufbewahrt, für welchen Notfall, für welche eigentümliche Bestimmung? Jetzt würde die Waffe sich gegen ihn richten. Jahrelang hat er ihn für diese Stunde geladen hier aufbewahrt. Ich ließ den Revolver in die Tasche gleiten, ging ins Ankleidezimmer hinauf und versorgte ihn dort in der Schublade neben den Schachteln mit dem Morphium und der Spritze.

Als ich wieder unten war, bemerkte ich, daß ich gerade noch zur rechten Zeit gehandelt hatte, denn jetzt verzogen sich alle in die Bibliothek. Der Salon blieb leer, wartete auf die Zeremonie von morgen. Paul setzte sich an den Schreibtisch, Renée an den Tisch, und die beiden begannen, Adressen zu schreiben. Die Mutter hatte sich in einen Stuhl gesetzt, von dem aus sie die beiden beobachten konnte, und streckte die Hand nach mir aus.

«Du bist so unruhig», sagte sie. «Was hast du denn? Willst du es mir nicht sagen?»

Ich sah sie an, und da dachte ich daran, daß es nicht ihr Sohn war, den ich töten wollte, sondern ein Fremder ohne Herz, ohne Gefühle, einen Menschen, der weder für sie noch für die andern etwas empfand. Mich anerkannte sie als ihren Sohn. In Zukunft würde ich alles für sie tun, was er zu tun versäumt hatte.

«Ich will die Vergangenheit begraben», sagte ich. «Das ist das einzige, was mich beschäftigt.»

«Du hast dein Möglichstes getan, um sie wieder auferstehen zu lassen», erwiderte sie. «Mit deinem Plan für Blanche.»

«Nein. Das ist es, was du nicht begreifst.»

Sie zuckte die Achseln. «Wie du willst. Ich wünsche mir nichts Besseres, wenn es klappt. Das alles ist natürlich nur ein Komplott, um dir selber das Leben angenehmer zu machen. Komm, setz dich!»

Sie wies auf den Stuhl neben ihr, ich setzte mich und hielt ihre Hand. Bald merkte ich, daß sie einschlief. Paul wandte den Kopf und sagte halblaut: «Sie macht viel zuviel. Charlotte hat es eben auch gesagt. Später wird sie darunter leiden. Du solltest sie zurückhalten.»

«Nein», entgegnete ich. «Es ist besser so.»

Renée sah mich von ihrem Platz am Tisch her an. «Sie sollte sich oben in ihrem Zimmer ausruhen, wie sie das immer getan hat. Paul hat vollkommen recht. Nach dem Begräbnis wird sie total zusammenbrechen.»

«Dieses Risiko nehme ich auf mich», sagte ich. «Dafür trage ich die Verantwortung.»

Der lange Nachmittag schleppte sich hin. Nichts war zu hören als das Kratzen der Federn. Ich sah das Gesicht der schlafenden alten Frau, und plötzlich wußte ich, daß ich fort mußte, bevor sie erwachte, bevor das Kind herunterkam. Paul und Renée saßen von mir abgewandt. Sie durften nicht wissen, daß ich ging. Ein Instinkt, nicht anders, als wenn man auf Holz klopft, um eine Gefahr abzuwenden, veranlaßte mich, die Hand der Mutter zu küssen. Dann stand ich auf und verließ das Zimmer. Keiner schaute auf, keiner rief mich zurück.

Ich holte den Revolver aus dem Ankleidezimmer, ging durch die Vordertüre auf die Terrasse und um das Schloß zu der Gartentüre. Während ich kurz in meinem ersten Versteck, unter der Zeder, stehenblieb, sah ich Caesar aus seiner Einfriedung kommen. Er hob den Kopf, schnupperte, richtete die Augen auf mich, aber er bellte nicht. Er fand sich damit ab, daß ich zu St. Gilles gehörte, doch seinen Herrn sah er noch nicht in mir. Das sollte eine meiner Aufgaben werden. Ich ging durch den Park und trat in den Wald. Nie war er schöner, gütiger gewesen als jetzt, wo die warme Sonne die heruntergefallenen Blätter vergoldete!

Als ich zu der Wiese kam, die an das Fabrikgelände grenzte, legte ich mich hin und wartete. Es hatte keinen Zweck, in das Direktorhaus zu gehen, bevor Jacques und die Arbeiter ihren Tag beendet hatten. Ich erinnerte mich daran, daß ich in dem Schuppen, wo der Camion stand, Benzinkanister gesehen hatte. Für meinen Plan war auch das erforderlich. Während ich hier lag, sah ich, wie der Rauch aus dem Schornstein aufstieg, und ich wurde unruhig, ungeduldig. Wenn doch die Arbeiter nur schon gehen wollten!

Zwei Stunden mußten verstrichen sein. Ohne Uhr hatte ich keine Möglichkeit, es genau festzustellen, aber plötzlich wurde die Luft kühl, die Sonne war hinter den Bäumen verschwunden, und es wurde mir bewußt, daß alle Geräusche verstummt waren. Der Lärm der Fabrik hatte aufgehört. Ich stand auf, duckte mich hinter der Hecke und schaute in den Obstgarten. Kein Mensch war da. Die Fenster des Büros im Direktorhaus waren geschlossen; alles wirkte verlassen. Ich durchquerte den Obstgarten, hielt mich dicht an der

Hecke und blieb an der Mauer des Direktorhauses stehen. Eine Weile wartete ich, dann schaute ich, hinter den Reben verborgen, in das Bürofenster. Das Zimmer war leer, und jetzt hatte ich das Haus für mich. Ich ging an der Mauer entlang bis zum andern Ende und stieg wieder durch das Fenster. Hier war deutlich zu merken, daß Blanche und Paul ihre Tätigkeit bereits begonnen hatten. Einige Möbel waren verschoben worden, Tische und Stühle umgestellt, Bilder abgenommen und neu aufgehängt. Nein, sie hatte keine Zeit verloren. Sie wußte, was sie tun wollte. Der Raum war nicht länger eine Schale, darin die Vergangenheit hauste, er wartete, er hoffte, daß sie ihn von neuem beleben werde.

Auch ich wartete, wartete auf den Mann, den ich töten wollte. Das Sonnenlicht hatte den Raum verlassen, die Schatten wuchsen. In einer halben Stunde, früher noch, wäre die Dämmerung da, und wenn er kam, wenn er an das Fenster oder an die Tür klopfte, dann würde er merken, daß das, was ihm geschah, nichts anderes war als das Widerspiel seines eigenen Verbrechens. Er, nicht ich, würde sich um fünfzehn Jahre zurückversetzt fühlen.

Ich sah, wie der Türknauf sich drehte und dann zu Boden fiel. Die Tür öffnete sich nicht, denn ich hatte sie verriegelt. Ich ging durch das Zimmer, hob den Knauf auf und schob ihn wieder an seinen Platz. Langsam zog ich den Riegel zurück, hielt den Revolver schußbereit in der Hand. Jetzt öffnete ich die Tür, deren unterer Rand über die Fliesen schabte, und so mußte es gewesen sein, als Maurice Duval in jener Nacht die Tür geöffnet, ihn in der Dunkelheit vor sich gesehen hatte. Dann hörte ich von draußen einen Ruf, und eine Stimme – nicht seine Stimme – sagte: «Ist jemand im Haus?» Das war nicht Jean de Gué, das war der Pfarrer. Wir standen einander gegenüber, ich verblüfft, erschüttert, er lächelnd, nickend, bis sein Blick auf den Revolver fiel und sein Ausdruck sich seltsam veränderte.

«Wollen Sie mir gestatten», sagte er, streckte die Hand aus und nahm den Revolver, bevor ich noch wußte, was er vorhatte. Dann leerte er das Magazin, steckte die Patronen in die Tasche seiner Soutane und den Revolver auch.

«Ich mach mir nichts aus diesen Dingen», sagte er; «davon haben wir während des Krieges und während der Besetzung genug gehabt; sie haben viel Schaden angerichtet und könnten es wieder tun.»

Er sah mich an, nickte, und da ich kein Wort hervorbrachte,

klopfte er mir auf den Arm. «Ärgern Sie sich nicht. Heute oder morgen werden Sie noch froh darüber sein, daß ich ihn Ihnen weggenommen habe. Sie wollten den Revolver benützen, nicht wahr?»

Ich zögerte mit der Antwort. Dann sagte ich: «Ja, Vater.»

«Gut, gut», begann er. «Darüber wollen wir uns nicht unterhalten. Das müssen Sie mit Gott und Ihrem eigenen Gewissen ausmachen. Es ist nicht meine Sache, Sie zu fragen, was nicht stimmt. Meine Sache aber ist es, ein Leben zu retten, wenn ich kann. Und ist es das, was ich eben getan habe, so empfinde ich Dankbarkeit und Demut dafür.»

Er sah sich im halbdunklen Zimmer um. «Ich bin bei André Yves gewesen. Zum Glück wird er mit der Zeit seinen Arm doch wieder brauchen können. Er hat sehr viel Geduld. Vor einer Woche sagte er noch zu mir: ‹Vielleicht wär's besser, wenn ich Schluß machen würde.› Da gab ich ihm zur Antwort: ‹Nein, André, die Zukunft beginnt heute. Sie ist ein Geschenk, zu dem wir jeden Morgen neu erwachen. Nütze sie! Wirf sie nicht fort!›» Er machte eine Pause, dann zeigte er auf die Möbel. «Es ist also wahr, was Mademoiselle Blanche mir erzählte, als ich sie im Schloß besuchte? Sie wird hierher übersiedeln, und Sie haben das vorgeschlagen?»

«Wenn sie es gesagt hat, so wird es schon wahr sein.»

«Dann werden Sie doch gewiß nichts tun wollen, um sie von diesem Entschluß abzubringen. Es ist ein alter Spruch: Zweimal Unrecht macht noch kein Recht. Vielleicht, wäre ich nicht zufällig vorübergekommen, hätte sich etwas ereignet, das über uns alle Kummer gebracht hätte. Es hat schon Tragödien genug in Ihrer Familie gegeben, ohne daß Sie noch etwas hinzufügen.»

«Ich wollte nichts hinzufügen, Vater, ich wollte die Ursache beheben.»

«Dadurch, daß Sie sich selbst vernichten? Was hätten Sie sich selber oder Ihrer Familie Gutes erwiesen? Wenn Sie leben, vermögen Sie ihr eine neue Welt zu erschaffen. Schon merke ich hier im Hause Spuren davon. Das ist es, was nottut, und nicht nur hier in der Fabrik, sondern auch im Schloß. Leben, nicht Tod.»

Er wartete auf eine Antwort, aber ich sagte nichts.

«Nun ...» Er zögerte, dann wandte er sich zur Tür. «Ich kann Sie nicht mitnehmen – ich habe nur mein Dreirad. Aber ich sehe draußen keinen Wagen. Wie wollen Sie denn heimgehen?»

«Ich bin zu Fuß hergekommen, ich werde auch zu Fuß zurückgehen.»

«Wollen Sie mich nicht begleiten? Ich fahre sehr langsam.» Er zog seine Uhr. «Schon sieben vorbei. Im Schloß wird man Sie vielleicht suchen. Von einem Menschen weiß ich das mit Sicherheit – von der Kleinen. Ich bin auf der Straße kein amüsanter Gefährte, aber es wäre mir doch lieb, wenn Sie mit mir kämen.»

«Heute nicht, Vater», sagte ich. «Ich möchte lieber allein sein.»

Noch immer zögerte er, seine Augen blickten besorgt. «Ich bin nicht ganz sicher, daß es mir lieb ist, Sie so zu verlassen. Zumal nach dem, was ich eben entdeckt habe. Sie könnten noch immer etwas Unbesonnenes tun, das Sie bereuen würden.»

«Ich kann nicht. Sie haben es mir unmöglich gemacht.»

Er lächelte. «Da bin ich froh! Und ich werde es nie bedauern. Was Ihr Schießzeug angeht...» Er klopfte auf seine Soutane, «ich werde es Ihnen vielleicht dieser Tage zurückgeben. Das hängt von Ihnen ab. Guten Abend.»

Er ging in die Dämmerung hinaus. Ich sah ihm nach, sah, wie er an dem Brunnen vorüberkam, ohne einen Blick darauf zu werfen, sah ihn hinter den Fabrikgebäuden verschwinden. Ich schloß die Tür und verriegelte sie wieder. Jetzt hatte der Raum sich mit Schatten gefüllt, der Tag war zu Ende. Als ich ans Fenster trat, das nach dem Obstgarten schaute, erhob sich eine Gestalt, den Revolver in der Hand, hob ein Bein über die Brüstung und sprang in das Zimmer. Mit leisem Lachen richtete er die Waffe gegen meine Brust. «So hab ich es schon einmal gemacht, aber diesmal war es viel einfacher. Keine Wachen auf der Landstraße, keine Hütten, keine Sperren, kein Draht. Und statt einer Bande von Lumpen, die mich verraten konnte, wenn man sie bedrohte, nur der gute Herr Pfarrer selber, der zufällig vorbeikam. Sie müssen doch zugeben, daß das Glück immer auf meiner Seite steht. Ich hatte recht, nicht wahr, daß ich bewaffnet kam. Der Revolver war das einzige, was ich Ihnen in Le Mans nicht in meinem Koffer ließ.»

Er schob zwei Stühle zurecht, die Blanche am Morgen von der Wand weggerückt hatte. «Setzen Sie sich. Sie brauchen die Hände nicht zu heben. Das ist keine Bedrohung, sondern nur eine Sicherheitsmaßnahme. Seit 1941 habe ich immer einen Revolver bei mir.»

Er setzte sich rittlings auf den andern Stuhl mir gegenüber. Die Lehne war ihm eine willkommene Stütze für seinen Revolver.

«Sie hatten also vor, sich meiner zu entledigen und in St. Gilles zu bleiben? Die plötzliche Aussicht auf ein Vermögen war zuviel für Sie? Dafür habe ich Verständnis. Mir ist es nicht anders ergangen.»

26

Seine Augen konnte ich nicht sehen, nur verschwommen seine Züge, die meine Züge waren. Die Dunkelheit bewirkte, daß seine Gegenwart, obwohl noch unheimlicher, doch irgendwie leichter zu ertragen war.

«Was ist denn geschehen?» fragte er. «Wie ist sie gestorben? In der Notiz, die ich heute früh las, war von einem Unfall die Rede.»

«Sie ist aus dem Fenster ihres Schlafzimmers gestürzt. Das Medaillon, das Sie ihr aus Paris gebracht hatten, war auf einen Mauervorsprung gefallen, und sie wollte es holen.»

«War sie allein?»

«Ja. Es gab eine polizeiliche Untersuchung. Der Kommissär war befriedigt, und so konnte man den Totenschein ausstellen. Morgen wird sie nach St. Gilles überführt, und das Begräbnis findet am Freitag statt.»

«Das habe ich in der Zeitung gelesen. Deswegen bin ich auch zurückgekommen.»

Ich sagte nichts. Nicht das Begräbnis seiner Frau hatte ihn veranlaßt, heimzukehren, sondern das, was die Folgen ihres Todes für ihn bedeuteten.

«Sie müssen wissen», fuhr er fort, «ich hätte nie geglaubt, daß Sie mitmachen würden. Als ich Sie heute vor einer Woche dort im Hotelzimmer liegen ließ, da stellte ich mir vor, Sie würden zur Polizei gehen, Ihre Geschichte erzählen, und nach verschiedenen verworrenen Erklärungen würden Sie es fertigbringen, daß man Ihnen glaubte. Statt dessen», lachte er, «ist es Ihnen gelungen, sich sieben volle Tage durchzuschwindeln! Meinen Glückwunsch! Was wären Sie vor zwölf oder fünfzehn Jahren für ein Kamerad gewesen! Und sagen Sie – hat denn kein Mensch Sie verdächtigt?»

«Kein Mensch.»

«Und meine Mutter? Und das Kind?»

«Das Kind zuletzt.»

Das zu sagen, gab mir eine seltsame Befriedigung.

«Was mögen Sie da alles erfahren haben», sagte er. «Einen Riesenspaß macht es mir, wenn ich mir zum Beispiel vorstelle, wie Sie mit Renée fertiggeworden sind; sie war schon, bevor ich ging, eine Belästigung geworden. Und wie haben Sie Françoise besänftigt? Haben Sie am Ende, in nicht gerade zweckmäßiger Höflichkeit, versucht, mit Blanche zu reden? Und meine Mutter – mit ihren Bedürfnissen wird sich in Zukunft ein Arzt befassen müssen. Nicht unser Hausarzt natürlich, sondern ein Spezialist. Sie wird wohl in eine Klinik gehen müssen. Ich habe mich schon mit einer in Paris in Verbindung gesetzt.»

Ich beobachtete die Mündung des Revolvers über der Stuhllehne. Nein, ich käme nie zurecht. Er war aller Schliche kundig und jedenfalls schneller als ich.

«Es ist ganz überflüssig, sie nach Paris zu schicken», sagte ich. «Wenn ich auch annehme, daß sie daheim behandelt werden muß. Sie möchte vom Morphium wegkommen. Ich habe die ganze letzte Nacht bei ihr gewacht. Sie macht jetzt den ersten Versuch.»

Seine Blicke heftete sich im Dunkeln auf mich, das konnte ich spüren. «Was meinen Sie damit? Sie waren die ganze Nacht bei ihr? Wozu?»

Ich dachte an den Stuhl neben ihrem Bett, an ihren Dämmerzustand, an die Stille, an die drohenden Schatten, die sich aufzulösen, zu weichen schienen. Ihm jetzt von dieser Nacht zu erzählen, wäre sinnlos gewesen. Nichts hatte ich vollbracht; nur daß sie eingeschlafen war.

«Ich bin neben ihr gesessen, und sie hat geschlafen», sagte ich. «Ich habe ihre Hand gehalten.»

Sein Gelächter dröhnte ansteckend und doch unerträglich durch den Raum. «Mein armer Freund, stellen Sie sich wirklich vor, daß man einen Morphinisten auf diese Art kurieren kann? Heute wird sie wieder wie toll dahinter her sein; Charlotte wird ihr eine doppelte Dosis geben müssen.»

«Nein», sagte ich. «Nein.» Doch schon packte mich der Zweifel. Als ich sie verlassen hatte, als sie in ihrem Stuhl eingeschlafen war, hatte sie krank und erschöpft ausgesehen.

«Was sonst?» fragte er. «Was haben Sie sonst noch getan?»

Was sonst? Ich dachte nach. «Paul», sagte ich, «Paul und Renée wollen das Schloß verlassen; sie haben vor, auf Reisen zu gehen. Mindestens sechs Monate oder ein Jahr.»

Ich sah, daß er nickte. «Da wird die Ehe noch schneller in die Brüche gehen. Renée wird die Liebhaber finden, auf die sie aus ist, und Paul wird sich noch minderwertiger fühlen als vorher. Man muß ihn nur in die Welt hinausschicken, und da wird offenbar werden, daß er das ist, wofür er sich selber hält – ein armseliger Provinzler, ein Bauer. Was für ein Mangel an Takt, wenn ich mir diese Bemerkung erlauben darf! Was für ein Mangel an Feingefühl! Und weiter?»

Ich erinnerte mich daran, wie ich als Knabe Kegel gespielt hatte. Man rollte einen Ball über die Bahn, und am andern Ende wackelten und stürzten die Kegel. So machte er es jetzt mit all den Plänen, die ich in Liebe ersonnen hatte. Oder nicht eigentlich in Liebe, sondern in einem Wirrwarr von Gefühlen.

«Sie haben den Vertrag mit Carvalet abgelehnt, nicht wahr?» sagte ich. «Ich habe einen neuen unterzeichnet. Die Fabrik wird nicht schließen, kein Mensch wird seine Arbeit verlieren; Sie werden den Verlust aus Ihrem Kapital decken müssen.»

Diesmal lachte er nicht. Er pfiff. Ich kann nicht leugnen, daß sein Mißbehagen mich ergötzte. «Daraus werde ich mich vermutlich herausdrehen können. Aber es kann eine Weile dauern. Was Sie sonst gemacht haben, waren kleinere Eseleien; das aber ist ziemlich ernst. Selbst mit Françoises Geld ist es kein Spaß, ein sterbendes Unternehmen in Gang zu halten. Und wer sollte denn, Ihrer Ansicht nach, die Sache leiten, wenn Paul fort ist?»

«Blanche.»

Er beugte sich auf seinem Stuhl vor, schob sein Gesicht ganz nahe an meines heran. Jetzt konnte ich jeden Zug, jetzt konnte ich auch die Augen sehen. Es war, wie es im Hotel in Le Mans gewesen war. Die Ähnlichkeit mit mir war aufrüttelnd, war entsetzlich.

«Sie haben tatsächlich mit Blanche gesprochen, und sie hat Ihnen geantwortet?»

«Ja. Heute früh kam sie herunter. Ich sagte ihr, von jetzt an gehöre die Fabrik ihr. Sie könne daraus machen, was sie wolle, sie könne das Unternehmen zu einer Mitgift für Marie-Noël ausbauen.»

Zunächst sagte er nichts. Daß all seine Pläne umgestürzt wurden, mochte ihn erschüttert haben. Das hoffte ich wenigstens. Mehr als alles wünschte ich, ihn seine Selbstsicherheit verlieren zu sehen. Doch das tat er nicht.

«Wissen Sie», sagte er langsam, «daß das auf lange Sicht ganz gut funktionieren kann? Wenn Blanche wieder Entwürfe zeichnet, wenn wir billiges Zeug produzieren können, womit man die Touristen anlockt, dann brauchen wir uns nicht mit Carvalet und den andern großen Häusern abzugeben, sondern könnten in diesem Teil des Landes einen Markt schaffen, auf dem wir alle andern unterbieten. Statt daß die Touristen über die Route Nationale durch Villars nach Le Mans fahren, werden sie einen Umweg über St. Gilles machen. Ich weiß nicht recht, aber fast habe ich den Eindruck, daß Sie da einen Treffer gemacht haben.» Er überlegte kurz. «Ja, je mehr ich darüber nachdenke, desto besser gefällt mir die Idee. Was war ich doch für ein Idiot, daß ich nicht selber darauf gekommen bin! Aber Blanches Haltung mir gegenüber war so unerträglich, daß man dergleichen gar nicht erwägen konnte. Wie schlau von Ihnen, ihr zu schmeicheln! Denn das haben Sie doch vermutlich getan. Früher hat sie eine hohe Meinung von ihrer Zeichenkunst gehabt, sie und der aufgeblasene Tölpel. Wenn sie hierherzieht, wird sie wahrscheinlich einen Witwenschleier tragen und behaupten, daß sie insgeheim mit ihm verheiratet war.» Er zog ein Päckchen Zigaretten aus der Tasche, reichte mir eine und zündete sich selber eine an. «Alles in allem haben Sie sich gar nicht so schlecht gehalten», sagte er. «Und wie steht's mit Marie-Noël – welchen Platz hat sie im Bild? Hat sie diese Woche Visionen gehabt? Oder Träume geträumt?»

Ich gab keine Antwort. Das Kind zu besudeln, war das Abscheulichste, was er tun konnte. Mochte er seine Mutter herabsetzen, Schwester und Bruder verhöhnen! Ihm aber Marie-Noël als Ziel seiner Launen preiszugeben, nein, das wollte ich nicht zulassen.

«Sie ist völlig normal. Sie hat das Drama von gestern gut überstanden.»

«Das überrascht mich nicht», sagte er; «die beiden sind nie miteinander ausgekommen. Françoise war eifersüchtig auf das Kind, und das hat das Kind gewußt. Jetzt endlich begreifen Sie, was es heißt, eine besitzsüchtige Familie zu haben. Und des Geldes wegen waren Sie bereit, das auszuhalten. Sie kamen hierher, in das Direktorhaus, mit dem Entschluß, mich umzubringen, damit Sie selber den Rest Ihrer Tage in Wohlstand zubringen könnten.»

Er lehnte sich zurück, blies den Rauch in die Luft, und sein Gesicht war wieder im Schatten.

«Sie werden mir nicht glauben», sagte ich, «aber ich habe nicht an das Geld gedacht. Es hat sich so ergeben, daß ich Ihre Familie liebgewonnen habe; das ist alles.»

Das Echo auf meine Erklärung war ein lautes Gelächter. «Sie haben die Kühnheit, behaupten zu wollen, daß Sie meine Mutter liebgewonnen haben, die fraglos das egoistischste, raffgierigste, ungeheuerlichste Geschöpf ist, das ich in meinem ganzen Leben kennengelernt habe? Sie haben Paul liebgewonnen, der ein Einfaltspinsel, ein Schwächling, ein durch und durch widerwärtiger Kerl ist?! Sie haben Renée liebgewonnen – wahrscheinlich ihres Körpers wegen, gegen den sich nichts einwenden läßt, das weiß ich sehr wohl, die aber einen Verstand hat wie eine leere Schachtel! Sie haben Blanche liebgewonnen, die mit ihren verdrängten Sexualbedürfnissen und ihrer unbefriedigten Leidenschaft so verdreht ist, daß ihr einziges Vergnügen im Leben darin besteht, vor einem Kreuz zu knien! Und Sie werden mir vermutlich auch erzählen, daß Sie mein Kind liebgewonnen haben! Wegen seiner Anmut und Unschuld, die sie sehr gut auszunützen weiß, das können Sie mir glauben; in Wirklichkeit will sie nur verwöhnt und bewundert werden.»

Ich ließ mich auf keine Diskussion ein. Was er sagte, war richtig. Von seinem Standpunkt aus und vielleicht auch von meinem. Aber darauf kam es nicht an.

«Ich bin einer Meinung mit Ihnen», sagte ich. «So ist Ihre Familie wirklich. Doch das hindert mich nicht daran, sie zu lieben; das ist alles. Fragen Sie mich nicht, warum. Ich könnte Ihnen keine Antwort geben.»

«Ich fühle mich Ihnen verbunden», erwiderte er. «Das ist verständlich. Schließlich gehören sie ja zu mir. Aber Sie haben gar keinen Grund. Sie haben meine Leute nur sieben Tage lang gekannt. Sie sind unverbesserlich sentimental; das ist alles.»

«Vielleicht.»

«Sehen Sie sich etwa als Erlöser?»

«Nein; als Narren.»

«Das ist wenigstens ehrlich. Und was wird Ihrer Meinung nach jetzt geschehen?»

«Ich weiß nicht. Das ist Ihre Sache.»

Er kratzte sich mit dem Kolben des Revolvers am Kopf. Jetzt hätte ich auf ihn losspringen können, aber es wäre nicht gut ausgegangen.

«Richtig», sagte er. «Was in St. Gilles geschieht, ist meine Sache. Ich kann mich an Ihr Programm halten, ich kann es aber auch widerrufen; das hängt von meiner Laune ab. Und wie steht's mit Ihnen? Sollen wir in den Wald gehen und ein Grab graben? Ihren Wagen kann ich leicht verbrennen. Kein Mensch würde je nach Ihnen fragen. Sie verschwinden einfach. Das ist vor Ihnen schon andern Leuten zugestoßen.»

«Wenn Sie sich dazu entschlossen haben», sagte ich, «nur zu! Ich bin in Ihren Händen; oder Sie können mich auch, wenn Ihnen das lieber ist, in den Brunnen werfen.»

Ich konnte ihn nicht sehen, aber ich spürte sein Lächeln. «Haben Sie das auch ausgeschnüffelt? Was Sie für eine Spürnase sind! Und ich glaubte doch, darüber hätte sich seit Jahren der Schlamm gesammelt. Sie sind vermutlich empört gewesen?»

«Ich war nicht empört. Nur Ihr Beweggrund machte mir zu schaffen.»

«Mein Beweggrund?» wiederholte er. «Natürlich hat er Ihnen zu schaffen gemacht. Bei euch in England hat's ja seit 1066 keine Invasion mehr gegeben. Eure Selbstgefälligkeit macht euch verlogen. Wir sind vielleicht manchmal rücksichtlos, aber Heuchler sind wir, Gott sei Dank, nicht. So haben Sie auch das Bild geliebt, das Sie sich von Maurice Duval gemacht haben?»

Ich überlegte. War Liebe ein zu starkes Wort? «Er hat mir leid getan», sagte ich. «Was ich von ihm gehört hatte, klang gut.»

«Glauben Sie das nur ja nicht. Er war ein Streber, wie alle seinesgleichen. Er hat sich bei meinem Vater lieb Kind gemacht und dabei immer in die Zukunft geschielt. Blanche war seine Trumpfkarte, und ich habe verhindert, daß er sie ausspielen konnte.»

«Es hat keinen Zweck», sagte ich, «uns jetzt über Duval und Ihre Familie zu unterhalten. Ich habe mir mein eigenes Bild von ihnen gemacht. Nichts, was Sie sagen, kann daran etwas ändern. Wenn Sie vorhaben, mich zu töten, wie ich vorhatte, Sie zu töten, dann bitte jetzt. Ich bin bereit.»

«Ich bin gar nicht so sicher, daß ich Sie töten will. Es ist eigentlich eine Verschwendung. Wir haben meine Leute einmal betrogen, wir könnten es wieder tun. Ich verständige Sie, wir treffen uns, ich verschwinde für eine Woche oder einen Monat, und Sie nehmen meinen Platz ein. Was halten Sie davon? Ich könnte natürlich in der Zwischenzeit alles ungeschehen machen, was Sie zu tun versucht haben. Das würde Sie aber nicht stören. Es wäre unter Umständen geradezu eine Würze für Ihr Gastspiel im Schloß.»

Er war mir so verhaßt, daß ich nicht antworten konnte. Und da er mein Schweigen mißverstand, da er glaubte, daß ich seinen Vorschlag überdachte, fuhr er fort: «Meine Béla haben Sie kaum kennengelernt», sagte er. «Dazu war wohl die Zeit zu kurz. Und auch die Gelegenheit dürfte gefehlt haben. Sie hat einen Laden in Villars, und ich nenne sie Béla, weil sie behauptet, daß sie von ungarischen Königen abstammt. Kocht wie ein Engel, doch das ist nicht ihr einziger Reiz. Ich besuche sie von Zeit zu Zeit, wenn ich gegen die Langeweile ankämpfen muß. Sollten wir uns einigen, so würde sie natürlich auch zum Handel gehören. Einen Besuch bei ihr würden Sie nicht bereuen, das kann ich Ihnen versprechen.» Ich gab noch immer keine Antwort. «Es wäre sogar pikant», fuhr er fort, «wenn ich heimkäme und glauben müßte, daß Sie Béla genauso täuschen konnten wie die andern.»

Ich stand auf. Instinktiv stand auch er auf; den Revolver hielt er auf mich gerichtet.

«Machen wir ein Ende», stieß ich hervor. «Ich habe nichts weiter zu sagen.»

«Ich schon», erwiderte er. «Ist Ihnen denn nicht bewußt geworden, daß Sie gar keine Fragen an mich gestellt haben? Wollen Sie denn nicht wissen, was ich in dieser Woche erlebt habe?»

«Nein. Offen gestanden – es ist mir gleichgültig. Es geht mich nichts an.»

«Doch, es geht Sie an! Es geht Sie sogar sehr an!»

«Inwiefern?»

«Setzen Sie sich wieder, und ich werde Ihnen Bericht erstatten.» Er zündete ein Feuerzeug an, das ich, beim Licht der Flamme, als mein eigenes erkannte. Und dann sah ich, daß er auch ein Jackett von mir trug. Aber nicht das, welches ich in Le Mans angehabt hatte.

«Verstehen Sie jetzt?» fragte er. «Ich habe das Spiel korrekt gespielt, ganz wie Sie. Wenn Sie meinen Platz einnahmen – und ich konnte nicht sicher sein, daß es ein Spiel war –, so war es doch nur recht, daß ich Ihren Platz einnahm. Ich fuhr nach London. Ich ging in Ihre Wohnung. Erst heute bin ich zurückgeflogen.»

Ich starrte ihn an; oder vielmehr nicht ihn, sondern seinen Schatten. Wenn ich im Verlauf dieser vergangenen Woche an ihn gedacht hatte, so war er ein Gespenst gewesen, jemand, der nicht länger vorhanden war, ein Schatten, ein Geist. Und hätte ich diesem Geist eine Körperlichkeit verliehen, so hätte ich ihn vielleicht nach Paris verfrachtet, nach Süditalien, nach Spanien, irgendwohin, nur nicht in mein eigenes Leben, meine eigene Welt betrügend!

«Sie sind in meine Wohnung gegangen?» fragte ich. «Sie haben meine Sachen benützt?»

Dieses Doppelspiel, dieser Betrug überwältigte mich. Ich konnte es nicht glauben. Irgend jemand hätte das doch verhindern müssen!

«Warum nicht! Das haben Sie doch in St. Gilles getan! Ich habe Ihnen meine Familie überlassen. Sie sind mit ihr umgegangen, wie Sie es vorhin geschildert haben. Nicht in meinem Geist, das muß ich zugeben, doch darauf war ich am Ende gefaßt. Sie können mir kaum einen Vorwurf daraus machen, daß auch ich Ihre Rolle gespielt habe.»

Ich versuchte zu überlegen. Ich versuchte, mir die Szene auszumalen. Meine Raumpflegerin kam nie vor halb elf, wenn ich schon fort war. Abends, wenn ich mich nicht mit Freunden traf, kochte ich mir selber mein Essen. Die meisten Bekannten dachten, ich sei noch in den Ferien. Niemand hatte einen Grund, mir zu telefonieren, mir zu schreiben. Ich war bestürzt, suchte noch immer nach einem Beweis dafür, daß er log. «Woher wußten Sie denn, wohin Sie gehen mußten?» fragte ich. «Wie haben Sie das angestellt?»

«Ach, Sie Dummkopf! In Ihrem Koffer waren doch Ihre Ausweise, Ihr Notizbuch, Ihre Schecks, Ihr Paß – alles, was ich wahrscheinlich brauchen würde. Sogar das Datum für den Transport Ihres Wagens konnte ich vorverlegen; es war noch gerade ein Platz auf der Fähre frei. In Ihre zurückgezogene Persönlichkeit zu schlüpfen, erwies sich als ein Kinderspiel. Ich hatte meine Freude daran. Ihre Wohnung war ein stiller Hafen. Nach dem Trubel in St. Gilles war sie geradezu ein Paradies. Ich stöberte in Ihren Schubladen, ich las alle Ihre Briefe, ich entzifferte die Notizen für Ihre Vorlesungen, kassierte Ihre Schecks ein – zum Glück war Ihre ein wenig verkrampfte Unterschrift nicht schwer nachzumachen.

Fünf Tage habe ich in vollkommener Faulheit verbracht – genau das, was ich brauchte.»

Endlich ging mir ein Licht auf für die Ironie und Gerechtigkeit dieses unseres Spiels. Ich hatte mit Menschenleben gespielt; er nicht. Ich hatte mein möglichstes getan, um sein ganzes Haus auf den Kopf zu stellen, er hatte gegähnt, hatte Ferien gemacht. Ich hatte mich in alles eingemischt, er hatte nur geschnüffelt. Und dann erinnerte ich mich daran, daß er ja schließlich zurückgekehrt war. Die Nachricht von Françoises Tod, die so prompt in den Zeitungen gemeldet worden war, hatte ihn schon in Deauville erreicht.

«Wenn meine Einsamkeit in London Ihnen soviel Spaß gemacht hat», fragte ich, «warum sind Sie dann nach Frankreich zurückgekehrt?»

Ich spürte, daß er mich im Dunkeln beobachtete. Er antwortete nicht sofort, und als er es tat, konnte er eine gewisse Verlegenheit nur schwer verbergen.

«Das ist der Punkt, wo ich mich entschuldigen muß, aber es ist wohl nicht schlimmer, als was Sie getan haben, glaube ich; Sie haben den Vertrag mit Carvalet abgeändert und mir dadurch schweren Schaden zugefügt. Es verhält sich nämlich so ...» Er hielt inne und wählte jedes Wort mit Bedacht, «es verhält sich nämlich so, daß fünf Tage in London mir vollauf genügten. Ihre langweilige, tugendhafte Existenz hätte ich nicht fortsetzen können. Mit der Zeit hätte mich jemand aufgesucht, Freunde hätten geschrieben, die Leute von der Universität hätten sich mit Ihnen in Verbindung gesetzt; und obgleich ich nie vorher an meiner Fähigkeit, die Rolle eines andern Menschen zu spielen, gezweifelt habe noch an meiner Beherrschung der englischen Sprache – während des Krieges hatte ich reichlich Gelegenheit, mich in beiden zu üben –, habe ich anscheinend doch nicht Ihre außerordentliche Selbstsicherheit besessen. Als ich Ihren Namen und Ihre Persönlichkeit benützte, war es darum das einfachste, Ihre Lebensart zu ändern. Und um ganz aufrichtig zu sein – genau das habe ich getan.»

Ich verstand kein Wort; ich vermochte dem, was er mir beizubringen versuchte, nicht zu folgen.

«Was meinen Sie damit?« sagte ich. «Wie konnten Sie meine Lebensart ändern?»

Ich hörte ihn in der Dunkelheit seufzen. «Es wird Sie vielleicht hart treffen», sagte er, «so wie das, was Sie in St. Gilles angerichtet haben, mich hart trifft. Zunächst habe ich an die Universität geschrieben und auf Ihre Tätigkeit verzichtet. Dann erklärte ich Ihrem Hauswart, daß ich sofort wieder ins Ausland zu verreisen gedächte und darum den Mietkontrakt lösen wolle. Da in London Wohnungen genauso rar sind wie in Paris, ließ er mich – oder vielmehr Sie – sofort aus dem Vertrag. Ich gab einer Auktionsfirma den Auftrag, Ihre Einrichtung zu verkaufen. Und als ich schließlich feststellte, wieviel Geld Sie auf der Bank hatten, kassierte ich den ganzen Betrag ein. Es waren, wenn Sie sich erinnern, etwa zweihundert Pfund. Kein Vermögen, aber genug, um mir bequem über ein, zwei Monate hinwegzuhelfen, bis etwas anderes auftauchte.»

Ich bemühte mich zu begreifen, was er mir erzählte, mir darüber klarzuwerden, daß er von etwas sprach, das sich tatsächlich ereignet hatte. Ich bemühte mich, mich in die Person zurückzudenken, die ich gewesen war. Doch alles, was ich sehen konnte, war dieser Schatten, der meine Kleider trug, der in kürzester Zeit das Dasein dieser Person vernichtet hatte.

«Ja, aber die Umwechslung», sagte ich. «Das war doch nicht möglich. Wie hätten Sie zweihundert Pfund in Francs wechseln können? Die Bank hätte Ihnen nur den für Reisezwecke bewilligten Betrag gegeben, und davon hatte ich doch schon drei Viertel verbraucht!»

Er warf den Zigarettenstummel auf den Boden und trat ihn aus. «Das», sagte er, «das war die Pointe! Ich habe einen Freund, der solche Dinge erledigt, und er hat das im Nu für mich gemacht. Ich hätte keine Ahnung gehabt, daß er in London war, wenn Sie ihm nicht Ihre Adresse gegeben hätten; warum Sie das getan haben, überstieg meine Begriffe, aber unter diesen Umständen war es geradezu ein Wink vom Himmel. Als er mich Montag früh anrief, war das die größte Überraschung meines Lebens, doch da wurde mir klar, daß Sie in St. Gilles waren. Wenn ich Sie nun nicht erschieße, und wenn Sie mit meinem kleinen Plan, daß wir von Zeit zu Zeit die Rollen tauschen, nicht einverstanden sind – was gedenken Sie dann zu tun? Eine Zukunft haben Sie nicht mehr!»

Jetzt brach die volle Bedeutung seiner Worte über mich herein. Wenn ich mich nicht lächerlich machen wollte und an die Universität schrieb, alles sei ein Irrtum gewesen und ich hätte beschlossen, doch nicht zurückzutreten, war ich ohne Stellung. Bis auf eine oder zwei sehr bescheidene Anlagen hatte ich kein Geld. Ich hatte keine

Wohnung, und wenn ich nicht bald nach London zurückkehrte, so hatte ich auch keine Möbel. Ich existierte nicht. Das Ich, das in London gelebt hatte, gab es nicht mehr.

«Natürlich», fuhr er fort, «hatte ich nicht die Absicht heimzukommen. Ich wollte mich damit amüsieren, Ihr Geld hier im Lande auszugeben. Wenn es sich um Valutengeschäfte handelt, ist mein Freund der reinste Zauberer, und er hätte mir Ihr Geld hierher oder in jedes beliebige andere Land überwiesen. Zunächst hatte ich vor, an irgendeinen Ort in Sizilien oder Griechenland zu fahren. Ich hätte Béla mitgenommen. Mit der Zeit hätte ich sie wohl satt bekommen, aber nicht so schnell. Die ungarischen Frauen haben einen eigenartigen Charme. Sie gehen einem, wie die Amerikaner das ausdrücken, ‹unter die Haut›. Jetzt aber ...» Er brach ab, und ich ahnte mehr, als ich sah, daß er die Achseln zuckte. «Der Tod der armen Françoise hat meine Pläne verändert. Statt ein armer Provinzadliger zu sein, könnte ich, mit ein wenig Glück, Millionär werden. Das Schicksal – oder wer sich sonst um diese Dinge kümmert – hat recht gut für mich gesorgt.»

Er stand auf – der Revolver war noch immer auf mich gerichtet.

«Es ist seltsam», sagte er, «und ein Beweis von Charakterschwäche. Doch vom Geld und dem Zusammenbruch meiner Pläne abgesehen, war ich heute nachmittag, als ich von Deauville hierher fuhr, geradezu gerührt. Die Landschaft war schön, die Farben köstlich. Am Ende ist es doch mein Land, und hier gehöre ich hin. Gott weiß, daß das Schloß zerbröckelt und das Grundstück vernachlässigt ist, aber das ist mir gleichgültig. Wenn man an einem Ort geboren ist, so macht einem das doch etwas aus. Ich kümmere mich nicht darum, ich verfluche es, ich kämpfe gegen all das, was es mir antut, wie ich ja aus demselben Grund meine Mutter verwünsche, und doch ...» Er lachte, und ich sah, wie er die Hand hob, «und doch, auf der Fahrt von Deauville habe ich gespürt, daß ich mich nach ihr sehnte. Auf sonderbare Art fehlte sie mir, während ich fort war. Sie ist ein Teufel, eine furchtbare Person, aber ich verstehe sie, und sie versteht mich, und das ist mehr, als Sie nach Ihren sieben Tagen sagen können.»

Plötzlich, liebenswürdig, beinahe zärtlich schüttelte er mich bei der Schulter.

«Nun, nun, ich will Sie gar nicht umbringen. In mancher Beziehung bin ich Ihnen dankbar für das, was Sie getan haben.» Er zog eine Brieftasche, es war meine. «Das wird Ihnen für eine beträchtliche Zeit genügen. Jetzt habe ich natürlich keinen Grund mehr, Sie zu betrügen. Wann immer Sie Lust zu einem Rollentausch haben, und wär's auch nur für einige Tage, wird es mir ein Vergnügen sein. Was halten Sie davon? Und jetzt wollen wir wieder unsere Kleider wechseln.»

Ich dachte an den Geistlichen. Ich versuchte, mich daran zu erinnern, was er gesagt hatte. Etwas von der Zukunft und davon, daß jeder Tag ein Geschenk sei. Jetzt war er in St. Gilles und versorgte sein Dreirad. Im Schloß wartete man auf das Abendessen. Man würde sich fragen, wohin ich eigentlich verschwunden war. Marie-Noël stand vielleicht auf der Terrasse und schaute ängstlich nach mir aus. Ich begann mich auszuziehen.

Dieser Tausch der Kleider im Dunkeln hatte etwas Unheimliches. Jedes Kleidungsstück, das ich von mir warf, bedeutete den Verlust eines Stücks von dem Ich, das ich mir geschaffen hatte. Als ich schließlich splitternackt vor ihm stand und die Mündung des Revolvers noch immer auf mich gerichtet war, sagte ich: «Machen Sie ein Ende! Ich habe keine Lust weiterzuleben.»

«Unsinn! Kein Mensch wirft sein Leben weg. Zudem will ich Sie ja gar nicht umbringen. Das hat jetzt keinen Zweck mehr.» Dann begann er sich auszuziehen, und als er sah, wie ich seine Kleider anzog, sagte er: «Was haben Sie denn mit Ihrer Hand gemacht?»

«Ich habe sie mir verbrannt. In einem Feuer.»

«In was für einem Feuer? Hat's denn im Schloß ein Feuer gegeben?»

«Nein. Im Freien.»

«Wie unvorsichtig! Sie hätten sich doch einen dauernden Schaden zuziehen können! Heißt das, daß Sie den Wagen nicht lenken können?»

«Nein, es geht schon besser.»

«Sie sollten mir aber den Verband geben. Ich kann mich schwer ohne ihn sehen lassen.»

Die Kleider, die einst mein gewesen waren, wirkten eingeschrumpft. Das Gewebe war zu glatt. Sie paßten mir nicht. Den Anzug, den er in meiner Wohnung aus dem Schrank genommen hatte, trug ich nur sehr selten. Als ich jetzt angekleidet vor ihm stand, war es, als trüge ich längst ausgewachsene Kleidungsstücke, als zwängte ein Mann sich wieder in einen Schulanzug.

Er seufzte zufrieden. «So ist es besser. Jetzt fühle ich mich doch wieder mehr als der, der ich bin.» Er trat ans Fenster. «Wir sollten wieder diesen Weg einschlagen. Es ist sicherer. Julie, die alte Klatschtante, könnte in ihrem Pförtnerhaus sein. Das ist auch so eine verdammte alte Vettel. Vermutlich haben Sie sich auch in sie verliebt.»

Er stieg aus dem Fenster, und ich folgte ihm. Der Duft des verwahrlosten Obstgartens erfüllte die Luft. Ich streifte die Reben mit der Schulter, als ich daran vorüberging.

«Es tut mir leid», sagte er, «aber ich muß Sie bitten voranzugehen. Ich werde Sie dorthin bringen, wo ich Ihren Wagen stehengelassen habe.»

Ich stolperte durch den Obstgarten, über die Wiese. Gegen die Hecke zeichneten sich die Umrisse des alten Schimmels ab. Bei unserem Anblick wieherte er und trabte davon.

«Armer Jakob», sagte mein Gefährte. «Er ist schon sehr alt und kann auch nicht mehr richtig fressen. Eines Tages werde ich ihm eine Kugel durch den Kopf jagen, um ihn zu erlösen. Sie sehen – ich kann manchmal auch sentimental sein.»

Der dunkle Wald umfing uns, und selbst jetzt konnte ich nicht ganz sicher sein – selbst jetzt mochte es in seinen Plan passen, mich zu erschießen und sich auf solche Art meiner zu entledigen. Ich ging weiter durch Dunkelheit, Dickicht und Moos, und ich besaß weder Gegenwart noch Vergangenheit – das Ich, das da stolperte, hatte weder Herz noch Seele.

«Dort steht der Wagen», sagte er plötzlich.

Mit Schlamm bespritzt tauchte neben dem Waldweg mein Ford auf. Wie meine Kleider gehörte auch er einer Epoche an, der ich entwachsen war. Ich klopfte auf die Motorhaube.

«Steigen Sie ein», sagte er.

Ich machte es mir auf dem wohlbekannten Sitz bequem.

«Fahren Sie rückwärts auf den Weg hinaus!»

Er stieg ein, setzte sich neben mich; wir fuhren über den Waldweg, der in die Straße mündete, und folgten ihr bis zur Höhe des Hügels. Unter uns waren die Lichter des Dorfes, und die Uhr schlug acht.

«Es wird vielleicht nicht ganz einfach sein», sagte ich langsam. «Sie sind anders geworden im Schloß. Ihre Mutter, meine ich, und Blanche und Paul und Renée. Nur das Kind ist unverändert. Marie-Noël ist sich gleich geblieben.»

Er lachte. «Auch wenn sie sich verändert hätte, wäre sie doch bald wieder mein. Ich bin der einzige Mensch auf der Welt, der ihr etwas bedeutet.»

Wir fuhren durch die Lindenallee und über die Brücke. Als ich zum Tor kam, bremste ich. «Weiter möchte ich nicht fahren», sagte ich. «Das wäre zu gewagt.»

Er stieg aus, blieb eine Weile stehen, ein Tier, das die Luft einzieht. «Gut», sagte er. «Das gehört schon zum Besitz. Das ist St. Gilles.»

Jetzt endlich, wo alle Entscheidungen gefallen waren, leerte er das Magazin seines Revolvers und steckte ihn samt den Patronen in die Tasche.

«Viel Glück», sagte er mit einem Lächeln. «Passen Sie auf!» Er steckte zwei Finger in den Mund und pfiff. Es war ein langes Schrillen, und Caesar gab unverzüglich seine Antwort darauf. Er begann zu bellen. Nicht wild, nicht wie er einen Fremden anbellen würde, sondern erregt, das Bellen wurde zu einem Geheul, das Geheul zu einem Winseln. Das Geräusch dauerte an, erfüllte die Luft. «Diesen Trick haben Sie nicht erlernt?» fragte er. «Natürlich – woher hätten Sie's auch wissen sollen!»

Er lächelte, winkte, ging durch das Tor. Ich sah nach den Stufen der Terrasse, sah eine Gestalt, die dort wartete, beschienen von dem Licht, das durch den Glasfächer über der Türe drang. Es war Marie-Noël. Als sie den Mann sah, der auf sie zuschritt, stieß sie einen Schrei aus und eilte die Stufen hinunter ihm entgegen. Ich sah, wie er sie in den Armen auffing und die Stufen hinauftrug. Jetzt verschwanden sie im Schloß. Der Hund winselte immer noch. Ich stieg in den Wagen und fuhr davon.

27

Was ich tat, geschah automatisch. Ich erinnere mich nicht, daß ich überlegt hätte. Ich bog rechts in die Straße nach Villars ein. Der Weg war mir jetzt, selbst im Dunkeln, so vertraut, daß ich alles mechanisch tat. Ich fuhr vorsichtig, weil meine verletzte Hand mich immer noch behinderte, und jener Teil meines Hirns, der funktionierte, sagte mir, daß ich es mir nicht leisten konnte, einen Fehler zu begehen und samt dem Ford in einem Graben zu landen. Ich konzentrierte mich auf die Straße, um alle Gedanken zu verdrängen. Ich hatte kein Bild von dem Leben, das ich verlassen hatte. Es war, als ob sich mit Jean de Gués Eintritt in das Schloß ein eiserner Vorhang gesenkt und mich von Haus und Menschen ausgeschlossen hätte; und nun mußte ich mich verstecken, mußte meine Zuflucht in der Dunkelheit suchen.

Nach Villars zu kommen, bedeutete eine seltsame Erleichterung. Die Landstraßen bargen eine Drohung; sie waren Nervenstränge, die nach St. Gilles zurückführten. Villars aber war hell, in sich gefestigt, und die Leute gingen durch die Straßen. Ich fuhr am Marktplatz vorbei und hielt vor dem Stadttor. Ich schaute über den Kanal und sah, daß die Glastüre von Bélas Zimmer nach dem Balkon weit geöffnet und erhellt war. Sie war also zu Hause. Als ich das Licht und die offene Tür sah, regte sich etwas in mir, das erstarrt gewesen war, seit Jean de Gué und ich im dunklen Zimmer die Kleider gewechselt hatten. Der eiserne Vorhang war zwischen mir und dem Schloß, nicht aber zwischen mir und ihr. Sie war jenseits des Tabus. Das Licht in ihrem Fenster war mild, tröstlich. Es war ein Symbol der Wirklichkeit, der Dinge, die wahr waren. Und ich hatte den Eindruck, daß dies wichtig war – das Falsche vom Wahren zu sondern, und doch vermochte ich nicht länger zwischen den beiden zu unterscheiden. Béla konnte es mir sagen. Béla würde es wissen.

Ich stieg aus und trat durch die offene Tür ein. Das Zimmer war leer, aber sie war da, ich hörte sie in der Küche jenseits des Ganges. Ich blieb stehen, wartete, und eine Sekunde später war sie bei mir. Sie stand auf der Schwelle, sah mich an, und dann schloß sie die Tür und kam auf mich zu.

«Ich habe dich nicht erwartet», sagte sie, «aber das macht nichts. Wenn ich gewußt hätte, daß du kommst, hätte ich dir etwas zum Abendessen vorbereitet.»

«Ich habe keinen Hunger. Ich brauche nichts.»

«Du siehst schlecht aus», sagte sie. «Setz dich. Ich hol dir etwas zu trinken.»

Ich setzte mich in den Lehnstuhl. Ich wußte nicht, was ich ihr sagen sollte. Sie brachte mir Cognac und sah zu, während ich trank. Mit dem Cognac stellte sich eine gewisse Erwärmung ein, aber die Abgestumpftheit blieb. Ich spürte, daß die Armlehne unter meiner Hand fest war, und das verlieh mir Sicherheit.

«Bist du in der Spitalskapelle gewesen?» fragte sie.

Ich starrte sie an. Es dauerte einige Sekunden, bevor ich begriff, was sie meinte.

«Nein», sagte ich, «nein, ich war heute früh dort.» Ich hielt inne. «Danke für das Porzellan, das Kind war entzückt; es glaubte wirklich, daß es die alten Stücke sind. Dein Gedanke war richtig.»

«Ja; ich meinte, so wäre es besser.»

Mitleidig sah sie mich an. Ich mußte ohne Zweifel in ihren Augen seltsam verkrampft wirken. Bestimmt nahm sie an, daß ich von Françoises Tod erschüttert war. Vielleicht war es besser, sie in dem Glauben zu lassen. Aber ich konnte nicht sicher sein. Und ich brauchte doch etwas für mich, für mich allein!

«Ich bin gekommen», sagte ich, «weil ich nicht weiß, wann ich dich wiedersehen werde.»

«Ich verstehe. Natürlich werden die nächsten Tage, die nächsten Wochen schwer für dich sein.»

Die nächsten Tage... die nächsten Wochen. Sie waren nicht vorhanden. Doch es war nicht leicht, ihr das zu sagen.

«Und das Kind», fragte sie, «geht's ihm gut?»

«Sie hat sich großartig gehalten. Ja, es geht ihr gut.»

«Und deine Mutter?»

Noch immer beobachtete sie mich. Ich sah, wie ihr Blick auf meinen Anzug fiel. Sie erkannte ihn nicht. Er war nicht dunkel wie jener, den ich seit Françoises Tod getragen hatte, sondern ein Tweedstoff. Das Hemd, die Krawatte, die Socken, die Schuhe – nichts von alldem hatte sie vorher gesehen. Ein eigentümliches Schweigen schien sich zwischen uns zu senken. Ich spürte, daß ich mich rechtfertigen mußte, daß ich ihr eine Erklärung schuldig war, und ich wollte sie ihr geben.

«Ich möchte dir danken», sagte ich. «Du hast mir in dieser ganzen vergangenen Woche viel Verständnis entgegengebracht. Dafür bin ich dir aufrichtig dankbar.»

Sie antwortete nicht. Und plötzlich sah ich, wie die Erkenntnis in ihren Augen aufleuchtete, jenes blitzschnelle Begreifen, das einen Erwachsenen überkommen kann, wenn er die Beichte eines Kindes anhört. In der nächsten Sekunde kniete sie neben mir.

«Er ist also zurückgekommen? Der andere?» Ich sah sie an. Sie legte mir die Hand auf die Schulter. «Ich hätte es wissen können! Er hat die Notiz in der Zeitung gelesen. Und das hat ihn zurückgeführt.»

Ihre Worte bedeuteten eine so überwältigende Erleichterung für mich, daß jeder Zwang, jede Spannung wich. Es war Balsam auf eine Wunde, jeder Schmerz war gestillt, alle Furcht verschwunden. Ich stellte den Cognac hin und tat etwas völlig Kindisches, Unsinniges. Ich legte den Kopf an ihre Schulter und schloß die Augen.

«Warum du?» fragte ich. «Warum du und sonst niemand? Warum nicht die Mutter? Warum nicht das Kind?»

Ich fühlte ihre Hände sachte, besänftigend auf meinem Kopf. Es war ein Sich-Ergeben.

«Ich war wohl nicht leicht zu täuschen», sagte sie. «Anfangs habe ich nichts gemerkt – nach deinem Aussehen, nach unserer Unterhaltung hätte ich es ebensowenig feststellen können wie die andern. Erst später wurde es mir klar.»

«Was habe ich denn getan?» fragte ich.

Sie lachte, doch das Lachen war nicht spöttisch, wie das wohl möglich gewesen wäre, oder unbefangen oder heiter, sondern es hatte eine seltsame Wärme, eine seltsame Güte in sich.

«Es kam nicht darauf an, was du getan hast, sondern was du warst. Eine Frau müßte schon sehr töricht sein, wenn sie in der Umarmung nicht zwei Männer voneinander unterscheiden könnte.» Das traf mich. Und doch war es unwichtig, denn sie war bei mir. «Du hast etwas», sagte sie, «das er nicht besitzt. Daran habe ich es gemerkt.»

«Was habe ich?»

«Man könnte es Zärtlichkeit nennen. Ein anderes Wort weiß ich nicht dafür.» Dann, ziemlich überraschend, fragte sie mich nach meinem Namen.

«John. Selbst das haben wir gemeinsam. Soll ich dir erzählen, was vorgegangen ist?»

«Wenn du willst», sagte sie. «Vieles kann ich erraten. Die Vergangenheit ist erledigt; für euch beide. Auf die Zukunft kommt es jetzt an.»

«Ja – aber nicht auf meine; auf ihre.»

Während ich das sagte, wußte ich mit unbedingter Gewißheit, daß das, was ich sagte, wahr und richtig war. Das alte Ich aus Le Mans war tot, auch der Schatten Jean de Gués war verschwunden.

An ihrer Stelle war etwas anderes, das noch keine Substanz besaß, kein Fleisch, kein Blut, das aus dem Gefühl geboren war und nicht sterben konnte; und es war einer Flamme gleich, in der Hülle des Körpers brennend.

«Ich liebe sie alle», sagte ich. «Ich gehöre jetzt für immer zu ihnen. Ich möchte, daß du begreifst. Ich werde sie nie wiedersehen. Aber um ihretwillen werde ich leben.»

«Das verstehe ich», sagte sie. «Und für sie könnte das auch gelten. Wegen dir leben auch sie.»

«Wenn ich das glauben dürfte, dann wäre alles andere unwichtig. Dann wäre alles in Ordnung. Aber er ist zu ihnen zurückgekehrt. Es wird wieder so sein, wie es vorher war. Alles wird wieder von neuem anfangen – die Gleichgültigkeit, die Unzufriedenheit, das Leiden, der Schmerz. Wenn es dazu kommen sollte, dann hätte ich Lust, auf und davon zu gehen und mich an den nächsten Baum zu hängen. Auch jetzt noch...»

Über ihre Schulter hinweg schaute ich in das Dunkel vor der Glastür, und der eiserne Vorhang wurde dünner, es war, als stünde ich neben ihm im Schloß, als sähe ich ihn lächeln, als sähe ich, wie seine Mutter ihn betrachtete, als sähe ich das Kind und Blanche und Paul und Renée, und auch Julie mit ihrem Sohn André.

«Ich möchte, daß sie glücklich werden», sagte ich. «Damit meine ich nicht das Glück, wie er es versteht, sondern jenes, das in ihnen eingesperrt und doch vorhanden ist. Das weiß ich, Béla. Ich weiß, daß es vorhanden ist, ich habe es gesehen; es ist wie ein Licht, wie ein Hunger nach etwas, es wartet darauf, erlöst zu werden.»

Ich hielt inne, denn was ich sagte, war vielleicht Unsinn. Ich konnte es mir selbst nicht erklären. «Er ist ein Teufel», sagte ich. «Und jetzt sind sie ihm wieder verfallen.»

«Nein», erwiderte sie. «Da irrst du dich. Er ist kein Teufel. Er ist ein menschlicher, ein gewöhnlicher Mann, genau wie du.»

Sie stand auf, zog die Vorhänge zu und trat dann wieder zu mir. «Denk daran, daß ich ihn kenne», sagte sie. «Seine Schwächen, seine Stärken, das Gute in ihm und das Böse. Wäre er ein Teufel, so würde ich nicht meine Zeit hier in Villars vergeuden. Ich hätte ihn schon längst verlassen.»

Ich hätte ihr gern geglaubt, aber ich wußte ja nicht, wie klar das Urteil einer Frau über einen Mann ist, wenn sie ihn liebt. Nach und nach erzählte ich ihr, was ich wußte, die Bruchstücke der Vergangenheit, die ich mir in dieser Woche zusammengesetzt hatte. Manches davon kannte sie schon, anderes hatte sie erraten. Doch während ich sprach, während ich ihn zu verdammen wünschte, da war mir, als wäre es der Schatten, den ich verdammte, der Mann, der sich an seiner Stelle bewegte, an seiner Stelle gesprochen und gehandelt hatte, nicht aber Jean de Gué.

«Es hat keinen Zweck», sagte ich schließlich, «ich schildere nicht den Mann, den du kennst.»

«Doch», entgegnete sie, «aber gleichzeitig schilderst du auch dich selber.»

Das war es! Das beängstigte mich. Wer von uns beiden war wirklich? Wer lebte, wer war gestorben?

«Béla! Halt mich fest! Sag mir, wie ich heiße!»

«Du bist John! Du bist John, der mit Jean de Gué den Platz gewechselt hat. Eine Woche lang hast du sein Leben gelebt. Zweimal bist du in mein Haus gekommen, und als John hast du mich umarmt, nicht als Jean de Gué. Ist das eine Realität für dich? Hilft dir das, wieder du selber zu werden?»

Ich berührte ihr Haar, ihr Gesicht, ihre Hände, und da war nichts vorgetäuscht, nichts falsch.

«Uns allen hast du etwas gegeben», sagte sie, «mir, seiner Mutter, seiner Schwester, seinem Kind. Eben habe ich es Zärtlichkeit genannt. Aber was es auch sein mag, es kann nicht vernichtet werden. Es hat Wurzeln geschlagen. Es wird weiterwachsen. In Zukunft werden wir in Jean nach dir ausschauen, nicht in dir nach Jean.» Sie lächelte und legte mir die Hände auf die Schultern. «Ist dir klar, daß ich nichts von dir weiß? Ich weiß nicht, woher du kommst oder wohin du gehst, nichts, nichts, nur daß du John heißt.»

«Es ist nicht nötig, mehr zu wissen», sagte ich. «Laß es dabei!»

«Wenn er nicht zurückgekommen wäre», fragte sie, «was wollte er dann tun?»

«Auf Reisen gehen. Er wollte dich mitnehmen. Das wenigstens hat er gesagt. Wärst du mit ihm gegangen?»

Sie antwortete nicht sofort. Zum ersten Mal war sie anscheinend verblüfft. «Seit drei Jahren ist er mein Geliebter», sagte sie. «Er ist mir vertraut, er gehört zu meinem täglichen Dasein. Ich glaube, daß er mich gern hat. Aber er würde bald eine andere finden.»

«Nein. Er würde nie eine andere finden.»

«Warum bist du dessen so sicher?»

«Du vergißt, daß ich eine Woche lang sein Leben gelebt habe.»

Ich sah nach dem Fenster, den zugezogenen Vorhängen.

«Warum hast du die Vorhänge zugezogen?»

«Das ist ein Zeichen. Wenn sie zugezogen sind, kommt er nicht. Das bedeutet, daß ich nicht allein bin.»

So war uns beiden derselbe Gedanke gekommen! Hatte er einmal zu Abend gegessen, dem Kind gute Nacht gesagt, seine Mutter im Turmzimmer allein gelassen, so konnte er sehr wohl wieder in den Wagen steigen und von St. Gilles nach Villars fahren und über den Steg gehen, wie ich es getan hatte. Er gehörte hierher, wie er dorthin gehörte. Er war der Mann, der im Besitz war, ich war ein Eindringling!

«Béla», sagte ich, «er weiß nicht, daß ich hier gewesen bin. Er braucht es nie zu wissen, wenn es nicht durch Gaston herauskommt; aber das ist unwahrscheinlich. Halt es vor ihm geheim, wenn du kannst.» Ich stand auf.

«Was hast du vor?» fragte sie.

«Ich verlasse das Haus, bevor er kommt. Wenn ich ihn nur halbwegs kenne, so wird er dich heute abend brauchen.»

Nachdenklich sah sie mich an. «Ich könnte die Vorhänge zugezogen lassen.»

Als sie das sagte, dachte ich daran, was er mir angetan hatte. Er hatte nicht nur sein eigenes Leben wiederaufgenommen, sondern auch das Leben vernichtet, das einmal mein Leben gewesen war. Ich hatte keine Stellung mehr, keine Wohnung in London, nichts, was mir gehörte, bis auf das, was ich an mir trug, den Ford und eine Brieftasche mit etwas französischem Geld.

«Ich habe dir vorhin eine Frage gestellt, aber du hast mir keine Antwort gegeben», sagte ich. «Ich habe dich gefragt, ob du mit ihm auf Reisen gegangen wärst, wenn er es dir vorgeschlagen hätte.»

«Wahrscheinlich. Wenn ich das Gefühl gehabt hätte, daß er mich braucht.»

«Es wäre ein plötzlicher Einfall gewesen! Er hätte dich nicht lange vorher verständigt. Denk daran, daß er sich in Villars nicht zeigen konnte; man hätte ihn erkannt!»

«Er wäre nicht nach Villars gekommen», sagte sie. «Er hätte mir geschrieben oder telegrafiert, oder er hätte mich einfach angerufen.»

«Und du wärst gegangen?»

Sie zögerte einen kurzen Augenblick. «Ja. Ja, ich wäre gegangen.»

Ich sah nach dem Fenster. «Zieh die Vorhänge wieder zurück, wenn ich fort bin. Ich gehe die Treppe hinunter und durch die Tür auf die Straße hinaus.»

Sie folgte mir aus dem Zimmer in den Gang. «Wie steht's mit deiner Hand?»

«Meiner Hand?»

«Du hast ja keinen Verband mehr!»

Sie ging ins Badezimmer und holte das Verbandszeug, das sie auch am Sonntag benützt hatte. Während sie meine Hand hielt und verband, dachte ich an Blanche, die am Morgen dasselbe für mich getan hatte, ich dachte an die Mutter, deren Hand eine Nacht lang in meiner Hand gelegen hatte. Und ich erinnerte mich auch an den festen, warmen Händedruck des Kindes.

«Kümmere dich um sie», sagte ich. «Du kannst es, sonst niemand. Auf dich wird er vielleicht hören; hilf ihm, sie zu lieben!»

«Er liebt sie schon. Ich möchte, daß du das glaubst. Es war nicht nur das Geld, das ihn zurückgebracht hat.»

«Das frage ich mich ...»

Nachdem sie meine Hand verbunden hatte und ich bereit war, sie zu verlassen, sagte sie: «Wo gehst du hin? Was wirst du tun?»

«Ich habe einen Wagen draußen», erwiderte ich. «Den Wagen, den er mir vor einer Woche genommen hat. Den Wagen, mit dem er dich nach Sizilien oder Griechenland führen wollte.»

Sie ging mit mir hinunter, blieb im dunklen Eingang stehen, bevor sie die Tür öffnete und mich in die Nacht hinausließ; und mit besorgter Stimme fragte sie: «Du wirst dir doch kein Leid antun, John? Du hast dir doch nicht etwa gesagt: ‹Das ist das Ende›?»

«Nein», sagte ich. «Es ist nicht das Ende. Vielleicht ist es der Anfang.»

Sie schob den Riegel zurück. «Vor einer Woche», sagte ich, «war ich ein Mann namens John, der nicht wußte, wie er mit seinem Versagen fertig werden sollte. Mir kam ein Ort in den Sinn, wohin ich gehen könnte, um das zu erfahren. Dann begegnete ich Jean de Gué und fuhr statt dessen nach St. Gilles.»

«Und jetzt bist du wieder John, aber über dein Versagen brauchst du dir keine Sorgen mehr zu machen. Es ist für dich nicht länger vorhanden. In St. Gilles hast du gelernt, wie man damit fertig wird.»

«Ich habe nicht gelernt, wie man damit fertig wird; es hat sich nur gewandelt. Es hat sich in Liebe für St. Gilles verwandelt. Und so bleibt immer noch die Frage, was soll ich mit der Liebe anfangen?»

Sie öffnete die Tür. Die Läden, die Häuser gegenüber waren geschlossen und verriegelt. Auf der Straße war niemand.

«Du verschenkst sie», sagte sie, «doch das Merkwürdige ist, daß sie dir dennoch bleibt. Wie Wasser in einem Brunnen. Selbst in der ausgetrockneten Tiefe bleibt die Quelle lebendig.» Sie schlang die Arme um mich und küßte mich. «Wirst du mir schreiben?»

«Ich denke schon.»

«Und du weißt, wohin du gehst?»

«Ich weiß, wohin ich gehe.»

«Und wirst du lange dort bleiben?»

«Ich habe keine Ahnung.»

«Und dieser Ort – ist er weit weg von hier?»

«Seltsam – nur etwa fünfzig Kilometer.»

«Wenn sie dir dort hätten zeigen können, wie du mit deinem Versagen fertig wirst, können sie dir auch zeigen, was du mit der Liebe anfangen sollst?»

«Vermutlich. Ich glaube, man wird mir dieselbe Antwort geben, die du mir gegeben hast.»

Ich küßte sie, und dann trat ich auf die Straße hinaus. Ich hörte, wie sie die Tür schloß und hinter mir verriegelte. Ich ging durch das Stadttor, stieg in den Wagen und griff nach meinen Landkarten. Sie waren dort, wo ich sie gelassen hatte, in der Tasche neben dem Führersitz. Ich fand die Straße, die ich mir vor einer Woche blau angekreuzt hatte. Die letzten zehn Kilometer mochten in der Dunkelheit schwierig sein, doch wenn ich längs der Forêt du Perche fuhr, mußte ich zu der Forêt de la Trappe kommen und hinter Mortagne zum Kloster.

Ich legte die Karte neben mich, und als ich zu Bélas Fenster hinaufschaute, sah ich, daß sie die Vorhänge wieder zurückgezogen hatte. Das Licht schien durch die Glastür auf den Kanal und den Steg hinunter. Ich wendete den Wagen und fuhr durch die Straße; als ich am Spital vorbeifuhr, erblickte in den Renault. Er stand aber nicht vor dem Tor des Spitals, sondern vor der Türe, die zur Kapelle führte. Er war leer, und von Gaston keine Spur. Jemand war mit dem Wagen gekommen, und er war allein in die Kapelle gegangen.

Ich fuhr durch die Stadt, bog nach links ab und schlug die Straße nach Bellême und Mortagne ein.